John Grisham werd op 8 februari 1955 geboren in Jonesboro, Arkansas, als tweede kind in een gezin van vijf kinderen. Zijn vader werkte in de bouw en zijn moeder was huisvrouw. Na zijn studie rechten aan de University of Mississippi werkte Grisham bijna tien jaar lang als jurist, waarbij hij zich specialiseerde in strafrechtelijke zaken en letselschadeclaims. In 1983 werd hij gekozen tot lid van het Huis van Afgevaardigden van de staat Mississippi, een functie die hij tot 1990 bekleedde. Als thrillerschrijver debuteerde hij in 1988 met *De jury*, maar het was zijn tweede boek, *Advocaat van de duivel*, waarmee hij definitief zijn naam vestigde als de koning van de legal thriller.

John Grisham

De jury
Advocaat van de duivel
Achter gesloten deuren
De cliënt
Het vonnis
De rainmaker
In het geding
De partner
De straatvechter
Het testament
De broederschap
De erfpachters
Winterzon
Het dossier
De claim
Verloren seizoen
Het laatste jurylid
De deal
De gevangene
De verbanning
De aanklacht
De getuige
De wettelozen
De belofte
De bekentenis
Het proces
Vergiffenis
De afperser
Het protest
De erfgenaam

Bezoek onze internetsite www.awbruna.nl voor informatie over onze
boeken, volg @AWBruna op Twitter of bezoek onze Facebook-pagina
Facebook.com/AWBrunaUitgevers.

John Grisham

Dilemma

A.W. Bruna Uitgevers

Oorspronkelijke titel
Gray Mountain
Copyright © 2014 by Belfry Holdings, Inc.
Vertaling
Jolanda te Lindert
Auteursfoto
© Daniel Mayer, Agentur Focus
Omslagbeeld
© Eric Forey / Trevillion Images
Omslagontwerp
Studio Jan de Boer
© 2014 A.W. Bruna Uitgevers, Amsterdam

ISBN paperbackeditie 978 94 005 0506 3
ISBN gebonden editie 978 94 005 0507 0
NUR 332

Ter nagedachtenis aan
Rick Hemba
1954–2013
So long, Ace

1

Het ergste was het wachten: de onwetendheid, de slapeloosheid, het wantrouwen. Collega's negeerden elkaar en werkten met de deur van hun kantoor dicht. Secretaresses en juridisch assistenten vertelden elkaar de geruchten en weigerden oogcontact. Iedereen was gespannen en vroeg zich af wie de volgende zou zijn. De partners, de hoge bazen, leken compleet van slag en wilden geen enkel contact met hun ondergeschikten. Wie weet kregen ze straks opdracht hen af te slachten.

Er werd heftig geroddeld. Tien *associates* bij Procesrecht weg – gedeeltelijk waar; het waren er slechts zeven. De hele afdeling Onroerend Goed opgeheven, ook alle partners – waar. Acht partners van de afdeling Antitrust zijn naar een ander kantoor overgestapt – niet waar, voorlopig.

De sfeer was zo gespannen dat Samantha als het maar even kon met haar laptop het gebouw verliet en in een van de coffeeshops in Lower Manhattan ging werken. Op een heerlijke dag was ze – tien dagen na de val van Lehman Brothers – naar een park gegaan en zat ze op een bankje naar het hoge gebouw verderop in de straat te kijken: 110 Broad Street. Het bovenste deel werd geleased door Scully & Pershing, het grootste advocatenkantoor dat de wereld ooit had gekend – haar werkgever, voorlopig althans, omdat de toekomst geenszins zeker was. Tweeduizend advocaten in twintig landen: alleen al de helft werkte in New York City en duizend van hen in dat gebouw, op elkaar gepropt op de dertigste tot en met de vijfenzestigste verdieping. Hoeveel van hen zouden er uit het raam willen springen? Ze had geen idee, maar zij was niet de enige. Het grootste kantoor ter wereld verschrompelde in de chaos, net als zijn concurrenten. *Big Law,* zoals het werd genoemd, was al evenzeer in paniek als de hedgefondsen, de investeringsbanken, de echte banken, de verzekeringsgiganten en Washington, maar ook iedereen onder aan de voedselketen, zoals de handelaren aan Main Street.

Dag tien verstreek zonder bloedvergieten, net als de daaropvolgende dag. Op dag twaalf was er een momentje van optimisme toen Ben, een van Samantha's collega's, het gerucht verspreidde dat de kredietmarkten in Londen enigszins ontspanden en leners misschien toch wat geld zouden vinden. Maar aan het einde van die middag bleek het gerucht ongegrond, er klopte niets van. En dus wachtten ze.

De leiding van de afdeling Commercieel Onroerend Goed (cor) was in handen van twee partners van Scully & Pershing. Een van de twee liep bijna tegen de pensioenleeftijd aan en was eigenlijk al geloosd. De andere was Andy Grubman, een veertig jaar oude pennenlikker die nog nooit een rechtszaal vanbinnen had gezien. Als partner had hij een fraai kantoor met uitzicht op de Hudson in de verte, een rivier waar hij al jaren niet meer echt naar had gekeken. Op een plank achter zijn bureau en precies in het midden van zijn egomuur stond een verzameling miniwolkenkrabbers. 'Mijn gebouwen' noemde hij ze graag. Zodra een van zijn gebouwen bijna klaar was, gaf hij een beeldhouwer opdracht er een replica van te maken en gaf hij bovendien een nog kleinere versie aan alle leden van 'mijn team'. In de drie jaar dat Samantha nu bij S&P werkte, had ze een verzameling die uit zes gebouwen bestond. Maar die zou dus niet groter worden.

'Ga zitten,' beval hij nadat hij de deur had gesloten. Samantha zat in een stoel naast Ben, die weer naast Izabelle zat. De drie associate partners keken naar hun voeten en wachtten. Samantha had het liefst Bens hand vastgepakt, als een doodsbange gevangene die tegenover het vuurpeloton staat. Andy liet zich in zijn stoel vallen en begon, terwijl hij elk oogcontact vermeed maar de zaak tegelijkertijd zo snel mogelijk achter de rug wilde hebben, aan een samenvatting van de puinhoop waar ze middenin zaten. 'Zoals jullie weten is Lehman Brothers veertien dagen geleden op de fles gegaan.'

Dat méén je niet, Andy! Door de financiële crisis stond de wereld op de drempel van een ramp, en dat wist iedereen. Maar goed, je kon Andy eigenlijk nooit op een oorspronkelijke gedachte betrappen.

'We hebben vijf onderhanden projecten, allemaal gefinancierd door Lehman. Ik heb uitgebreid met de eigenaren gesproken en ze trekken de stekker eruit. We hadden drie andere projecten in de steigers staan, twee bij Lehman en eentje bij Lloyd's en... nou ja, alle leningen zijn bevroren. De bankiers zitten in hun bunkers en durven geen cent meer uit te lenen.'

Ja, Andy, dat weten wij ook. Dat is voorpaginanieuws. Zeg nou maar wat je moet zeggen, voordat we barsten van de spanning.

'Het bestuur is gisteren bij elkaar gekomen en heeft tot bezuinigingsmaatregelen besloten. Dertig eerstejaars associates moeten eruit: sommigen worden op staande voet ontslagen, anderen met verlof gestuurd. Iedereen die net is aangenomen, wordt alsnog de laan uitgestuurd. De afdeling Nalatenschappen is opgeheven. En... nou ja, er is geen gemakkelijke manier om dit te zeggen, maar onze hele afdeling is verleden tijd. Opgeheven. Geëlimineerd. Wie weet wanneer de eigenaren weer gaan bouwen, áls ze dat ooit weer gaan doen? Het kantoor wil jullie niet in dienst houden terwijl de wereld afwacht tot iemand weer geld heeft om uit te lenen. Verdomme, misschien zit er wel een gigantische depressie aan te komen! Dit is waarschijnlijk slechts de eerste ronde. Sorry, jongens. Het spijt me echt.'

Ben was de eerste die iets zei. 'Dus wij worden op staande voet ontslagen?'

'Nee. Ik heb voor jullie gevochten, oké? Eerst wilden ze jullie ontslaan. Ik hoef jullie er niet aan te herinneren dat COR de kleinste afdeling van het kantoor is en daardoor nu waarschijnlijk de hardste klappen krijgt. Ik heb hen overgehaald iets te doen wat we "onbetaald verlof" noemen. Jullie vertrekken nu en komen later terug, misschien.'

'Misschien?' vroeg Samantha.

Izabelle veegde een traan weg, maar beheerste zich.

'Ja, een heel dikke misschien. Op dit moment is niets definitief, Samantha, oké? We weten allemaal niet meer wat we moeten doen. Over een halfjaar moeten we allemaal misschien wel naar de gaarkeuken; jullie hebben die oude foto's uit 1929 vast wel gezien.'

Kom op, Andy, de gaarkeuken? Als partner heb je vorig jaar 2,8 miljoen dollar verdiend, het gemiddelde bij S&P; wat de vierde plaats betekende qua netto-inkomen per partner. Toch was de vierde plaats niet goed genoeg, in elk geval niet tot Lehman failliet ging, Bear Stearns implodeerde en de risicovolle hypotheekbel barstte. Opeens was de vierde plaats helemaal niet zo slecht, voor sommigen dan.

'Wat betekent onbetaald verlof in dit verband?' vroeg Ben.

'Luister: het kantoor houdt jullie de komende twaalf maanden in dienst, maar jullie krijgen geen salaris.'

'Lekker,' mompelde Izabelle.

Andy negeerde haar opmerking en zwoegde verder: 'Jullie houden je ziektekostenverzekering, maar alleen als jullie bij bepaalde non-profitorganisaties gaan werken. De afdeling P&O stelt een lijst op van geschikte organisaties. Jullie gaan weg, doen een paar goede dingen, redden de wereld en moeten maar hopen dat de economie weer opleeft. En dan, over een jaar of zo, komen jullie terug zonder verlies van anciënniteit. Niet bij de afdeling Commercieel, maar het kantoor zal wel een andere plek voor jullie vinden.'

'Zijn onze banen gegarandeerd na ons onbetaald verlof?' vroeg Samantha.

'Nee, niets is gegarandeerd. Eerlijk gezegd is niemand zo slim dat hij kan voorspellen hoe de situatie er over een jaar uitziet. We zitten midden in de verkiezingstijd, Europa gaat naar de knoppen, de Chinezen zijn hysterisch, banken gaan failliet, markten storten in, niemand bouwt of koopt. Dit is het einde van de wereld.'

Even bleven ze somber zwijgend in Andy's kantoor zitten, alle vier verpletterd door het besef dat de wereld zoals zij die kenden ten einde was.

Ten slotte vroeg Ben: 'Jij ook, Andy?'

'Nee, ik word overgeplaatst naar Belastingen. Dat gelóóf je toch niet? Ik heb de pést aan belastingen, maar het was dat of taxichauffeur worden. Ik heb een master in belastingrecht en daarom vonden ze dat ze me nog wel konden houden.'

'Gefeliciteerd,' zei Ben.

'Sorry, jongens.'

'Nee, ik meen het, ik ben blij voor je.'

'Ach, misschien lig ik er over een maand ook wel uit. Wie weet?'

'Wanneer moeten we weg?' vroeg Izabelle.

'Nu meteen. Jullie moeten een overeenkomst voor onbetaald verlof tekenen, je spullen pakken, je bureau leeghalen en vertrekken. P&O mailt jullie een lijst met non-profitorganisaties en al het papierwerk. Sorry, jongens.'

'Hou toch eens op met dat te zeggen!' zei Samantha. 'Je kunt niets zeggen wat het beter maakt.'

'Klopt, maar het zou ook erger kunnen zijn. De meesten in jullie situatie krijgen helemaal geen onbetaald verlof aangeboden, maar worden op staande voet ontslagen.'

'Het spijt me, Andy,' zei Samantha. 'We zijn nu erg geëmotioneerd.'

'Het is wel goed, hoor, ik snap het wel. Jullie hebben alle recht om kwaad en van slag te zijn. Moet je jullie drieën zien, allemaal afgestudeerd aan Ivy League en nu als dieven het gebouw uit geëscorteerd. Ontslagen als fabrieksarbeiders. Het is afschuwelijk, gewoonweg afschuwelijk! Een paar partners hebben aangeboden hun salaris te halveren om dit te voorkomen.'

'Een heel klein groepje, wed ik,' zei Ben.

'Klopt, ja. Heel klein, ben ik bang. Maar het besluit is genomen.'

Een vrouw in een zwart pak en een zwarte stropdas stond bij het hokje dat Samantha deelde met drie anderen, onder wie Izabelle. Ben werkte iets verderop in de gang. De vrouw probeerde te glimlachen toen ze zei: 'Ik ben Carmen. Kan ik je helpen?' Ze had een lege kartonnen doos in de hand, zonder opschrift, zodat niemand zou kunnen zien dat het de officiële Scully & Pershing-doos was voor de kantoorspullen van de mensen die met onbetaald verlof waren gestuurd, waren ontslagen of om een andere reden moesten vertrekken.

'Nee, bedankt,' zei Samantha en ze slaagde erin dat beleefd te doen. Ze had kunnen snauwen en onbeleefd kunnen doen, maar Carmen deed gewoon haar werk. Samantha trok haar laden open en haalde al haar persoonlijke spullen eruit. In een van de laden lagen een paar S&P-dossiers en ze vroeg: 'Wat doe ik hiermee?'

'Die blijven hier,' zei Carmen die haar nauwlettend in de gaten hield, alsof Samantha zou proberen waardevolle gegevens mee te nemen. In werkelijkheid stond alle waardevolle informatie in de computers – een desktop op haar bureau en een laptop die ze bijna overal mee naartoe nam. Een Scully & Pershing-laptop. Ook die zou hier achterblijven. Met haar eigen laptop had ze ook overal kunnen inloggen, maar de wachtwoorden zouden nu al veranderd zijn, wist ze.

Als in trance haalde ze de laden leeg. Voorzichtig stopte ze de zes wolkenkrabbers in de doos, hoewel ze even de neiging had ze allemaal in de prullenbak te gooien. Toen Izabelle eraan kwam, kreeg ook zij een kartonnen doos. Alle anderen – associates, secretaresses, juridisch assistenten – hadden opeens iets anders te doen. Dat was al snel een gewoonte geworden: wanneer iemand zijn bureau leeghaalt, laat je hem of haar met rust. Geen getuigen, geen geloer, geen nietszeggende afscheidswoorden.

Izabelles ogen waren gezwollen en rood; zo te zien had ze op het toilet gehuild. Ze fluisterde: 'Bel je me? Laten we vanavond wat drinken.'

'Prima,' zei Samantha. Ze stopte de laatste spullen in de doos: haar aktetas en haar grote designertas. Daarna beende ze, zonder nog een keer achterom te kijken, achter Carmen aan door de gang en naar de liften op de achtenveertigste verdieping. Terwijl ze wachtten, weigerde ze om zich heen te kijken en alles nog één keer in zich op te nemen. De liftdeuren gingen open en gelukkig was de lift leeg.

'Ik draag hem wel,' zei Carmen en ze wees naar de doos die inderdaad steeds zwaarder werd.

'Nee,' zei Samantha terwijl ze de lift in stapte. Carmen drukte op het knopje voor de lobby. *Waarom moest ze eigenlijk onder escorte het gebouw verlaten?* Hoe langer ze over die vraag nadacht, hoe kwader ze werd. Ze wilde schreeuwen, ze wilde uitvallen, maar wat ze echt wilde was haar moeder bellen. De lift stopte op de drieënveertigste verdieping en een goed geklede jongeman stapte in. Hij droeg net zo'n kartonnen doos, hij had een grote tas aan zijn schouder en een leren aktetas onder een arm, en keek al even verbijsterd, angstig en verward. Samantha had hem weleens in de lift gezien, maar nooit kennis met hem gemaakt. Wat een kantoor. Zo gigantisch groot, dat de associate partners tijdens het afschuwelijke kerstfeestje een naamplaatje droegen. Een andere bewaker in een zwart pak stapte achter hem de lift in en toen iedereen binnen was, drukte Carmen weer op het knopje voor de lobby. Samantha keek naar de vloer, ze had zich vast voorgenomen om niets te zeggen, zelfs niet als iemand iets tegen háár zei. Op de negenendertigste verdieping stopte de lift weer en stapte Kirk Knight in, die alleen oog had voor zijn mobieltje. Toen de liftdeuren dicht waren, keek hij op, zag de twee kartonnen dozen, leek te schrikken en rechtte zijn rug. Knight was senior partner op de afdeling Fusies & Acquisities en bestuurslid. Nu hij opeens oog in oog stond met twee van zijn slachtoffers slikte hij moeizaam en staarde hij naar de liftdeuren. Opeens drukte hij op het knopje voor de achtentwintigste verdieping.

Samantha was te verdoofd om hem te beledigen, en de andere associate had zijn ogen dicht. Zodra de lift stopte, stommelde Knight naar buiten. Toen de liftdeuren weer dicht waren, realiseerde Samantha zich dat het kantoor de dertigste tot en met de vijfenzestigste verdieping huurde. Dus waarom was Knight opeens op de achtentwintigste verdieping uitgestapt? Ach, wat maakte het ook uit?

Carmen liep met haar mee door de lobby tot ze buiten op Broad Street stonden en zei zwakjes: 'Het spijt me.'

Samantha reageerde niet. Beladen als een pakezel liep ze zonder echt doel met de stroom voetgangers mee. Opeens dacht ze aan de krantenfoto's van de werknemers van Lehman en van Bear Stearns die hun kantoor met een kartonnen doos hadden verlaten, alsof hun kantoorgebouw in brand stond en ze voor hun leven moesten rennen. Op een van de foto's, een grote kleurenfoto op de voorpagina van het economisch katern van de *Times*, stond een handelaar van Lehman met tranen op haar wangen hulpeloos op de stoep.

Die foto's waren nu natuurlijk oud nieuws en Samantha zag geen enkele camera. Ze zette de doos neer op de hoek van Broad Street en Wall Street, en wachtte op een taxi.

2

In haar chique loft in SoHo, die haar 2.000 dollar per maand kostte, zette Samantha haar doos met kantoorspullen op de grond en liet zich op de bank vallen. Ze had haar mobieltje in de hand, maar wachtte. Ze sloot haar ogen en haalde diep adem, ze had haar emoties alweer een beetje onder controle. Ze had behoefte aan de stem en geruststelling van haar moeder, maar ze wilde niet zwak, gekwetst en kwetsbaar klinken.

Ze was wel opgelucht door het plotselinge besef dat ze was bevrijd van een baan die ze verafschuwde. Vanavond om zeven uur zat ze misschien naar een film te kijken of met vrienden te eten, en niet met een tikkende meter op kantoor te ploeteren. Aanstaande zondag zou ze de stad kunnen verlaten zonder ook maar één gedachte aan Andy Grubman en alle paperassen van zijn volgende uiterst belangrijke deal. Ze had de FirmFone, een monsterlijk, klein gadget dat nu al drie jaar aan haar lichaam vastgeplakt zat, afgegeven. Ze voelde zich bevrijd en heerlijk zorgeloos.

Ze was ook bang, door het verlies aan inkomen en de onverwachte knik in haar carrière. Als derdejaars associate bedroeg haar basissalaris 180.000 dollar per jaar en kreeg ze bovendien een leuke bonus. Dat was veel geld, maar op de een of andere manier had het leven in deze stad dat opgeslokt. De helft was verdampt door belastingen. Ze had een spaarrekening, maar daar dacht ze zelden aan. Als je in deze stad negenentwintig en single en vrij bent, een beroep hebt waarmee je het volgende jaar meer gaat verdienen dan dit jaar, dan denk je er toch zeker niet aan om geld te sparen? Samantha had een studievriendin van Columbia Law die nu al vijf jaar bij S&P zat, net junior partner was geworden en dit jaar ongeveer een half miljoen dollar zou verdienen. Dat had Samantha ook te wachten gestaan.

Ze had ook vrienden die na twaalf maanden van de tredmolen waren gesprongen en blij waren dat ze de afschuwelijke wereld van Big Law waren ontvlucht. Een van hen was nu skileraar in Vermont, een voormalige redacteur van de *Columbia Law Review*; iemand die uit de ingewanden van S&P was gevlucht, woonde nu in een hut bij een riviertje en nam zelden zijn mobiele telefoon op. In slechts dertien maanden tijd was hij van een ambitieuze jonge associate partner veranderd in een lichtelijk gestoorde idioot die aan zijn bureau zat te slapen. Vlak voordat P&O zich ermee zou bemoeien, nam hij ontslag en verliet de stad. Samantha dacht vaak aan hem, meestal een beetje jaloers.

Opluchting, angst en vernedering. Haar ouders hadden haar dure vooropleiding in D.C. betaald en ze was cum laude afgestudeerd aan de Georgetown University met een graad in politieke wetenschappen. Haar rechtenstudie rondde ze probleemloos af en ze slaagde cum laude. Twaalf megakantoren boden haar een baan aan na haar coschap bij een federale rechtbank. In de eerste negenentwintig jaar van haar leven had ze overweldigende successen geboekt en amper mislukkingen gekend. Dat ze op deze manier was ontslagen was vernietigend, en dat ze onder escorte het gebouw had moeten verlaten was vernederend. Dit was niet slechts een kleine hobbel in een lange, geslaagde carrière.

Het was een troost dat ze een van de velen was. Sinds Lehman failliet was gegaan, waren duizenden jonge professionals op straat gezet. Gedeelde smart is halve smart en zo, maar op dit moment kon ze niet bepaald medelijden met andere mensen opbrengen.

'Karen Kofer graag,' zei ze in haar telefoon. Ze lag op de bank, roerloos en concentreerde zich op haar ademhaling. Toen: 'Hi mam, met mij. Ze hebben het gedaan. Ik ben ontslagen.' Ze beet op haar lip en vocht tegen de tranen.

'Wat erg voor je, Samantha. Wanneer is dat gebeurd?'

'Een uur geleden ongeveer. Het was natuurlijk geen echte verrassing, maar toch kan ik het bijna niet geloven.'

'Ik weet het, liefje. Wat erg.'

De afgelopen week hadden ze alleen maar over een mogelijk ontslag gepraat. 'Ben je thuis?' vroeg Karen.

'Ja, en het gaat goed, hoor. Blythe is aan het werk. Ik heb het nog niet aan haar verteld, nog aan niemand.'

'Wat erg voor je.'

Blythe was een vriendin die ook aan Columbia had gestudeerd; zij werkte bij een ander groot kantoor. Ze deelden een appartement, maar niet hun leven. Als je vijfenzeventig tot tachtig uur per week werkt, ís er niet veel te delen. Ook bij Blythes kantoor ging het niet goed en ze verwachtte het ergste.

'Ik voel me goed, hoor, mam.'

'Niet waar. Waarom kom je niet een paar dagen thuis?' Thuis was een wisselende locatie. Haar moeder huurde een prettig appartement in de buurt van Dupont Circle en haar vader leasede een kleine flat vlak bij de rivier in Alexandria. Samantha was nooit langer dan een maand in een van beide huizen geweest en was dat ook nu niet van plan.

'Doe ik,' zei ze, 'maar niet nu meteen.'

Het bleef lang stil, toen vroeg haar moeder zacht: 'Wat zijn je plannen, Samantha?'

'Ik heb geen plannen, mam. Op dit moment ben ik geschokt en kan ik niet verder denken dan het komende uur.'

'Dat begrijp ik. Ik wilde dat ik bij je kon zijn.'

'Het gaat goed met me, mam. Echt.' Het laatste waar Samantha nu behoefte aan had was haar moeders zwevende aanwezigheid en haar eindeloze adviezen over wat ze hierna zou moeten doen.

'Is het een ontslag of een soort verlof?'

'Het kantoor noemt het "onbetaald verlof", een deal waarbij we een jaar bij een non-profitorganisatie gaan werken en onze ziektekostenverzekering behouden. Daarna, als alles weer in orde is, neemt het kantoor ons terug zonder verlies van anciënniteit.'

'Klinkt als een zielige poging om jullie aan het lijntje te houden.'

Bedankt, mam, voor je gebruikelijke botheid.

Karen vroeg: 'Waarom zeg je niet gewoon tegen die griezels dat ze de pot op kunnen?'

'Omdat ik mijn ziektekostenverzekering graag wil houden én omdat ik het een prettig idee vind dat ik misschien een keer mag terugkomen.'

'Je vindt wel ergens anders een baan.'

Zei een echte bureaucraat. Karen Kofer werkte als senior advocaat bij het ministerie van Justitie in Washington, de enige juridische baan die ze ooit had gehad, inmiddels al bijna dertig jaar. Haar baan, net als die van iedereen om haar heen, was goed beschermd. Ongeacht depressies, oorlogen, nationale rampen, politieke aardverschuivingen of welke andere calamiteit ook, was Karen Kofers baan onschendbaar. Waardoor ze, net als zoveel andere stevig verankerde bureaucraten, uiterst arrogant was.

We zijn zo waardevol, omdat we zo noodzakelijk zijn.

Samantha zei: 'Nee mam, er zijn nu geen banen. Voor het geval je het nog niet hebt gehoord: we zitten in een financiële crisis en de kans is groot dat we in een depressie terechtkomen. Advocatenkantoren zetten hele hordes associates op straat en doen dan snel de deur op slot.'

'Ik geloof niet dat de situatie echt zo ernstig is.'

'Is dat zo? Scully & Pershing heeft iedereen die ze net hebben aangenomen weer ontslagen, wat betekent dat de ongeveer tien slimste studenten van Harvard Law School zojuist te horen hebben gekregen dat de baan die hun per september was beloofd niet meer bestaat. Datzelfde geldt voor Yale, Stanford en Columbia.'

'Maar je hebt zoveel talent, Samantha.'

Ga nooit in discussie met een bureaucraat. Samantha haalde diep adem en wilde het gesprek net beëindigen toen een dringend telefoongesprek 'van het Witte Huis' doorkwam en Karen moest ophangen. Ze beloofde dat ze meteen nadat ze het land had gered zou terugbellen. 'Prima, mam,' zei Samantha. Soms kreeg ze meer aandacht van haar moeder dan ze wilde. Ze was enig kind, wat maar goed was ook, gezien de ellende die de scheiding van haar ouders had veroorzaakt.

Het was een heldere, prachtige dag en Samantha had zin om een wandeling te maken. Ze dwaalde door SoHo en daarna door de West Village. In een lege coffeeshop belde ze ten slotte haar vader.

Marshall Kofer was een dynamische rechtbankadvocaat geweest die luchtvaartmaatschappijen na een crash voor de rechter sleepte. Hij had een agressief en succesvol kantoor in D.C. opgebouwd en bracht in die tijd – op zoek naar of werkend aan een zaak – zes nachten per week in hotels door, verspreid over de hele wereld. Hij had een vermogen verdiend en gaf zijn geld kwistig uit. Als jongvolwassene had Samantha zich terdege gerealiseerd dat haar familie meer bezat dan die van de meeste klasgenoten van haar in D.C. Terwijl haar vader van de ene beroemde zaak in de andere dook, voedde haar moeder haar rustig op en werkte tegelijkertijd keihard aan haar eigen carrière bij het ministerie van Justitie. Als haar ouders al ruzie met elkaar maakten, was Samantha zich daar niet van bewust, domweg doordat haar vader nooit thuis was. Op een bepaald moment, niemand wist wanneer precies, kwam er een knappe, jonge juridisch assistente in beeld en waagde Marshall de sprong. De flirt werd een affaire en daarna een romance; na een paar jaar kreeg Karen Kofer argwaan. Ze vroeg haar man of het waar was, wat hij eerst ontkende. Later gaf hij het toe en wilde hij scheiden. Hij had de liefde van zijn leven gevonden.

Toevallig ongeveer in dezelfde periode waarin Marshall zijn gezinsleven ontwrichtte, nam hij nog een paar slechte besluiten. Een daarvan was dat hij besloot een grote zaak in het buitenland aan te nemen. Een jumbojet van United Asia Airlines was neergestort op Sri Lanka met veertig Amerikanen aan boord. Er waren geen overlevenden en zoals altijd was Marshall Kofer als eerste ter plekke. Tijdens de schikkingsonderhandelingen richtte hij in het Caraïbisch gebied en Azië een aantal lege vennootschappen op om zijn gigantische honorarium door te sluizen en nog eens door te sluizen.

Samantha had een dikke map met krantenknipsels en onderzoeksrapporten over haar vaders nogal onhandige corruptiepoging. Je zou er een fascinerend boek over kunnen schrijven, maar daar had zij geen behoefte aan. Hij werd betrapt, vernederd, te schande gemaakt op de voorpagina, veroordeeld, geroyeerd en drie jaar naar de gevangenis gestuurd. Hij kwam twee weken voordat Samantha afstudeerde aan Georgetown voorwaardelijk vrij. Op dit moment werkte Marshall als een soort consultant in een heel klein kantoortje in het oude deel van Alexandria. Volgens hem gaf hij andere letselschadeadvocaten les in hoe je voor veel slachtoffers tegelijk een schadevergoeding moest eisen, maar was altijd vaag over de details. Samantha was er net als haar moeder van overtuigd dat Marshall ergens in het Caraïbisch gebied nog een heleboel geld had weten te begraven. Karen was opgehouden ernaar te zoeken.

Hoewel Marshall het altijd zou vermoeden en Karen het altijd zou ontkennen, had hij het idee dat zijn echtgenote er de hand in had gehad dat hij was vervolgd en berecht. Ze had macht bij Justitie, heel veel macht, en ze had heel veel vrienden.

'Pap, ik ben ontslagen,' zei ze zacht in haar mobieltje. De coffeeshop was leeg, maar de barista stond vlakbij.

'O, Sam, wat erg!' zei Marshall. 'Wat is er gebeurd?'

Volgens haar had haar vader in de gevangenis maar één ding geleerd. Geen nederigheid, geen geduld, geen begrip of vergeving, noch een van de gebruikelijke dingen die een mens na zo'n vernederende val leert. Hij was nog altijd even opgefokt en ambitieus als daarvoor, had nog altijd zin om elke nieuwe dag te beginnen en iedereen omver te rijden die voor hem stond te treuzelen. Maar om de een of andere reden had Marshall Kofer geleerd te luisteren, in elk geval naar zijn dochter.

Rustig vertelde ze wat er was gebeurd en hij luisterde aandachtig. Ze stelde hem gerust en zei dat het goed met haar ging, en op een bepaald moment leek het zelfs alsof hij zou gaan huilen.

Normaal maakte hij sarcastische opmerkingen over de manier waarop zij de wet verkoos te handhaven. Hij had de pest aan grote kantoren, omdat hij daar jarenlang tegen had gestreden. Hij beschouwde ze als gewone bedrijven, niet als partnerschappen met echte advocaten die voor hun cliënten vochten. Dan klom hij op zijn zeepkist en begon aan een van zijn vele preken over de zonden van Big Law. Samantha had ze allemaal al eens gehoord en was niet in de stemming er weer naar te luisteren.

'Zal ik naar je toe komen, Sam?' vroeg hij. 'Ik kan over drie uur bij je zijn.'

'Dank je, maar dat hoeft niet. Geef me nog maar een dag of twee. Ik heb behoefte aan rust en overweeg een paar dagen de stad uit te gaan.'

'Ik kom je wel halen.'

'Misschien, maar niet nu. Ik voel me prima, pap, echt waar.'

'Niet waar. Je hebt je vader nodig.'

Het was nog altijd vreemd om die woorden te horen uit de mond van een man die de eerste twintig jaar van haar leven afwezig was geweest. Maar goed, hij probeerde het tenminste.

'Dankjewel, pap. Ik bel je nog.'

'Laten we een reisje maken, naar een strand of zo, dan gaan we rum drinken.'

Ze moest lachen. Ze hadden nog nooit een reisje gemaakt, nooit met z'n tweetjes. Toen ze nog klein was, hadden ze wel een paar gehaaste reizen gemaakt, meestal naar Europese steden, bijna altijd voortijdig afgebroken door dringende zaken thuis. Het idee om samen met haar vader op een strand te zitten was niet echt aantrekkelijk, ongeacht de omstandigheden.

'Bedankt, pap. Later misschien, maar niet nu. Ik moet hier nog van alles doen.'

'Ik kan wel een baan voor je regelen,' zei hij. 'Een echte baan.'

Daar gaan we weer, dacht ze, maar ze ging er niet op in. Haar vader probeerde haar al jaren over te halen om een 'echte' juridische baan aan te nemen, echt in die zin dat ze grote ondernemingen voor de rechter sleepte voor allerlei soorten misdrijven. In Marshall Kofers wereld moest elke onderneming van een bepaalde omvang wel gigantische zonden hebben begaan om te slagen in de genadeloze wereld van het westerse kapitalisme. Het was de roeping van advocaten (en misschien ook van voormalige advocaten) zoals hij om deze fouten te achterhalen en de daders fanatiek voor de rechter te slepen.

'Bedankt, pap. Ik bel je nog.'

Het was wel ironisch dat haar vader nog altijd zo graag wilde dat ze juist in die richting van het recht zou stappen die hem in de gevangenis had doen belanden. Ze had helemaal geen belangstelling voor de rechtszaal, of voor conflicten. Maar ze wist ook niet zeker wat ze wél wilde, misschien een leuke kantoorbaan met een dik salaris. Vooral dankzij haar sekse en haar hersens had ze tot voor kort grote kans gemaakt partner van Scully & Pershing te worden. Maar ten koste van wat?

Misschien ambieerde ze die carrière wel, maar misschien ook niet. Op dit moment wilde ze alleen maar door de straten van Lower Manhattan dwalen om haar hoofd leeg te maken. Ze dwaalde urenlang door Tribeca. Haar moeder belde haar twee keer op en haar vader één keer, maar ze nam niet op. Izabelle en Ben belden haar ook, maar ze had geen zin om te praten. Op een bepaald moment was ze bij de Moke's Pub vlak bij Chinatown en keek even naar binnen. De eerste keer dat ze iets met Henry had gedronken, was hier geweest, jaren geleden alweer. Vrienden hadden hen aan elkaar voorgesteld. Hij wilde acteur worden, een van de zovelen in de stad, en zij was net begonnen als associate partner bij S&P. Ze hadden een jaar een relatie gehad, tot hun romance als een nachtkaars uitging onder de druk van haar straffe werkschema en zijn werkloosheid. Hij vluchtte naar LA waar hij voor zover ze wist onbekende acteurs in een limousine rondreed en af en toe een zwijgende rol in een commercial speelde.

Als de omstandigheden anders waren geweest, had ze van Henry kunnen houden. Hij had de tijd, de belangstelling en de hartstocht. Zij was te uitgeput geweest. In Big Law was het niet ongebruikelijk dat vrouwen zich op hun veertigste realiseerden dat ze nog altijd single waren en er zomaar een decennium was verstreken.

Ze verliet Moke's en liep richting het noorden, naar SoHo.

Anna van P&O bleek opvallend efficiënt. Om vijf uur die middag ontving Samantha een lange mail met daarin de namen van tien non-profitorganisaties die iemand geschikt had bevonden voor een onbetaalde stage voor de verpletterde en murw geslagen zielen die opeens met onbetaald verlof waren gestuurd door het grootste advocatenkantoor ter wereld. Marshkeepers in Lafayette, Louisiana. Het Opvangtehuis voor Vrouwen in Pittsburgh. Het Immigranten Initiatief in Tampa. Het Mountain Bureau voor Rechtshulp in Brady, Virginia. De Euthanasie Vereniging van Greater Tucson. Een daklozenorganisatie in Louisville. Het Lake Erie Comité. Enzovoort. Geen van de tien was zelfs maar in de buurt van Manhattan gevestigd.

Ze zat een hele tijd naar de lijst te staren en vroeg zich af hoe het zou zijn als ze de stad verliet. Hier had ze zes van de laatste zeven jaren gewoond, drie als student aan Columbia en drie als associate. Na haar rechtenstudie had ze als griffier gewerkt voor een federale rechter in D.C., maar daarna was ze snel teruggekeerd naar New York. Ze had nooit ergens anders gewoond dan in de felverlichte steden New York en Washington.

Lafayette, Louisiana? Brady, Virginia?

In veel te opgewekte bewoordingen voor de situatie liet Anna iedereen die met onbetaald verlof was gestuurd weten dat er bij enkele van de hierboven genoemde non-profitorganisaties misschien maar weinig plaatsen vacant waren. Met andere woorden: haast je daar een baan te krijgen, anders loop je misschien de kans mis om naar de rimboe te verhuizen en de komende twaalf maanden voor niets te werken. Samantha was echter te verdoofd om ook maar iets snel te doen.

Blythe kwam even naar huis om dag te zeggen en voor een snelle pastamaaltijd uit de magnetron. Samantha had haar het grote nieuws via een sms verteld. Haar huisgenootje was bijna in tranen toen ze thuiskwam. Een paar minuten later had Samantha haar al gerustgesteld en verzekerd dat het leven doorging. Blythes kantoor vertegenwoordigde een heleboel hypotheekverstrekkers, en daar was de stemming al even somber als bij Scully & Pershing. Ze praatten al dagen alleen maar over een mogelijk ontslag. Halverwege de pasta begon Blythes mobieltje te trillen. Haar leidinggevende partner was naar haar op zoek. Dus verliet ze om halfzeven gehaast het appartement, want ze wilde snel terug naar kantoor; ze was doodsbang dat ze werd ontslagen als ze ook maar iets te laat kwam.

Samantha schonk een glas wijn in en liet het bad vollopen. Ze stapte in bad, dronk haar wijn op en besloot dat ze, ondanks het grote geld, Big Law haatte en nooit meer terug wilde. Ze zou zichzelf nooit meer in de positie manoeuvreren dat iemand tegen haar zou schreeuwen als ze niet na zonsondergang of voor zonsopgang op kantoor was. Ze zou zich nooit meer door het geld laten verleiden. Ze zou heel veel dingen nooit meer doen.

Op het financiële vlak was de situatie onzeker, maar niet echt slecht. Op haar spaarrekening stond 31.000 dollar en ze had geen schulden, behalve drie maanden huur voor de flat. Als ze het zuinig aan deed en met parttimebaantjes wat geld verdiende, redde ze het waarschijnlijk wel tot de storm was overgewaaid. Er natuurlijk van uitgaande dat de wereld niet ophield te bestaan. Ze zag zichzelf niet als serveerster of schoenverkoopster werken, maar ze had ook nooit verwacht dat er zo abrupt een einde zou komen aan haar veelbelovende carrière. De stad zou algauw worden overstroomd door nog meer serveersters en ver- koopsters met een universitaire graad.

Terug naar Big Law. Het was haar doel geweest om op haar vijfen- dertigste partner te worden, een van de weinige vrouwen aan de top en met een hoekkantoor van waaruit ze keihard met de mannen zou samenwerken. Dan had ze een secretaresse, een assistent, een paar ju- ridisch assistenten en een chauffeur op afroep, een dikke onkostenver- goeding en een designergarderobe. De honderd uren per werkweek zouden zijn teruggeschroefd naar een acceptabel aantal. Ze zou twintig jaar lang twee miljoen per jaar verdienen en daarna met pensioen gaan en de wereld rondreizen. Ondertussen zou ze ergens een echtgenoot oppikken, een of twee kinderen krijgen en zou haar leven fantastisch zijn.

Dat had ze allemaal gepland en het had allemaal binnen handbereik geleken.

Ze had afgesproken om een martini te drinken met Izabelle in de lobby van het Mercer Hotel, vier straten van haar loft vandaan. Ze hadden Ben uitgenodigd, maar hij was nog niet zo lang getrouwd en nog steeds van slag. Het verlof had bij de beide vrouwen een volkomen tegenge- steld effect. Samantha begon al aan het idee te wennen, legde zich erbij neer en dacht zelfs al aan alternatieven. Maar zij had geluk, want ze had geen studieschuld. Haar ouders hadden genoeg geld gehad om een uitstekende opleiding te betalen.

Izabelle ging echter gebukt onder oude leningen en ze maakte zich grote zorgen over de toekomst. Ze sloeg haar martini snel achterover en de gin steeg meteen naar haar hoofd. 'Ik kan me een jaar zonder inkomen niet veroorloven,' zei ze. 'Jij wel?'

'Misschien wel,' zei Samantha. 'Als ik al mijn uitgaven beperk en op soep ga leven, kan ik wel in de stad blijven wonen.'

'Ik niet,' zei Izabelle verdrietig en ze nam nog een slok. 'Ik ken een knul bij Procesrecht. Hij is afgelopen vrijdag met onbetaald verlof gestuurd. Hij heeft inmiddels vijf van die non-profitorganisaties gebeld en die zeiden allemaal dat al hun stageplaatsen al door andere associates bezet waren. Dat geloof je toch niet? Dus toen belde hij P&O en heeft veel stampij gemaakt, en toen zeiden ze dat ze nog met die lijst bezig zijn en nog steeds aanvragen krijgen van non-profitorganisaties die op zoek zijn naar goedkope arbeidskrachten. We zijn dus niet alleen ontslagen, maar ook dat mooie onbetaald-verlofplannetje werkt niet. Niemand wil ons hebben, zelfs niet als we voor niets werken. Dat is behoorlijk wrang.'

Samantha nam een slokje en genoot van het verdovende drankje. 'Ik ben niet van plan op hun aanbod voor onbetaald verlof in te gaan.'

'Hoe ga je het dan doen met je ziektekostenverzekering? Je kunt niet zonder.'

'Misschien wel.'

'Maar als je ziek wordt, raak je alles kwijt.'

'Ik heb niet veel.'

'Dat is dom, Sam.' Weer een slok martini, wel iets kleiner. 'Dus je bent van plan een geweldige toekomst bij het goeie ouwe Scully & Pershing op te geven.'

'Het kantoor heeft mij opgegeven, en jou, en een heleboel anderen. Er moet een betere plek zijn om te werken, en een betere manier om de kost te verdienen.'

'Daar drink ik op.'

Toen er een serveerster aankwam, bestelden ze nog een rondje.

3

Samantha sliep twaalf uur en toen ze wakker werd, had ze de overweldigende behoefte de stad te ontvluchten. Terwijl ze in haar bed naar de oude houten balken van het plafond lag te staren, realiseerde ze zich dat ze al zeven weken geen voet meer buiten Manhattan had gezet. Een gepland lang weekend in augustus in Southampton was onverwacht dankzij Andy Grubman niet doorgegaan, zodat ze in plaats van slapen en feestvieren die zaterdag en zondag op kantoor dikke contracten had proefgelezen.

Zeven weken. Ze ging snel onder de douche en stopte een paar noodzakelijke dingen in een koffer. Om tien uur stapte ze op Penn Station in een trein en sprak een bericht in op de voicemail van Blythes mobieltje: *Ik ga een paar dagen naar D.C. Bel me als je wordt ontslagen.*

Terwijl de trein door New Jersey reed, werd ze nieuwsgierig. Ze stuurde een mailtje naar het Lake Erie Comité en eentje naar het Opvangtehuis voor Vrouwen in Pittsburgh.

Er ging een halfuur voorbij zonder dat ze antwoord kreeg. Ze las de *Times*, maar er stond niets in over het slagveld bij S&P, terwijl de economische crisis onverminderd doorging. Gigantische ontslagen bij financiële bedrijven. Banken die weigerden leningen te verstrekken, terwijl andere banken hun deuren sloten. Het Congres was in paniek. Obama gaf Bush de schuld. McCain/Palin gaven de democraten de schuld. Ze keek op haar laptop en zag een nieuwe mail van de opgewekte Anna van P&O: *Er zijn zes nieuwe non-profitorganisaties die meedoen. Je kunt maar beter in actie komen!*

Het Opvangtehuis voor Vrouwen stuurde een vriendelijke mail terug, bedankte mevrouw Kofer voor haar belangstelling, maar de vacature was zojuist vervuld. Vijf minuten later zeiden de aardige mensen die Lake Erie wilden redden ongeveer hetzelfde. Nu voelde Samantha zich uitgedaagd en ze stuurde een mailtje naar nog eens vijf non-profitorganisaties van Anna's lijst, en vervolgens een mailtje naar Anna waarin ze haar beleefd vroeg nóg iets enthousiaster te zijn als ze nieuwe updates stuurde. Tussen Philadelphia en Wilmington zei Marshkeepers in Louisiana nee. Het Onschuld Project Georgia zei nee. Het Immigranten Initiatief in Tampa zei nee. Het Coördinatiecentrum Doodstraf zei nee, en het Bureau Rechtshulp voor Greater St. Louis zei nee. Nee, maar bedankt voor uw belangstelling. De stageplaatsen zijn al vervuld.

Nul van de zeven. Ze kon niet eens een baan als vrijwilliger krijgen!

Op Union Station vlak bij het Capitool nam ze een taxi en liet zich diep in de kussens zakken. De auto worstelde zich langzaam door het drukke verkeer in D.C. Straat na straat vol regeringsgebouwen, hoofdkantoren van duizenden organisaties en vennootschappen, hotels en glanzende nieuwe woonflats, enorme kantoren vol advocaten en lobbyisten, de trottoirs vol gehaaste mensen die heen en weer liepen en zich druk maakten over de landszaken, terwijl het land op de rand van de afgrond balanceerde. Ze had de eerste tweeëntwintig jaar van haar leven in D.C. gewoond, maar vond het er nu saai. De stad trok nog altijd heel veel jonge mensen aan, maar die praatten alleen maar over politiek en onroerend goed. De lobbyisten waren het ergst. Inmiddels had je meer lobbyisten dan advocaten en politici bij elkaar, en zij bestuurden de stad. Ze hadden het Congres in hun zak en waren daardoor de baas over het geld, en tijdens een cocktailparty of een etentje verveelden ze je mateloos met verhalen over hun laatste heldhaftige inspanningen om een beetje subsidiegeld een andere kant op te sluizen of een maas in een belastingwet te dichten. Al haar jeugdvrienden en studiegenoten aan Georgetown verdienden een inkomen waaraan op de een of andere manier federale dollars kleefden. Haar eigen moeder verdiende jaarlijks 145.000 dollar als carrièreadvocaat bij het ministerie van Justitie.

Samantha wist niet zeker hoe haar vader zijn geld verdiende. Ze besloot eerst bij hem op bezoek te gaan. Haar moeder maakte lange dagen en zou pas thuiskomen als het al donker was. Samantha liep het appartement van haar moeder binnen, liet haar koffer daar achter en stak met dezelfde taxi de Potomac over naar Old Town in Alexandria. Haar vader begroette haar met een omhelzing, een glimlach en alle tijd van de wereld. Hij was naar een veel mooier gebouw verhuisd en had zijn bedrijf omgedoopt tot de Kofer Group. 'Klinkt naar een heleboel lobbyisten,' zei ze toen ze om zich heen keek in zijn fraai ingerichte ontvangsthal.

'Nee hoor,' zei Marshall. 'We houden ons verre van dat circus daar,' zei hij en hij wees vaag naar D.C. alsof het een getto was. Ze liepen door een gang langs openstaande deuren van kleine kantoren.

Wat doe je nu precies, pap? Maar ze besloot die vraag uit te stellen. Hij nam haar mee naar een groot hoekkantoor met uitzicht op de Potomac River in de verte; het had veel weg van Andy Grubmans uitzicht, uit een ander leven. Ze namen plaats in leren stoelen die rondom een tafeltje stonden, terwijl een secretaresse koffie ging halen.

'Hoe gaat het?' vroeg hij belangstellend met een hand op haar knie, alsof ze van de trap was gevallen.

'Prima,' zei Samantha en ze kreeg meteen een brok in haar keel. *Beheers je.* Ze slikte moeizaam en zei: 'Het was zo onverwacht. Een maand geleden ging alles nog prima, weet je, zoals het hoorde, geen wolkje aan de lucht. Ik maakte heel veel uren, maar zo is het leven in de tredmolen nu eenmaal. Toen begonnen we de geruchten te horen, tromgeroffel in de verte, over dat het misliep. Het lijkt nu allemaal zo plotseling.'

'Ja, dat klopt. Deze crash heeft meer weg van een bom.'

De secretaresse bracht hun koffie op een dienblad, verliet het kantoor en deed de deur achter zich dicht.

'Lees je Trottman?' vroeg hij.

'Wie?'

'Hij schrijft een wekelijkse nieuwsbrief over de markten en de politiek. Hij zit hier in D.C. en loopt al heel lang mee, en hij is heel goed. Zes maanden geleden voorspelde hij een meltdown in de risicovolle hypotheken. Hij zei dat het er al jaren aan zat te komen en dat er een crash en een gigantische depressie aankwam. Hij gaf iedereen het advies zich uit de markten terug te trekken, uit alle markten.'

'Heb jij dat gedaan?'

'Daar had ik geen cent in geïnvesteerd. En als ik dat wel had gedaan, weet ik niet zeker of ik zijn raad zou hebben opgevolgd. Zes maanden geleden dachten we nog dat vastgoed nooit in waarde zou dalen. Geld lenen was belachelijk goedkoop en iedereen leende er maar op los. Het kon niet op.'

'En wat zegt deze Trottman nu?'

'Nou, hij is niet hoog van de toren aan het blazen, maar vertelt de Fed wat ze moeten doen. Hij voorspelt een gigantische recessie, en wereldwijd, maar niet zoals in 1929. Hij denkt dat de markten de helft in waarde zullen dalen, de werkloosheid ongekend hoog wordt, de democraten in november de verkiezingen winnen, een paar grote banken failliet gaan, er heel veel angst en onzekerheid ontstaan, maar dat de wereld het op de een of andere manier zal overleven. Wat hoor jij in New York, in Wall Street? Jij zit er middenin. Of dat zat je, neem ik aan.'

Hij droeg dezelfde soort zwarte instappers met kwastjes die hij altijd al had gedragen. Zijn donkere pak was waarschijnlijk met de hand gemaakt, net als in zijn hoogtijdagen – van kamgaren en heel duur. Een zijden stropdas met een perfecte knoop. Manchetknopen. De eerste keer dat ze hem in de gevangenis opzocht, droeg hij een kakikleurig overhemd en een olijfgroene overall, zijn standaarduniform, en hij had geklaagd dat hij zijn oude garderobe zo miste. Marshall Kofer had altijd van mooie kleren gehouden, en nu dat weer kon, gaf hij daar duidelijk wat geld aan uit.

'Iedereen is in paniek,' zei ze. 'Gisteren twee zelfmoorden, volgens de *Times*.'

'Heb je al geluncht?'

'In de trein heb ik een broodje gegeten.'

'Laten we uit eten gaan, met z'n tweetjes.'

'Ik heb met mam afgesproken, maar morgen heb ik geen lunchafspraak.'

'Nu wel. Hoe gaat het met Karen?' vroeg hij. Volgens hem belden haar ouders elkaar minstens één keer per maand op om even met elkaar te kletsen. Volgens haar moeder gebeurde dat één keer per jaar. Marshall zou graag vrienden zijn, maar Karen koesterde nog te veel wrok. Samantha had nooit geprobeerd een wapenstilstand te bewerkstelligen.

'Prima, denk ik. Werkt hard en zo.'

'Heeft ze een relatie?'

'Niet gevraagd. Hoe zit het met jou?'

De knappe jonge juridisch assistent had het uitgemaakt toen hij twee maanden in de gevangenis zat en Marshall was nu al jaren single. Single maar zelden alleen. Hij was bijna zestig, nog steeds fit en slank, met achterovergekamd grijs haar en een prachtige glimlach. 'O, ik ben nog steeds in de race,' zei hij lachend. 'En jij, heb jij een speciaal iemand?'

'Nee, pap. Ik ben bang van niet. Ik heb de afgelopen drie jaar in een kooi gezeten terwijl de wereld aan me voorbijging. Ik ben negenentwintig en alweer maagd.'

'Daar hoeven we het niet over te hebben. Hoe lang blijf je in de stad?'

'Ik ben er net. Dat weet ik niet. Ik heb je verteld over die deal van onbetaald verlof die het kantoor ons aanbiedt en dat ben ik aan het uitzoeken.'

'Als je een jaar vrijwilligerswerk doet, krijg je je oude baan terug zonder verlies van anciënniteit?'

'Zoiets.'

'Dat stinkt. Je vertrouwt die lui toch niet echt, wel?'

Ze haalde diep adem, nam toen een slokje koffie. Vanaf dit moment kon hun gesprek een negatieve wending nemen doordat er onderwerpen werden aangeroerd die ze op dit moment niet aankon. 'Nee, niet echt. Ik kan je oprecht zeggen dat ik de partners die de baas zijn van Scully & Pershing niet vertrouw. Nee.'

Marshall zat zijn hoofd al te schudden, was het helemaal met haar eens. 'En je wilt eigenlijk helemaal niet terug, niet nu en ook niet over twaalf maanden. Klopt dat?'

'Ik weet niet zeker hoe ik er over twaalf maanden over denk, maar ik zie niet veel toekomst voor me bij dat kantoor.'

'Juist ja.' Hij zette zijn koffiekopje op tafel en leunde naar voren. 'Luister, Samantha, ik kan je nu meteen een baan aanbieden, een baan die goed betaalt en die je een jaar van de straat houdt, terwijl jij over alles nadenkt. Misschien wordt het een permanente baan, misschien ook niet, maar dan heb je alle tijd om een besluit te nemen. Je zult niet met het recht bezig zijn, niet met het echte recht zoals ze zeggen, maar ik betwijfel of je dat de afgelopen drie jaar vaak hebt gedaan.'

'Mam zei dat je twee partners hebt en dat die ook zijn geroyeerd.'

Hij lachte, maar niet gemeend; de waarheid was ongemakkelijk. 'Ja, ik kan me wel voorstellen dat Karen dat zegt. Maar weet je, Samantha, we zijn hier met z'n drieën, allemaal veroordeeld, bestraft, geroyeerd, we hebben gevangengezeten en, ik ben blij dat ik dat kan zeggen, we zijn volledig gerehabiliteerd.'

'Het spijt me, pap, maar ik zie mezelf niet werken voor een kantoor dat door drie geroyeerde advocaten wordt geleid.'

Marshall was gekwetst en hij liet zijn schouders een beetje zakken. Zijn glimlach verdween.

'Het is geen echt advocatenkantoor, hè?'

'Klopt. We mogen niet in de rechtbank aan het werk, omdat ons royement niet is opgeheven.'

'Wat doen jullie dan?'

Hij had zichzelf snel weer in de hand en zei: 'We verdienen heel veel geld, kindje. We werken als consultant.'

'Iedereen is consultant, pap. Wie geef je advies en wat vertel je hun?'

'Weet je wat procesfinanciers zijn?'

'Laat ik maar zeggen van niet.'

'Oké, procesfinanciers zijn private ondernemingen die geld inzamelen bij hun investeerders om zich in te kopen in grote rechtszaken. Stel dat een klein softwarebedrijf ervan overtuigd is dat een van de grote jongens, Microsoft bijvoorbeeld, hun software heeft gestolen. Dat kleine bedrijf kan Microsoft onmogelijk voor de rechter dagen en een rechtszaak tegen hen voeren. Onmogelijk. Dus gaat dat kleine bedrijf naar een procesfonds, waarna dat fonds de zaak bekijkt en als het potentie heeft, hoest dat fonds een groot bedrag op voor het advocatenhonorarium en de onkosten. Tien miljoen, twintig miljoen, maakt niet echt uit. Er is geld genoeg. Dat fonds krijgt natuurlijk een deel van de koek. Op die manier wordt het een eerlijk gevecht en meestal volgt er een lucratieve schikking. Wat wij hier doen is de procesfondsen adviseren of ze zich er wel of niet mee moeten inlaten. Niet alle potentiële rechtszaken moeten worden gevoerd, zelfs niet in dit land. Mijn twee partners, *non-equity* partners moet ik er misschien aan toevoegen, waren ook deskundig op het gebied van complexe schadevergoedingsprocessen tot hen, hoe zal ik het noemen, werd gevraagd het advocatenvak te verlaten. Ons bedrijf groeit en bloeit, ondanks deze kleine recessie. Sterker nog, volgens ons zal de huidige puinhoop ons bedrijf geen windeieren leggen. Heel veel banken zullen een rechtszaak aan de broek krijgen, en voor enorme bedragen.'

Samantha luisterde, dronk haar koffie en herinnerde zichzelf eraan dat ze zat te luisteren naar een man die in het verleden regelmatig een jury zover had gekregen dat ze een smartengeld van miljoenen dollars toewezen.

'Wat vind je ervan?' vroeg hij.

Klinkt afschuwelijk, dacht ze, maar ze fronste alsof ze diep nadacht. 'Interessant,' zei ze moeizaam.

'We zien enorme groeimogelijkheden,' zei hij.

Ja, en met drie ex-gevangenen aan de leiding is het slechts een kwestie van tijd voordat er problemen ontstaan. 'Ik weet helemaal niets van procesrecht, pap. Daar heb ik me altijd verre van gehouden. Ik hield me met financiën bezig, weet je nog?'

'Ach, dat pik je zo op. Ik leer het je wel, Samantha. Dat zou geweldig zijn. Probeer het gewoon, probeer het een paar maanden, terwijl jij nadenkt over je toekomst.'

'Maar ik ben nog niet geroyeerd,' zei ze. Ze schoten allebei in de lach, maar het was niet echt erg grappig. 'Ik zal erover nadenken, pap. Bedankt.'

'Je went snel, echt. Veertig uur per week, een leuk kantoor, leuke mensen. Het zal zeker beter zijn dan die genadeloze concurrentie in New York.'

'Maar New York is mijn thuis, pap. En niet D.C.'

'Oké, ik zal niet aandringen. Het aanbod ligt op tafel.'

'En dat waardeer ik.'

Een secretaresse klopte op de deur en stak haar hoofd om de hoek. 'Uw afspraak van vier uur is er, meneer.'

Marshall fronste en keek op zijn horloge om de tijd te controleren. 'Ik kom er zo aan,' zei hij, waarop ze verdween.

Samantha pakte haar tas en zei: 'Ik moet ervandoor.'

'Je hoeft je niet te haasten, kindje. Het kan wel wachten.'

'Ik weet dat je het druk hebt. We zien elkaar morgen wanneer we gaan lunchen.'

'Ik verheug me erop. Doe Karen de groeten. Ik zou haar graag willen zien.'

Dat gaat echt niet gebeuren. 'Tuurlijk, pap. Tot morgen.'

Bij de deur omhelsden ze elkaar en daarna liep ze snel weg.

De achtste afwijzing was afkomstig van de Chesapeake Society in Baltimore, en de negende van een organisatie die de sequoia's in het noorden van Californië wilde redden. Samantha Kofer was nooit eerder in haar leven op één dag negen keer afgewezen, waar dan ook voor. Ook niet in een week, of in een maand. Ze wist niet of ze een tiende afwijzing wel aankon.

Ze dronk een beker cafeïnevrije koffie in het café van Kramerbooks vlak bij Dupont Circle. Tijdens het wachten mailde ze met vrienden. Blythe had nog steeds een baan, maar de situatie veranderde met het uur. Ze stuurde het gerucht door dat haar kantoor, het op drie na grootste advocatenkantoor ter wereld, ook links en rechts associates ontsloeg, en dat ook zij dezelfde onbetaald-verlofdeal hadden bedacht om hun slimste mensen bij zo veel mogelijk arme en zwoegende non-profitorganisaties te dumpen. Ze schreef: 'Er zullen wel duizenden mensen op zoek zijn naar werk.'

Samantha kon de moed niet opbrengen om toe te geven dat zij al negen afwijzingen had ontvangen.

Toen kwam mail nummer tien. Het was een kort bericht van ene Mattie Wyatt van het Mountain Bureau voor Rechtshulp in Brady, Virginia: 'Bel me op mijn mobiel als je nu kunt praten,' en ze liet haar nummer achter. Na negen botte afwijzingen voelde dit als een uitnodiging voor de inauguratie.

Samantha haalde diep adem, nam nog een slok koffie, keek om zich heen om te controleren of niemand haar kon horen, alsof de andere klanten zich voor haar zaken interesseerden, en toetste het nummer in op haar mobieltje.

4

Het Mountain Bureau voor Rechtshulp voerde zijn lowbudgetoperaties uit vanuit een voormalige gereedschapswinkel aan Main Street in Brady, Virginia. Het stadje had tweeëntwintighonderd inwoners, hoewel dat aantal bij elke volkstelling weer lager was. Brady lag in het zuidwesten van Virginia, in de regio Appalachia, het steenkoolland. Brady lag ongeveer vijfhonderd kilometer en een eeuw verwijderd van de welvarende buitenwijken van D.C. in het noorden van Virginia.

Mattie Wyatt was algemeen directeur van het Bureau sinds ze de organisatie zesentwintig jaar geleden had opgericht. Ze nam haar mobieltje op met haar gebruikelijke begroeting: 'Mattie Wyatt.'

Een enigszins verlegen stem aan de andere kant zei: 'Dag, met Samantha Kofer. Ik heb net uw mailtje ontvangen.'

'Dank u wel, mevrouw Kofer. Ik kreeg uw verzoek om informatie vanmiddag, tegelijk met een paar andere. Zo te zien staan enkele van de grote advocatenkantoren er slecht voor.'

'Dat kunt u wel zeggen, ja.'

'Nou, we hebben nooit eerder een advocaat-stagiaire van een van de grote kantoren in New York gehad, maar we kunnen hier altijd wel wat extra hulp gebruiken. Er is geen gebrek aan arme mensen en hun problemen. Bent u weleens in het zuidwesten van Virginia geweest?'

Nee, daar was Samantha nog nooit geweest. Ze had de hele wereld gezien, maar was nooit in Appalachia geweest. 'Ik ben bang van niet,' zei ze zo beleefd mogelijk. Mattie had een vriendelijke stem en een enigszins nasaal accent, maar Samantha besloot dat ze haar beste manieren moest tonen.

'Nou, er staat u een verrassing te wachten,' zei Mattie. 'Luister, mevrouw Kofer, ik heb vandaag van drie van jullie een mailtje gekregen en we hebben geen plaats voor groentjes die niets weten, begrijpt u? Dus de enige manier om te kunnen beslissen wie ik moet aannemen, is door een sollicitatiegesprek. Kunt u hiernaartoe komen om een kijkje te nemen? De andere twee zeiden dat ze het zouden proberen. Volgens mij is een van hen van uw advocatenkantoor.'

'Ja, natuurlijk kan ik langskomen,' zei Samantha. Wat moest ze anders zeggen? Als ze ook maar iets van tegenzin liet blijken, zou ze inderdaad haar tiende afwijzing krijgen. 'Wanneer komt het u het beste uit?'

'Morgen, overmorgen, maakt niet uit. Ik had niet verwacht dat ik zou worden bedolven onder ontslagen advocaten die wanhopig proberen een baantje te vinden, zelfs als ze er geen geld voor krijgen. Opeens is er concurrentie voor deze vacature, dus hoe eerder hoe beter, denk ik. New York is hier ver vandaan.'

'Eerlijk gezegd ben ik op dit moment in D.C. Ik kan morgenmiddag bij u zijn, denk ik.'

'Oké. Ik heb niet veel tijd voor sollicitatiegesprekken, de kans is dus groot dat ik de eerste aanneem die op de stoep staat en de rest dan afzeg. Tenminste, als de eerste me bevalt.'

Samantha deed haar ogen even dicht en probeerde alles op een rijtje te krijgen. Gisterochtend zat ze nog aan haar bureau op het grootste advocatenkantoor ter wereld, een baan met een uitstekend salaris en met uitzicht op een lange, financieel gunstige carrière. Nu, ongeveer dertig uur later, was ze werkloos, zat ze in het café van Kramerbooks en probeerde ze een tijdelijke, onbetaalde baan te krijgen zo diep in de rimboe als maar mogelijk was.

Mattie zei: 'Ik ben vorig jaar naar D.C. gereden voor een conferentie en dat kostte me zes uur. Morgen om een uur of vier dan?'

'Prima. Tot dan, en dank u wel, mevrouw Wyatt.'

'Nee, dank u, en het is Mattie.'

Samantha surfte op internet en vond de website van het Mountain Bureau voor Rechtshulp. De missie was eenvoudig: 'Het verstrekken van gratis juridische hulp aan cliënten met een laag inkomen in het zuidwesten van Virginia.' Het werkgebied omvatte familierecht, schuldsanering, huisvesting, gezondheidszorg, opleiding en uitkeringen in verband met stoflongziekte. Tijdens haar rechtenstudie waren een paar van deze onderwerpen wel voorbijgekomen, maar niet tijdens haar carrière. Het Bureau behandelde geen strafzaken. Naast Mattie Wyatt was er nog een advocaat, een juridisch assistent en een receptioniste, allemaal vrouwen.

Samantha besloot dit met haar moeder te bespreken en er dan een nachtje over te slapen. Ze had zelf geen auto en had eerlijk gezegd het gevoel dat het tijdverspilling was om helemaal naar Appalachia te rijden. Werken als serveerster in SoHo leek haar veel aantrekkelijker. Terwijl ze naar haar laptop zat te staren, stuurde het daklozencentrum in Louisville haar een beleefde afwijzing. Tien afwijzingen op één dag. Dat was de druppel: zij zou een einde maken aan haar zoektocht om de wereld te redden.

Karen Kofer kwam iets na zeven uur Firefly binnenlopen. De tranen sprongen haar in de ogen toen ze haar enige kind omhelsde, en na een paar woorden van medeleven vroeg Samantha of ze daar alsjeblieft mee wilde ophouden. Ze liepen naar de bar en dronken een glas wijn terwijl ze op een tafeltje wachtten. Karen was vijfenvijftig en werd prachtig ouder. Ze gaf het grootste deel van haar geld uit aan kleren en was altijd trendy, zelfs chic gekleed. Zolang Samantha zich kon herinneren klaagde haar moeder over het gebrek aan stijl om haar heen op het ministerie, alsof het haar werk was de boel een beetje klasse te geven. Ze was al tien jaar single en er was nooit een gebrek aan mannen geweest, maar de ware had ze niet gevonden. Uit gewoonte bekeek ze haar dochter kritisch, van haar oorbellen tot haar schoenen, binnen een paar seconden en zonder commentaar. Het kon Samantha niet echt iets schelen. Op deze afschuwelijke dag was ze maar met één ding bezig.

'Je krijgt de groeten van pap,' zei ze in een poging het gesprek van de dringende zaken op het ministerie van Justitie af te brengen.

'O, heb je hem gezien?' vroeg Karen met opgetrokken wenkbrauwen en opeens uiterst alert.

'Ja, ik ben even bij zijn kantoor langs geweest. Hij lijkt goed te boeren, hij is zijn bedrijf aan het uitbreiden, zegt hij.'

'Heeft hij je een baan aangeboden?'

'Ja, inderdaad. Met ingang van nu, veertig uur per week in een kantoor vol geweldige mensen.'

'Ze zijn allemaal geroyeerd, weet je dat?'

'Ja, dat heb jij me verteld.'

'Het lijkt legaal, voorlopig nog wel in elk geval. Je overweegt natuurlijk niet echt om voor Marshall te gaan werken? Het is een dievenbende en het duurt waarschijnlijk niet lang voordat ze in de problemen komen.'

'Je houdt hen dus in de gaten?'

'Laten we het erop houden dat ik vrienden heb, Samantha. Heel veel vrienden op de juiste plaatsen.'

'En zou je het prettig vinden als hij weer wordt gearresteerd?'

'Nee, liefje, ik ben over je vader heen. We zijn al jaren uit elkaar en het heeft lang geduurd voordat ik het achter me kon laten. Hij heeft geld verborgen en me een loer gedraaid tijdens onze scheiding, maar uiteindelijk heb ik de zaak laten rusten. Ik heb een aangenaam leven en ik ben niet van plan om negatieve energie aan Marshall Kofer te verspillen.'

Ze namen tegelijk een slokje wijn en keken naar de barkeeper, een aantrekkelijke jongen van midden twintig in een strak zwart T-shirt.

'Nee mam, ik ga niet voor pap werken. Dat zou een ramp zijn.'

De gastvrouw bracht hen naar hun tafeltje en een ober schonk ijswater in. Toen ze alleen waren, zei Karen: 'Het spijt me zo, Samantha. Ik kan het gewoon niet geloven.'

'Alsjeblieft, mam, zo is het wel genoeg.'

'Dat weet ik, maar ik ben je moeder en ik kan er niets aan doen.'

'Mag ik de komende dagen misschien je auto lenen?'

'Natuurlijk. Waar heb je hem voor nodig?'

'In Brady zit een Bureau voor Rechtshulp, een van de non-profitorganisaties op mijn lijst en ik overweeg ernaartoe te rijden om een kijkje te nemen. Het is misschien tijdverspilling, maar ik heb deze dagen toch weinig te doen. Sterker nog, ik heb morgen helemaal niets te doen en een lange autorit helpt misschien om alles op een rijtje te krijgen.'

'Maar rechtshulp?'

'Waarom niet? Het is maar een sollicitatiegesprek voor een stageplaats. Als ik die baan niet krijg, dan blijf ik werkloos. Als ik die baan wel krijg, kan ik altijd nog ontslag nemen als het me niet bevalt.'

'En je krijgt geen salaris?'

'Geen cent. Dat hoort bij de deal. Als ik twaalf maanden als advocaatstagiaire werk, houdt het kantoor me in hun systeem.'

'Maar je vindt vast wel een leuk klein kantoor in New York.'

'We hebben het hier al over gehad, mam. Grote advocatenkantoren lozen personeel en kleine kantoren gaan failliet. Je hebt geen idee van de hysterie die zich op dit moment in New York afspeelt. Jij zit veilig en wel bij je ministerie en niemand van jouw vrienden raakt zijn baan kwijt. Maar in de echte wereld zie je alleen maar angst en chaos.'

'Ik leef dus niet in de echte wereld?'

Gelukkig kwam de ober terug, met een lang verhaal over de specialiteiten van de dag. Toen hij vertrok, dronken ze hun glas leeg en keken naar de tafeltjes om hen heen. Ten slotte zei Karen: 'Samantha, ik ben bang dat je je vergist. Je kunt toch niet zomaar een jaar verdwijnen. Hoe zit het dan met je appartement? En je vrienden?'

'Mijn vrienden zijn net als ik met onbetaald verlof, de meesten in elk geval. En ik heb niet veel vrienden.'

'Het lijkt me gewoon geen goed idee.'

'Geweldig, mam. En wat zijn mijn opties dan? Een baan bij de Kofer Group?'

'Alsjeblieft niet! Dan kom je waarschijnlijk in de gevangenis terecht.'

'Kom je me dan opzoeken? Heb je hem ooit opgezocht?'

'Ik heb nooit ook maar overwogen om hem een bezoek te brengen. Ik was dolblij toen ze hem opsloten. Ooit zul je dat nog wel begrijpen, liefje, maar alleen als een man je voor iemand anders dumpt, en ik bid dat dat nooit gaat gebeuren.'

'Oké, ik denk dat ik het wel begrijp. Maar het is al lang geleden.'

'Sommige dingen vergeet je nooit.'

'Probeer je het te vergeten?'

'Luister, Samantha, ieder kind wil dat zijn ouders bij elkaar blijven. Dat is een basaal overlevingsinstinct. En als ze uit elkaar gaan, wil het kind dat ze op z'n minst vrienden blijven. Sommige mensen kunnen dat, maar sommigen niet. Ik wil niet eens in dezelfde kamer zijn als Marshall Kofer en ik praat ook liever niet over hem. Laat het dus maar rusten.'

'Prima.' Zo dicht bij een verzoeningspoging was Samantha nog nooit geweest, en ze hield er snel mee op.

Toen de ober hun salades bracht, bestelden ze een fles wijn.

'Hoe gaat het met Blythe?' vroeg Karen, om een gemakkelijker gespreksonderwerp aan te roeren.

'Ze maakt zich zorgen, maar heeft nog steeds een baan.' Ze praatten een paar minuten over Blythe, en daarna over een man die Forest heette en ongeveer een maand om Karen heen had gehangen. Hij was een paar jaar jonger, wat ze het liefst had, maar er was geen sprake van een romance. Forest was als adviseur verbonden aan de Obama-campagne, waarna het gesprek daarover ging. Tijdens een nieuw glas wijn analyseerden ze het eerste presidentiële debat. Maar Samantha had het helemaal gehad met de verkiezingen, en Karen praatte in verband met haar werk liever niet over politiek. Ze zei: 'Ik was helemaal vergeten dat jij geen auto hebt.'

'Ik heb al jaren geen auto nodig gehad. Eventueel kan ik wel een paar maanden een auto leasen.'

'Nu ik erover nadenk, heb ik de mijne morgenavond wel nodig. Ik ga bridgen bij een vriendin in McLean.'

'Geen probleem. Dan huur ik wel een paar dagen een auto. Hoe meer ik erover nadenk, hoe meer zin ik heb in een lange rit, alleen.'

'Hoe lang?'

'Zes uur.'

'In zes uur ben je in New York.'

'Nou, morgen ga ik de andere kant op.'

Toen werden de hoofdgerechten gebracht, en ze vielen meteen aan want ze hadden allebei enorme trek.

5

Het huren van een rode Toyota Prius kostte een uur, maar daarna baande Samantha zich een weg door het verkeer in D.C. Ze hield het stuur stevig vast en keek steeds in de spiegels. Ze had al maanden niet meer gereden en voelde zich niet op haar gemak.

De andere kant op waren de rijbanen vol forensen die vanuit de buitenwijken het centrum binnenkwamen, maar het verkeer in westelijke richting kon zonder veel problemen doorrijden. Voorbij Manassas was de snelweg meteen al een stuk leger en uiteindelijk ontspande ze zich.

Izabelle belde en vertelde zeker een kwartier lang allemaal roddels. Scully & Pershing had de vorige middag laat nog meer associate partners met onbetaald verlof gestuurd, onder wie een andere vriendin met wie ze samen rechten hadden gestudeerd; er was alweer een lading non-equity partners op straat gezet; een stuk of twaalf senior partners gingen vervroegd met pensioen, kennelijk gedwongen; het ondersteunend personeel werd met vijftien procent gereduceerd. Iedereen in het kantoor was verlamd van angst, de advocaten deden de deur van hun kantoor dicht en verstopten zich onder hun bureau. Izabelle vertelde dat ze misschien naar Wilmington ging om bij haar zus in de kelder te gaan wonen, als advocaat-stagiaire voor een kinderhulpprogramma zou gaan werken en op zoek ging naar een parttimebaan. Ze betwijfelde of ze terugkwam in New York, maar het was te vroeg om daar iets over te zeggen. Alles was te onzeker, alles veranderde snel, en nou ja, niemand kon zeggen waar ze over een jaar zouden zijn. Samantha bekende dat ze dolblij was dat ze niet meer bij het advocatenkantoor zat en haar toekomst openlag.

Ze belde haar vader om hun lunchafspraak af te zeggen. Hij klonk teleurgesteld, maar gaf haar de raad om niet te snel aan een zinloze stage te beginnen diep in 'de derde wereld'. Hij herinnerde haar aan zijn aanbod en drong iets te veel aan toen ze nee zei. 'Nee, pap, ik wil die baan niet, maar toch bedankt.'

'Je begaat een vergissing, Sam,' zei hij.

'Ik heb je niet om advies gevraagd, pap.'

'Misschien heb je mijn advies wel nodig. Luister alsjeblieft naar iemand met een beetje gezond verstand.'

'Dag, pap. Ik bel je nog.'

Vlak bij het stadje Strasburg nam ze de afslag naar de Interstate 81 Zuid. Daar kwam ze midden tussen een heleboel vrachtwagens terecht die zich niets van de maximumsnelheid aantrokken. Toen ze de kaart bekeek, had ze zich voorgesteld dat het een heerlijke rit zou zijn door de Shenandoah Valley, maar in werkelijkheid moest ze de grote trucks met oplegger op de drukke vierde baan inhalen. Duizenden trucks. Heel af en toe kon ze even naar de uitlopers van de Blue Ridge in het oosten kijken, of naar de Appalachen in het westen. Het was de eerste dag van oktober en de bladeren begonnen al te verkleuren, maar sightseeing was niet slim nu het zo druk was. Ze kreeg verschillende sms'jes, maar het lukte haar ze te negeren. Ze stopte bij een fastfoodrestaurant in de buurt van Staunton en at een oudbakken salade. Tijdens het eten haalde ze diep adem, luisterde naar de locals en probeerde zichzelf te kalmeren.

Ze had een mailtje gekregen van Henry, haar ex-vriend, die weer in de stad was en zin had iets te drinken. Hij had het slechte nieuws gehoord en wilde haar troosten. Zijn acteercarrière in LA was nog minder uit de verf gekomen dan in New York het geval was geweest en hij had het helemaal gehad met het rondrijden van talentloze B-acteurs. Hij schreef dat hij haar miste en vaak aan haar dacht en dat ze, nu ze werkloos was, misschien wat tijd met elkaar konden doorbrengen om hun cv's bij te werken en de personeelsadvertenties te bekijken. Ze besloot niet te reageren, op dat moment in elk geval niet. Misschien als ze terug was in New York, zich verveelde en zich echt alleen voelde.

Ondanks de trucks en het drukke verkeer begon ze te genieten van haar eenzame rit. Ze luisterde een paar keer naar NPR, maar hoorde steeds hetzelfde verhaal: de economische meltdown, de grote recessie. Veel slimme mensen voorspelden een depressie. Anderen dachten dat de paniek wel zou overwaaien, dat de wereld het wel zou overleven. In Washington leken de knappe koppen de weg volkomen kwijt doordat er tegenstrijdige strategieën werden aangeboden, besproken en verworpen. Uiteindelijk negeerde ze de radio en haar mobieltje. Ze reed in stilte door, diep in gedachten verzonken. Haar gps zei dat ze de snelweg bij Abingdon, Virginia, moest verlaten en daar was ze blij om. Twee uur lang volgde ze een kronkelende weg in westelijke richting, de bergen in. Toen de wegen smaller werden, vroeg ze zich een paar keer af wat ze eigenlijk aan het doen was, waar ze naartoe ging en wat ze in vredesnaam zou kunnen vinden in Brady, Virginia, en wat haar ertoe zou kunnen verleiden om daar de komende twaalf maanden door te brengen. Niets, was het antwoord. Maar ze wilde er per se naartoe en dit kleine avontuur afronden. Misschien was het resultaat een leuk verhaal tijdens een cocktailparty als ze terug was in de stad, maar misschien ook niet. Op dit moment vond ze het een opluchting dat ze niet in New York was.

In Noland County nam ze Route 36 en daar werd de weg zelfs nog smaller, de bergen werden steiler en de bladeren van de bomen en struiken feller van kleur, geel en warm oranje. Ze was alleen op de snelweg, en hoe verder ze de bergen in reed, hoe meer ze zich afvroeg of er eigenlijk wel een weg was de bergen uit. Waar Brady ook lag, het leek aan het einde van de weg te liggen. Haar oren plopten en ze realiseerde zich dat zij en haar kleine rode Prius langzaam in hoogte klommen. Een gedeukt bord kondigde aan dat ze vlak bij Dunne Spring was, een dorp met 201 inwoners. Voorbij een heuveltop passeerde ze links een benzinestation en rechts een plattelandswinkel.

Een paar seconden later reed er opeens een auto vlak achter haar, met blauwe zwaailichten. Toen hoorde ze een sirene. Ze raakte in paniek en trapte op de rem, waardoor de politieauto haar bijna ramde, en ze stopte vervolgens snel op het gravel naast een brug. Tegen de tijd dat de agent bij haar portier was, vocht ze tegen de tranen. Ze pakte haar telefoon om iemand een sms te sturen, maar ze had geen bereik.

Hij zei iets wat vaag deed denken aan: 'Rijbewijs alstublieft.' Ze pakte haar tas, haalde haar portemonnee tevoorschijn en vond na even zoeken haar rijbewijs. Met trillende handen gaf ze hem het kaartje. Hij nam hem van haar aan en drukte hem bijna tegen zijn neus, alsof hij slechtziend was. Toen keek ze pas naar hem en zag dat zijn andere gebreken duidelijk waren. Zijn uniform was een niet bij elkaar passend ensemble van een gerafelde en gevlekte kakikleurige broek, een vaalbruin overhemd met allerlei insignes erop, ongepoetste zwarte soldatenlaarzen en een Smokey-the-Bear-hoed die minstens twee maten te groot was en op zijn flaporen rustte. Verwarde, zwarte haren piekten onder de hoed vandaan.

'New York?' vroeg hij. Zijn uitspraak was zeker niet duidelijk, maar zijn ruziezoekende toon wel.

'Ja, meneer. Ik woon in New York City.'

'Waarom rijdt u dan in een auto uit Vermont?'

'Het is een huurauto,' zei ze en ze haalde het Avis-huurcontract uit de middenconsole. Ze wilde het overhandigen, maar hij keek nog steeds naar haar rijbewijs, alsof hij niet goed kon lezen.

'Wat is een Prius?' vroeg hij en vervolgde op langgerekte toon: 'Ik hou van "Pryus".'

'Dat is een hybride, van Toyota.'

'Een wat?'

Ze had geen verstand van auto's, maar dat was op dat moment niet belangrijk. Ook al had ze wel veel verstand van auto's, zou ze hem nooit het principe van een hybride auto kunnen uitleggen. 'Een hybride, u weet wel, een auto die op benzine en elektriciteit rijdt.'

'Het is niet waar...'

Ze kon geen passend antwoord verzinnen, en terwijl hij wachtte keek ze hem alleen maar glimlachend aan. Zijn linkeroog leek naar zijn neus te dwalen.

Hij zei: 'Nou, hij kan kennelijk heel hard. Ik heb uw snelheid gemeten en u reed tachtig in een 30 kilometerzone. Dat is vijftig te snel. En hier in Virginia is dat roekeloos rijden. Ik weet niet wat dat in New York en Vermont is, maar hier in het zuiden is dat roekeloos. Ja mevrouw, zeker weten.'

'Maar ik heb helemaal geen bord met de maximumsnelheid gezien.'

'Ik kan er niets aan doen wat u niet ziet, mevrouw, toch?'

Er kwam hen een oude pick-uptruck tegemoet, hij ging langzamer rijden en leek te willen stoppen. De chauffeur leunde uit het raampje en riep: 'Kom op, Romey, niet weer!'

De agent draaide zich om en riep terug: 'Rot op, zeg!'

De pick-uptruck stopte op de middenstreep en de chauffeur riep: 'Daar moet je mee ophouden, man!'

De agent maakte zijn holster los, trok zijn zwarte pistool eruit en zei: 'Je hebt me gehoord, oprotten!'

De pick-uptruck schoot naar voren, met spinnende achterbanden en racete weg. Toen hij twintig meter verderop was, richtte de agent zijn pistool naar de hemel en vuurde een luid, donderend schot af die door het dal kraakte en tegen de bergen echode. Samantha gilde en begon te huilen. De agent keek de pick-uptruck na en zei toen: 'Het is al goed, het is al goed. Hij bemoeit zich altijd overal mee. Oké, waar waren we?'

Tijdens het praten stopte hij zijn pistool weer in de holster en speelde met het klepje.

'Dat weet ik niet,' zei ze en ze probeerde met trillende handen haar ogen droog te vegen.

Gefrustreerd zei de agent: 'Het is al goed, mevrouw. Het is al goed. Oké, u hebt een rijbewijs van New York en nummerborden van Vermont op dit rare kleine autootje, en u reed vijftig kilometer te snel. Wat doet u hier eigenlijk in het zuiden?'

Dat gaat je niets aan, brulde ze bijna, maar een dergelijke opstelling zou alleen maar meer problemen veroorzaken. Ze keek strak voor zich uit, ademde diep in en uit, en probeerde zich te beheersen. Ten slotte zei ze: 'Ik ben onderweg naar Brady. Ik heb daar een sollicitatiegesprek.' Haar oren tuterden nog.

Met een vreemd lachje zei hij: 'Er zijn geen banen in Brady, dat kan ik u wel vertellen.'

'Ik heb een gesprek met het Mountain Bureau voor Rechtshulp,' zei ze met haar tanden op elkaar geklemd. Haar eigen woorden klonken haar leeg en onwerkelijk in de oren.

Dit antwoord verraste hem en hij leek niet goed te weten wat hij nu moest doen. 'Nou, ik moet u arresteren. Vijftig kilometer te hard is uiterst roekeloos. De rechter zal u waarschijnlijk een behoorlijke straf opleggen. Ik moet u helaas in de cel zetten.'

'Waar?'

'In de Noland County-gevangenis in Brady.'

Ze boog haar hoofd en masseerde haar slapen. 'Dit geloof je toch gewoon niet,' zei ze.

'Het spijt me, mevrouw. Stap uit uw auto. U moet met mij mee, voorin.' Hij stond met zijn handen op zijn heupen, zijn rechterhand gevaarlijk dicht bij zijn holster.

'Meent u het echt?' vroeg ze.

'Heel echt.'

'Mag ik iemand bellen?'

'Zeker weten van niet. Misschien in de gevangenis. En trouwens, u hebt hier geen bereik.'

'Dus u arresteert me en brengt me naar de gevangenis?'

'Nu snapt u het. Ik geloof graag dat we alles hier in Virginia anders aanpakken. Kom, we gaan.'

'En mijn auto dan?'

'Die haalt de sleepwagen wel op. Kost u nog eens veertig dollar. Kom mee.'

Ze kon niet helder denken, maar alle andere opties leken met nog meer schoten te eindigen. Langzaam pakte ze haar tas en stapte uit de auto. Met haar één meter zeventig en op platte schoenen was ze zeker een paar centimeter langer dan Romey. Ze liep naar zijn auto; het blauwe zwaailicht knipperde nog steeds. Ze keek naar het portier van de chauffeur en zag niets. Hij voelde wat ze dacht en zei: 'Het is een ongemerkte auto. Daarom zag u me hier niet staan. Dat werkt altijd. Ga voorin zitten. Ik neem u mee zonder handboeien.'

Ze slaagde erin zwakjes te mompelen: 'Bedankt.'

Het was een donkerblauwe Ford die vaag iets weg had van een oude politieauto, eentje die al zeker tien jaar geleden was afgedankt. De voorstoel leek op een bank, vinyl met grote scheuren erin waar een smerige schuimvulling uitpuilde. Op het dashboard zaten twee radio's. Romey pakte een microfoon en zei, snel en amper verstaanbaar, iets als: 'Eenheid tien, kom naar Brady met verdachte. Geschatte aankomsttijd over vijf minuten. Breng de rechter op de hoogte. Heb een kraanwagen nodig bij Thack's Bridge, een vreemd Japans autootje.'

Er kwam geen antwoord, alsof er niemand luisterde. Samantha vroeg zich af of de radio wel werkte. Op de bank tussen hen in lag een politiescanner, die al even stil was als de radio. Romey draaide een schakelaar om en deed zijn lampen uit. 'Wilt u de sirene horen?' vroeg hij grijnzend, als een kind met een geliefd speeltje.

Ze schudde haar hoofd. *Nee.*

En zij had nog wel gedacht dat gisteren het toppunt was, met al die afwijzingen en zo. En de dag daarvoor was ze ontslagen en onder escorte het gebouw uit geleid. Maar nu dit, gearresteerd in Podunk en naar de gevangenis gereden. Haar hart klopte snel en ze had moeite met slikken.

De auto had geen gordels. Romey trapte het gaspedaal in en algauw vlogen ze in de rammelende oude Ford over het midden van de snelweg. Na een paar kilometer zei hij: 'Het spijt me echt, hoor. Maar ik doe gewoon mijn werk.'

Ze vroeg: 'Bent u een politieagent of een hulpsheriff of zo?'

'Ik ben een agent. Vooral belast met de verkeersveiligheid.'

Ze knikte alsof dit alles verklaarde. Hij had zijn linkerpols op het stuur dat behoorlijk trilde. Op een vlak stuk weg trapte hij het gaspedaal nog dieper in en werd de turbulentie nog sterker. Ze keek naar de snelheidsmeter, maar die deed het niet. Hij brulde weer iets in zijn microfoon, als een slechte acteur, en weer gaf niemand antwoord. Ze gleden een steile bocht door, veel te snel, maar toen de auto begon te zwenken, stuurde Romey rustig tegen en trapte hij op de rem.

Ik ga dood, dacht ze. *Of door een getikte moordenaar of door een zware botsing.* Haar maag draaide zich om en ze werd duizelig. Ze klemde haar tas stevig vast, sloot haar ogen en begon te bidden.

Toen ze Brady binnenreden, kon ze eindelijk weer normaal ademhalen. Als hij van plan was haar te verkrachten en te vermoorden en haar lichaam van een berg wilde gooien, zou hij dat niet in de stad doen. Ze reden langs winkels met gravel op de parkeerplaatsen en langs rijen leuke huisjes, allemaal wit geschilderd. Toen ze omhoogkeek, zag ze kerktorens boven de bomen uitsteken. Voordat ze Main Street bereikten, draaide Romey abrupt aan het stuur en reed de ongeplaveide parkeerplaats van de Noland County-gevangenis op. 'Loop maar achter me aan,' zei hij. Heel even voelde ze iets van opluchting omdat ze nu bij de gevangenis waren.

Toen ze achter hem aan naar de voordeur liep, keek ze om zich heen om te zien of iemand naar hen keek. Maar waar maakte ze zich druk over? Binnen bleven ze in een kleine en stoffige wachtruimte staan. Links was een deur met het woord GEVANGENIS erop. Romey wees naar rechts en zei: 'U gaat daar zitten, terwijl ik het papierwerk afhandel. En geen gekke dingen doen, oké?' Verder was er niemand.

'Waar zou ik naartoe moeten?' vroeg ze. 'Ik heb geen auto.'

'Ga gewoon zitten en hou uw mond.'

Ze ging in een plastic stoel zitten en hij verdween door de deur. Kennelijk waren de muren hier heel dun, want ze hoorde hem zeggen: 'Ik heb hier een jonge vrouw uit New York, betrapte haar bij Dunne Spring, ze reed tachtig. Dat geloof je toch niet?'

Een man zei op scherpe toon: 'Kom op, Romey, niet alweer.'

'Ja. Ik heb haar opgepakt.'

'Je moet eindelijk eens met die onzin ophouden, Romey.'

'Begin nou niet weer, Doug.'

Ze hoorde zware voetstappen terwijl de stemmen zachter werden en daarna verdwenen. Toen, verderop in de gevangenis, hoorde ze luide, kwade stemmen. Hoewel ze niet kon verstaan wat er werd gezegd, hoorde ze wel dat er ten minste twee mannen met Romey discussieerden. Na een paar minuten werd het stil. Een mollige man in een blauw uniform verscheen in de gevangenisdeur en zei: 'Hallo. Bent u mevrouw Kofer?'

'Dat ben ik, ja,' antwoordde ze en ze keek om zich heen in het lege vertrek.

Hij gaf haar haar rijbewijs terug en zei: 'Wacht heel even, oké?'

'Natuurlijk.' Wat kon ze anders zeggen?

Ergens ver weg hoorde ze stemmen die eerst hard en toen zachter klonken en daarna helemaal zwegen. Ze stuurde een sms naar haar moeder, naar haar vader en naar Blythe. Als haar lichaam nooit werd gevonden, wisten zij in elk geval een paar dingen.

De deur ging weer open en een jonge man stapte de wachtruimte in. Hij droeg een vale spijkerbroek, wandellaarzen en een modieus sportjasje, maar geen stropdas. Met een ontspannen glimlach vroeg hij: 'Ben jij Samantha Kofer?'

'Dat ben ik.'

Hij trok een andere plastic stoel bij, ging zo zitten dat hun knieën elkaar bijna raakten en zei: 'Ik ben Donovan Gray. Ik ben je advocaat en zojuist zijn alle aanklachten ingetrokken. Ik stel voor dat we hier zo snel mogelijk vandaan gaan.' Onder het praten gaf hij haar een visitekaartje.

Ze keek ernaar en vond dat hij er wel echt uitzag. Zijn kantoor zat aan Main Street in Brady. 'Oké, en waar gaan we dan naartoe?' vroeg ze behoedzaam.

'Naar je auto.'

'En die agent dan?'

'Dat leg ik je onderweg wel uit.'

Snel verlieten ze de gevangenis en stapten in een nieuw model Jeep Cherokee. Toen hij de motor startte, brulde Springsteen uit de stereo en hij zette hem snel uit. Hij was tussen de vijfendertig en de veertig, schatte ze, had een woeste bos donker haar, een driedagenbaardje en donkere, trieste ogen. Terwijl ze wegreden, zei ze: 'Wacht, ik moet een paar mensen een sms sturen.'

'Prima. Je hebt nog een paar kilometer goed bereik.'

Ze stuurde haar moeder, vader en Blythe nog een sms met het nieuws dat ze niet meer in de gevangenis zat en dat alles er beter uitzag, de omstandigheden in aanmerking genomen. Maak je dus geen zorgen, nog niet. Ze voelde zich veiliger, voorlopig althans. Ze zou later wel bellen en alles uitleggen.

Toen ze de stad achter zich hadden gelaten, zei hij: 'Romey is niet echt een agent, of politieman of wat dan ook met enige autoriteit. Het eerste wat je moet begrijpen, is dat hij ze niet allemaal op een rijtje heeft, er zit een steekje bij hem los. Misschien wel een paar steekjes. Hij heeft altijd al sheriff willen worden en hij voelt zich af en toe gedwongen om op patrouille te gaan, altijd in de buurt van Dunne Spring. Als je uit een andere staat komt en daar langsrijdt, ziet Romey dat. Als aan je kentekenplaat te zien is dat je bijvoorbeeld uit Tennessee of North Carolina komt, valt Romey je niet lastig. Maar als je uit het noorden komt, wordt Romey opgewonden en doet dan vaak wat hij met jou heeft gedaan. Hij denkt echt dat hij iets goeds doet door roekeloze chauffeurs naar de gevangenis te brengen, vooral als ze uit New York en Vermont komen.'

'Waarom houdt niemand hem tegen?'

'O, dat proberen we wel. Iedereen zegt het tegen hem, maar we kunnen hem niet vierentwintig uur per dag in de gaten houden. Hij is heel stiekem en hij kent deze wegen beter dan wie ook. Meestal houdt hij alleen roekeloze chauffeurs aan, een arme kerel uit New Jersey of zo, jaagt hem de stuipen op het lijf en laat hem vervolgens doorrijden. Dan weet niemand ervan, maar af en toe brengt hij iemand die hij "gearresteerd" heeft naar de gevangenis en eist dan dat die wordt opgesloten.'

'Ongelofelijk.'

'Hij heeft nog nooit iemand kwaad gedaan, maar...'

'Hij schoot op een andere chauffeur. Mijn oren tuteren nog steeds.'

'Oké, luister, hij is gek, net zoals heel veel andere lui hier.'

'Sluit hem dan op. Er zijn vast wel wetten tegen illegale arrestatie en ontvoering.'

'Zijn neef is de sheriff.'

Ze haalde diep adem en schudde haar hoofd.

'Echt waar. Zijn neef is al heel lang onze sheriff. Romey is daar heel jaloers op, hij heeft zich zelfs een keer verkiesbaar gesteld. Kreeg uit de hele county ongeveer tien stemmen, waardoor hij volkomen van slag was. Hij hield overal yankees aan tot ze hem een paar maanden opsloten.'

'Sluit hem dan weer op.'

'Zo eenvoudig is dat niet. Je hebt geluk dat hij je niet naar zijn gevangenis heeft gebracht.'

'Zijn gevangenis?'

Donovan glimlachte, hij genoot van zijn verhaal. 'O ja. Ongeveer vijf jaar geleden zag Romeys broer een nieuw model personenauto met nummerborden van Ohio achter een schuur op het land van hun boerderij staan. Hij keek rond, hoorde een geluid en vond die vent uit Ohio, opgesloten in een paardenbox. Toen bleek dat Romey de stal had omgebouwd met kippengaas en prikkeldraad, en dat die arme man daar al drie dagen had gezeten. Hij had genoeg te eten en was van alle gemakken voorzien. Hij zei dat Romey een paar keer per dag bij hem was komen kijken en heel aardig was.'

'Dit verzin je!'

'Nee, echt niet. Romey slikte zijn medicijnen niet en het ging helemaal niet goed met hem. Het werd steeds erger. Die man uit Ohio schopte een rel en huurde advocaten in. Zij klaagden Romey aan voor illegale opsluiting en een heleboel andere dingen, maar de zaak leidde nergens toe. Hij heeft geen bezittingen, behalve zijn patrouillewagen, zodat een civiele zaak geen nut heeft. Ze eisten dat hij zou worden vervolgd voor ontvoering en zo, en uiteindelijk bekende Romey schuld aan een klein vergrijp. Hij zat dertig dagen in de gevangenis, niet in zijn gevangenis maar in die van de county, en werd vervolgens naar een psychiatrische inrichting van de staat gestuurd voor een behandeling. Maar het is geen slechte vent.'

'Een charmeur.'

'Eerlijk gezegd zijn een paar andere agenten hier veel gevaarlijker. Ik mag Romey wel, ik heb ooit een zaak voor zijn oom behandeld. Meth.'

'Meth?'

'Crystal methamfetamine. Naast steenkool is dat misschien wel het belangrijkste marktgewas in deze regio.'

'Mag ik je iets vragen wat misschien een beetje persoonlijk is?'

'Tuurlijk. Ik ben je advocaat, dus mag je me alles vragen.'

'Waarom heb je dat wapen in de middenconsole?' Ze knikte naar de console vlak onder haar linkerelleboog. Het vrij grote, zwarte pistool was duidelijk zichtbaar.

'Dat is legaal. Ik maak veel vijanden.'

'Wat voor vijanden?'

'Ik vervolg kolenmaatschappijen.'

Ze nam aan dat een verklaring enige tijd zou kosten, dus haalde ze diep adem en keek naar de weg. Nadat Donovan Romeys avonturen had verteld, leek hij van de stilte te genieten. Ze realiseerde zich dat hij niet had gevraagd wat ze in Noland County deed, ook al was dat een voor de hand liggende vraag. Bij Thack's Bridge draaide hij midden op de weg en zette zijn auto achter de Prius.

Ze vroeg: 'En, ben ik je een honorarium schuldig?'

'Zeker, een kop koffie.'

'Koffie, hier?'

'Nee, er is een leuk café in de stad. Mattie is in de rechtbank en is waarschijnlijk tot een uur of vijf bezig, dus heb je nog wel even tijd.'

Ze wilde iets zeggen, maar kon niets bedenken.

Hij zei: 'Mattie is mijn tante. Zij is de echte reden dat ik rechten ben gaan studeren en heeft me erbij geholpen. Als student heb ik met haar samengewerkt op haar Bureau en toen nog drie jaar nadat ik voor mijn rechtbankexamen was geslaagd. Nu werk ik voor mezelf.'

'En Mattie vertelde je dat ik zou komen voor een sollicitatiegesprek?' Nu pas zag ze dat hij een trouwring droeg.

'Dat was toeval. 's Ochtends vroeg ga ik vaak even naar haar kantoor, voor koffie en roddels. Ze vertelde over al die mailtjes van New Yorkse advocaten die opeens vrijwilligerswerk zochten en zei toen dat er vandaag waarschijnlijk iemand langskwam voor een gesprek. Het is eigenlijk wel grappig voor advocaten zoals wij om te zien dat advocaten van grote kantoren naar de heuvels trekken, naar onze heuvels. En ik was toevallig in de gevangenis, bij een cliënt, toen je vriendje Romey met een nieuwe trofee binnenkwam. En nu zijn we hier.'

'Eigenlijk was ik niet van plan om terug te gaan naar Brady. Eerlijk gezegd wilde ik dat rode autootje keren en hier zo snel mogelijk weg.'

'Nou, zorg dat je gas terugneemt als je door Dunne Spring rijdt.'

'Maak je geen zorgen.'

Zwijgend keken ze naar de Prius. Toen zei hij: 'Oké, ik trakteer op koffie. Ik denk dat je Mattie aardig zult vinden. Ik zou het je niet kwalijk nemen als je weggaat, maar de eerste indruk is vaak fout. Brady is een leuk stadje en Mattie heeft heel veel cliënten die onze hulp wel kunnen gebruiken.'

'Ik heb mijn pistool niet bij me.'

Glimlachend zei hij: 'Mattie heeft ook geen pistool.'

'Wat voor soort advocaat is ze?'

'Ze is een geweldige advocaat die volkomen toegewijd is aan haar cliënten, die haar allemaal niet kunnen betalen. Probeer het gewoon. Praat in elk geval met haar.'

'Mijn specialisme is de financiering van wolkenkrabbers in Manhattan. Ik betwijfel of ik wel geschikt ben voor het werk dat Mattie doet.'

'Je pikt het snel op en je zult het geweldig vinden, omdat je mensen gaat helpen die je nodig hebben, mensen met echte problemen.'

Samantha haalde diep adem. Haar instinct zei: *Rennen!* Maar waar naartoe? Maar haar gevoel voor avontuur haalde haar over om ten minste terug te gaan naar het stadje. Als haar advocaat een pistool bij zich had, dan werd ze toch beschermd?

'Ik trakteer,' zei ze. 'Beschouw dat maar als je honorarium.'

'Oké, rij maar achter me aan.'

'Moet ik me zorgen maken om Romey?'

'Nee, ik heb even met hem gepraat. Net als zijn neef. Blijf maar vlak achter me rijden.'

Tijdens de korte rit door Main Street zag ze zes gebouwen van rond de eeuwwisseling, een op de vier stond leeg en had een verbleekt Te koop-bordje voor het raam hangen. Donovans advocatenkantoor was een gebouw van twee verdiepingen met grote ramen en met zijn naam in kleine letters erop. Boven de stoep hing een balkon. Aan de overkant en drie panden verderop was de oude ijzerwinkel, nu de thuisbasis van het Mountain Bureau voor Rechtshulp. Aan het einde van de straat, in westelijke richting, stond een klein, fraai rechtbankgebouw, de thuisbasis van de meeste mensen die de baas waren van Noland County.

Ze liepen de Brady Grill binnen en namen een zitje achterin. Toen ze langs een tafeltje liepen, keken drie mannen naar Donovan die het echter niet leek op te merken. Een serveerster bracht hun koffie. Samantha leunde naar voren en zei zacht: 'Die drie mannen daar lijken je niet te mogen. Ken je hen?'

Hij keek achterom, knikte en zei: 'Ik ken iedereen in Brady en ik denk dat ongeveer de helft daarvan me haat. Zoals ik al zei, sleep ik kolenmaatschappijen voor de rechter en steenkool is hier de grootste werkgever. Het is de grootste werkgever in heel Appalachia.'

'Waarom sleep je ze dan voor de rechter?'

Hij glimlachte, nam een slok koffie en keek op zijn horloge. 'Dat is een lang verhaal.'

'Ik heb niet echt iets te doen.'

'Nou, kolenmaatschappijen creëren heel veel problemen, de meeste tenminste. Er zijn wel een paar goeie, maar de meeste trekken zich niets aan van het milieu of van hun werknemers. Steenkool winnen is een smerige zaak, altijd al geweest. Maar tegenwoordig is het nog veel erger. Heb je weleens gehoord van "bergtopverwijdering"?'

'Nee.'

'Ook wel stripmijnen, bovengrondse winning of dagbouw genoemd. Ze zijn hier in de negentiende eeuw begonnen met het winnen van steenkool. Dat gebeurde in ondergrondse mijnen; ze boorden tunnels in onze bergen en haalden daar de steenkool uit. Sinds die tijd is steenkoolwinning hier een manier van leven. Mijn opa was mijnwerker, net als zijn vader. Mijn vader was een ander verhaal. Maar goed, in 1920 werkten er achthonderdduizend mijnwerkers in het steenkoolland, van Pennsylvania tot Tennessee. Steenkool winnen is gevaarlijk werk en het kent een rijk verleden aan arbeidsproblemen, vakbondsgevechten, geweld, corruptie, allerlei vormen van historisch drama. Allemaal ondergrondse mijnbouw, de traditionele manier. Heel arbeidsintensief. Rond 1970 kwamen kolenmaatschappijen tot de conclusie dat ze de bergen konden strippen en daardoor miljoenen aan arbeidsloon konden besparen. Stripmijnen zijn veel goedkoper dan ondergrondse tunnels, omdat daar veel minder arbeiders voor nodig zijn. Tegenwoordig zijn er nog maar tachtigduizend mijnwerkers over en de helft daarvan werkt bovengronds, in de dagbouw.'

Toen de serveerster langsliep, zweeg Donovan even. Hij nam een slok koffie, keek om zich heen, wachtte tot ze weg was en ging door met zijn verhaal. 'Bergtopverwijdering is niets anders dan stripmijnen op steroïden. De steenkool in Appalachia zit in lagen, zoals de lagen van een taart. Op de top van de berg staat het bos, dan heb je de laag aarde, daaronder een laag gesteente en daar weer onder een laag steenkool. Die kan één meter twintig dik zijn, maar ook zes meter. Als een kolenmaatschappij een vergunning krijgt voor stripmijnen vallen ze de berg letterlijk met allerlei soorten zwaar materieel aan. Eerst hakken ze de bomen om; ze ontbossen de berg volledig, zonder dat ze zelfs maar proberen de bomen te redden. Die worden gewoon met een bulldozer weggeveegd terwijl ze de aarde scalperen. Datzelfde geldt voor de laag aarde, die niet erg dik is. Daarna zijn ze bij de laag gesteente, die met explosieven wordt verwijderd. De bomen, de toplaag en het gesteente worden vaak in de dalen tussen de bergen geschoven en worden samen *valley fills* genoemd. Dit vernietigt alle vegetatie, de wilde dieren en de natuurlijke waterlopen. Weer een milieuramp. Als je stroomafwaarts woont, ben je gewoon de klos. En zoals je wel zult merken, wonen we hier allemaal stroomafwaarts.'

'En is dat legaal?'

'Ja en nee. Volgens de federale wetten is dagbouw geoorloofd, maar het feitelijke proces omvat veel illegale activiteiten. We hebben een lang, naar verleden waarin de toezichthouders en waakhonden een te goede band hadden met de kolenmaatschappijen. De werkelijkheid is altijd hetzelfde: de kolenmaatschappijen lopen gewoon over het land en de mensen heen, omdat zij het geld en de macht hebben.'

'Terug naar de taart. Je was bij de laag steenkool.'

'Ja, zodra ze bij die laag zijn, brengen ze er nog meer machines naartoe, halen de steenkool eruit en blazen de volgende laag op. Het is niet ongebruikelijk dat ze de bovenste honderdvijftig meter van een berg weghalen. Daar zijn relatief weinig mensen voor nodig. Een kleine ploeg kan een berg in een paar maanden volledig verwoesten.' De serveerster schonk hun kopjes weer vol en Donovan keek zwijgend toe, maar negeerde haar volledig. Zodra ze weg was, leunde hij iets naar voren en zei: 'Zodra de steenkool per vrachtwagen is weggebracht, wordt die gewassen. En dat is een nieuwe ramp. Het wassen van steenkool veroorzaakt een zwarte *sludge*, een brij vol giftige chemische stoffen en zware metalen. Deze brij wordt ook wel *slurry* genoemd, dat woord zul je hier vaak horen. Omdat het niet kan worden weggegooid, slaan de kolenmaatschappijen het op achter aarden wallen in *slurry ponds*. Deze opslag gebeurt onzorgvuldig en halfhartig, en de aarden wallen breken regelmatig door met alle rampzalige gevolgen van dien.'

'Hoe lang slaan ze het op?'

Donovan haalde zijn schouders op en keek om zich heen. Hij was niet zenuwachtig of bang, maar wilde gewoon niet dat iemand hem hoorde. Hij was rustig en praatte duidelijk met een licht bergaccent; Samantha was geboeid, zowel door zijn verhaal als door zijn donkere ogen. 'Voor altijd, dat kan niemand iets schelen. Ze slaan het op tot de aarden wal breekt en er een stroom giftige aarde van de berg af schuift, huizen en scholen en steden in, en alles vernietigt. Je hebt vast wel gehoord van de milieuramp door de beruchte *Exxon Valdez*-tanker, toen die in Alaska op een rots voer. Er stroomde honderd miljoen liter ruwe olie in kristalhelder water. Het is wekenlang voorpaginanieuws geweest, het hele land was woedend. Herinner je je al die otters die onder de zwarte troep zaten? Maar ik durf te wedden dat je niets hebt gehoord over de milieuramp in Martin County, de grootste milieuramp ten oosten van de Mississippi. Dat gebeurde acht jaar geleden in Kentucky toen een slurry pond doorbrak en driehonderd miljoen vaten sludge de vallei in stroomden. Tien keer meer dan de *Exxon Val-*

dez, en toch werd er amper aandacht aan besteed in de rest van het land. Weet je waarom?'

'Oké, waarom?'

'Omdat dit Appalachia is. De kolenmaatschappijen vernietigen onze bergen, onze steden, onze cultuur en ons leven, en toch is het geen verhaal.'

'Maar waarom haten die mensen je zo?'

'Omdat zij vinden dat steenkoolwinning iets goeds is. Het zorgt voor banen en die heb je hier maar weinig. Het zijn geen slechte mensen, ze worden gewoon verkeerd geïnformeerd en misleid. Deze vorm van dagbouw brengt onze gemeenschappen om zeep en heeft gezorgd voor het verdwijnen van tienduizenden banen. Mensen worden gedwongen hun huis te verlaten vanwege de explosies, het stof, de sludge en de overstromingen. De wegen zijn onveilig door de enorme vrachtwagens die de bergen af rijden. Ik heb in de afgelopen vijf jaar vijf keer een zaak aangespannen vanwege een dodelijk ongeluk, mensen die werden vermorzeld door trucks die negentig ton steenkool vervoerden. Veel kleine steden zijn verdwenen. De kolenmaatschappijen kopen de omringende huizen vaak op en slopen ze. Elke county in het steenkoolland heeft in de afgelopen twintig jaar minder inwoners gekregen. Ja, heel veel mensen, ook die drie heren daar, denken dat een paar banen beter zijn dan geen banen.'

'Als het heren zijn, waarom ben je dan gewapend?'

'Omdat van bepaalde kolenmaatschappijen bekend is dat ze schurken inhuren. Het is intimidatie of erger, en het is niets nieuws. Luister, Samantha, ik ben een jongen uit het steenkoolland, een boerenkinkel, en daar ben ik trots op. Ik zou je urenlang verhalen kunnen vertellen over de verdomde geschiedenis van de grote steenkoolwinning.'

'Vrees je echt voor je leven?'

Hij zweeg en sloeg zijn blik even neer. 'In New York City zijn vorig jaar duizend mensen vermoord. Was jij bang voor je leven?'

'Niet echt.'

Hij glimlachte en knikte en zei: 'Ik ook niet. Vorig jaar hadden we hier drie moorden en die hadden allemaal te maken met meth. Je moet gewoon voorzichtig zijn.' De telefoon in zijn zak trilde en hij haalde hem tevoorschijn. Hij las de sms en zei toen: 'Mattie. Ze is klaar op de rechtbank en terug op kantoor en kan je nu zien.'

'Wacht, hoe wist ze dat ik bij jou was?'

'Dit is een klein stadje, Samantha.'

6

Ze liepen over de stoep naar zijn kantoor. Daar schudden ze elkaar de hand. Ze bedankte hem voor zijn pro-Deowerk als haar advocaat en complimenteerde hem voor zijn goede werk. En als ze besloot om een paar maanden in de stad te blijven, spraken ze af samen een keer in de Brady Grill te lunchen.

Het was bijna vijf uur toen Samantha de straat overstak, niet over het zebrapad, zodat ze half verwachtte dat ze daarvoor zou worden gearresteerd. Ze keek even naar het westen, waar de bergen de middagzon al tegenhielden. De schaduwen slokten het stadje op en wekten de indruk dat de winter vroeg was ingevallen. Een bel aan de deur rinkelde toen ze de krappe receptie van het Mountain Bureau voor Rechtshulp binnenstapte. Er stond een bureau dat vol spullen lag, waardoor de indruk werd gewekt dat daar normaal gesproken iemand zat om de telefoon op te nemen en de cliënten te verwelkomen, maar op dit moment was de receptie verlaten. Terwijl Samantha wachtte, nam ze de omgeving in zich op. De indeling van het kantoor was eenvoudig: een smalle gang precies door het midden van wat tientallen jaren de drukke ijzerhandel van het stadje was geweest. Alles leek oud en intensief gebruikt. De muren, die niet helemaal tot aan het met koperplaten beklede plafond wit waren geverfd. De vloeren, met daarop een dunne, gerafelde vloerbedekking. Het meubilair, in elk geval dat in de receptie, was een niet bij elkaar passende mengeling van vlooienmarktrestanten. Maar aan de muren hing een interessante verzameling olieverf- en aquarelschilderijen van lokale kunstenaars, allemaal voor een redelijke prijs te koop.

De kunst. Het vorige jaar waren de equity partners van Scully & Pershing een oorlog begonnen over het voorstel van een binnenhuisarchitect om 2 miljoen dollar uit te geven aan een paar verbijsterende avant-gardeschilderijen die in de grote foyer van het kantoor moesten worden opgehangen. Uiteindelijk werd de binnenhuisarchitect ontslagen, werden de schilderijen vergeten en werd het geld uitgekeerd als bonussen.

Halverwege de gang ging een deur open. Een kleine, enigszins gedrongen vrouw liep op blote voeten de gang in. 'Jij bent zeker Samantha,' zei ze terwijl ze naar haar toe liep. 'Ik ben Mattie Wyatt. Ik heb gehoord dat je op een behoorlijk nare manier in Noland County bent ontvangen. Dat spijt me heel erg.'

'Fijn je te leren kennen,' zei Samantha en ze keek naar de felroze, rechthoekige leesbril op het puntje van Matties neus. Het roze van haar bril paste precies bij de roze punten van haar haar, dat kort, piekerig en spierwit was geverfd. Samantha had deze look nog nooit eerder gezien, maar het kon wel, hier tenminste. In Manhattan had ze natuurlijk wel veel funkier looks gezien, maar nooit bij een advocaat.

'Kom maar mee,' zei Mattie en ze wees naar haar kantoor. Zodra ze binnen waren, deed ze de deur dicht en zei: 'Ik denk dat die getikte Romey eerst iemand echt kwaad zal moeten doen voordat de sheriff ingrijpt. Het spijt me heel erg. Ga zitten.'

'Het is al goed. Ik mankeer niets en nu heb ik een mooi verhaal dat ik nog jaren kan vertellen.'

'Dat is waar, en als je hier blijft zul je nog veel meer verhalen verzamelen. Wil je koffie?' Ze liet zich in een schommelstoel achter een bureau vallen dat er uiterst georganiseerd uitzag.

'Nee, bedankt. Ik heb net koffiegedronken met je neef.'

'Ja, natuurlijk. Ik ben zo blij dat je Donovan hebt leren kennen. Hij is een van de lichten hier. Ik heb hem praktisch opgevoed, weet je. Tragisch gezin en zo. Hij is uiterst toegewijd aan zijn werk en leuk om naar te kijken, vind je niet?'

'Hij is aardig,' zei Samantha behoedzaam, niet bereid het over zijn uiterlijk te hebben en vastbesloten zich verre te houden van zijn familietragedie.

'Maar goed, hier zitten we dus. Morgen heb ik nog een afspraak met een ander afdankertje van Wall Street en dat is het dan. Ik heb niet veel tijd om met je te praten, weet je. Vandaag kreeg ik nog vier mailtjes en ik ben opgehouden ze te beantwoorden. Ik zal morgen een gesprekje voeren met die man en daarna zal ons bestuur de winnaar uitkiezen.'

'Oké. Wie zitten er in het bestuur?'

'Feitelijk alleen Donovan en ik. Annette is de andere advocaat hier en we zouden haar hebben gevraagd de gesprekken te voeren, maar zij is de stad uit. We werken vrij snel, zonder veel gedoe. Als we besluiten met jou door te gaan, wanneer kun je dan beginnen?'

'Dat weet ik niet. Alles gaat wel heel snel.'

'Ik dacht dat je het op dit moment niet druk had.'

'Klopt. Ik neem aan dat ik al vrij snel kan beginnen, maar ik wil er graag een paar dagen over nadenken,' zei Samantha, terwijl ze probeerde zich te ontspannen in de harde houten stoel die bewoog als ze ademhaalde. 'Ik weet gewoon niet zeker...'

'Oké, prima. Het is immers niet zo dat een nieuwe stagiaire hier veel verschil zal maken. We hebben wel vaker een stagiaire gehad, weet je. Een tijdje terug hadden we hier zelfs twee jaar lang een goede advocaat, een jonkie uit het steenkoolland die rechten had gestudeerd op Stanford en daarna door een groot kantoor in Philadelphia werd aangenomen.'

'Wat deed hij hier?'

'Zij, Evelyn. Ze hield zich bezig met stoflongziekte en mijnveiligheid. Een harde werker, en heel slim, maar twee jaar later was ze weg en liet ons achter met een heleboel onafgeronde zaken. Ik vraag me af of ze nu ook op straat staat. Het moet echt vreselijk zijn daar.'

'Dat is het ook. Neem me niet kwalijk dat ik het zeg, mevrouw Wyatt, maar...'

'Ik heet Mattie.'

'Oké, Mattie, maar je lijkt niet erg enthousiast bij het idee van een stagiaire.'

'O, neem me niet kwalijk, dat spijt me. Nee, we kunnen alle hulp gebruiken. Zoals ik je al aan de telefoon vertelde, hebben we hier geen gebrek aan arme mensen met juridische problemen. Zij kunnen geen advocaat betalen. De werkloosheid is hoog, het methgebruik is zelfs nog hoger en de kolenmaatschappijen zijn heel slim als het aankomt op het bedenken van nieuwe manieren om mensen te naaien. Geloof me, kindje, we hebben alle hulp nodig die we kunnen krijgen.'

'Wat ga ik dan doen?'

'Alles, van het aannemen van de telefoon tot het openen van de post en het aanhangig maken van federale rechtszaken. Op je cv staat dat je in Virginia en in New York als advocaat mag optreden.'

'Ik heb als griffier gewerkt voor een rechter in D.C., nadat ik mijn rechtenstudie had afgerond en was geslaagd voor het rechtbankexamen in Virginia.'

'Heb je de laatste drie jaar weleens een rechtbank vanbinnen gezien?'

'Nee.'

Mattie aarzelde even, alsof dat een reden kon zijn haar niet aan te nemen. 'Nou, ik neem aan dat je op een bepaalde manier geluk hebt. Ik neem aan dat je ook nooit in een gevangenis bent geweest?'

'Nee, voor vanmiddag niet.'

'O, juist. Nogmaals, mijn excuses daarvoor. Je zult het wel snel oppikken. Wat voor soort werk deed je in New York?'

Samantha haalde diep adem en dacht aan manieren om deze vraag zonder te liegen te omzeilen. Ze kon niets bedenken en zei: 'Ik zat bij de afdeling Commercieel Onroerend Goed, behoorlijk saai werk eigenlijk. We vertegenwoordigden een stelletje onaangename, rijke mensen die langs de hele oostkust hoge gebouwen lieten neerzetten, met name in New York. Als advocaat op het middenniveau hield ik me meestal bezig met het onderzoeken van financiële overeenkomsten met banken, dikke contracten die moesten worden voorbereid en proefgelezen.'

Vlak boven de roze, rechthoekige bril keken Matties ogen haar vol medelijden aan. 'Klinkt vreselijk.'

'Dat was ook zo, is nog steeds zo, neem ik aan.'

'Ben je opgelucht dat je daar weg bent?'

'Eerlijk gezegd weet ik niet hoe ik me voel, Mattie. Een maand geleden deed ik nog fanatiek mee aan deze genadeloze concurrentiestrijd, duwde anderen opzij en werd zelf opzij geduwd, en wilde ik ergens naartoe, maar ik weet niet eens meer wat dat was. Er hingen donkere wolken in de lucht, maar we hadden het te druk om ze te zien. Toen ging Lehman failliet en was ik twee weken lang zelfs bang voor mijn eigen schaduw. We werkten nóg harder, in de hoop dat het iemand opviel, in de hoop dat honderd uur per week ons konden redden als negentig uur dat niet kon. En opeens was het voorbij en werden we op straat gegooid. Geen echt ontslag, niets. Niets, alleen een paar beloftes waaraan volgens mij niemand zich kan houden.'

Mattie keek alsof ze zou gaan huilen. 'Zou je teruggaan?'

'Dat weet ik op dit moment niet. Ik denk het niet. Ik vond het werk niet prettig, ik mocht de meeste mensen van het kantoor niet en de cliënten al helemaal niet. Helaas geldt dat voor de meeste advocaten die ik ken.'

'Nou kindje, hier bij het Mountain Bureau voor Rechtshulp houden we van onze cliënten en zij van ons.'

'Ik weet zeker dat ze veel aardiger zijn dan de cliënten met wie ik te maken had.'

Mattie keek op haar horloge, een felgele cirkel die met een groene plastic band aan haar pols vastzat. Ze vroeg: 'Heb je al plannen voor vanavond?'

Samantha haalde haar schouders op en schudde haar hoofd. 'Zo ver heb ik nog niet vooruitgedacht.'

'Nou, je kunt in geen geval vanavond nog terugrijden naar Washington.'

'Heeft Romey nachtdienst? Is het veilig op straat?'

Mattie grinnikte en zei: 'De wegen zijn gevaarlijk. Je kunt de weg niet op. Laten we beginnen met het avondeten en daarna zien we wel.'

'Nee, echt, ik kan niet...'

'Onzin. Samantha, je bent nu in Appalachia, diep in de bergen en rond etenstijd sturen wij ons bezoek niet weg. Mijn huis is hier om de hoek en mijn man is een uitstekende kok. Kom mee, dan kletsen we wat op de veranda en drinken we een glaasje. Dan vertel ik je alles wat je over Brady moet weten.'

Mattie trok haar schoenen aan en sloot het kantoor af. Ze zei dat de Prius veilig was waar hij stond, aan Main Street. 'Ik ga lopend naar mijn werk,' zei Mattie, 'dat is zo ongeveer mijn enige lichaamsbeweging.' De winkels en kantoren waren gesloten. De twee cafés serveerden een vroeg diner aan een paar gasten. Ze liepen een heuvel op, langs kinderen op de stoep en buren op veranda's. Na twee blokken liepen ze Third Street in, een met bomen omzoomde straat met keurige huizen van rode baksteen van rond de eeuwwisseling, bijna allemaal identiek met een witte veranda en een puntdak. Samantha was het liefst weggegaan en snel teruggereden naar Abingdon waar ze bij het verkeersknooppunt enkele motels van een paar ketens had zien staan. Maar ze kon geen manier bedenken om op een nette manier Matties gastvrijheid af te wijzen.

Chester Wyatt zat in een schommelstoel een krant te lezen toen hij aan Samantha werd voorgesteld. 'Ik heb haar verteld dat je een fantastische kok bent,' zei Mattie.

'Dan neem ik aan dat ik ga koken,' zei hij grijnzend. 'Welkom.'

'En ze vergaat van de honger,' zei Mattie.

'Waar heb je zin in?' vroeg hij.

'Maakt niet uit,' zei Samantha.

Mattie zei: 'Wat denk je van gebakken kip met Spaanse rijst?'

'Precies wat ik dacht,' zei Chester. 'Eerst een glaasje wijn?'

Ze zaten een uur aan de rode wijn, terwijl de duisternis hen omsloot. Samantha dronk langzaam en zorgde dat ze niet te veel dronk, omdat ze Noland County nog wilde verlaten. Zo te horen waren er geen hotels of motels in Brady, en omdat het stadje een vervallen aanblik bood, ging ze ervan uit dat ze nergens een goede kamer kon krijgen. Tijdens het praten stelde ze voorzichtig een paar vragen en hoorde dat de Wyatts twee volwassen kinderen hadden die het gebied na hun middelbare school waren ontvlucht. Ze hadden drie kleinkinderen die ze zelden zagen. Donovan was als een zoon voor hen. Chester was een gepensioneerde postbode die tientallen jaren op het platteland de post had bezorgd en iedereen kende. Nu werkte hij als vrijwilliger bij een milieugroepering die toezicht hield op de stripmijnen en klachten indiende bij tientallen ambtenarenapparaten. Zijn vader en opa waren mijnwerker geweest. Matties vader had bijna dertig jaar in de ondergrondse mijnen gewerkt en was op eenenzestigjarige leeftijd overleden aan stoflongziekte. 'Ik ben nu eenenzestig,' zei ze. 'Het was gruwelijk.'

Terwijl de vrouwen zaten te praten, liep Chester heen en weer naar de keuken, keek hoe het met de kip was en schonk wijn bij. Toen hij een keer even weg was, zei Mattie: 'Maak je geen zorgen, liefje, we hebben een logeerkamer.'

'Nee, echt, ik...'

'Alsjeblieft, ik sta erop. In dit stadje is geen goede kamer te vinden, geloof me. Er zijn een paar hotelletjes die kamers per uur verhuren, maar zelfs die staan op het punt opgedoekt te worden. Trieste zaak, vind ik. Mensen gingen altijd naar dat motel voor illegale seks, maar nu trekken ze gewoon bij elkaar in en gaan ze samenwonen.'

'Hier wordt dus wel aan seks gedaan?' vroeg Samantha.

'Dat mag ik hopen. Mijn moeder heeft zeven kinderen en die van Chester zes. Verder is er niet veel te doen. En in deze tijd van het jaar, in september en oktober, springen ze als paddenstoelen uit de grond.'

'Hoe komt dat?'

'Hevige storm, vlak na Kerstmis.'

Chester kwam door de hordeur naar buiten en vroeg: 'Waar hebben we het over?'

'Seks,' zei Mattie. 'Het verbaast Samantha dat de mensen hier aan seks doen.'

'Sommigen wel,' zei hij.

'Dat heb ik gehoord,' zei Mattie grijnzend.

'Ik begon niet over seks,' zei Samantha afwerend. 'Mattie had het over een logeerkamer voor vannacht.'

'Ja, en die is helemaal voor jou. Hou wel de deur op slot, om problemen te voorkomen,' zei Chester en hij verdween weer naar binnen.

'Hij is ongevaarlijk, echt waar,' fluisterde Mattie.

Donovan kwam even dag zeggen, zodat hij dat deel van het gesprek gelukkig niet meekreeg. Hij woonde 'op een berg op het platteland' en was vanuit zijn kantoor onderweg naar huis. Hij sloeg de aangeboden wijn af en vertrok een kwartier later. Hij leek afgeleid en zei dat hij moe was.

'Arme knul,' zei Mattie toen hij weg was. 'Hij en zijn vrouw zijn uit elkaar, zij is teruggegaan naar Roanoke met hun dochter, een meisje van vijf, echt een schatje. Zijn vrouw, Judy, heeft zich nooit kunnen aanpassen aan het leven hier in de bergen en had er gewoon genoeg van. Ik heb geen goed gevoel over hen, jij wel, Chester?'

Chester zei: 'Niet echt. Judy is een geweldige vrouw, maar ze is hier nooit gelukkig geweest. En toen de problemen begonnen, is ze min of meer ingestort. Daarna is ze vertrokken.'

Het woord 'problemen' bleef even in de lucht hangen, want geen van de Wyatts ging er verder op in. Toen zei Chester: 'Het eten is klaar.'

Samantha liep met hen mee naar de keuken, waar de tafel voor drie personen was gedekt. Chester diende op vanaf het fornuis: dampende kip met rijst en zelfgemaakte broodjes. Mattie zette een slakom midden op de tafel en schonk water in uit een grote plastic fles. Kennelijk was er genoeg wijn geserveerd.

'Het ruikt heerlijk,' zei Samantha terwijl ze een stoel naar achteren schoof en ging zitten.

'Schep zelf maar wat sla op,' zei Mattie, terwijl ze boter op een broodje smeerde.

Ze begonnen te eten en heel even was het stil. Samantha wilde graag dat ze over hun leven bleven praten in plaats van over haar, maar voordat ze het gesprek die kant op kon sturen, zei Chester: 'Vertel eens iets over jouw familie, Samantha.'

Ze glimlachte en zei beleefd: 'Tja, daar valt niet veel over te vertellen.'

'O, we helpen je wel, hoor,' zei Mattie lachend. 'Je bent opgegroeid in D.C., toch? Dat zal wel interessant zijn geweest.'

Samantha vertelde de hoogtepunten: enig kind van twee ambitieuze advocaten, een geprivilegieerde opvoeding, privéscholen, studie aan

Georgetown, haar vaders problemen, zijn proces en gevangenschap, de vernedering van zijn door de pers breed uitgemeten val.

'Volgens mij kan ik me die zaak nog herinneren,' zei Chester.

'Elke krant schreef erover.' Ze vertelde over haar bezoeken aan hem in de gevangenis, iets wat hij haar had afgeraden. Het verdriet over de scheiding, haar behoefte om weg te zijn van D.C. en haar ouders, haar rechtenstudie aan Columbia, haar werk bij de federale rechter, de verleiding van Big Law en de vijf absoluut onplezierige jaren bij Scully & Pershing. Ze hield van Manhattan en kon zich niet voorstellen dat ze ooit ergens anders zou wonen, maar haar hele wereld stond nu op de kop en er was geen enkele zekerheid over haar toekomst. Terwijl ze vertelde, keken ze aandachtig naar haar en namen elk woord in zich op. Toen ze genoeg had verteld, nam ze een hap kip en nam zich voor daar heel lang op te blijven kauwen.

'Dat is wel een heel wrede manier om met mensen om te gaan,' zei Chester.

'Vertrouwde werknemers zomaar de straat op schoppen,' zei Mattie en ze schudde ongelovig en afkeurend met haar hoofd.

Samantha knikte en bleef kauwen. Dat hoefde niemand haar te vertellen. Terwijl Chester nog meer water inschonk, vroeg ze: 'Komt al het drinkwater uit een fles?'

Om de een of andere reden was dit grappig. 'O ja,' zei Mattie. 'Niemand drinkt het water van hier. Onze onbevreesde toezichthouders zeggen dat we het veilig kunnen drinken, maar niemand gelooft hen. We wassen er onszelf, onze kleren en onze vuile borden mee, en sommige mensen poetsen er hun tanden mee, maar ik niet.'

Chester zei: 'Veel van onze beken, rivieren en bronnen zijn vervuild door de stripmijnen. De hoofdwaterlopen zijn verstikt door valley fills. De slurry ponds lekken in de diepliggende bronnen. Brandende steenkool levert tonnen as op, die de bedrijven gewoon in onze rivieren dumpen. Drink dus alsjeblieft geen kraanwater, Samantha.'

'Oké.'

'Dat is één reden waarom we zoveel wijn drinken,' zei Mattie. 'Ik heb wel zin in nog een glas, Chester, wil je?'

Chester, die kennelijk zowel kok als barkeeper was, aarzelde niet en pakte een fles van het aanrecht. Omdat ze niet hoefde te rijden, nam Samantha nog een glas. Bijna meteen begon Mattie te vertellen over haar carrière en het Mountain Bureau voor Rechtshulp dat ze zesentwintig jaar geleden had opgericht. Terwijl ze vertelde, bestookte Samantha haar met heel veel vragen, hoewel Mattie absoluut geen aanmoediging nodig had.

De warmte in de gezellige keuken, de lekkere geur van de gebakken kip, de smaak van het zelfgekookte eten, de roes van de wijn, de openheid van twee bijzonder gastvrije mensen en het vooruitzicht van een warm bed – halverwege de maaltijd kwam dat allemaal bij elkaar en ontspande Samantha zich, voor het eerst in maanden. In de stad kon ze zich niet ontspannen; elk verloren moment werd de tijd in de gaten gehouden. Ze had de afgelopen drie weken amper geslapen. Haar beide ouders hielden haar gespannen. De zes uur durende rit was grotendeels slopend geweest. En daarna dat gedoe met Romey. Eindelijk voelde Samantha dat de druk van haar schouders viel. Opeens had ze zin in eten en pakte ze nog een stuk kip, hetgeen de Wyatts veel plezier deed.

Ze zei: 'Op de veranda, toen we het over Donovan hadden, had je het over "problemen". Is dat een verboden onderwerp?'

De Wyatts keken elkaar aan en haalden allebei hun schouders op. Het was immers een klein stadje en er waren weinig verboden onderwerpen. Chester aarzelde even en schonk zijn wijnglas nog eens vol. Mattie schoof haar bord van zich af en zei: 'Donovan heeft een tragisch leven achter de rug.'

'Als het te persoonlijk is, kunnen we het onderwerp wel laten rusten,' zei Samantha, louter uit beleefdheid, want ze wilde het verhaal graag horen.

Mattie negeerde Samantha's aanbod en begon te vertellen. 'Iedereen hier weet ervan, er is niets geheim aan,' zei ze, waarmee ze een eventuele schending van de privacy meteen ook van tafel veegde. 'Donovan is de zoon van mijn zus Rose, ze is helaas overleden. Ze stierf toen hij zestien was.'

'Het is een lang verhaal,' voegde Chester eraan toe, alsof het eigenlijk te veel was om allemaal te vertellen.

Mattie negeerde hem. 'Donovans vader heet Webster Gray, hij leeft nog ergens en hij erfde honderdtwintig hectare in Curry County. Dat land was al heel lang eigendom van de Grays, al aan het begin van de negentiende eeuw. Prachtig land, schitterende heuvels en bergen, rivieren en dalen, echt fantastisch en ongerept. Daar zijn Donovan en zijn broer Jeff geboren en grootgebracht. Zijn vader en zijn opa, Curtis

Gray, namen de jongens al vanaf dat ze konden lopen mee naar de bossen, om te jagen, te vissen en te verkennen. Zoals zoveel kinderen in Appalachia zijn ze op het platteland opgegroeid. Er is hier heel veel natuurschoon, of wat er nog van over is, maar het land van de Grays was iets heel bijzonders. Nadat Rose met Webster was getrouwd, kwam de familie daar bij elkaar om te picknicken en bij elkaar te zijn. Ik weet nog dat Donovan en Jeff en mijn kinderen en alle nichtjes en neefjes in Crooked Creek zwommen, naast onze favoriete kampeerplek.' Een pauze, een voorzichtig slokje wijn. 'Curtis stierf, volgens mij in 1980, en Webster erfde het land. Curtis was mijnwerker, hij werkte in de ondergrondse mijnen en was een stoere vakbondsman; daar was hij trots op, zoals de meeste ouderen. Maar hij wilde niet dat Webster in de mijnen werkte. Webster, zo bleek, had geen zin in welk werk dan ook, hij huppelde van het ene baantje naar het andere en bereikte eigenlijk niet veel. Het gezin had het moeilijk en zijn huwelijk met Rose stond op losse schroeven. Hij raakte aan de drank, wat nog meer problemen veroorzaakte. Hij heeft een keer een halfjaar in de gevangenis gezeten voor diefstal, en het gezin is toen bijna verhongerd. We waren erg ongerust over hen.'

'Webster was geen goede man,' zei Chester onnodig.

'Het hoogste punt op hun land werd Gray Mountain genoemd, was ruim negenhonderd meter hoog en stond vol hardhout. De kolenmaatschappijen weten waar in heel Appalachia elke kilo steenkool begraven ligt; daar hebben ze al tientallen jaren geleden een geologisch onderzoek naar gedaan. En het was geen geheim dat Gray Mountain de dikste steenkoollagen van de hele omgeving had. In de loop der jaren had Webster weleens gezegd dat hij zijn land wilde verhuren voor mijnbouw, maar we geloofden hem gewoon niet. Toen werd er ook al aan bovengrondse steenkoolwinning gedaan en dat was ook toen al reden voor bezorgdheid.'

'Maar niets vergeleken met tegenwoordig,' voegde Chester eraan toe.

'O nee, niets vergeleken met nu. Hoe dan ook, zonder het zijn familie te vertellen, ondertekende Webster een huurcontract met een bedrijf uit Richmond, Vayden Coal, om bovengronds steenkool te winnen op Gray Mountain.'

'Ik hou niet van de term "bovengrondse steenkoolwinning",' zei Chester. 'Dat klinkt veel te legitiem. Het is gewoon stripmijnen.'

'Webster was voorzichtig, ik bedoel dat hij niet stom was. Hij beschouwde het als zijn kans om echt geld te verdienen en hij liet een goede advocaat het contract opstellen. Webster zou twee dollar krijgen voor elke ton, in die tijd veel meer dan andere mensen verdienden. Pas op de dag voordat de bulldozers kwamen, vertelde Webster aan Rose en de jongens wat hij had gedaan. Zoals hij het vertelde was het lang niet zo erg; hij zei dat de kolenmaatschappij streng in de gaten zou worden gehouden door de toezichthouders en advocaten, dat ze het land terugkregen nadat de steenkool was weggehaald en dat het grote geld de problemen op korte termijn zou vergoeden. Rose belde me die avond huilend op. In deze omgeving worden landeigenaren die hun land aan de kolenmaatschappijen verkopen niet echt gewaardeerd en ze was doodsbang voor wat haar buren zouden denken. Ze maakte zich ook zorgen over hun land. Ze zei dat Webster en Donovan ontzettende ruzie maakten, dat alles afschuwelijk was. En dat was nog maar het begin. De volgende ochtend reed een klein leger bulldozers naar de top van Gray Mountain en begon...'

'... het land te verkrachten,' zei Chester hoofdschuddend.

'Ja, dat en meer. Ze haalden het hele bos weg, kapten het terrein kaal en schoven duizenden bomen in de dalen eronder. Daarna schraapten ze de toplaag weg en schoven dat boven op de bomen. Toen de explosies begonnen, brak de hel los.' Mattie nam een slok wijn en Chester nam het verhaal over. 'Ze hadden een prachtig oud huis in een dal, naast Crooked Creek. Dat was al tientallen jaren in de familie, volgens mij had Curtis' vader het rond de eeuwwisseling gebouwd. Het fundament was van steen en het duurde niet lang voordat die stenen begonnen te barsten. Webster werd woest op de kolenmaatschappij, maar dat was tijdverspilling.'

Mattie nam het verhaal weer over. 'Het stof was afschuwelijk, het lag als een mistlaag in de dalen rondom de berg. Rose was buiten zichzelf en ik ging vaak naar haar toe om haar te troosten. De aarde schudde enkele keren per dag door die explosies. Het huis begon te wankelen en de deuren wilden niet meer dicht. Ik hoef natuurlijk niet te zeggen dat dit een nachtmerrie was voor het hele gezin, en voor het huwelijk. Nadat Vayden Coal de top van de berg had gehaald, ongeveer honderd meter, kwamen ze bij de eerste laag steenkool en toen ze uiteindelijk de steenkool van de berg begonnen af te halen, wilde Webster zijn cheques weleens zien. Het bedrijf traineerde de boel en deed uiteindelijk een of twee betalingen. Bij lange na niet wat Webster had verwacht. Hij haalde zijn advocaten erbij en dat irriteerde de kolenmaatschappij. Toen was het oorlog en iedereen wist wie die zou winnen.'

Chester schudde zijn hoofd toen hij aan die nachtmerrie terugdacht. Hij zei: 'De rivier viel droog, afgesloten door de valley fill. Dat gebeurt er, weet je. In de afgelopen twintig jaar zijn we in Appalachia meer dan vijftienhonderd kilometer hoofdwaterwegen kwijtgeraakt. Het is echt afschuwelijk.'

Mattie zei: 'Ten slotte is Rose vertrokken. Zij en de jongens kwamen bij ons wonen, maar Webster weigerde te vertrekken. Hij dronk en gedroeg zich vreemd. Hij zat soms met een geweer op zijn veranda en daagde iedereen van het bedrijf uit dichterbij te komen. Rose maakte zich zorgen om hem, zodat zij en de jongens weer terug naar huis gingen. Webster beloofde dat hij zodra het geld kwam het huis zou repareren en alles in orde zou maken. Hij diende klachten in bij de toezichthouders, en sleepte zelfs Vayden Coal voor de rechter, maar die rechtszaak wonnen ze met gemak. Het is heel moeilijk om van een kolenmaatschappij te winnen.'

Chester zei: 'Hun bronwater was vervuild met zwavel. Er hing altijd een dikke laag stof in de lucht door de explosies en de kolentrucks. Het was gewoon niet veilig en dus vertrok Rose weer. Zij en de jongens woonden een paar weken in een motel, daarna kwamen ze weer hier en vervolgens gingen ze ergens anders naartoe. Dat is ongeveer een jaar zo doorgegaan. Ja toch, Mattie?'

'Minstens. De berg werd steeds kleiner doordat ze de ene laag na de andere weghaalden. Het was te erg om naar te kijken. De prijs van steenkool steeg en dus haalde Vayden Coal de steenkool in hoog tempo weg, zeven dagen per week met alle machines en vrachtwagens die ze maar bij elkaar konden krijgen. Webster kreeg een keer een cheque voor 30.000 dollar. Zijn advocaat stuurde die terug met een kwade eis. Dat was de allerlaatste cheque.'

Chester zei: 'Opeens was het allemaal voorbij. De prijs van steenkool daalde en Vayden Coal verdween van de ene dag op de andere. Websters advocaat diende een rekening in van 400.000 dollar en maakte tegelijk een nieuw proces aanhangig. Ongeveer een maand later vroeg Vayden Coal faillissement aan. Het bedrijf maakte een doorstart onder een andere naam en dat bedrijf bestaat nog steeds. Eigendom van een of andere miljardair in New York.'

'Dus het gezin kreeg niets?' vroeg Samantha.

'Niet veel,' antwoordde Mattie. 'Een paar kleine cheques in het begin, maar slechts een fractie van wat in het contract stond.'

Chester zei: 'Dat is een veelgebruikte truc in steenkoolland. Een bedrijf haalt de steenkool weg en gaat dan failliet om betalingen en de eisen van ontginning te ontlopen, en duikt vroeg of laat weer op onder een andere naam. Dezelfde slechte acteurs, alleen een nieuw logo.'

'Dat is afschuwelijk,' zei Samantha.

'Nee, dat is de wet.'

'Wat is er met het gezin gebeurd?'

Chester en Mattie keken elkaar met een verdrietige blik aan. 'Vertel jij het maar, Chester,' zei Mattie en ze nam een slokje wijn.

'Niet lang nadat Vayden Coal was vertrokken, viel er heel veel regen en was er een overstroming. Doordat de beken en rivieren zijn afgesloten, stroomt het water naar andere stroompjes. Overstromingen zijn een groot probleem, om het maar zachtjes uit te drukken. Een lawine van modder, bomen en topaarde schoof door het dal en vaagde het huis van de Grays weg. Het werd vermorzeld en kilometers ver stroomafwaarts meegesleurd. Gelukkig was er niemand in het huis, inmiddels was het al onbewoonbaar, zelfs Webster kon er niet meer wonen. Weer een rechtszaak, weer verspilling van tijd en geld. Faillissementswetten zijn net teflon. Rose ging op een zonnige dag een ritje maken en vond een paar van de stenen van het fundament. Ze zocht een plekje uit en pleegde zelfmoord.'

Samantha kreunde, wreef over haar voorhoofd en mompelde: 'O nee!'

'Webster verdween voorgoed. De laatste keer dat we iets over hem hoorden, woonde hij in Montana en god mag weten wat hij daar doet. Jeff ging bij een andere tante wonen en Donovan woonde bij ons tot hij klaar was met de middelbare school. Tijdens zijn studie had hij drie baantjes. Tegen de tijd dat hij slaagde, wist hij precies wat hij wilde doen: advocaat worden en de rest van zijn leven kolenmaatschappijen aanvechten. We hebben hem geholpen tijdens zijn rechtenstudie. Mattie gaf hem een baan bij het Bureau en daar heeft hij een paar jaar gewerkt tot hij zijn eigen kantoor opende. Hij heeft honderden rechtszaken aangespannen en elke kolenmaatschappij aangepakt die zelfs maar overwoog een stripmijn te beginnen. Hij is meedogenloos en onbevreesd.'

'En hij is briljant,' zei Mattie trots.

'Dat is hij.'

'Wint hij?'

Ze zwegen en keken elkaar onzeker aan.

Mattie zei: 'Ja en nee. Het is moeilijk om een proces tegen de kolen-maatschappijen te voeren. Zij spelen het spel keihard met leugens en bedrog en doofpotten, en zij huren grote advocatenkantoren in zoals die van jou, en ze werken iedereen met een claim tegen. Hij wint en hij verliest, maar is altijd in de aanval.'

'En natuurlijk haten ze hem,' zei Chester.

'O ja, dat doen ze zeker. Ik zei al dat hij meedogenloos is, hè? Donovan houdt zich niet altijd aan de regels. Hij denkt dat de kolenmaatschappijen de regels van de juridische procedure ombuigen en vindt dat ze hem dwingen hetzelfde te doen.'

'En dat heeft die "problemen" veroorzaakt?' vroeg Samantha.

Mattie zei: 'Inderdaad. Vijf jaar geleden brak er een dam door in Madison County, West Virginia, ongeveer honderdzestig kilometer hiervandaan. Een muur van steenkool-sludge gleed een dal in en bedekte het kleine stadje Prentiss. Vier mensen vonden de dood, letterlijk alle huizen werden vernietigd, een ongelofelijke puinhoop. Donovan kreeg de zaak, ging samenwerken met een paar andere milieuadvocaten in West Virginia, en begon aan een grote federale rechtszaak. Hij kreeg zijn foto in de krant, heel veel publiciteit en zei waarschijnlijk te veel. Hij noemde de kolenmaatschappij bijvoorbeeld "de smerigste onderneming in Amerika". Toen begonnen de pesterijen: anonieme telefoontjes, dreigbrieven, mannen in de schaduwen. Ze begonnen hem te volgen, en doen dat nog steeds.'

'Wordt Donovan gevolgd?' vroeg Samantha.

'O ja,' zei Mattie.

'Dus daarom heeft hij een vuurwapen bij zich.'

'Vuurwapens, meervoud. En hij weet hoe hij ze moet gebruiken,' zei Chester.

'Maken jullie je zorgen om hem?'

Chester en Mattie grinnikten moeizaam.

Chester zei: 'Niet echt. Hij weet wat hij doet en hij kan wel op zichzelf passen.'

'Hebben jullie zin in een kop koffie op de veranda?' vroeg Mattie.

'Tuurlijk, ik zet wel een pot,' zei Chester en hij stond op van de tafel.

Samantha liep achter Mattie aan terug naar de voorveranda en ging in dezelfde schommelstoel zitten. Het was bijna te kil om buiten te zijn. Het was stil op straat, veel huizen waren al donker. Aangemoedigd door de wijn vroeg Samantha: 'Wat is er met die rechtszaak gebeurd?'

'Vorig jaar is er een schikking getroffen. Een geheime schikking die nog steeds niet is afgehandeld.'

'Als die zaak is geschikt, waarom volgen ze hem dan nog altijd?'

'Omdat hij hun belangrijkste vijand is. Hij speelt vuil spel als hij moet, en dat weten de kolenmaatschappijen.'

Chester kwam eraan gelopen met een dienblad met cafeïnevrije koffie en vertrok weer om de afwas te doen. Na een paar slokjes en een paar minuten zacht geschommel, viel Samantha bijna in slaap. Ze zei: 'Ik heb een kleine weekendtas in mijn auto. Die moet ik even halen.'

'Ik loop wel even met je mee,' zei Mattie.

'Wij worden toch niet gevolgd, wel?'

'Nee, kindje, wij vormen geen bedreiging.'

Ze verdwenen in het donker.

7

De twee heren die rechts van haar zaten, dronken whiskey en bespraken koortsachtig manieren om de bank Fannie Mae te redden. De drie links van haar werkten kennelijk bij het ministerie van Financiën, ogenschijnlijk het epicentrum van de ineenstorting, en sloegen op kosten van de belastingbetalers martini's achterover. In de bar van Bistro Venezia werd alleen over het einde van de wereld gepraat. Een betweter achter haar herhaalde luidkeels zijn gesprek van die middag met een hooggeplaatste adviseur van de McCain/Palin-campagne. Hij had erg veel goede adviezen gegeven, maar was bang dat ze die allemaal naast zich neer zouden leggen. Twee barkeepers bespraken de crash van de aandelenmarkt, alsof ze zelf miljoenen dollars verloren. Iemand voerde aan dat de Fed misschien dit ging doen, of dat. Bush kreeg slechte adviezen. Obama ging op en neer in de opiniepeilingen. Goldman had geld nodig. Fabrieksorders in China waren dramatisch gedaald.

Te midden van deze storm nam Samantha kleine slokjes van haar mineraalwater en wachtte op haar vader, die te laat was. Ze realiseerde zich dat niemand in Brady zich er zelfs maar vaag bewust van was dat de wereld op de rand van een rampzalige depressie stond. Misschien hielden de bergen het stadje afgezonderd en veilig. Of misschien was het leven daar al zo lang slecht dat een nieuwe crash niet uitmaakte. Toen haar telefoon trilde, haalde ze hem uit haar zak. Het was Mattie Wyatt.

'Samantha, hoe was je rit terug?' vroeg ze.

'Prima, Mattie. Ik ben nu in D.C.'

'Fijn. Luister, het bestuur is net bij elkaar geweest en heeft unaniem besloten jou een stageplaats aan te bieden. Vanmiddag heb ik die andere sollicitant gesproken, een vrij zenuwachtige jonge vent, inderdaad van jouw advocatenkantoor, en we hebben geen belangstelling voor hem. Ik kreeg de indruk dat hij alleen maar even langskwam, waarschijnlijk in zijn auto was gesprongen en ergens naartoe wilde, zo ver mogelijk bij New York vandaan. Ik vraag me af hoe stabiel hij is. Maar goed, Donovan en ik zagen niet veel in hem en hebben hem meteen afgewezen. Wanneer kun je beginnen?'

'Heeft hij Romey ontmoet?'

Mattie grinnikte even en zei: 'Volgens mij niet.'

'Ik moet naar New York om wat spullen op te halen. Ik kan er maandag zijn.'

'Geweldig. Bel me even over een paar dagen.'

'Bedankt, Mattie. Ik heb er zin in.'

Toen haar vader binnenkwam, verliet ze de bar. Een gastvrouw bracht hen naar een tafeltje in een hoek en gaf hun snel een menukaart. Het was heel druk in het restaurant en overal om hen heen hoorden ze nerveuze gesprekken. Een minuut later kwam een in smoking geklede manager naar hen toe en zei plechtig: 'Het spijt me ontzettend, maar we hebben deze tafel nodig.'

Marshall antwoordde kortaf: 'Wát zegt u?'

'Alstublieft meneer, we hebben een andere tafel voor u.'

Op dat moment stopte een hele rij zwarte suv's op N Street voor het restaurant. Portieren vlogen open en een leger veiligheidsagenten stapte uit. Samantha en Marshall liepen bij de tafel vandaan en keken net als ieder ander naar het circus buiten. Dit soort shows waren dagelijkse kost in D.C. en op dat moment vroeg iedereen zich af wie het was. De president? Dick Cheney? Met welke hoge piet kunnen we zeggen dat we hebben gedineerd? Eindelijk stapte de vip uit en werd naar binnen geëscorteerd, waar de gasten, opeens verstijfd, keken en wachtten.

'Wie is dat in vredesnaam?' vroeg iemand.

'Nooit eerder gezien.'

'O, volgens mij is dat die Israëliër, de ambassadeur.'

De andere gasten ademden hoorbaar uit toen ze zich realiseerden dat alle ophef over een lage beroemdheid ging. Hoewel de vip niet werd herkend, moest hij kennelijk wel goed worden bewaakt. Zijn tafel - de oude tafel van de Kofers - werd in een hoek geduwd en afgeschermd door vouwschermen die als uit het niets opdoken. Elk goed restaurant in D.C. heeft immers vouwschermen klaarstaan, ja toch? De vip ging zitten, net als zijn vrouwelijke partner, en probeerde er normaal uit te zien, als een gewone man die even een hapje gaat eten. Ondertussen patrouilleerden zijn gewapende bewakers over de stoep van N Street op zoek naar zelfmoordterroristen.

Marshall vervloekte de manager en zei tegen Samantha: 'Kom, we gaan. Soms haat ik deze stad.' Ze liepen drie blokken over Wisconsin Avenue en vonden een pub die door jihadisten werd genegeerd. Samantha bestelde weer een mineraalwater en Marshall een dubbele wodka. 'Hoe was het in het zuiden?' vroeg hij. Hij had haar aan de telefoon al tientallen vragen gesteld, maar zij wilde die pas beantwoorden wanneer ze elkaar zagen.

Ze glimlachte en begon met Romey. Halverwege haar verhaal realiseerde ze zich hoe erg ze van haar avontuur had genoten. Marshall was woedend en wilde iemand voor de rechter slepen, maar na een paar slokken wodka kalmeerde hij al. Nadat ze een pizza hadden besteld, beschreef ze haar avondmaaltijd met Mattie en Chester.

'Je bent toch niet echt van plan om daar te gaan werken, hè?' vroeg hij.

'Ik heb de baan gekregen en ga het een paar maanden proberen. Als ik me verveel, ga ik terug naar New York en ga ik bij Barneys schoenen verkopen.'

'Je hoeft geen schoenen te verkopen en je hoeft niet bij een Bureau voor Rechtshulp te werken. Hoeveel geld heb je op de bank staan?'

'Genoeg om het te redden. Hoeveel spaargeld heb jij op de bank?'

Hij fronste en nam nog een slok.

Ze zei: 'Heel veel, hè? Mam is ervan overtuigd dat je een heleboel geld op buitenlandse rekeningen hebt staan en haar bij jullie scheiding een loer hebt gedraaid. Is dat waar?'

'Nee, dat is niet waar. Maar als het wel zo was, denk je toch zeker niet dat ik jou dat zou vertellen?'

'Nee, nooit. Ontkennen, ontkennen, ontkennen – dat is toch regel één voor een strafrechtadvocaat?'

'Geen idee. Trouwens, ik heb mijn misdaden toegegeven en schuld bekend. Wat weet jij van het strafrecht?'

'Niets, maar ik ben aan het leren. Ik ben nu immers ook een keer gearresteerd.'

'Nou, ik ook en ik kan het je niet aanbevelen. Jij had tenminste geen handboeien om. Wat heeft je moeder nog meer over me te zeggen?'

'Niets positiefs. Ergens achter in mijn overwerkte hersens had ik dat fantasiebeeld dat we met z'n drietjes in een leuk restaurant zouden kunnen eten. Niet als gezin, hoor, echt niet, maar als drie volwassenen die een paar dingen met elkaar gemeen hebben.'

'Ik ben voor.'

'Ja, maar zij niet. Te veel nare herinneringen.'

'Hoe komen we hierop?'

'Geen idee. Sorry. Heb je ooit een kolenmaatschappij voor de rechter gesleept?'

Marshall rammelde met de ijsblokjes in zijn glas en dacht even na; hij had tegen zoveel bedrijven geprocedeerd. Op ernstige toon zei hij: 'Nee, volgens mij niet. Mijn specialisme was vliegtuigongelukken, maar Frank, een van mijn partners, is een keer betrokken geweest bij een soort steenkoolzaak, een milieuramp door die troep die ze in meren bewaren. Hij praat er niet vaak over, wat betekent dat hij de zaak heeft verloren.'

'Dat spul heet sludge of slurry, of hoe je het ook noemen wilt. Dat is giftig afval, een bijproduct van het wassen van steenkool. De bedrijven slaan het op achter aarden wallen waar het jaren blijft liggen, in de grond sijpelt en het drinkwater vervuilt.'

'Lieve help, wat weet jij veel, zeg.'

'O, maar ik heb heel veel geleerd de afgelopen vierentwintig uur. Wist je dat sommige county's in het steenkoolland het hoogste percentage kankergevallen hebben?'

'Dat klinkt naar een rechtszaak.'

'Dat soort rechtszaken is zeer moeilijk te winnen, omdat steenkool koning is en heel veel juryleden sympathie hebben voor deze bedrijven.'

'Dit is geweldig, Samantha. We hebben het nu over echt recht, niet over de bouw van wolkenkrabbers. Ik ben trots op je. Laten we iemand voor de rechter dagen.'

De pizza werd gebracht en ze aten hem van de stenen plaat. Toen een goedgevormde brunette in een kort rokje langs hun tafeltje liep, keek Marshall instinctief naar haar. Hij hield zelfs even op met kauwen, maar toen beheerste hij zich en probeerde net te doen alsof hij de vrouw niet had gezien. 'Wat voor werk ga je daar doen?' vroeg hij ongemakkelijk, nog steeds met één oog op het rokje.

'Jij bent zestig en zij is ongeveer van mijn leeftijd. Wanneer hou je nou eens op met kijken?'

'Nooit. Wat is er mis met kijken?'

'Dat weet ik niet. Misschien is het de eerste stap.'

'Je begrijpt gewoon niets van mannen, Samantha. Kijken is een automatisme en ongevaarlijk. We kijken allemaal. Kom op, zeg!'

'Je kunt er dus niets aan doen?'

'Nee. En waarom praten we daar eigenlijk over? Ik praat veel liever over het vervolgen van kolenmaatschappijen.'

'Meer weet ik niet. Ik heb je alles verteld wat ik weet.'

'Ga je tegen hen procederen?'

'Dat betwijfel ik. Maar ik heb iemand leren kennen die zich alleen met steenkoolzaken bezighoudt. Toen hij nog een kind was, is zijn gezin slachtoffer geworden van een stripmijn. Hij is op wraak uit en draagt een pistool bij zich. Dat heb ik met eigen ogen gezien.'

'Een man? Vond je hem aardig?'

'Hij is getrouwd.'

'Goed. Ik heb liever niet dat je verliefd wordt op een boerenkinkel. Waarom heeft hij een pistool bij zich?'

'Volgens mij hebben heel veel mensen daar een vuurwapen bij zich. Hij zegt dat de kolenmaatschappijen hem niet zien zitten en dat er in die wereld veel geweld voorkomt.'

Marshall depte zijn mond met een papieren servetje en nam een slok water. 'Laat me even een samenvatting geven van wat ik heb gehoord. Het is een plek waar de geesteszieken een uniform mogen dragen, zichzelf agent noemen, in een auto rijden met zwaailichten, mensen van buiten de staat aanhouden en ze soms zelfs naar de gevangenis brengen. Anderen, die kennelijk niet geesteziek zijn, werken als advocaat en hebben een pistool in hun aktetas. Weer anderen bieden tijdelijke baantjes aan ontslagen advocaten aan en betalen hun geen cent.'

'Dat is een vrij goede samenvatting.'

'En je begint maandagochtend?'

'Klopt.'

Marshall pakte hoofdschuddend een pizzapunt. 'Ik neem aan dat het nog gekker is dan Big Law aan Wall Street.'

'We zullen zien.'

Blythe kon even weg van haar werk voor een snelle lunch. Ze troffen elkaar in een drukke deli niet ver bij haar kantoor vandaan, bestelden een salade en maakten een afspraak voor de komende maanden. Samantha zou haar deel van de huur voor de drie maanden die nog openstonden betalen, maar wilde zich verder niet vastleggen. Blythe klampte zich vast aan haar baan en dacht dat ze die heel misschien wel zou houden. Ze wilde het appartement aanhouden, maar kon zelf niet de volledige huur opbrengen. Samantha zei dat de kans groot was dat ze al snel terugkwam.

Later die middag ontmoette ze Izabelle voor koffie en roddels. Izabelles tassen waren gepakt en ze was onderweg naar Wilmington. Daar zou ze bij haar zus intrekken die in de kelder nog een kamer had. Ze zou als advocaat-stagiaire aan de slag gaan bij een groepering die opkwam voor de rechten van het kind en naar een echte baan zoeken. Ze was depressief en bitter, en onzeker over haar kansen. Toen ze elkaar bij het afscheid omhelsden, wisten ze dat het heel lang zou duren voordat ze elkaar weer zouden zien.

Samantha wilde in New York een auto huren, haar spullen erin laden en naar het zuiden rijden. Maar toen ze de telefoon pakte, drong het tot haar door dat die huurauto dan een kentekenplaat van New York zou hebben. Misschien kon ze een auto huren in New Jersey of Connecticut, maar die zouden allemaal opvallen in Brady. Ze moest steeds aan Romey denken; die liep immers nog altijd vrij rond en kon nieuwe problemen veroorzaken.

Daarom stopte ze alles wat ze dacht nodig te hebben in twee koffers en een grote canvas tas. Ze nam een taxi naar Penn Station en werd vijf uur later door een andere taxi opgepikt bij Union Station in D.C.

Zij en Karen aten in hun pyjama afhaalsushi en keken naar een oude film. De naam Marshall werd niet genoemd.

De website van Gasko Leasing in Falls Church beloofde een enorme keus uit gebruikte auto's, voordelige voorwaarden, contracten die amper problemen opleverden en gemakkelijk af te sluiten autoverzekeringen, oftewel volledige klanttevredenheid. Ze had niet veel verstand van auto's, maar iets zei haar dat een Amerikaanse auto waarschijnlijk minder problemen zou opleveren dan bijvoorbeeld een Japans merk. Al googelend vond ze een vijfdeurs-Ford uit 2004, niet te groot of te klein, die wel geschikt leek. Ze belde, en de verkoper vertelde dat de auto nog steeds te koop was en, nog belangrijker, hij garandeerde haar dat de auto Virginia-nummerborden had. 'Ja mevrouw, voor en achter.' Ze nam een taxi naar Falls Church en maakte kennis met Ernie, de verkoper. Ernie was een flirt die te veel praatte en te weinig oplette. Als hij oplettender was geweest, had hij gezien dat Samantha er als een berg tegen opzag om twaalf maanden in een gebruikte huurauto rond te rijden.

Ze had zelfs even overwogen haar vader te bellen en om hulp te vragen, maar zag daar uiteindelijk vanaf. Ze besloot dat ze sterk genoeg in haar schoenen stond om deze relatief onbelangrijke klus zelf te klaren. Na twee lange uren met Ernie reed ze ten slotte weg in een onopvallende Ford, een auto die op het oog eigendom was van iemand uit Virginia.

8

Het inwerken bestond uit een afspraak om acht uur 's ochtends met een nieuwe cliënt. Gelukkig voor Samantha, die geen idee had hoe ze zo'n gesprek moest voeren, had Mattie de leiding en fluisterde: 'Maak maar aantekeningen, frons heel veel en probeer er intelligent uit te zien.' Geen probleem; op precies diezelfde manier had ze haar eerste twee jaar bij Scully & Pershing overleefd.

De cliënt was Lady Purvis, een vrouw van in de veertig, moeder van drie tieners en echtgenote van Stocky die momenteel in de gevangenis van Hopper County zat. Mattie vroeg niet of Lady haar echte naam was; als dat belangrijk was, kwam dat later wel aan de orde. Maar gezien haar boerse verschijning en gezouten taalgebruik, kon je je moeilijk voorstellen dat haar ouders haar officieel de naam Lady hadden gegeven. Ze zag eruit alsof ze een zwaar leven had gehad ergens diep in de rimboe, en ze baalde toen Mattie zei dat ze binnen niet mocht roken. Samantha maakte, fronsend en fanatiek, aantekeningen en zei geen woord. Vanaf de eerste zin was er sprake van tegenslagen en ellende. Het gezin woonde in een caravan, waar een hypotheek op rustte, en ze waren achter met de betalingen; ze waren achter met alles. Haar twee oudste tieners waren van school gegaan op zoek naar banen die niet bestonden, niet in de county's Noland, Hopper of Curry. Ze dreigden weg te lopen, ergens naar het westen waar ze misschien geld konden verdienen door sinaasappels te plukken. Lady werkte overal en nergens, maakte in het weekend huizen schoon, paste op voor vijf dollar per uur, ze deed alles om geld te verdienen.

Stocky's misdaad: te snel rijden. Wat tot gevolg had dat de hulpsheriff zijn rijbewijs bekeek, dat twee dagen eerder verlopen was. Het totaalbedrag aan boetes en proceskosten bedroeg 175 dollar, geld dat hij niet had. Hopper County had een privédetective ingehuurd om het geld te incasseren van Stocky en andere arme mensen, die de pech hadden gehad verkeersovertredingen en andere kleine misdrijven te begaan. Als

74

Stocky de cheque had kunnen uitschrijven, had hij dat gedaan en naar huis kunnen gaan. Maar omdat hij arm en platzak was, werd zijn zaak anders behandeld. De rechter besloot dat de zaak door de schurken van de Judicial Response Associates moest worden afgehandeld. Lady en Stocky hadden diezelfde dag nog een gesprek met iemand van de JRA en die vertelde hoe de afbetalingsregeling in elkaar zat. Zijn bedrijf rekende commissie: het starttarief van 75 dollar, het maandelijkse servicetarief van 35 dollar en nadat de hele schuld was afbetaald – ervan uitgaande dat het ooit zover zou komen – het afsluittarief, een koopje van slechts 25 dollar. De proceskosten en een paar andere vage extra kosten brachten hun totale schuld op 400 dollar. Lady en Stocky dachten dat ze misschien 50 dollar per maand konden betalen, het minimale bedrag volgens de JRA. Maar ze kwamen algauw tot de ontdekking dat 35 van die 50 dollar werd opgeslokt door het maandelijkse servicetarief. Ze probeerden een nieuwe regeling te treffen, maar de JRA weigerde. Na twee betalingen hield Stocky ermee op en toen begonnen de echte problemen pas. Twee agenten kwamen na middernacht naar hun caravan en arresteerden Stocky. Lady protesteerde, net als hun oudste zoon, waarop de agenten hen met hun splinternieuwe stroomstootwapens bedreigden. Toen Stocky weer voor de rechter stond, kwamen er nog meer boetes en toeslagen bovenop. Het nieuwe totaalbedrag was 550 dollar. Stocky legde uit dat hij platzak en werkloos was, waarop de rechter hem weer naar de gevangenis stuurde. Daar zat hij nu twee maanden. Ondertussen rekende de JRA nog steeds hun maandelijkse servicetarief, dat om mysterieuze redenen was verhoogd tot 45 dollar per maand.

'Hoe langer hij daar blijft, hoe hoger onze schulden worden,' zei Lady, helemaal verslagen. Ze had al haar documenten bij zich in een kleine papieren zak en Mattie begon ze door te nemen. Er waren boze brieven van de fabrikant van de caravan die ook de aanschaf had gefinancierd, en aankondigingen van de executieverkoop van de caravan, aanmaningen voor energie- en waterrekeningen, belastingaanslagen, rechtbankdocumenten en een hele stapel papieren van de JRA. Mattie las ze door en gaf ze aan Samantha, die geen idee had wat ze ermee moest doen behalve een lijst van alle ellende maken.

Ten slotte stortte Lady in en ze zei: 'Ik moet roken. Geef me vijf minuten.' Haar handen trilden.

'Natuurlijk,' zei Mattie. 'Ga maar even naar buiten.'

'Bedankt.'

'Hoeveel pakjes rook je per dag?'

'Twee maar.'

'Welk merk?'

'Charlie's. Ik weet dat ik moet stoppen en dat heb ik ook wel geprobeerd, maar dit is het enige wat me rustig maakt.' Ze pakte haar tas en verliet het vertrek.

Mattie zei: 'Charlie's is een favoriet merk in Appalachia, een goedkoop merk, hoewel het nog altijd 4 dollar per pakje kost. Dat is 8 dollar per dag, 250 dollar per maand. En ik durf te wedden dat Stocky evenveel rookt. Ze geven waarschijnlijk 500 dollar per maand uit aan sigaretten en wie weet hoeveel aan bier. En als ze dan nog geld overhebben, kopen ze waarschijnlijk loten.'

'Dat is belachelijk,' zei Samantha, opgelucht dat ze eindelijk iets kon zeggen. 'Waarom? Ze zouden zijn boetes in negen maanden kunnen afbetalen en dan komt hij vrij.'

'Maar zij denken niet zo. Roken is een verslaving, iets waar ze niet zomaar mee kunnen stoppen.'

'Oké, mag ik iets vragen?'

'Natuurlijk. Ik wed dat je wilt weten hoe iemand als Stocky in een debiteurengevangenis kan worden gestopt, iets wat dit land ongeveer tweehonderd jaar geleden heeft verboden. Klopt dat?'

Samantha knikte langzaam.

Mattie zei: 'De kans is groot dat je ook weet dat het volgens de Rechtvaardige Beschermingsclausule van het Veertiende Amendement verboden is iemand in de gevangenis te stoppen omdat hij een boete of bepaalde kosten niet kan betalen. Je bent ongetwijfeld ook bekend met het vonnis uit 1983 van de Hoge Raad, de naam kan ik even niet bedenken, waarin het Hof besloot dat voordat iemand in de gevangenis kan worden gegooid omdat hij een boete niet betaalt, moet worden bewezen dat hij niet wílde betalen. Met andere woorden, hij kon wel betalen, maar weigerde dat. Dit allemaal en meer, klopt dat?'

'Dat is een goede samenvatting.'

'Dit gebeurt overal. De JRA zet de rechtbanken in een stuk of tien zuidelijke staten onder druk. Gemiddeld innen de lokale overheden ongeveer dertig procent van het totale bedrag aan boetes. De JRA bemoeit zich ermee en belooft zeventig procent, zonder dat het de belastingbetaler een cent kost. Zij beweren dat het allemaal wordt betaald door mensen zoals Stocky, die worden afgezet. Elke stad en elke county heeft geld nodig, en dus gaan ze in zee met de JRA waarna de rechtbanken de zaken overdragen. De slachtoffers krijgen een voorwaardelijke gevangenisstraf en als ze niet kunnen betalen, worden ze in de gevangenis gegooid, zodat de belastingbetaler natuurlijk weer voor de kosten moet opdraaien. Ze geven 30 dollar per dag uit om Stocky te huisvesten en te eten te geven.'

'Dit kán niet legaal zijn.'

'Het is legaal, omdat het niet uitgesproken illegaal is. Het zijn arme mensen, Samantha, helemaal onder aan de voedselketen, en hier in het zuiden zijn de wetten anders. Daardoor hebben wij werk, bij wijze van spreken.'

'Dit is afschuwelijk.'

'Dat is waar, en het kan nog erger worden. Doordat Stocky een voorwaardelijke straf heeft, is de kans groot dat hij wordt uitgesloten van voedselbonnen, huurtoeslag, een rijbewijs en verdomd, in bepaalde staten nemen ze hem zelfs het kiesrecht af, ervan uitgaande dat hij de moeite heeft genomen zich in te schrijven in het kiesregister.'

Lady was terug, ruikend naar sigarettenrook en nog steeds even gespannen. Ze ploeterden door de rest van haar onbetaalde rekeningen. 'Kunt u me misschien helpen?' vroeg ze met tranen in haar ogen.

'Natuurlijk,' zei Mattie veel te optimistisch. 'Ik heb al eerder met succes onderhandeld met de JRA. Ze zijn het niet gewend dat er een advocaat bij wordt betrokken en voor zulke stoere kerels zijn ze vrij gemakkelijk te imponeren. Ze weten dat ze fout zitten en zijn bang dat iemand hen aanklaagt. Ik ken de rechter daar en ze zullen zo langzamerhand waarschijnlijk geen zin meer hebben Stocky nog langer te eten te geven. We kunnen hem uit de gevangenis krijgen, zodat hij weer aan het werk kan. Daarna kijken we of we jullie faillissement kunnen aanvragen, om jullie caravan te redden en een paar van deze rekeningen kwijt te raken. Ik onderhandel wel met die energiebedrijven.' Ze somde al deze acties op alsof het allemaal al was gebeurd, en opeens voelde Samantha zich beter. Zelfs Lady liet een glimlach zien, de eerste en enige.

Mattie zei: 'Geef ons een paar dagen om een plan op te stellen. Als je nog vragen hebt, kun je Samantha hier bellen. Zij is volledig op de hoogte van je zaak.'

Samantha's hart sloeg een slag over toen haar naam werd genoemd, want ze had het gevoel dat ze niets wist, nergens over.

'Dus we hebben twee advocaten?' vroeg Lady.

'Zeker.'

'En jullie zijn eh... gratis?'

'Dat klopt, Lady. Wij zijn een Bureau voor Rechtshulp en dus hoef je ons niet te betalen voor onze diensten.'

Lady sloeg haar handen voor haar ogen en begon te huilen.

Samantha was nog niet bijgekomen van het gesprek met de eerste cliënte toen ze alweer aan haar tweede gesprek moest beginnen. Annette Brevard, de 'junior partner' bij het Mountain Bureau voor Rechtshulp, dacht dat het wel leerzaam was voor hun nieuwe advocaat-stagiaire om kennis te maken met huiselijk geweld.

Annette was een gescheiden moeder van twee kinderen die al tien jaar in Brady woonde. Ze had vroeger in Richmond gewoond en als advocaat gewerkt op een middelgroot kantoor, tot ze na een nare scheiding was vertrokken. Ze was met haar kinderen naar Brady gevlucht en nam een baan aan bij Mattie omdat er in deze staat niets anders beschikbaar was. Ze was absoluut niet van plan om in Brady te blijven, maar wie weet van tevoren hoe zijn leven verloopt? Ze woonde in een oud huis in het centrum met een losstaande garage erachter. Boven de garage was een tweekamerappartement, Samantha's thuis voor de komende maanden. Annette besloot dat nu de stage niet werd betaald, de huur ook niet betaald hoefde te worden. Ze hadden hierover gediscussieerd, maar Annette had voet bij stuk gehouden. Samantha had geen keus en betrok het appartement met de belofte dat ze af en toe gratis zou oppassen. Ze mocht zelfs haar auto in de garage zetten.

De cliënte was een zesendertigjarige vrouw die Phoebe heette. Ze was getrouwd met Randy en zij hadden net een naar weekend achter de rug. Randy zat in de gevangenis zes straten verderop (dezelfde gevangenis waar Samantha ternauwernood aan was ontsnapt) en Phoebe zat in het kantoor van de advocaat met een gezwollen linkeroog, een snee op haar neus en een angstige blik in haar ogen. Met compassie en meegevoel hielp Annette Phoebe om haar verhaal te vertellen. Weer zat Samantha met een intelligente blik te fronsen zonder een kik te geven, schreef ze vellen vol aantekeningen en vroeg ze zich af hoeveel getikte mensen in dit deel van het land woonden.

Met zo'n bedeesde stem dat zelfs Samantha er rustig van werd, hielp Annette Phoebe haar verhaal te vertellen. Er waren heel veel tranen en emoties. Randy was verslaafd aan meth, was methdealer en ook een dronkaard die haar al anderhalf jaar sloeg. Hij had haar nooit geslagen toen haar vader nog leefde – Randy was doodsbang voor hem geweest – maar daar was hij nadat haar vader twee jaar geleden was gestorven mee begonnen. Hij dreigde constant dat hij haar zou vermoorden. Ja, zij gebruikte ook meth, maar zij was voorzichtig en zeker niet verslaafd. Ze hadden drie kinderen, allemaal onder de tien. Het was haar tweede huwelijk, zijn derde. Randy was tweeënveertig, ouder dan zij, en had een heleboel slechte vrienden in de methbusiness. Ze was bang voor die mensen, zij hadden geld en konden elk moment zijn borg betalen. Zodra Randy vrij was, zou hij haar zeker opsporen. Hij was woedend dat ze de politie had gebeld en hem had laten arresteren. Hij kende de sheriff goed en ze zouden hem echt niet in de gevangenis laten zitten. Hij zou haar slaan tot ze de aanklacht introk. Ze gebruikte heel veel tissues terwijl ze snikkend haar verhaal vertelde.

Af en toe schreef Samantha belangrijke vragen op, zoals 'Waar ben ik?' en 'Wat doe ik hier?'

Phoebe durfde niet terug naar hun huurwoning. Haar drie kinderen had ze verborgen bij een tante in Kentucky. Een hulpsheriff had haar verteld dat Randy maandag voor de rechter zou komen. Misschien was hij daar nu wel, terwijl de rechter zijn borg vaststelde. En zodra zijn vriendjes het geld op tafel legden was hij vrij. 'Jullie moeten me helpen!' zei Phoebe steeds weer. 'Hij vermoordt me!'

'Nee hoor, dat doet hij niet,' zei Annette met een onverklaarbare overtuiging. Door Phoebes tranen, angstige blik en lichaamstaal was Samantha het met Phoebe eens en bang dat Randy elk moment kon langskomen en problemen kon veroorzaken. Annette leek zich daar echter niet druk over te maken.

Zij heeft dit al honderd keer meegemaakt, dacht Samantha.

Annette zei: 'Samantha, kijk even op internet naar de rol van de rechtbank.' Ze noemde de website van Noland County, waarop Samantha snel haar laptop opensloeg, op zoek ging en heel even Phoebe en haar emoties kon negeren.

'Ik moet van hem scheiden,' zei Phoebe. 'Ik kan echt niet naar hem terug.'

'Oké, dan vragen we morgen de scheiding aan en een straatverbod om hem bij je vandaan te houden.'

'Wat is een straatverbod?'

'Een bevel van de rechter dat hij niet bij je in de buurt mag komen en als hij zich daar niet aan houdt, maakt hij de rechter kwaad die hem dan weer in de gevangenis stopt.'

Hier moest ze om glimlachen, heel even maar. Ze zei: 'Ik moet de stad uit. Ik kan hier niet blijven. Hij wordt weer stoned en dan vergeet hij dat straatverbod en de rechter, en komt hij me weer opzoeken. Ze moeten hem een tijdje achter slot en grendel houden. Kunnen ze dat doen?'

'Waar is hij van beschuldigd, Samantha?' vroeg Annette.

'Zware mishandeling,' zei ze toen ze de zaak online had gevonden. 'Staat om één uur vanmiddag op de rol. Er is nog geen borg vastgesteld.'

'Zware mishandeling? Waar heeft hij je mee geslagen?'

Meteen stroomden de tranen over Phoebes wangen die ze met de rug van haar hand wegveegde. 'Hij had een pistool dat we in de keukenla bewaren, ongeladen vanwege de kinderen, maar de kogels liggen boven op de koelkast, alleen maar voor de zekerheid, weet je. We maakten ruzie en vochten en schreeuwden, en toen pakte hij het pistool alsof hij hem wilde laden en me wilde doodschieten. Toen ik probeerde het pistool van hem af te pakken, sloeg hij met de kolf tegen de zijkant van mijn hoofd. Daarna viel het op de grond en sloeg hij me met zijn handen. Ik rende naar buiten, naar de buren en belde de politie.'

Annette stak rustig haar hand op om haar het zwijgen op te leggen. 'Dat is de zware mishandeling, het gebruik van een wapen.' Ze keek naar Phoebe en Samantha toen ze dit zei, om hen allebei te informeren. 'In Virginia is de straf hiervoor vijf tot twintig jaar, afhankelijk van de omstandigheden – wapen, verwonding et cetera.' Samantha maakte meteen weer driftig aantekeningen; hier had ze tijdens haar rechtenstudie wel iets over gehoord, maar dat was alweer jaren geleden.

Annette zei: 'Goed, Phoebe, we mogen verwachten dat je man zal zeggen dat jij het wapen als eerste wilde pakken, dat je hem daarmee hebt geslagen en zo. Het is zelfs mogelijk dat hij probeert jou aan te klagen. Hoe zou je daarop reageren?'

'Hij is twintig centimeter langer dan ik en veertig kilo zwaarder. Niemand die goed bij zijn hoofd is zou geloven dat ik hem zou durven aanvallen. De agenten, als zij de waarheid vertellen, zullen zeggen dat hij dronken was en volledig doorgedraaid. Hij worstelde zelfs met hen tot ze hem met hun stroomstootwapen vloerden.'

Annette glimlachte tevreden. Ze keek op haar horloge, sloeg een map open en haalde er een paar papieren uit. 'Over vijf minuten moet ik iemand bellen. Samantha, dit is ons vragenformulier voor echtscheiding. Dat is vrij duidelijk. Neem dit door met Phoebe en verzamel zo veel mogelijk informatie. Over een halfuur ben ik terug.'

Samantha nam het vragenformulier aan alsof ze dat al tientallen keren had gezien.

Een uur later, alleen en veilig in haar eigen provisorische kantoor, sloot Samantha haar ogen en haalde diep adem. Haar kantoor was klein, een voormalige opslagruimte die vol stond met twee wankele stoelen en een ronde tafel met een plastic tafelblad. Mattie en Annette hadden zich verontschuldigd en beloofd dat ze er iets aan zouden doen. Eén muur werd gedomineerd door een groot raam dat uitkeek over de parkeerplaats aan de achterkant. Samantha was dankbaar voor het daglicht.

Haar kantoor hier was klein, maar haar werkruimte in New York was niet veel groter geweest. Zonder het te willen, dacht ze steeds aan New York, aan het grote kantoor en aan alle beloftes en ellende. Ze glimlachte toen ze zich realiseerde dat ze niet hoefde te tijdschrijven; weg was de niet-aflatende druk om nog meer uren in rekening te brengen, om nog meer geld te verdienen voor de grote jongens aan de top en om hen te imponeren met het verlangen ooit een van hen te worden. Ze keek op haar horloge. Het was elf uur en ze had nog geen minuut in rekening gebracht, en dat zou ze niet doen ook. De antieke telefoon rinkelde en ze moest die wel opnemen. 'Een gesprek op lijn twee,' zei Barb.

'Wie is het?' vroeg Samantha zenuwachtig. Dit was haar eerste telefoongesprek.

'Ene Joe Duncan. Zegt me niets.'

'Waarom wil hij me spreken?'

'Dat zei hij niet. Hij zei dat hij een advocaat nodig had, en Mattie en Annette zijn bezig. Daarom is hij voor jou.'

'Wat voor soort zaak?' vroeg Samantha met een blik op haar zes wolkenkrabbers die op een dossierkast stonden die van het leger was geweest.

'Sociale verzekering. Wees voorzichtig. Lijn twee.'

Barb werkte parttime en bemande de receptie. Samantha had, nadat ze die ochtend aan elkaar waren voorgesteld, een paar seconden met haar gepraat. Het Bureau had ook een parttime juridisch assistente, ene Claudelle. Alleen maar vrouwen.

Ze drukte op lijn twee en zei: 'Samantha Kofer.'

De heer Duncan zei hallo en vroeg haar van alles om te controleren of ze een echte advocaat was. Ze verzekerde hem dat dit zo was, maar twijfelde wel. Algauw begon hij te vertellen. Hij had het moeilijk en moest daarover praten. Hij en zijn gezin hadden allerlei soorten pech en afgaande op de eerste tien minuten van zijn verhaal had hij genoeg problemen om een klein advocatenkantoor een paar maanden aan het werk te houden. Hij was werkloos - hij was onterecht ontslagen, maar dat zou weer een ander verhaal zijn - maar zijn echte probleem was zijn gezondheid. Hij had een lage tussenwervelschijf gebroken en kon niet werken. Hij had een aanvraag ingediend om afgekeurd te worden, maar die was afgewezen. Nu zou hij alles kwijtraken.

Omdat Samantha hem zo weinig te bieden had, liet ze hem maar doorpraten. Toch had ze er na een halfuur genoeg van. Het was moeilijk om een einde aan het gesprek te maken - hij was wanhopig en wilde niet ophangen - maar uiteindelijk kon ze hem ervan overtuigen dat ze zijn zaak meteen zou bespreken met hun deskundige en daarna contact met hem zou opnemen.

Tegen twaalven was Samantha uitgehongerd en kapot. Dit was niet de vermoeidheid die was veroorzaakt door het urenlang lezen en corrigeren van dikke documenten, of door de continue druk om mensen te imponeren, of door de angst niet te kunnen meekomen en van het pad naar een partnerschap te worden geduwd. Dit was niet de uitputting die ze de afgelopen drie jaar had gevoeld. Nee, ze was kapot door de schrik en de angst van het zien van de emotionele ellende van echte mensen, van wanhopige mensen die weinig hoop hadden en zich tot haar hadden gewend voor hulp.

Maar voor de anderen op het Bureau was dit een gewone maandagochtend. Ze kwamen bij elkaar in de grote vergaderzaal, een wekelijks ritueel. Ze aten de lunch die ze van huis hadden meegenomen en praatten ondertussen over zaken, cliënten en andere dingen. Deze maandag was het belangrijkste gespreksonderwerp de nieuwe advocaat-stagiaire. Ze wilden graag meer van haar weten. Eindelijk werd ze aangemoedigd haar mond open te doen.

'Nou, ik heb wat hulp nodig,' zei Samantha. 'Ik heb net een telefoongesprek gevoerd met een man wiens aanvraag om te worden afgekeurd is afgewezen. Wat dat ook mag betekenen.'

Deze mededeling werd ontvangen met gelach en hilariteit. Het woord 'afgekeurd' leek bij iedereen een reactie op te roepen. 'We behandelen geen socialeverzekeringszaken meer,' zei Barb. Zij zag alle cliënten eerst, wanneer ze via de voordeur binnenkwamen.

'Hoe heet hij?' vroeg Claudelle.

Samantha aarzelde toen ze naar de nieuwsgierige gezichten keek. 'Oké, eerst iets anders. Ik heb geen idee hoe het hier zit met vertrouwelijkheid. Bespreken jullie, wij, elkaars zaken openlijk of zijn we gebonden door regels van de vertrouwelijkheid in de advocaat-cliëntrelatie?'

Dit veroorzaakte nog meer gelach. De vier anderen begonnen allemaal te praten, terwijl ze lachten en grinnikten en hun broodje aten. Het was Samantha meteen duidelijk dat deze vier dames, binnen deze muren, over alles en iedereen praatten.

'Binnen het kantoor is het geen punt,' zei Mattie. 'Maar daarbuiten, geen woord.'

'Prima.'

Barb zei: 'Zijn naam is Joe Duncan. Doet een belletje rinkelen.'

Claudelle zei: 'Ik had hem een aantal jaar geleden als cliënt gehad, heb een aanvraag ingediend en die werd afgewezen. Volgens mij een probleem met een schouder.'

'Nou, nu gaat het om zijn lendenen,' zei Samantha. 'Klinkt vreselijk.'

'Hij is een seriële eiser,' zei Claudelle. 'En dat is een van de redenen dat we niet langer socialeverzekeringszaken aannemen. Daar wordt zoveel mee gefraudeerd. Dat systeem is behoorlijk rot, vooral in deze streek.'

'Dus wat zeg ik tegen meneer Duncan?'

'Er is een advocatenkantoor in Abingdon waar ze alleen maar invaliditeitszaken behandelen.'

Annette vulde aan: 'Cack & Lack, beter bekend als Kakkerlak. Echt nare jongens die een deal hebben gesloten met bepaalde artsen en socialeverzekeringsrechters. Al hun cliënten krijgen een uitkering. Zij hebben duizenden mensen aan een uitkering geholpen.'

Mattie zei: 'Als een triatleet een aanvraag zou indienen, regelen de Kakkerlakken een invaliditeitsuitkering voor hem.'

'Dus we nemen nooit...'

'Nooit.'

Samantha nam een hap van haar zwaar geconserveerde broodje kalkoen en keek Barb aan. Ze stelde bijna de vraag die voor de hand lag: Als wij deze zaken niet aannemen, waarom heb je die man dan met mij doorverbonden? In plaats daarvan nam ze zich voor op haar hoede te zijn. Drie jaar in Big Law had haar overlevingsinstinct aangescherpt. Elkaar vliegen afvangen en in de rug aanvallen waren de norm, en ze had geleerd beide te ontwijken.

Ze zou het niet nu met Barb bespreken, maar pas op het juiste moment.

Claudelle leek de clown van de groep. Ze was nog maar vierentwintig, een klein jaar getrouwd en zwanger – een problematische zwangerschap. Ze had de hele ochtend in de badkamer doorgebracht, vechtend tegen de misselijkheid en met gemene gedachten aan haar ongeboren zoontje. Het kind zou naar zijn vader worden vernoemd en veroorzaakte nu al bijna evenveel problemen.

Het taalgebruik was verrassend vulgair. In drie kwartier bespraken ze niet alleen de dringende kwesties van het kantoor, maar ook ochtendmisselijkheid, menstruatiekrampen, bevallingen, mannen en seks – en niemand leek er genoeg van te krijgen.

Annette maakte een einde aan de bijeenkomst toen ze Samantha aankeek en zei: 'We moeten over een kwartier in de rechtbank zijn.'

9

Samantha's ervaring met rechtszalen was over het algemeen niet aangenaam. Sommige bezoeken waren verplicht geweest, andere vrijwillig. Op haar veertiende had de grote Marshall Kofer een luchtvaartmaatschappij na een vliegtuigongeluk aangeklaagd. De zaak werd behandeld door de federale rechter in het centrum van D.C. en Samantha's docente maatschappijleer had bedacht dat het goed zou zijn voor haar leerlingen om hem in actie te zien. Twee hele dagen zaten de kinderen zich verschrikkelijk te vervelen, terwijl getuige-deskundigen discussieerden over het aerodynamische effect van een dikke ijslaag op vliegtuigvleugels. Samantha was niet trots geweest op haar vader; ze vond de ongewilde aandacht juist vreselijk. Gelukkig voor hem waren de leerlingen alweer op school toen de jury terugkwam met een uitspraak in het voordeel van de fabrikant, waardoor Marshall voor de verandering eens verloor. Zeven jaar later ging ze terug naar hetzelfde gebouw, maar naar een andere rechtszaal, en zag haar vader schuld bekennen. Dat was een heerlijke dag geweest voor haar moeder, die nooit zelfs maar had overwogen aanwezig te zijn, en dus zat Samantha naast een oom, een broer van Marshall, en depte haar ogen met een zakdoekje. Tijdens een voorbereidende cursus recht aan Georgetown had ze aanwezig moeten zijn bij een deel van een strafrechtszaak, maar toen had ze griep gehad. Alle rechtenstudenten voeren nepprocessen en daar had ze tot op zekere hoogte van genoten, maar ze had geen behoefte gehad aan echte processen. Als griffier van een federale rechter had ze zelden een rechtszaal vanbinnen gezien. En tijdens haar sollicitatiegesprekken had ze duidelijk gemaakt dat ze geen enkele behoefte had rechtszaken te voeren.

En nu stapte ze dus de rechtbank van Noland County binnen en liep ze naar de grote rechtszaal. Het gebouw zelf was een fraai oud, vier verdiepingen tellend gebouw van rode baksteen met een doorzakkend golfplaten dak. In de stoffige hal hingen vervaalde portretten van bebaarde helden, en één muur hing vol met prikborden met juridische aankondigingen. Ze liep achter Annette aan naar de eerste verdieping en ze kwamen langs een oude gerechtsdienaar die in zijn stoel zat te dommelen. Via de dubbele deuren kwamen ze aan de achterkant de rechtszaal binnen. Voor hen zat een rechter in zijn stoel te werken en een paar advocaten verplaatsten wat paperassen en maakten plagende opmerkingen. Rechts van hen was de lege jurybank. Aan de hoge muren hingen zelfs nog meer verbleekte portretten, allemaal mannen, allemaal bebaard en zo te zien serieus nadenkend over juridische kwesties. Een paar griffiers kletsten met elkaar en flirtten met de advocaten. Verschillende toeschouwers wachtten tot het recht zijn loop kreeg.

Annette liep naar een openbaar aanklager, een man die ze kort aan haar advocaat-stagiaire voorstelde als Richard. Ze vertelde dat zij Phoebe Fanning vertegenwoordigde, die zo snel mogelijk een verzoek tot echtscheiding zou indienen. 'Hoeveel weet je?' vroeg ze aan Richard.

Ze liepen met z'n drieën naar een hoek vlak bij de jurybank, zodat niemand hen kon horen.

Richard zei: 'Volgens de agenten waren ze allebei stoned en hadden ze besloten hun meningsverschillen met een stevig gevecht op te lossen. Hij won, zij verloor. Op de een of andere manier was er een pistool bij betrokken, ongeladen, waarmee hij haar op het hoofd sloeg.'

Annette vertelde Phoebes versie.

Richard luisterde aandachtig en zei: 'Zijn advocaat is Hump en het enige wat hij wil is een lage borgsom. Ik zal een hogere borgsom vragen, zodat we die man dan een paar dagen langer in de cel kunnen houden en hij kan afkoelen terwijl zij ervandoor gaat.'

Annette knikte, was het met hem eens en zei: 'Bedankt, Richard.'

Hump was Cal Humphrey, een oude rot die verderop in de straat zijn kantoor had; ze waren er net langsgekomen. Annette begroette hem en stelde Samantha voor, die walgde van zijn enorme maag. Een paar opzichtige bretels hadden moeite met zijn omvang en leken op knappen te staan, met gevolgen die te smerig waren om zelfs maar aan te denken. Hump fluisterde dat 'zijn man' Randy (hij kon even niet op zijn achternaam komen) uit de gevangenis moest omdat hij nu niet kon werken. Hump geloofde niets van Phoebes versie van de gebeurtenissen, maar suggereerde dat zij het conflict was begonnen toen ze zijn cliënt met het ongeladen pistool aanviel.

'Daarom voeren we dus processen,' mompelde Annette toen ze bij

Hump vandaan liepen. Randy Fanning en twee andere gevangenen werden onder escorte de rechtszaal binnengebracht en op de voorste rij gezet. Hun handboeien werden verwijderd en een hulpsheriff bleef vlak bij hen staan. De drie hadden lid van dezelfde bende kunnen zijn: een verbleekte oranje gevangenisoverall, ongeschoren gezicht, warrige haardos, harde blik. Annette en Samantha zaten in het publiek, zo ver mogelijk bij hen vandaan. Barb kwam op haar tenen de rechtszaal binnen, gaf Annette een dossier en zei: 'Dit is de echtscheiding.'

Toen de rechter Randy Fanning naar de getuigenbank riep, stuurde Annette een sms naar Phoebe die voor het rechtbankgebouw in haar auto zat. Randy stond voor de rechter, met Hump rechts van hem en Richard links, maar iets verder bij hem vandaan. Hump begon uitgebreid te vertellen dat zijn cliënt dringend aan het werk moest, dat zijn wortels diep in Noland County lagen, dat erop kon worden vertrouwd dat hij op elk gewenst moment in de rechtszaal zou verschijnen, et cetera. Het was slechts een echtelijke ruzie geweest en alles kon zonder het juridische systeem verder te belasten eenvoudig worden opgelost. Terwijl hij doorpraatte, kwam Phoebe de rechtszaal binnen en ging naast Annette zitten, met trillende handen en vochtige ogen.

Richard, de openbaar aanklager, benadrukte de zwaarte van de beschuldiging en zei dat de kans groot was dat Fanning tot een langdurige gevangenisstraf werd veroordeeld. Onzin, zei Hump. Zijn man was onschuldig. Zijn man was aangevallen door zijn 'onevenwichtige' echtgenote. Als zij de zaak wilde doorzetten, was zij misschien wel degene die in de gevangenis kwam. De advocaten discussieerden met elkaar.

De rechter, een vreedzame oude heer met een glad hoofd, vroeg rustig: 'Ik heb begrepen dat het vermeende slachtoffer hier aanwezig is. Klopt dat, mevrouw Brevard?' vroeg hij met zijn blik op het publiek gericht.

Annette sprong op en zei: 'Ze is hier inderdaad, edelachtbare.' Ze liep door het hek alsof de rechtszaal van haar was, met Phoebe achter zich aan. 'Wij vertegenwoordigen Phoebe Fanning, wier verzoek tot echtscheiding we binnen tien minuten zullen indienen.'

Samantha, die nog steeds veilig tussen het publiek zat, zag Randy Fanning naar zijn vrouw kijken. Richard maakte gebruik van dit moment en zei: 'Edelachtbare, het is misschien nuttig om naar de verwondingen op het gezicht van mevrouw Fanning te kijken. Deze vrouw heeft rake klappen gekregen.'

'Ik ben niet blind,' antwoordde de rechter. 'Ik zie geen schade aan uw gezicht, meneer Fanning. Het valt de rechtbank ook op dat u ruim één meter tachtig bent en vrij stevig. Uw vrouw is, wat zal ik zeggen, een behoorlijk stuk kleiner. Hebt u haar verrot geslagen?'

Randy verplaatste zijn aanzienlijke gewicht van zijn ene voet op de andere, duidelijk schuldig, en zei moeizaam: 'We hadden ruzie, rechter. Zij begon.'

'Natuurlijk deed ze dat. Ik denk dat het het beste is om u nog een dag of twee achter slot en grendel te houden. Ik stuur u terug naar de gevangenis en dan zien we elkaar donderdag weer. Ondertussen, mevrouw Brevard, kunnen u en uw cliënte zich met haar dringende juridische kwesties bezighouden. Hou me op de hoogte.'

Hump zei: 'Maar, edelachtbare, dan raakt mijn cliënt zijn baan kwijt.'

Phoebe riep: 'Hij heeft helemaal geen baan! Hij hakt parttime hout en verkoopt fulltime meth.'

Iedereen leek moeite te hebben met slikken toen haar woorden door de rechtszaal echoden. Randy wilde haar weer aanvallen en keek met een moordzuchtige en hatelijke blik naar zijn vrouw. Ten slotte zei de rechter: 'Zo is het wel genoeg. Breng hem donderdag terug.' Een gerechtsdienaar pakte Randy vast en leidde hem de rechtszaal uit.

Bij de hoofdingang stonden twee mannen, een paar schurken met samengeklit haar en tatoeages. Ze keken naar Annette, Samantha en Phoebe toen ze voorbijliepen. In de hal fluisterde Phoebe: 'Die boeven zitten samen met Randy in de methhandel. Ik moet echt weg uit dit stadje.'

Samantha dacht: *Ik rij vlak achter je aan.*

Ze liepen naar het kantoor van de staatsrechtbank en dienden de aanvraag tot echtscheiding in. Annette vroeg om een onmiddellijke hoorzitting voor een straatverbod om Randy bij zijn gezin vandaan te houden. 'De eerste mogelijkheid is woensdagmiddag,' zei een griffier.

'Afgesproken,' zei Annette.

De twee schurken stonden voor de ingang van het rechtbankgebouw te wachten, nu in gezelschap van een derde boze jongeman. Hij ging voor Phoebe staan en gromde: 'Je kunt de aanklacht maar beter intrekken, meisje, anders zul je het bezuren.'

Phoebe deinsde niet achteruit, maar keek hem aan op een manier waaruit bleek dat ze hem al jaren kende en minachtte. Ze zei tegen Annette: 'Dit is Randy's broer Tony, hij komt net uit de gevangenis.'

'Heb je me gehoord? Ik zei, trek de aanklacht in,' zei Tony luider.

'Ik heb net een aanvraag tot echtscheiding ingediend, Tony. Het is afgelopen. Ik verlaat de stad zo snel mogelijk, maar ik kom zeker terug voor zijn proces. Ik trek de aanklacht niet in, dus ga alsjeblieft opzij.'

De ene schurk staarde naar Samantha, de andere naar Annette. De korte confrontatie eindigde toen Hump en Richard het rechtbankgebouw uit kwamen en zagen wat er gebeurde. 'Zo is het wel genoeg,' zei Richard, waarop Tony zich terugtrok.

Hump zei: 'Kom op, jongens. Ik loop met jullie mee naar het kantoor.' Terwijl Hump door Main beende en non-stop over een andere zaak praatte waarbij hij en Annette tegenover elkaar stonden, liep Samantha achter hen aan. Ze was van slag door het incident en vroeg zich af of ze een pistool in haar tasje moest stoppen. Geen wonder dat Donovan een paar wapens bij zich had.

De rest van de middag had ze gelukkig geen cliënten. Ze had genoeg ellende gehoord voor één dag, en ze moest studeren. Annette leende haar een paar intensief gebruikte cursusmappen voor beginnende advocaten, waarin verschillende onderwerpen werden behandeld: echtscheiding en familierecht, testamenten en nalatenschappen, faillissementen, huur en verhuur, werkgelegenheid, immigratie en sociale zekerheid. Later was een gedeelte toegevoegd over uitkeringen voor mensen met stoflongziekte. Het was droge en saaie stof, in elk geval om erover te lezen, maar ze had al ervaren dat de zaken zelf absoluut niet saai waren.

Om vijf uur belde ze eindelijk Joe Duncan en vertelde hem dat ze zijn zaak niet kon behandelen, omdat haar bazen dat verboden. Ze gaf hem de namen van twee private advocaten die dergelijke zaken wel aannamen en wenste hem succes. Hij was niet echt blij met haar telefoontje.

Ze liep even Matties kantoor binnen en samen bespraken ze Samantha's eerste werkdag. Het was goed gegaan, hoewel Samantha nog steeds van slag was door de korte confrontatie op de trap van de rechtbank. 'Ze doen een advocaat echt niets,' verzekerde Mattie haar. 'Zeker een vrouw niet. Ik doe dit werk nu al zesentwintig jaar en ben nog nooit aangevallen.'

'Gefeliciteerd. Ben je weleens bedreigd?'

'Misschien een paar keer, maar ik ben nooit echt bang geweest. Maak je maar geen zorgen.'

Samantha vond het geen probleem om het kantoor te verlaten en

naar haar auto te lopen, hoewel ze wel om zich heen keek. Het motre-
gende en het werd al donker. Ze zette de auto in de garage onder haar
appartement en liep naar boven.

Annettes dochter Kim was dertien en haar zoon Adam tien. Hun
nieuwe huisgenote intrigeerde hen en ze wilden per se dat ze bij hen
kwam eten, maar Samantha was niet van plan elke avond met hen te
eten. Met de vreemde werktijden van haarzelf en die van Blythe was ze
gewend alleen te eten.

Door haar drukke baan had Annette amper tijd om te koken. Kennelijk vond ze schoonmaken ook niet echt belangrijk. Het avondeten
bestond uit macaroni met kaas uit de magnetron met plakjes tomaat
uit de tuin van een cliënt. Ze dronken water uit plastic flessen, en nooit
uit de kraan. Tijdens het eten bestookten de kinderen Samantha met
allerlei vragen over haar leven, haar jeugd in D.C., het leven en wonen
in New York, en waarom ze in vredesnaam naar Brady was gekomen.
Ze waren slim, zelfverzekerd, gemakkelijk tevreden te stellen en niet
bang om persoonlijke vragen te stellen. Ze waren ook beleefd, en zeiden steeds 'Ja, mevrouw' en 'Nee, mevrouw'. Ze besloten dat ze te jong
was om mevrouw Kofer genoemd te worden en Adam vond Samantha
een veel te lange naam. Uiteindelijk werden ze het eens over Miss Sam,
hoewel Samantha hoopte dat het 'Miss' snel zou verdwijnen. Ze vertelde hun dat zij hun oppas zou zijn, en dat leken ze vreemd te vinden.

'Waarom hebben we een oppas nodig?' vroeg Kim.

'Zodat jullie moeder kan uitgaan en kan doen waar ze zin in heeft,'
zei Samantha.

Dat vonden ze grappig. Adam zei: 'Maar ze gaat nooit uit.'

'Klopt,' zei Annette. 'Er is niet veel te doen in Brady. Sterker nog, er
is niets te doen als je niet drie avonden in de week naar de kerk gaat.'

'En jij gaat niet naar de kerk?' vroeg Samantha. Tot nu toe, tijdens
haar korte verblijf in Appalachia, was ze ervan overtuigd geraakt dat
elke vijf gezinnen hun eigen kerkje hadden met een scheefstaande
witte torenspits. Overal stonden kerken, ze geloofden allemaal in de
onfeilbaarheid van de Heilige Schrift, maar verschilden kennelijk over
al het andere van mening.

'Soms op zondag,' zei Kim.

Na het eten ruimden Kim en Adam plichtsgetrouw de tafel af en zetten de vuile borden in de gootsteen. Er was geen vaatwasser. Ze wilden
met Miss Sam tv-kijken in plaats van hun huiswerk maken, maar na

een tijdje stuurde Annette hen naar hun kleine slaapkamers. Omdat ze bang was dat haar gast zich misschien zou gaan vervelen, zei Annette: 'Laten we theedrinken en kletsen.'

Omdat ze toch niets anders te doen had, zei Samantha ja. Annette haalde een stapel vieze kleren op en stopte ze in de wasmachine die naast de koelkast stond. Ze deed het wasmiddel erin en draaide aan een knop. 'Dit lawaai overstemt alles wat we zeggen,' zei ze terwijl ze theezakjes uit een kastje haalde. 'Cafeïnevrij, oké?'

'Tuurlijk,' zei Samantha en ze liep de woonkamer binnen met doorzakkende boekenplanken, stapels tijdschriften en zachte meubels waar al maanden niet meer was gestoft. In een hoek stond een flatscreen-tv (er was geen tv in het appartement boven de garage), en in een andere hoek stond een bureautje met een computer en een stapel dossiers. Annette kwam binnen met twee koppen dampende thee, gaf er een aan Samantha en zei: 'Laten we op de bank gaan zitten en over vrouwendingen praten.'

'Oké, waarover bijvoorbeeld?'

Nadat ze zich geïnstalleerd hadden, zei Annette: 'Nou, over seks bijvoorbeeld. Hoe vaak ga je in New York met iemand naar bed?'

Samantha lachte om die openheid, maar aarzelde toen omdat ze niet meer wist wanneer ze voor het laatst seks had gehad. 'Zo wild gaat het er niet aan toe, hoor. Ik bedoel, wel als je er middenin zit, maar de mensen met wie ik omga werken te hard om lol te trappen. Een avondje uit voor ons is een lekker etentje en wat drinken, waarna ik altijd te moe ben om iets anders te doen dan slapen, alleen.'

'Dat kan ik maar moeilijk geloven, al die rijke, jonge professionals die op jacht zijn. Ik heb heel vaak naar *Sex and the City* gekeken, steeds maar weer. In mijn eentje natuurlijk, als de kinderen in bed lagen.'

'Nou, ik niet. Ik heb er wel over gehoord, maar meestal ben ik dan nog op kantoor. In de afgelopen drie jaar heb ik één vriendje gehad. Henry, een verhongerende acteur, echt leuk en geweldig in bed, maar hij had het helemaal gehad met mijn lange werkdagen en mijn vermoeidheid. Je ontmoet natuurlijk heel veel mannen, maar de meesten zijn al net zo gedreven. Vrouwen zijn beschikbaar. Heel veel mannen ook, arrogante klojo's die alleen maar over geld kunnen praten en over wat ze allemaal kunnen kopen.'

'Ik ben verbijsterd.'

'Niet doen. Het is niet zo glamoureus als je denkt.'

'Nooit?'

'O zeker, ik heb weleens iets met iemand gehad, maar niets wat de moeite van het onthouden waard was.' Samantha nam een slok thee en wilde over iets anders praten. 'En jij? Date jij veel mannen in Brady?'

Nu was het Annettes beurt om te lachen. Ze zweeg even, nam een slok thee en zei met een verdrietige blik: 'Hier gebeurt niet veel. Ik heb de keus gemaakt, leef met de gevolgen en dat is oké.'

'De keus?'

'Ja, ik ben hier tien jaar geleden naartoe gekomen, wilde me terug-trekken. Mijn scheiding was een nachtmerrie en ik wilde weg bij mijn ex. Met mijn kinderen. Hij heeft bijna geen contact met ze. Nu ben ik vijfenveertig, redelijk aantrekkelijk, in vrij goede vorm, in tegenstelling tot, nou ja...'

'Ik snap wat je bedoelt.'

'Ik zal maar zeggen dat er niet veel concurrentie is in Noland County. Er zijn wel een paar leuke mannen geweest, maar niemand met wie ik wilde samenwonen. Eén man was twintig jaar ouder, en dat kon ik mijn kinderen gewoon niet aandoen. De eerste paar jaar leek het alsof de helft van de vrouwen in dit stadje me aan een neef wilde koppelen. Toen realiseerde ik me dat ze alleen maar wilden dat ik trouwde, zodat ze zich geen zorgen meer hoefden te maken over hun eigen man. Maar ik vind getrouwde mannen helemaal niet aantrekkelijk. Veel te veel gedoe, hier én in de stad.'

'Waarom blijf je hier dan?'

'Dat is een goede vraag, en ik weet niet zeker of ik dat wel doe. Het is een veilige plek om kinderen groot te brengen, hoewel we ons wel zorgen maken over de milieurampen. Brady is oké, maar niet ver hier-vandaan, in de gehuchten en de dorpen, zijn kinderen altijd ziek door het besmette water en het kolenstof. Dus om je vraag te beantwoorden, ik ben hier nog omdat ik van mijn werk hou. Ik hou van de mensen die mijn hulp nodig hebben. Ik kan een klein verschil maken in hun leven. Je hebt hen vandaag ontmoet. Je hebt hun angst en hun hopeloosheid gezien. Zij hebben me nodig. Als ik wegga, komt er misschien iemand die mijn plaats inneemt. Maar misschien ook niet.'

'Hoe zet je je werk uit je hoofd als je het kantoor hebt verlaten?'

'Dat lukt me niet altijd. Hun problemen zijn te persoonlijk, zodat ik veel te weinig slaap.'

'Ik ben blij dat je dat zegt, want ik denk nog steeds aan Phoebe Fanning, met haar blauw geslagen gezicht, haar kinderen die bij een familielid zijn verborgen en een griezel van een echtgenoot die haar waarschijnlijk vermoordt zodra hij vrijkomt.'

Annette zei met een hartelijke glimlach: 'Ik heb veel vrouwen in dezelfde situatie gezien, en die hebben het allemaal overleefd. Phoebe redt zich wel, uiteindelijk. Ze zal ergens anders gaan wonen, met onze hulp, en van hem scheiden. Vergeet niet, Samantha, dat hij nu in de gevangenis zit en kan ervaren hoe het is achter de tralies. Als hij iets doms doet, zit hij de rest van zijn leven in de gevangenis.'

'Ik kreeg niet de indruk dat hij heel intelligent is.'

'Je hebt gelijk. Hij is een stomkop en een junk. Ik probeer haar situatie niet te bagatelliseren, maar het komt wel goed met haar.'

Samantha ademde uit en zette haar theekopje op de tafel. 'Het spijt me, dit is gewoon allemaal nieuw voor me.'

'Met echte mensen omgaan?'

'Ja, dat ik word betrokken bij hun problemen en dat van mij wordt verwacht dat ik die oplos. De laatste zaak waar ik in New York aan werkte, had te maken met een ontzettend louche figuur, een miljardair, die een heel hoog en gestroomlijnd hotel wilde bouwen, midden in Greenwich Village. Het was het lelijkste gebouw dat ik ooit had gezien, ontzettend opzichtig. Hij ontsloeg drie of vier architecten, en zijn gebouw werd alleen maar hoger en lelijker. De stad zei nee, echt niet, en dus spande hij een rechtszaak aan, werd vriendjes met de politici en gedroeg zich net zoals heel veel andere projectontwikkelaars in Manhattan. Ik heb hem een keer kort ontmoet toen hij naar ons kantoor kwam om tegen mijn partner te schreeuwen. Een echte rotzak. En hij was onze cliënt, mijn cliënt. Ik walgde van die man. Ik wilde dat zijn project mislukte.'

'Ja, waarom ook niet?'

'Dat gebeurde ook, en daar waren we stiekem blij om. Stel je voor, we hadden er honderden uren ingestoken en die vent een vermogen in rekening gebracht, en toch hadden we zin in een feestje toen zijn project werd afgekeurd. Dat zegt toch iets over onze relatie met onze cliënten?'

'Ik zou ook zin hebben gehad in een feestje.'

'Maar nu maak ik me zorgen om Lady Purvis wier man in een debiteurengevangenis zit, en ik vraag me ongerust af of Phoebe de stad wel uit is voordat haar man op borgtocht vrijkomt.'

'Welkom in onze wereld, Samantha. En er is zelfs een morgen.'

'Ik vraag me af of ik wel geschikt ben voor dit werk.'

'Ja hoor, dat ben je wel. Je moet sterk zijn in deze zaken, en jij bent veel sterker dan je denkt.'

Adam was terug, opeens klaar met zijn huiswerk, en hij wilde Miss Sam uitdagen voor een spelletje gin rummy. 'Hij denkt dat hij heel goed kan kaarten,' zei Annette. 'En hij speelt vals.'

'Ik heb nog nooit gin rummy gespeeld,' zei Samantha.

Adam was de kaarten al aan het schudden, als een ware dealer in Vegas.

10

Matties werkdag begon meestal precies om acht uur met koffie, terwijl ze de deur van haar kantoor sloot, de telefoon negeerde en samen met Donovan de nieuwste roddels uitwisselde. Het was helemaal niet nodig om de deur van haar kantoor te sluiten, omdat de anderen pas na halfnegen verschenen, nadat Annette haar kinderen bij hun school had afgezet. Toch genoot Mattie van haar privacy met haar neef, en beschermde die dan ook.

Er leken op het kantoor geen strenge regels en procedures te bestaan, en Samantha had te horen gekregen dat ze 'om een uur of negen' moest beginnen en moest doorwerken tot ze het laat in de middag wel had gezien. Eerst was ze bang geweest dat ze moeite zou hebben met de overgang van honderd naar veertig uur per week, maar dat was niet zo. Ze had al jaren niet tot zeven uur geslapen en vond het best fijn. Maar om acht uur klom ze tegen de muren omhoog en kon ze niet wachten om aan de dag te beginnen. Op dinsdag glipte ze door de voordeur naar binnen, liep langs Matties kantoor, hoorde zachte stemmen en ging naar de keuken op zoek naar koffie. Ze had zich net achter haar bureautje geïnstalleerd om een uur of twee te gaan studeren voordat ze werd opgehaald om bij een of ander gesprek met een cliënt aanwezig te zijn, toen Donovan opeens binnenkwam en zei: 'Welkom in de stad.'

'Hé, hallo,' zei ze.

Hij keek om zich heen en zei: 'Ik wed dat je kantoor in New York veel groter was.'

'Echt niet. Ze stopten ons, de nieuwelingen, in wat ze "hokjes" noemden, kleine werkruimtes waar je je collega's kon aanraken als het nodig was. Zo bespaarden ze op de huur, zodat de partners meer inkomsten overhielden.'

'Zo te horen mis je het echt.'

'Volgens mij ben ik nog steeds verdoofd.' Ze wees naar de enige andere stoel in de kamer en zei: 'Ga zitten.'

95

Donovan liet zich ontspannen in het stoeltje zakken en zei: 'Mattie vertelde me dat je op je allereerste dag al in de rechtbank was.'

'Klopt. Wat heeft ze je nog meer verteld?' Samantha vroeg zich af of alles wat ze deed tijdens de koffie 's ochtends zou worden besproken.

'Niets, gewoon onbelangrijke kletspraatjes van een paar advocaten uit een klein stadje. Randy Fanning was vroeger een beste vent, maar toen ging hij aan de meth. Hij eindigt dood of in de gevangenis, zoals heel veel mannen in deze omgeving.'

'Kan ik een van je vuurwapens lenen?'

Een lach, toen: 'Die heb je niet nodig. Die methdealers zijn lang niet zo gevaarlijk als de kolenmaatschappijen. Tegen de tijd dat je die voor de rechter sleept, krijg je een pistool van me. Ik weet dat het nog vroeg is, maar heb je al over de lunch nagedacht?'

'Ik heb nog niet eens over ontbijt nagedacht.'

'Ik bied je een lunch aan, een werklunch in mijn kantoor. Broodje kip met salade?'

'Hoe zou ik dat kunnen afslaan?'

'Komt twaalf uur je uit, qua afspraken?'

Ze deed net alsof ze in haar drukke agenda keek en zei toen: 'Je hebt geluk vandaag. Ik heb toevallig nog een gaatje.'

Hij sprong op en zei: 'Tot straks.'

Ze studeerde een tijdje en hoopte dat niemand haar zou storen. Door de dunne muren heen hoorde ze dat Annette een zaak besprak met Mattie. Af en toe ging de telefoon, en elke keer hield Samantha haar adem in en hoopte dat Barb de beller met iemand anders zou doorverbinden, met een advocaat die wist wat ze moest doen. Ze had geluk tot het bijna tien uur was en Barb haar hoofd om de hoek van de deur stak en zei: 'Ik ga een uurtje weg. Neem jij de receptie even van me over?' Ze verdween voordat Samantha kon vragen wat dat eigenlijk betekende.

Het betekende aan Barbs bureau in de receptie zitten, alleen en kwetsbaar en met een grote kans dat ze werd benaderd door een arme ziel zonder geld die een echte advocaat wilde inhuren. Het betekende de telefoon opnemen en de gesprekken doorverbinden met Mattie of Annette, of mensen gewoon aan het lijntje houden. Iemand vroeg naar Annette, maar zij was in gesprek met een cliënt. Een ander vroeg naar Mattie, maar zij was naar de rechtbank. Iemand anders had advies nodig over een invaliditeitsaanvraag bij de sociale verzekering, en Samantha verwees hem naar een particulier kantoor. Ten slotte ging de voordeur open en liep Francine Crump binnen met een juridische kwestie die Samantha maandenlang zou bezighouden.

Het enige wat ze wilde was een testament, eentje 'die niets kostte'. Eenvoudige testamenten zijn duidelijke documenten die zelfs de meest onervaren advocaat gemakkelijk kan opstellen. De meeste groentjes grepen de kans een testament op te stellen inderdaad met beide handen aan, omdat het moeilijk was die te verprutsen. Opeens vol vertrouwen nam Samantha mevrouw Crump mee naar een kleine spreekkamer en liet de deur openstaan, zodat ze een oogje op de receptie kon houden.

Mevrouw Crump was tachtig jaar oud en zag er ook zo uit. Haar man was lang geleden gestorven en haar vijf volwassen kinderen woonden verspreid over het land, maar niemand woonde dichtbij. Ze zei dat ze haar waren vergeten, dat ze zelden op bezoek kwamen en zelden belden. Ze wilde een eenvoudig testament hebben waardoor ze niets kregen. 'Ik wil ze allemaal onterven,' zei ze verbazingwekkend verbitterd. Afgaand op haar uiterlijk en gezien het feit dat ze een gratis testament wilde, nam Samantha aan dat er weinig geld was. Mevrouw Crump woonde in Eufaula, een dorpje 'diep in Jacob's Holler'. Samantha schreef dit op alsof ze precies wist waar dat was. Er waren geen schulden en niets in de zin van echte bezittingen, behalve een oud huis en dertig hectare land dat altijd al van de familie was geweest.

'Hebt u enig idee wat dat land waard is?' vroeg Samantha.

Mevrouw Crump rammelde met haar kunstgebit en zei: 'Veel meer dan iedereen weet. Weet u, de kolenmaatschappij kwam vorig jaar bij me en probeerde het land te kopen, dat hadden ze al vaker geprobeerd, maar ik heb ze weer weggestuurd. Ik ga het echt niet aan een kolenmaatschappij verkopen, zeker weten van niet. Ze zijn vlak bij mijn land een berg aan het wegblazen, ze slopen Cat Mountain, en dat is echt zonde. Ik wil niets te maken hebben met een kolenmaatschappij.'

'Hoeveel hebben ze u geboden?'

'Heel veel, en dat heb ik mijn kinderen ook niet verteld. Dat ga ik niet doen ook. Ik heb een slechte gezondheid, ziet u, en ik zal binnenkort wel doodgaan. Als mijn kinderen het land krijgen, hebben ze het al voordat ik begraven ben aan de kolenmaatschappij verkocht. Dat gaan ze zeker doen. Ik ken ze.' Ze haalde een paar opgevouwen papieren uit haar tas. 'Dit is een testament dat ik vijf jaar geleden heb ondertekend. Mijn kinderen namen me mee naar een advocatenkantoor iets verderop in de straat, en dwongen me dit te ondertekenen.'

Samantha vouwde de documenten langzaam open en las het testament van Francine Cooper Crump. In de derde paragraaf liet ze alles na aan haar vijf kinderen, in even grote porties. Samantha maakte een paar onnodige aantekeningen en zei: 'Oké, mevrouw Crump, in verband met de successierechten moet ik ongeveer de waarde van dit land weten.'

'In verband met de wat?'

'Hoeveel heeft die kolenmaatschappij u geboden?'

Ze keek alsof Samantha haar had beledigd, maar toen boog ze naar voren en fluisterde: 'Tweehonderdduizend en nog wat, maar het is twee keer zoveel waard. Misschien wel drie keer zoveel. Je kunt een kolenmaatschappij niet vertrouwen. Ze doen altijd een veel te laag bod en zoeken daarna naar manieren om het gewoon van je te stelen.'

Opeens was het eenvoudige testament niet meer zo eenvoudig. Samantha ging behoedzaam door en vroeg: 'Goed dan, wie krijgt deze dertig hectare grond in dat nieuwe testament?'

'Ik wil het aan mijn buurvrouw nalaten, Jolene. Zij woont aan de andere kant van de rivier op haar eigen land en zij wil ook niet verkopen. Ik vertrouw haar en zij heeft al beloofd goed voor mijn land te zullen zorgen.'

'U hebt dit al met haar besproken?'

'We praten er vaak over. Zij en haar man Hank zeggen dat zij ook nieuwe testamenten zullen maken, en hun land aan mij zullen nalaten voor het geval zij eerder doodgaan dan ik. Maar hun gezondheid is veel beter, weet u. Ik ga ervan uit dat ik als eerste doodga.'

'Maar stel dat zij voor u doodgaan?'

'Dat betwijfel ik. Ik heb een hoge bloeddruk en een slecht hart, en ik heb bursitis.'

'Natuurlijk, maar stel dat zij eerst doodgaan en hun land bij uw land komt, en als u dan doodgaat, wie krijgt al dat land dan?'

'Mijn kinderen niet, en hun kinderen ook niet. God verhoede dat. Weet u, die van mij zijn slecht.'

'Dat begrijp ik, maar iemand moet dat land erven. Aan wie denkt u dan?'

'Daarom ben ik hier, om met een advocaat te praten. Ik heb advies nodig over wat ik moet doen.'

Opeens, met een echte nalatenschap, waren er verschillende scenario's. De vijf kinderen zouden het nieuwe testament zeker aanvechten, en behalve dat wat ze deze dagen in het cursusmateriaal had gelezen, wist Samantha daar helemaal niets van. Ze herinnerde zich vaag een paar zaken tijdens haar rechtenstudie, maar dat leek al heel lang geleden. Een halfuur lang zat ze tijd te rekken, maakte een paar aantekeningen en stelde niet echt relevante vragen. Daarna slaagde ze erin mevrouw Crump ervan te overtuigen dat ze over een paar dagen kon terugkomen nadat het kantoor zich in haar situatie had verdiept. Barb was terug en bleek er bedreven in om de nieuwe cliënt naar buiten te loodsen.

'Waar ging dat allemaal over?' vroeg Barb toen mevrouw Crump vertrokken was.

'Dat weet ik niet zeker. Ik ben in mijn kantoor.'

Donovans kantoor zag er veel beter uit dan dat van het Bureau. Leren stoelen, dikke tapijten en mooi gelakte hardhouten vloeren. Een fraaie kroonluchter hing in het midden van de foyer. Samantha's eerste gedachte was dat er eindelijk iemand in Brady was die een paar dollar verdiende. Zijn receptioniste, Dawn, begroette haar beleefd en zei dat haar baas boven wachtte. Zij ging nu weg om te lunchen. Terwijl Samantha de wenteltrap opliep, hoorde ze dat de voordeur dichtging en op slot werd gedaan. Verder leek er niemand in het gebouw te zijn.

Donovan zat aan een groot, houten bureau dat heel oud leek. Hij was aan het telefoneren, gebaarde dat ze binnen kon komen, wees naar een stoel en zei: 'Ik moet ophangen.' Hij smeet de telefoon neer en zei: 'Welkom in mijn rijk. Hier wordt het grote werk gedaan.'

'Mooi,' zei ze en ze keek om zich heen. Het was een groot vertrek, met een balkon. Er stonden fraaie boekenkasten langs de muren, die allemaal vol stonden met de gebruikelijke traktaten en dikke pillen die bedoeld waren om te imponeren. In een hoek hing een geweerrek met ten minste acht dodelijke wapens. Samantha kende het verschil niet tussen een jachtgeweer en een scherpschuttersgeweer, maar de verzameling leek haar geladen en schietklaar. 'Overal wapens,' zei ze.

'Ik jaag veel, heb ik altijd al gedaan. Als je in deze bergen opgroeit, groei je op in de bossen. Op mijn zesde heb ik mijn eerste hert gedood, met pijl-en-boog.'

'Gefeliciteerd. En waarom wilde je met me lunchen?'

'Dat had je beloofd, weet je nog? Vorige week, vlak nadat je was gearresteerd en ik je uit de gevangenis had gered.'

'Maar we hadden afgesproken om verderop in de straat te gaan lunchen.'

'Ik dacht dat we hier meer privacy zouden hebben. Bovendien probeer ik de lokale restaurantjes te vermijden. Zoals ik je al vertelde, zijn hier heel veel mensen die me niet mogen. Soms zeggen ze dingen en schoppen dan in het openbaar een scène. Dat kan een gezellige lunch echt bederven.'

'Ik zie helemaal geen eten.'

'Dat staat in het "commandocentrum". Kom mee.' Hij sprong overeind en ze liep achter hem aan door een korte gang naar een lang vertrek zonder ramen. Aan het uiteinde van een tafel die vol spullen lag, stonden twee plastic dozen en twee flessen water. Hij wees ernaar en zei: 'De lunch is opgediend.'

Samantha liep naar een muur en keek naar een vergrote foto die zeker tweeënhalve meter hoog was. Het was een kleurenfoto van een schokkende en tragische gebeurtenis: een enorm rotsblok, zo groot als een kleine auto, was dwars door een stacaravan gerold en had grote schade aangericht. 'Wat is dit?' vroeg ze.

Donovan kwam naast haar staan en zei: 'Tja, ten eerste is dat een rechtszaak. Dat rotsblok heeft ongeveer een miljoen jaar deel uitgemaakt van Enid Mountain, ongeveer zestig kilometer hiervandaan in Hopper County. Een paar jaar geleden begonnen ze de berg te stripmijnen, bliezen de top eraf en haalden de steenkool eruit. Op 14 maart vorig jaar, om vier uur 's ochtends, haalde een bulldozer – eigendom van en bediend door een schurkachtig bedrijf dat Strayhorn Coal heet – zonder vergunning gesteente weg en werd dit rotsblok naar de valley fills in het dal geschoven. Doordat hij zo groot was, kreeg hij vaart en rolde langs deze steile helling naar beneden.' Donovan wees naar een vergrote kaart naast de foto. 'Bijna anderhalve kilometer van de plaats waar dit rotsblok het blad van de bulldozer verliet, verpletterde hij deze kleine stacaravan. In de achterkamer lagen twee broertjes, Eddie Tate van elf en Brandon Tate van acht. Ze lagen heerlijk te slapen, zoals je zou verwachten. Hun vader zat in de gevangenis voor het produceren van meth. Hun moeder was aan het werk in een kleine supermarkt. De jongens waren op slag dood, vermorzeld, geplet.'

Samantha staarde vol ongeloof naar de foto. 'Dat is gruwelijk!'

'Dat was zo, en dat is zo. Het leven naast een stripmijn is nooit saai. De grond trilt en beschadigt het fundament van de huizen. De lucht zit vol kolenstof dat alles bedekt. Het bronwater wordt oranje. De rotsblokken vliegen in het rond. Twee jaar geleden had ik een zaak in West Virginia. Meneer en mevrouw Herzog zaten op een warme zaterdagmiddag bij hun kleine zwembad toen een duizend kilo zwaar rotsblok als vanuit het niets verscheen en midden in het zwembad terechtkwam. Ze werden drijfnat. Het zwembad was totaal geruïneerd. We hebben dat bedrijf voor de rechter gedaagd en kregen een paar centen, maar niet veel.'

'En heb je Strayhorn Coal voor de rechter gedaagd?'

'O ja, zeker. Het proces begint aanstaande maandag bij de staatsrechtbank in Colton.'

'Wil het bedrijf geen schikking treffen?'

'Het bedrijf kreeg van onze onbevreesde toezichthouders een boete. Een enorme boete van 20.000 dollar, waartegen ze in beroep zijn gegaan. Nee, ze willen geen schikking. Zij hebben, samen met hun verzekeringsmaatschappij, 100.000 dollar geboden.'

'Een bedrag van 100.000 dollar voor twee dode kinderen?'

'Dode kinderen zijn niet veel waard, vooral niet in Appalachia. Ze hebben geen economische waarde, omdat ze natuurlijk geen baan hebben. Het is een geweldige zaak voor een hoge schadevergoeding – Strayhorn Coal is een half miljard dollar waard – en ik zal een of twee miljoen eisen. Maar de wijze mensen die de wetten in Virginia maken, hebben jaren geleden besloten een maximumbedrag vast te stellen voor een schadevergoeding.'

'Dat herinner ik me nog van mijn rechtbankexamen.'

'Het maximum is 350.000 dollar, hoe de verdachte zich ook heeft misdragen. Dat was een cadeautje van onze Algemene Wetgevende Vergadering aan de verzekeringswereld, zoals alle maximumbedragen.'

'Je praat net als mijn vader.'

'Wil je nog iets eten of blijven we hier het komende uur staan?'

'Ik heb niet zo'n honger, geloof ik.'

'Nou, ik wel.'

Ze gingen aan de tafel zitten en pakten hun broodjes uit.

Samantha nam een klein hapje, maar had geen trek. 'Heb je geprobeerd de zaak te schikken?' vroeg ze.

'Ik eiste een miljoen, zij deden een tegenbod van honderdduizend, dus we liggen heel ver uit elkaar. Zij, de advocaten van de verzekeringsmaatschappij en de kolenmaatschappij, gaan uit van het feit dat het gezin weinig geld heeft. Ze gaan ook uit van het feit dat veel juryleden in deze omgeving bang zijn voor Big Coal of er stiekem voorstander van zijn. Als je in Appalachia een kolenmaatschappij voor de rechter daagt, kun je niet altijd rekenen op een onpartijdige jury. Zelfs de mensen die walgen van die bedrijven zeggen dat meestal niet hardop. Iedereen heeft wel een familielid of een vriend die daar werkt. Dat zorgt voor een interessante dynamiek in de rechtszaal.'

Samantha nam nog een klein hapje van haar broodje en keek om zich heen. De muren hingen vol met vergrote kleurenfoto's en kaarten, sommige gemerkt als een bewijsstuk tijdens een proces en andere kennelijk in afwachting van een proces. Ze zei: 'Dit doet me denken aan het kantoor van mijn vader, van lang geleden.'

'Marshall Kofer. Ik heb hem nagetrokken. In zijn tijd was hij een geweldige advocaat.'

'Ja, dat is waar. Toen ik nog klein was en hem wilde zien, moest ik áls hij al in de stad was meestal naar zijn kantoor. Hij was altijd aan het werk. Hij leidde een groot kantoor. Als hij niet de hele wereld over reisde op jacht naar de laatste vliegtuigramp, zat hij in zijn kantoor een proces voor te bereiden. Ze hadden daar zo'n grote, overvolle kamer – en nu ik eraan denk, noemden zij die ook het commandocentrum.'

'Ik heb dat woord niet bedacht. De meeste advocaten hebben zo'n kamer.'

'En de muren hingen vol grote foto's en grafieken en zo. Het was erg indrukwekkend, zelfs voor een kind. Ik kan nog steeds de spanning voelen, de opgewonden sfeer in dat vertrek als hij en zijn mensen zich voorbereidden op een rechtszaak. Dat waren grote vliegtuigongelukken, met heel veel doden en heel veel advocaten en zo. Later vertelde hij dat de meeste zaken die hij behandelde al voor het proces werden geschikt. Wie er verantwoordelijk was, was zelden een vraag. Als een vliegtuig neerstort, is dat niet de schuld van de passagiers. De luchtvaartmaatschappijen hebben geld genoeg en zijn verzekerd. En omdat ze zich zorgen maken over hun naam treffen ze een schikking. Voor astronomische bedragen.'

'Heb je ooit overwogen met hem te gaan samenwerken?'

'Nee, nooit. Hij is een onmogelijke man, of dat was hij toen. Gigantisch ego, absolute workaholic en een echte rotzak. Ik wilde niets met zijn wereld te maken hebben.'

'En toen stortte hij zelf neer.'

'Inderdaad.' Ze stond op en liep naar een andere foto, van een verwoeste auto. Reddingswerkers probeerden er iemand uit te halen die klem zat in de auto.

Donovan bleef zitten en kauwde op een frietje. Hij zei: 'Die zaak heb ik aanhangig gemaakt in Martin County, West Virginia, drie jaar geleden. Verloren.'

'Wat was er gebeurd?'

'Een kolentruck kwam de berg af, hij was te zwaar beladen en reed te snel. Hij schoot over de middenstreep en reed over die kleine Honda heen. Die auto werd bestuurd door de zestienjarige Gretchen Bane, mijn cliënte, die ter plekke stierf. Als je goed kijkt, zie je haar rechtervoet daar onderaan, hij hangt min of meer uit het portier.'

'Dat vreesde ik al. Heeft de jury deze foto gezien?'

'Ja hoor, ze hebben alles gezien. Vijf dagen lang heb ik de jury alles verteld en laten zien, maar dat maakte niets uit.'

'Waarom heb je verloren?'

'Ik verlies ongeveer de helft van die zaken. In dat geval kwam de vrachtwagenchauffeur in de getuigenbank, zwoer de waarheid te vertellen en stond drie uur lang te liegen. Hij zei dat Gretchen over de middenstreep was gereden en de botsing had veroorzaakt; hij liet het klinken alsof ze zelfmoord had willen plegen. Die kolenmaatschappijen zijn slim en sturen nooit één vrachtwagen tegelijk op pad. Ze rijden met z'n tweeën, zodat er altijd iemand is die kan getuigen. Vrachtwagens transporteren een lading steenkool van honderd ton, scheuren over oude, op twintig ton berekende bruggen die ook door schoolbussen worden gebruikt en negeren alle verkeersregels. Als er een ongeluk gebeurt, is dat meestal heel ernstig. In West Virginia doden ze één onschuldige chauffeur per week. De vrachtwagenchauffeur zweert dat hij niets verkeerds heeft gedaan, zijn collega steunt zijn verhaal, er zijn geen andere getuigen en dus gaat de jury mee met Big Coal.'

'Kun je dan niet in beroep gaan?'

Donovan lachte alsof ze iets slims had gezegd. Hij nam een slok water en zei: 'Natuurlijk, dat recht hebben we nog altijd. Maar in West Virginia worden de rechters gekozen, en dat is een gruwel. Virginia heeft een paar belachelijke wetten, maar wij kiezen onze rechters tenminste niet. De Hoge Raad van West Virginia bestaat uit vijf leden. Ze zitten vier jaar en proberen dan herkozen te worden. Raad eens wie het meeste geld in hun verkiezingskas stoppen?'

'De kolenmaatschappijen.'

'Bingo. Zij hebben de politici, de toezichthouders en de rechters in hun zak, en vaak hebben ze ook macht over de jury's. Dit is dus niet bepaald een ideaal klimaat voor ons, advocaten.'

'Tja, echt een eerlijk proces dus,' zei ze, terwijl ze nog steeds naar de foto's keek.

'We winnen een enkele keer. In Gretchens geval hadden we geluk. Een maand na het proces botste dezelfde chauffeur tegen een andere auto op. Gelukkig vielen er toen geen doden, alleen een paar gebroken botten. De hulpsheriff die erbij kwam werd nieuwsgierig en nam de chauffeur mee naar het bureau voor verhoor. Hij gedroeg zich vreemd en bekende ten slotte dat hij al vijftien uur achter het stuur zat. Wat ook meehielp was dat hij Red Bull met wodka dronk en crystal meth snoof. De hulpsheriff zette een recorder aan en ondervroeg hem over het ongeluk met Bane. De chauffeur bekende dat zijn werkgever hem onder druk had gezet om te liegen. Ik kreeg een uitgetypte versie van dit verhoor en diende een paar moties in. Uiteindelijk ging de rechtbank akkoord met een nieuw proces, waar we nog steeds op wachten. Maar uiteindelijk zal ik ze te pakken krijgen.'

'Wat is er met die chauffeur gebeurd?'

'Hij werd een klokkenluider en klapte uit de school over Eastpoint Mining, zijn werkgever. Iemand heeft zijn banden kapotgesneden en twee kogels door zijn keukenraam geschoten, zodat hij zich nu verbergt, in een andere staat. Ik geef hem geld om van te leven.'

'Is dat legaal?'

'Dat is geen eerlijke vraag in steenkoolland. Niets in mijn wereld is zwart of wit. De vijand overtreedt elke regel die er maar bestaat, dus is het nooit een eerlijk gevecht. Als je je aan de regels houdt, verlies je, zelfs als je in je recht staat.'

Ze liep weer naar de tafel en knabbelde op een frietje. Ze zei: 'Ik wist wel dat het verstandig was om geen procesadvocaat te worden.'

'Ik baal ervan dat je dat zegt,' zei hij glimlachend, terwijl zijn donkere ogen haar steeds volgden. 'Ik wilde je net een baan aanbieden.'

'Dat spijt me.'

'Ik meen het echt. Ik kan wel iemand gebruiken die onderzoek voor me doet, en ik zou je betalen. Ik weet hoeveel je verdient bij het Mountain Bureau voor Rechtshulp, dus dacht ik dat je misschien wel een beetje zou willen bijklussen als onderzoeksassistent.'

'Hier, in jouw kantoor?'

'Waar anders? Geen werk dat botst met je stagewerk, altijd na werktijd en in het weekend. Als je je nog niet verveelt hier in Brady, dan duurt dat niet lang meer.'

'Waarom ik?'

'Omdat er niemand anders is. Ik heb twee juridisch assistenten en eentje vertrekt morgen. Ik kan geen enkele andere advocaat in deze stad vertrouwen, en ook niemand van een ander advocatenkantoor. Ik ben paranoïde over geheimhouding, en jij bent hier nog niet lang genoeg om iets of iemand te kennen. Jij bent de aangewezen persoon.'

'Ik weet niet wat ik moet zeggen. Heb je dit al met Mattie besproken?'

'Dit niet, nee. Maar als je er oren naar hebt, zal ik het er met haar over hebben. Ze zegt zelden nee tegen me. Denk erover na. Als je het niet wilt, heb ik daar alle begrip voor.'

'Oké, ik zal erover nadenken. Maar ik ben net met een nieuwe baan begonnen en was nog niet van plan alweer met een andere te beginnen, niet zo snel in elk geval. Bovendien hou ik niet echt van procederen.'

'Je hoeft zelf niet naar de rechtbank. Verstop je hier maar, doe je onderzoek, schrijf samenvattingen, werk net zoveel uren als je gewend bent.'

'Dat probeerde ik net af te leren.'

'Ik begrijp het. Denk er maar over na, we hebben het er nog wel over.'

Ze gingen weer verder met hun broodjes, maar de stilte was drukkend. Ten slotte zei Samantha: 'Mattie heeft me iets over je verleden verteld.'

Hij glimlachte en schoof zijn eten van zich af. 'Wat wil je weten? Ik ben een open boek.'

Dat betwijfelde ze. Ze kon verschillende vragen bedenken: wat is er met je vader gebeurd? Hoe serieus is de scheiding met je vrouw? Hoe vaak zie je haar? Misschien later.

Ze zei: 'Eigenlijk niets. Het is gewoon een interessant verleden.'

'Interessant, triest, tragisch, avontuurlijk. Dat allemaal. Ik ben achtendertig jaar oud en ik zal jong sterven.'

Ze wist niet wat ze hierop moest zeggen.

11

De snelweg naar Colton kronkelde tussen de bergen door, steeg en daalde, bood een adembenemend uitzicht op de compacte bergketens, daalde dan weer naar dalen die vol stonden met vervallen schuurtjes en stacaravans met allemaal troep eromheen. De weg liep vlak langs rivieren met ondiepe stroomversnellingen en water dat zo schoon was dat je het kon drinken, en net als ze al die schoonheid in zich opnam, liep de weg langs alweer een gehucht met bij elkaar staande, troosteloze huisjes, altijd en eeuwig beschaduwd door de bergen. Het contrast was schrijnend: de schoonheid van de bergketens en de armoede van de mensen die daar woonden. Er waren wel enkele mooie huizen met een keurig gazon en een wit hek, maar de buren waren meestal niet zo rijk.

Mattie reed en praatte, terwijl Samantha de omgeving in zich opnam. Toen de weg een hele tijd bleef stijgen, een vreemd recht stuk weg, kwam hen een lange vrachtwagen tegemoet. De truck was smerig, zat onder het stof en de laadbak was afgedekt met een canvas doek. Hij scheurde over de berg, reed duidelijk veel te snel, maar wel op de juiste weghelft. Toen hij voorbij was, zei Samantha: 'Ik neem aan dat dat een kolentruck was.'

Mattie keek in de spiegel, alsof ze hem niet had gezien. 'O ja. Zij vervoeren de steenkool hier vandaan nadat die is gewassen en klaar is voor de verkoop. Je ziet ze overal.'

'Donovan had het er gisteren over. Hij heeft er geen hoge pet van op.'

'Ik durf er heel wat onder te verwedden dat die vrachtwagen te zwaar beladen was en een inspectie waarschijnlijk niet zou doorstaan.'

'Maar niemand controleert ze?'

'Niet consequent. En meestal als de inspecteurs hiernaartoe komen, weten de kolenmaatschappijen al dat ze eraan komen. Mijn favorieten zijn de inspecteurs van de mijnveiligheid belast met het controleren van de explosies. Zij werken volgens een bepaald rooster, dus als zij bij een stripmijn komen, wat denk je dat er dan gebeurt? Dan werken ze precies volgens het boekje. Maar zodra de inspecteurs weg zijn, trekt het bedrijf zich totaal niets meer van die regels aan.'

Samantha dacht dat Mattie alles wist over haar lunch van de vorige dag met Donovan. Ze wachtte even om te zien of Mattie iets zou zeggen over de baan die hij haar had aangeboden. Dat deed ze niet. Voorbij de top van de berg begonnen ze aan de afdaling.

Mattie zei: 'Ik wil je iets laten zien. Het duurt niet lang.' Ze trapte op de rem en sloeg een weggetje in, met nog meer bochten en nog steilere bergen. De weg steeg weer. Een bord verwees naar een picknickplaats met een prachtig uitzicht. Ze stopten bij een smalle grasstrook met twee houten tafels en een afvalbak. Voor hen lagen kilometers glooiende bergen begroeid met dichte bossen. Ze stapten uit en liepen naar een gammel hek dat bedoeld was om te voorkomen dat mensen en voertuigen naar beneden tuimelden in een dal waar ze nooit zouden worden gevonden.

Mattie zei: 'Dit is een goede plek om van een afstand bergtopverwijdering te zien. Drie kanten...' – ze wees naar links – '... dat is de Cat Mountain Mine, niet ver van Brady. Recht voor ons ligt de Loose Creek Mine in Kentucky. En rechts van ons is de Little Utah Mine, ook in Kentucky. Allemaal in werking, allemaal strippen ze de steenkool zo snel als maar mogelijk is. Deze bergen waren ooit duizend meter hoog, net als hun buren. En moet je ze nu eens zien.'

Ze waren ontdaan van alle begroeiing en bestonden alleen nog maar uit rotsen en aarde. De top van de bergen was verdwenen, zodat ze op ontbrekende vingers leken, op de knokkels van een verminkte hand. Eromheen stonden ongerepte bergen, allemaal bedekt met de oranje en gele kleuren van de herfst. Het zou een prachtig uitzicht zijn, zonder de gruwelijk verminkte bergen.

Samantha stond roerloos en vol ongeloof te kijken. Ze probeerde de vernietiging in zich op te nemen. Ten slotte zei ze: 'Dit kán niet legaal zijn.'

'Ik ben bang van wel, volgens de federale wetten. Feitelijk is het legaal, maar de manier waarop ze het doen is heel erg illegaal.'

'En het is niet tegen te houden?'

'Er worden nog steeds processen gevoerd, al twintig jaar. We hebben hier wel een paar successen geboekt op federaal niveau, maar alle goede vonnissen zijn in beroep afgewezen. Het hof van beroep van het

Vierde District bestaat voornamelijk uit republikeinse rechters. Maar we geven niet op.'

'We?'

'De goede mensen, de tegenstanders van stripmijnen. Als advocaat ben ik er niet persoonlijk bij betrokken, maar ik zit in het juiste team. We zijn hier duidelijk in de minderheid, maar we vechten.' Mattie keek op haar horloge en zei: 'We moeten door.'

Toen ze weer in de auto zaten, zei Samantha: 'Je wordt er beroerd van, hè?'

'Ja, ze hebben zoveel van ons leven hier in Appalachia vernietigd, dus ja, ik word er beroerd van.'

In Colton ging de snelweg over in Center Street en na een paar blokken zagen ze rechts van hen het rechtbankgebouw.

Samantha zei: 'Donovan heeft hier volgende week een rechtszaak.'

'O ja, een belangrijke. Over die twee jongetjes. Zo triest.'

'Ken je die zaak?'

'O ja, iedereen wist ervan toen ze waren gedood. Ik weet er meer van dan ik zou willen. Ik hoop alleen dat hij wint. Ik heb hem geadviseerd een schikking te treffen, zodat het gezin wat geld krijgt, maar hij wil een punt maken.'

'Dus hij luistert niet naar je.'

'Donovan doet meestal wat hem goeddunkt, en hij heeft meestal gelijk.'

Ze parkeerden de auto achter het rechtbankgebouw en liepen naar binnen. In tegenstelling tot de rechtbank van Noland County was die van Hopper County een uiterst modern gebouw dat er op papier ongetwijfeld prachtig had uitgezien. Allemaal glas en steen, met uitstekende en inspringende delen, en met veel verspilde ruimte dankzij het gedurfde ontwerp. Samantha nam aan dat de architect uiteindelijk zijn vergunning wel was kwijtgeraakt.

'Het oude gebouw is afgebrand,' zei Mattie toen ze de trap opliepen. 'Maar ze branden uiteindelijk allemaal af.'

Samantha wist niet goed wat dit betekende.

Lady Purvis zat zenuwachtig in de gang voor de rechtszaal te wachten en glimlachte opgelucht toen ze haar advocaten zag. Er zaten nog een paar mensen te wachten tot de zaal openging. Nadat ze even met elkaar hadden gekletst, wees Lady naar een jongeman met een week gezicht, in een polyester sportjasje en glimmende laarzen met een flinke punt.

'Dat is hem. Hij werkt voor de JRA, en heet Snowden, Laney Snowden.'

'Wacht hier even,' zei Mattie. Met Samantha achter zich aan liep ze recht op Snowden af. Hoe dichter ze bij hem was, hoe groter zijn ogen werden. 'U vertegenwoordigt de JRA?' vroeg Mattie.

'Dat klopt,' zei Snowden trots.

Ze stak hem een kaartje toe alsof het een stiletto was en zei: 'Ik ben Mattie Wyatt, advocaat van Stocky Purvis. Dit is mijn associate, Samantha Kofer. We zijn ingehuurd om onze cliënt uit de gevangenis te krijgen.'

Snowden zette een stap achteruit toen Mattie nog dichter naar hem toe stapte. Samantha wist niet goed wat ze moest doen en nam dus maar met een felle blik snel een agressieve houding aan. Snowden keek met een lege blik naar haar en probeerde te begrijpen hoe een wanbetaler als Stocky Purvis niet één maar twee advocaten kon betalen. 'Prima,' zei Snowden. 'Maak het geld maar over, dan halen we hem eruit.'

'Hij heeft geen geld, meneer Snowden. Dat moet inmiddels toch wel duidelijk zijn. En hij kan ook geen geld verdienen zolang u hem in de gevangenis opgesloten houdt. U kunt zoveel illegale kosten bij hem declareren als u wilt, maar feit is dat mijn cliënt op de plek waar hij nu zit geen cent kan verdienen.'

'Ik heb een gerechtelijk bevel,' zei Snowden stoer.

'Nou, straks gaan we daar even met de rechter over praten. We gaan ertegen in beroep, zodat Stocky vrijkomt. Als u niet schikt, blijft u met lege handen achter.'

'Oké, wat hebben jullie meiden in gedachten?'

'Noem me geen meid!' snauwde Mattie.

Snowden deinsde angstig achteruit, alsof hij beschuldigd kon worden van seksuele intimidatie waar je weleens over leest. Mattie, die steeds dichter naar Snowden toe stapte en rood aanliep, zei: 'Dit is mijn voorstel: mijn cliënt is de county ongeveer 200 dollar aan boetes en onkosten verschuldigd. Jullie hebben daar nog eens 400 dollar bovenop gedaan voor jullie eigen pleziertjes en spelletjes. Daar willen we 100 dollar van betalen, in totaal dus maximaal 300 dollar, en we krijgen zes maanden de tijd om dat te doen. Dat is het, kiezen of delen.'

Snowden probeerde te glimlachen, schudde zijn hoofd en zei: 'Sorry, mevrouw Wyatt, maar daar kunnen we niet mee leven.'

Zonder haar blik van hem af te wenden, stak Mattie een hand in haar aktetas en haalde er een paar documenten uit. 'Dan moet u maar proberen hiermee te leven,' zei ze en ze zwaaide de papieren voor zijn gezicht heen en weer. 'Dit is een rechtszaak die we aanhangig maken bij de federale rechtbank tegen Judicial Response Associates – ik zal uw naam er later nog aan toevoegen als verdachte – voor onterechte arrestatie en onterechte gevangenschap. Ziet u, meneer Snowden, de Grondwet bepaalt heel duidelijk dat u een arm iemand niet in de gevangenis kunt stoppen omdat hij zijn schulden niet betaalt. Ik verwacht niet dat u dit weet, omdat u voor een stelletje schurken werkt. Maar geloof me, de federale rechters weten dat wel, doordat zij dat in de Grondwet hebben gelezen; de meesten tenminste. Debiteurengevangenissen zijn illegaal. Ooit gehoord van de Rechtvaardige Beschermingsclausule?'

Snowdens mond stond open, maar hij kon geen woord uitbrengen.

Ze ging door. 'Dat dacht ik al. Misschien kunnen uw advocaten het uitleggen, voor 300 dollar per uur. Maar ik zeg het tegen u, zodat u aan uw bazen kunt vertellen dat ik jullie de komende twee jaar in de rechtbank zal bezighouden. Ik zal jullie overladen met papierwerk, jullie kwellen met urenlange getuigenverklaringen en al jullie smerige trucjes ontdekken. Het zal allemaal naar buiten komen. Ik zal jullie achtervolgen en een afschuwelijke tijd bezorgen. Jullie zullen nachtmerries over me krijgen. En uiteindelijk zal ik de zaak winnen én het advocatenhonorarium innen.' Ze duwde de dagvaarding tegen zijn borst die hij met tegenzin aannam.

Ze draaiden zich om, beenden weg en lieten Snowden achter met slappe knieën en visioenen van zijn toekomstige nachtmerries. Samantha, al even verbijsterd, fluisterde: 'Kunnen we niet met een faillissement onder die 300 dollar uit komen?'

Opeens weer beheerst zei Mattie met een grijns: 'Natuurlijk kunnen we dat. En dat doen we ook.'

Een halfuur later stond Mattie voor de rechter en vertelde hem dat ze een deal hadden bereikt voor de onmiddellijke vrijlating van haar cliënt, de heer Stocky Purvis. Lady was in tranen toen ze het rechtbankgebouw verlieten en naar de gevangenis liepen.

Tijdens de rit terug naar Brady zei Mattie: 'Een vergunning om als advocaat te werken, is een machtig gereedschap, Samantha, als het tenminste wordt gebruikt om de kleine man te helpen. Schurken als Snowden zijn eraan gewend mensen te intimideren die zich geen advocaat kunnen veroorloven. Maar als je er een goede advocaat bijhaalt, komt er meteen een einde aan die intimidatie.'

'Zelf kun je dat overigens ook heel goed, iemand intimideren.'

'Ik heb ervaring opgedaan.'

'Wanneer heb je die dagvaarding voorbereid?'

'Die hebben we op voorraad. Het dossier heet "Concept Dagvaardingen". Je vult gewoon een andere naam in, zet er de woorden "federale rechtbank" op en dan schieten ze weg als bange konijnen.'

Concept Dagvaardingen. Wegrennen als bange konijnen. Samantha vroeg zich af hoeveel van haar medestudenten op Columbia aan dergelijke juridische tactieken waren blootgesteld.

Om twee uur die middag zat Samantha in de hoofdrechtszaal van de rechtbank van Noland County en gaf een klopje op de knie van een doodsbange Phoebe Fanning. De wonden in haar gezicht waren nu donkerblauw en zagen er zelfs nog erger uit. Toen Phoebe bij de rechtbank aankwam, had ze een dikke laag make-up op haar gezicht, maar dat vond Annette niet goed. Ze stuurde haar cliënt naar het toilet om alles eraf te halen.

Ook deze keer werd Randy Fanning onder begeleiding naar de rechtbank gebracht. Toen hij de rechtszaal binnenkwam, zag hij er zelfs nog woester uit dan twee dagen eerder. Hij had het verzoek tot echtscheiding aangeboden gekregen en dat had hem kennelijk woedend gemaakt. Hij staarde naar zijn vrouw, en naar Samantha, toen de hulpsheriff zijn handboeien afdeed.

De rechter van de staatsrechtbank was Jeb Battle, een gretige jonge vent die niet ouder leek dan dertig. Doordat het Bureau veel gezinszaken behandelde, was Annette een vaste bezoeker en ze vertelde dat ze het goed kon vinden met deze rechter. De rechter verklaarde de zitting voor geopend en terwijl zij wachtten keurde hij een paar zaken goed die niet werden bestreden. Toen hij Fanning versus Fanning opriep, liepen Annette en Samantha samen met hun cliënt door het hekje naar een tafel vlak bij de stoel van de rechter. Randy Fanning liep naar een andere tafel, met een hulpsheriff aan zijn zijde, en wachtte tot Hump naar zijn plaats was gewaggeld.

Rechter Battle keek aandachtig naar Phoebe, naar haar gekneusde gezicht, en nam meteen een besluit. Hij zei: 'Dit verzoek tot echtscheiding is maandag ingediend. Hebt u een kopie gekregen, meneer Fanning? U mag blijven zitten.'

'Ja meneer, ik heb een kopie.'

'Meneer Humphrey, ik begrijp dat er vanochtend een borgsom wordt vastgesteld, klopt dat?'

'Ja, edelachtbare.'

'We zijn hier in verband met een verzoek voor een tijdelijk straatverbod. Phoebe Fanning verzoekt de rechtbank Randall Fanning opdracht te geven weg te blijven van het huis van het echtpaar, hun drie kinderen, Phoebe zelf en iedereen van haar nauwe verwanten. Hebt u hier bezwaar tegen, meneer Humphrey?'

'Natuurlijk, edelachtbare. Deze zaak wordt verschrikkelijk opgeblazen.' Hump sprong overeind en zwaaide dramatisch met zijn handen. Zijn stem klonk bij elke zin nasaler. 'Het echtpaar had ruzie, niet voor het eerst, en niet alle ruzies zijn veroorzaakt door mijn cliënt, maar ja, hij had ruzie met zijn vrouw. Het is wel duidelijk dat ze problemen hebben, maar daar proberen ze een oplossing voor te vinden. Als we allemaal even diep ademhalen, Randy uit de gevangenis halen zodat hij weer aan het werk kan, weet ik zeker dat deze twee mensen enkele van hun meningsverschillen kunnen oplossen. Mijn cliënt mist zijn kinderen en hij wil graag naar huis.'

'Ze heeft echtscheiding aangevraagd, meneer Humphrey,' zei de rechter ernstig. 'Zo te zien weet ze heel zeker dat ze wil scheiden.'

'En echtscheidingen kunnen al even snel ongedaan worden gemaakt als ingediend, dat zien we immers heel vaak, edelachtbare. Mijn cliënt is zelfs bereid naar zo'n huwelijksconsulent te gaan als dat haar gelukkig maakt.'

Annette viel hem in de rede en zei: 'Edelachtbare, counseling behoort allang niet meer tot de mogelijkheden. Meneer Humphreys cliënt staat een aanklacht wegens zware mishandeling en misschien zelfs een gevangenisstraf te wachten. Hij hoopt dat dit allemaal overwaait en dat hij wordt vrijgesproken, maar dat gaat niet gebeuren. Dit verzoek tot echtscheiding wordt niet ingetrokken.'

Rechter Battle vroeg: 'Van wie is het huis?'

Annette antwoordde: 'Van een huiseigenaar. Zij huren.'

'Waar zijn de kinderen?'

'Weg, de stad uit, naar een veilige plek.'

Op een paar niet bij elkaar passende meubels na was het huis al leeg. Phoebe had het grootste deel van hun bezittingen naar een opslag gebracht. Ze verstopte zich in een motel in Grundy, Virginia, een uur rijden daarvandaan. Dankzij een noodfonds kon het Bureau voor haar kamer en haar eten betalen. Phoebe was van plan om naar Kentucky te verhuizen en in de buurt van een familielid te gaan wonen, maar niets was zeker.

Rechter Battle keek Randy Fanning recht aan en zei: 'Meneer Fanning, ik ga akkoord met dit straatverbod, woord voor woord. Wanneer u uit de gevangenis komt, mag u geen enkel contact hebben met uw vrouw, met uw kinderen en met niemand van de nauwe verwanten van uw vrouw. Tot nader order komt u niet in de buurt van het huis dat u en uw vrouw huren. Geen contact. U blijft bij hen vandaan, begrepen?'

Randy boog opzij en fluisterde iets tegen zijn advocaat. Hump vroeg: 'Rechter, mag hij een uurtje de tijd nemen om zijn kleren en andere spullen op te halen?'

'Eén uur. En ik stuur een hulpsheriff met hem mee. Laat het me weten als hij vrijkomt.'

Annette stond op en zei: 'Edelachtbare, mijn cliënte voelt zich bedreigd en is bang. Toen we maandag de rechtbank verlieten, werden we op de trap van het rechtbankgebouw aangesproken door de broer van meneer Fanning, Tony, en een paar andere stoere jongens. Mijn cliënte kreeg te horen dat ze de aanklacht moest intrekken, want anders zou er wat zwaaien. Het was een korte woordenwisseling, maar desalniettemin verontrustend.'

Rechter Battle keek Randy Fanning weer scherp aan en vroeg: 'Is dit waar?'

Randy zei: 'Dat weet ik niet, edelachtbare, ik was er niet bij.'

'Was het uw broer?'

'Misschien. Als zij het zegt.'

'Ik kan geen waardering opbrengen voor intimidatie, meneer Fanning. Ik stel voor dat u even met uw broer praat en hem vertelt daarmee op te houden, anders stuur ik de sheriff erop af.'

'Dank u wel, edelachtbare,' zei Annette.

Randy werd geboeid en weggeleid, terwijl Hump met hem meeliep en fluisterde dat alles wel goed zou komen. Rechter Battle sloeg met zijn hamer en kondigde een pauze aan. Samantha, Annette en Phoebe verlieten de rechtszaal en liepen naar buiten, en verwachtten half en half nog meer problemen.

Tony Fanning en een vriend stonden achter een pick-uptruck die op Main Street geparkeerd stond. Zodra ze de vrouwen zagen, liepen ze naar hen toe, rokend en stoer kijkend.

'Lieve help,' zei Annette zacht, maar Phoebe zei: 'Hij maakt me echt niet bang.'

De twee mannen versperden hen de doorgang, maar net toen Tony iets wilde zeggen, kwam Donovan Gray als vanuit het niets tevoorschijn en vroeg met luide stem: 'En, dames, hoe is het gegaan?'

Tony en zijn makker waren plots niet meer zo stoer. Ze trokken zich terug, vermeden elk oogcontact en ontweken Donovan. 'Neem ons niet kwalijk, jongens,' zei Donovan uitdagend. Toen hij de beide mannen passeerde, keek hij met een felle blik naar Tony, die even terugkeek maar snel zijn blik afwendde.

Samantha had drie avonden achter elkaar met Annette en haar kinderen gegeten, maar nu verontschuldigde ze zich. Ze zei dat ze moest studeren en vroeg naar bed wilde. Ze warmde een kop soep op en zat een uur in het cursusmateriaal te lezen, maar legde het toen weg. Ze kon zich moeilijk voorstellen dat ze hier aan Main Street een praktijk had en probeerde de kost te verdienen met echtscheidingen en verkoopaktes van onroerend goed. Annette had meer dan eens gezegd dat de meeste advocaten hier in Brady maar net konden rondkomen en hun best deden netto 30.000 dollar over te houden. Haar salaris bedroeg 40.000 dollar net als dat van Mattie. Annette was in de lach geschoten toen ze zei: 'Dit is waarschijnlijk de enige plek in het hele land waar een advocaat van een Bureau voor Rechtshulp meer verdient dan een advocaat met een eigen praktijk.' Ze zei dat Donovan veel meer verdiende dan ieder ander, maar ook grotere risico's nam.

Hij was ook de grootste donateur van het Bureau, dat volledig afhankelijk was van schenkingen. Er was wat fondsgeld en een paar grote advocatenkantoren in 'het noorden' leverden een grote bijdrage, maar Mattie had er nog steeds moeite mee om elk jaar de benodigde 200.000 dollar bij elkaar te krijgen. Annette zei: 'We zouden je heel graag iets betalen, maar daar hebben we domweg geen geld voor.' Samantha zei dat ze echt tevreden was met de afspraak.

Ze had internet via Annettes satellietsysteem, waarschijnlijk het langzaamste netwerk in heel Noord-Amerika. 'Je hebt geduld nodig,' had Annette gezegd. Gelukkig had Samantha tegenwoordig alle geduld van de wereld; ze paste zich ontspannen aan aan een levensstijl met rustige avonden en heel veel slaap. Ze ging online om de lokale kranten in te kijken, de *Times* uit Roanoke en de *Gazette* uit Charleston, West

Virginia. In de *Gazette* vond ze een interessant artikel onder de kop: ECO-TERRORISTEN VERDACHT VAN RECENTE AANVAL.

De afgelopen twee jaar had een bende een aanval gedaan op de zware machines van verschillende stripmijnen in het zuiden van West Virginia. Een woordvoerder van een kolenmaatschappij noemde hen 'eco-terroristen' en dreigde met allerlei vergeldingsmaatregelen als en wanneer ze werden opgepakt. Hun favoriete manier om het zware materieel te vernietigen was wachten tot het bijna licht werd en dan vanuit de veiligheid van de omringende heuvels te gaan schieten. Het waren uitstekende scherpschutters, ze gebruikten de modernste militaire wapens en bleken uiterst efficiënt in het onbruikbaar maken van de honderd ton zware mijntrucks van Caterpillar die bij de steenkoolwinning werden gebruikt. Hun rubberen banden hadden een omtrek van vierenhalve meter, wogen duizend pond en kostten 18.000 dollar per stuk. Elke mijntruck had zes banden, en die waren dus het gemakkelijkste doelwit voor de scherpschutters. Er stond een foto bij van twaalf gele trucks, die werkeloos naast elkaar stonden en een indrukwekkend beeld vormden. Een voorman wees naar de achtentwintig lekke banden. Hij vertelde dat een nachtwaker om twintig voor vier was opgeschrokken, toen de aanval begon. Tijdens een perfect gecoördineerde aanval vernielden de kogels de banden die als kleine bommen explodeerden. De man was zo verstandig geweest dekking te zoeken in een greppel terwijl hij de sheriff belde. Tegen de tijd dat de politie arriveerde, hadden de scherpschutters hun klus al geklaard en waren ze allang verdwenen. De sheriff zei dat hij druk met de zaak bezig was, maar ook dat het moeilijk zou zijn de 'schurken' op te sporen. De Bull Forge Mine lag naast Winnow Mountain en Helley's Bluff, allebei op een hoogte van ruim negenhonderd meter en begroeid met dichte, ongerepte bossen. In die bossen kon iemand zich gemakkelijk verbergen en van daaruit de trucks beschieten, zowel overdag als 's nachts. De sheriff zei ook dat dit volgens hem niet gewoon een paar kwajongens waren die zich met jachtgeweren vermaakten. De afstand tussen hun schuilplaats en de doelwitten was minstens negenhonderd meter. De kogels die in een paar banden waren gevonden, waren 51mm-kogels, zoals het leger gebruikte, en kennelijk afgevuurd met geavanceerde scherpschuttersgeweren.

Het artikel beschreef de andere recente aanvallen. De eco-terroristen kozen hun doelwitten zorgvuldig uit en omdat er geen gebrek was aan stripmijnen leken ze geduldig te wachten tot de mijntrucks op de juiste plek geparkeerd stonden. Het was opgevallen dat de scherpschutters erop letten dat ze niemand verwondden. Ze hadden nog nooit een truck beschoten die niet geparkeerd stond, terwijl in veel mijnen vierentwintig uur per dag werd gewerkt. Zes weken eerder, in de Red Valley Mine in Martin County, waren tweeëntwintig banden vernield tijdens een aanval die volgens een bewaker enkele seconden had geduurd. Vier kolenmaatschappijen hadden een beloning uitgeloofd van in totaal 200.000 dollar.

Er was geen relatie met de aanval op de Bullington Mine twee jaar eerder waar, tijdens de brutaalste sabotageactie in tientallen jaren, explosieven uit het pakhuis van het bedrijf zelf waren gebruikt om zes kiepwagens te beschadigen, twee draglines, twee bulldozers, een tijdelijk kantoorgebouw en het pakhuis zelf. De schade bedroeg meer dan 5 miljoen dollar. Er waren geen verdachten gearresteerd; die waren er niet.

Samantha dook in de archieven van de kranten en merkte dat ze de kant van de eco-terroristen koos. Later, toen ze bijna in slaap viel, opende ze met tegenzin *The New York Times*. Als ze in New York was, scande ze de krant meestal alleen even, behalve een enkele keer op een zondagochtend. Nu sloeg ze het economiekatern over en ging meteen naar het Restaurant-katern. De restaurantcriticus schreef een vernietigend artikel over een nieuw restaurant in Tribeca, een hotspot waar ze een maand eerder was geweest. Er stond een foto bij van de bar, waar twee rijen jonge professionals drinkend en glimlachend op een tafeltje wachtten. Ze had het eten heerlijk gevonden en kon algauw geen belangstelling meer opbrengen voor de klachten van de recensent. Ze keek weer naar de foto en hoorde het geroezemoes van de mensen, voelde de hectische energie. Zou het niet heerlijk zijn om nu een martini te drinken? En twee uur lang met vrienden tafelen en ondertussen om zich heen kijken of ze een leuke man zag?

Voor het eerst had ze een beetje heimwee, maar dat gevoel drukte ze snel weg. Als ze wilde kon ze morgen vertrekken. In de stad zou ze zeker meer verdienen dan hier in Brady. Als ze echt weg wilde, was er niets wat haar tegenhield.

12

De wandeling begon aan het einde van een al lang niet meer gebruikt houthakkerspad dat alleen Donovan wist te vinden. Voor de rit hiernaartoe had je de vaardigheden en de zenuwen van een stuntrijder nodig, en af en toe was Samantha ervan overtuigd geweest dat ze in het dal zouden glijden. Maar Donovan reed naar een kleine open plaats in de schaduw van eiken, eucalyptussen en kastanjes, en zei: 'Dit is het einde van de weg.'

'Noem je dit een weg?' vroeg ze, terwijl ze langzaam haar portier openduwde.

Hij lachte en zei: 'Vergeleken met een paar andere wegen hier is dit een vierbaansweg.'

Ze bedacht dat het leven in de grote stad haar hier totaal niet op had voorbereid, maar dit avontuur wond haar ook op. Zijn enige advies was geweest 'trek laarzen aan waarin je kunt hiken en neutrale kleren'. Dat van die laarzen begreep ze wel, maar die kleren moest hij uitleggen.

'We mogen niet opvallen,' zei hij. 'Ze zullen naar ons uitkijken, want we betreden verboden terrein.'

'Is er een kans dat ik weer word gearresteerd?' had ze gevraagd.

'Die kans is klein. Ze kunnen ons niet te pakken krijgen.'

De laarzen had ze de vorige dag gekocht in de dollarwinkel in Brady, voor 45 dollar. Ze waren stijf en zaten strak. Ze droeg een oude kakikleurige broek en een grijze trui met in kleine letters COLUMBIA LAW op het voorpand. Maar hij droeg groene jagerskleding en echte, goed ingelopen wandellaarzen. Hij opende de achterklep van de Jeep en haalde er een rugzak uit die hij omdeed. Toen de rugzak op zijn plek zat, pakte hij een geweer met een groot vizier. Toen ze dat zag, vroeg ze: 'Gaan we jagen?'

'Nee, dit dient voor onze bescherming. Hier zitten heel veel beren.'

Dat betwijfelde ze, maar ze wist niet goed wat ze moest geloven. Een paar minuten liepen ze over een pad dat iemand al eens had gebruikt, maar niet vaak. Het pad liep iets omhoog, het kreupelhout bestond uit sassafrasbomen, judasbomen, schuimbloemen en rode pekanjers, bomen en bodembedekkers die hij nonchalant aanwees en benoemde alsof hij een andere taal sprak. Ter wille van haar liep hij langzaam, maar ze wist dat hij als hij wilde de berg op kon rennen. Algauw liep ze te hijgen en te zweten, maar ze was vastbesloten hem bij te houden.

Alle single professionals in de City moesten lid zijn van een sportschool, en niet zomaar een sportschool. Het moest de juiste club zijn, de juiste kleding, het juiste moment van de dag of avond waarop je voor 250 dollar per maand kreunend en zwetend gezien moest worden en in de juiste vorm kwam. Samantha's lidmaatschap was bezweken onder de meedogenloze eisen van Scully & Pershing en twee jaar geleden verlopen, en ze had het absoluut niet gemist. Haar fysieke inspanning was beperkt gebleven tot lange wandelingen in de City. Die hadden er, samen met lichte maaltijden, voor gezorgd dat ze niet was aangekomen, maar ze was zeker niet fit. Ze liepen over het zigzaggende pad naar boven en de nieuwe laarzen werden bij elke bocht zwaarder.

Ze bleven staan op een kleine open plek en keken over het bos heen naar een lang, diep dal met in de verte bergruggen. Het uitzicht was spectaculair, en ze genoot van de pauze. Hij zwaaide met een arm en zei: 'Dit zijn de bossen met de grootste biodiversiteit in Noord-Amerika, ze zijn veel ouder dan welke andere bossen ook. Hier groeien duizenden soorten planten en wonen wilde dieren die nergens anders voorkomen. Ze hebben een eeuwigheid nodig gehad om te worden wat ze nu zijn.' Hij zweeg even en nam zijn omgeving in zich op. Als een gids die geen aanmoediging nodig had, zei hij: 'Ongeveer een miljoen jaar geleden begon de steenkool zich te vormen, in lagen. Dat was de vloek. Nu vernietigen we de bergen zo snel mogelijk om het weg te halen, zodat we alle goedkope energie hebben die we maar kunnen opslokken. Iedereen in dit land verbruikt twintig pond steenkool per dag. Ik heb onderzoek gedaan naar het steenkoolverbruik per regio; daar is een website van. Wist je dat de gemiddelde inwoner van Manhattan acht pond steenkool per dag verbruikt die afkomstig is van de stripmijnen hier in Appalachia?'

'Sorry, dat wist ik niet. En waar komen die andere twaalf pond dan vandaan?'

'Uit ondergrondse mijnen in het oosten, zoals Ohio en Pennsylvania, plaatsen waar ze de steenkool op de ouderwetse manier winnen en de bergen beschermen.' Hij zette zijn rugzak op de grond, haalde er een verrekijker uit en bekeek de omgeving. Toen hij had gevonden wat hij zocht, gaf hij de verrekijker aan haar en zei: 'Daar, ongeveer op twee uur, zie je vaag een gebied dat grijs en bruin is.'

Ze keek door de verrekijker en zei: 'Oké, ik zie het.'

'Dat is de Bull Forge Mine in West Virginia, een van de grootste striperaties ooit.'

'Daar heb ik gisteravond iets over gelezen. Een paar maanden geleden hadden ze een probleem, toen een paar truckbanden als schietschijf werden gebruikt.'

Hij draaide zich om en keek haar glimlachend aan. 'Je hebt je huiswerk gedaan, hè?'

'Ik heb een laptop en die kan Google in Brady wel vinden. De ecoterroristen zijn weer in de aanval gegaan, hè?'

'Dat zeggen ze.'

'Wie zijn die mensen?'

'Dat zullen we hopelijk nooit weten.' Hij stond iets voor haar en terwijl hij nog steeds in de verte keek ging zijn hand instinctief een paar centimeter naar achteren en raakte de loop van zijn geweer aan. Dat was haar bijna ontgaan.

Ze verlieten de open plek en begonnen aan de echte klim. Het pad, voor zover aanwezig, was bijna onzichtbaar, maar dat leek Donovan niet te merken. Hij liep van boom naar boom, keek voor zich uit naar het volgende herkenningspunt en naar de grond naar een plek om zijn voeten te plaatsen. De tocht werd steiler en Samantha's bovenbenen en kuiten begonnen pijn te doen. De goedkope laarzen prikten in haar voetholtes. Ze haalde moeizaam adem en nadat ze een kwartier zwijgend hadden geklommen, vroeg ze: 'Heb je water meegenomen?'

Een rottende boomstam vormde een aangename zitplaats terwijl ze een fles water deelden. Hij vroeg niet hoe het met haar ging en zij vroeg niet hoe lang de tocht nog zou duren. Toen ze weer op adem waren gekomen, zei hij: 'We zitten nu op Dublin Mountain, ongeveer honderd meter van de top. Deze berg staat naast Enid Mountain; die zie je over een paar minuten. Als alles volgens plan verloopt, zal Strayhorn Coal over ongeveer zes maanden de bulldozers laten aanrukken, deze berg vakkundig scalperen, al deze prachtige bomen slopen, alle dieren verjagen en beginnen met de explosies. Hun aanvraag voor een stripmijn-vergunning is al bijna goedgekeurd. We hebben twee jaar geprobeerd dat tegen te houden, maar het is bijna zover.' Hij wees naar de bomen en zei: 'Voor we het weten, is dit allemaal verdwenen.'

'Waarom kappen ze de bomen niet gewoon?'

'Omdat het een stelletje bruten is. Zodra een kolenmaatschappij het groene licht krijgt, worden ze gek. Ze willen die steenkool winnen, hoe dan ook, en vinden verder niets belangrijk. Ze vernietigen alles wat op hun pad komt – bossen, bomen, wilde dieren – en ze lopen iedereen die hen voor de voeten loopt omver: landeigenaren, bewoners, toe-zichthouders, politici en vooral activisten en milieubeschermers. Het is een oorlog, zonder gevechtsvrije zone.'

Samantha keek naar het dichte bos en schudde ongelovig haar hoofd. Ze zei: 'Dat kán niet legaal zijn.'

'Het is legaal omdat het niet illegaal is. De legaliteit van bergtopver-wijdering wordt al jaren in rechtszaken aangevochten, en dat gebeurt nog steeds. Maar niets heeft het tegengehouden.'

'Van wie is dit land?'

'Van Strayhorn Coal, we bevinden ons dus op verboden terrein. En geloof me, ze zouden me heel graag hier betrappen, drie dagen voor het proces. Maak je maar geen zorgen, er overkomt ons niets. Onge-veer honderd jaar lang was dit land eigendom van de familie Herman. Ze hebben het twee jaar geleden verkocht en ergens aan een strand een herenhuis laten bouwen.' Hij wees naar rechts en zei: 'Daar staat een oud huis, iets voorbij die heuvel, ongeveer achthonderd meter in het dal. Het is al tientallen jaren eigendom van die familie, maar is nu verlaten, het staat leeg. De bulldozers hebben ongeveer twee uur nodig om het huis en de bijgebouwen met de grond gelijk te maken. Er is een kleine familiebegraafplaats onder een oude eik niet ver van het huis vandaan, met een wit hekje rondom de graven. Heel schilderachtig. Dat wordt allemaal het dal in geschoven – grafstenen, kisten, botten, alles. Het kan Strayhorn Coal geen zak schelen en de Hermans zijn rijk genoeg om te vergeten waar ze vandaan komen.'

Ze nam nog een slok water en probeerde haar tenen te bewegen.

Hij haalde twee mueslirepen uit zijn rugzak en gaf er eentje aan haar.

'Bedankt.'

'Weet Mattie dat je hier bent?' vroeg hij.

'Ik heb het idee dat Mattie, Annette, Barb en misschien zelfs Claudelle op de hoogte zijn van zo ongeveer elke stap die ik zet. Zoals jij graag zegt: dit is een klein stadje.'

'Ik heb niets gezegd.'

'Het is vrijdagmiddag en er was weinig te doen op kantoor. Ik zei tegen Mattie dat je me had gevraagd of ik de omgeving wilde zien. Dat is alles.'

'Goed, dan hebben we de omgeving bekeken. Zij hoeft niet te weten waar we waren.'

'Zij vindt dat je moet schikken, of in elk geval een beetje geld voor de moeder van die twee jongens moet zien te krijgen.'

Hij glimlachte en nam een grote hap. Een paar seconden verstreken, toen een hele minuut, en Samantha realiseerde zich dat lange stiltes hem geen ongemakkelijk gevoel gaven. Ten slotte zei hij: 'Ik hou van mijn tante, maar ze weet niets van processen. Ik ben weggegaan bij haar kleine bureautje omdat ik grote dingen wilde doen, grote rechtszaken wilde aanspannen, grote vonnissen wilde krijgen en ervoor wilde zorgen dat grote kolenmaatschappijen voor hun zonden betalen. Ik heb grote processen gewonnen en verloren, en net als voor veel andere advocaten is het bij mij erop of eronder. En gaat het op en neer. Het ene jaar verdien ik goudgeld en het daaropvolgende jaar geen cent. Ik denk dat jij dat als kind ook wel hebt meegemaakt.'

'Nee, wij hadden nooit geldgebrek, integendeel. Ik wist wel dat mijn vader soms verloor, maar er was altijd meer dan genoeg geld. Tenminste, tot hij het kwijtraakte en naar de gevangenis ging.'

'Hoe was dat voor jou? Jij was een tiener, toch?'

'Luister, Donovan, jij bent gescheiden van je vrouw en wilt er niet over praten. Prima. Mijn vader zat in de gevangenis en daar wil ik niet over praten. Laten we dat zo houden.'

'Geen probleem. Kom, we moeten verder.'

Ze volgden het pad, steeds langzamer toen het pad verdween en het steeds steiler werd. Als ze zich aan jonge boompjes optrokken, rolden kiezels en stukken steen naar beneden. Op een bepaald moment, toen ze even stopten om op adem te komen, stelde Donovan voor dat Samantha voorop ging, zodat hij haar kon opvangen als ze struikelde en naar achteren gleed. Dat deed ze en hij bleef vlak achter haar, met één hand op haar heup, half sturend, half duwend. Eindelijk waren ze op de top van Dublin Mountain. Toen ze het bos uit kwamen en op een kleine, rotsachtige open plek stonden, zei hij: 'Hier moeten we voorzichtig zijn. Dit is onze verstopplek. Iets verderop is Enid Mountain, waar Strayhorn Coal hard aan het werk is. Zij hebben bewakers die deze plek af en toe controleren. We zijn al een jaar met hen in een proces verwikkeld, en we hebben een paar nare ontmoetingen gehad.'

'Zoals?'

Hij deed zijn rugzak af en zette zijn geweer tegen een rotsblok. 'Je hebt de foto's in mijn kantoor gezien. De eerste keer dat we hier met een fotograaf naartoe kwamen, hebben ze ons betrapt en probeerden ze een aanklacht tegen ons in te dienen. Ik ben naar de rechter gerend en hij gaf ons toestemming om hier op zeer beperkte basis naartoe te komen. Daarna zei de rechter tegen ons dat we van hun land moesten blijven.'

'Ik heb geen enkele beer gezien. Waarom heb je dat geweer bij je?'

'Uit zelfbescherming. Buk en kom hiernaartoe.' Ze kropen en deden een paar stappen naar een opening tussen twee rotsblokken. Beneden lag wat er over was van Enid Mountain, die vroeger bijna duizend meter hoog was geweest, maar inmiddels was gereduceerd tot een pokdalig landschap van stof, rotsen en kruipend materieel. De operatie was uitgestrekt, vanaf de overblijfselen van de berg tot voorbij de uitlopers. Vrachtwagens met honderd ton verse, ongewassen steenkool reden over ontelbare haarspeldbochten naar beneden, als mieren die gedachteloos achter elkaar aan liepen. Een gigantische dragline zo groot als Samantha's flatgebouw zwaaide heen en weer, de schep graaide in de aarde, haalde honderdvijftig kubieke meter van de deklaag af en legde dat op keurige stapels. Shovels met kleinere scheppen schepten dit systematisch op, stortten het in een andere groep vrachtwagens die het naar een stuk land brachten waar bulldozers het in het dal duwden. Lager op de berg, of het mijnterrein, groeven trackshovels steenkool uit de blootgelegde laag en stortten dat in de mijntrucks die zodra ze vol waren langzaam wegreden, kreunend onder hun lading. Overal hingen stofwolken.

Donovan zei somber en heel zacht, alsof iemand hem kon horen: 'Een onaangename verrassing, hè?'

'Inderdaad,' zei ze. 'Mattie heeft me woensdag toen we naar Colton reden drie stripmijnen aangewezen, maar toen waren we er niet zo dichtbij. Ik word er beroerd van.'

'Ja, en je went er nooit aan. Het is een niet-aflatende verkrachting van het land, elke dag een nieuwe aanval.'

Het geweld ging langzaam, systematisch en efficiënt. Na een paar minuten zei Donovan: 'Over twee jaar hebben ze tweehonderdveertig meter van de berg afgehaald. Dan hebben ze vier of vijf lagen gehad, en zijn er nog ongeveer evenveel lagen over. Als ze klaar zijn, heeft Enid Mountain ongeveer twee miljoen ton steenkool afgestaan, tegen een gemiddelde prijs van 60 dollar per ton. Een eenvoudige rekensom.'

Ze stonden vlak bij elkaar, zorgden er bewust voor dat ze elkaar niet echt aanraakten, en keken naar de vernietiging. Een bulldozer schoof een lading gevaarlijk dicht naar de rand, waarna de grotere rotsblokken over een muur valley fill rolden die wel driehonderd meter hoog was. De rotsblokken stuiterden en vielen tot ze helemaal in de diepte niet meer te zien waren.

Donovan zei: 'Zo gebeurt het dus. Probeer je die berg eens honderdvijftig meter hoger voor te stellen, zoals hij anderhalf jaar geleden nog was. Toen duwde een van die bulldozers dat rotsblok naar beneden dat ongeveer anderhalve kilometer doorrolde tot hij die stacaravan raakte waar die jongens van Tate lagen te slapen.' Hij pakte zijn verrekijker en ging op zoek, daarna gaf hij de verrekijker aan haar. 'Laag blijven, nu,' zei hij. 'Heel diep in het dal daar, achter de valley fill, kun je vaag een klein wit gebouw zien. Dat was vroeger een kerk. Zie je die?'

Na een paar seconden zei ze: 'Ik zie hem.'

'Vlak achter die kerk was een klein gehuchtje van een paar huizen en stacaravans. Hiervandaan kun je het niet zien, zoals ik al vertelde is het anderhalve kilometer hiervandaan en de bomen staan ervoor. Tijdens het proces willen we op een video laten zien welk pad dat rotsblok heeft gevolgd: hij is letterlijk over de kerk heen gevlogen, met een snelheid van waarschijnlijk zo'n honderdtwintig kilometer per uur, gebaseerd op zijn gewicht, en stuiterde een of twee keer, en ramde vervolgens de stacaravan van de Tates.'

'Hebben jullie dat rotsblok?'

'Ja en nee. Dat ding weegt zes ton, we kunnen hem dus niet meenemen naar de rechtszaal. Maar hij ligt er nog steeds en we hebben een heleboel foto's. Vier dagen na het ongeluk probeerde de kolenmaatschappij het rotsblok weg te krijgen met explosieven en machines, maar dat hebben we kunnen voorkomen. Boeven zijn het, gewoon boeven. De dag na de begrafenis kwamen ze nota bene met een hele ploeg mensen naar dat land, waar ze geen enkel recht toe hadden, om dat rotsblok te vernietigen, zonder zich iets aan te trekken van de schade die ze aan de omgeving zouden aanrichten. Ik belde de sheriff met als gevolg dat er een paar spannende momenten volgden.'

'Had je die zaak toen al, vier dagen nadat het was gebeurd?'

'Nee, ik had die zaak al één dag nadat het was gebeurd. In minder dan vierentwintig uur. Ik ging naar de broer van de moeder. Je moet daar heel snel zijn.'

'Mijn vader zou erg onder de indruk zijn.'

Donovan keek op zijn horloge en daarna naar Enid Mountain. Hij zei: 'Volgens de planning beginnen ze om vier uur met de explosies, zet je dus maar schrap.'

'Ik kan niet wachten.'

'Zie je die vreemd uitziende truck met aan de achterkant een grote boom eraan, daar, helemaal links?'

'Je maakt een grapje zeker? Daar staan wel honderd trucks.'

'Het is geen *haul truck*; hij is veel kleiner. Hij staat helemaal alleen.'

'Oké, ja, ik zie hem. Wat is het dan?'

'Ik weet niet hoe dat ding officieel heet, maar hij wordt de *blasting truck* genoemd.'

Samantha keek door de verrekijker naar de truck en de drukke ploeg arbeiders eromheen. 'Wat zijn ze aan het doen?'

'Op dit moment beginnen ze te boren. Volgens de voorschriften mogen ze achttien meter diep gaan voor een explosievengat met een diameter van achttien centimeter. De gaten zitten drie meter van elkaar af, in een soort rastervorm. De voorschriften beperken hen tot veertig gaten per explosie. Er zijn allerlei voorschriften, heel veel regels. Het zal je niet verbazen dat die over het algemeen worden genegeerd. Bedrijven zoals Strayhorn Coal doen dan ook gewoon wat ze willen doen. Niemand houdt hen echt in de gaten, behalve misschien een enkele milieugroepering. Die maken een video, dienen een klacht in, het bedrijf krijgt een irritante boete, een lichte straf, en daarna gaat alles weer zijn gangetje. De toezichthouders dienen hun rekening in en slapen weer rustig.'

Een grote, bebaarde man kroop stilletjes achter hen en sloeg Donovan op de schouders met een luid 'Boem!' Donovan schreeuwde 'Shit!' en Samantha slaakte een gil en liet de verrekijker vallen. Geschrokken draaiden ze zich om en zagen een grijnzende stevige kerel met wie je liever geen vuistgevecht zou aangaan. 'Klootzak!' siste Donovan zonder zijn geweer te grijpen. Samantha keek wanhopig om zich heen op zoek naar een ontsnappingsroute.

De man bleef ook gebukt staan en keek hen lachend aan. Hij stak zijn hand uit naar Samantha en zei: 'Vic Canzarro, vriend van de bergen.' Ze probeerde weer rustig te worden en was niet in staat haar hand uit te steken.

'Moest je ons nou echt de stuipen op het lijf jagen?' gromde Donovan.

'Nee, maar het was wel leuk.'

'Ken je hem?' vroeg Samantha.

'Ik vrees van wel. Hij is een vriend, of eigenlijk meer een kennis. Vic, dit is Samantha Kofer, advocaat-stagiaire bij Matties Bureau voor Rechtshulp.' Toen pas gaven ze elkaar een hand.

'Aangenaam,' zei Vic. 'Wat brengt je naar de steenkoolvelden?'

'Dat is een lang verhaal,' zei ze. Ze ademde uit, nu haar hart en longen weer functioneerden. 'Een heel lang verhaal.'

Vic liet een rugzak op de grond vallen en ging op een rotsblok zitten. Hij zweette door de klim naar boven en had water nodig. Hij bood een flesje aan Samantha aan, maar dat wees ze af. 'Columbia Law?' vroeg hij met een blik op haar trui. 'Ja. Tot tien dagen geleden werkte ik in New York, toen de wereld op zijn grondvesten schudde en ik werd ontslagen of met onbetaald verlof werd gestuurd. Ben jij advocaat?' Ze ging op een ander rotsblok zitten en Donovan kwam erbij zitten.

'Verdomme nee. Ik was vroeger mijnveiligheidsinspecteur, maar slaagde erin me te laten ontslaan. Dat is een ander lang verhaal.'

'We hebben allemaal een lang verhaal,' zei Donovan en hij pakte een flesje water. 'Vic hier is mijn getuige-deskundige. Hij is een typische deskundige: als je hem maar genoeg betaalt, vertelt hij de jury alles wat je wilt. Volgende week zal hij een lange dag in de getuigenbank zitten en genietend een lange lijst oplepelen van alle veiligheidsovertredingen van Strayhorn Coal. En daarna zullen de advocaten van de verdediging alles wat hij heeft gezegd aanvechten.'

Vic schoot in de lach. 'Ik heb er echt zin in,' zei hij. 'Meewerken aan een proces van Donovan is altijd opwindend, vooral als hij wint, wat niet vaak gebeurt.'

'Ik win er net zoveel als ik er verlies.'

Vic droeg een flanellen overhemd, een vale spijkerbroek en bemodderde laarzen. Hij zag eruit als een ervaren hiker die een tent uit zijn rugzak kon halen en de komende weken in de bossen zou kunnen doorbrengen. 'Zijn ze aan het boren?' vroeg hij aan Donovan.

'Net begonnen, ze zouden om vier uur moeten beginnen.'

Vic keek op zijn horloge en vroeg: 'Zijn we klaar voor het proces?'

'O ja. Vanmiddag hebben ze hun bod verdubbeld tot 200.000 dollar. Ik heb een tegenbod gedaan van 950.000 dollar.'

'Je bent gek, weet je dat? Pak het geld aan, zodat het gezin er nog iets aan overhoudt.' Hij keek naar Samantha en vroeg: 'Ken je de feiten?'

'De meeste wel,' zei ze. 'Ik heb de foto's en de kaarten gezien.'

'Je moet de jury's hier nooit vertrouwen. Dat blijf ik maar tegen Donovan zeggen, maar hij weigert te luisteren.'

'Ga je filmen?' vroeg Donovan, die het over iets anders wilde hebben.

'Natuurlijk.'

Ze praatten nog een paar minuten met elkaar en de twee mannen bleven maar op hun horloge kijken. Vic haalde een kleine camera uit zijn rugzak en ging tussen twee rotsblokken in zitten. Donovan zei tegen Samantha: 'Aangezien de inspecteurs niet toekijken, kunnen we veilig aannemen dat Strayhorn Coal een paar regels zal overtreden als ze beginnen met de explosies. We zullen er video-opnamen van maken die we volgende week misschien aan de jury laten zien. Het is niet zo dat we ze echt nodig hebben, want we hebben al heel veel bewijzen tegen dit bedrijf. Ze zullen hun technici in de getuigenbank zetten en die zullen liegen en zeggen dat ze zich precies aan alle regels houden. Maar dan bewijzen wij het tegendeel.'

Hij en Samantha gingen naast Vic zitten, die geconcentreerd met zijn werk bezig was. Donovan zei: 'Ze vullen elk gat met een mengsel dat ANFO heet, een ammoniumnitraat vermengd met dieselolie. Dat spul is te gevaarlijk om te vervoeren en dus mengen ze het ter plekke. Dat zijn ze nu aan het doen. Die truck vult de gaten met de dieselolie, terwijl de ploeg links de slaghoedjes en detonators plaatst. Hoeveel gaten zijn er, Vic?'

'Ik tel er zestig.'

'Dat is dus een duidelijke overtreding, zoals zo vaak.'

Samantha kon door de verrekijker zien dat mannen de gaten met een schep dichtgooiden. Uit elk gat stak een draad en twee mannen maakten van alle draden samen een bundeltje. Een paar mannen stopten zakjes met ammoniumnitraat in de laatste gaten die vervolgens werden opgevuld met liters dieselolie. Het werk ging langzaam; het werd vier uur, het werd later. Ten slotte, toen de blasting truck achteruitreed, zei Donovan: 'Nu duurt het niet lang meer.' Het raster werd vrijgemaakt, de mannen en de trucks verdwenen. Ze hoorden een sirene, waarna het heel stil werd op dat gedeelte van het terrein.

De explosies waren slechts een gerommel in de verte. Pluimen stof en rook schoten omhoog, elke ontploffing vond een fractie van een seconde na een andere plaats. De pluimen stegen in een perfecte formatie op, als fonteinen in een watershow in Las Vegas, en de aarde begon uit elkaar te vallen. De grond schudde en een brede baan oud gesteente viel in woeste golven uit elkaar. Stof dwarrelde boven het raster omhoog en bleef er, doordat het niet waaide, als een dikke wolk boven hangen. Als een sportverslaggever tijdens een wedstrijd zei Donovan: 'Dit doen ze drie keer per dag. Ze hebben een vergunning voor slechts twee keer. Vermenigvuldig dat met tientallen actieve mijnen en dan weet je dat ze elke dag in deze mijnstreek ongeveer een miljoen pond explosieven gebruiken.'

'We hebben een probleem,' zei Vic rustig. 'We zijn ontdekt.'

'Waar?' vroeg Donovan en hij nam de verrekijker van Samantha aan.

'Daarboven, bij die caravan.'

Donovan keek naar de caravan. Op een platform ernaast stonden twee mannen met een helm op door hun eigen verrekijkers naar hen te kijken. Donovan zwaaide, een van de mannen zwaaide terug. Donovan stak zijn middelvinger op; de man ook. 'Hoe lang zijn ze daar al?' vroeg hij.

'Geen idee,' zei Vic. 'Maar we moeten wegwezen.'

Ze pakten de rugzakken en het geweer, en begonnen gehaast aan de afdaling. Samantha gleed uit en viel bijna. Vic ving haar op en nam haar hand stevig in de zijne. Ze volgden Donovan, liepen om bomen en rotsblokken heen, zochten houvast aan struiken, zonder een zichtbaar pad. Na een paar minuten bleven ze op een smalle open plek staan. Vic wees en zei: 'Ik kom daar vandaan. Bel me als jullie bij de Jeep zijn.' Hij verdween in het bos en zij liepen door. Het pad was hier minder steil, zodat ze een paar honderd meter flink door konden lopen.

'Zijn we veilig?' vroeg Samantha ten slotte.

'We zijn veilig,' zei hij rustig. 'Zij kennen de paden niet zo goed als ik. En als ze ons vinden, kunnen ze ons niet doden.'

Dat vond ze niet bepaald een troostende gedachte. Ze gingen sneller lopen toen het pad vlakker werd. Honderd meter voor zich uit zagen ze de Jeep en Donovan bleef even staan om te kijken of hij andere auto's zag. 'Ze hebben ons niet gevonden,' zei hij.

Toen ze wegreden, stuurde hij Vic een sms. Ze stuiterden de berg af, ontweken kuilen en gaten die breed genoeg waren om de hele Jeep op te slokken, en na een paar minuten zei hij: 'Nu zijn we niet meer op het land van Strayhorn Coal.' Hij reed een geplaveide weg op toen een grote truck die onder een dikke laag stof zat de bocht om kwam. 'Dat zijn ze,' zei hij. De truck reed naar het midden van de weg zodat ze er niet langs konden, maar Donovan reed via de berm langs hen heen. In de truck zaten ten minste drie ruig uitziende mannen met een helm op, die duidelijk niets goeds van plan waren. De truck stopte abrupt en begon te keren om de jacht te openen, maar de Jeep liet hen ver achter zich.

Terwijl ze over de achterafwegen van Hopper County raceten, bleef Donovan in de spiegel kijken en zei niets.

'Denk je dat ze je kenteken hebben gezien?' vroeg ze.

'O, ze weten wel dat ik het was. Maandagochtend rennen ze naar de rechter en huilen als baby's. Ik zal alles ontkennen en zeggen dat ze moeten ophouden met huilen en dat we een jury moeten uitkiezen.'

Ze reden langs het rechtbankgebouw aan Center Street in Colton. Donovan knikte ernaar en zei: 'Daar is het. Ground zero. Het lelijkste rechtbankgebouw van heel Virginia.'

'Ik was daar woensdag, met Mattie.'

'Wat vond je van de rechtszaal?'

'Het is wel gek, maar ik heb geen verstand van rechtszalen. Die heb ik altijd geprobeerd te vermijden.'

'Ik ben er gek op. Dat is de enige plaats waar een kleine jongen op gelijk niveau met een grote, slechte onderneming in gevecht kan gaan. Iemand die niets heeft – geen geld, geen macht, alleen een aantal feiten – kan een proces aanspannen en een miljardenbedrijf dwingen te verschijnen om een eerlijk gevecht te voeren.'

'Het is niet altijd eerlijk, toch?'

'Zeker wel. Als zij liegen en bedriegen, doe ik dat ook. Als zij vals spelen, speel ik nog valser. Je moet wel van het recht houden.'

'Je praat net als mijn vader. Griezelig, hoor.'

'En jij praat als mijn vrouw. Zij heeft niet het lef voor het werk dat ik doe.'

'Laten we over iets anders praten.'

'Oké, heb je al plannen voor morgen?'

'Zaterdag in Brady. Het Bureau is gesloten, waar kan ik dus uit kiezen?'

'Heb je zin in een ander avontuur?'

'Zijn er geweren bij betrokken?'

'Nee, ik beloof je dat ik geen geweer zal meenemen.'

'Gaan we ons weer op verboden terrein begeven? Is er een kans dat we worden gearresteerd?'

'Nee, dat beloof ik.'

'Klinkt behoorlijk saai. Ik ben van de partij.'

13

Op zaterdagochtend belde Blythe opgewekt en al vroeg met het ongelofelijke nieuws dat ze een vrije dag had, een zeldzaamheid in haar wereld. Haar werksituatie was nu stabiel, haar kantoor was kennelijk opgehouden mensen te ontslaan. De afgelopen vijf dagen was niemand de deur gewezen en eindelijk sijpelden er van boven beloftes naar beneden. Een heerlijke herfstdag in de City, waarop ze niets anders hoefde te doen dan shoppen en genieten van het feit dat ze jong en single was. Ze miste haar huisgenootje en op dat moment had Samantha ontzettende heimwee. Ze was nog maar twee weken weg, maar gezien de afstand leek het wel een jaar. Ze kletsten een halfuur en toen moesten ze weer met hun eigen dingen aan de slag.

Samantha douchte en kleedde zich vlug aan. Ze wilde de oprit af zijn voordat Kim en Adam het huis uit kwamen met een waslijst aan activiteiten. Tot nu toe leek het er echter op dat Annette en haar kinderen hun gast ongemoeid lieten als ze thuiskwam of wegging. Ze woonde er zo onopvallend mogelijk en had hen nog nooit door de luxaflex of tussen de gordijnen door zien gluren. Maar ze was zich er ook terdege van bewust dat de meeste inwoners van Brady erg nieuwsgierig waren naar het buitenaardse wezen uit New York.

Om die reden, en omdat zijn huwelijkse staat onduidelijk was, had Donovan voorgesteld elkaar op het vliegveld van de county te ontmoeten, ongeveer zeventien kilometer ten oosten van het stadje. Daar zouden ze beginnen aan hun nieuwe avontuur, waarvan hij de details voor zich had gehouden. Ze was verbaasd geweest toen ze hoorde dat er binnen een straal van honderdvijftig kilometer rondom Brady een vliegveld was. Vrijdagavond laat ging ze ernaar op zoek op internet, maar kon hem niet vinden. Dat kon toch niet, dat een vliegveld geen website had?

Het vliegveld had niet alleen geen website, maar er waren ook geen vliegtuigen. Zij zag ze in elk geval niet toen de grindweg ophield bij het Noland County Airfield. Donovans Jeep stond naast een metalen gebouwtje en was het enige voertuig dat ze zag. Ze ging via de enige deur die ze zag naar binnen en liep door iets wat de lobby leek, met klapstoeltjes en metalen tafeltjes die vol lagen met tijdschriften over vliegen. Aan de muren hingen verbleekte foto's van vliegtuigen en luchtfoto's. De andere deur kwam uit op een platform en daar zag ze Donovan die om een heel klein vliegtuigje heen liep. Ze liep naar buiten en vroeg: 'Wat is dat?'

'Goedemorgen,' zei hij met een brede glimlach. 'Heb je goed geslapen?'

'Acht uur. Ben jij piloot?'

'Inderdaad en dit is een Cessna 172, beter bekend als een Skyhawk. Ik werk als advocaat in vijf staten en deze kleine jongen helpt me daar te komen. Bovendien is het een handig hulpmiddel om kolenmaatschappijen te bespioneren.'

'Natuurlijk. En gaan we spioneren?'

'Ja, zoiets.' Hij bukte zich even en sloot de motorkap van het vliegtuigje. 'De preflight-inspectie is afgerond en hij is klaar voor de start. Jouw deur is aan de andere kant.'

Ze verroerde zich niet. 'Ik weet het niet, hoor. Ik heb nog nooit in zo'n klein ding gevlogen.'

'Dit is het veiligste vliegtuig dat ooit is gebouwd. Ik heb drieduizend vlieguren en kan uitstekend vliegen, zeker op een perfecte dag als vandaag. Er is geen wolkje te zien, de temperatuur is ideaal en de bomen schitteren met de kleuren van de herfst. Een piloot kan alleen maar dromen van een dag als deze.'

'Ik weet het niet.'

'Kom op, waar is je gevoel voor avontuur?'

'Hij heeft maar één motor.'

'Meer heeft hij ook niet nodig. En als de motor ermee ophoudt blijft hij nog heel lang doorvliegen en vinden we wel ergens een mooi weiland.'

'In deze bergen?'

'Kom op, Samantha.'

Ze liep langzaam om de staart heen naar de rechterdeur onder de vleugel. Hij hielp haar in haar stoel en maakte rustig de gordels vast. Hij sloot de deur, deed hem op slot en liep naar de linkerkant. Ze keek achterom naar de krappe achterbank en voor zich naar alle instrumenten en meters.

'Heb je last van claustrofobie?' vroeg hij terwijl hij zijn eigen gordels vastmaakte. Hun schouders waren maar een paar centimeter van elkaar verwijderd.

'Nu wel.'

'Je gaat dit heel leuk vinden. Voordat deze dag voorbij is, bestuur jij dit vliegtuigje.' Hij gaf haar een headset en zei: 'Zet deze op. Het is hier heel lawaaiig en hiermee kunnen we met elkaar praten.' Nadat ze hun headsets hadden opgezet, zei hij: 'Zeg eens iets.'

'Iets.'

Duim omhoog, de headsets werkten. Hij pakte een lijst en nam alles punt voor punt door, raakte zorgvuldig elk instrument en elke meter aan. Hij trok de stuurknuppel naar voor en achter. Een identieke knuppel aan haar kant maakte dezelfde bewegingen. 'Niet aankomen alsjeblieft,' zei hij.

Snel schudde ze haar hoofd; zij bleef overal af.

Hij zei: 'Klaar,' en hij draaide de sleutel om. De motor kwam tot leven en de propeller begon te draaien. Het vliegtuigje schudde toen Donovan aan de hendel trok. Via de radio vertelde hij welke route hij wilde nemen en daarna taxieden ze over de startbaan, die kort en smal leek, dat vond zij tenminste. 'Luistert er iemand?' vroeg ze.

'Dat betwijfel ik. Het is heel rustig vanochtend.'

'Ben jij de enige met een vliegtuig in Noland County?'

Hij wees naar een paar kleine hangars langs de startbaan. 'Er staan hier nog een paar vliegtuigen, maar niet veel.' Aan het einde van de startbaan gaf hij meer gas en controleerde de meters en instrumenten nog een keer. 'Hou je vast.' Hij duwde de hendel naar voren en liet langzaam de remmen los. Toen de snelheid hoger werd, telde hij zacht hardop: 'Honderddertig kilometer per uur, honderdveertig, honderdvijftig.' Toen trok hij de stuurknuppel naar zich toe en stegen ze op. Heel even voelde ze zich gewichtloos en draaide haar maag zich om. 'Gaat het?' vroeg hij zonder haar aan te kijken.

'Ja hoor,' zei ze met opeengeklemde kaken.

Tijdens de klim maakte hij een bocht van honderdtachtig graden naar links. Ze vlogen laag, niet ver boven de bomen, en hij ging boven de snelweg vliegen. 'Zie je die groene vrachtwagen voor die winkel?' vroeg hij. Ze knikte. 'Dat is de klootzak die me vanochtend achtervolgde. Pas op.' Hij bewoog de stuurknuppel en de vleugels gingen omhoog en naar beneden, een groet aan de klootzak in de groene truck. Toen die niet meer te zien was, begon hij weer te klimmen.

'Waarom achtervolgen ze je op een zaterdagochtend?' vroeg ze, terwijl ze haar witte knokkels tegen haar knieën drukte.

'Dat moet je hun vragen. Misschien vanwege wat er gisteren is gebeurd. Misschien omdat we maandag naar de rechtbank gaan voor een belangrijk proces. Wie weet? Ze achtervolgen me altijd.'

Opeens voelde ze zich een beetje veiliger in de lucht. Tegen de tijd dat ze bij Brady waren, was ze ontspannen en keek ze naar de grond niet ver onder hen. Hij vloog op een hoogte van honderdvijftig meter over het stadje heen en liet haar zien waar ze woonde en werkte. Behalve een vlucht in een heteluchtballon in de Catskills had ze de aarde nooit eerder vanaf deze lage hoogte gezien en ze vond het fascinerend, opwindend zelfs. Hij klom naar driehonderd meter en ging horizontaal vliegen toen ze over de heuvel heen vlogen. De radio was al even stil als de radio in Romeys oude neppatrouillewagen, en ze vroeg: 'Hoe zit het met radar en luchtverkeerscontrollers en dat soort dingen? Is er daar wel iemand?'

'Waarschijnlijk niet. We vliegen op zicht en dus hoeven we ons niet bij de luchtverkeersleiding te melden. Voor een zakenvlucht zou ik een vluchtplan indienen en me aanmelden bij het luchtverkeerssysteem, maar vandaag niet. We vliegen nu gewoon voor ons plezier.' Hij wees naar een scherm en vertelde: 'Dat is mijn radar. Als we dicht bij een ander vliegtuig komen, is dat daarop te zien. Rustig maar, ik heb nog nooit een botsing gehad.'

'En een bijna-botsing?'

'Nog nooit. Ik vind dit een serieuze zaak, net als de meeste piloten.'

'Dat is fijn. Waar gaan we naartoe?'

'Dat weet ik niet. Waar wil je heen?'

'Jij bent de piloot, en jij weet niet waar we naartoe gaan?'

Hij glimlachte, helde over naar links en wees naar een instrument. 'Dat is de hoogtemeter die aangeeft op welke hoogte we vliegen, en dat is heel belangrijk als je in de bergen vliegt.' Ze stegen tot vierhonderdvijftig meter, waar hij weer horizontaal ging vliegen. Hij wees naar buiten en zei: 'Dat is Cat Mountain, of wat ervan over is. Een grote operatie.' Voor en rechts van Samantha lag de stripmijn, die er net zo uitzag als de andere: een kaal landschap van rotsen en aarde te midden van prachtige bergen, terwijl de overfill in de diepe dalen was geschoven. Ze dacht aan Francine Crump, de cliënte die een gratis testament wilde hebben en aan het land dat ze wilde behouden. Dat lag hier ergens beneden, in de buurt van Cat Mountain. Langs de rivieren stonden kleine huizen, af en toe gehuchtjes. De Skyhawk helde steil naar rechts en terwijl hij een perfecte bocht van honderdtachtig graden maakte, keek Samantha recht naar beneden naar de mijntrucks en shovels en ander materieel. Een blasting truck, een dragline, mijntrucks en haul trucks, track shovels, track loaders. Ze leerde veel bij. Naast een kantoor zag ze een supervisor staan die naar het vliegtuig tuurde.

'Ze werken dus op zaterdag?' vroeg ze.

Hij knikte en zei: 'Soms zelfs zeven dagen per week. Alle vakbonden zijn verdwenen.'

Ze klommen naar negenhonderd meter en bleven op die hoogte vliegen. 'We zitten nu boven Kentucky, en vliegen in noordwestelijke richting,' zei hij. Zonder de headsets had hij moeten schreeuwen om boven het lawaai van de motor uit te komen. 'Kijk maar. Te veel om te tellen.' De stripmijnen lagen als lelijke littekens op de bergen, tientallen, zo ver ze kon kijken. Ze vlogen vlak over verschillende mijnen heen. Ertussenin zag ze uitgestrekte open vlaktes bedekt met stukken gras en een paar kleine bomen. Ze wees ernaar en vroeg: 'Wat zijn dat? Die vlakke stukken land zonder bossen?'

'Een ongeluk, een voormalige stripmijn, dat was Persimmon Mountain, met een hoogte van zevenhonderdvijftig meter. Ze hebben de top verwijderd, de steenkool weggehaald en geprobeerd het daarna weer te herstellen. De wet vereist dat het "ongeveer de oorspronkelijke contouren" moet krijgen; zo staat het er letterlijk, maar hoe vervang je een berg nadat hij verdwenen is?'

'Daar heb ik iets over gelezen. Het land moet identiek of beter zijn dan voor de winning.'

'Ja, een lachertje. De kolenmaatschappijen zullen je vertellen dat dit land uiterst geschikt is voor ontwikkeling: winkelcentra, flats en zo. In Virginia hebben ze er een gevangenis op gebouwd, en op een andere berg een golfbaan aangelegd. Het probleem is dat niemand hier golft. Dat opnieuw inrichten is dus belachelijk.'

Ze vlogen over een andere stripmijn, en toen over nog eentje. Na een tijdje zagen ze er allemaal identiek uit. 'Hoeveel zijn er op dit moment actief in gebruik?' vroeg ze.

'Tientallen. In de afgelopen dertig jaar zijn er ongeveer zeshonderd bergen verloren gegaan aan stripmijnen, en als ze in dat tempo doorgaan zullen er niet veel overblijven. De vraag naar steenkool stijgt, net als de prijs, en dus zijn de bedrijven agressief bezig met het aanvragen van vergunningen om met het strippen te kunnen beginnen.' Hij helde naar rechts over en zei: 'Nu gaan we naar het noorden, naar West Virginia.'

'Heb je een vergunning om daar als advocaat te werken?' vroeg ze.

'Ja, ook in Virginia en Kentucky.'

'Voordat we opstegen had je het over vijf staten.'

'Soms ga ik naar Tennessee en North Carolina, maar niet zo vaak. We hebben een rechtszaak aangespannen tegen een stortplaats van steenkoolas in North Carolina, waar heel veel advocaten bij zijn betrokken. Het is een grote zaak.'

Hij was gek op zijn grote zaken. De verloren bergen in West Virginia zagen er net zo uit als die in Kentucky. De Cessna zigzagde naar links en rechts, vloog heel scheef zodat zij de verwoesting kon zien, en helde daarna naar de andere kant over zodat ze nog meer kon zien. 'Dat is de Bull Forge Mine, vlak voor ons,' zei hij. 'Gisteren heb je hem vanaf de grond gezien.'

'O ja, die eco-terroristen. Die kerels die de kolenmaatschappijen woedend maken.'

'Dat lijkt wel hun bedoeling.'

'Jammer dat je geen geweer bij je hebt. We zouden een paar banden vanuit de lucht kapot kunnen schieten.'

'Daar heb ik wel even aan gedacht.'

Nadat ze een uur hadden gevlogen, begon Donovan aan een langzame daling. Op dat moment was ze al vertrouwd met de hoogtemeter, de luchtsnelheidsmeter en het kompas. Op zeshonderd meter hoogte vroeg ze: 'Vliegen we naar een bepaalde bestemming?'

'Ja, maar eerst wil ik je iets anders laten zien. Naast je zie je straks een gebied dat Hammer Valley wordt genoemd.' Hij zweeg even tot ze over een bergketen vlogen en een langgerekt, diep dal zagen. 'Aan het einde daarvan gaan we landen, vlak bij de stad Rockville met driehonderd inwoners.' Twee kerktorens staken boven de bomen uit en toen zagen ze Rockville, een pittoresk dorp aan een riviertje en omgeven door bergen. Ze vlogen eroverheen en volgden het riviertje. Tientallen huizen, voornamelijk stacaravans, stonden langs smalle landwegen.

'Dit staat bekend als een kankercluster. Hammer Valley heeft het hoogste percentage kankergevallen in Noord-Amerika, bijna twintig keer het nationaal gemiddelde. Nare soorten kanker: lever, maag, urinewegen en heel veel leukemie.' Voorzichtig trok hij de stuurknuppel naar achteren en het vliegtuig steeg toen er een grote rots voor hen opdook. Ze vlogen er ongeveer zestig meter boven en zagen opeens een herstelde mijn. 'En dit is de reden,' zei hij. 'De Peck Mountainstripmijn.' De berg was verdwenen en vervangen door kleine heuvels die glad waren getrokken door bulldozers en bedekt met bruin gras. Achter een aarden wal was een grote 'vijver' met een zwarte vloeistof. 'Dat is de slurry pond. Een bedrijf dat Starke Energy heet, kwam hier ongeveer dertig jaar geleden en stripte alle steenkool eruit, een van de eerste grote stripmijnen in Appalachia. Ze wasten de steenkool hier en dumpten het afval in een klein meer dat vroeger kristalhelder was. Toen hebben ze die dam aangelegd en het meer veel groter gemaakt.'

Ze cirkelden op een hoogte van driehonderd meter over de slurry pond. 'Starke Energy heeft het uiteindelijk verkocht aan Krull Mining, nog zo'n anoniem bedrijf dat in werkelijkheid eigendom is van een Russische oligarch, een schurk die zijn vinger in de pap heeft bij een heleboel mijnen verspreid over de wereld.'

'Een Rus?'

'O ja. We hebben hier Russen, Oekraïners, Chinezen, Indiërs, Canadezen, maar ook de gebruikelijke serie cowboys van Wall Street en lokale overlopers. Er zijn heel veel afwezige eigenaren hier in het steenkoolland, en je kunt je wel voorstellen hoe belangrijk zij het land en de mensen vinden.'

Weer vloog hij schuin en Samantha keek recht in de slurry, die vanaf een hoogte van driehonderd meter de textuur van ruwe olie leek te hebben. 'Dat is echt afschuwelijk,' zei ze. 'Ook een rechtszaak?'

'De grootste ooit.'

Ze landden op een landingsbaan die zelfs nog kleiner was dan die van Noland County, en het leek er niet op dat er een stad in de buurt was. Terwijl ze naar het talud taxieden dat als terminal fungeerde, zag ze dat Vic Canzarro tegen een hek aangeleund op hen stond te wachten. Ze stopten vlak bij de terminal; er was geen enkel ander vliegtuig te zien. Donovan zette de motor uit, liep zijn postflight-checklist door en daarna kropen ze uit de Skyhawk.

Zoals te verwachten was, reed Vic in een grote 4WD-truck met een zeer sterke motor, uiterst geschikt voor ontmoetingen buiten het gewone wegennet met bewakers. Samantha zat achterin met een koelbox, een paar rugzakken en, natuurlijk, een paar geweren.

Vic was een roker, geen kettingroker, maar toch... Hij draaide zijn raampje ongeveer twee centimeter naar beneden; dat was net genoeg voor de helft van de uitgeademde rook om naar buiten te waaien, waarna de andere helft door de cabine dwarrelde. Na de tweede sigaret zat Samantha te kokhalzen en draaide ze het raampje achter Donovan naar beneden. Vic vroeg haar wat ze deed en dat vertelde ze hem klip-en-klaar, wat resulteerde in een fel gesprek tussen Donovan en Vic over zijn rookgedrag. Hij bezwoer hen dat hij probeerde te stoppen, dat hem dat al vaak was gelukt, en gaf openlijk toe dat hij zich zorgen maakte dat hij op een gruwelijke manier aan longkanker zou sterven. Donovan bleef doordrammen, waardoor Samantha de indruk kreeg dat de beide mannen al heel lang over ditzelfde onderwerp discussieerden. Maar er werd niets opgelost en Vic stak er nogmaals eentje op.

De heuvels en paden leidden hen diep in Hammer Valley, en uiteindelijk naar het vervallen huis van ene Jesse McKeever. 'Wie is die McKeever en waarom gaan we bij hem op bezoek?' vroeg ze toen ze de oprit opreden.

'Een potentiële cliënt,' zei Donovan. 'Hij is veel familieleden kwijtgeraakt, zijn vrouw, een zoon, een dochter, een broer en twee neven. Kanker, aan de nieren, lever, longen, hersens, zo ongeveer alle lichaamsdelen.' De truck stopte, en ze wachtten even op de hond. Een woedende pitbull vloog van de veranda en rende naar hen toe met het doel de banden op te vreten. Vic toeterde en uiteindelijk verscheen Jesse. Hij riep de hond, sloeg hem met zijn stok, schold hem uit en stuurde hem naar de achtertuin. De geslagen hond gehoorzaamde en verdween.

Ze gingen in de voortuin onder een boom zitten, op kratjes en wankele tuinstoelen. Samantha werd niet voorgesteld aan Jesse, die haar volkomen negeerde. Hij was een ruige man die er veel ouder uitzag dan zijn zestig jaar. Hij had nog maar weinig tanden, diepe rimpels die in zijn gezicht gegroefd waren door een hard leven, en een stugge blik. Vic had het water uit de McKeever-bron getest en de resultaten waren, hoewel voorspelbaar, gruwelijk. Het water was verontreinigd met vluchtige organische vervuilende stoffen, giffen zoals vinylchloride en trichloorethyleen, kwik, lood en een tiental andere stoffen. Heel geduldig legde Vic uit wat de moeilijke woorden betekenden. Jesse snapte de boodschap: het water was niet alleen gevaarlijk om te drinken, maar mocht ook nergens voor worden gebruikt: niet voor koken, wassen, tanden-poetsen, kleding wassen of afwassen. Nergens voor. Jesse vertelde dat ze een jaar of vijftien geleden waren begonnen met het kopen van hun drinkwater, maar het bronwater waren blijven gebruiken voor baden en schoonmaken. Zijn zoon was als eerste overleden, aan darmkanker.

Donovan zette een bandrecorder aan en plaatste die op een rubberen melkkrat. Ontspannen en met veel medeleven ontlokte hij een uur lang veel informatie over Jesses familie en de soorten kanker die zijn familie bijna volledig had uitgeroeid. Vic luisterde en rookte en stelde af en toe ook een vraag. De verhalen waren gruwelijk, maar Jesse vertelde ze met weinig emotie. Hij had al zoveel ellende gezien en was erdoor gehard.

'Ik wil dat u meedoet aan onze rechtszaak, meneer McKeever,' zei Donovan nadat hij de bandrecorder had uitgezet. 'Wij zijn van plan Krull Mining voor de federale rechter te dagen. Wij denken dat we kunnen bewijzen dat zij heel veel afval in het meer hier hebben ge-dumpt, en dat ze al jaren op de hoogte zijn van het feit dat het hier in het grondwater terechtkomt.'

Jesse liet zijn kin op zijn stok rusten en leek te doezelen. 'Geen enkele rechtszaak kan hen terugbrengen. Ze zijn voor altijd dood.'

'Dat is zo, maar ze zijn onnodig gestorven. Die slurry pond heeft hen vermoord, en de mannen die daar de eigenaar van zijn zouden daar-voor moeten betalen.'

'Hoeveel?'

'Ik kan u geen cent beloven, maar we zullen miljoenen van Krull Mi-ning eisen. U hebt heel veel lotgenoten, meneer McKeever. Op dit mo-ment heb ik ongeveer dertig andere families hier in Hammer Valley die meedoen. Ze hebben allemaal iemand verloren aan kanker, allemaal in de afgelopen tien jaar.'

Jesse spuugde opzij, veegde zijn mond af met een mouw en zei: 'Ik heb over je gehoord. Er wordt veel gepraat in het dal. Sommige men-sen willen een rechtszaak, anderen zijn nog altijd bang voor die kolen-maatschappij, ook al zijn ze hier klaar. Eerlijk gezegd weet ik niet wat ik moet doen. Dat vertel ik u eerlijk. Ik heb geen idee.'

'Oké, denk erover na. Maar beloof me één ding: als u er klaar voor bent om te vechten, bel mij dan en niet zomaar een advocaat. Ik ben al drie jaar met deze zaak bezig en we hebben zelfs nog geen aanklacht ingediend. Ik heb u nodig, meneer McKeever.'

McKeever beloofde erover na te denken en Donovan beloofde over een paar weken terug te komen. Ze lieten Jesse achter in de schaduw, met de hond weer aan zijn voeten, en reden weg. Er werd niets gezegd tot Samantha vroeg: 'Oké, hoe wil je bewijzen dat het bedrijf wist dat de slurry pond het water van meneer McKeever verontreinigde?'

De twee mannen voorin keken elkaar aan en een paar seconden gaf niemand antwoord. Vic pakte een sigaret en ten slotte zei Donovan: 'Het bedrijf heeft interne documenten die duidelijk bewijzen dat zij op de hoogte waren van de verontreiniging en dat ze er niets aan hebben gedaan; feit is dat ze de afgelopen tien jaar alles hebben verzwegen.'

Ze draaide haar raampje weer omlaag, haalde diep adem en vroeg: 'Hoe heb je die documenten in handen gekregen als je nog geen aanklacht hebt ingediend?'

'Ik zei niet dat we die hadden,' zei Donovan een beetje verdedigend.

Vic voegde eraan toe: 'Er zijn een paar onderzoeken geweest, door de EPA en andere toezichthoudende organisaties. Er zijn heel veel documenten.'

'Heeft de EPA die belastende documenten gevonden?' vroeg ze.

Beide mannen leken op hun hoede.

'Niet allemaal,' zei Vic.

Het bleef even stil toen zij het hierbij liet. Ze reden een grindweg op en hobbelden daar zo'n anderhalve kilometer overheen.

'Wanneer dagen jullie hen voor de rechter?' vroeg ze.

'Binnenkort,' zei Donovan.

'Tja, als ik in jouw kantoor ga werken, moet ik dit soort dingen wel weten, nietwaar?'

Donovan gaf geen antwoord.

Ze reden de voortuin in bij een oude stacaravan en stopten achter een smerige auto zonder wieldoppen en met een bumper die met een touw vastzat. 'En wie woont hier?' vroeg ze.

'Dolly Swaney,' zei Donovan. 'Haar man is twee jaar geleden aan leverkanker overleden, hij was eenenveertig.'

'Is zij een cliënte?'

'Nog niet,' zei Donovan en hij opende het portier.

Dolly Swaney verscheen op de voorveranda, een afbrokkelende aanbouw met kapotte traptreden. Ze was enorm groot en droeg een grote, gevlekte jurk die bijna tot op haar blote voeten hing.

'Ik denk dat ik hier maar even wacht,' zei Samantha.

Ze hadden vroeg geluncht in het enige eethuisje in het centrum van Rockville, een heet, bedompt café waar het naar vet rook. De serveerster zette drie glazen ijswater op hun tafel; alle drie de glazen bleven onaangeroerd. In plaats daarvan bestelden ze mineraalwater en broodjes. Omdat er niemand vlak bij hen zat, besloot Samantha door te gaan met vragen stellen.

'Dus als je al dertig cliënten hebt en je al drie jaar aan deze zaak werkt, waarom heb je ze dan nog niet voor de rechter gesleept?'

Beide mannen keken om zich heen alsof er iemand kon meeluisteren. Gerustgesteld antwoordde Donovan op zachte toon: 'Dit is een heel grote zaak, Samantha. Tientallen sterfgevallen, een verdachte met heel veel geld en een verantwoordelijkheid hiervoor die we volgens mij tijdens het proces wel kunnen bewijzen. Ik heb al 100.000 dollar aan deze zaak uitgegeven, en het zal nog veel meer geld kosten om de zaak voor een jury te krijgen. Dat kost tijd, tijd om de cliënten te werven, tijd om onderzoek te doen en tijd om een advocatenteam samen te stellen dat het leger advocaten en deskundigen aankan dat Krull Mining zal inhuren om zich te verdedigen.'

'Het is ook gevaarlijk,' zei Vic. 'Er zijn heel veel slechte figuren in de steenkoolmijnen, en Krull Mining is een van de ergste. Het is niet alleen een meedogenloze stripmijnonderneming, maar ook een gevaarlijke tegenstander tijdens een rechtszaak. Het is een prachtige rechtszaak, maar procederen tegen Krull Mining heeft al heel veel advocaten op de vlucht gejaagd, mensen die meestal wel meedoen met de grote milieuzaken.'

Donovan zei: 'Daarom kan ik dus wel wat hulp gebruiken. Als je je verveelt en opwinding zoekt, moeten we gaan samenwerken. Ik heb honderden documenten die bekeken moeten worden.'

Ze onderdrukte een lach en zei: 'Geweldig, nog meer documenten doornemen. De eerste vijf jaar bij het kantoor zat ik opgesloten in een kluis terwijl ik niets anders deed dan documenten doornemen. Dat is in Big Law de vloek van ieder groentje.'

'Dit zal anders zijn, dat beloof ik je.'

'Zijn dat die bezwarende documenten?'

Beide mannen keken weer om zich heen. De serveerster bracht hun mineraalwater en liet hen alleen. Het was nog maar de vraag of ze procederen interessant vond. Samantha leunde naar voren en vroeg recht op de man af: 'Jullie hebben die documenten al in jullie bezit, nietwaar?'

Donovan antwoordde: 'Laten we maar zeggen dat we ze kunnen inzien. Ze zijn verdwenen. Krull Mining weet dat ze verdwenen zijn, maar niet wie ze heeft. Zodra ik de dagvaarding heb ingediend, zal het bedrijf te horen krijgen dat ik ze kan inzien. Meer kan ik niet zeggen.'

Terwijl Donovan dit zei, bestudeerde Vic haar aandachtig, keek hoe ze reageerde. Zijn blik zei: *is ze wel te vertrouwen?* Zijn blik was ook sceptisch. Hij wilde over iets anders praten.

Ze vroeg: 'Wat zal Krull Mining doen als ze weten dat jullie ze kunnen inzien?'

'Hysterisch worden, maar wat geeft het. Dan zijn we bij een federale rechtbank, hopelijk met een goede rechter, een die hen het vuur na aan de schenen legt.'

Hun borden werden gebracht, dunne broodjes met ernaast een bergje friet, en ze begonnen te eten. Vic vroeg haar naar New York en haar leven daar. Ze waren geïntrigeerd door haar werk bij een kantoor met duizend advocaten in hetzelfde gebouw, en door haar specialisme, de bouw van wolkenkrabbers. Ze had de neiging het enigszins glamoureus te laten klinken, maar kon het niet opbrengen. Terwijl ze haar broodje negeerde en met de friet speelde, vroeg ze zich af waar Blythe en haar vrienden zaten te lunchen; ongetwijfeld in een chic restaurant in de Village met stoffen servetten, een wijnkaart en een designer cuisine. Een andere wereld.

14

De Skyhawk was naar vijftienhonderd meter geklommen en Donovan hield die hoogte aan. Hij vroeg: 'Ben je er klaar voor?' Op dat moment kon ze al wel genieten van het vliegen op lage hoogtes en van het uitzicht, maar ze voelde nog geen enkele behoefte om het vliegtuig zelf te besturen. 'Pak de stuurknuppel voorzichtig vast,' zei hij, en dat deed ze.

'Ik heb hem ook nog vast, dus maak je maar geen zorgen,' zei hij rustig. 'Met de stuurknuppel heb je controle over de stand van de neus, naar boven en beneden, en je kunt ermee draaien. Maak kleine en langzame bewegingen. Draai hem iets naar rechts.' Dat deed ze, zodat het vliegtuig iets naar haar kant overhelde. Ze draaide terug naar links, waarna ze weer horizontaal vlogen. Ze duwde de stuurknuppel naar voren, de neus ging naar beneden en ze verloren hoogte. Ze keek naar de hoogtemeter. 'Hou hem recht op veertienhonderd meter,' zei hij. 'Hou de vleugels horizontaal.'

Vanaf veertienhonderd meter klommen ze weer naar vijftienhonderd meter. Toen legde Donovan zijn handen in zijn schoot en vroeg: 'Hoe voelt dat?'

'Geweldig!' zei ze. 'Ik geloof gewoon niet dat ik dit doe. Het is zo gemakkelijk.' De Skyhawk reageerde op de lichtste beweging van de stuurknuppel. Zodra ze besefte dat het vliegtuig niet zou neerstorten, kon ze zich een beetje ontspannen en genoot ze van de opwinding van haar eerste vlucht.

'Het is een fantastisch vliegtuig, eenvoudig en veilig, en jij bestuurt hem nu. Binnen een maand zou je al solo kunnen vliegen.'

'Laten we het maar rustig aan doen.'

Een paar minuten vlogen ze zwijgend door.

Samantha keek aandachtig naar de instrumenten en wierp af en toe een blik op de bergen onder hen.

Donovan vroeg: 'En commandant, waar gaan we naartoe?'

'Geen idee, ik weet niet waar we zijn en ook niet waar we naartoe gaan.'

'Wat zou je willen zien?'

Ze dacht even na. 'Mattie vertelde me over het huis van jouw familie en wat daar is gebeurd. Ik zou Gray Mountain graag willen zien.'

Hij aarzelde heel even en zei toen: 'Kijk dan naar de heading indicator en draai naar links naar een heading van honderdnegentig graden. Doe het langzaam en blijf op dezelfde hoogte.'

Ze maakte een perfecte bocht en hield de Skyhawk op vijftienhonderd meter. Na een paar minuten vroeg ze: 'Oké, wat gebeurt er als de motor ermee ophoudt?'

Hij haalde even zijn schouders op alsof hij daar nog nooit over had nagedacht. 'Eerst zou ik proberen hem weer te starten. Als dat niet lukt, zou ik op zoek gaan naar een vlak stuk terrein, een weiland of misschien zelfs een snelweg. Op vijftienhonderd meter zweeft een Skyhawk nog ongeveer tien kilometer door, zodat je tijd genoeg hebt. Nadat ik een goede plek heb gevonden, zou ik eromheen cirkelen, proberen de wind tijdens de daling in te schatten en een noodlanding maken.'

'Ik zie nergens open plekken.'

'Dan moet je een berg uitzoeken en er maar het beste van hopen.'

'Sorry dat ik het heb gevraagd.'

'Ontspan je. Ongelukken met deze vliegtuigen komen zelden voor en worden altijd veroorzaakt door een fout van de piloot.' Hij gaapte en zweeg.

Samantha kon zich niet helemaal ontspannen, maar kreeg steeds meer zelfvertrouwen. Na een lange stilte keek ze naar haar copiloot die leek te soezen. Hield hij haar voor de gek of zat hij echt te slapen? Eerst had ze de neiging iets in haar microfoon te schreeuwen om hem aan het schrikken te maken, maar in plaats daarvan controleerde ze de instrumenten, zorgde ze ervoor dat het vliegtuig recht vooruit vloog en de vleugels perfect recht hingen en deed ze haar best niet in paniek te raken. Ze merkte dat ze de stuurknuppel stevig vasthield en liet hem even los. De brandstofmeter liet zien dat de tank nog halfvol was. Als hij wilde slapen, ging hij zijn gang maar. Ze zou hem eerst een paar minuten laten slapen en pas dan in paniek raken. Ze liet de stuurknuppel weer los en realiseerde zich dat het vliegtuig gewoon zou doorvliegen en ze maar af en toe iets moest corrigeren. Ze keek op haar horloge. Vijf minuten, tien, vijftien. De bergen gleden langzaam onder hen door. Op de radar zag ze niets wat op andere vliegtuigen wees. Ze bleef rustig, maar ze kreeg steeds meer de neiging om te gillen.

Hij werd wakker, hoestte en keek even naar de instrumenten. 'Goed werk, Samantha.'

'Heb je lekker geslapen?'

'Prima. Ik word weleens slaperig in de lucht. Het gedreun van de motor wordt monotoon en dan kost het me moeite wakker te blijven. Tijdens lange vluchten zet ik hem soms op de automatische piloot en dommel een paar minuten in.'

Ze wist niet goed wat ze hierop moest zeggen, dus zei ze niets. 'Weet je waar we zijn?' vroeg ze.

Hij keek naar voren en zei zonder ook maar even te aarzelen: 'Natuurlijk, we naderen Noland County. Op elf uur zie je Cat Mountain. Je vliegt er net links langs en daarna neem ik het weer over. Daal naar driehonderd meter.'

Op een hoogte van negenhonderd meter vlogen ze over de buitenste rand van Brady en daar nam Donovan de knuppel weer van haar over. 'Zou je nog een keer willen vliegen?' vroeg hij.

'Misschien, dat weet ik niet. Hoe lang duurt het om alles te leren?'

'Ongeveer dertig uur theorielessen, of zelfstudie, en nog eens dertig uur in de lucht. Het probleem is dat hier geen instructeur is. Vroeger wel, maar die is dood. Door een vliegtuigongeluk.'

'Ik denk dat ik het maar bij auto's hou. Ik ben opgegroeid in een wereld vol vliegtuigongelukken en ben dus altijd een beetje bang geweest om te vliegen. Ik laat het besturen van het vliegtuig maar aan jou over.'

'Uitstekend,' zei hij glimlachend. Hij hield de neus iets naar beneden gericht tot driehonderd meter. Ze vlogen langs een stripmijn waar explosies aan de gang waren; een dikke wolk zwarte rook hing vlak boven de grond. Aan de horizon staken torenspitsen boven de bomen uit. 'Ben je al in Knox geweest?' vroeg hij.

'Nee, nog niet.'

'Dat is de hoofdstad van Curry County; ik ben er geboren. Leuk stadje, ongeveer net zo groot en al even modern als Brady. Je hebt dus niet veel gemist.'

Ze vlogen over het stadje heen, maar er was niet veel te zien, in elk geval niet vanaf een hoogte van driehonderd meter. Ze begonnen weer te klimmen en ontweken de hogere bergtoppen tot ze diep in de bergen waren.

Toen ze over een berg vlogen zei Donovan: 'Daar is het, dat wat er nog over is van Gray Mountain. Het bedrijf is twintig jaar geleden vertrokken, maar toen was de meeste steenkool al weg. De processen hebben jaren geduurd. Deze plek is zoals je ziet niet hersteld en nu waarschijnlijk de lelijkste plek in heel Appalachia.'

Het was een desolaat landschap met open plekken waar de steenkool uit de grond was gehaald tot de ploegen er opeens mee waren opgehouden, er lagen nog altijd hoge bergen overfill en op het hele terrein probeerden kleine boompjes wanhopig in leven te blijven. Het grootste deel van de mijn bestond uit rotsen en modder, maar er waren ook stukjes waar bruin gras groeide. De valley fill om het terrein heen was gedeeltelijk bedekt met druivenranken en struikgewas. Toen Donovan begon te cirkelen, zei hij: 'Het enige wat erger is dan een herstelde stripmijn is een verlaten stripmijn. Dat is daar gebeurd en ik word er beroerd van als ik ernaar kijk.'

'Van wie is het nu?'

'Van mijn vader, het is nog steeds familiebezit, maar niets meer waard. Het land is geruïneerd, de rivieren zijn verdwenen onder de valley fill, alle vissen zijn weg, het water is giftig en alle wilde dieren zijn naar een veiligere plek gevlucht. Heeft Mattie je verteld wat er met mijn moeder is gebeurd?'

'Wel iets, maar niet de details.'

Hij daalde en liet het vliegtuig iets naar rechts hellen zodat ze recht naar beneden keek. 'Zie je dat witte kruis daar, met die stenen eromheen?'

'Ja, ik zie het.'

'Daar is zij gestorven, daar stond ons huis, gebouwd door mijn opa. Hij werkte als mijnwerker in een ondergrondse mijn. Nadat de overstroming het huis had verwoest, vond mijn moeder daar een plekje, vlak bij de rotsen en daar is het gebeurd. Mijn broer Jeff en ik vonden een paar oude balken van het huis en hebben dat kruis gemaakt.'

'Wie heeft haar gevonden?'

Hij haalde diep adem en vroeg: 'Mattie heeft je dus niet alles verteld?'

'Kennelijk niet.'

'Ik.'

Een paar minuten werd er niets gezegd, terwijl Donovan laag over het dal aan de oostkant van Gray Mountain scheerde. Er waren geen wegen, huizen of mensen. Hij trok het vliegtuig schuin en zei: 'Iets voorbij die bergkam ligt het enige stuk van ons land dat niet is verwoest. Het water stroomt een andere kant op, zodat het dal veilig was voor de stripmijn. Zie je dat riviertje daar?' Hij ging nog schever vliegen zodat ze het kon zien.

'Ja, ik zie hem.'

'Yellow Creek. Ik heb een klein hutje bij dat riviertje, een schuilplek die maar weinig mensen kennen. Ik laat het je weleens zien.'

Dacht het niet, dacht Samantha. *We zijn er nu dicht genoeg bij en voordat er iets aan je huwelijkse staat verandert, ben ik niet van plan nog dichterbij te komen.* Maar ze knikte en zei: 'Ik zou hem graag een keer willen zien.'

'Dat is de schoorsteen,' zei hij. 'Hij is bijna niet te zien, zowel vanuit de lucht als vanaf de grond. Geen riolering, geen elektriciteit en je slaapt in een hangmat. Ik heb hem zelf gebouwd, samen met mijn broer Jeff.'

'Waar is je vader?'

'De laatste keer dat ik iets over hem hoorde, zat hij in Montana, maar ik heb hem al jaren niet meer gesproken. Heb je genoeg gezien?'

'Ik denk het wel.'

Op Noland County Airfield taxiede Donovan naar een plek vlak bij de terminal, maar hij zette de motor niet uit. Hij zei: 'Oké, je moet hier uitstappen, voorzichtig. Loop achter het vliegtuig langs. De propeller draait nog.'

'Stap jij niet uit?' vroeg ze, terwijl ze haar gordel losmaakte.

'Nee, ik ga naar Roanoke, naar mijn vrouw en dochter. Ik ben morgen terug, en op kantoor.'

Samantha stapte uit onder de vleugel, voelde de windvlaag van de propeller, liep achter de staart langs en bleef bij de steun staan. Ze zwaaide naar Donovan, die zijn duim naar haar opstak en weg taxiede. Ze keek hem na en reed terug naar Brady.

Die zaterdagavond aten ze Chesters legendarische Texaanse chili. Voor zover hij zich kon herinneren was hij nog nooit in Texas geweest, maar hij had (nog maar twee jaar geleden) op internet een geweldig recept gevonden. Het legendarische deel leek aan zijn eigen fantasie ontsproten, maar zijn enthousiasme voor koken en entertainen was besmettelijk. Mattie bakte maisbrood en Annette nam een chocoladetaart mee als nagerecht. Samantha had nooit leren koken en woonde nu in een piepklein appartementje met slechts één kookplaat en een broodrooster, zodat zij niets hoefde mee te nemen. Terwijl Chester in de pan roerde, kruiden toevoegde en non-stop aan het woord was, maakten Kim en Adam een pizza in de keuken van tante Mattie. Voor hen was zaterdag altijd pizza-avond, en Samantha was dolblij dat ze bij de Wyatts was en niet weer bij Annette en de kinderen zat. In hun ogen was ze niet langer een huisgenoot/oppas, want ze had in één week de status gekregen van grote zus. Zij hielden van haar en zij hield van hen, maar ze voelde zich er niet prettig bij. Annette leek het prima te vinden dat de kinderen haar verstikten.

Ze aten in de achtertuin, aan een picknicktafel onder een esdoorn met gele bladeren. Op de grond lag een dikke laag geel blad, een prachtig tapijt dat algauw verdwenen zou zijn. Toen de zon achter de bergen verdween, stak Mattie allemaal kaarsen aan. Claudelle, hun juridisch assistente, kwam er later ook bij. Mattie had de regel dat er tijdens de maaltijd niet over zaken werd gepraat: geen woord over het Bureau, hun werk, hun cliënten en al helemaal niet over onderwerpen die ook maar vaag iets met steenkool te maken hadden. Dus praatten ze over politiek – Obama versus McCain, Biden versus Palin. Politiek leidde natuurlijk tot discussies over de economische mondiale crisis. Alle nieuwsberichten waren slecht en hoewel de deskundigen het oneens waren over de vraag of het een kleine depressie was of niet meer dan een diepe recessie, leek het toch iets van ver weg, zoals alweer een volkerenmoord in Afrika. Afschuwelijk, maar niets wat Brady raakte, nog niet. Ze waren nieuwsgierig naar Samantha's vrienden in New York.

Voor de derde of vierde keer die middag en avond merkte Samantha een afstandelijke kilheid in Annettes woorden en houding jegens haar. Er leek niets aan de hand als ze met iemand anders praatte, maar zodra ze iets tegen Samantha zei veranderde dat abrupt. Eerst stond Samantha er niet echt bij stil, maar na de maaltijd wist ze zeker dat Annette iets dwarszat. Dat verbaasde haar, omdat er niets tussen hen was voorgevallen, maar uiteindelijk bedacht ze dat het waarschijnlijk iets met Donovan te maken had.

15

Samantha werd wakker van het aangename geluid van kerkklokken in de verte. Het leek alsof ze verschillende melodieën hoorde, sommige dichterbij of luider, andere verder weg, maar allemaal maakten ze de inwoners met niet al te zachtzinnige geluiden duidelijk dat het zondag was en de kerkdeuren openstonden. Volgens haar digitale klok was het twee minuten over negen en alweer verbaasde ze zich erover dat ze zoveel sliep. Even overwoog ze om zich nog eens om te draaien, maar tien uur slaap was genoeg. De koffie was klaar, de geur dreef naar binnen vanuit het andere vertrek. Ze schonk zichzelf een kop koffie in, ging op de bank zitten en dacht aan de dag die voor haar lag. Ze had weinig te doen, maar allereerst wilde ze Annette en de kinderen ontlopen.

Ze belde haar moeder en ze kletsten een halfuur over van alles en nog wat. Karen werd, zoals zo vaak, helemaal in beslag genomen door de meest recente crisis op het ministerie van Justitie en praatte er aan een stuk over door. Haar baas voerde dringende, voorbereidende besprekingen over het onderzoek naar grote banken, verstrekkers van risicovolle hypotheken en allerlei andere schurken aan Wall Street, en dat zou beginnen zodra het stof was neergedaald en ze hadden uitgevogeld wie er precies verantwoordelijk waren voor deze puinhoop. Samantha vond deze onderwerpen absoluut oninteressant, maar ze hield dapper vol, zat in haar pyjama koffie te drinken en luisterde naar het onophoudelijk luiden van de kerkklokken. Karen zei dat ze binnenkort naar Brady wilde komen voor haar eerste echte kijkje in het leven in de bergen, maar Samantha wist dat ze de daad nooit bij het woord zou voegen. Haar moeder verliet D.C. hoogstzelden; haar werk was veel te belangrijk. Ten slotte vroeg Karen naar haar stage en het Mountain Bureau voor Rechtshulp. Hoe lang blijf je? vroeg ze. Samantha zei dat ze niet van plan was binnenkort te vertrekken.

Toen de kerkklokken zwegen, trok ze een spijkerbroek aan en verliet ze haar appartement. Annettes auto stond nog voor het huis, een aanwijzing dat zij en de kinderen deze prachtige zondag niet naar de kerk waren. Uit een automaat vlak bij Donovans kantoor aan Main Street kocht Samantha een exemplaar van de *Roanoke Times.* Ze las de krant in een leeg café en at een wafel met bacon. Na het ontbijt dwaalde ze een tijdje door de straten van Brady, maar het duurde niet lang voor ze alles had gezien. Ze kwam langs een stuk of twaalf kerken die allemaal goed bezet leken, afgaand op de volle parkeerplaatsen. Ze probeerde zich te herinneren wanneer zij voor het laatst in een kerk was geweest. Haar vader was een afvallige katholiek en haar moeder een onverschillige protestant, en Samantha was niet gelovig opgevoed.

Ze vond de scholen, allemaal even oud als het rechtbankgebouw, allemaal met verroeste airco's uit de ramen stekend. Ze begroette een paar oude mensen die in een schommelstoel op de veranda van een bejaardenhuis zaten en kennelijk te oud waren om zelfs maar naar de kerk te gaan. Ze kwam langs een klein ziekenhuis en nam zich voor om nooit, maar dan ook nooit ziek te worden in Brady. Ze liep door Main Street en vroeg zich af hoe de kleine winkeliers in vredesnaam het hoofd boven water hielden. Toen ze klaar was met de rondwandeling stapte ze in haar auto en vertrok.

Op de wegenkaart zigzagde Highway 119 door het steenkoolland van het uiterste oosten van Kentucky naar West Virginia. De vorige dag had ze Appalachia vanuit de lucht gezien, nu wilde ze het vanaf de weg bekijken. Met Charleston als vage bestemming vertrok ze met alleen een wegenkaart en een fles water bij zich. Algauw was ze in Kentucky, hoewel de staatsgrens weinig verschil uitmaakte. Appalachia was Appalachia, ongeacht de grenzen die iemand een eeuwigheid geleden had getrokken. Een land van adembenemende schoonheid, van steile heuvels en glooiende bergen begroeid met dichte bossen, van kabbelende rivieren en snelle stroomversnellingen door diepe dalen, van deprimerende armoede, van nette kleine stadjes met gebouwen van rode baksteen en witgeverfde huizen, en van ontelbare kerken. De meesten leken doopsgezind, hoewel de variaties daarop hopeloos verwarrend waren. Zuidelijke baptisten, algemene baptisten, primitieve baptisten, missionaire baptisten. Hoe dan ook, ze bruisten allemaal van activiteit. Ze stopte in Pikeville, Kentucky, met zevenduizend inwoners, vond het centrum en trakteerde zichzelf op een kop koffie te midden van de locals in een bedompt café. Ze werd bekeken, maar iedereen was vriendelijk. Ze luisterde aandachtig naar het gepraat om zich heen en vroeg zich af of ze dezelfde taal spraken als zij, en grinnikte zelfs om de plagende opmerkingen. Vlak bij de grens met West Virginia stopte ze bij een plattelandswinkel die reclame maakte voor WERELDBEROEMDE BEEF JERKY, ZELFGEMAAKT. Ze kocht een pakje, nam een hap van een reepje gedroogd vlees, smeet de rest in een afvalbak en dronk de volgende twintig kilometer water om de smaak kwijt te raken.

Ze wilde per se niet aan steenkool denken; ze had het helemaal gehad met dat onderwerp. Maar er viel niet aan te ontkomen: in de haul trucks die deden alsof de weg van hen was, in de verbleekte aanplakborden die opriepen tot sterke vakbonden, in af en toe een blik op een stripmijn en een bergtop die werd verwijderd, in de vele bumperstickers met teksten als: WIL JE ELEKTRICITEIT, DAN HOU JE VAN STEENKOOL of RED DE BERGEN, in de kleine musea gewijd aan de geschiedenis van de mijnen. Ze stopte bij een historisch gedenkteken en las de tekst over de Bark Valley-ramp, een explosie in een ondergrondse mijn in 1961 waarbij dertig mannen waren omgekomen. 'Vrienden van Steenkool' waren bezig met een agressieve campagne, en ze reed langs heel veel van hun posters met de tekst STEENKOOL = BANEN. Steenkool was de basis van het leven in deze contreien, maar de stripmijnen hadden de mensen verdeeld. Volgens haar zoektocht op internet stelden de tegenstanders dat het banen vernietigde, en volgens de cijfers hadden zij gelijk. Tegenwoordig waren er tachtigduizend mijnwerkers, bijna allemaal geen vakbondslid, van wie de helft in de dagbouw werkte. Tientallen jaren eerder, lang voordat ze de toppen van de bergen met explosies verwijderden, waren er bijna een miljoen mijnwerkers.

Uiteindelijk arriveerde ze in Charleston, de hoofdstad. Ze voelde zich nog steeds niet echt op haar gemak achter het stuur, en er was meer verkeer dan ze had verwacht. Ze had geen idee waar ze naartoe ging en was opeens bang dat ze zou verdwalen. Het was bijna twee uur, de lunchtijd was voorbij en het was tijd om terug te gaan. Het eerste deel van haar reis was ten einde toen ze opeens het parkeerterrein opreed van een winkelcentrum waar allemaal fastfoodrestaurants omheen stonden. Ze had ontzettend veel zin in een hamburger met friet.

Lang nadat de zon was ondergegaan, brandden alle lampen in Donovans kantoor nog. Samantha liep er om een uur of acht langs en wilde aankloppen, maar besloot hem niet te storen. Om negen uur zat ze aan haar bureau, vooral omdat ze niet naar haar appartement wilde, maar ze had ook geen zin om te werken. Ze belde hem op zijn mobieltje en hij nam op. 'Heb je het druk?' vroeg ze.

'Natuurlijk heb ik het druk; ik begin morgen aan een proces. Wat ben jij aan het doen?'

'Ik zit op kantoor, ik ben aan het niksen en ik verveel me.'

'Kom hier maar naartoe, ik wil je aan iemand voorstellen.'

Ze zaten in zijn commandocentrum boven. De tafels lagen vol opengeslagen boeken, dossiers en schrijfblokken. Donovan stelde haar voor aan Lenny Charlton, een juryconsultant uit Knoxville. Hij beschreef de man als een te duur betaalde maar bijzonder nuttige analist, en hij beschreef Samantha gewoon als een advocaat/vriendin die aan zijn kant stond. Samantha vroeg zich af of Donovan alle deskundigen die hij inhuurde beledigde. Donovan vroeg aan Lenny: 'Heb je weleens gehoord van Marshall Kofer uit D.C.? Vroeger een succesvolle luchtvaartadvocaat?'

'Natuurlijk,' zei Lenny.

'Dat is haar vader. Maar ze heeft zijn DNA niet geërfd, zij vermijdt rechtszalen.'

'Slimme vrouw.'

Ze maakten een einde aan een lange sessie waarin ze de lijst met zestig potentiële juryleden hadden doorgenomen. Lenny legde uit, ter wille van haar, dat zijn kantoor een luttel bedrag kreeg voor het uitvoeren van een achtergrondcheck van iedere persoon op de lijst, en dat dat een lastige klus was door het gesloten en incestueuze karakter van de gemeenschappen in steenkoolland. 'Sorry hoor,' mompelde Donovan, bijna onhoorbaar. Lenny vertelde verder dat het lastig was om in steenkoolland een jury uit te kiezen, omdat vrijwel iedereen wel een vriend of familielid had die voor een kolenmaatschappij werkte of voor een bedrijf dat voor de steenkoolindustrie werkte.

Samantha luisterde gefascineerd naar hun discussie over de laatste namen op de lijst. De broer van een vrouw werkte in een stripmijn. De vader van een andere vrouw was mijnwerker in een ondergrondse mijn geweest. Een man was zijn volwassen zoon kwijtgeraakt tijdens een bouwongeluk, dat echter niets met steenkool te maken had gehad. Enzovoort. Dit spionagespel leek niet in orde, dat advocaten zomaar in het privéleven van argeloze mensen mochten duiken. Daar zou ze Donovan later iets over vragen, als ze de kans kreeg. Nu leek hij moe en een beetje gespannen.

Lenny vertrok vlak voor tien uur. Toen ze alleen waren, vroeg ze:

'Waarom behandel je deze zaak niet samen met een collega-advocaat?'

'Dat doe ik ook weleens, maar niet bij deze zaak. Deze handel ik liever zelf af. Strayhorn Coal en de lui van hun verzekeringsmaatschappij zitten waarschijnlijk met een stuk of tien donkere pakken aan hun tafel in de rechtszaal. Ik hou van het contrast, alleen Lisa Tate en ikzelf.'

'David en Goliath dus?'

'Ja, zoiets.'

'Tot hoe laat werk je door?'

'Geen idee. Ik zal niet veel slapen vannacht, of deze week. Dat hoort er nu eenmaal bij.'

'Luister, ik weet dat het laat is en dat je andere dingen hebt waar je je druk over moet maken, maar ik moet je iets vragen. Je hebt me een parttimebaan aangeboden als onderzoeksassistent, een betaalde baan. Dus dan zou ik een werknemer worden van je bedrijf, klopt dat?'

'Dat klopt. Hoezo?'

'Ik weet namelijk niet zeker of ik wel voor je wil werken.'

Hij haalde zijn schouders op alsof hij wilde zeggen: dat moet je zelf weten. 'Ik ga echt niet smeken.'

'Ik moet je iets vragen. Heb jij documenten in je bezit – die "belastende documenten" zoals jij en Vic ze noemen – die eigendom zijn van Krull Mining over de verontreiniging van het grondwater in Hammer Valley, documenten die je niet hoort te hebben?'

Zijn donkere ogen vlamden van woede, maar hij beet op zijn tong, aarzelde en glimlachte toen.

'Dat is een directe vraag,' zei ze.

'Dat begrijp ik. Dus als het antwoord ja is, neem ik aan dat je mijn aanbod zult afwijzen en we nog steeds vrienden zijn?'

'Geef eerst maar eens antwoord op mijn vraag.'

'En als het antwoord nee is, overweeg je nog steeds om voor me te komen werken?'

'Ik wacht.'

'Ik beroep me op het Vijfde Amendement, dus dat ik niet tegen mezelf hoef te getuigen.'

'Prima. Bedankt voor het aanbod, maar nee.'

'Zoals je wilt. Ik heb het druk.'

Stoflongziekte is de juridische term voor een te voorkomen beroepsziekte. De ziekte wordt ook wel mijnwerkers-pneumoconiose genoemd en wordt veroorzaakt door langdurige blootstelling aan kolenstof. Nadat kolenstof in het lichaam is ingeademd, kan het niet meer worden verwijderd of weggehaald. Het wordt progressief in de longen opgebouwd en kan leiden tot ontsteking, fibrose (bindweefselvermeerdering) en zelfs necrose (afsterving). Er bestaan twee vormen van de ziekte: eenvoudige CWP en gecompliceerde CWP (coal workers' pneumoconiosis).

Stoflongziekte is een veelvoorkomende ziekte bij arbeiders in steenkoolmijnen, zowel in ondergrondse als bovengrondse mijnen. Naar schatting ontwikkelt tien procent van alle mijnwerkers deze ziekte binnen vijfentwintig jaar. Het is een slopende en meestal dodelijke ziekte. Elk jaar sterven ongeveer vijftienhonderd mijnwerkers aan stoflongziekte, en vanwege het geniepige karakter van de ziekte sterven ze bijna altijd een langzame en gruwelijke dood. Er is geen genezing en geen effectieve medische behandeling voor.

De symptomen zijn kortademigheid en een constante hoest, waarbij vaak een zwart slijm wordt opgehoest. Als het erger wordt, staat de mijnwerker voor de vraag of hij wel of niet een arts moet consulteren. De diagnose kan vrij eenduidig worden gesteld: (1) in het verleden blootstelling aan kolenstof; (2) een röntgenfoto van de borst; en (3) het uitsluiten van andere oorzaken.

In 1969 nam het Congres de Federal Coal Mine Health en Safety Act aan, waarin een compensatiesysteem voor slachtoffers van stoflongziekte werd vastgesteld. De wet stelde ook normen vast voor de reductie van kolenstof. Twee jaar later richtte het Congres het Stoflongziekte Invaliditeitsfonds op en hief een federale belasting op de productie van steenkool. In deze wet ging de steenkoolindustrie akkoord met een systeem voor een vereenvoudiging van de diagnose en een schade-uitkering. Als een mijnwerker tien jaar had gewerkt en medisch bewijs kon overleggen – een röntgenfoto of een autopsieverslag van een ernstige vorm van stoflongziekte – dan had hij in theorie recht op een uitkering. Een mijnwerker met stoflongziekte die nog steeds werkte, moest worden overgeplaatst naar een werkploeg met minder blootstelling aan kolenstof, zonder vermindering van salaris, premies of anciënniteit. Vanaf 1 juli 2008 ontvangt een mijnwerker met stoflongziekte 900 dollar per maand van het Fonds.

De bedoeling van de nieuwe federale wet was sterke beperking van blootstelling aan kolenstof. Er werden al snel strenge normen bepaald en mijnwerkers kregen elke vijf jaar een gratis röntgenfoto aangeboden. Uit de röntgenfoto's bleek dat vier op de tien mijnwerkers de een of andere vorm van stoflongziekte had. Maar in de jaren nadat de wet in werking was getreden, daalden de nieuwe gevallen van stoflongziekte met negentig procent. Artsen en deskundigen voorspelden dat de ziekte zou verdwijnen. Maar in 1995 bleek uit onderzoeken door de overheid een toename van de ziekte, zelfs met een nog hoger percentage. Al even zorgwekkend was dat de ziekte sneller voortschreed en ook in de longen van jongere mijnwerkers voorkwam. Deskundigen hebben hier twee verklaringen voor: (1) mijnwerkers draaien langere diensten en worden dus blootgesteld aan meer stof; en (2) kolenmaatschappijen stellen mijnwerkers bloot aan illegale concentraties koolstof.

Stoflongziekte is nu een epidemie in de steenkoolstreek, en de enige mogelijke verklaring is een langere blootstelling aan meer stof dan de wet toestaat. De kolenmaatschappijen weigeren al decennialang de normen aan te scherpen, en met succes.

De wet staat een mijnwerker niet toe om een advocaat in te huren; daarom moet een gewone mijnwerker met een claim in zijn eentje een beroep doen op het federale stoflongziektesysteem. De steenkoolindustrie trekt zich nauwelijks iets aan van claims, ongeacht de bewijzen die de mijnwerker aandraagt. De kolenmaatschappijen vechten de claims aan met behulp van ervaren advocaten die het systeem vakkundig manipuleren. Voordat een mijnwerker een zaak wint, heeft zijn proces meestal ongeveer vijf jaar in beslag genomen.

Voor Thomas Wilcox heeft die kwelling twaalf jaar geduurd. Hij is in 1925 in de buurt van Brady, Virginia geboren, heeft in de oorlog gevochten, is twee keer gewond geraakt en gedecoreerd. Na terugkeer is hij getrouwd en ging hij in de mijnen werken. Hij was een trotse mijnwerker, een loyaal vakbondslid, een trouwe democraat en een goede echtgenoot en vader. In 1974 werd bij hem de diagnose stoflongziekte gesteld en diende hij een aanvraag in. Hij was al een paar jaar ziek en bijna te zwak om te werken. Uit de röntgenfoto van zijn borst bleek dat hij gecompliceerde CWP had. Hij had achtentwintig jaar onder de grond gewerkt en nooit gerookt. Zijn aanvraag werd in eerste instantie goedgekeurd, maar de kolenmaatschappij ging tegen dit besluit in beroep. In 1976, hij was toen eenenvijftig jaar, had Thomas geen keus meer en moest hij stoppen met werken. Hij bleef achteruitgaan en had algauw vierentwintig uur per dag zuurstof nodig. Zonder zijn inkomen had het gezin moeite rond te komen en zijn medische kosten te betalen. Hij en zijn vrouw waren gedwongen hun huis te verkopen en bij een van hun dochters in te trekken.

Zijn stoflongziekteclaim werd diep in het federale systeem begraven door ervaren advocaten van de kolenmaatschappij. Op dat moment had hij recht op ongeveer 300 dollar per maand, plus geneeskundige verzorging.

Op het eind was Thomas nog slechts een mager skelet, zat hij in een rolstoel en had hij moeite met ademhalen, terwijl zijn laatste levensdagen verstreken en zijn gezin hoopte op een genadige dood. Hij kon niet meer praten en werd door zijn vrouw en dochter als een baby gevoerd. Dankzij de gulheid van vrienden en buren, en de onvermoeibare inspanningen van zijn gezin, kon hij steeds zuurstof toegediend krijgen. Hij woog nog maar tweeënvijftig kilo toen hij in 1986 op eenenzestigjarige leeftijd overleed. Uit de autopsie bleek onmiskenbaar dat hij was overleden aan stoflongziekte.

Vier maanden later trok de kolenmaatschappij het beroep in. Twaalf jaar nadat hij zijn aanvraag had ingediend, ontving zijn weduwe een bedrag ineens aan achterstallige uitkeringen.

PS: Thomas Wilcox was mijn vader. Hij was een trotse oorlogsheld, hoewel hij nooit over zijn veldslagen heeft gepraat. Hij was een zoon van de bergen en hield van hun schoonheid, geschiedenis en manier van leven. Hij leerde ons vissen in de heldere rivieren, kamperen in de grotten en zelfs jagen op de herten voor voedsel. Hij was een actieve man die weinig sliep en graag tot 's avonds laat zat te lezen. We zagen hoe hij langzaam aftakelde terwijl de ziekte ernstiger werd. Iedere mijnwerker vreest voor stoflongziekte, maar denkt dat het hém nooit zal overkomen. Toen de realiteit uiteindelijk tot hem doordrong, verloor Thomas zijn energie en begon hij te piekeren. De eenvoudige werkzaamheden op de boerderij gingen hem steeds moeilijker af. Toen hij gedwongen was te stoppen met zijn werk in de mijn, is hij lange tijd erg depressief geweest. Hoe zwakker en kleiner zijn lichaam werd, hoe meer energie praten kostte. Hij had al zijn energie nodig om te ademen. In zijn laatste levensdagen zaten we om beurten bij hem en lazen we hem zijn favoriete boeken voor. Hij had vaak tranen in zijn ogen.

Mattie Wyatt, 1 juli 2008

Dit stond in het laatste deel van de dikke map vol cursusmateriaal, en was er duidelijk later aan toegevoegd. Het was Samantha niet eerder opgevallen. Ze legde de map weg, pakte haar hardloopschoenen en begon aan een lange wandeling rondom Brady. Het was zondagavond elf uur en ze kwam buiten niemand tegen.

16

Mattie was naar de rechtbank in Curry County, Annette was te laat, parttimer Barb was nog niet gearriveerd en parttimer Claudelle begon op maandag pas om twaalf uur. Daardoor was Samantha alleen toen Pamela Booker luidruchtig binnenkwam met twee smerige kinderen op sleeptouw. Ze huilde toen ze vertelde hoe ze heette en ook toen ze om hulp smeekte. Samantha nam hen mee naar een vergaderzaal en was eerst vijf minuten bezig met proberen haar duidelijk te maken dat het wel goed kwam, ook al had ze geen idee wat 'het' was. De kinderen waren stil, hadden grote ogen en de paniekerige blik van iemand die getraumatiseerd was. En ze hadden honger, zei Pamela toen ze weer tot bedaren was gekomen. 'Hebt u iets te eten?'

Samantha liep snel naar de keuken, vond een paar oude koekjes, een pakje zoutjes, een zakje chips en twee flesjes mineraalwater uit Barbs voorraad, en zette dat allemaal op de tafel voor de twee kinderen die snel de koekjes pakten en er grote hongerige happen van namen. Onder nog meer tranen zei Pamela dankjewel en begon te praten. Ze vertelde het verhaal zo snel dat Samantha geen tijd had om aantekeningen te maken. Ze keek naar de kinderen die het eten naar binnen schrokten, terwijl hun moeder hun verhaal vertelde.

Ze woonden in een auto. Ze kwamen uit een stadje net over de grens met Hopper County, en sinds ze een maand geleden hun huis waren kwijtgeraakt was Pamela op zoek naar een advocaat om hen te redden. Niemand wilde hen helpen, maar uiteindelijk noemde iemand het Mountain Bureau voor Rechtshulp in Brady. En nu waren ze hier. Ze had een baan in een fabriek die lampen maakte voor een motelketen. Het was geen geweldige baan, maar ze konden er de huur en boodschappen van betalen. Er was geen echtgenoot in beeld. Vier maanden geleden legde een bedrijf waar ze nog nooit van had gehoord beslag op een derde van haar salaris en ze kon er niets tegen doen. Ze klaagde erover bij haar baas, maar hij zwaaide met een gerechtelijk bevel.

Daarna dreigde hij haar te ontslaan en zei dat hij een hekel had aan loonbeslag omdat het zoveel gedoe gaf. Toen ze met hem in discussie ging, voerde hij zijn dreigement uit en nu was ze werkloos. Ze ging naar de rechter en vertelde dat ze nu niet de huur kon betalen én geen eten kon kopen, maar hij had geen medelijden met haar, hij zei dat het de wet was. Het probleem was een oude creditcardschuld waar ze al tien jaar niet meer aan had gedacht. Kennelijk had de creditcardmaatschappij haar schuld voor een laag bedrag verkocht aan een incassobureau en, zonder dat zij het wist, een loonbeslag geregeld. Toen ze de huur van haar stacaravan niet meer kon betalen, belde haar huurbaas, een ontzettende klootzak, de sheriff en schopte haar eruit. Ze woonde een paar dagen bij een nicht, maar toen dat misliep ging ze naar een vriendin. Ook dat ging mis en de afgelopen twee weken hadden zij en haar kinderen in de auto gewoond, die bijna geen olie, lucht, benzine en remvloeistof meer had, zodat alle lampjes op het dashboard brandden. Gisteren had ze een paar chocoladerepen gestolen en aan de kinderen gegeven. Zelf had ze al twee dagen niet meer gegeten.

Samantha luisterde aandachtig en slaagde erin haar afgrijzen niet te laten blijken. Hoe doe je dat, in een auto wonen? Ze maakte aantekeningen zonder dat ze ook maar een idee had wat ze in juridisch opzicht kon doen.

Pamela haalde wat papieren uit haar namaakdesignertas en schoof de stapel over de tafel naar haar toe. Samantha bekeek de opdracht tot loonbeslag, terwijl haar nieuwe cliënt vertelde dat ze nog maar twee dollar had en niet wist of ze daar benzine of eten voor moest kopen en ten slotte met een trillende hand een koekje pakte.

Samantha realiseerde zich twee dingen. Ten eerste dat zij de laatste verdedigingslinie was voor dit gezinnetje. Ten tweede dat ze niet gauw zouden vertrekken, omdat ze nergens naartoe konden.

Toen Barb eindelijk verscheen, liep Samantha naar haar toe, gaf haar 20 dollar en vroeg haar of ze snel zo veel mogelijk saucijzenbroodjes wilde kopen.

Barb zei: 'We hebben nog wel wat geld op kantoor liggen.'

Samantha zei: 'Dat zullen we zeker nodig hebben.'

Phoebe Fanning verstopte zich nog steeds voor haar man in een motel, dankzij het Bureau, en Samantha wist dat Mattie een paar dollar in reserve hield voor noodgevallen zoals deze. Nadat Barb was vertrokken, keek Samantha door een raam aan de achterkant naar de parkeerplaats. Pamela's auto, zelfs mét benzine en alle andere noodzakelijke vloeistoffen, zag eruit alsof hij de rit terug naar Hopper County niet zou halen. Het was een kleine auto van een buitenlands merk met een miljoen kilometers op de teller die nu als woning werd gebruikt.

De koekjes en zoutjes waren op toen ze de vergaderkamer weer binnenkwam. Ze zei tegen Pamela dat iemand eten ging kopen, waarop ze begon te huilen. De jongen, Trevor van zeven, zei: 'Dank u wel, mevrouw Kofer.' Het meisje, Mandy van elf, vroeg: 'Mag ik alstublieft even naar het toilet?'

'Natuurlijk,' zei Samantha. Ze wees haar de weg door de gang en ging weer aan de tafel zitten om nog een paar aantekeningen te maken. Ze begonnen bij het begin en liepen het hele verhaal langzaam door. De schuld aan de creditcardmaatschappij was van juli 1999 en bedroeg 3.398 dollar. Dit bedrag was samengesteld uit allerlei juridische kosten, onduidelijke andere kosten en zelfs rente. Pamela vertelde dat haar ex-man in hun echtscheidingsconvenant opdracht had gekregen de schuld af te betalen; een kopie hiervan zat tussen alle papieren. Negen jaren waren zonder enig bericht verstreken, tenminste, voor zover ze wist. Ze was verschillende keren verhuisd en misschien was niet alle post doorgestuurd. Wie weet? Hoe dan ook, het incassobureau had haar gevonden en een begin gemaakt met al deze problemen.

Samantha zag dat Trevor na de scheiding was geboren, maar dit was niet belangrijk genoeg om te zeggen. Er waren verschillende gerechtelijke bevelen waarin de ex-man schuldig werd bevonden aan het nietbetalen van de alimentatie voor Mandy. 'Waar is hij?' vroeg ze.

'Geen idee,' zei Pamela. 'Ik heb al jaren niets meer van hem gehoord.'

Barb kwam terug met een zak saucijzenbroodjes en legde het feestmaal op tafel. Ze streek over Trevors hoofd en zei tegen Mandy hoe fijn ze het vond dat ze bij hen op bezoek waren. Alle drie de Bookers zeiden beleefd dankjewel en vielen vervolgens als vluchtelingen op het eten aan. Samantha deed de deur dicht en overlegde met Barb bij de receptie. 'Wat is het probleem?' vroeg Barb, waarop Samantha haar het belangrijkste vertelde.

Barb, die dacht dat ze alles al eens had meegemaakt, was verbaasd, maar had wel een idee. 'Ik zou met haar baas beginnen. Leg hem het vuur na aan de schenen, dreig dat je hem voor de rechter sleept en een hoge schadevergoeding zult eisen en dan richt je je op dat incassobureau.' Toen de telefoon ging nam ze hem aan, waardoor ze Samantha, de advocaat, verbijsterd achterliet.

Het vuur na aan de schenen leggen? Een hoge schadevergoeding eisen? Waarvoor dan? En dit advies was afkomstig van iemand die geen advocaat was. Samantha overwoog de zaak te traineren tot Mattie of Annette terug was, maar ze was hier nu een week en haar inwerktijd was voorbij. Ze ging naar haar kantoor, sloot de deur en belde nerveus het nummer van de lampenfabriek. Ene meneer Simmons was aangenaam verrast te horen dat Pamela Booker een advocaat had. Hij zei dat ze een goede werkneemster was, dat hij het vreselijk vond dat hij haar kwijt was en zo, maar dat het allemaal kwam door dat loonbeslag. Daardoor werd zijn financiële administratie één grote ellende. Hij had al een vervangster voor haar, nadat hij had gecontroleerd of die geen juridische problemen had.

'Nou, misschien hebt u toch wel juridische problemen,' zei Samantha op kille toon. Bluffend, zonder zeker te weten of ze juridisch in haar recht stond, vertelde ze hem dat een bedrijf niet zomaar een werknemer kan ontslaan alleen maar omdat er beslag is gelegd op een deel van zijn of haar salaris. Dat baarde meneer Simmons zorgen en hij mompelde iets over zijn advocaat. Geweldig, zei Samantha, geef me haar nummer maar, dan handel ik die zaak wel met haar af. Het was geen vrouw, zei hij, en die vent bracht 200 dollar per uur in rekening; geef me even de tijd om na te denken. Samantha beloofde dat ze die middag terug zou bellen en uiteindelijk spraken ze af dat drie uur een goede tijd was.

Toen ze terugkwam in de vergaderkamer had Barb een doos kleurpotloden en een kleurboek gevonden en was ze druk doende om bezigheden en spelletjes voor Trevor en Mandy te verzinnen. Pamela had nog steeds een half saucijzenbroodje in haar hand en zat naar de vloer te staren, alsof ze in trance was. Toen Annette eindelijk arriveerde, ving Samantha haar in de gang op en vertelde haar fluisterend alle details. Annette gedroeg zich nog steeds een beetje afstandelijk en was kennelijk ergens boos om, maar zaken waren zaken. 'Dat gerechtelijk bevel is al jaren verjaard,' was haar eerste reactie. 'Kijk de wet er maar op na. Ik durf te wedden dat de creditcardmaatschappij het gerechtelijk bevel voor een paar cent aan het incassobureau heeft verkocht, en dat die nu proberen een verjaard gerechtelijk bevel uit te voeren.'

'Heb je dit al eens eerder meegemaakt?'

'Iets dergelijks, al heel lang geleden; ik kan me de naam van de zaak niet meer herinneren. Doe wat onderzoek en bel dan het incassobureau op. Dat zijn vaak nare lui die zich niet gemakkelijk bang laten maken.'

'Kunnen we hen voor de rechter slepen?'

'Daar kunnen we wel mee dreigen. Ze zijn er niet aan gewend dat dit soort mensen opeens met een advocaat komen aanzetten. Bel haar baas op en leg ook hem het vuur na aan de schenen.'

'Dat heb ik al gedaan.'

Annette glimlachte nu zelfs. 'Wat zei hij?'

'Ik zei dat hij een werknemer niet kan ontslaan alleen maar vanwege een loonbeslag. Ik heb geen idee of dat klopt, maar ik heb het heel overtuigend gebracht. Hij werd ongerust en we hebben afgesproken dat we elkaar vanmiddag weer zouden spreken.'

'Het klopt niet, maar het is leuk geprobeerd en dat is vaak belangrijker dan wat er in de wet staat. Het proces zal worden gevoerd tegen het incassobureau, als ze inderdaad beslag op haar loon hebben laten leggen op basis van een verjaard gerechtelijk bevel.'

'Bedankt,' zei Samantha en ze haalde diep adem. 'Maar er zijn nog meer dringende kwesties. Ze zitten hier binnen en kunnen nergens naartoe.'

'Ik stel voor dat jij je de komende uren bezighoudt met de basale zaken: eten, schone kleren en een slaapplek. De kinderen gaan dus ook niet naar school, dat moet je morgen maar regelen. We hebben een noodfonds voor bepaalde onkosten.'

'Zei je schone kleren?'

'Jazeker. Wie zei dat juridische hulp louter glamoureus was?'

De tweede crisis van die ochtend begon een paar minuten later toen Phoebe Fanning onaangekondigd binnenkwam met haar man Randy, en tegen Annette zei dat ze haar aanvraag voor echtscheiding introk. Ze hadden zich verzoend, bij wijze van spreken, en zij en de kinderen woonden weer thuis waar het nu rustig was. Annette was woedend en belde Samantha om bij dit gesprek aanwezig te zijn.

Randy Fanning was drie dagen geleden uit de gevangenis ontslagen en zag er maar een heel klein beetje toonbaarder uit dan in zijn oranje gevangenisoverall. Hij zat met een grijns op zijn gezicht en een hand op Phoebes arm, terwijl zij zo goed mogelijk probeerde uit te leggen waarom ze van gedachten was veranderd. Ze hield van hem, zo eenvoudig was het, ze kon gewoon niet zonder hem leven. Ook hun drie kinderen waren veel gelukkiger als ze bij hun beide ouders woonden. Ze wilde zich niet langer in een motel verstoppen of zich bij familieleden verbergen, en ze hadden allemaal vrede met elkaar gesloten.

Annette herinnerde Phoebe eraan dat ze was geslagen door haar man, die aan de overkant van de tafel naar haar zat te kijken alsof hij elk moment kon ontploffen. Annette leek helemaal niet bang, terwijl Samantha zich het liefst in een hoekje had verstopt. Ze hadden gevochten, vertelde Phoebe, niet bepaald eerlijk maar toch gevochten. Ze hadden te veel ruziegemaakt, de zaak was uit de hand gelopen en het zou nooit meer gebeuren. Randy, die het liefst niets zei, viel haar bij en zei ja, ze hadden afgesproken geen ruzie meer te maken.

Annette luisterde naar hem, maar geloofde hem absoluut niet. Ze herinnerde hem eraan dat hij het straatverbod overtrad alleen al door daar te zitten. Als de rechter dat hoorde, zou hij weer naar de gevangenis gaan. Hij zei dat Hump, zijn advocaat, had beloofd het straatverbod met onmiddellijke ingang te laten schrappen.

Op de zijkant van Phoebes gezicht waren nog steeds de donkerblauwe kneuzingen van hun laatste gevecht zichtbaar. Hun echtscheiding was één ding, maar de strafzaak een andere. Annette begon over deze serieuze kwestie door te vragen of ze de openbaar aanklager al hadden gevraagd de beschuldiging van het toebrengen van zwaar lichamelijk letsel in te trekken. Nog niet, maar dat wilden ze doen zodra het verzoek tot echtscheiding was ingetrokken. Annette legde uit dat dat niet zomaar kon. De politie had een verklaring van het slachtoffer, foto's en een andere getuige. Dat klonk een beetje verwarrend, en zelfs Samantha twijfelde. Als het slachtoffer en de belangrijkste getuige hun mond houden, hoe kun je dan doorgaan met een zaak?

De twee advocaten vroegen zich hetzelfde af: had hij haar weer geslagen om haar te dwingen haar aangifte in te trekken?

Annette was kwaad en bleef lastige vragen stellen, maar ze hielden stand. Ze hadden zich vast voorgenomen hun problemen te vergeten en te beginnen aan een gelukkiger leven. Toen het tijd was het gesprek af te ronden, bladerde Annette door het dossier en schatte dat ze twintig uur aan de echtscheiding had besteed. Gratis natuurlijk.

'De volgende keer moet je een andere advocaat zoeken.'

Nadat ze vertrokken waren, beschreef Annette hen als een stel methverslaafden die duidelijk niet stabiel waren en elkaar waarschijnlijk nodig hadden. 'En nu maar hopen dat hij haar niet vermoordt,' zei ze.

Terwijl de ochtend zich voortsleepte, werd duidelijk dat de familie Booker niet van plan was om te vertrekken. Dat werd hun ook niet gevraagd, integendeel zelfs. Iedereen accepteerde hun aanwezigheid en kwam elke paar minuten even kijken hoe het met hen ging. Op een bepaald moment fluisterde Barb tegen Samantha: 'We hebben zelfs cliënten gehad die hier een paar nachten sliepen. Niet ideaal, maar soms is het niet anders.'

Pamela vertrok met een rolletje kwartjes en ging op zoek naar een wasserette. Mandy en Trevor bleven in de vergaderkamer; ze zaten te kleuren en af en toe te giechelen. Samantha zat aan de andere kant van de tafel wetten en oude zaken door te spitten.

Precies om elf uur arriveerde Francine Crump volgens afspraak om haar nieuwe testament te ondertekenen. Samantha had het document voorbereid en Mattie had hem gecontroleerd. De kleine ceremonie zou minder dan tien minuten duren en Francine zou vertrekken met een keurig testament waar ze niets voor hoefde te betalen. In plaats daarvan werd dit de derde crisis van die ochtend.

Zoals haar was opgedragen had Samantha een testament opgesteld waarin Francine haar dertig hectare naliet aan haar buren, Hank en Jolene Mott. Francines vijf volwassen kinderen zouden niets erven, wat uiteindelijk tot grote problemen zou leiden. Maakt niet uit, had Mattie gezegd. Het is haar land, daar is geen enkele discussie over, en zij kan dat nalaten aan wie ze wil. Die problemen lossen we later wel op. Nee, we zijn niet verplicht om de vijf kinderen te vertellen dat ze worden onterfd. Dat horen ze pas na de begrafenis.

Was dat wel zo? Toen Samantha de deur van haar kantoor dichtdeed en de map pakte, begon Francine te huilen. Ze depte haar wangen met een zakdoekje en vertelde haar verhaal. Drie op een rij, dacht Samantha, allemaal aan het huilen.

Tijdens het weekend hadden Hank en Jolene Mott haar een afschuwelijk geheim verteld: zij hadden besloten hun dertig hectare te verkopen aan een kolenmaatschappij en naar Florida te verhuizen waar kleinkinderen van hen woonden. Natuurlijk hadden ze niet willen verkopen, maar ze werden oud – verdomd, ze wáren al oud en oud zijn was geen reden om te verkopen en ervandoor te gaan, heel veel oude mensen hielden hun land hier vast – maar goed, zij hadden het geld nodig voor hun pensioen en medische kosten. Francine was woedend op haar buren en kon het nog steeds niet geloven. Ze was nu niet alleen haar vrienden kwijt, maar ook de twee mensen op wie ze had vertrouwd om haar land te beschermen. En het ergste kwam nog: naast haar land zou een stripmijn komen! Iedereen in Jacob's Holler was woedend, maar dat doen die kolenmaatschappijen nu eenmaal. Zij zetten buren tegen elkaar op, broers en zussen.

Het gerucht ging dat de Motts zo snel mogelijk zouden vertrekken. Ze sloegen als een stel kippen op de vlucht, zei Francine. Niemand zou hen missen.

Samantha bleef geduldig, ze was de hele ochtend al geduldig gebleven terwijl de voorraad zakdoekjes in haar kantoor snel kleiner werd. Het drong langzaam tot haar door dat haar eerste testament in de prullenmand zou belanden. Eindelijk kon ze Francine de voor de hand liggende vraag stellen: als de Motts afvielen, wie krijgt uw land dan? Francine wist niet wat ze moest doen. Daarom zat ze nu met een advocaat te praten.

De lunch die normaal gesproken op maandag in de grote vergaderkamer gehouden werd, werd een beetje aangepast omdat Mandy en Trevor Booker erbij waren. Hoewel de twee kinderen de hele ochtend hadden zitten eten, hadden ze nog steeds zoveel honger dat ze ook een broodje mee-aten. Hun moeder deed de was en zij konden nergens naartoe. Het gesprek ging over koetjes en kalfjes, over de kerk en het weer; geschikte onderwerpen voor jonge kinderen en totaal andere dan de obscene gesprekken waar Samantha de week daarvoor naar had geluisterd. Het was vrij saai, zodat de lunch twintig minuten later al voorbij was.

Samantha had wat advies nodig, maar wilde dat niet aan Annette vragen. Daarom vroeg ze of Mattie even tijd had. Toen ze de deur van Matties kantoor had gesloten, gaf ze haar een paar documenten en zei trots: 'Dit is mijn eerste proces.'

Mattie glimlachte en nam de papieren behoedzaam aan. 'Zo, zo, gefeliciteerd. Dat zou tijd worden. Ga zitten, dan lees ik alles even door.'

De gedaagde was Top Market Solutions, een gewiekste onderneming in Norfolk, Virginia, met kantoren in verschillende zuidelijke staten. Diverse telefoontjes hadden weinig informatie over het bedrijf opgeleverd, maar Samantha had wel alles wat ze nodig had om het eerste schot af te vuren. Hoe meer onderzoek ze deed, hoe duidelijker alles werd. Annette had gelijk: het gerechtelijk bevel was zeven jaar na de uitgifte verjaard en niet verlengd. De creditcardmaatschappij had het verjaarde gerechtelijk bevel tegen een zacht prijsje aan Top Market Solutions verkocht. Top Market Solutions nam het bevel over, diende het opnieuw in in Hopper County en maakte gebruik van het juridische systeem om het geld te innen. Eén mogelijke manier hiervoor was loonbeslag.

'Kort en bondig,' zei Mattie toen ze klaar was. 'En je bent zeker van de feiten?'

'Ja, zo ingewikkeld is het namelijk niet.'

'Je kunt altijd nog wijzigingen aanbrengen. Ziet er prima uit, vind ik. Voel je je nu een echte advocaat?'

'Ja! Dat heb ik vroeger nooit overwogen. Ik typte een aanklacht, voerde aan wat ik wilde, diende hem in, bracht de gedaagde op de hoogte die wel in de rechtbank moest verschijnen, en dan troffen we een schikking of we begonnen aan de rechtszaak.'

'Welkom in Amerika. Je went er wel aan.'

'Ik was van plan dit vanmiddag in te dienen. Ze zijn dakloos, weet je. Hoe eerder hoe beter.'

'Ga je gang,' zei Mattie en ze gaf haar de papieren terug. 'Ik zou ook een exemplaar naar de gedaagde mailen, zodat ze op de hoogte zijn.'

'Bedankt. Ik zal het even verder uitwerken, en dan ga ik naar de rechtbank.'

Om drie uur die middag was meneer Simmons van de lampenfabriek veel minder aardig dan tijdens hun eerste gesprek. Hij zei dat hij navraag had gedaan bij zijn advocaat en dat die had gezegd dat het ontslaan van een werknemer wegens loonbeslag volgens de wetten van de staat Virginia niet illegaal was, in tegenstelling tot wat mevrouw Kofer die ochtend had gezegd. 'Kent u de wet soms niet?' vroeg hij.

'Die ken ik heel goed,' zei ze, omdat ze het gesprek zo kort mogelijk wilde houden. 'Dan neem ik aan dat we elkaar in de rechtszaal zullen zien.' Met een proces voorbereid en klaar om te worden ingediend, was ze behoorlijk strijdlustig.

'Ik ben wel door betere advocaten voor de rechter gesleept,' zei meneer Simmons en hij hing op.

In de loop van de middag vertrokken de Bookers. Ze reden achter

Samantha aan naar een motel aan de oostkant van de stad, een van de twee in Brady. Iedereen had meegepraat over welk motel het minst onprettig was, en The Starlight had met een kleine voorsprong gewonnen. Het was een oud gebouw uit de jaren 1950 met kleine kamers en deuren die uitkwamen op de parkeerplaats. Samantha had twee keer met de eigenaar gesproken, en hij had haar beloofd dat de twee aan elkaar grenzende kamers schoon waren en een tv hadden. Ze had met hem onderhandeld en 25 dollar korting per nacht per kamer kunnen bedingen. Mattie noemde het een rendez-vousmotel, maar niets wees erop dat er onzedelijke dingen gebeurden, in elk geval niet om halfvier die maandagmiddag. De andere achttien kamers leken onbezet. Pamela's schone wasgoed zat netjes opgevouwen in boodschappentassen. Terwijl ze de auto uitpakten, realiseerde Samantha zich dat dit voor dit gezinnetje een hele verbetering was. Mandy en Trevor vonden het geweldig dat ze in een motel gingen wonen en zelfs hun eigen kamer hadden. Pamela liep energiek en met een grote glimlach op haar gezicht rond. Ze omhelsde Samantha stevig en bedankte haar voor de zoveelste keer. Toen ze wegreed, stonden ze alle drie naast de auto te zwaaien.

Nadat Samantha een uur lang over bergweggetjes had gereden en een paar kolentrucks had ontweken, was ze om kwart voor vijf in Center Street in Colton. Ze maakte de zaak-Booker tegen Top Market Solutions aanhangig, betaalde de kosten hiervoor met een cheque van het Mountain Bureau voor Rechtshulp, vulde de formulieren in waardoor de gedaagde op de hoogte werd gesteld en nadat alles geregeld was verliet ze het kantoor van de griffier, trots omdat haar eerste proces nu in gang was gezet.

Ze liep snel naar de rechtszaal beneden en hoopte dat ze niet al klaar waren. Verre van dat zelfs: de rechtszaal zat halfvol en het was er enorm benauwd. Ze kon de spanning gewoon voelen, terwijl mannen in een donker pak met een norse blik naar de zeven mensen in de jurybank keken. De selectie van de juryleden verliep traag, terwijl Donovan had gehoopt dat deze procedure tijdens de eerste dag afgerond kon worden.

Hij zat naast Lisa Tate, de moeder van de twee jongens. Ze zaten alleen aan de tafel van de eiser, die naast de jurybank stond. Aan de andere kant van de rechtszaal, aan de tafel van de verdediging, zat een klein leger zwarte pakken, allemaal met een harde, onaangename blik op hun gezicht, alsof ze in de eerste fase van het proces al waren overvleugeld.

De rechter praatte tegen zijn nieuwe jury en vertelde hun wat ze tijdens het proces wel en niet mochten doen. Hij dwong hen bijna boos te beloven dat ze meteen zouden melden wanneer iemand met hen over het proces wilde praten. Samantha keek naar de juryleden en probeerde te bepalen wie Donovan had gewild en wie hij beschouwde als iemand die vóór steenkool was. Dat was onmogelijk. Ze waren allemaal blank, vier vrouwen, drie mannen, de jongste een jaar of vijfentwintig en de oudste minstens zeventig. Niemand kon toch voorspellen hoe de dynamiek in de groep zou uitpakken als de jury de bewijzen tegen elkaar zou afwegen?

Misschien kon Lenny Charlton, de consultant, dat wel. Samantha zag dat hij drie rijen voor haar naar de juryleden zat te kijken, terwijl ze naar de instructies van de rechter luisterden. Anderen keken ook naar hen, ongetwijfeld consultants die waren ingehuurd door Strayhorn Coal en hun verzekeringsmaatschappij. Iederéén keek naar de juryleden. Het ging om heel veel geld en het was hun taak te bepalen of er wel of geen schadevergoeding moest worden betaald.

Samantha glimlachte om het contrast. Donovan had alweer een rijke onderneming naar deze rechtszaal gesleept om verantwoording af te leggen over hun zonden. Hij zou miljoenen dollars schadevergoeding eisen. De komende weken zou hij een miljardenzaak aanhangig maken tegen Krull Mining, een proces dat verschillende jaren zou duren en een klein vermogen zou kosten. Aan de andere kant had zij op dit moment haar eerste rechtszaak in haar aktetas, waarin ze een vergoeding van 5.000 dollar probeerde te krijgen van een schimmig bedrijf dat waarschijnlijk al op de rand van faillissement stond.

Donovan stond en sprak het hof toe. Hij droeg zijn beste advocatenkleding: een fraai marineblauw pak dat modieus om zijn slanke lichaam paste. Zijn lange haar was voor deze gelegenheid iets korter geknipt en hij was voor de verandering eens gladgeschoren. Hij liep door de rechtszaal alsof die van hem was. De juryleden keken naar hem en luisterden aandachtig, terwijl hij zei dat de eiser tevreden was met de jury en geen bezwaren meer had.

Om kwart voor zes sloot de rechter de zitting voor die dag. Samantha liep snel naar buiten om voor de drukte uit te zijn. Ze reed vier blokken naar de basisschool van Mandy en Trevor. Ze had die dag twee keer met het schoolhoofd gesproken. Hun leraren hadden huiswerk opgegeven. Toen het schoolhoofd hoorde dat ze in een auto woonden, had ze zich grote zorgen gemaakt. Samantha had haar verzekerd dat ze nu op een betere plek waren en dat de toekomst er beter uitzag. Ze hoopte dat ze over een paar dagen weer naar school konden. Ondertussen wilde zij ervoor zorgen dat ze geen achterstand opliepen en hun huiswerk maakten.

Samantha reed weg en bedacht dat ze zich nu meer een maatschappelijk werkster voelde dan een advocaat, en dat daar niets mis mee was. Bij Scully & Pershing had haar werk meer gepast bij een accountant of een financieel analist, en soms zelfs bij een administratief medewerker die het minimumloon verdiende. Ze herinnerde zichzelf eraan dat ze een echte advocaat was, ook al twijfelde ze daar vaak aan.

Toen ze Colton verliet, kwam er een witte pick-uptruck vlak achter haar rijden. Even later nam hij gas terug, maar hij volgde haar helemaal tot aan Brady. Niet te dichtbij, maar nooit uit het zicht.

17

Pizzeria's in grote steden profiteren van geboren Italianen of hun afstammelingen, mensen die begrijpen dat de echte pizza uit Napels komt, een dunne bodem heeft en een eenvoudig beleg. Samantha's favoriete pizzeria was Lazio's, een duistere tent in Tribeca waar de koks in het Italiaans schreeuwden terwijl ze de bodem in stenen ovens bakten. Net zoals de meeste dingen in haar leven op dat moment was Lazio's ver weg. Net als de pizza. De enige plek in Brady waar je eten kon afhalen, was de cafetaria in een goedkoop winkelcentrum. De Pizza Hut, net als de meeste andere nationale ketens, was niet helemaal doorgedrongen in de kleine stadjes van Appalachia.

De pizza was een paar centimeter dik. Ze zag dat de man hem in stukken sneed en in een doos liet glijden. Acht dollar voor een pizza met peperoni en kaas, die wel twee kilo leek te wegen. Ze nam hem mee naar het motel waar de Bookers tv zaten te kijken en op haar wachtten. Ze waren gewassen en zagen er veel beter uit in schone kleren, en ze waren gênant dankbaar voor alle veranderingen. Samantha moest het slechte nieuws overbrengen – dat ze voor de kinderen huiswerk voor een week bij zich had – maar ook dat kon hun opgewekte stemming niet bederven.

Ze aten in Pamela's kamer, pizza met frisdrank, met *Wheel of Fortune* op de achtergrond en het geluid zacht. De kinderen praatten over school, hun leraren en dat ze hun vrienden in Colton misten. Ze waren onherkenbaar veranderd vergeleken met die ochtend. Toen waren ze bang en hongerig, en durfden amper iets te zeggen. Nu praatten ze aan een stuk door.

Toen de pizza op was, liet Pamela de zweep klappen en dwong de kinderen hun huiswerk te maken. Ze was bang dat ze achter zouden raken. Na een paar bescheiden protesten liepen ze naar hun kamer en gingen aan de slag. Samantha en Pamela praatten zacht over de rechtszaak en wat dat kon betekenen. Met een beetje geluk zou het bedrijf zich realiseren dat ze zich hadden vergist en een schikking aanbieden. Zo niet, dan zou Samantha zo snel mogelijk met het proces beginnen. Ze slaagde erin overtuigend te klinken, als een doorgewinterde advocaat, en ze liet nooit blijken dat dit haar eerste echte proces was. Ze was ook van plan om naar meneer Simmons van de lampenfabriek te gaan en hem persoonlijk te vertellen welke misverstanden tot het loonbeslag hadden geleid. Pamela was geen wanbetaler; integendeel, ze was onterecht behandeld door slechte mensen die misbruik maakten van het rechtssysteem.

Terwijl Samantha bij het Starlight Motel vandaan reed, realiseerde ze zich dat ze het grootste deel van de afgelopen twaalf uur had besteed aan het op een felle manier vertegenwoordigen van Pamela Booker en haar kinderen. Als zij vanochtend vroeg het Bureau niet waren binnengestapt, hadden ze zich nu ergens op de achterbank van hun auto verstopt – hongerig, koud, bang en kwetsbaar.

Toen ze haar spijkerbroek aantrok, zoemde haar mobieltje. Het was Annette, dertig meter verderop. 'De kinderen zitten op hun kamer. Heb je tijd voor een kopje thee?' vroeg ze.

Ze moesten met elkaar praten, alles eruit gooien en bespreken wat Annette dwarszat. Kim en Adam stopten even met hun huiswerk om Samantha te begroeten. Zij zouden het liefst zien dat ze elke avond kwam eten om daarna tv te kijken en misschien een paar videospelletjes te spelen. Maar Samantha had ruimte nodig en Annette gaf haar die.

Toen de kinderen weer naar hun kamers waren vertrokken en de thee was ingeschonken, zaten ze in het schemerdonker de werkdag te bespreken. Volgens Annette woonden er heel veel daklozen in de bergen. Je ziet ze echter niet op straat bedelen, zoals in de steden, omdat ze meestal wel iemand kennen die hen wel een paar weken in een kamer of een garage wil laten bivakkeren. Bijna iedereen heeft familie in de buurt. Er zijn geen opvangcentra voor daklozen en geen nonprofitorganisaties die zich met daklozen bezighouden. Ze had een keer een cliënte gehad, een moeder met een gestoorde en gewelddadige tienerzoon die gedwongen was geweest hem weg te sturen. Hij woonde in een klein tentje in de bossen en leefde van gestolen goederen en af en toe een aalmoes. 's Winters bevroor hij bijna en hij is een keer bijna verdronken tijdens een overstroming. Het heeft jaren gekost om hem in een inrichting te krijgen. Daar was hij echter uit ontsnapt en niemand heeft hem ooit meer teruggezien. De moeder geeft zichzelf de schuld. Heel triest.

Ze praatten over de Bookers, Phoebe Fanning en de arme mevrouw Crump die niet wist aan wie ze haar land moest geven. Dit herinnerde Annette aan een cliënt die een keer een gratis testament nodig had. Hij had genoeg geld, omdat hij nooit iets uitgaf – 'zuinig als de neten' – en hij gaf haar een eerder testament dat was opgemaakt door een advocaat verderop in de straat. De oude man had eigenlijk geen familie, had niets op met zijn verre familieleden en wist niet goed aan wie hij zijn geld moest nalaten. Dus had de vorige advocaat verschillende alinea's toegevoegd met abracadabra waardoor alles in feite naar de advocaat zou gaan. Een paar maanden later was de man argwanend geworden en naar Annettes kantoor gekomen. Zij had een veel eenvoudiger testament opgemaakt, waarin hij alles aan een kerk naliet. Na zijn dood stond de advocaat verderop in de straat aan zijn kist en tijdens zijn begrafenis te huilen, en was woedend geworden toen hij hoorde dat er een nieuw testament was opgemaakt. Annette dreigde hem aan te geven bij de Orde van Advocaten en toen pas kalmeerde hij.

Kim en Adam verschenen weer, nu in hun pyjama, om welterusten te zeggen. Annette liep met hen mee om ze naar bed te brengen. Nadat ze de deuren van hun slaapkamers had dichtgedaan, schonk ze nog meer thee in en ging op de bank zitten. Ze nam een slokje en kwam ter zake. 'Ik weet dat je met Donovan optrekt,' zei ze beschuldigend, alsof Samantha daarmee een regel overtrad.

Dat kon Samantha niet ontkennen, en waarom zou ze ook? En was ze iemand ook maar enige uitleg verschuldigd? 'We zijn zaterdag gaan vliegen, en de dag daarvoor zijn we Dublin Mountain op gegaan. Hoezo?'

'Je moet voorzichtig zijn, Samantha. Donovan is een gecompliceerd mens en bovendien nog steeds getrouwd, weet je dat?'

'Ik ben nog nooit met een getrouwde man naar bed geweest. Jij wel?'

Annette negeerde deze vraag en zei: 'Ik weet niet zeker of het feit dat hij getrouwd is iets voor Donovan betekent. Hij houdt van vrouwen, dat heeft hij altijd al gedaan, en nu hij op zichzelf woont, vraag ik me af of iemand wel veilig voor hem is. Hij heeft nogal een reputatie op dat gebied.'

'Vertel me eens iets over zijn vrouw.'

Annette haalde diep adem en nam nog een slokje thee. 'Judy is een knappe meid, maar het was een slechte match. Zij komt uit Roanoke, is een vrouw van de stad en kent de bergen absoluut niet. Ze hebben elkaar op de universiteit leren kennen en hadden moeite met hun toekomst samen. Ze zeggen dat een vrouw met een man trouwt en denkt dat ze hem kan veranderen, maar dat is niet zo. En dat een man met een vrouw trouwt en denkt dat ze niet zal veranderen, maar dat is dus wel zo. Wij veranderen. Judy kon Donovan niet veranderen; hoe meer ze dat probeerde, hoe meer hij zich verzette. En zij is zeker veranderd. Toen ze naar Brady kwam, heeft ze echt geprobeerd zich aan te passen. Ze legde een tuin aan en deed wat vrijwilligerswerk. Ze sloten zich aan bij een kerk en zij zong in het kerkkoor. Donovan raakte steeds meer geobsedeerd door zijn werk en dat had onaangename gevolgen. Judy probeerde hem over te halen het rustiger aan te doen en een paar van de zaken tegen de kolenmaatschappijen aan iemand anders over te dragen, maar dat kon hij niet. Volgens mij was de druppel hun dochter. Judy wilde haar niet naar de scholen hier sturen, wat ik wel jammer vind. Mijn kinderen doen het prima.'

'Is hun huwelijk voorbij?'

'Wie weet? Ze zijn al een paar jaar uit elkaar. Donovan is gek op zijn dochter en zoekt haar zo vaak mogelijk op. Ze proberen een oplossing te vinden, maar volgens mij is die er niet. Hij zal de bergen nooit verlaten en zij de stad niet. Ik heb een zus die in Atlanta woont, ze heeft geen kinderen. Haar man woont in Chicago en heeft een goede baan. Volgens hem is het in het zuiden allemaal inteelt en zijn ze achterlijk. Volgens haar is Chicago kil en hardvochtig. Geen van beiden wil toegeven, maar ze zeggen dat ze tevreden zijn met hun leven en niet van plan zijn te scheiden. Ik neem aan dat het voor bepaalde mensen werkt, maar ik vind het wel vreemd.'

'Weet ze niet dat hij vreemdgaat?'

'Ik weet niet wat zij weet. Maar het zou me niets verbazen als ze iets hebben afgesproken, een soort open relatie.' Ze ontweek Samantha's blik toen ze dit zei, alsof ze meer wist dan ze vertelde. Wat allang duidelijk had moeten zijn, werd dat opeens, voor Samantha in elk geval. Ze vroeg: 'Heeft hij je dit verteld?' Het leek onwaarschijnlijk dat Annette alleen maar giste over zo'n saillante kwestie.

Het bleef even stil.

'Nee, natuurlijk niet,' zei ze toen, weinig overtuigend.

Gebruikte Donovan het favoriete argument van de getrouwde man: laten we het doen, liefje, want mijn vrouw doet het ook? Misschien hunkerde Annette meer naar gezelschap dan ze deed voorkomen. Alweer viel er een puzzelstukje op zijn plek. Stel dat ze een affaire had met Donovan, uit behoefte aan seks of romantiek of allebei. En nu had hij een oogje op de nieuwe vrouw in de stad. De spanning tussen hen was niks meer of minder dan ouderwetse jaloezie, iets wat Annette nooit kon toegeven, maar ook niet kon verbergen.

Samantha zei: 'Mattie en Chester hadden het over Donovan. Zij lijken te denken dat Judy bang werd toen dat gepest begon; zij zeiden dat er sprake was van anonieme telefoontjes, dreigementen, onbekende auto's.'

'Klopt, en Donovan is nu niet bepaald de populairste man in de stad. Zijn werk is een doorn in het oog van heel veel mensen. Judy heeft dat een paar keer heel duidelijk gevoeld. En hoe ouder hij werd, hoe roekelozer hij werd. Hij vecht op een valse manier en dus wint hij veel zaken. Hij heeft veel geld verdiend en, zoals bij veel advocaten het geval is, is zijn ego al net zo gegroeid als zijn banksaldo.'

'Zo te horen zijn er redenen genoeg om te scheiden.'

'Ik ben bang van wel,' zei ze melancholiek, maar niet echt gemeend.

Even dronken ze thee, dachten ze na en zeiden ze niets. Samantha besloot de zaak tot op de bodem uit te zoeken. Annette was altijd zo open als het over seks ging, dus wilde ze het gewoon proberen. 'Heeft hij jou ooit benaderd?'

'Nee. Ik ben vijfenveertig en ik heb twee kinderen. Hij vindt me te oud. Donovan houdt van jongere vrouwen.' Ze klonk heel overtuigend.

'Een bepaald type vrouw?'

'Niet echt. Heb je zijn broer Jeff ontmoet?'

'Nee, hij heeft het wel een paar keer over hem gehad. Hij is jonger, hè?'

'Zeven jaar jonger. Nadat hun moeder zelfmoord had gepleegd, woonden de jongens overal en nergens tot Mattie het besluit nam Donovan op te voeden en Jeff naar een ander familielid ging. Ze hebben een goede band. Jeff heeft het er moeilijker mee gehad, hij ging van school en begon rond te zwerven. Donovan heeft altijd op hem gepast en nu werkt Jeff voor hem. Als onderzoeker, koerier, bodyguard, boodschappenjongen, je kunt het zo gek niet bedenken of Jeff doet het. Hij is ook zeker zo aantrekkelijk als Donovan, en single.'

'Ik ben niet echt op zoek, als je daarop doelt.'

'Wij zijn altijd op zoek, Samantha. Hou jezelf niet voor de gek. Misschien niet naar een permanente relatie, maar we zijn allemaal op zoek naar liefde, zelfs van de snelle soort.'

'Ik betwijfel of mijn leven minder gecompliceerd zou worden als ik terugga naar New York met een jongen uit de bergen op sleeptouw. Hoezo een slechte match?'

Annette schoot in de lach. De spanning tussen hen leek weg te ebben en nu Samantha het begreep, kon ze ermee omgaan. Ze had al besloten dat Donovan dichtbij genoeg was. Hij was charmant, opwindend, zeker sexy, maar hij betekende ook alleen maar problemen. Behalve de eerste keer dat ze elkaar hadden ontmoet, had Samantha altijd het gevoel gehad dat ze op het punt stonden uit de kleren te gaan. Als ze zijn aanbod voor hem te gaan werken had aangenomen, was het moeilijk geweest, zo niet onmogelijk, om een affaire te voorkomen, al was het maar uit verveling.

Ze wensten elkaar welterusten en Samantha liep terug naar haar appartement. Terwijl ze de trap opliep, vroeg ze zich opeens af: hoe vaak heeft Annette de kinderen naar bed gebracht om daarna naar haar liefdesnestje te sluipen voor een vluggertje met Donovan?

Heel vaak, dacht ze. *Heel vaak.*

18

De lampenfabriek stond op een ernstig verwaarloosd industrieterrein buiten de stad Brushy in Hopper County. De meeste metalen gebouwen stonden leeg. Op de parkeerplaatsen van de gebouwen die nog wel werden gebruikt, stonden maar een paar auto's en pick-uptrucks. Het was een triest teken van een economie die zich al heel lang in een neerwaartse spiraal bevond, en leek niet op het positieve beeld dat de Kamer van Koophandel schetste.

Aan de telefoon had meneer Simmons eerst gezegd dat hij geen tijd had voor een gesprek, maar Samantha had vriendelijk aangedrongen en een afspraak van een halfuur losgepeuterd. De receptie rook naar sigarettenrook en de linoleumvloeren waren al weken niet geveegd. Een narrige receptioniste bracht Samantha naar een vertrek verderop in de gang. Door de dunne muren hoorde ze stemmen. Ergens achterin denderden machines. Het bedrijf wekte de indruk van een onderneming die wanhopig probeerde aan het lot van zijn buren op het industrieterrein te ontkomen, terwijl het goedkope lampen produceerde voor goedkope motels tegen zo laag mogelijke lonen, zonder zelfs maar op het idee van aanvullende arbeidsvoorwaarden te komen. Pamela Booker zei dat de secundaire arbeidsvoorwaarden bestonden uit één week onbetaalde vakantie en drie ziektedagen, ook zonder salaris. Aan een ziektekostenverzekering hoefde ze niet eens te denken.

Samantha kalmeerde zichzelf door te denken aan alle nare besprekingen die ze al had meegemaakt, besprekingen met enkele van de grootste hufters die de wereld ooit had gekend, steenrijke mannen die Manhattan opslokten en iedereen onder de voet liepen die ze tegenkwamen. Ze had gezien dat deze mannen haar partners verslonden en vernietigden, zelfs Andy Grubman, een man die ze nu soms zelfs miste. Ze had hen horen schreeuwen en dreigen en vloeken, en een enkele keer hadden ze haar zelfs uitgekafferd. Maar ze had het overleefd.

Ook al was meneer Simmons een ongelofelijke hufter, hij was een watje vergeleken met die monsters.

Hij was verrassend hoffelijk. Hij verwelkomde haar, wees haar een stoel in zijn goedkope kantoor en deed de deur dicht.

'Dank u dat u me wilde ontvangen,' zei ze. 'Ik zal het kort houden.'

'Wilt u misschien koffie?' vroeg hij beleefd.

Ze dacht aan de wolken sigarettenrook en zag in gedachten de bruine aanslag op de binnenkant van de gemeenschappelijke koffiepot. 'Nee, dank u.'

Hij keek naar haar benen, terwijl hij achter zijn bureau plaatsnam en zich ontspande alsof hij de hele dag de tijd had.

Ze besloot dat hij een flirt was. Ze begon met het vertellen over de laatste avonturen van het gezin Booker. Hij was ontroerd, had niet geweten dat ze dakloos waren. Ze overhandigde hem een geredigeerd, ingebonden exemplaar van de betreffende documenten, en nam stap voor stap het hele juridische steekspel met hem door. Het laatste document was een kopie van de rechtszaak die ze de vorige dag aanhangig had gemaakt, en ze verzekerde hem ervan dat Top Market Solutions geen kant op kon. 'Ik heb ze bij hun ballen,' zei ze, in een bewuste poging grof te zijn om zijn reactie te peilen. Hij glimlachte weer.

Ze vertelde hem in het kort over het verjaarde gerechtelijk bevel met betrekking tot de creditcardschuld, en dat Top Market Solutions dat had geweten. Het loonbeslag had nooit gelegd mogen worden, Pamela Bookers salaris had ongemoeid gelaten moeten worden en ze had haar baan nog altijd moeten hebben.

'U wilt dus dat ik haar haar baan teruggeef?' vroeg hij overbodig.

'Ja, meneer. Met haar baan kan ze zichzelf weer redden. Haar kinderen moeten naar school. Wij kunnen haar helpen met het vinden van een woning. Ik sleep Top Market Solutions voor de rechter, dwing hen te betalen wat ze haar hebben ontnomen en dan krijgt ze een leuk bedrag. Maar dat kost tijd. Wat ze nu nodig heeft, is haar oude baan. En u weet dat dat alleen maar eerlijk is.'

Hij hield op met glimlachen en keek op zijn horloge. 'Dit kan ik doen: als u ervoor zorgt dat dat verdomde loonbeslag wordt opgeheven zodat ik er geen last meer van heb, zet ik haar weer op de loonlijst. Hoeveel tijd kost dat?'

Samantha had geen idee, maar zei zonder erover na te denken: 'Misschien een week.'

'Afgesproken dus?'

'Afgesproken.'

'Mag ik u iets vragen?'

'Wat u maar wilt.'

'Wat is uw uurtarief? Ik bedoel, ik heb een advocaat in Grundy, niet erg slim eigenlijk en ook niet snel met terugbellen, niet snel met alles, en hij rekent 200 dollar per uur. Voor een groot bedrijf is dat misschien niet veel, maar u ziet hoe wij ervoor staan. Ik zou hem wel meer werk willen geven, maar verdomd, dat is hij niet waard. Ik heb al eens om me heen gekeken, maar in deze omgeving heb je niet veel acceptabele advocaten. Ik neem aan dat u niet al te duur bent, aangezien Pamela Booker u kan inhuren. Dus hoe hoog is uw uurtarief?'

'Nul, *nada*, niets.'

Hij zat haar met open mond aan te staren.

'Ik werk voor een Bureau voor Rechtshulp,' zei ze.

'Wat is dat?'

'Dat is gratis juridische hulp voor mensen met een laag inkomen.'

Daar had hij nog nooit van gehoord. Hij glimlachte en vroeg: 'Werkt u ook voor lampenfabrieken?'

'Sorry. Alleen voor arme mensen.'

'We verliezen geld, echt waar. Ik kan u de boeken laten zien.'

'Dank u wel, meneer Simmons.'

Terwijl ze snel met het goede nieuws terugreed naar Brady, dacht ze aan de verschillende manieren om het loonbeslag te laten intrekken. En hoe meer ze daarover nadacht, hoe sterker ze zich realiseerde hoe weinig basale kennis ze eigenlijk had van het alledaagse recht.

In New York was het zelden voorgekomen dat ze laat in de middag het kantoor verliet en rechtstreeks naar huis ging. Er waren te veel redenen om dat niet te doen, te veel single professionals die op jacht waren, te veel noodzaak om te netwerken en te veel sociale contacten om te onderhouden en ja, te veel drank om op te drinken. Elke week ontdekte iemand wel een nieuwe bar of een nieuwe club die bezocht moest worden voordat hij werd ontdekt en de rijen mensen het verpestten.

De uren na werktijd in Brady waren anders. Ze had nog nooit een bar vanbinnen gezien; vanbuiten leken ze ruw, alle twee. Ze had nog nooit een andere jonge, ongetrouwde professional ontmoet. Dus bleef haar keus beperkt tot (1) op kantoor blijven rondhangen zodat ze niet

(2) naar haar appartement hoefde te gaan om naar de muren te zitten staren. Mattie bleef ook graag rondhangen en ze ging elke middag om halfzes, zonder schoenen, op zoek naar Samantha. Hun ritueel veranderde steeds, maar op dat moment bestond het uit in de vergaderkamer een light frisdrank drinken en al roddelend naar buiten kijken. Samantha zou het liefst iets vragen over de eventuele flirt tussen Annette en Donovan, maar ze deed het niet. Misschien later, misschien als ze meer bewijzen had en misschien wel nooit. Ze was nog steeds te nieuw in de stad om zich aan dergelijke gevoelige kwesties te branden. Bovendien wist ze dat Mattie heel beschermend was ten opzichte van haar neef.

Ze waren net gaan zitten en bereidden zich voor op een halfuurtje ontspannen, toen er werd aangebeld. Mattie fronste en zei: 'Ik vrees dat ik vergeten ben de deur op slot te doen.'

'Ik ga wel even kijken,' zei Samantha, terwijl Mattie op zoek ging naar haar schoenen.

Het waren de Ryzers, Buddy en Mavis, diep uit de bossen veronderstelde Samantha nadat ze zich kort hadden voorgesteld en zij hen onderzoekend had aangekeken. Ze hadden twee canvas boodschappentassen bij zich, vol documenten en vol vlekken.

Mavis zei: 'We hebben een advocaat nodig.'

Buddy zei: 'Niemand wil mijn zaak op zich nemen.'

'Waar gaat het over?' vroeg Samantha.

'Stoflongziekte,' antwoordde hij.

Samantha negeerde de boodschappentassen en vroeg naar de belangrijkste feiten. Buddy was eenenveertig en had de afgelopen twintig jaar gewerkt als mijnwerker in een bovengrondse mijn (geen stripmijn) voor Lonerock Coal, de op twee na grootste steenkoolproducent in de VS. Op dat moment verdiende hij 22 dollar per uur als chauffeur van een track shovel in de Murray Gap Mine in Mingo County, West Virginia. Hij haalde moeizaam adem tijdens het praten, en af en toe nam Mavis het van hem over. Drie kinderen, allemaal tieners, nog op school. Een huis en een hypotheek. Hij had stoflongziekte veroorzaakt door het kolenstof dat hij tijdens zijn twaalfurige diensten inademde.

Mattie kwam binnen nadat ze eindelijk haar schoenen had gevonden. Ze stelde zichzelf voor aan de Ryzers, keek naar de boodschappentassen, ging naast Samantha zitten en begon aantekeningen te maken. Op een bepaald moment zei ze: 'We zien steeds meer mijnwerkers van bovengrondse mijnen met stoflongziekte. Ik weet niet hoe het komt, maar één theorie is dat jullie langere diensten draaien en dus meer stof inademen.'

'Hij heeft het al heel lang,' zei Mavis. 'Maar het wordt elke maand erger.'

'Maar ik moet wel blijven werken,' zei Buddy.

Ongeveer twaalf jaar eerder, in 1996 of zo, dat wisten ze niet zeker, merkte hij dat hij kortademig werd en een nare hoest kreeg. Hij had nooit gerookt en was altijd gezond en actief geweest. Op een zondag was hij aan het honkballen met de kinderen toen hij zoveel moeite kreeg met ademhalen dat hij dacht dat hij een hartaanval had. Dat was de eerste keer dat hij er iets over tegen Mavis zei. Hij bleef hoesten en tijdens zo'n hoestaanval zag hij zwart slijm op zijn zakdoeken. Hij durfde eigenlijk niet naar een dokter te gaan uit angst dat Lonerock Coal hem zou ontslaan, en dus bleef hij werken en zei niets. Ten slotte, in 1999, diende hij een aanvraag in met een beroep op de federale stoflongziektewet. Hij werd onderzocht door een arts van het ministerie van Arbeid. Hij leed aan de ernstigste vorm van stoflongziekte, die officieel gecompliceerde CWP heette. De regering gaf Lonerock Coal opdracht hem een maandelijkse uitkering van 939 dollar te betalen. Hij bleef werken en zijn gezondheid bleef maar verslechteren.

Zoals altijd ging Lonerock Coal tegen het besluit in beroep en weigerde een uitkering te betalen.

Mattie, die zich al jarenlang met stoflongziekte bezighield, bleef aantekeningen maken en schudde haar hoofd. Ze kon dit verhaal met haar ogen dicht opschrijven.

Samantha vroeg: 'Gingen ze echt in beroep?' De zaak leek duidelijk.

'Ze gaan altijd in beroep,' zei Mattie. 'En rond die tijd maakten jullie zeker kennis met die aardige mannen van Casper Slate?'

Beiden bogen hun hoofd toen ze die naam hoorden.

Mattie keek Samantha aan en zei: 'Casper Slate is een bende schurken in een duur pak die zich verstoppen in een zogenaamd advocatenkantoor, met het hoofdkantoor in Lexington en kantoren verspreid over heel Appalachia. Als je ergens een kolenmaatschappij ziet, zie je Casper Slate ook die zijn smerige werk uitvoert. Ze verdedigen bedrijven die chemicaliën in rivieren dumpen, de oceanen vergiftigen, giftig afval verbergen, de normen voor schone lucht overtreden, hun werknemers discrimineren, sjoemelen met overheidsoffertes, noem alle smerige of illegale dingen maar op en Casper Slate is bereid je te verdedigen. Maar hun specialiteit is de mijnwet. Het bedrijf is opgericht hier in steenkoolland, ongeveer honderd jaar geleden, en bijna elke belangrijke onderneming kunnen ze tot hun klantenkring rekenen. Hun methoden zijn meedogenloos en onethisch. Hun bijnaam is Castraat, heel toepasselijk.'

Buddy mompelde: 'Klootzakken zijn het.' Hij had geen advocaat dus waren hij en Mavis gedwongen samen de strijd te voeren tegen een groep advocaten van Casper Slate, advocaten die de procedures uitstekend kennen en precies weten hoe ze het federale stoflongziektesysteem moeten manipuleren. Buddy werd onderzocht door hun artsen – dezelfde artsen wier onderzoek werd gefinancierd door de steenkoolindustrie – en zij vonden geen enkel bewijs van stoflongziekte. Volgens hen werd zijn gezondheidstoestand veroorzaakt door een goedaardig vlekje op zijn linkerlong. Twee jaar nadat hij de uitkering had aangevraagd, werd de toekenning ingetrokken door een administratieve rechter die afging op de medische attesten van de artsen van Lonerock Coal.

Mattie zei: 'Hun advocaten buiten de zwakte van het systeem uit en hun artsen zoeken naar manieren om iemands gezondheidsproblemen aan van alles behalve aan stoflongziekte te wijten. Het is geen verrassing dat slechts vijf procent van de mijnwerkers met stoflongziekte een uitkering krijgt. Er worden heel veel terechte claims afgewezen en veel mijnwerkers zijn te bang gemaakt om hun claim op te eisen.'

Het was al zes uur geweest en deze bespreking kon nog uren duren. Mattie nam de leiding en zei: 'Luister, we zullen jullie stukken doornemen en jullie zaak bekijken. Geef ons een paar dagen, dan bellen we jullie. Bel ons alsjeblieft niet. We vergeten jullie echt niet, maar het zal wel wat tijd kosten om dit allemaal door te spitten. Afgesproken?'

Buddy en Mavis glimlachten en bedankten hen beleefd.

Mavis zei: 'We hebben overal geprobeerd een advocaat te vinden, maar niemand wil ons helpen.'

Buddy zei: 'We zijn gewoon heel blij dat jullie ons binnenlieten.'

Mattie liep met hen mee naar de voordeur, terwijl Buddy naar adem hapte en zich zo onzeker verplaatste alsof hij al negentig was. Nadat ze vertrokken waren, kwam Mattie de vergaderkamer weer binnen en ging tegenover Samantha zitten. Na een paar seconden vroeg ze: 'Wat denk je hiervan?'

'Heel veel. Hij is eenenveertig en ziet eruit als zestig. Ik kan bijna niet geloven dat hij nog werkt.'

'Ze zullen hem binnenkort ontslaan, beweren dat hij een gevaar vormt, wat waarschijnlijk waar is. Lonerock Coal heeft de vakbonden twintig jaar geleden al monddood gemaakt, zodat er geen bescherming meer is. Dan is hij werkloos, heeft hij dikke pech en sterft een gruwelijke dood. Ik heb bij mijn vader gezien dat hij langzaam verschrompelde en hijgde tot aan zijn dood.'

'Daarom doe je dit dus.'

'Ja. Er was één reden voor dat Donovan rechten ging studeren: om op grote schaal kolenmaatschappijen voor de rechter te slepen. Er was één reden voor dat ik rechten ging studeren: om mijnwerkers en hun gezin te helpen. We winnen onze kleine oorlogen niet, Samantha, daarvoor is de vijand te groot en te machtig. We kunnen alleen maar hopen dat we kleine zeges boeken, zaak voor zaak, en proberen een verschil te maken in het leven van onze cliënten.'

'Ga je deze zaak aannemen?'

Mattie nam een slokje, haalde haar schouders op en zei: 'Je kunt toch geen nee zeggen?'

'Klopt.'

'Zo eenvoudig is het niet, Samantha. We kunnen geen ja zeggen tegen elke stoflongziektezaak. Daarvoor zijn er te veel. Private advocaten zullen er niet aan beginnen omdat ze pas worden betaald als het proces is afgelopen, gesteld dát ze winnen. En het einde is nooit in zicht. Het is niet ongebruikelijk dat een stoflongziektezaak tien, vijftien of zelfs twintig jaar duurt. Je kunt het gewone advocaten niet kwalijk nemen dat ze nee zeggen, en dus krijgen wij heel veel verwijzingen. De helft van mijn werk bestaat uit stoflongziekte, en als ik niet af en toe nee zou zeggen, zou ik geen tijd meer overhebben om mijn andere cliënten te kunnen vertegenwoordigen.' Weer nam ze een slokje, daarna keek Mattie haar aandachtig aan. 'Heb jij belangstelling?'

'Ik weet het niet. Ik wil graag helpen, maar ik weet niet waar ik moet beginnen.'

'Net zoals met je andere zaken, oké?'

Ze glimlachten en genoten van het moment.

Mattie zei: 'Er is echter wel een probleem. Deze zaken duren jaren, jaren en jaren omdat de kolenmaatschappijen keihard terugvechten en heel veel geld hebben. Zij hebben alle tijd van de wereld. De mijnwerker zal uiteindelijk sterven, vroegtijdig zelfs, omdat er geen genezing voor is. Als kolenstof eenmaal in je lichaam zit, kan het op geen enkele manier worden weggehaald of vernietigd. Zodra je stoflongziekte hebt, wordt het steeds erger. De kolenmaatschappijen betalen de statistische experts en zij gokken op een zege, en dus slepen die zaken zich eindeloos voort. Ze maken het zó moeilijk en moeizaam dat het niet alleen de zieke mijnwerker zelf ontmoedigt, maar ook zijn vrienden. Dat is één reden dat ze zo hard terugvechten. Een andere reden is dat ze de advocaten bang willen maken. Over een paar maanden ben je weer weg, terug naar New York, en als je vertrekt, laat je een paar dossiers achter, werk dat op onze bureaus terechtkomt. Denk daaraan, Samantha. Je bent begaan met deze mensen en je hebt veel talent voor dit werk, maar je bent hier maar tijdelijk. Jij bent een stadsmeisje, in hart en nieren. Daar is niets mis mee, maar denk aan het Bureau en aan de dag waarop je weer vertrekt, en hoeveel werk dan nog niet af is.'

'Goed punt.'

'Ik ga naar huis. Ik ben moe en volgens mij zei Chester dat we restjes gingen eten. Tot morgen.'

'Fijne avond nog, Mattie.'

Samantha zat nog een hele tijd in de schemerige vergaderkamer na te denken over de Ryzers. Af en toe keek ze naar de boodschappentassen die vol zaten met het trieste verhaal van hun gevecht om te innen waar ze recht op hadden. En zij zat hier, een uiterst capabele advocaat met de hersens en de middelen om echte hulp te bieden, om iemand te helpen die een advocaat nodig had.

Waarvoor zou ze bang zijn? Waarom voelde ze zich zo onzeker?

De Brady Grill ging om acht uur dicht. Ze had honger en liep naar buiten om een wandeling te maken. Ze kwam langs Donovans kantoor en zag dat het licht brandde. Ze vroeg zich af hoe het ging met de zaak-Tate, maar ze wist ook dat hij het te druk had om met haar te kletsen. In het café kocht ze een broodje, nam het mee naar de vergaderkamer en haalde voorzichtig alle documenten uit de boodschappentassen van de Ryzers.

Ze had al weken niet meer een hele avond doorgewerkt.

19

Die woensdag ging Samantha niet naar kantoor en ze verliet de stad toen de schoolbussen hun ronde maakten. Dat was geen goed idee: het verkeer op de kronkelende snelweg kroop vooruit. Ze moesten stoppen en wachten tot kinderen van een jaar of tien die zich totaal nergens van bewust en duidelijk onuitgeslapen waren alle tijd namen om in te stappen. Voorbij de bergen, in Kentucky, verdwenen de bussen en raakten de wegen verstopt door de kolentrucks. Na anderhalf uur naderde ze het stadje Madison, West Virginia. Daar stopte ze volgens afspraak bij een plattelandswinkel onder een vaal Conoco-bord. Buddy Ryzer zat achterin aan een tafeltje koffie te drinken en de krant te lezen. Hij was heel blij dat hij Samantha zag en stelde haar aan een van zijn vrienden voor als 'mijn nieuwe advocaat'. Ze accepteerde dit zwijgend en haalde een map tevoorschijn met formulieren waarin hij haar machtigde al zijn medische dossiers op te vragen.

In 1997, voordat hij zijn claim tegen Lonerock Coal indiende, had Buddy een routinematig lichamelijk onderzoek ondergaan. Op een röntgenfoto was een klein vlekje op zijn rechterlong te zien. Zijn arts was ervan overtuigd dat het goedaardig was, en hij had gelijk. Tijdens een twee uur durende operatie haalde hij het vlekje weg en stuurde Buddy en Mavis met het goede nieuws naar huis. Omdat deze operatie niets te maken had met zijn daaropvolgende aanvraag voor een stoflongziekte-uitkering kwam het niet meer ter sprake. Mattie vond dat het noodzakelijk was om alle medische dossiers op te vragen, vandaar Samantha's rit naar Madison. Ze wilde naar het ziekenhuis in Beckley, West Virginia, een stad met twintigduizend inwoners.

Buddy liep met haar mee naar haar auto en toen ze eindelijk alleen waren, vertelde ze hem beleefd dat ze nog steeds alleen maar met hun vooronderzoek bezig waren. Het was nog niet besloten dat ze hem als cliënt zouden accepteren. Ze zouden het dossier doornemen, enzovoort. Buddy zei dat hij het begreep, maar hij was ervan overtuigd dat ze hem zouden aannemen. Het zou pijnlijk zijn als ze hem uiteindelijk zouden moeten afwijzen.

Ze reed naar Beckley, een rit van een uur door het centrum van het steenkoolland en ground zero voor bergtopverwijdering. Er hing zoveel stof in de lucht dat ze zich afvroeg of een passerende motorrijder stoflongziekte kon oplopen. Zonder al te veel problemen vond ze het ziekenhuis in Beckley en werkte zich door alle lagen heen tot ze uiteindelijk de juiste administratief medewerker vond in het archief. Ze vulde aanvraagformulieren in, overhandigde de toestemming ondertekend door meneer Ryzer en wachtte. Een uur verstreek en ondertussen mailde ze iedereen die ze maar kon bedenken. Ze zat in een klein vertrek zonder ramen en ventilatie. Nog eens anderhalf uur verstreek. Er ging een deur open en iemand kwam binnen met een kar. Erop stond een kleine doos, en dat was een opluchting. Misschien zou het toch geen uren kosten om de dossiers door te nemen.

De medewerker zei: 'De heer Aaron F. Ryzer, opgenomen op 15 augustus 1997.'

'Dat is hem. Dank u wel.' De man vertrok zonder nog iets te zeggen. Samantha haalde het eerste dossier uit de doos en was algauw verdiept in een ongelofelijk alledaags verblijf en een operatie in een ziekenhuis. Uit het dossier bleek dat de patholoog die de tekst had geschreven niet wist dat de patiënt mijnwerker was en ook niet op zoek was naar tekenen van stoflongziekte. In de eerste fase is de ziekte niet duidelijk zichtbaar en op dat moment, in augustus 1997, had Buddy wel symptomen, maar had hij zijn uitkering nog niet aangevraagd. Het werk van de arts was eenvoudig geweest: verwijder het gezwel, controleer of het goedaardig is, naai hem dicht en stuur hem naar huis. Er was niets bijzonders aan de operatie of aan Buddy's verblijf in het ziekenhuis.

Twee jaar later, nadat Buddy zijn stoflongziekteclaim had ingediend, verschenen de advocaten van Casper Slate ten tonele en begonnen zijn medisch verleden uit te pluizen. Ze las hun eerste brieven aan de patholoog in Beckley. Ze hadden ontdekt dat hij in 1997 was geopereerd en een paar monsters van zijn longweefsel gevonden. Ze vroegen de arts of hij de monsters naar de favoriete experts van hun bedrijf wilde sturen, dokter Foy in Baltimore en dokter Aberdeen in Chicago. Om de een of andere reden was dokter Foy het eens met de patholoog in Beckley: uit het weefsel bleek pneumoconiose, oftewel gecompliceerde CWP. Omdat de patholoog niet langer bij Buddy's behandeling betrokken was, deed hij niets met deze informatie. En omdat Buddy op dat moment geen advocaat had, had niemand namens hem de verslagen doorgenomen die Samantha nu in handen had.

Samantha haalde diep adem. Ze las het rapport nog een keer aandachtig door. Op dat moment leek het erop dat de advocaten van Casper Slate in begin 2000 van ten minste één van hun experts hadden gehoord dat Buddy al sinds 1997 stoflongziekte had, maar zijn claim desondanks hadden betwist en uiteindelijk hadden gezegevierd.

Hij kreeg geen cent uitgekeerd en ging terug naar de mijnen terwijl de advocaten van Casper Slate hun cruciale bewijs begroeven.

Ze riep de archiefmedewerker die met frisse tegenzin bereid bleek een paar kopieën te maken, voor een halve dollar per pagina. Nadat Samantha drie uur in de ingewanden van het ziekenhuis had doorgebracht, zag ze het zonlicht weer en ging op weg. Ze reed een kwartier door de stad voordat ze het federale gebouw vond waar Buddy Ryzer zeven jaar eerder zijn zaak had voorgelegd aan een administratieve rechter. Zijn enige advocate was Mavis geweest en ze hadden tegenover een hele rits dure Castraat-advocaten gestaan die dagelijks in de smerige wereld van het federale stoflongziektesysteem wroetten.

Toen Samantha de verlaten lobby van het gebouw binnenkwam, werd ze gefouilleerd door een paar verveelde beveiligingsbeambten. Een plattegrond bij de liften leidde haar naar het archief op de tweede verdieping. Een medewerker, die duidelijk ontslagbescherming genoot van de federale overheid, vroeg haar ten slotte wat ze wilde. Ze was op zoek naar een stoflongziektedossier, vertelde ze zo beleefd mogelijk. Natuurlijk waren haar documenten niet in orde en de man fronste alsof ze een misdaad had gepleegd. Hij produceerde een paar blanco formulieren en raffelde instructies af over hoe je een dergelijk dossier moest aanvragen: er waren twee handtekeningen nodig van de eiser. Ze vertrok, zwaar gefrustreerd.

De volgende ochtend om negen uur had Samantha weer een ontmoeting met Buddy op het Conoco-station in Madison. Hij was blij dat hij zijn advocaat voor de derde dag op rij zag en stelde haar voor aan Weasel, de eigenaar van de winkel. 'Helemaal uit New York,' zei Buddy trots, alsof zijn zaak zo belangrijk was dat een zwaargewicht juridisch talent geïmporteerd moest worden. Toen alle documenten volledig en naar tevredenheid waren ingevuld, nam ze afscheid en reed ze terug naar het rechtbankgebouw in Beckley. De gewapende bewakers die de receptie woensdag zo moedig hadden bewaakt, waren op donderdag kennelijk aan het vissen. Er was niemand om haar te fouilleren. Zelfs de metaaldetector was niet ingeschakeld. Slimme terroristen die Beckley in de gaten hielden, hoefden maar te wachten tot het donderdag was om Homeland Security te ontlopen en het gebouw op te blazen.

Dezelfde medewerker controleerde haar formulieren en zocht tevergeefs naar een reden om ze af te wijzen, maar hij vond niets waarmee hij haar dwars kon zitten. Ze liep met hem mee naar een gigantische ruimte die vol stond met metalen kasten waarin duizenden oude zaken zaten. Op een beeldscherm toetste hij een paar knoppen in, waarop machines zoemden en planken bewogen. Hij opende een la en haalde er vier dikke dossiers uit. 'U kunt een van die tafels gebruiken,' zei hij en hij wees ernaar alsof ze van hem waren. Samantha bedankte hem, haalde haar spullen uit haar aktetas, installeerde zich en schopte haar schoenen uit.

Toen Samantha die donderdagmiddag laat weer op kantoor kwam, was Mattie er nog, blootsvoets. De anderen waren al vertrokken en de voordeur zat op slot. Ze gingen naar de vergaderkamer, zodat ze onder het praten naar het langsrijdende verkeer op Main Street konden kijken.

Gedurende Matties dertigjarige carrière, maar vooral tijdens de afgelopen zesentwintig jaar op het Bureau, was ze herhaaldelijk in gevecht geweest met de jongens (altijd mannen, nooit vrouwen) van Casper Slate. De agressieve manier waarop zij hun werk als advocaat verrichtten ging vaak te ver, was meestal zelfs onethisch of crimineel. Ongeveer tien jaar geleden had ze de extreme maatregel genomen om bij de Orde van Advocaten van Virginia een ethische klacht tegen het kantoor in te dienen. Twee advocaten van Castraat kregen een waarschuwing, een lichte, en toen alles voorbij was bleek dat het niet eens de moeite waard was geweest. Als wraak vielen ze haar zo vaak ze konden aan en zelfs nog heviger als ze een van haar stoflongziektezaken verdedigde. Haar cliënten leden eronder en ze had er spijt van dat ze het kantoor zo openlijk had uitgedaagd. Ze kende de twee artsen wel, Foy en Aberdeen; dat waren twee beroemde en als voortreffelijk bekendstaande onderzoekers die jaren geleden waren gekocht door de kolenmaatschappijen. De ziekenhuizen waar ze werkten, kregen van de kolenmaatschappijen miljoenen voor onderzoek.

Hoe gepokt en gemazeld Mattie ook was als het om dit advocatenkantoor ging, toch verbaasde Samantha's ontdekking haar. Ze las het verslag van dokter Foy aan de patholoog in Beckley. Vreemd genoeg werden Foy en Aberdeen tijdens de Ryzer-hoorzitting niet genoemd. Foys medische rapport werd niet ingediend. Sterker nog, de advocaten van Casper Slate gebruikten een stel andere artsen, die geen van allen over de bevindingen van dokter Foy begonnen. Waren ze hier niet van op de hoogte gebracht? 'Uiterst onwaarschijnlijk,' zei Mattie. 'Deze advocaten staan erom bekend dat ze bewijzen achteroverdrukken die niet in het voordeel van de kolenmaatschappij zijn. We kunnen rustig aannemen dat beide artsen het longweefsel hebben gezien en tot dezelfde conclusie zijn gekomen: dat Buddy gecompliceerde cwp had. Dus hebben de advocaten dat bewijs verdonkeremaand en zijn ze op zoek gegaan naar andere deskundigen.'

'Dat kán toch niet, zomaar bewijzen achteroverdrukken?' vroeg Samantha die al uren over deze vraag nadacht.

'Dat is geen enkel probleem voor die jongens. Vergeet niet dat het voor een administratieve rechter plaatsvond, dus niet voor een echte federale rechter. Het is een hoorzitting, geen rechtszaak. Bij een echt proces zijn er strikte regels over ontdekking en volledige openheid, maar niet tijdens een stoflongziektehoorzitting. De voorschriften zijn veel minder streng en deze jongens zijn al twintig jaar bezig met het omzeilen en manipuleren van die voorschriften. In ongeveer de helft van de gevallen heeft de mijnwerker, net als Buddy, geen advocaat, zodat het dus geen eerlijk gevecht is.'

'Dat snap ik, maar leg me dan eens uit hoe de advocaten van Lonerock Coal op de hoogte konden zijn van het feit dat Buddy al in 1997 aan deze ziekte leed en die diagnose konden achteroverdrukken door andere artsen onder ede te laten getuigen dat hij niet aan stoflongziekte leed?'

'Omdat het schurken zijn.'

'En kunnen wij daar niets tegen doen? Volgens mij is het duidelijk een kwestie van fraude en samenzwering. Waarom kunnen ze dan niet voor de rechter worden gesleept? Als ze dat bij Buddy Ryzer hebben gedaan, kun je er donder op zeggen dat ze dat ook bij duizend anderen hebben gedaan.'

'Ik dacht dat je niet van procesrecht hield.'

'Ik begin eraan te wennen. Dit klopt van geen kanten, Mattie.'

Mattie glimlachte, ze genoot van Samantha's verontwaardiging. *Dit hebben we allemaal meegemaakt,* dacht ze. 'Het zou heel veel tijd en energie kosten om een advocatenkantoor dat zo machtig is als Casper Slate aan te pakken.'

'Ja, dat weet ik en ik weet niets van procesrecht. Maar fraude is fraude, en in deze zaak zou dat gemakkelijk te bewijzen zijn. Is het nadat fraude is bewezen niet mogelijk om een hoge schadevergoeding te eisen?'

'Misschien wel, maar geen enkel advocatenkantoor hier zal Casper Slate rechtstreeks aanvallen. Het zou een vermogen kosten en jaren duren, en zelfs als het vonnis in jouw voordeel uitpakt, kun je het niet verzilveren. Je moet niet vergeten, Samantha, hun Hoge Raad wordt in West Virginia gekozen en jij weet ook wel wie de hoogste campagne-bijdragen betaalt.'

'Dan moeten ze voor de federale rechter worden gedaagd.'

Mattie dacht hier even over na en zei toen: 'Ik weet het niet. Ik heb geen verstand van dergelijke processen. Dat zul je Donovan moeten vragen.'

Er werd op de voordeur geklopt, maar geen van beiden kwam in beweging. Het was al na zessen en bijna donker, en ze hadden gewoon geen zin in een nieuwkomer. Iemand klopte weer en ging toen weg.

Samantha vroeg: 'Goed, hoe pakken we zijn uitkeringsclaim aan?'

'Neem je zijn zaak aan?'

'Ja. Ik kan de zaak niet afslaan, nu ik weet wat ik weet. Als jij me helpt, maak ik de zaak aanhangig en trek ik ten strijde.'

'Oké, de eerste stappen zijn eenvoudig. Je maakt de zaak aanhangig en wacht op een geneeskundig onderzoek. Nadat je de uitkomst daarvan hebt ontvangen, en aangenomen dat daarin staat wat wij denken, wacht je ongeveer zes maanden tot de districtsdirecteur de uitkering toekent, op dit moment ongeveer 1.200 dollar per maand. Lonerock Coal zal daartegen in beroep gaan en dan begint de echte oorlog. Dat is de gebruikelijke gang van zaken. Maar in deze zaak vragen we de rechtbank de zaak te heroverwegen in het licht van nieuwe bewijzen en een uitkering toe te kennen met terugwerkende kracht tot de datum van zijn eerste claim. Dat winnen we waarschijnlijk ook en daar zal Lonerock Coal ongetwijfeld ook tegen in beroep gaan.'

'Kunnen we het bedrijf en zijn advocaten onder druk zetten door te dreigen dat we alles bekendmaken?'

Mattie glimlachte en leek haar reactie wel grappig te vinden. 'Sommige mensen kunnen we onder druk zetten, Samantha, omdat wij advocaten zijn en onze cliënten gelijk hebben. Anderen laten we met rust. Ons doel is er zo veel mogelijk geld uit te slepen voor Buddy Ryzer, niet om een kruistocht tegen louche advocaten te beginnen.'

'Dit lijkt een perfecte zaak voor Donovan.'

'Dan moet je het hem vragen. Trouwens, hij wil even langskomen om iets te drinken. Alle getuigenverklaringen zijn binnen en in principe krijgt de jury de zaak morgen om een uur of twaalf. Volgens hem verloopt alles volgens plan en hij heeft er veel vertrouwen in.'

'Dat verbaast me niets.'

Ze dronken Amerikaanse whiskey, of bourbon, aan een rommelige tafel, boven in het commandocentrum, met hun jas uit, stropdas los, met de blik van bezorgde, maar zelfvoldane strijders. Donovan stelde Samantha voor aan zijn jongere broer Jeff, terwijl Vic Canzarro nog twee kristallen tumblers van een plank pakte. Samantha dacht dat ze nooit eerder een onverdunde bruine sterkedrank had geproefd. Misschien had ze weleens whiskey gedronken, maar dan verdund tijdens een studentenfeestje, maar daar was ze zich niet van bewust. Zij dronk liever wijn, bier en martini, maar had zich altijd verre gehouden van de Amerikaanse whiskey. Maar op dat moment had ze geen keus. Deze jongens genoten van hun George Dickel, onverdund, zonder ijs.

Het brandde op haar lippen, schroeide op haar tong en zette haar slokdarm in brand, maar toen Donovan vroeg: 'Hoe vind je het?' slaagde ze erin glimlachend te zeggen: 'Prima.' Ze smakte met haar lippen alsof ze nooit eerder zoiets heerlijks had geproefd, terwijl ze zich voornam het zo snel mogelijk te lozen, zodra ze een toilet kon vinden.

Annette had gelijk. Jeff was minstens even aantrekkelijk als zijn oudere broer. Hij had dezelfde donkere ogen en lange, warrige haren, hoewel Donovan zichzelf een beetje had opgeknapt voor zijn jury. Jeff droeg een colbert en stropdas, maar ook een spijkerbroek en laarzen. Hij was geen advocaat en was volgens Annette zelfs met zijn studie gestopt, maar volgens Mattie werkte hij nauw samen met Donovan en deed hij heel veel van zijn smerige karweitjes.

Vic had de vorige dag vier uur in de getuigenbank gezeten en hij genoot nog na van zijn discussies met de advocaten van Strayhorn Coal. Het ene verhaal leidde tot het andere. Mattie vroeg aan Jeff: 'Wat denk jij van de jury?'

'Ze staan allemaal aan onze kant,' zei hij zonder enige aarzeling. 'Misschien met één uitzondering, maar we staan er goed voor.'

Donovan zei: 'Ze boden vanmiddag een schikking van een half miljoen dollar, na de laatste getuige. We hebben ze bang gemaakt.'

Vic zei: 'Pak dat geld aan, stomkop!'

Donovan vroeg: 'Mattie, wat zou jij doen?'

'Tja, een half miljoen is niet veel voor twee dode jongens, maar in Hopper County is het heel veel geld. Niemand in die jury heeft ooit zoveel geld gezien en zij zullen er moeite mee hebben om dat aan een van hen te geven.'

'Aanpakken of gokken?' vroeg Donovan.

'Aanpakken.'

'Jeff?'

'Het geld aannemen.'

'Samantha?'

Samantha ademde met haar mond open, in een poging de vlammen te doven. Ze likte aan haar lippen en zei: 'Twee weken geleden kon ik het woord proces niet eens spellen, en nu wil je mijn mening horen of je wel of niet zou moeten schikken?'

'Ja, je moet stemmen, anders krijg je geen slok meer.'

'Doe dat maar. Ik ben maar een armzalige rechtsbijstandsadvocaat, dus ik zou het geld aannemen en maken dat ik wegkwam.'

Donovan nam een slokje, glimlachte en zei: 'Vier tegen één. Dat vind ik prachtig.' Slechts één stem telde en het was wel duidelijk dat de zaak niet zou worden geschikt.

Mattie vroeg: 'Hoe zit het met je slotbetoog, mogen we hem horen?'

'Natuurlijk,' zei hij. Hij sprong op, trok zijn stropdas recht en zette zijn glas op een plank. Aan een kant van de lange tafel begon hij heen en weer te lopen en keek als een doorgewinterde acteur naar zijn publiek.

Mattie fluisterde tegen Samantha: 'Hij oefent graag op ons, als we daar tijd voor hebben.'

Donovan bleef staan, keek Samantha aan en begon. 'Dames en heren van de jury, ook een heleboel geld zal Eddie en Brandon Tate niet terugbrengen. Ze zijn nu al negentien maanden dood, gedood door mannen die voor Strayhorn Coal werken. Maar in een zaak als deze kunnen we de schade alleen in geld uitdrukken. Kille, harde contanten, dat bepaalt de wet. Nu is het aan u om te bepalen hoeveel. Laten we beginnen met Brandon, de jongste van de twee, een tenger jongetje, nog maar acht jaar oud en twee maanden te vroeg geboren. Hij kon op zijn vierde al lezen en was gek op zijn computer, die trouwens onder zijn bed stond toen dat duizend kilo zware rotsblok over hem heen denderde. Deze computer werd ook verminkt en kapot aangetroffen, al even dood als Brandon.'

Hij praatte gemakkelijk, zonder arrogant te zijn. Hij was oprecht, zonder dat het erop leek dat dit niet uit zijn hart kwam. Hij had geen aantekeningen en had die ook niet nodig. Samantha was meteen geboeid door zijn betoog en zou hem elk bedrag hebben gegeven waar hij om vroeg. Hij liep heen en weer, als een acteur die zich zijn tekst helemaal had eigen gemaakt. Op een bepaald moment schrokken ze, toen Mattie zei: 'Bezwaar, dat kunt u niet zeggen!'

Donovan lachte en zei: 'Mijn excuses, edelachtbare. Ik zal de juryleden vragen te vergeten wat ik zojuist heb gezegd, wat natuurlijk onmogelijk is en dus precies de reden dát ik het zei.'

'Bezwaar,' zei Mattie weer.

Hij gebruikte geen overbodige woorden, geen overdrijvingen, geen bloemrijke citaten uit de Bijbel of van Shakespeare, geen onechte emoties. Hij hield alleen een zorgvuldig genuanceerd betoog ten gunste van zijn cliënte en tegen een afschuwelijke onderneming – moeiteloos, spontaan. Hij opperde een miljoen dollar per kind, plus een miljoen dollar schadevergoeding. Drie miljoen in totaal, voor hem een enorm bedrag en zeker voor de juryleden, maar een druppel op een gloeiende plaat voor een bedrijf als Strayhorn Coal. Vorig jaar bedroegen de bruto-inkomsten van de onderneming 14 miljoen dollar per week.

Toen hij klaar was, had hij deze jury al in zijn zak. De echte jury zou minder gemakkelijk te overtuigen zijn. Terwijl Vic meer whiskey inschonk, daagde Donovan hen uit om geen spaan heel te laten van zijn slotbetoog. Hij zei dat hij de hele nacht bezig zou zijn met het aanbrengen van verbeteringen. Hij beweerde dat de whiskey zijn creatieve gedachten stimuleerde en dat enkele van zijn beste slotbetogen het resultaat waren geweest van een paar uur peinzend drinken. Mattie voerde aan dat 3 miljoen dollar te veel was. Dat kon misschien in een grotere stad, maar niet in Hopper County, of in Noland County. Ze herinnerde hem eraan dat geen enkele onderneming ooit een vonnis van een miljoen dollar had gekregen, en hij herinnerde haar eraan dat er voor alles een eerste keer was. En niemand kon een beter stel feiten aanvoeren, feiten die hij de jury zojuist helder en perfect had voorgelegd.

Zo ging het maar door. Samantha verontschuldigde zich en ging naar het toilet. Ze gooide de whiskey weg en hoopte dat ze die nooit weer hoefde te drinken. Ze wenste iedereen goedenacht en Donovan veel succes, en reed naar het Starlight Motel waar de Bookers nog steeds verbleven. Ze had koekjes bij zich voor de kinderen en twee romannetjes voor Pamela. Mandy en Trevor waren met hun huiswerk bezig en de vrouwen liepen naar buiten, leunden tegen de motorkap van Samantha's Ford en bespraken hoe de zaak ervoor stond. Pamela was blij, omdat een vriendin in Colton een kleine huurflat had gevonden voor maar 400 dollar per maand. De kinderen begonnen achter te lopen op school, en na drie nachten in het motel wilde ze nu wel weg. Ze spraken af om de volgende ochtend vroeg te vertrekken, de kinderen naar school te brengen en dan naar de flat te gaan kijken. Samantha zou rijden.

20

Nu Samantha twee weken in Brady was, of liever gezegd, nu ze al drie weken niet meer bij Scully & Pershing werkte, had ze haar slaaptekort weggewerkt en viel ze terug in haar oude gewoontes. Vrijdagochtend om vijf uur zat ze in bed koffie te drinken en typte ze een drie pagina's lange memo over Buddy Ryzers stoflongziekte en de frauduleuze manier waarop Casper Slate hem zijn uitkering had onthouden. Om zes uur mailde ze het naar Mattie, Donovan en haar vader. Ze was erg benieuwd naar Marshall Kofers reactie.

Donovan zat echt niet te wachten op een nieuwe grote rechtszaak, bovendien was het niet haar bedoeling hem op deze belangrijke dag lastig te vallen. Ze hoopte alleen dat hij in het weekend misschien even tijd kon vinden om Ryzers verhaal te lezen en erover na te denken. Tien minuten later kreeg ze al antwoord: 'Ik heb deze rotzakken de afgelopen twaalf jaar tot het uiterste bevochten, en ik haat ze intens. Mijn droomproces is een hevige confrontatie met Castraat in een rechtszaal, waarin ik al hun zonden bekendmaak. Ik vind dit een geweldige zaak! We bespreken dit later. Ten strijde in Colton. Lijkt me leuk!'

Ze antwoordde: 'Doen we. Veel succes!'

Om zeven uur reed ze naar het Starlight Motel om de Bookers op te halen. Mandy en Trevor droegen hun beste kleren en wilden heel graag weer naar school. Terwijl Samantha reed, aten ze de donuts die ze had meegebracht en zaten ze onafgebroken te praten. Alweer was de scheidslijn tussen het werk van advocaat en maatschappelijk werker flinterdun, maar dat gaf niet. Volgens Mattie omvatte dit werk behalve het verstrekken van juridisch advies, vaak ook relatiebemiddeling, carpooling, koken, werk zoeken, privéles geven, financieel advies verstrekken, woonruimte zoeken en oppassen. Ze zei vaak: 'We werken niet per uur, maar per cliënt.'

Bij de school in Colton bleef Samantha in de auto zitten, maar Pamela ging met haar kinderen mee naar binnen. Ze wilde de leraren begroeten en de zaak uitleggen. Samantha had elke dag een mailtje naar de school gestuurd, en de leraren en het schoolhoofd waren heel begripvol geweest.

Nu de kinderen veilig daar waren waar ze hoorden te zijn, brachten Samantha en Pamela de volgende twee uur door met het bekijken van de vrij schaarse voorraad huurwoningen in en rondom Colton. De flat waar Pamela's vriendin zo enthousiast over was geweest, stond maar een paar blokken bij de school vandaan en was een van de vier woningen in een vervallen bedrijfspand dat gedeeltelijk was verbouwd. De flat was schoon en er stonden een paar meubels in, wat wel belangrijk was omdat Pamela die niet had. De huur bedroeg 400 dollar per maand, wat redelijk leek voor wat het bood. Toen ze vertrokken, zei Pamela niet bepaald enthousiast: 'Ik denk dat we daar wel kunnen wonen.'

In Matties potje zat genoeg geld voor een paar maanden huur, maar dat vertelde Samantha haar niet. Ze liet duidelijk blijken dat er weinig geld was en dat Pamela zo snel mogelijk een baan moest zien te vinden. Er was geen datum bepaald voor de hoorzitting over het loonbeslag. Sterker nog, Samantha had nog helemaal niets gehoord van de beklaagde, Top Market Solutions. Ze had twee keer naar de lampenfabriek gebeld om te controleren of Simmons nog steeds positief gestemd was en dat Pamela haar baan terugkreeg zodra het loonbeslag was opgeheven. De vooruitzichten op een andere baan in Hopper County waren klein.

Samantha had nooit eerder een stacaravan vanbinnen gezien en niet eens verwacht dat dit ooit zou gebeuren, maar drie kilometer voorbij de stadsgrens, aan het einde van een grindweg, gebeurde dat voor het eerst. Het was een nette stacaravan, gemeubileerd en schoon, en de huur was maar 550 dollar per maand. Pamela bekende dat ze, net als veel van haar vrienden, in een stacaravan was opgegroeid en hield van de privacy die het bood. Samantha vond de caravan in eerste instantie erg klein, maar toen ze erin rondliep moest ze bekennen dat ze in Manhattan flats had gezien die veel kleiner waren.

Er stond een twee-onder-een-kapwoning op een heuvel bij de stad, met een leuk uitzicht en zo, maar de buren leken verschrikkelijk. Er stond een huis leeg in een shabby deel van de stad die ze vanuit de auto bekeken; ze namen niet eens de moeite uit te stappen. Vanaf dat moment ging hun zoektocht als een nachtkaars uit. Ze besloten in het centrum een kop koffie te gaan drinken, niet ver van het rechtbankgebouw. Samantha weerstond de verleiding ernaartoe te lopen, op de achterste rij te glippen en te kijken hoe Donovan de jury bespeelde. Een paar locals in een zitje vlakbij praatten over het proces. Een van hen zei dat hij om halfnegen even was gaan kijken en dat de rechtszaal toen al bomvol zat. Volgens hem was dit het 'grootste proces ooit in Colton'.

'Waar gaat dat proces over?' vroeg Samantha vriendelijk.

'Hebt u niet gehoord van het Tate-proces?' vroeg de man ongelovig.

'Sorry, ik ben niet van hier.'

'Tjonge.' Hij schudde zijn hoofd en maakte een soort wegwerpgebaar. Nadat zijn pannenkoeken waren gebracht, verloor hij zijn belangstelling voor de rechtszaak. Hij wist veel te veel om in zo'n korte tijd te vertellen.

Pamela had een vriendin in Colton die ze moest spreken. Samantha liet haar achter in het café en reed terug naar Brady. Zodra ze haar kantoor binnenliep, kwam Mattie op haar af. Ze zei: 'Ik kreeg net een sms van Jeff. Donovan wilde niet schikken en nu heeft de jury de zaak. Laten we een broodje pakken, in de auto opeten en ernaartoe rijden.'

'Ik kom er net vandaan,' zei Samantha. 'Trouwens, alle plaatsen zijn bezet.'

'Hoe weet je dat?'

'Ik heb zo mijn bronnen.'

Dus aten ze samen met Claudelle een paar broodjes in de vergaderkamer en wachtten zenuwachtig op de volgende sms. Toen die niet kwam, gingen ze terug naar hun kantoren en wachtten.

Om één uur kwam Francine Crump volgens afspraak voor de formele ondertekening van haar gratis testament. Het leek vreemd dat een vrouw die een stuk land met een waarde van minstens 200.000 dollar bezat zo op de cent was, maar behalve dat land (en de steenkool eronder) bezat ze natuurlijk niets. Samantha had schriftelijk contact gehad met de Mountain Trust, een milieubeschermingsorganisatie die zich had gespecialiseerd in het overnemen van land om dat te behouden. In Francines eenvoudige testament droeg ze haar dertig hectare over aan de Mountain Trust en onterfde ze haar vijf volwassen kinderen. Toen Samantha het testament voorlas en alles zorgvuldig uitlegde, begon Francine te huilen. Het was één ding om boos te worden en 'de kinderen te onterven', maar iets totaal anders nu ze de woorden zwart op wit zag. Samantha begon zich af te vragen of Francine haar handtekening wel zou zetten. Het testament was alleen geldig als Francine 'handelingsbekwaam' was en precies wist wat ze deed. Maar op dit moment was ze emotioneel en onzeker. Ze was tachtig en haar gezondheid ging achteruit, zodat ze niet lang meer zou leven. Haar kinderen zouden het testament zeker aanvechten en omdat ze niet konden beweren dat de Mountain Trust hun moeder ongepast had beïnvloed, waren ze dan gedwongen het testament aan te vechten met het argument dat ze niet handelingsbekwaam was toen ze haar handtekening zette. En dan zou Samantha midden in een nare familieruzie terechtkomen.

Voor de zekerheid haalde ze Annette en Mattie erbij. De twee oudgedienden hadden dit al eerder meegemaakt en bleven een paar minuten met Francine kletsen tot ze ophield met huilen. Annette vroeg naar haar kinderen en kleinkinderen, maar daar werd ze niet vrolijker van. Ze zei dat ze hen zelden zag, dat ze haar waren vergeten. De kleinkinderen werden zo snel groot en dat miste ze allemaal. Mattie vertelde dat er problemen zouden ontstaan nadat ze zou zijn overleden en haar familie had gehoord dat het land aan de Mountain Trust was geschonken. Ze zouden hoogstwaarschijnlijk een advocaat inhuren en het testament aanvechten. Wilde ze dat?

Francine bleef op haar strepen staan. Ze was boos op haar buren omdat ze hun land aan een kolenmaatschappij hadden verkocht en ze was vastbesloten háár land te beschermen. Ze vertrouwde haar kinderen niet en wist dat ze zo snel mogelijk het geld zouden aanpakken. Nu ze haar emoties weer onder controle had, ondertekende ze het testament met de drie advocaten als getuige. Zij ondertekenden een beëdigde verklaring waarin stond dat hun cliënte psychisch stabiel was. Nadat ze was vertrokken, zei Mattie: 'Haar zien we nog wel een keer terug.'

Om twee uur die middag hadden ze nog geen nieuws uit de rechtszaal. Samantha vertelde Mattie dat ze terug moest naar Colton om de Bookers op te halen. Mattie sprong meteen op, waarna ze snel vertrokken.

Donovan doodde de tijd in een erker achter het lelijke rechtbankgebouw. Hij zat op een bank te kletsen met Lisa Tate, de moeder van de jongens en zijn eiseres. Jeff stond vlakbij te telefoneren, een sigaar te roken en nerveus om zich heen te kijken.

Donovan stelde Mattie en Samantha voor aan Lisa en zei vriendelijk dat ze zich goed gehouden had tijdens de vijf dagen van het proces. De jury was nog steeds aan het beraadslagen, zei hij. Hij wees naar een raam op de eerste verdieping van het rechtbankgebouw. 'Dat is hun kamer,' zei hij. 'Ze zitten daar al bijna drie uur.'

Mattie zei: 'Ik vind het zo erg van je jongens, Lisa. Wat een zinloze tragedie.'

'Dank u,' antwoordde Lisa zacht, maar ze had geen zin om erover door te praten.

'Hoe ging je slotbetoog?' vroeg Samantha na een ongemakkelijke stilte.

Donovan zei met een triomfantelijke glimlach: 'Hij komt wel in mijn top drie van beste betogen. Ik kreeg ze aan het huilen, hè, Lisa?'

Ze knikte en zei: 'Het was heel emotioneel.'

Zodra Jeff zijn telefoongesprek had beëindigd, kwam hij naar hen toe gelopen. 'Waarom duurt het zo lang?' vroeg hij aan Donovan.

'Ontspan je. Ze hebben lekker geluncht, op kosten van de county. Nu bespreken ze alle bewijzen. Ik geef ze nog een uur.'

'En dan?' vroeg Mattie.

'Een geweldige uitspraak,' zei hij zonder te glimlachen. 'Een record voor Hopper County.'

Jeff zei: 'Strayhorn Coal bood 900.000 dollar toen de jury zich terugtrok en Perry Mason hier zei nee.'

Donovan keek zijn broer met een spottende grijns aan alsof hij wilde zeggen: *Wat weet jij er nou van? Wacht maar, je zult het zien!*

Samantha was verbijsterd over Donovans roekeloze besluiten. Zijn cliënte was een laaggeschoolde, arme vrouw met weinig kansen op een beter leven. Haar man zat in de gevangenis omdat hij drugs had verkocht. Toen de ramp zich voltrok hadden zij en haar twee zoontjes diep in de heuvels in een kleine stacaravan gewoond. Nu was ze alleen en bezat ze niets. Ze had kunnen weglopen met ten minste een half miljoen dollar in contanten, meer geld dan ze ooit had kunnen dromen. Toch had haar advocaat nee gezegd en een gok gewaagd. Verblind door de droom dat hij goud zou vinden, had hij gelachen bij het aanbod van een mooi bedrag. Stel dat de jury de verkeerde beslissing nam en nee zei? Stel dat de kolenmaatschappij druk kon uitoefenen op plaatsen die niemand ooit zou kennen?

Samantha kon zich niet voorstellen hoe gruwelijk het voor Lisa zou zijn om met lege handen de rechtszaal te moeten verlaten, zonder een schadevergoeding voor de dood van haar zoontjes. Donovan leek zich echter geen zorgen te maken, hij leek zelfs verwaand. Hij leek inderdaad rustiger dan alle anderen van hun kleine groepje. Haar vader zei altijd dat advocaten een vreemd ras waren, dat ze over een flinterdunne scheidslijn balanceerden tussen geweldige vonnissen en rampzalige missers, en dat de echt groten onder hen niet bang waren voor de risico's.

Mattie en Samantha konden niet langer blijven, de Bookers wachtten op hen. Toen ze afscheid namen, nodigde Donovan hen uit om later naar zijn kantoor te komen om het te vieren.

Pamela Booker gaf de voorkeur aan de stacaravan. Ze had met de eigenaar onderhandeld en nu bedroeg de huur 500 dollar per maand voor een periode van zes maanden. Mattie zei dat het Bureau de eerste drie maanden kon betalen, maar dat Pamela daarna zelf de huur moest betalen. Toen ze de kinderen van school haalden, vertelde Pamela hun over hun nieuwe huis en ze reden er meteen naartoe om een kijkje te nemen.

De oproep kwam om twintig minuten over vijf en het nieuws was geweldig. Donovan kreeg zijn miljoenenvonnis, drie miljoen om precies te zijn, het bedrag dat hij ook aan de jury had gevraagd. Eén miljoen voor ieder kind, plus één miljoen schadevergoeding – een ongehoord vonnis in dat deel van de wereld. Jeff vertelde Mattie dat de rechtszaal nog steeds bomvol zat toen het vonnis werd voorgelezen en dat het publiek fanatiek applaudisseerde tot de rechter iedereen tot kalmte had gemaand.

Samantha zat in de vergaderkamer met Mattie en Annette, en de drie vrouwen waren erg blij met dit vonnis. Ze gaven elkaar een high five, stompten met hun vuisten in de lucht en praatten opgewonden met elkaar alsof hun eigen kleine kantoor iets geweldigs had gepresteerd. Het was niet Donovans eerste miljoenenvonnis; dat was hem ook al eens gelukt in West Virginia en in Kentucky, allebei met betrekking tot een botsing met een kolentruck, maar dit was wel zijn grootste overwinning. Ze waren blij, lichtzinnig zelfs, maar ze wisten niet of ze gelukkig waren omdat hij had gewonnen of opgelucht omdat hij niet had verloren. Dat was niet belangrijk.

Hier gaat het dus om bij procesrecht, dacht Samantha. Misschien begon ze het te begrijpen. Dit was de opwinding, de roes, de adrenaline die advocaten tot het uiterste dreef. Dit was de opwinding die Donovan zocht als hij weigerde om voor een in zijn ogen luttel bedrag ineens te schikken. Dit was de overdosis testosteron die mannen als haar vader ertoe aanzetten om de wereld rond te reizen op jacht naar nieuwe zaken.

Mattie zei dat ze een feestje zouden geven. Ze belde Chester en gaf hem opdracht snel in actie te komen. Hamburgers op de barbecue in hun achtertuin, met eerst champagne en daarna bier. Het was een kille avond, maar twee uur later begon het feest. Donovan bleek een fatsoenlijke winnaar, wees felicitaties van de hand en gaf alle eer aan zijn cliënte. Lisa was er ook, alleen. Behalve de gastheer en gastvrouw waren Samantha, Annette met Kim en Adam, Barb en haar man Wilt, Claudelle en haar man, Vic Canzarro en zijn vriendin, en Jeff op het feestje aanwezig.

Mattie bracht een toost uit en zei: 'Gewonnen zaken zijn zeldzaam in onze wereld, laten we dus genieten van dit moment van triomf, goed boven slecht en zo, en deze drie flessen champagne leegdrinken. Proost!'

Samantha zat in een hangende tuinbank met Kim te kletsen. Jeff vroeg of ze wilde dat hij haar glas weer vulde en dat wilde ze wel, zodat hij haar lege glas meenam. Toen hij terugkwam, keek hij naar de smalle ruimte naast haar, waarop ze hem uitnodigde om naast haar te komen zitten. Het was heel knus. Kim verveelde zich en liep weg. Het was kil buiten, maar dankzij de champagne bleven ze warm.

21

Haar tweede avontuur in de Cessna Skyhawk was lang niet zo opwindend als haar eerste. Ze wachtten een uur op Noland County Airfield tot het weer verbeterde. Misschien hadden ze langer moeten wachten. Donovan mompelde op een bepaald moment iets over het uitstellen van de vlucht. Jeff, die ook piloot was, leek het hiermee eens te zijn, maar zag toen een opening in het front en dacht dat ze het wel zouden redden. Toen Samantha zag dat de mannen in de terminal een weerkaart bekeken en zich zorgen maakten over 'turbulentie' hoopte ze stiekem dat ze de vlucht zouden afgelasten. Maar dat deden ze niet. Ze stegen op in de wolken en de eerste tien minuten dacht ze dat ze misselijk zou worden. In het front zei Donovan: 'Hou je vast,' toen het kleine vliegtuig door elkaar werd geschud. *Waaraan dan?* vroeg ze zich in gedachten af. Ze zat in de achterste stoel, die zelfs voor haar klein was. Ze was verbannen naar de tweede klas en had nu al besloten dat ze dit nooit meer zou doen. De regendruppels sloegen als kogels tegen de voorruit.

Op tweeduizend meter hoogte werd het wolkendek veel lichter en begon de vlucht aangenaam te worden. De twee piloten voorin leken zich te ontspannen. Ze hadden alle drie een headset op en Samantha, die nu weer normaal ademde, was gefascineerd door de radio. De Skyhawk werd begeleid door de luchtverkeersleiding in Washington, en er zaten minstens vier andere vliegtuigen op dezelfde frequentie. Iedereen maakte zich erg druk over het weer, en de piloten gaven de laatste updates door gebaseerd op wat zij hadden meegemaakt. Maar haar fascinatie ging algauw over in verveling toen ze rustig doorvlogen, licht stuiterend boven op de wolken. Beneden kon ze niets zien, en aan beide zijkanten ook niet. Na een uur viel ze bijna in slaap.

Twee uur en een kwartier nadat ze Brady hadden verlaten, landden ze op een klein vliegveld in Manassas, Virginia. Ze huurden een auto, wilden lunchen en kochten bij een *drive-through* taco's en waren om

199

één uur 's middags bij het nieuwe onderkomen van de Kofer Group in Alexandria. Marshall verwelkomde hen hartelijk en verontschuldigde zich dat er verder niemand was. Maar het was dan ook zaterdag.

Marshall was dolblij dat hij zijn dochter zag, vooral in deze omstandigheden. Ze ging om met een echte advocaat en leek serieus van plan een veelbelovend proces te beginnen tegen een paar slechte grote zakenlui. Na slechts twee weken in steenkoolland was ze al goed op weg naar een heuse omschakeling, terwijl hij al jaren tevergeefs had geprobeerd haar het licht te laten zien.

Nadat ze even over koetjes en kalfjes hadden gepraat, zei Marshall tegen Donovan: 'Gefeliciteerd met je overwinning. Het moet een zware klus zijn geweest.'

Samantha had het niet met haar vader over het Tate-vonnis gehad. Ze had hem twee keer gemaild over hun afspraak, maar niets verteld over het proces.

Donovan zei: 'Bedankt. Er stonden een paar regels over in de krant van Roanoke. Ik neem aan dat u dat hebt gezien.'

'Nee, dat niet,' zei hij. 'Via een nationaal netwerk houden we veel processen in de gaten. Jouw verhaal verscheen gisteravond laat en ik heb de samenvatting gelezen. Een fantastisch stel feiten.'

Ze zaten aan een rechthoekige tafel met echte bloemen in het midden, naast koffie in een zilveren pot. Marshall droeg vrijetijdskleding: een kasjmieren trui op een lange broek. De beide Grays droegen een spijkerbroek en een oud sportjasje, Samantha droeg een spijkerbroek en een trui.

Donovan bedankte Marshall weer en beantwoordde zijn vragen over het proces. Jeff zei niets en miste niets. Hij en Samantha keken elkaar af en toe even aan. Ze schonk meer koffie in en zei ten slotte: 'Misschien moeten we maar eens aan de slag gaan.'

'Juist,' zei Marshall en hij nam een slok. 'Hoeveel weet ik?'

'Er is niets nieuws,' zei Samantha. 'Ik ben pas begonnen met graven en ik ben ervan overtuigd dat we veel meer te weten zullen komen nadat ik de aanvraag voor een stoflongziekte-uitkering heb ingediend.'

'Casper Slate heeft een slechte reputatie,' zei Marshall.

'En terecht,' zei Donovan. 'Ik ben al heel lang met hen in gevecht.'

'Vertel me over je zaak. Vertel me je theorie.'

Donovan haalde diep adem en keek naar Samantha. Hij zei: 'Federale rechtbank, waarschijnlijk in Kentucky. Misschien in West Virginia. Zeker niet in Virginia vanwege de maximale schadevergoeding. We gaan de zaak aan met een eiser, Buddy Ryzer, en we dagen Casper Slate en Lonerock Coal voor de rechter. We beschuldigen hen van fraude en samenzwering, misschien van afpersing, en we eisen een gigantisch hoge schadevergoeding. Het is een schadevergoedingszaak, zo eenvoudig ligt het. Lonerock Coal vertegenwoordigt momenteel een waarde van 6 miljard dollar en is bijzonder goed verzekerd. Casper Slate is een particulier bedrijf en we weten nog niet precies wat dat waard is, maar daar komen we nog wel achter. Tijdens het graven hopen we andere fraudezaken aan het licht te brengen, hoe meer hoe beter. Maar als dat niet zo is, zijn we bereid de zaak-Ryzer voor de jury te brengen en een gigantisch hoge schadevergoeding te eisen.'

Marshall knikte alsof hij het ermee eens was, alsof hij dit al honderd keer had gedaan.

Donovan zweeg even en vroeg toen: 'Wat denk je ervan?'

'Mee eens, tot nu toe. Het klinkt goed, vooral als de fraude echt bestaat en dat onmogelijk ontkend kan worden. Het ziet er legitiem uit en het juryberoep is geweldig. Weet je, ik vind het briljant. Een corrupt advocatenkantoor vol duurbetaalde advocaten die medische bewijzen verbergen om een arme, zieke mijnwerker zijn karige uitkering te onthouden. Wauw! Dat is de natte droom van iedere advocaat. Dit is een duidelijke schadevergoedingszaak met enorme mogelijkheden.' Hij zweeg even, nam een slokje en zei: 'Maar eerst is er natuurlijk de niet-onbelangrijke kwestie van de feitelijke rechtszaak. Jij werkt in je eentje, Donovan, bijna zonder personeel en met, wat zal ik zeggen, beperkte middelen. Een proces zoals dit zal minimaal vijf jaar duren en twee miljoen dollar kosten.'

'Eén miljoen,' zei Donovan.

'Deel het verschil maar, anderhalf miljoen. Ik neem aan dat ook dat bedrag je budget te boven gaat.'

'Dat is zo, maar ik heb vrienden, meneer Kofer.'

'Zeg maar Marshall, oké?'

'Prima, Marshall. Er zijn twee advocatenkantoren in West Virginia en twee in Kentucky waarmee ik samenwerk. Vaak leggen we ons geld en onze middelen bij elkaar en verdelen het werk. Toch betwijfel ik of we wel zoveel kunnen riskeren. Daarom zijn we ook hier, neem ik aan.'

Marshall haalde zijn schouders op en zei lachend: 'Dat is mijn werk: procesoorlogen. Ik overleg met advocaten en procesfondsen. Ik speel

matchmaker tussen de jongens met het geld en de jongens met de zaken.'

'Dus jij kunt een of twee miljoen dollar voor de proceskosten bij elkaar krijgen?'

'Natuurlijk, geen enkel probleem, niet in deze orde van grootte. Bij
ons werk gaat het meestal om bedragen van 10 tot 50 miljoen dollar.
Twee miljoen valt daarbij in het niet.'

'En hoeveel kost ons dat, de advocaten?'

'Dat hangt van het fonds af. Het goede van deze zaak is dat het slechts
twee en niet bijvoorbeeld 30 miljoen dollar gaat kosten. Hoe minder
onkosten je maakt, hoe hoger je honorarium wordt. Ik neem aan dat je
vijftig procent van de opbrengst krijgt?'

'Ik heb nog nooit vijftig procent gevraagd.'

'Nou, welkom in de wereld van het grote geld, Donovan. In alle grote
zaken krijgen de advocaten tegenwoordig vijftig procent. En waarom
ook niet? Jij neemt alle risico's, doet al het werk en zorgt voor al het
geld. Een hoog bedrag is een meevaller voor een cliënt als Buddy Ryzer. Die arme vent probeert 1.000 dollar per maand te krijgen. Geef
hem een paar miljoen en hij is dolgelukkig, ja toch?'

'Ik zal erover nadenken. Ik heb nooit meer dan veertig procent gevraagd.'

'Nou, het kon weleens moeilijk worden om het geld bij elkaar te krijgen als we geen vijftig procent vragen. Zo is het nu eenmaal. Goed, het
geld hebben we geregeld, hoe zit het met de mankracht? Casper Slate
zal een heel leger advocaten tegenover je zetten, hun beste en slimste,
hun gemeenste en glibberigste, en als je nu al denkt dat ze kunnen bedriegen, dan moet je maar eens zien wat ze doen als het om hun eigen
hachje gaat en ze proberen hun eigen vuile was te verbergen. Het wordt
een oorlog, Donovan, een oorlog zoals we zelden meemaken.'

'Heb jij ooit een advocatenkantoor aangeklaagd?'

'Nee. Ik had het te druk met luchtvaartmaatschappijen. Geloof me,
die waren al lastig genoeg.'

'Wat was je hoogste vonnis?'

Samantha zei bijna: *Kom op, jongens!* Hier zaten ze echt niet op te
wachten, Marshall Kofer die zijn oorlogsverhalen uit de doeken ging
doen. Zonder zelfs maar een seconde te aarzelen, zei hij met een arrogante grijns: 'Ik heb Braniff 40 miljoen dollar afhandig gemaakt in
San Juan, Puerto Rico, in 1982. Daar had ik zeven weken voor nodig.'

Ze wilde vragen: *Geweldig, pap, en was dat het geld dat je in het buitenland parkeerde en probeerde te verbergen tot mam er lucht van kreeg?*

Marshall zei: 'Ik was de hoofdadvocaat, maar we waren met z'n vieren en we hebben keihard gewerkt. Wat ik bedoel, Donovan, is dat je machtige hulp nodig hebt. Het fonds zal jou en je team helemaal doorlichten voordat ze met het geld over de brug komen.'

Donovan zei: 'Ik maak me geen zorgen over het team, de voorbereiding of het proces. Ik ben mijn hele carrière al op zoek naar een zaak als deze. De advocaten met wie ik samenwerk zijn allemaal doorgewinterde advocaten en zij zijn vertrouwd met dit onderwerp. Dit is ons terrein. De juryleden zullen onze mensen zijn. De rechter, dat kunnen we alleen maar hopen, zal buiten bereik van de beklaagden zijn. En in de beroepszaak zal het vonnis in handen zijn van federale rechters, niet van staatsrechters die worden gekozen door de kolenmaatschappijen.'

'Dat realiseer ik me wel,' zei Marshall.

'Je hebt de vraag niet beantwoord,' zei Jeff, bijna onbeleefd. 'Hoeveel moeten wij betalen voor het voorschieten van het geld?'

Marshall keek hem met een harde blik aan, glimlachte snel en zei: 'Hangt ervan af. Dat is onderhandelbaar. Dat is mijn werk, het sluiten van de deal, maar ik heb het idee dat het fonds dat ik in gedachten heb een kwart van het advocatenhonorarium zal vragen. Zoals je weet is het onmogelijk om te voorspellen wat een jury wel of niet zal doen; daarom is het onmogelijk in te schatten wat het honorarium zal zijn. Als de jury je bijvoorbeeld 10 miljoen dollar geeft en de kosten 2 miljoen dollar bedragen, dan gaan die kosten er eerst vanaf en moet je 8 miljoen dollar met je cliënt delen. Hij krijgt 4 miljoen dollar, net als jij. Het fonds krijgt een kwart daarvan en jij de rest. Geen geweldige deal voor het fonds, maar ook geen verlies. Vijftig procent rendement. Ik hoef jullie dit natuurlijk niet te vertellen, jongens, maar hoe hoger het vonnis hoe beter. Persoonlijk vind ik 10 miljoen dollar wat aan de lage kant. Ik kan me goed voorstellen dat een jury woedend wordt op Casper Slate en Lonerock Coal en bloed wil zien.'

Hij klonk heel overtuigend, en Samantha moest zichzelf eraan herinneren dat hij vroeger gigantische bedragen aan jury's had ontfutseld.

'Wie zijn het?' vroeg Donovan.

'Investeerders, andere fondsen, hedgefondsen, private equity-jongens, noem maar op. Een verbazingwekkend aantal Aziaten heeft dit spel ontdekt; ze zijn doodsbang voor onze gerechtelijk vervolgbare benadeling, maar het fascineert hen ook. Zij denken dat ze iets missen. Ik heb verschillende gepensioneerde advocaten die in hun tijd goudgeld hebben verdiend. Zij kennen de wereld van het procesrecht en zijn niet bang voor de risico's; zij hebben goed gebeurd in deze wereld.'

Donovan leek te twijfelen. 'Sorry hoor,' zei hij. 'Dit is allemaal nieuw voor me. Ik heb weleens van procesfondsen gehoord, maar er nooit iets mee te maken gehad.'

Marshall zei: 'Het is gewoon ouderwets kapitalisme, maar dan van onze kant. Tegenwoordig kan de advocaat van een eiser met een geweldige zaak maar zonder geld overal grote ondernemingen aanpakken en de zaak in evenwicht brengen.'

'En zij bekijken de zaak en voorspellen de uitkomst?'

'Dat is eigenlijk mijn werk. Ik overleg met beide partijen: de advocaat en het fonds. Als ik afga op wat Samantha me heeft verteld, en na inzage van de relevante documenten, en vooral door je indrukwekkende reputatie in de rechtszaal, aarzel ik geen seconde om deze zaak bij een van mijn fondsen aan te bevelen. Zij zullen op korte termijn een of twee miljoen dollar goedkeuren, en dan kun je aan de slag.'

Donovan keek naar Jeff, die naar Marshall keek en vroeg: 'Meneer Kofer, zou u deze zaak op het hoogtepunt van uw carrière hebben aangenomen?'

'Zonder enige aarzeling. Grote advocatenkantoren zijn slechte gedaagden, vooral als je ze op heterdaad betrapt.'

Donovan vroeg aan Samantha: 'Denk jij dat Buddy Ryzer de uitdaging aandurft?'

Ze antwoordde: 'Ik heb geen idee. Het enige wat hij wil is zijn uitkering, zowel de achterstallige als de toekomstige. We hebben het nog niet over een dergelijk proces gehad. Sterker nog, hij weet helemaal niets van de dingen die ik in zijn medische dossiers heb ontdekt. Ik was van plan volgende week weer een gesprek met hem te hebben.'

'Wat zegt je intuïtie?'

'Jij wilt weten wat mijn intuïtie zegt over iets waar ik niets vanaf weet?'

'Ja of nee?'

'Ja. Hij is een doorzetter.'

Ze liepen naar een sportbar verderop in de straat, waar op vijf schermen universiteitsfootball te zien was. Donovan was een fan van Vir-

ginia Tech en al even fanatiek als alle fans, en wilde heel graag weten
wat de stand was. Ze bestelden bier en gingen aan een tafeltje zitten.
Nadat de ober vier grote glazen voor hen had neergezet, zei Marshall
tegen Donovan: 'Je naam dook gisteravond op. Ik was op zoek naar
verontreinigingszaken in steenkoolland – sorry hoor, maar dat vind
ik een leuke tijdsbesteding – en toen stuitte ik op de sludge pond van
Peck Mountain en al die kankergevallen in Hammer Valley. Volgens
een verhaal in de krant van Charleston onderzoek jij die zaak al een
tijdje. Heb je al iets in gang gezet?'

Donovan keek Samantha aan, die snel haar hoofd schudde: *Nee, ik
heb niets gezegd.* Hij zei: 'We zijn nog altijd met het onderzoek bezig en
halen steeds meer cliënten binnen.'

'Cliënten betekenen een proces, toch? Ik wil me nergens mee bemoeien, maar ik ben gewoon een beetje nieuwsgierig. Dat klinkt naar
een gigantische zaak, en bovendien een erg kostbare. Krull Mining is
een monster.'

'Ik ken Krull Mining heel goed,' zei Donovan behoedzaam. Hij zou
Marshall Kofer nooit informatie verstrekken die hij bij een andere deal
zou kunnen uitruilen of versjacheren. Toen duidelijk was dat hij liever
niet over de zaak praatte, zei Marshall: 'Nou prima, ik ken twee fondsen die zich specialiseren in zaken met betrekking tot giftig afval. Dat
is een uiterst lucratief rechtsgebied, kan ik je wel zeggen.'

Is alles lucratief, pap? wilde Samantha vragen. Maar toen dacht ze:
wat een perfecte match! Donovan Gray en zijn bende die in het bezit zijn of toegang hebben tot een schatkist vol illegaal verkregen documenten die eigendom zijn van Krull Mining, en de Kofer Group,
een bende geroyeerde advocaten die als ze in de knel zitten zonder
enige twijfel weer bereid zijn de wet om te buigen. Zij stonden in één
hoek. In de andere hoek stond Krull Mining, een onderneming met de
meeste overtredingen van de veiligheidsvoorschriften in de geschiedenis van de Amerikaanse steenkoolproductie, en een eigenaar die be-
kendstaat als een van de meest levensgevaarlijke Russische gangsters in
Poetins broederschap. En midden in de ring de arme en noodlijdende
inwoners van Hammer Valley die alle kogels opvingen en uit hun stacaravans waren gezet en met gladde praatjes waren overgehaald mee te
doen aan dit opwindende avontuur in de Amerikaanse wet op het gebied van de onrechtmatige daad. Ze zouden de eisers worden genoemd
en een miljard dollar eisen. Als ze 1.000 dollar kregen zouden ze dat

uitgeven aan sigaretten en loten. Wauw! Samantha sloeg haar bier achterover en zwoer nogmaals dat ze absoluut niets met procesrecht te maken wilde hebben. Ze keek naar het football op de twee schermen, maar had geen idee wie er speelden.

Marshall vertelde een verhaal over twee vliegtuigen, een Koreaans en een Indiaas toestel, die in 1992 boven het vliegveld van Hanoi tegen elkaar waren gebotst. Iedereen was dood en er zat geen Amerikaan bij, maar toch had Marshall een rechtszaak aanhangig gemaakt in Houston, waar de jury's bekend zijn met hoge schadevergoedingen. Dit fascineerde Donovan, en ook Jeff leek een beetje geïnteresseerd. Dat was genoeg publiek voor Marshall. Samantha bleef naar de wedstrijd kijken.

Na nog een biertje – Donovan zou als piloot fungeren – liepen ze terug naar het kantoor en namen ze afscheid van elkaar. Samantha zag dat de zon scheen en het onbewolkt was. Misschien zou de terugvlucht aangenaam en soepel verlopen, en zou het zicht perfect zijn. Ze gaf haar vader een tikje op de wang en beloofde hem later te bellen.

22

Het Tate-vonnis ging als een lopend vuurtje rond en was een bron van eindeloze roddels en speculaties. De krant van Roanoke schreef dat Strayhorn Coal beweerde dat ze in beroep zeker zouden winnen. Hun advocaten hadden weinig te zeggen, maar anderen waren niet zo bescheiden. Een onderdirecteur van het bedrijf noemde het vonnis 'schokkend'. Een woordvoerder van een economische ontwikkelingsgroep was bang dat een 'dergelijk hoog bedrag' schade kon toebrengen aan de reputatie van de staat als een voordelige plaats om een bedrijf te vestigen. Een van de juryleden (anoniem) werd geciteerd en zei dat er in de jurykamer veel tranen waren gevloeid. Lisa Tate was niet beschikbaar voor commentaar, maar haar advocaat wel.

Samantha keek en luisterde, en dronk 's avonds laat nog iets met Donovan en Jeff. Een light frisdrank voor haar en een Dickel voor hen. Strayhorn Coal had misschien net gedaan alsof ze in beroep wilden gaan, maar Donovan zei dat het bedrijf in werkelijkheid wilde schikken. Nu er twee dode kinderen op het spel stonden, wist het bedrijf heel goed dat het moeilijk zou zijn om ooit te winnen. De schadevergoedingen zouden automatisch worden verlaagd naar 350 miljoen dollar, dus was een kwart van het vonnis al weg. Het bedrijf bood op de dinsdag na het vonnis een schikking aan van 1,5 miljoen dollar, en dat wilde Lisa Tate accepteren. Donovan vertelde per ongeluk dat hij veertig procent kreeg, dus zou hij een leuk bedragje opstrijken.

Op woensdag hadden hij, Jeff en Samantha een afspraak met Buddy en Mavis Ryzer om de eventuele rechtszaak tegen Lonerock Coal en Casper Slate te bespreken. De Ryzers raakten volkomen van slag toen ze hoorden dat het advocatenkantoor al jaren wist dat Buddy stoflongziekte had, maar dat bewijs had verborgen. Hij zei woedend: 'Sleep die klootzakken voor de rechter, overal voor!' en daar kwam hij niet op terug tijdens hun twee uur durende gesprek. Het echtpaar was nog steeds woedend toen ze Donovans kantoor verlieten en vastbesloten om tot het bittere einde door te vechten. Die avond dronken ze weer iets met z'n drieën en toen vertelde Donovan aan Samantha en Jeff dat hij deze rechtszaak met twee van zijn beste advocatenvriendjes had besproken, twee mannen die bij verschillende kantoren in West Virginia werkten. Geen van beiden had er zin in om de komende vijf jaar ruzie te maken met Casper Slate, hoe walgelijk zij zich ook hadden gedragen.

Een week later vloog Donovan naar Charleston, West Virginia, om de Hammer Valley-verontreinigingszaak aanhangig te maken. Hij stond met vier andere advocaten voor het federale rechtbankgebouw en vertelde een groep journalisten over hun zaak tegen Krull Mining. 'In Russische handen, natuurlijk.' Hij zei dat het bedrijf al vijftien jaar het grondwater vervuilde, dat het bedrijf dat wist en het geheimhield, en dat Krull Mining al minstens tien jaar wist dat zijn chemicaliën een van de hoogste kankerpercentages in Amerika veroorzaakten. Donovan zei zelfverzekerd: 'We gaan dat allemaal bewijzen en we hebben ook de documenten om dit te bewijzen.' Hij was de hoofdadvocaat en zijn groep vertegenwoordigde meer dan veertig gezinnen in Hammer Valley.

Zoals de meeste advocaten hield Donovan van alle aandacht. Samantha vermoedde dat hij de zaak-Hammer Valley versneld aanhangig had gemaakt, omdat hij nog steeds in de schijnwerpers stond door het Tate-vonnis. Ze probeerde het contact met de gebroeders Gray op een lager pitje te zetten, maar ze waren hardnekkig. Jeff wilde met haar uit eten. Donovan had haar advies nodig, zei hij, omdat ze allebei Buddy Ryzer vertegenwoordigden. Ze was zich bewust van zijn toenemende frustratie over zijn advocatenvrienden, die geen van allen zin hadden om Casper Slate te pakken te nemen. Donovan zei meer dan eens dat hij het zo nodig in zijn eentje zou doen. 'Des te meer honorarium voor mij,' zei hij. Hij raakte helemaal geobsedeerd door de zaak en praatte elke dag met Marshall Kofer. Tot hun verbazing kwam Marshall inderdaad met het geld op de proppen. Een procesfonds bood een bedrag van maximaal 2 miljoen dollar in ruil voor dertig procent van de schadevergoeding.

Donovan probeerde Samantha nog een keer over te halen voor hem te komen werken. De zaak-Hammer Valley en de zaak-Ryzer zouden al snel heel veel tijd opslokken en hij had hulp nodig. Zij was ervan overtuigd dat hij een heleboel ervaren advocaten nodig had en niet slechts een parttime advocaat-stagiaire. Nadat hij de zaak-Tate mondeling voor 1,7 miljoen dollar had geschikt, bood hij haar een fulltimebaan aan met een riant salaris. Weer wees ze zijn aanbod af. Ze herinnerde hem eraan dat ze (a) nog steeds niet gek was op het voeren van processen en niet op zoek was naar een baan; (b) hier maar tijdelijk was, min of meer uitgeleend tot het stof in New York was neergedaald en ze kon bedenken wat ze in de volgende fase van haar leven wilde doen, een fase die niets te maken zou hebben met Brady, Virginia; en (c) een afspraak had met het Mountain Bureau voor Rechtshulp en nu echte cliënten had die haar nodig hadden. Wat ze niet vertelde, was dat ze bang was voor hem en zijn cowboyachtige manier van werken. Ze was ervan overtuigd dat hij, of iemand die voor hem werkte, waardevolle documenten had gestolen van Krull Mining en dat het onvermijdelijk was dat dit bekend werd. Hij deinsde er niet voor terug om voorschriften en wetten te overtreden en hij zou niet aarzelen om gerechtelijke bevelen te negeren. Hij werd gedreven door haat en een vurig verlangen naar wraak en er stonden hem, in elk geval volgens haar, ernstige problemen te wachten. Ze kon amper aan zichzelf bekennen dat ze zich kwetsbaar voelde naar hem toe. Ze zouden zomaar een affaire kunnen krijgen, en dat zou een gruwelijke vergissing zijn. Waar zij behoefte aan had was minder tijd met Donovan Gray, niet meer.

Ze wist niet goed hoe ze Jeff moest aanpakken. Hij was jong, single en sexy, en dus een zeldzaamheid in deze omgeving. Hij zat ook achter haar aan, en ze wist dat een etentje met hem, waar je dat hier ook maar kon doen, tot iets anders zou leiden. Na drie weken in Brady vond ze dat zelfs wel een leuk idee.

Op 12 november betrad Donovan, zonder ook maar één collega-advocaat, het federale rechtbankgebouw in Lexington, Kentucky, de thuisbasis van een advocatenkantoor met achthonderd advocaten dat officieel bekendstond als Casper, Slate & Hughes, en daagde de klootzakken voor de rechter. Datzelfde deed hij met Lonerock Coal dat in Nevada was gevestigd. Buddy en Mavis waren bij hem, en natuurlijk had hij de pers op de hoogte gebracht. Terwijl ze met een paar verslaggevers stonden te praten, vroeg een van hen waarom de zaak aanhangig was gemaakt in Lexington. Donovan vertelde dat hij Casper Slate in hun eigen stad wilde ontmaskeren, dat hij dat wilde doen op de plaats delict, enzovoort. De pers genoot van het verhaal en Donovan kreeg veel media-aandacht.

Twee weken eerder had hij de zaak-Hammer Valley/Krull Mining in Charleston gewonnen en kreeg hij landelijke media-aandacht.

Twee weken dáárvoor had hij de zaak-Tate gewonnen met een spectaculair vonnis en kwam zijn naam in een paar kranten te staan.

Op 24 november, drie dagen voor Thanksgiving, werd hij dood gevonden.

23

De verschrikkingen begonnen halverwege de maandagochtend, toen alle advocaten rustig aan hun bureau zaten te werken. Er was geen cliënt te zien. De stilte werd verstoord door een kreet van Mattie; een gekwelde, doordringende kreet die Samantha volgens haar nooit zou vergeten. Ze renden naar haar kantoor. 'Hij is dood!' jammerde ze. 'Hij is dood! Donovan is dood!' Ze stond met een hand tegen haar voorhoofd gedrukt, haar andere hand hing ergens in de lucht en daarin hield ze de telefoon. Haar mond hing open en er lag een blik vol afgrijzen in haar ogen. 'Wát!' gilde Annette.

'Ze hebben hem net gevonden. Zijn vliegtuig is neergestort. Hij is dood.'

Annette viel in een stoel en begon te snikken. Samantha keek Mattie aan, allebei konden ze even geen woord uitbrengen. Barb stond in de deuropening, met beide handen voor haar mond geslagen. Ten slotte pakte Samantha de telefoon van Mattie over en vroeg: 'Wie is dit?'

'Jeff,' zei Mattie. Ze ging langzaam zitten en begroef haar gezicht in haar handen. Samantha zei iets in de telefoon, maar de verbinding was al verbroken. Haar knieën waren slap en ze liet zich in een stoel vallen. Barb viel in een andere. Er verstreken een paar seconden, vol angst, schrik en onzekerheid. *Kon het een vergissing zijn?* Nee, niet nu Donovans enige broer zijn geliefde tante net had gebeld met dit afgrijselijke nieuws. Nee, het was geen vergissing of grapje of pesterij. Dit was de ongelofelijke waarheid. De telefoon ging weer, de lampjes van alle drie de inkomende lijnen knipperden. Het nieuws ging als een lopend vuurtje door het stadje.

Mattie slikte moeizaam en zei: 'Jeff zei dat Donovan gisteren naar Charleston is gevlogen voor een gesprek met een paar advocaten. Jeff was het weekend de stad uit, zodat Donovan alleen was. De luchtverkeersleiding verloor gisteravond om een uur of elf het contact met hem. Iemand op de grond hoorde een geluid, en vanochtend vonden

211

ze zijn vliegtuig ergens in de bossen een paar kilometer ten zuiden van Pikeville, Kentucky.' Haar trillende stem begaf het ten slotte en ze boog haar hoofd.

Annette mompelde: 'Ik kan het gewoon niet geloven.' Samantha was sprakeloos en Barb was een snikkend hoopje ellende. Een hele tijd zaten ze allemaal te huilen en probeerden ze te verwerken wat er zojuist was gebeurd. Ze kalmeerden een beetje toen de realiteit tot hen door begon te dringen. Na een tijdje verliet Samantha Matties kantoor en draaide de voordeur op slot. Ze liep stilletjes door de kantoren en sloot alle gordijnen en jaloezieën. Het Bureau werd in duisternis gehuld.

Ze zaten bij Mattie terwijl de telefoons in de verte bleven rinkelen en de tijd leek stil te staan.

Chester kwam met zijn eigen sleutel via de achterdeur binnen en treurde met hen mee. Hij zat op de rand van een bureau, legde een hand op de schouder van zijn vrouw en klopte er zachtjes op, terwijl zij snikte en in zichzelf mompelde. Chester vroeg zacht: 'Heb je Judy al gesproken?'

Mattie schudde haar hoofd en zei: 'Nee. Jeff zei dat hij haar zou bellen.'

'Arme Jeff. Waar is hij?'

'In Pikeville, de zaken aan het regelen, wat dat ook inhoudt. Het ging niet goed met hem.'

Een paar minuten later zei Chester: 'Ga mee naar huis, Mattie. Je moet even gaan liggen, en hier gaat vandaag toch niemand meer werken.'

Samantha deed de deur van haar kantoor dicht en liet zich in haar stoel vallen. Ze was te verbijsterd om aan iets anders te denken en dus zat ze een hele tijd voor zich uit te staren, terwijl ze probeerde haar gedachten op een rij te zetten. Er zat geen structuur in en opeens kreeg ze de neiging om te vluchten, uit Brady en Noland County en Appalachia, en misschien wel nooit terug te komen. Het was Thanksgiving-week en ze was toch al van plan geweest om naar D.C. te gaan. Ze wilde wat tijd doorbrengen met haar ouders, en misschien met een paar vrienden. Mattie had haar uitgenodigd voor de Thanksgiving-lunch, maar die uitnodiging had ze al afgewezen. Wat een Thanksgiving. Hen stond nu een begrafenis te wachten.

Haar mobiele telefoon trilde. Het was Jeff.

Om halfvijf die middag zat hij aan een picknicktafel op een afgelegen uitzichtpunt in de buurt van Knox in Curry County. Zijn truck stond vlakbij en hij was alleen, zoals ze had verwacht. Hij draaide zich niet om om te zien of zij het was en hij bewoog zich niet toen ze over het grind naar hem toe liep. Hij zat in de verte te staren, verloren in een wereld vol chaotische gedachten.

Ze kuste hem op de wang en zei: 'Ik vind het verschrikkelijk wat er gebeurd is.'

'Ik ook,' zei Jeff met een moeizame, gedwongen glimlach die maar een seconde duurde. Hij pakte haar hand toen ze naast hem ging zitten. Met hun knieën tegen elkaar zaten ze zwijgend naar de oude heuvels onder hen te kijken. In eerste instantie waren er geen tranen en maar weinig woorden. Jeff was een stoere man, veel te macho om te huilen. Ze nam aan dat hij zou huilen als hij alleen was. Hij was verlaten door zijn vader, een halve wees geworden door de zelfmoord van zijn moeder en nu helemaal alleen door de dood van de enige persoon op de wereld die hij volledig had vertrouwd. Samantha kon zich niet voorstellen hoe ellendig hij zich nu moest voelen. Zelf had ze het gevoel dat er een gapend gat in haar maag zat, terwijl zij Donovan nog geen twee maanden had gekend.

'Zij hebben hem vermoord, weet je,' zei hij, waardoor hij eindelijk hardop zei wat zij zich de hele dag al had afgevraagd.

'Wie zijn zij?' vroeg ze.

'Wie zijn zij? Zij zijn de slechteriken en daar zijn er heel veel van. Ze zijn meedogenloos en berekenend en voor hen is moorden geen probleem. Ze vermoorden mijnwerkers met onveilige mijnen. Ze vermoorden boeren met verontreinigd water. Ze vermoorden kleine jongens die in hun stacaravan liggen te slapen. Ze vermoorden hele gemeenschappen als hun dammen breken en hun slurry ponds de dalen overstromen. Ze hebben mijn moeder vermoord. Jaren geleden hebben ze vakbondsleden vermoord die staakten voor hogere lonen. En ik betwijfel of mijn broer de eerste advocaat is die ze hebben vermoord.'

'Kun je dat bewijzen?'

'Dat weet ik niet, maar dat gaan we wel proberen. Ik was vanochtend in Pikeville. Ik moest het lichaam identificeren en ben even bij de sheriff langsgegaan. Ik vertelde hem dat ik kwade opzet vermoed en wil dat het vliegtuig als een plaats delict wordt behandeld. Ik heb de FBI al ingeseind. Het vliegtuig is niet verbrand, alleen neergestort. Volgens mij heeft hij niet geleden. Kun je je voorstellen dat je het lichaam van je broer moet identificeren?'

Ze dook in elkaar bij die gedachte, en schudde haar hoofd.

Hij kreunde en zei: 'Ze hadden hem naar het mortuarium gebracht, precies zoals je op tv ziet. Ze maakten het vak open, trokken de la waar hij op lag eruit en sloegen langzaam het witte laken opzij. Ik begon bijna te kotsen. Zijn schedel was verbrijzeld.'

'Zo is het genoeg,' zei ze.

'Ja, zo is het genoeg. Ik neem aan dat er dingen zijn die je nooit denkt te kunnen doen en nadat je ze hebt gedaan, zweer je dat je ze nooit meer zult doen. Wat denk je, de meeste mensen hoeven hun hele leven toch nooit een dode te identificeren?'

'Laten we het over iets anders hebben.'

'Oké. Goed idee. Waar wil je het over hebben?'

'Hoe wil je bewijzen dat er misdaad in het spel was?'

'We gaan experts inhuren om het vliegtuig van kop tot staart te onderzoeken. De NTSB, dat is de nationale vervoersveiligheidsraad, zal het radioverkeer afluisteren om te zien wat er gezegd is vlak voordat hij neerstortte. We gaan dit helemaal tot de bodem uitzoeken en precies achterhalen wat er is gebeurd. Een heldere avond, perfect weer, een ervaren piloot met drieduizend vlieguren in zijn logboek, een van de veiligste vliegtuigen ooit – het klopt gewoon niet. Dus ga ik er maar even van uit dat hij uiteindelijk de verkeerde mensen kwaad heeft gemaakt.'

Vanuit het oosten begon het zacht te waaien, waardoor de bladeren ritselden en het een beetje kil werd. Ze gingen dichter bij elkaar zitten, als voormalige minnaars, wat ze niet waren. Niet voormalig, niet huidig. Ze hadden twee keer samen gegeten, dat was alles. Het laatste wat Samantha wilde was een ingewikkelde romance met een zekere einddatum, maar ze wist niet zeker wat hij wilde. Hij bracht veel tijd door buiten Brady en zij vermoedde dat er een vrouw in het spel was. Ze hadden absoluut geen toekomst samen. Het heden was misschien leuk, een stoeipartijtje hier, een lolletje daar, een beetje kameraadschap op kille avonden, maar zij was niet van plan iets overhaast te doen.

Hij zei: 'Weet je, ik heb altijd gedacht dat de ergste dag van mijn leven de dag was waarop mijn tante Mattie mijn klaslokaal binnenkwam en me vertelde dat mijn moeder dood was. Ik was toen negen. Maar dit is nog erger, veel erger. Ik ben verdoofd, ik ben zo verdoofd dat je nu een mes in me zou kunnen steken zonder dat ik iets voel. Ik wilde dat ik bij hem was geweest.'

'Niet waar. Eén dode is genoeg.'

'Ik kan me mijn leven zonder Donovan niet voorstellen. We waren feitelijk wezen, weet je, en zijn opgevoed door familieleden in verschillende steden. Hij heeft altijd op me gepast, heeft me altijd gesteund. Ik heb vaak in de problemen gezeten en ik ben nooit bang geweest voor mijn familieleden of mijn leraren op school of de politie of zelfs voor de rechters. Ik was bang voor Donovan, maar niet fysiek bang. Ik was bang dat ik hem teleurstelde. De laatste keer dat ik voor de rechter stond, was ik negentien. Hij was net afgestudeerd. Ze hadden me betrapt met pot, een kleine hoeveelheid die ik inderdaad probeerde te verkopen, maar dat wisten ze niet. De rechter gaf me een lichte straf, een paar maanden in de countygevangenis, niets ernstigs. Toen ik naar voren moest lopen, naar de rechter, draaide ik me om en keek ik de rechtszaal in. En daar zag ik mijn broer, hij stond naast tante Mattie en hij had tranen in zijn ogen. Ik had hem nooit eerder zien huilen. En dus huilde ik ook en ik zei tegen de rechter dat hij me nooit meer zou terugzien. En dat was ook zo. Sinds die tijd heb ik alleen één keer een bekeuring voor te snel rijden gehad.' Zijn stem werd schor en hij kneep in zijn neus. Maar nog steeds kwamen er geen tranen. 'Hij was mijn broer, mijn beste vriend, mijn held, mijn baas, mijn vertrouweling. Donovan was mijn wereld. Ik weet niet wat ik zonder hem moet doen.'

Samantha begon bijna te huilen. *Alleen maar luisteren*, dacht ze. *Hij moet praten.*

'Ik zál deze kerels vinden, Samantha, hoor je me? Al kost het me elke cent die ik heb en elke cent die ik ervoor moet stelen, ik spoor ze op en neem wraak. Donovan was niet bang om te sterven, en ik ook niet. Ik hoop dat zij dat ook niet zijn.'

'Wie verdenk je vooral?'

'Krull Mining, neem ik aan.'

'Denk je dat vanwege die documenten?'

Hij draaide zich om en keek haar aan. 'Hoe weet je dat, van die documenten?'

'Ik ben op een zaterdag met Donovan naar Hammer Valley gevlogen en toen hebben we met Vic in Rockville geluncht. Zij hadden het over Krull Mining en verspraken zich.'

'Dat verbaast me. Donovan was altijd heel voorzichtig.'

'Weet Krull Mining dat hij die documenten heeft?'

'Ze weten dat die documenten weg zijn en ze weten bijna zeker dat wij ze hebben. Die documenten zijn fataal, giftig en geweldig.'

'Heb jij ze gezien?'

Hij bleef lang zwijgen, en zei toen: 'Ja, ik heb ze gezien en ik weet waar ze zijn. Je kunt je niet voorstellen wat erin staat. Niemand kan dat.' Hij zweeg even alsof hij zijn mond wilde houden, maar hij wilde ook praten. Als Donovan zoveel vertrouwen in haar had, kon hij haar misschien ook vertrouwen. Hij zei: 'Er is een memo bij van de CEO in Pittsburgh aan hun hoofdkantoor in Londen waarin de CEO aangeeft dat het naar schatting 80 miljoen dollar zal kosten om de puinhoop op Peck Mountain op te ruimen. De kosten van het betalen van een paar schadevergoedingsclaims aan families die door kanker zijn getroffen werd op hoogstens 10 miljoen dollar geschat, en die schatting was aan de hoge kant. De schadevergoedingsclaims waren toen nog niet aanhangig gemaakt en het was ook niet zeker of dat ooit zou gebeuren. Dus was het veel goedkoper om de mensen het water te laten drinken en aan kanker te laten sterven en misschien voor een paar dollar schadevergoeding te schikken dan om de lekken in de slurry pond te dichten.'

'En waar is dat memo?'

'Bij alle andere documenten. Twintigduizend documenten in vier dozen, allemaal weggestopt.'

'Hier in de buurt?'

'Niet ver hiervandaan. Ik kan je niet vertellen waar, dat is te gevaarlijk.'

'Vertel het me maar niet. Ik weet nu al meer dan ik wil weten.'

Hij liet haar hand los en gleed van de picknicktafel. Hij bukte zich, raapte een handjevol kiezelstenen op en gooide die in het ravijn beneden hen. Hij mompelde iets wat ze niet kon verstaan. Hij pakte nog een handvol, toen een derde, en gooide ze willekeurig weg. Er vormden zich schaduwen en er verschenen wolken.

Hij liep terug naar de tafel, kwam naast haar staan en zei: 'Er is iets wat je wel moet weten. Ze luisteren je waarschijnlijk af: je telefoon op kantoor, misschien zelfs een paar verborgen microfoontjes in je appartement. Vorige week hebben we iemand ons kantoor weer laten checken en ja hoor, het stikte er van de microfoontjes. Wees gewoon voorzichtig met wat je zegt, want er luistert iemand mee.'

'Je maakt zeker een grapje?'

'Ik weet niet waarom, Samantha, maar vandaag ben ik niet in de stemming voor grapjes.'

'Oké, oké, maar waarom ik?'

'Ze houden ons goed in de gaten, vooral Donovan. Hij vermoedde al jaren dat iemand meeluisterde. Daarom vloog hij gisteren waarschijnlijk naar Charleston om onder vier ogen met die advocaten te praten. Ze hebben elkaar ontmoet in verschillende hotelkamers, zodat ze niet konden worden afgeluisterd. Die schurken hebben gezien dat jij met ons optrok. Ze hebben ik weet niet hoeveel geld, zodat ze iedereen in de gaten houden die komt en gaat, vooral een advocaat die pas in de stad is.'

'Ik weet niet wat ik moet zeggen. Ik heb de hele middag met mijn vader over vliegtuigongelukken gepraat.'

'Met welke telefoon?'

'Allebei, zowel met de vaste lijn als met mijn mobieltje.'

'Wees voorzichtig met die in het kantoor. Bel met je mobieltje. Misschien moeten we wel prepaidmobieltjes gaan gebruiken.'

'Ik kan dit gewoon niet geloven.'

Hij ging naast haar zitten, pakte haar hand en trok de kraag van zijn colbertje omhoog. De zon ging onder achter de bergen en het ging harder waaien. Met zijn linkerhand veegde hij langzaam een traan van zijn wang. Toen hij weer iets zei, was zijn stem schor. 'Ik weet nog dat ik toen mijn moeder stierf niet meer kon ophouden met huilen.'

'Het is oké om te huilen, Jeff.'

'Nou, als ik niet om mijn broer kan huilen, kan ik waarschijnlijk nooit meer om iemand huilen.'

'Ga je gang. Misschien lucht het op.'

Hij zweeg een paar minuten, maar huilde niet. Ze gingen nog dichter tegen elkaar aan zitten toen het echt donker werd en het af en toe hard waaide.

Na een lange stilte zei ze: 'Ik heb vanmiddag met mijn vader gepraat. Ik hoef je natuurlijk niet te vertellen dat hij volkomen van slag is. Hij en Donovan zijn de afgelopen maand echt bevriend geraakt en mijn vader had veel bewondering voor hem. Hij kent ook iedereen in deze branche en kan de juiste expert vinden om Donovans ongeluk te analyseren. Hij zei dat hij de afgelopen maanden veel kleine vliegtuigongelukken heeft behandeld.'

'Waren er ook ongelukken bij die met opzet waren veroorzaakt?'

'Ja dus. Twee, eentje in Idaho en eentje in Colombia. Als ik mijn vader een beetje ken, is hij op dit moment aan de telefoon en achter de computer op zoek naar mensen die verstand hebben van neergestorte Cessna's. Hij zei dat het het belangrijkste is ervoor te zorgen dat het vliegtuig op dit moment bewaakt wordt.'

'Dat gebeurt ook.'

'Maar goed, we kunnen op Marshall Kofer rekenen mochten we hem nodig hebben.'

'Bedankt. Ik mag je vader wel.'

'Ik ook, meestal.'

'Ik heb het koud, jij ook?'

'Ja.'

'En we zouden naar Mattie gaan, toch?'

'Volgens mij wel.'

Omdat er niet veel over was van de familie Gray en omdat hun huis jaren geleden al was vernietigd, moesten de cakes en de stoofschotels ergens anders worden afgeleverd. De voor de hand liggende keus was Matties huis. Het eten begon aan het einde van de middag binnen te druppelen, en elk gerecht ging gepaard met een langdurig bezoek van degene die het had bereid. Er werden tranen vergoten, condoleances doorgegeven, beloftes gedaan om op welke manier dan ook te helpen en, het allerbelangrijkst, details gevraagd. De mannen hingen rond op de voorveranda en de oprit, ze rookten en roddelden en vroegen zich af waardoor de crash was veroorzaakt. Een motorstoring? Was hij uit koers geraakt? Iemand zei dat hij geen 'Mayday' had geroepen – het universele noodsignaal van piloten. Wat zou dat kunnen betekenen? De meeste mannen hadden een of twee keer in hun leven gevlogen, sommigen nooit, maar dit gebrek aan ervaring verhinderde niet dat ze speculeerden. In het huis organiseerden de vrouwen al het eten en namen vaak even een hapje om te proeven, terwijl ze Mattie bemoederden en zich hardop afvroegen wat de huidige staat was van Donovans huwelijk met Judy, een leuke jonge vrouw die nooit haar plaats in het stadje had gevonden, maar aan wie nu met veel liefde werd gedacht.

Judy en Mattie waren het uiteindelijk eens geworden. Judy had eerst tot zaterdag willen wachten met een rouwdienst, maar Mattie vond het niet goed dat iedereen Thanksgiving moest meemaken terwijl dit onaangename gebeuren boven hun hoofd hing. Samantha merkte, terwijl ze dit van een zo groot mogelijke afstand allemaal volgde, dat tradities in Appalachia belangrijk waren en dat niemand haast had met het begraven van de doden. Na zeven jaar in New York was ze gewend geraakt aan snelle begrafenissen; daardoor konden de levenden doorgaan met hun leven en hun werk. Mattie leek ook liever haast te maken en ten slotte had ze Judy overgehaald de dienst op woensdagmiddag te houden. Donovan zou begraven zijn als ze op donderdag wakker werden en aan het feest zouden beginnen.

Op woensdag 26 november om vier uur zou de rouwdienst plaatsvinden in de Verenigde Methodistische Kerk. Daarna volgde de begrafenis op de begraafplaats achter de kerk. Donovan en Judy waren lid van deze kerk, hoewel ze al jaren geen kerkdienst meer hadden bijgewoond.

Jeff wilde zijn broer begraven op Gray Mountain, maar dat vond Judy geen prettig idee. Judy mocht Jeff niet en dat gevoel was wederzijds. Als Donovans wettige echtgenote had Judy het laatste woord over alles. Dat was een traditie, geen wet, en iedereen begreep dat, ook Jeff.

Samantha bleef die maandagavond nog een uur bij Mattie thuis rondhangen, maar had algauw overal genoeg van: van het bij de andere rouwenden zitten, kijken wat er allemaal op de keukentafel stond uitgestald en even buiten een frisse neus halen. Ze had ook genoeg van het eindeloze geklets van mensen die Mattie en Chester goed kenden, maar hun neef niet. Ze had genoeg van alle roddels en speculaties. Wat ze wel leuk vond, was de snelheid waarmee het kleine stadje de ramp omarmde en vastbesloten leek er het beste van te maken, maar even later was ze vooral gefrustreerd.

Jeff leek ook verveeld en gefrustreerd. Nadat hij door de grote vrouwen die hij amper kende was omhelsd en bemoederd, ging hij er stilletjes vandoor. Hij wreef even langs Samantha's wang en zei dat hij even alleen wilde zijn. Ze vertrok snel na hem en liep door het stille stadje naar haar appartement. Annette riep haar en samen zaten ze tot middernacht in het donker thee te drinken en alleen maar over Donovan Gray te praten.

Voor zonsopgang was Samantha al klaarwakker. Ze zette koffie en ging online. De krant van Roanoke had een kort verhaal over het ongeluk, maar er stond niets nieuws in. Donovan werd beschreven als een toegewijde advocaat die opkwam voor de rechten van mijnwerkers en landeigenaren. Het Tate-vonnis werd genoemd, net als de zaak-Hammer Valley/Krull Mining en de zaak-Ryzer/Lonerock Coal en hun advocaten. Een collega-advocaat in West Virginia beschreef hem als '... een onbevreesde beschermer van het natuurschoon van Appalachia,' en '... als een geduchte vijand van koppige kolenmaatschappijen.' Nergens stond dat er misschien opzet in het spel was. Alle van toepassing zijnde diensten voerden een onderzoek uit. Hij was net negenendertig geworden, en had een vrouw en een kind.

Haar vader belde al vroeg en was nieuwsgierig naar de begrafenisformaliteiten. Hij bood aan naar haar toe te komen om haar te steunen tijdens de dienst, maar Samantha zei dat dat niet nodig was. Marshall had de maandag voornamelijk doorgebracht aan de telefoon om zo veel mogelijk inside-information te verzamelen. Hij beloofde dat hij 'iets' zou hebben als ze elkaar over een paar dagen zagen. Dan zouden ze de zaak-Ryzer bespreken, die nu natuurlijk even op losse schroeven stond.

Het kantoor leek wel een uitvaartcentrum, donker en somber, en er was geen enkele kans dat het een prettige dag werd. Barb hing een rouwkrans aan de deur en deed de deur op slot. Mattie bleef thuis. Dat hadden de anderen ook moeten doen. Afspraken werden afgezegd en rinkelende telefoons genegeerd. Het Mountain Bureau voor Rechtshulp was niet echt open.

Dat gold ook voor het advocatenkantoor van Donovan M. Gray, drie blokken verderop aan Main Street. Op de afgesloten deur hing net zo'n rouwkrans en binnen zaten Jeff en de secretaresse en juridisch assistente. Ze probeerden een plan te bedenken. Zij drieën waren de enig overgebleven werknemers van het kantoor, een kantoor dat nu dood was.

24

Een tragisch sterfgeval, een bekende advocaat, gratis toegang, een nieuwsgierig stadje, alweer een saaie woensdagmiddag – dit alles bij elkaar was er de oorzaak van dat de kerk al ruim voor vieren bomvol zat toen predikant Condry opstond om met de rouwdienst te beginnen. Hij begon met een hoogdravend gebed en ging zitten toen het koor de eerste van vele klaagliederen zong. Hij stond weer op om uit de Heilige Schrift voor te lezen en een paar breedvoerige, sombere gedachten voor te dragen. De eerste grafrede werd uitgesproken door Mattie, die er moeite mee had haar emoties in bedwang te houden terwijl ze over haar neef praatte. Ze bleek al huilend te kunnen praten, en af en toe huilde iedereen met haar mee. Toen ze vertelde hoe Donovan het lichaam vond van zijn moeder, haar geliefde zus Rose, begaf haar stem het en zweeg ze even. Nadat ze moeizaam had geslikt, ploeterde ze weer verder.

Samantha zat op de vijfde rij, tussen Barb en Annette in. Ze hadden alle drie een zakdoek in hun hand geklemd en betten hun wangen. Alle drie dachten ze hetzelfde: *Kom op, Mattie, je kunt het wel. Rond het nu maar af.* Maar Mattie had helemaal geen haast; dit was Donovans enige afscheidsdienst en dus zou niemand worden opgejaagd.

De gesloten kist stond onder aan het spreekgestoelte en was bedekt met bloemen. Annette had gefluisterd dat in deze contreien veel begrafenisdiensten plaatsvonden met een open kist, zodat de rouwenden naar de overledene moesten kijken terwijl er geweldige dingen over hem of haar werden gezegd. Het was een vreemd gebruik, waardoor het gebeuren veel dramatischer werd dan nodig was. Annette zei dat zij gecremeerd wilde worden. Samantha gaf toe dat zij daar nog nooit over had nagedacht.

Gelukkig was Judy zo verstandig geweest dit spektakel niet toe te staan. Zij en haar dochter zaten op de voorste rij, ongeveer een meter bij de kist vandaan. Zoals iedereen had gezegd, was ze heel knap, een

221

slanke brunette met dezelfde donkere ogen als Donovan. Hun dochter Haley was zes jaar en had het moeilijk gehad met het feit dat haar ouders niet bij elkaar woonden. Nu was ze volkomen overweldigd door de dood van haar vader. Ze klampte zich vast aan haar moeder en huilde onophoudelijk.

Samantha's auto was gepakt en stond met zijn neus naar het noorden. Ze wilde wanhopig graag weg uit Brady en zo snel mogelijk terug naar D.C. rijden, waar haar moeder klaar zou zitten met afhaalsushi en een goede fles chablis. Morgen, op Thanksgiving, zouden ze uitslapen en lang lunchen in een Afghaanse *kabob* waar het die dag altijd heel druk was met Amerikanen die of niet van kalkoen hielden of hun familie wilden ontlopen.

Ten slotte gaf Mattie zich toch over aan haar emoties, verontschuldigde zich en ging zitten. Weer een gezang. Nog een paar opmerkingen van predikant Condry met een paar geleende wijsheden van apostel Paulus. En nogmaals een lange grafrede, deze keer van een goede vriend uit hun studietijd op William & Mary. Na een uur waren de meeste mensen uitgehuild en was iedereen klaar om te vertrekken. Nadat de predikant de dienst met de zegen had beëindigd, vertrok iedereen. De meesten verzamelden zich weer achter de kerk en gingen bij een paarse graftent naast het graf staan. De predikant hield het kort. Zijn opmerkingen leken geïmproviseerd, maar waren raak. Hij sprak een welsprekend gebed uit en toen hij aan de afronding toe was, stapte Samantha voorzichtig achteruit. Het was gebruikelijk dat iedereen in een rij ging staan om een paar troostende woorden tegen de rouwende familie te zeggen, maar Samantha had er genoeg van.

Genoeg van de lokale gebruiken. Genoeg van Brady. Genoeg van de gebroeders Gray en al hun drama en hun verleden. Met een volle tank en een lege blaas reed ze doelbewust vijf uur non-stop door naar het appartement van haar moeder in het centrum van D.C. Heel even bleef ze naast haar auto op de stoep staan. Ze keek en luisterde naar de stad, naar het verkeer en de files en de nabijheid van zoveel mensen die zo dicht bij elkaar woonden. Dit was haar wereld. Ze verlangde naar SoHo en de jachtige energie van de grote stad.

Karen had haar pyjama al aan. Samantha pakte snel haar spullen uit en kleedde zich om. Twee uur lang zaten ze op kussens in de woonkamer te eten en wijn te drinken, te lachen en te kletsen.

Het procesfonds dat had beloofd de fraude- en samenzweringszaak tegen Lonerock Coal en Casper Slate te financieren, had het geld al teruggetrokken. De deal was verleden tijd. Donovan had de rechtszaak aanhangig gemaakt als een eenzame schutter met de toezegging dat de advocaten van andere eisers zich snel zouden aansluiten om een eersteklas advocatenteam te vormen. Maar nu hij dood was en zijn vrienden zich drukten, liep de zaak dood. Tot grote frustratie van Marshall Kofer. Het was een 'fantastische rechtszaak', een zaak die hij als het maar enigszins mogelijk was zelf zou voeren.

Maar hij gaf het niet op. Hij vertelde Samantha dat hij de zaak in de week had gelegd bij zijn enorme advocatennetwerk in de Verenigde Staten en er alle vertrouwen in had dat hij het juiste team kon samenstellen, een team dat voldoende fondsen zou genereren van een andere investeringsgroep. Hij was bereid er wat van zijn eigen geld in te stoppen en tijdens het proces een actieve rol te spelen. Hij zag zichzelf als de coach langs de zijlijn die de strategie bepaalde.

De dag na Thanksgiving zaten ze te lunchen. Samantha praatte liever niet over processen, Donovan, de zaak-Ryzer, Lonerock Coal, of alles wat te maken had met Brady, Virginia, en Appalachia. Terwijl ze met haar salade zat te spelen, realiseerde ze zich dat ze het procesrecht dankbaar moest zijn, want zonder dat hadden zij en haar vader weinig gespreksonderwerpen en met konden ze uren met elkaar praten.

Hij praatte zacht, zijn blik schoot heen en weer alsof het restaurant vol kon zitten met spionnen. 'Ik heb een bron bij de NTSB,' zei hij, zoals altijd zelfvoldaan als hij op de hoogte was van interne problemen. 'Donovan heeft geen noodoproep gedaan. Hij vloog op tweeduizend meter hoogte, het was helder weer, er was geen enkele aanwijzing voor problemen en toen verdween hij plotseling van de radar. Als er een motorprobleem was, had hij meer dan genoeg tijd om dat te melden en zijn exacte locatie door te geven. Maar niets...'

'Misschien raakte hij in paniek,' zei Samantha.

'Ik weet wel zeker dat hij in paniek is geraakt. Zijn vliegtuig stortte neer, dan raakt iedereen in paniek.'

'Kunnen ze nagaan of hij op de automatische piloot vloog?'

'Nee. Een klein vliegtuigje zoals dat van hem heeft geen zwarte doos, dus zijn er geen gegevens beschikbaar over wat er precies is gebeurd. Waarom vraag je dat?'

'Omdat hij me tijdens een vlucht een keer vertelde dat hij soms even een dutje deed. Dat het gezoem van de motor hem slaperig maakte en hij hem dus op de automatische piloot zette en dan even indommelde. Ik weet natuurlijk niet goed of het mogelijk is, maar stel dat hij in slaap is gevallen en op het verkeerde knopje heeft gedrukt. Kan dat?'

'Heel veel dingen kunnen, Samantha, en ik voel meer voor die theorie dan voor die van sabotage. Ik kan maar moeilijk geloven dat iemand met zijn vliegtuig heeft geknoeid. Dat is moord en veel te riskant voor die slechteriken met wie hij te maken had. Lonerock Coal, Krull Mining, Casper Slate – allemaal slechteriken, natuurlijk, maar zouden zij het risico willen nemen een moord te plegen en te worden betrapt? Dat denk ik niet. En bovendien moord op een bekend iemand? Een dood die zeker grondig wordt onderzocht? Dat geloof ik niet.'

'Nou, Jeff dus wel.'

'Hij heeft een andere visie en dat begrijp ik wel. Ik heb echt met hem te doen. Maar wat winnen ze ermee als ze Donovan uitschakelen? In de zaak-Krull Mining zitten er nog drie andere advocatenkantoren aan de tafel van de eisers en die hebben allemaal veel meer ervaring met schadevergoedingszaken met betrekking tot verontreiniging dan Donovan.'

'Maar hij heeft de documenten.'

Daar dacht Marshall even over na. 'Hebben die drie andere kantoren de documenten ook?'

'Volgens mij niet. Ik kreeg de indruk dat die ergens zijn verstopt.'

'Nou ja, hoe dan ook, Krull Mining weet dat niet, nog niet in elk geval. Weet je, als ik advocaat was van Krull Mining zou ik ervan uitgaan dat alle advocaten in het team van de eiser toegang tot die documenten hebben. Dus nogmaals, wat hebben ze te winnen bij het vermoorden van een van de vier advocaten?'

'Goed, als we jouw redenering volgen, dan hebben Lonerock Coal en Casper Slate er veel baat bij om hem uit te schakelen. Hij is de eenzame schutter, zoals jij zei. Er staat geen enkele andere naam bij de aanvraag voor dit proces. Op een dag sterft hij, en nog geen achtenveertig uur later hebben de procesfondsen zich teruggetrokken. Einde proces. Zij winnen.'

Marshall schudde zijn hoofd. Hij keek weer om zich heen; niemand had gezien dat zij er waren. 'Luister, Samantha, ik heb de pest aan ondernemingen zoals Lonerock Coal en aan advocatenkantoren zoals Casper Slate. Ik heb er mijn beroep van gemaakt om dat soort schur-

ken te bevechten. Ik haat ze, oké? Maar ze hebben een goede naam
- verdomme, Lonerock Coal wordt openlijk verhandeld. Je kunt me
niet wijsmaken dat zij in staat zijn een advocaat te vermoorden die hen
voor de rechter daagt. Krull Mining daarentegen is een ander verhaal;
dat is een crimineel bedrijf dat eigendom is van een rijke schurk die de
wereld over trekt en problemen veroorzaakt. Krull Mining is overal toe
in staat, maar nogmaals, waarom zouden ze hem vermoorden? Op de
lange termijn zal het uitschakelen van Donovan zijn zaak niet helpen.'
    'Laten we het over iets anders hebben.'
    'O, het spijt me. Hij was je vriend en ik mocht hem erg graag. Hij
deed me aan mezelf denken toen ik nog jong was.'
    'Ik heb het er erg moeilijk mee, weet je. Ik moet wel terug, maar ik
weet niet zeker of ik dat wel wil.'
    'Je hebt nu cliënten. Echte mensen met echte problemen.'
    'Dat weet ik, pap. Ik ben een echte advocaat, niet iemand die wat pa-
pieren heen en weer schuift in een groot kantoor. Jij wint.'
    'Dat zei ik niet, en dit is geen wedstrijd.'
    'Dat zeg je al jaren, en voor jou is alles een wedstrijd.'
    'Ben je een beetje gespannen?' vroeg Marshall en hij pakte haar hand.
'Het spijt me. Ik weet dat het een emotionele week voor je is geweest.'
    Opeens sprongen er tranen in haar ogen en werd haar keel dichtge-
knepen. Ze zei: 'Ik wil nu graag weg.'

25

Ze waren met z'n vieren, allemaal grote, boze, ruig uitziende mensen, twee mannen en twee vrouwen. Ze waren tussen de vijfenveertig en de zestig, dacht ze, met grijs haar, vetrollen en goedkope kleren. Ze waren in de stad voor een zeldzaam Thanksgiving-bezoek aan hun moeder, maar waren nu gedwongen hier te blijven om zich bezig te houden met een juridische puinhoop waar ze niet om hadden gevraagd. Toen Samantha naar het Bureau liep, zag ze hen bij de voordeur staan, ongeduldig wachtend tot het Bureau openging. Ze wist instinctief wie ze waren en wat ze wilden. Even overwoog ze Betty's Quilts in te duiken en zich daar een uur te verstoppen, maar waar moest ze het met Betty over hebben? Daarom liep ze een rondje om het gebouw en ging via de achterdeur naar binnen. Ze deed het licht aan, zette koffie en liep ten slotte naar de voordeur en deed die open. Ze wachtten nog steeds en waren nog steeds kwaad; de zaak sudderde al een hele tijd.

'Goedemorgen,' zei ze zo opgewekt mogelijk. Zelfs een blinde kon zien dat het eerstvolgende uur bijzonder onaangenaam zou worden.

De aanvoerder, de oudste, gromde: 'We zijn op zoek naar Samantha Kofer.' Hij stapte naar voren, net als de drie anderen.

Nog steeds glimlachend zei ze: 'Dat ben ik. Wat kan ik voor u doen?'

Een zus haalde een opgevouwen document tevoorschijn en vroeg: 'Hebt u dit geschreven voor Francine Crump?'

De andere broer voegde eraan toe: 'Dat is het testament van onze moeder.' Hij leek haar in het gezicht te willen spugen.

Ze volgden haar naar de vergaderkamer en gingen aan de tafel zitten. Samantha bood hun beleefd koffie aan en toen ze allemaal weigerden, liep ze naar de keuken en schonk langzaam een kop koffie voor zichzelf in. Ze stond tijd te rekken, ze wachtte tot er iemand anders binnenkwam. Het was halfnegen, en normaal gesproken zou Mattie nu in haar kantoor met Donovan zitten kletsen. Maar ze vroeg zich af of Mattie vandaag wel voor twaalven zou komen. Met een tweede kop koffie ging ze aan het hoofd van de tafel zitten. Jonah, eenenzestig, woonde in Bristol. Irma, zestig, woonde in Louisville. Euna Faye, zevenenvijftig, woonde in Rome, Georgia. Lonnie, eenenvijftig, woonde in Knoxville. DeLoss, de 'baby' van vijfenveertig, woonde in Durham en was op dat moment thuis met hun moeder, die helemaal van slag was. Het was een nare Thanksgiving geweest. Samantha maakte aantekeningen en probeerde tijd te rekken, zodat ze misschien zouden kalmeren. Na tien minuten eenrichtingsgepraat was het echter wel duidelijk dat ze van plan waren het gevecht aan te gaan.

'Wat is de Mountain Trust verdomme?' vroeg Jonah.

Samantha beschreef de Mountain Trust vrij nauwkeurig.

Euna Faye zei: 'Mam zegt dat ze nog nooit van de Mountain Trust had gehoord. Ze zei dat u daarmee op de proppen kwam. Klopt dat?'

Samantha legde geduldig uit dat mevrouw Crump haar om advies had gevraagd over hoe ze haar bezit kon nalaten. Ze wilde het nalaten aan iemand of aan een organisatie die het zou beschermen en zou voorkomen dat er een stripmijn op zou komen. Samantha had onderzoek gedaan en twee non-profitorganisaties in Appalachia gevonden die in aanmerking kwamen.

Ze luisterden aandachtig, maar hoorden geen woord van wat ze zei.

'Waarom hebt u ons niet op de hoogte gebracht?' vroeg Lonnie kortaf. Ze had dit gezin nog maar een kwartier meegemaakt en wist nu al dat hier geen echte pikorde heerste. Ze wilden stuk voor stuk de leiding hebben, iedereen probeerde de ergste lastpak te zijn. Hoewel Samantha gespannen was, bleef ze rustig en probeerde ze hen te begrijpen. Dit waren geen rijke mensen. Sterker nog, ze hadden moeite in de middenklasse te blijven. Een erfenis zou een meevallertje zijn, geld dat echt nodig was. Het land van de familie bedroeg dertig hectare, veel meer dan een van hen ooit zou bezitten.

Samantha legde uit dat Francine Crump haar cliënte was, en niet de familie van Francine Crump. Haar cliënte wilde niet dat haar kinderen wisten wat ze deed.

'Denkt u soms dat ze ons niet vertrouwt, haar eigen vlees en bloed?' wilde Irma weten.

Gebaseerd op haar gesprekken met Francine was het klip-en-klaar dat ze haar eigen kinderen niet vertrouwde, maar Samantha zei rustig: 'Ik weet alleen wat mijn cliënte me heeft verteld. Ze was heel duidelijk over wat ze wel en niet wilde.'

'U hebt ons gezin verdeeld, weet u dat wel?' vroeg Jonah. 'U hebt een wig gedreven tussen een moeder en haar vijf kinderen. Ik snap niet dat u zoiets achterbaks hebt kunnen doen.'

'Het is ons land,' mompelde Irma. 'Het is ons land.'

Lonnie tikte tegen de zijkant van zijn hoofd en zei: 'Mam is niet in orde, u snapt me wel. Ze is al een tijdje niet meer goed bij d'r hoofd, alzheimer of zo. We waren al bang dat ze iets geks met het land zou doen, maar dit hadden we niet verwacht.'

Samantha vertelde dat zij en de twee andere advocaten van het Bureau een hele tijd met mevrouw Crump hadden gepraat op de dag waarop ze het testament ondertekende, en dat ze er alle drie van overtuigd waren dat ze heel goed wist wat ze deed. Ze was 'handelingsbekwaam', en dat is wat de wet vereist. Dit testament zou in de rechtbank standhouden.

'Echt niet,' snauwde Jonah. 'En het komt niet bij de rechtbank, want het gaat veranderd worden.'

'Dat is aan uw moeder,' zei Samantha.

Euna Faye keek naar haar telefoon en zei: 'Ze zijn hier, DeLoss en mam. In de auto op straat.'

'Mogen ze binnenkomen?' vroeg Lonnie.

'Natuurlijk,' zei Samantha, omdat ze niets anders kon zeggen.

Francine leek zelfs nog zwakker en brozer dan een maand eerder. Al haar vijf kinderen stonden om haar heen om hun geliefde moeder te helpen, terwijl ze door de voordeur schuifelde, door de gang, naar de vergaderkamer. Ze zetten haar in een stoel en gingen om haar heen staan. Daarna keken ze allemaal naar Samantha. Francine genoot van alle aandacht en keek haar advocaat glimlachend aan.

Lonnie zei: 'Zeg het maar, mam, en vertel haar wat je ons hebt verteld over het ondertekenen van dat testament, dat je je het niet herinnert, en...'

Euna Faye viel hem in de rede: 'En dat je nog nooit van de Mountain Trust had gehoord en dat je niet wilt dat zij ons land krijgen. Toe maar.'

'Het is ons land,' zei Irma voor de zoveelste keer.

Francine aarzelde alsof ze nog meer aansporing nodig had en zei ten slotte: 'Ik wil dit testament liever niet meer.'

Wat hebben ze met je gedaan, arme oude vrouw, hebben ze je aan een boom gebonden en geslagen met een bezemsteel? wilde Samantha vragen. En hoe was de Thanksgiving-maaltijd verlopen, terwijl de hele familie het nieuwe testament liet rondgaan en woedend bekritiseerde? Maar voordat ze iets kon zeggen, kwam Annette binnen en zei goedemorgen. Samantha stelde haar snel voor aan de familie Crump, en al even snel schatte Annette de situatie perfect in en trok een stoel bij. Ze deinsde nooit terug voor een confrontatie, en op dat moment kon Samantha haar wel omhelzen.

Ze zei: 'De Crumps zijn ontevreden over het testament dat we vorige maand hebben opgesteld.'

Jonah zei: 'En we zijn ook ontevreden over jullie, de advocaten. Ik snap gewoon niet hoe jullie ons achter onze rug om kunnen onterven. Geen wonder dat advocaten overal zo'n slechte naam hebben. Verdomme, dat verdienen jullie elke dag opnieuw.'

Op kille toon vroeg Annette: 'Wie heeft dat nieuwe testament gevonden?'

Euna Faye antwoordde: 'Niemand. Mam had het er gisteren over, van het een kwam het ander, en toen pakte ze het testament. We gingen bijna dood toen we lazen wat jullie erin hadden gezet. Toen we nog klein waren, zeiden mam en pap al dat het land altijd in de familie zou blijven. En nu proberen jullie ons te onterven en het aan een stelletje boomknuffelaars in Lexington te geven. Jullie moeten je schamen!'

Annette vroeg: 'Heeft jullie moeder verteld dat zij bij ons kwam en ons vroeg om, gratis, een testament op te stellen waarin ze het land aan iemand anders naliet? Is ze daar duidelijk over geweest?'

DeLoss zei: 'Ze is niet altijd meer even helder tegenwoordig.'

Francine keek hem aan en snauwde: 'Ik ben helderder dan jullie denken.'

'Rustig maar, mam,' zei Euna Faye, terwijl Irma Francine aanraakte om haar te kalmeren.

Samantha keek Francine aan en vroeg: 'Wil je echt dat ik een nieuw testament opstel?'

Alle zes knikten tegelijk, hoewel Francine veel langzamer knikte.

'Oké, en ik neem aan dat je in dat nieuwe testament het land in gelijke delen aan je vijf kinderen nalaat, klopt dat?'

Alle zes waren het daarmee eens.

Annette zei: 'Dat is prima, dan doen we dat. Maar mijn collega hier heeft verschillende uren doorgebracht met mevrouw Crump, om met haar te overleggen en het huidige testament op te stellen. We brengen onze diensten niet in rekening, maar dat betekent niet dat we daar geen grenzen aan stellen. We hebben heel veel cliënten en we lopen altijd achter met ons werk. We zullen nog één testament opstellen, maar daarmee houdt het op. Als u zich weer bedenkt, mevrouw Crump, dan zult u een andere advocaat moeten inhuren. Begrijpt u dat?'

Francine keek met een nietszeggende blik naar de tafel, terwijl haar vijf kinderen ja knikten.

'Hoe lang hebt u daarvoor nodig?' vroeg Lonnie. 'Ik kan nu niet werken, weet u.'

'Wij ook niet,' zei Annette ernstig. 'Wij hebben andere cliënten, andere zaken. Sterker nog, mevrouw Kofer en ik moeten over een halfuur in het rechtbankgebouw zijn. Dit is geen urgente zaak.'

'Kom op, zeg,' brulde Jonah. 'Het is maar een eenvoudig testament, amper twee bladzijden lang. Het kost nog geen kwartier om dat aan te passen. We nemen mam mee naar het café om te ontbijten, terwijl jullie dat doen, daarna laten we het haar ondertekenen en gaan we weg.'

'We gaan niet weg voordat ze dat nieuwe testament heeft ondertekend,' zei Irma stoer, alsof ze van plan waren hun tenten hier in de vergaderkamer op te slaan.

'Zeker wel,' zei Annette. 'Anders bel ik de sheriff. Samantha, wanneer denk je dat je dat testament klaar kunt hebben?'

'Woensdagmiddag.'

'Geweldig. Dag mevrouw Crump, tot dan.'

'Kom op, zeg!' zei DeLoss. Hij liep rood aan en stond op. 'U hebt dat verdomde ding in uw computer zitten. Print het gewoon uit. Dat kost nog geen vijf minuten en dan kan mam hem ondertekenen. We kunnen hier niet de hele week blijven wachten. Ik had gisteren al weg gemoeten.'

'Ik verzoek u vriendelijk om nu weg te gaan, meneer,' zei Annette. 'En als u wilt dat het sneller gebeurt, er zitten meer dan genoeg advocaten aan Main Street.'

'Ook nog eens echte advocaten,' zei Euna Faye en ze schoof haar stoel naar achteren.

De anderen stonden langzaam op en hielpen Francine naar de deur. Terwijl ze het vertrek verlieten, vroeg Samantha: 'Wilt u echt een nieuw testament, mevrouw Crump?'

'Natuurlijk wil ze dat, verdomme!' zei Jonah, bereid om iemand een stomp te geven, maar Francine reageerde niet. Ze vertrokken zonder nog een woord te zeggen en sloegen de deur achter zich dicht. Toen het lawaai weggeëbd was, zei Annette: 'Begin niet aan dat nieuwe testament. Zodra ze de stad uit zijn, bel je Francine en zeg je tegen haar dat we hier niets mee te maken willen hebben. Ze hebben haar gedwongen. Deze zaak stinkt. Als zij een nieuw testament willen, betalen ze er maar voor. Ze kunnen best 200 dollar bij elkaar schrapen. Wij hebben hier al genoeg tijd aan verspild.'

'Mee eens. Gaan we?'

'Ja. Ik werd gisteravond gebeld. Phoebe en Randy Fanning zitten in de gevangenis, ze zijn zaterdag gearresteerd met een vrachtwagen vol meth. Er staat hun een jarenlange gevangenisstraf te wachten.'

'Wauw. Hoezo een rustige maandagochtend. Waar zijn hun kinderen?'

'Geen idee, maar dat moeten we zien uit te vinden.'

De opgerolde bende bestond uit zeven leden, hoewel de staatspolitie zei dat er meer arrestaties zouden volgen. Phoebe zat naast Randy op de voorste rij, samen met Tony die net vier maanden uit de gevangenis was en nu weer voor tien jaar achter de tralies verdween. Naast Tony zat een van de schurken die Samantha een paar weken geleden bij haar eerste bezoek aan de rechtbank had bedreigd. De andere drie waren de belangrijkste leden. Ze hadden lange, vieze haren, tatoeages die boven hun shirt uitstaken, een ongeschoren gezicht en de rode, opgezwollen ogen van verslaafden die al heel lang stoned zijn. Een voor een liepen ze naar voren, zeiden tegen de rechter dat ze niet schuldig waren en gingen weer zitten. Annette haalde Richard, de openbaar aanklager, over om haar toestemming te geven voor een onderonsje met Phoebe. Ze liepen naar een hoek van de rechtszaal, met een hulpsheriff in de buurt.

Ze was afgevallen sinds de laatste keer dat ze haar hadden gezien, en haar gezicht vertoonde de vernietigende sporen van haar methverslaving. Haar ogen stroomden meteen vol tranen en haar eerste woorden waren: 'Het spijt me zo. Ik kan het niet geloven.'

Annette toonde geen medelijden. 'Je hoeft geen sorry tegen mij te zeggen, ik ben je moeder niet. Ik ben hier omdat ik me zorgen maak over je kinderen. Waar zijn ze?' Ze fluisterde, maar praatte op strenge toon.

'Bij een vriendin. Kun je me vrij krijgen?'

'Wij doen niet aan strafrecht, Phoebe, alleen burgerlijk recht. De rechtbank zal je over een paar minuten een andere advocaat toewijzen.'

De tranen verdwenen al even snel als ze gekomen waren. 'Wat gebeurt er met mijn kinderen?' vroeg ze.

'Nou, als de aanklacht ook maar een beetje waar is, zitten jij en Randy een aantal jaren in de gevangenis, ieder in een andere natuurlijk. Heb je een familielid die de kinderen kan opvoeden?'

'Dat denk ik niet, nee. Mijn familie wil niets met ons te maken hebben. Zijn hele familie zit in de bak, behalve zijn moeder en die is getikt. Ik kán niet naar de gevangenis, snap je. Ik moet voor mijn kinderen zorgen.' De tranen kwamen weer terug en druppelden over haar wangen. Ze sloeg dubbel alsof iemand haar in haar maag had gestompt en ze begon te trillen. 'Ze mogen me mijn kinderen niet afpakken,' zei ze, te luid, waarop de rechter naar hen keek.

Samantha dacht: *Dacht je ook aan je kinderen toen je meth probeerde te verkopen?* Ze gaf haar een tissue en klopte haar op haar schouder.

'Ik zal kijken wat ik kan doen,' zei Annette. Phoebe liep terug naar de groep in oranje overalls. Samantha en Annette gingen aan de andere kant van het middenpad zitten. Annette fluisterde: 'Feitelijk is ze onze cliënte niet meer. Onze vertegenwoordiging eindigde toen we het verzoek om echtscheiding annuleerden.'

'Waarom zijn we hier dan?'

'De staat zal proberen hen uit de ouderlijke macht te ontzetten. Dat is iets wat we moeten monitoren, maar waar we niet veel aan kunnen doen.' Ze keken toe en wachtten een paar minuten, terwijl de openbaar aanklager en de rechter de borgstellingen bespraken. Annette las een sms en zei: 'Lieve help! De FBI doet een huiszoeking in Donovans kantoor, en Mattie heeft hulp nodig. Kom mee.'

'De FBI?'

'Dus die ken je?' mompelde Annette terwijl ze opstond en over het middenpad beende.

Er hing nog steeds een rouwkrans aan de voordeur van Donovans kantoor. De deur stond open en vlak achter de deur zat Dawn, de secretaresse, aan haar bureau te huilen. Ze wees en zei: 'Daar zijn ze.' Luide stemmen kwamen uit de vergaderkamer achter haar. Mattie schreeuwde tegen iemand en toen Annette en Samantha binnenkwamen, werden ze begroet met: 'Wie zijn jullie, verdomme?'

Er waren ten minste vier jonge mannen in een donker pak, allemaal gespannen en op het punt hun wapen te trekken. Dozen vol dossiers stonden op elkaar gestapeld op de grond, laden stonden open en de tafel lag vol documenten. De leider, agent Frohmeyer, was degene die brulde. Voordat Annette antwoord kon geven, grauwde hij weer: 'Wie zijn jullie, verdomme?'

'Zij zijn advocaten en zij werken bij mij,' zei Mattie. Ze droeg een spijkerbroek en een trui, en ze was zichtbaar opgewonden. 'Zoals ik al zei, ben ik zijn tante en de executeur-testamentair.'

'En ik vraag het u opnieuw: bent u aangesteld door de rechtbank?' wilde Frohmeyer weten.

'Nog niet. Mijn neef is nog maar net begraven, afgelopen woensdag. Hebt u geen fatsoen?'

'Ik heb een huiszoekingsbevel, dame, dat is het enige wat ik belangrijk vind.'

'Dat begrijp ik. Mogen we dan ten minste dat huiszoekingsbevel lezen, voordat u al die spullen hier weghaalt?'

Frohmeyer griste het huiszoekingsbevel van de tafel en duwde hem Mattie in de hand. 'U krijgt vijf minuten, dame, meer niet.' De agenten verlieten de kamer. Mattie deed de deur dicht en drukte een wijsvinger tegen haar lippen. Haar boodschap was duidelijk: *Zeg niets wat van belang is.*

'Wat is hier aan de hand?' vroeg Annette.

'Geen idee. Dawn belde me in paniek op nadat die schurken hier waren binnengevallen. En nu zijn we hier.' Ze bladerde door het huiszoekingsbevel. Ze mompelde: 'Alle dossiers, aantekeningen, bewijsstukken, verslagen, samenvattingen, zowel op papier, video, audio, elektronisch, digitaal of in welke andere vorm ook, die relevant zijn voor, betrekking hebben op Krull Mining of een van zijn dochterondernemingen, en – hierna volgen alle eenenveertig eisers in de zaak-Hammer Valley.' Ze sloeg een blad om, scande de tekst en sloeg weer een blad om.

Annette zei: 'Nou, als ze de computers meenemen, hebben ze toegang tot alles, of het nu wel of niet in dat huiszoekingsbevel wordt genoemd.'

Mattie zei: 'Ja, alles wat hier is.' Ze knipoogde naar Annette en Samantha, en sloeg weer een blad om. Ze las nog wat, mompelde nog wat, smeet de papieren op de tafel en zei: 'Dit is een blanco cheque. Ze kunnen alles in dit kantoor meenemen, of het nu met de zaak-Hammer Valley te maken heeft of niet.'

Frohmeyer klopte op de deur en deed hem open. 'De tijd is om, dames,' zei hij als een slechte acteur, terwijl de agenten met z'n allen binnenkwamen. Nu waren ze met z'n vijven, allemaal klaar om stampij te maken. Frohmeyer zei: 'Willen jullie nu alsjeblieft opzij gaan?'

'Natuurlijk,' zei Mattie. 'Maar als zijn executeur moet ik een overzicht hebben van alles wat jullie hier vandaan halen.'

'Natuurlijk, zodra u benoemd bent.'

Twee agenten trokken al meer dossierkasten open.

'Alles!' gilde Mattie bijna.

'Ja, ja,' zei Frohmeyer met een wegwerpgebaar. 'Tot ziens, dames.'

Toen de drie advocaten de kamer uit liepen, voegde Frohmeyer eraan toe: 'O ja, op dit moment doet een andere eenheid een huiszoeking bij hem thuis. Het is maar dat u het weet.'

'Geweldig, en waar zijn jullie precies naar op zoek?'

'Daarvoor moet u het huiszoekingsbevel lezen.'

Ze waren compleet van slag en vermoedden dat iemand hen in de gaten hield, zodat ze besloten niet naar kantoor te gaan. Ze vonden een zitje achter in de coffeeshop, waar ze zich enigszins veilig voelden. Mattie, die al een hele week niet had geglimlacht, lachte bijna toen ze zei: 'Van die computers worden ze niets wijzer. Jeff heeft de harde schijven eruit gehaald, afgelopen woensdag, voor de begrafenis.'

Samantha zei: 'Dan komen ze dus terug, op zoek naar de harde schijven.'

Mattie haalde haar schouders op en zei: 'Nou en? Wij kunnen niet bepalen wat de FBI doet.'

Annette zei: 'Dus als ik het goed begrijp, denkt Krull Mining dat Donovan op de een of andere manier documenten in zijn bezit heeft die hij niet hoort te hebben, wat waarschijnlijk waar is. Nu hij die rechtszaak aanhangig heeft gemaakt, is Krull Mining doodsbang dat die documenten openbaar worden gemaakt. Ze gaan dus naar de U.S. Attorney – het parket van de openbaar aanklager – die een zaak begint, voor diefstal neem ik aan, en hij stuurt die klojo's om de documenten te zoeken. Maar nu Donovan dood is, denken ze dat hij die documenten niet langer kan verbergen.'

Mattie zei: 'Dat is een vrij goede beschrijving. Krull Mining gebruikt de U.S. Attorney om de eisers en hun advocaten te bedreigen. Dreig met een strafzaak, en met gevangenisstraf, en je tegenstanders gooien snel de handdoek in de ring. Dat is een oude truc, en bovendien een truc die werkt.'

'Nog een reden om een proces te vermijden,' zei Samantha.

'Ben je echt de executeur-testamentair?' vroeg Annette.

'Nee, dat is Jeff. Ik ben de advocaat van de executeur-testamentair. Donovan heeft zijn testament twee maanden geleden geüpdatet. Hij hield zijn testament actueel. Het originele exemplaar heeft altijd in mijn kluis bij de bank gelegen. Hij laat de helft van zijn nalatenschap na aan Judy en zijn dochter, gedeeltelijk in een fonds, en de andere helft is in drieën verdeeld: een derde gaat naar Jeff, een derde naar mij en een derde naar een groep non-profitorganisaties hier in Appalachia, waaronder het Bureau. Jeff en ik gaan woensdagochtend naar de rechtbank om het testament te laten verifiëren. Het ziet ernaar uit dat onze eerste taak zal zijn om een inventarislijst van de FBI te krijgen.'

'Weet Judy dat zij niet de executeur is?' vroeg Annette.

'Ja, we hebben elkaar na de begrafenis al een paar keer gesproken, en ze vindt het prima. Zij en ik kunnen het goed met elkaar vinden. Dat geldt niet voor haar en Jeff.'

'Heb je enig idee van de omvang van zijn nalatenschap?'

'Niet echt. Jeff heeft de harde schijven en maakt een lijst met onderhanden zaken, waarvan sommige zich nog jaren zullen voortslepen. Hammer Valley was nog maar net aanhangig gemaakt en ik neem aan dat de advocaten van de andere eisers het balletje zullen oppakken en ermee vandoor zullen gaan. De zaak-Ryzer lijkt nu dood. Er is een mondelinge overeenkomst met Strayhorn Coal om de zaak-Tate te schikken voor 1,7 miljoen dollar.'

Annette zei: 'Ik neem aan dat er geld op een bankrekening staat.'

'Dat weet ik wel zeker. Bovendien was hij bezig met een aantal kleinere zaken. Ik heb geen idee waar die naartoe gaan. Misschien kunnen wij er een paar afhandelen, maar niet veel. Ik heb Donovan vaak voorgesteld een partner te zoeken of in elk geval een goede maat, maar hij vond het heerlijk om in zijn eentje te werken. Hij volgde mijn adviezen zelden op.'

'Hij aanbad je, Mattie, dat weet je,' zei Annette.

Het bleef even stil. De serveerster schonk hun kopjes weer vol en toen ze wegliep, realiseerde Samantha zich dat dit dezelfde vrouw was die haar had bediend toen ze de eerste keer in de Brady Grill kwam. Donovan had haar net gered van Romey en de gevangenis, Mattie zat op het Bureau voor Rechtshulp op haar te wachten voor haar sollicitatiegesprek. Dat was amper twee maanden geleden, en toch leek het al jaren geleden. Nu was hij dood en praatten ze over zijn nalatenschap.

Mattie slikte moeizaam en zei: 'We moeten Jeff aan het einde van de middag spreken en een paar zaken doornemen. Alleen wij drieën, maar niet op onze kantoren.'

'Waarom moet ik erbij zijn?' vroeg Samantha. 'Ik ben maar een advocaat-stagiaire, ik ben hier maar tijdelijk zoals je zelf altijd graag zegt.'

'Goed punt,' zei Annette.

'Jeff wil dat je erbij bent,' zei Mattie.

26

Jeff huurde voor 20 dollar per uur een kamer in het Starlight Motel, en probeerde de manager ervan te overtuigen dat er niets onzedelijks ging gebeuren. De manager veinsde verbazing en onbegrip, en deed zelfs een beetje beledigd doordat iemand suggereerde dat er in zijn uurhotel slechte dingen gebeurden. Jeff legde uit dat hij een afspraak had met drie vrouwen die allemaal advocaat waren, dat een van hen zijn zestigjarige tante was en dat ze alleen maar een rustige plek nodig hadden om gevoelige onderwerpen te bespreken. Natuurlijk, zei de manager. Wilt u een factuur? Nee.

Op een willekeurige andere dag was Mattie misschien zenuwachtig geworden als haar auto bij dit motel te zien was, maar een week na Donovans dood kon het haar niets schelen. Ze was te verdoofd om zich druk te maken over dergelijke futiliteiten. Het was een klein stadje. *Nou, dan kletsten ze maar.* Zij moest zich met veel belangrijkere kwesties bezighouden. Annette zat voorin, Samantha achterin, en toen Mattie de auto naast Jeffs truck parkeerde, realiseerde Samantha zich dat hij in de deuropening stond van dezelfde kamer die Pamela Booker een tijdje terug had gebruikt; de kamer ernaast was van Trevor en Mandy geweest. Gedurende vier nachten, al heel lang geleden voor haar gevoel, hadden ze in dit motel geslapen nadat ze een maand in hun auto hadden gewoond. Dankzij Samantha's onbevreesde aanpak en de gulheid van het Bureau was de familie Booker gered en woonde nu vreedzaam in een gehuurde stacaravan een paar kilometer buiten Colton. Pamela werkte bij de lampenfabriek. Het proces tegen Top Market Solutions – Samantha's eerste echte proces – was nog niet afgerond, maar het gezin was veilig en gelukkig.

'Hij is hier waarschijnlijk al vaker geweest,' zei Annette toen ze naar Jeff keken.

'Mond houden,' zei Mattie.

De drie advocaten stapten uit de auto en liepen de kleine kamer in.

'Je meent het echt van dat spionagegedoe, hè?' vroeg Annette, die er kennelijk niets van geloofde.

Jeff zat op het wankele bed tegen de kussens geleund en wees naar drie goedkope stoelen. 'Welkom in het Starlight Motel.'

'Ik ben hier al eerder geweest,' zei Samantha.

'Wie was de gelukkige man?'

'Gaat je niets aan.'

De drie advocaten gingen op de stoelen zitten. Op het bed lagen dossiers en schrijfblokken.

Jeff zei: 'Ja, ik meen het echt van dat spionagegedoe. In Donovans kantoor was afluisterapparatuur aangebracht, net als in zijn huis. Hij vermoedde dat zij, wie het ook zijn, hem bekeken en afluisterden. Dus kunnen we maar beter geen risico's nemen.'

'Wat heeft de FBI uit het huis meegenomen?' vroeg Mattie.

'Ze zijn daar twee uur bezig geweest en hebben niets gevonden. Ze hebben de computers meegenomen, maar inmiddels weten ze dat de harde schijven waren vervangen. Ze vinden alleen een paar obscene groeten aan iedereen die aan het snuffelen is. Ik neem dus aan dat ze terugkomen. Maar dat maakt niet uit. Ze zullen niets vinden, nooit niet.'

'Je realiseert je toch wel dat je bijna niet meer legaal bezig bent?' vroeg Annette.

Jeff glimlachte en haalde zijn schouders op. 'Ach wat. Denk je soms dat Krull Mining zich op dit moment afvraagt wie zich aan de regels houdt? Nee hoor, echt niet. Op dit moment hangen ze aan de telefoon met de U.S. Attorney omdat ze wanhopig graag willen weten wat de FBI vandaag tijdens de huiszoekingen heeft gevonden.'

'Het is een misdaadonderzoek, Jeff,' zei Annette fel. 'Gericht op Donovan en de mensen die met hem samenwerkten, vooral jij dus. Wanneer jij in het bezit bent van illegaal verkregen documenten, of daar toegang tot hebt... Deze mensen gaan echt niet weg alleen maar omdat jij hen met die harde schijven voor de gek hebt gehouden.'

'Ik heb die documenten niet,' zei hij, een ontkenning die niemand in de kamer geloofde.

Mattie zwaaide met haar hand en zei: 'Oké, oké, genoeg hierover. Woensdag gaan we naar de rechtbank om zijn testament te laten verifiëren; ik dacht dat we het daarover zouden hebben.'

'Ja, maar er zijn dringendere kwesties. Ik ben ervan overtuigd dat mijn broer is vermoord. Die crash was geen ongeluk. Dat vliegtuig wordt nu bewaakt en ik heb twee experts ingehuurd die gaan samenwerken met de staatspolitie van Kentucky. Tot nu toe hebben ze niets gevonden, maar ze zijn met allerlei tests bezig. Donovan heeft veel vijanden gemaakt, maar Krull Mining was de grootste. Er zijn bepaalde documenten verdwenen en zij vermoeden dat hij die in handen heeft gekregen. Die documenten zijn fataal, en Krull Mining zweette peentjes en wachtte gewoon af om te zien of Donovan die zaak aanhangig zou maken. Hij heeft hen de stuipen op het lijf gejaagd, maar heeft niets uit die documenten onthuld. Nu hij dood is, denken zij dat het niet moeilijk zal zijn om die documenten boven tafel te krijgen. Ik zou het volgende doelwit kunnen zijn. Ik weet dat ze me volgen en waarschijnlijk ook afluisteren. Ze laten het vuile werk door de FBI opknappen. Ze trekken de touwtjes steeds strakker aan, en dus zal ik af en toe even verdwijnen. Als iemand gewond raakt, is dat waarschijnlijk de man die me achtervolgt. Ik ben echt woedend over wat er met mijn broer is gebeurd en mijn trekkervinger is gespannen.'

'Kom op, Jeff,' zei Mattie.

'Ik meen het, Mattie. Als ze iemand die zo belangrijk is als Donovan uitschakelen, zullen ze niet aarzelen om een onbelangrijk iemand als ik uit de weg te ruimen, vooral niet als zij denken dat ik die documenten heb.'

Samantha had behoefte aan frisse lucht en had tevergeefs een raam op een kiertje gezet. Het witte plafond was geel van de nicotine en in het groene tapijt zaten oude vlekken. Ze kon zich niet herinneren dat deze kamer zo deprimerend was geweest toen de Bookers hier bivakkeerden. Maar nu wilde ze weg! Op een bepaald moment riep ze: 'Wacht even! Sorry hoor, maar ik heb geen idee wat ik hier doe. Ik ben maar een advocaat-stagiaire, ik ben hier maar tijdelijk zoals we allemaal weten en ik wil echt niet horen wat ik nu allemaal hoor, oké? Kan iemand me misschien vertellen waarom ik hier ben?'

Annette rolde gefrustreerd met haar ogen, Mattie zat met haar armen over elkaar geslagen en Jeff zei: 'Omdat ik je heb uitgenodigd. Donovan bewonderde je en hij heeft je in vertrouwen bepaalde dingen verteld.'

'Is dat zo? Nou sorry hoor, maar dat wist ik niet.'

'Je bent lid van het team, Samantha,' zei Jeff.

'Welk team? Ik heb hier niet om gevraagd.' Ze masseerde haar slapen alsof ze migraine had.

Even bleef het stil. Toen zei Mattie: 'We moeten het over zijn nalatenschap hebben.'

Jeff pakte een stapel papieren, haalde er een paar tussenuit en deelde ze uit. 'Dit is een globale lijst van zijn lopende zaken.' Samantha voelde zich net een gluurder toen ze naar de informatie keek die geen enkel advocatenkantoor, groot of klein, ooit vrijwillig bekend zou maken. Boven aan de eerste bladzijde, onder de kop 'Belangrijk' stonden vier zaken: de zaak-Hammer Valley, de zaak-Ryzer/Lonerock Coal en hun advocaten, en de zaak-Tate. Nummer vier was de zaak-Gretchen Bane/Eastpoint Mining, over haar onrechtmatige dood, die voor mei op de rol stond.

'Er is een mondelinge schikkingsovereenkomst voor de zaak-Tate, maar ik kan niets op schrift vinden,' zei Jeff en hij sloeg een bladzijde om. 'De andere drie zaken nemen waarschijnlijk nog jaren in beslag.'

Samantha zei: 'Ryzer kun je vergeten, tenzij er andere advocaten bij worden gehaald. Het procesfonds heeft zijn geld teruggetrokken. We zullen doorgaan met de aanvraag voor een stoflongziekte-uitkering, maar Donovans proces met betrekking tot fraude en samenzwering zal doodlopen.'

'Waarom doe jij die niet?' vroeg Jeff. 'Jij kent de feiten.'

Samantha was verbijsterd door zijn voorstel en deed net alsof ze moest lachen. 'Je maakt een grapje zeker? Dit is een gecompliceerde federale zaak aangaande een onrechtmatige daad, verspreid over meerdere staten, gebaseerd op een theorie die nog wel bewezen moet worden. Ik moet mijn allereerste proces nog winnen en ik vind het nog steeds doodeng om überhaupt een proces te moeten voeren.'

Mattie sloeg een paar bladzijden om en zei: 'Een paar van deze zaken kunnen wij wel afhandelen, maar niet allemaal. Ik tel veertien stoflongziektezaken. Drie zaken betreffende een onrechtmatige dood. Ongeveer twaalf milieuclaims. Ik snap niet hoe hij dit allemaal kon bijbenen.'

Jeff vroeg: 'Oké, nu een vraag van iemand die geen advocaat is. Is het mogelijk om iemand in te huren om Donovans kantoor over te nemen? Iemand die de kleinere zaken kan doen en misschien kan helpen met de grotere zaken? Ik weet het niet, ik vraag het maar.'

Annette schudde haar hoofd. 'De cliënten zullen niet blijven, omdat ze die nieuwe advocaat niet kennen. En je kunt er donder op zeggen dat de andere advocaten in de stad er als gieren omheen cirkelen. De goede zaken op deze lijst zullen binnen een maand verdwenen zijn.'

Mattie zei: 'En dan blijven wij met de slechte zaken zitten.'

Annette zei: 'Het is niet mogelijk het kantoor open te houden, Jeff, omdat er niemand is om dat te doen. We zullen zo veel mogelijk zaken overnemen. Achter de zaak-Hammer Valley zit voldoende juridisch talent. Vergeet Ryzer. Voor de zaak-Bane had Donovan collega-advocaten in West Virginia, zodat zijn nalatenschap recht heeft op een percentage als die zaak ooit wordt opgelost, maar veel zal het niet zijn. Ik weet niets van die andere zaken betreffende een onrechtmatige dood, maar zo te zien stond hij er niet bepaald sterk voor.'

'Daar ben ik het mee eens,' zei Mattie. 'We zullen ze de komende dagen beter bekijken. Het belangrijkste is het Tate-vonnis, maar die schikking is nog niet definitief.'

'Ik ga met alle plezier even naar buiten, hoor,' zei Samantha.

'Onzin,' zei Mattie. 'De verificatie van een testament is geen vertrouwelijke kwestie, Samantha. De rechtbank stelt een openbare lijst op en iedereen kan naar binnen lopen om die te bekijken. Bovendien bestaan hier in Brady geen echte geheimen, dat zou je inmiddels toch moeten weten.'

Jeff deelde nog meer papieren uit en zei: 'Zijn secretaresse en ik hebben deze bankrekening dit weekend bekeken. Het honorarium voor de zaak-Tate bedraagt bijna 700.000 dollar...'

'Minus de inkomstenbelasting uiteraard,' zei Mattie.

'Natuurlijk. En zoals ik al zei is het slechts een mondelinge afspraak. Ik neem aan dat de advocaten van Strayhorn Coal hierop kunnen terugkomen. Ja toch, Mattie?'

'O ja, en het zou me niets verbazen als ze dat doen ook. Nu Donovan van het toneel is verdwenen, kunnen ze hun strategie zomaar wijzigen en ons met lege handen achterlaten.'

Samantha zei hoofdschuddend: 'Wacht eens even. Als ze akkoord zijn gegaan met een schikking, hoe kunnen ze zich nu dan bedenken?'

'Omdat er niets op papier staat,' zei Mattie. 'Tenminste, tot nu toe hebben we dat niet kunnen vinden. Normaal gesproken ondertekenen beide partijen een korte schikkingsovereenkomst en laten die vervolgens goedkeuren door de rechtbank.'

Jeff zei: 'Volgens de secretaresse staat er een ruw concept op een van de computers, maar is die nooit ondertekend.'

'We zijn dus de klos,' zei Samantha, waarbij ze per ongeluk 'wij' zei.

'Niet per se,' zei Mattie. 'Als zij terugkomen op die schikking wordt de zaak gewoon in beroep behandeld, iets waarover Donovan zich helemaal geen zorgen maakte. Het was een zuiver proces zonder omkeerbare fouten, volgens hem tenminste. Over ongeveer anderhalf jaar zou de beroepszaak worden behandeld. En als de Hoge Raad het vonnis vernietigt, moet het proces opnieuw worden gevoerd.'

'Wie gaat dat dan doen?' vroeg Samantha.

'Daar moeten we ons maar mee bezighouden als het zover is.'

'Wat zit er nog meer in de nalatenschap?' vroeg Annette.

Jeff keek naar zijn handgeschreven aantekeningen. 'Nou, allereerst had Donovan een levensverzekering voor een half miljoen dollar. Judy is de begunstigde en volgens de accountant valt dat geld buiten zijn nalatenschap, zodat zij er financieel dus uitstekend voor komt te staan. Hij had 40.000 dollar op zijn privérekening, 100.000 dollar op zijn zakelijke rekening, 300.000 dollar in een gemeenschappelijk fonds en ook nog een procesfonds met 200.000 dollar erin. Zijn andere bezittingen zijn de Cessna, die nu natuurlijk niets meer waard is, maar verzekerd was voor 120.000 dollar. Zijn huis en land zijn door de county getaxeerd op 140.000 dollar en hij wil dat dat wordt verkocht. Zijn kantoorpand is door de gemeente Brady getaxeerd op 190.000 dollar en uit zijn testament blijkt dat ik dat krijg. Er zit een kleine hypotheek op het huis, maar niet op het kantoorpand. Verder zijn er nog zijn persoonlijke bezittingen: zijn Jeep, zijn pick-uptruck, zijn kantoormeubilair, et cetera.'

'Hoe zit het met de boerderij van de familie?' vroeg Annette.

'Gray Mountain is nog altijd eigendom van onze vader en we hebben al jaren niet meer met elkaar gesproken. Ik hoef jullie er niet aan te herinneren dat hij vorige week niet aanwezig was bij de begrafenis van zijn zoon. Bovendien is het land niet veel waard. Ik neem aan dat ik het ooit een keer zal erven, maar ik ga ervan uit dat ik daar niet veel mee opschiet.'

Samantha zei: 'Ik vind echt dat ik niet bij dit gesprek aanwezig hoor te zijn. Het is persoonlijk en privé, en op dit moment weet ik meer dan zijn vrouw.'

Jeff haalde zijn schouders op en zei: 'Kom op, Samantha.'

Ze liep naar deur en zei: 'Bespreek alles wat je wilt. Ik heb er genoeg van. Ik loop wel naar huis.' Voordat ze iets konden zeggen, was ze de kamer al uit en liep ze snel over het grind van de parkeerplaats. Het motel stond aan de rand van de stad, niet ver van de gevangenis waar

Romey haar amper twee maanden eerder naartoe had gebracht. Ze had behoefte aan frisse lucht en aan beweging, en ze wilde zo ver mogelijk bij de gebroeders Gray en hun problemen vandaan zijn. Ze mocht Jeff graag en leefde met hem mee in verband met het verlies van zijn broer, ze had zelf een gevoel van gemis, maar ze baalde ook van zijn roekeloosheid. Zijn geknoei met die computers zou alleen maar meer problemen met de FBI betekenen. Jeff was arrogant genoeg om te denken dat hij de FBI te slim af kon zijn en kon verdwijnen als hij daar zin in had, maar zij betwijfelde dat.

Ze liep langs een paar huizen aan Main Street en glimlachte om een paar taferelen die ze binnen zag. De meeste gezinnen zaten te eten of ruimden de tafel af. De tv stond aan, de kinderen zaten aan tafel. Ze liep langs Donovans kantoor en kreeg een brok in haar keel. Hij was nu een week dood en ze miste hem ontzettend. Als hij single was geweest, zouden ze kort na haar komst in Brady zeker een romantische en fysieke relatie hebben gekregen. Twee jonge, single advocaten in een klein stadje, die van elkaars gezelschap genoten, flirtten en om elkaar heen draaiden; dat zou onvermijdelijk zijn geweest. Ze dacht aan Annettes waarschuwende woorden over Donovan en zijn liefde voor vrouwen, en ze vroeg zich weer af of Annette eerlijk was geweest of alleen voor haar eigen belangen was opgekomen. Had ze Donovan helemaal voor zichzelf willen hebben en met niemand willen delen? Jeff was ervan overtuigd dat hij was vermoord; haar vader niet. Hoe belangrijk was dat eigenlijk nu ze zich realiseerde wat voor de hand lag: dat hij voor altijd weg was?

Ze draaide zich om en liep terug naar de Brady Grill. Ze bestelde een salade en koffie, en probeerde de tijd te doden. Ze had geen zin om terug te gaan naar kantoor en ook geen zin om in haar appartement te zitten. Na twee maanden in Brady begon ze zich te vervelen. Ze genoot van het werk en de dagelijkse drama's op het Bureau, maar 's avonds viel er niets te beleven. Ze at snel en betaalde haar rekening bij Sarge, de chagrijnige oude man die de eigenaar was van het café. Ze wenste hem een prettige avond en fijne dromen, en vertrok. Het was halfacht, veel te vroeg om naar bed te gaan en dus liep ze door, ademde de frisse lucht diep in en strekte haar benen. Ze had door elke straat in Brady gelopen en wist dat ze allemaal veilig waren. Misschien gromde er een hond of floot er een tiener, maar zij was een stoer stadsmeisje dat wel ergere dingen had meegemaakt.

In een donkere straat achter de middelbare school hoorde ze voetstappen achter zich, het zware geluid van iemand die niet probeerde haar geluidloos te volgen. Ze sloeg een zijstraat in; de voetstappen deden hetzelfde. Ze koos een straat met aan weerszijden huizen, waar bijna overal het licht op de veranda brandde; dezelfde voetstappen volgden. Op een kruising, en bij een plaats waar ze kon gillen en mensen haar zouden horen, bleef ze staan en draaide ze zich om. De man liep door tot hij nog maar anderhalve meter bij haar vandaan was.

'Wilt u iets?' vroeg ze, bereid om te schoppen en te krabben en zo nodig te gillen.

'Nee hoor, ik ben gewoon aan de wandel, net als u.' Blanke man, veertig jaar, een meter vijfentachtig, warrig haar dat onder een blanco honkbalpetje uitstak en een dik jack met beide handen in de grote zakken gestoken.

'Onzin, u achtervolgt me. Zeg snel iets, anders ga ik gillen.'

'U hebt geen idee waar u mee bezig bent, mevrouw Kofer,' zei hij. Licht bergaccent, zeker weten een local. Maar hij wist hoe ze heette!

'U kent mijn naam. Hoe heet u?'

'Kies er maar een uit. U mag me Fred noemen.'

'O, ik vind Bozo beter bij je passen dan Fred. Het wordt dus Bozo.'

'Prima. Ik ben heel blij dat u dit grappig vindt.'

'Wat wil je, Bozo?'

Onaangedaan zei hij: 'U gaat met de verkeerde mensen om en u speelt een spelletje waarvan u de regels niet kent. U zou uw mooie koppie alleen in dat Mountain Bureau voor Rechtshulp moeten vertonen, waar u arme mensen kunt helpen en niet in de problemen komt. Nog beter, voor u en voor iedereen, is wanneer u uw spullen pakt en teruggaat naar New York.'

'Bedreig je me nu, Bozo?' *Verdomme, dat wist ze wel zeker.* Het dreigement werd op een dramatische en onmiskenbare manier verwoord.

'U mag het opvatten zoals u wilt, mevrouw Kofer.'

'Ik vraag me af voor wie je werkt, voor Krull Mining, Lonerock Coal, Strayhorn Coal, Eastpoint Mining – er zijn gewoon te veel schurken waar ik uit kan kiezen. O, en laat ik die engerds in hun fraaie pak bij Casper Slate niet vergeten. Wie schrijft je salarischeque uit, Bozo?'

'Ze betalen me contant,' zei hij en hij kwam nog dichterbij.

Ze hief beide handen en zei: 'Nog één stap, Bozo, en dan ga ik zo hard gillen dat half Brady eraan komt rennen.'

Achter hem verscheen een lawaaiig groepje tieners, en Bozo bedacht zich snel. Zacht zei hij: 'We houden u in de gaten.'

'Ik jou ook,' zei ze, hoewel ze geen idee had wat ze bedoelde. Ze ademde zwaar uit en merkte toen dat haar mond kurkdroog was. Haar hart bonsde heftig en ze moest gaan zitten. Bozo verdween zonder een woord of een blik toen de tieners hen passeerden. Samantha liep via een snelle zigzagroute terug naar haar appartement.

Eén blok daarvandaan stapte een andere man uit het donker tevoorschijn en hield haar tegen op de stoep. 'We moeten praten,' zei Jeff.

'Dit is echt mijn avond,' zei ze, terwijl ze bij haar appartement vandaan liepen. Ze vertelde over haar ontmoeting met Bozo en keek ondertussen of ze hem ergens zag, wat niet het geval was.

Jeff luisterde en knikte, alsof hij Bozo persoonlijk kende. Hij zei: 'Het zit zo. De FBI is niet alleen hier op bezoek geweest, maar ze hebben ook de kantoren doorzocht van de andere drie advocaten die meedoen aan de zaak-Hammer Valley/Krull Mining. Dat zijn vrienden van Donovan; ze waren ook bij zijn begrafenis vorige week. Twee kantoren in Charleston en een in Louisville. Advocaten die gespecialiseerd zijn in gifzaken, en die hun geld en mankracht bundelen om de slechteriken aan te pakken. Nou, ook bij hen is vandaag huiszoeking gedaan en dat betekent onder andere dat de FBI, en naar we aannemen ook Krull Mining, nu de waarheid weet. En de waarheid is dat Donovan die gestolen documenten niet aan die andere advocaten heeft gegeven. Nog niet. Dat was het plan niet. Donovan was heel voorzichtig met die documenten en hij wilde die andere advocaten niet in de problemen brengen. Daarom heeft hij hun alleen verteld wat erin staat. De strategie van de advocaten was de zaak aanhangig maken, Krull Mining voor de rechter slepen, het bedrijf en zijn advocaten dwingen onder ede een heleboel leugens te vertellen en daarna de documenten aan de rechter en de jury laten zien. Volgens deze advocaten zijn die documenten ten minste een half miljard dollar aan schadevergoeding waard. Naar alle waarschijnlijkheid zullen ze ook leiden tot strafrechtelijke onderzoeken, dagvaardingen, et cetera.'

'Dus de FBI komt binnenkort terug, deze keer op zoek naar jou.'

'Dat denk ik wel, ja. Zij denken dat Donovan die documenten in zijn bezit had en nu weten ze dat die andere advocaten ze niet hadden. Dus waar zijn ze dan?'

'Waar zijn ze?'

'Dichtbij.'

'En jij hebt ze?'

'Ja.'

Ze liepen zwijgend verder. Jeff riep iets tegen een oude man die met een deken om zich heen geslagen op een veranda zat.

Even later vroeg ze: 'Hoe kwam hij aan die documenten?'

'Wil je dat echt weten?'

'Dat weet ik niet zeker. Maar kennis is geen misdaad, wel?'

'Jij bent de advocaat.'

Ze liepen een donkerdere straat in. Jeff kuchte, schraapte zijn keel en begon: 'Eerst huurde Donovan een hacker in, een Israëliër die de hele wereld rondtrekt en zijn talent voor een leuk bedrag verkoopt. Krull Mining had bepaalde interne documenten gedigitaliseerd en de hacker kwam zonder veel problemen binnen. Hij ontdekte behoorlijk interessant materiaal over de slurry pond van de Peck Mountain-mijn, genoeg om Donovan enthousiast te maken. Maar het was duidelijk dat Krull Mining heel veel informatie niet in het digitale archief had opgeslagen. De hacker ging zover hij kon, trok zich terug, wiste zijn sporen en verdween. Een bedrag van 15.000 dollar voor een week werk. Niet slecht, lijkt me. Maar wel riskant, omdat hij drie maanden geleden tijdens een andere klus is opgepakt en nu in Vancouver in de gevangenis zit. Maar goed, Donovan besloot het hoofdkantoor van Krull Mining in de buurt van Harlan, Kentucky, te onderzoeken. Dat is een klein stadje en het is nogal vreemd om zo'n grote onderneming in zo'n landelijk gebied te vestigen, maar dat is niet ongebruikelijk in steenkoolland. Donovan ging er een paar keer naartoe, altijd anders vermomd; hij was gek op melodrama en vond zichzelf een bijzonder slimme spion. En hij was inderdaad heel goed. Hij koos een lang weekend, Memorial Day vorig jaar, en ging op een vrijdagmiddag naar binnen, vermomd als monteur van een telefoonmaatschappij. Hij huurde een wit busje zonder opschrift en zette die tussen een paar andere auto's op de parkeerplaats. Hij schroefde zelfs valse nummerborden op dat busje. Eenmaal binnen verdween hij naar de zolder en wachtte tot sluitingstijd. Er waren gewapende bewakers en bewakingscamera's buiten, maar binnen was er weinig beveiliging. Ik was in de buurt, net als Vic; we waren allebei gewapend en hadden een noodplan voor het geval er iets mis zou gaan. Donovan is drie dagen binnengebleven en wij waren buiten, we verstopten ons in de bossen. Daar zaten we te kijken, te wachten en de teken en muggen van ons af te slaan. Het was verschrikkelijk. We gebruikten hoogfrequentieradio's om contact met elkaar te houden en wakker te blijven. Donovan vond de keuken, at al het eten op en sliep op een bank in de lobby. Vic en ik sliepen in onze trucks. Donovan vond ook de bestanden, een schatkist vol bezwarende documenten met gedetailleerde informatie over Krull Minings cover-up van de Peck Mountain-mijn en alle problemen daaromtrent. Hij kopieerde duizenden documenten en legde de originelen terug in de dossiers alsof er niets mee was gebeurd. Die maandag, Memorial Day, verscheen er een schoonmaakploeg die hem bijna betrapte. Ik zag ze aankomen en belde Donovan, zodat hij net op tijd weer naar de zolder kon vluchten, voordat die schoonmakers het gebouw binnengingen. Hij heeft daar drie uur gezeten, in de smoorhitte.'

'Hoe heeft hij die documenten het gebouw uit gekregen?'

'In afvalzakken, gewoon als een partij afval. Hij stopte zeven zakken in een afvalcontainer achter het kantoorgebouw. We wisten dat de vuilniswagen op dinsdagochtend langskwam. Vic en ik reden er tot aan de stortplaats achteraan. Donovan liep het kantoor uit, kleedde zich om en verkleedde zich als FBI-agent en ging met een badge naar de stortplaats. De mensen die daar werken vinden het niet echt belangrijk waar het spul vandaan komt of wat ermee gebeurt, en na een paar strenge woorden van agent Donovan gaven ze toe. We laadden de afvalzakken in het huurbusje en reden snel terug naar Brady. We zijn drie dagen onafgebroken bezig geweest met het uitzoeken, sorteren en indexeren. Daarna verborgen we de documenten in een mini-opslagruimte niet ver van Vics huis in de buurt van Beckley. Later hebben we ze verplaatst en daarna nog een keer.'

'En die lui van Krull Mining hadden geen idee dat iemand hun kantoor was binnengedrongen?'

'Het moet hen opgevallen zijn. Donovan moest een paar sloten openbreken, een paar dossierkasten kapotmaken en hij hield enkele originele documenten. Hij liet een spoor achter. Buiten hingen allemaal bewakingscamera's en we zijn er zeker van dat ze beelden van hem hebben, hoewel niemand kon weten dat hij het was omdat hij zich vermomd had. Bovendien vonden Donovan en Vic het belangrijk dat Krull Mining wist dat iemand binnen was geweest. Later die dinsdagmiddag zijn we teruggegaan en zagen van een afstandje politieauto's komen en gaan. Die lui waren helemaal opgefokt.'

'Het is een geweldig verhaal, maar ik vind het ongelofelijk roekeloos.'

'Natuurlijk, dat was het ook. Maar zo was mijn broer. Zijn filosofie was omdat de slechteriken altijd vals spel spelen...'

'Ik weet het. Dat heeft hij me meer dan eens verteld. Wat staat er op de harde schijven van zijn computers?'

'Geen gevoelige informatie. Hij was niet stom.'

'Waarom heb je die dan weggehaald?'

'Dat had hij me opgedragen. Ik had strikte instructies voor het geval hem iets overkwam. Een paar jaar geleden was er een zaak in Mississippi waar de FBI een advocatenkantoor binnenviel en alle computers meenam. Daar was Donovan bang voor, en dus was dat mijn opdracht.'

'En wat moet je doen met die documenten van Krull Mining?'

'Ze aan de andere advocaten geven voordat de FBI ze vindt.'

'Kan de FBI ze vinden?'

'Dat is hoogstonwaarschijnlijk.'

Ze liepen inmiddels vlak bij het rechtbankgebouw in een smal zijstraatje. Jeff haalde iets uit zijn zak en gaf het aan haar. 'Dit is een prepaidmobieltje,' zei hij. 'Voor jou.'

Ze keek ernaar en zei: 'Ik heb al een telefoon. Bedankt.'

'Maar jouw telefoon is niet veilig, en deze wel.'

Ze keek naar hem, maar pakte de telefoon niet aan. 'En waarom heb ik die nodig?'

'Om met mij en Vic te praten, met niemand anders.'

Ze deed een stap achteruit en schudde haar hoofd. 'Ik kan het gewoon niet geloven, Jeff. Als ik die telefoon aanneem, doe ik mee aan jouw samenzwering. Waarom ik?'

'Omdat we je vertrouwen.'

'Je kent me niet eens. Ik ben hier nog maar twee maanden.'

'Inderdaad. Jij kent niemand en niets. Je bent nog niet corrupt. Je praat niet, want je hebt niemand om tegen te praten. Je bent verdomde slim, leuk gezelschap en heel aantrekkelijk.'

'O, geweldig. Dat is precies wat ik wilde horen. Ik zal er ook geweldig uitzien in een oranje overall en met een ketting om mijn enkels.'

'Ja, dat is waar. Je zou er geweldig uitzien in wat dan ook, of in niets.'

'Zei je dat om me te versieren?'

'Misschien.'

'Oké, het antwoord is nu niet. Jeff, ik overweeg serieus om mijn spullen te pakken, in mijn huurauto te springen, weg te rijden en niet te stoppen totdat ik terug ben in New York City, waar ik thuishoor. Het bevalt me niet wat er hier om me heen gebeurt en ik heb niet om deze problemen gevraagd.'

'Je kunt niet weggaan. Je weet te veel.'

'Na vierentwintig uur in Manhattan ben ik alles vergeten, geloof me.'

Verderop in de straat gooide Sarge de deur van het café dicht en sjokte weg. Verder was er geen enkele beweging in Main Street. Jeff pakte haar zacht bij de arm en leidde haar van de stoep af naar een donkere plek onder een paar bomen vlak bij een monument ter herinnering aan de oorlogsslachtoffers van Noland County. Hij wees naar iets in de verte, ver achter het rechtbankgebouw, twee blokken verderop. Bijna fluisterend zei hij: 'Zie je die zwarte Ford-pick-uptruck naast die oude Volkswagen staan?'

'Ik zie het verschil niet eens tussen een Ford en een Dodge. Wie zit erin?'

'Ze zijn met z'n tweeën, waarschijnlijk je nieuwe vriendje Bozo en een of andere klojo die ik Jimmy noem.'

'Jimmy?'

'Jimmy Carter. Grote tanden, brede glimlach, rossig haar.'

'Ik snap het. Wat slim. Waarom zitten Bozo en Jimmy in een geparkeerde pick-uptruck om halfnegen 's avonds?'

'Om over ons te praten.'

'Ik wil naar New York, waar het veilig is.'

'Dat kan ik je niet echt kwalijk nemen. Luister, ik ga een aantal dagen de stad uit. Alsjeblieft, neem deze telefoon aan zodat ik iemand heb met wie ik kan praten.' Hij probeerde de mobiele telefoon in haar hand te drukken, en na een paar seconden nam ze hem aan.

27

Vroeg op de dinsdagochtend verliet Samantha Brady en reed naar Madison, West Virginia. Het was een rit van anderhalf uur die twee keer zoveel tijd kon kosten als de wegen verstopt waren door kolentrucks en schoolbussen. Een harde wind blies de paar bladeren die nog aan de bomen zaten weg. Alle kleur was verdwenen, de berghellingen en dalen hadden een saaie, deprimerende bruine tint en dat zou tot de lente zo blijven. De volgende dag werd er lichte sneeuw voorspeld, de eerste sneeuw van het seizoen. Ze merkte dat ze in de spiegel keek en glimlachte soms zelfs om haar eigen paranoia. Waarom zou iemand tijd verspillen door haar door de bergen van Appalachia te volgen? Ze was maar een tijdelijke kracht, een onbetaalde stagiaire die elke dag meer last van heimwee kreeg. Ze was van plan Kerstmis in New York door te brengen, een paar vrienden en plaatsen op te zoeken, en ze vroeg zich al af of ze dan de moed weer zou kunnen opbrengen om terug te gaan naar Appalachia.

Haar nieuwe mobieltje lag op de passagiersstoel. Ze keek ernaar en vroeg zich af wat Jeff aan het doen was. Een uur lang overwoog ze hem te bellen, alleen maar om te zien of hij het deed, maar ze wist dat dat zo was. En wanneer werd ze eigenlijk geacht dat stomme ding te gebruiken? En met welk doel?

Op de snelweg ten zuiden van de stad vond ze de plaats waar ze had afgesproken, de Cedar Grove Missionaire Baptistenkerk. Ze had haar cliënten uitgelegd dat ze onder vier ogen met elkaar moesten praten en dus niet bij het benzinestation waar Buddy zijn ochtendkoffie dronk en iedereen zich vrij voelde om zich in elk gesprek te mengen. De Ryzers hadden hun kerk voorgesteld en Samantha nam aan dat ze niet wilden dat zij zag waar ze woonden. Ze zaten in Buddy's truck op de parkeerplaats naar de enkele auto te kijken die voorbijreed, zogenaamd zonder dat ze zich ergens druk over maakten. Mavis omhelsde Samantha alsof ze een familielid was en daarna liepen ze naar de broederschapszaal achter de kleine kapel. De deur zat niet op slot en de grote zaal was verlaten. Ze zetten een paar klapstoeltjes om een speeltafel en kletsten wat over het weer en hun plannen voor kerst.

Ten slotte kwam Samantha ter zake. 'Ik neem aan dat jullie de brief van Donovans kantoor met het tragische nieuws hebben ontvangen.'

Ze knikten triest. Buddy mompelde: 'Zo'n goede man.' Mavis vroeg: 'Wat betekent dat, weet je, voor ons en het proces?'

'Daarom ben ik hier. Om het uit te leggen en vragen te beantwoorden. De stoflongziekteclaim gaat gewoon door. Die is vorige maand ingediend en, zoals jullie weten, wachten we op het geneeskundig onderzoek. Maar ik ben bang dat het belangrijke proces stilligt, voorlopig in elk geval. Donovan had de zaak in Lexington aanhangig gemaakt en hij werkte alleen. Meestal was het zo dat Donovan bij dit soort grote zaken, vooral bij een proces dat jaren duurt en heel veel geld kost, een procesteam samenstelde van verschillende andere advocaten en kantoren. Dan verdeelden ze het werk en de onkosten. Maar in jullie geval was hij nog bezig een paar collega-advocaten over te halen om mee te doen. Eerlijk gezegd hadden ze er niet veel zin in. Het opnemen tegen Lonerock Coal en hun advocatenkantoor en proberen crimineel gedrag te bewijzen is een gigantische klus.'

'Dat heb je ons al eerder verteld,' zei Buddy kortaf.

'Dat vertelde Donovan. Ik was erbij, maar zoals ik toen al zei, was ik niet als advocaat bij die grote zaak betrokken.'

'Dus we hebben niemand?' vroeg Mavis.

'Dat klopt. Vanaf nu is er niemand met deze zaak bezig, en hij moet dus worden afgeblazen. Het spijt me.'

Buddy's ademhaling ging al moeizaam genoeg als hij zich goed voelde, maar door de minste stress of problemen begon hij te hijgen. 'Dit klopt niet,' zei hij, met zijn mond wijd open om voldoende zuurstof binnen te krijgen. Mavis keek haar ongelovig aan en veegde toen een traan van haar wang.

'Nee, dat klopt niet,' zei Samantha. 'Maar wat er met Donovan is gebeurd, klopte ook niet. Hij was nog maar negenendertig en deed geweldig werk als advocaat. Zijn dood is een zinloze tragedie, waardoor al zijn cliënten nu in de kou staan. Jullie zijn niet de enigen die op zoek zijn naar antwoorden.'

'Denken jullie aan opzet?' vroeg Buddy.

'Dat wordt nog onderzocht en tot nu toe is daar geen bewijs voor. Er zijn heel veel onbeantwoorde vragen, maar geen echte bewijzen.'

'Ik vind het stinken,' zei Buddy. 'We betrappen hen op heterdaad op het verbergen van documenten en op het naaien van mensen, dan maakt Donovan een rechtszaak aanhangig waar een miljard dollar mee gemoeid is en dan stort zijn vliegtuig verdomme onder verdachte omstandigheden neer!'

'Buddy, let op je woorden!' zei Mavis boos. 'Je bent in de kerk.'

'Ik ben in de broederschapszaal. De kerk is daar.'

'Toch is het de kerk. Let op je woorden.'

Buddy haalde zijn schouders op en zei: 'Ik wed dat ze iets vinden.'

Mavis zei: 'Ze vielen hem lastig op zijn werk. Dat begon meteen nadat we die grote zaak in Lexington aanhangig hadden gemaakt. Vertel het haar, Buddy. Denk je niet dat het belangrijk is, Samantha? Moet je het niet weten?'

'Het is niets wat ik niet aankan,' zei Buddy. 'Ze hebben me alleen maar een beetje gepest. Ze hebben me weer op een haul truck gezet, wat iets zwaarder werk is dan de track shovel, maar het is niet belangrijk. En ze hebben me vorige week drie nachtdiensten gegeven. Mijn rooster stond al maanden vast, en nu sturen ze me van het kastje naar de muur met andere diensten. Ik kan het wel aan. Ik heb nog steeds een baan met een goed salaris. Verdomd, zoals het nu is zonder bescherming van de vakbond, zouden ze me morgen op staande voet kunnen ontslaan. Daar zou ik niets tegen kunnen doen. Ze hebben onze vakbond twintig jaar geleden opgeblazen en sindsdien zijn we loslopend wild. Ik mag blij zijn dát ik nog een baan heb.'

Mavis zei: 'Klopt, maar je kunt niet lang meer werken. Hij moet die trap op om in die haul truck te komen en dat lukt hem amper. Ze kijken naar hem als hij dat doet, wachten gewoon tot hij instort of zo, zodat ze kunnen zeggen dat hij invalide is en daarom een gevaar vormt, en dan kunnen ze hem ontslaan.'

'Ze kunnen me sowieso ontslaan, dat zei ik toch net.'

Mavis slikte haar woorden in toen Buddy hoorbaar inademde. Samantha haalde een paar papieren uit haar aktetas, legde ze op tafel en zei: 'Dit is een motie tot intrekking, en die moeten jullie ondertekenen.'

'Wat intrekken?' vroeg Buddy ook al wist hij het antwoord al. Hij weigerde naar de papieren te kijken.

'De federale rechtszaak tegen Lonerock Coal en Casper Slate.'

'Wie dient die in?'

'Je hebt Mattie ontmoet, mijn baas van het Bureau. Zij is Donovans tante en ook de advocaat van zijn nalatenschap. De rechtbank zal haar de autoriteit geven om zijn zaken af te handelen.'

'En als ik dit niet onderteken?'

Dit had Samantha niet verwacht en omdat ze zo weinig af wist van federale processen wist ze niet wat ze moest zeggen. Toch moest ze snel reageren: 'Als jij, de eiser, niet doorgaat met de zaak, zal deze uiteindelijk door de rechtbank worden afgewezen.'

'Dus het is hoe dan ook afgelopen?' vroeg Buddy.

'Ja.'

'Oké, maar ik hou er niet mee op. Ik teken niet.'

Mavis zei: 'Waarom neem jij de zaak niet over? Jij bent immers advocaat.' Ze keken haar aandachtig aan, en het was wel duidelijk dat ze hier uitgebreid over hadden gesproken.

Dit had Samantha wel voorzien. Ze antwoordde: 'Ja, maar ik heb geen ervaring met federale zaken en ik heb geen vergunning om in Kentucky te werken.'

Ze hoorden dit zwijgend aan en zonder het echt te begrijpen. Een advocaat is een advocaat, ja toch?

Mavis begon over iets anders met: 'Goed, over die stoflongziekte-claim. Jij zei dat ze wilden uitrekenen op hoeveel achterstallig geld we recht hadden. En je zei dat wanneer we de zaak zouden winnen, we recht hadden op het geld vanaf de datum waarop we de uitkering voor het eerst hebben aangevraagd, ongeveer negen jaar geleden. Klopt dat?'

'Dat klopt,' zei Samantha en ze zocht naar een paar aantekeningen. 'En volgens onze berekeningen gaat het om ongeveer 85.000 dollar.'

'Dat is niet veel geld,' zei Buddy vol afschuw, alsof het Samantha's schuld was. Hij haalde moeizaam adem en zei: 'Ze moeten meer betalen, veel meer na wat ze hebben gedaan. Ik had tien jaar geleden, toen ik ziek werd, moeten stoppen met werken in de mijn, en dan had ik die uitkering wel gekregen. Maar nee, verdomme nee, ik moest zo nodig doorgaan met werken en dat kolenstof blijven inademen.'

'Je bent alleen maar zieker geworden,' zei Mavis somber.

'Nu kan ik misschien nog een jaar werken, hoogstens twee. En als we ze ooit voor de rechter kunnen slepen, zullen ze worden veroordeeld tot het betalen van bijna niets. Het klopt niet.'

'Mee eens,' zei Samantha. 'Maar dit gesprek hebben we al eerder gevoerd, Buddy, meer dan eens.'

'Daarom wil ik die verdomde klootzakken voor de federale rechtbank slepen.'

'Let op je woorden, Buddy.'

'Ik vloek wanneer ik dat wil, verdomme, Mavis.'

'Luister, ik moet ervandoor,' zei Samantha en ze pakte haar aktetas.
'Ik zou graag willen dat je die intrekking toch ondertekent.'

'Ik trek niets in,' zei Buddy hijgend.

'Prima, maar ik rij hier niet nog een keer naartoe. Begrepen?'

Hij knikte alleen. Mavis liep met haar mee naar buiten en liet Buddy
even zitten. Bij de auto zei Mavis: 'Heel erg bedankt, Samantha. We zijn
je erg dankbaar. We hebben het jaren zonder advocaat moeten stellen
en het is een troost dat we er nu wel eentje hebben. Hij gaat dood en
dat weet hij, dus heeft hij af en toe een slechte dag waarop hij niet erg
aardig is.'

'Dat begrijp ik.'

Bij het oude Conoco-station stopte Samantha om te tanken en hopelijk
voor een acceptabele kop koffie. Naast het gebouw stonden een paar
auto's, allemaal met een nummerbord van West Virginia, die ze geen
van alle herkende. Jeff had tegen haar gezegd dat ze alerter moest zijn,
dat ze moest kijken naar elke auto, naar elke pick-uptruck, naar elk
nummerbord en naar elk gezicht zonder te staren, en naar stemmen
moest luisteren zonder dat te laten merken. *Ga ervan uit dat er altijd
iemand kijkt,* had hij gewaarschuwd, maar dat kon ze maar moeilijk
geloven. *Zij denken dat wij iets hebben wat zij wanhopig graag willen
hebben,* had hij gezegd. Dat 'wij' baarde haar nog steeds zorgen. Ze kon
zich niet herinneren dat ze zich bij welk team dan ook had aangesloten.
Terwijl ze naar de pomp keek, zag ze een man de winkel binnengaan,
hoewel ze al een paar minuten geen andere auto had zien aankomen.

Bozo was weer terug. Ze betaalde met een creditcard aan de pomp
en had snel kunnen wegrijden, maar ze wilde het zeker weten. Ze liep
door de voordeur naar binnen en zei goedemorgen tegen de kassier. Er
zaten een paar oude mannen in schommelstoelen rondom een potka-
cheltje en niemand leek haar op te merken. Ze liep een paar meter verder tot ze in het kleine café was, eigenlijk een goedkope aanbouw met
een stuk of twaalf tafeltjes met een geruit tafelkleed erop. Vijf mensen
zaten te eten, koffie te drinken en te praten.

Hij zat aan de toonbank en keek naar de grill waar een kok bacon bakte. Ze kon zijn gezicht niet zien en wilde geen scène schoppen, en bleef even ongemakkelijk midden in het café staan, onzeker. Een paar mensen keken naar haar, waarop ze besloot te vertrekken. Ze reed terug naar Madison en stopte bij een winkeltje waar ze een wegenkaart kocht. Haar gehuurde Ford had wel gps, maar ze had niet de moeite genomen die in te stellen. En ze moest snel weten hoe ze moest rijden.

Een halfuur later, op een provinciale weg ergens in Lawrence County, Kentucky, had haar nieuwe mobieltje eindelijk genoeg bereik om te bellen. Jeff nam na vier keer overgaan op. Ze vertelde hem rustig wat er aan de hand was en hij liet haar alles nog een keer langzaam herhalen.

'Hij wilde dat je hem zag,' zei Jeff. 'Waarom zou hij anders het risico nemen dat je hem zou zien? Dat is geen ongebruikelijke tactiek. Hij weet dat je hem geen stomp in de maag zult geven of zo, dus brengt hij alleen maar een niet al te subtiele boodschap over.'

'En die is?'

'We houden je in de gaten. We kunnen je altijd vinden. Als je je inlaat met de verkeerde mensen kon je weleens in de problemen komen.'

'Oké, ik snap het. Wat nu?'

'Niets. Hou gewoon je ogen open en kijk of hij je opwacht als je terug bent in Brady.'

'Ik wil niet terug naar Brady.'

'Sorry.'

'Waar zit je?'

'Ik ben een paar dagen op stap.'

'Dat klinkt nogal vaag.'

Iets voor twaalven reed ze Brady binnen en zag niets verdachts. Ze zette haar auto op de straat vlak bij het kantoor, en met haar zonnebril op scande ze de omgeving voordat ze naar binnen ging. Aan de ene kant voelde ze zich belachelijk, maar aan de andere kant verwachtte ze dat Bozo achter een boom stond te loeren. En wat zou hij verdomme moeten doen? Een privédetective die haar moest stalken zou zich stierlijk vervelen.

De Crump-kinderen belden. Francine had een van hen kennelijk verteld dat ze zich weer had bedacht en van plan was mevrouw Kofer weer op te zoeken en geen veranderingen in haar bestaande testament zou aanbrengen. Dit maakte de Crumps natuurlijk woedend en ze hingen de hele tijd aan de telefoon in een poging mevrouw Kofer te spreken te krijgen en haar nogmaals duidelijk te maken wat ze moest doen. Niemand op het Bureau had echter iets van Francine gehoord. Samantha nam met tegenzin de stapel telefoonnotities aan van Barb die ongevraagd voorstelde dat ze maar één Crump zou bellen, misschien Jonah de oudste, om hem te vertellen dat hun geliefde moeder het Bureau niet had gebeld en om hem voor te stellen dat ze maar eens moesten ophouden met het lastigvallen van hun receptioniste.

Ze deed haar deur dicht en belde Jonah. Hij begroette haar vriendelijk, maar dreigde meteen daarna haar voor de rechter te slepen om haar vergunning te laten afpakken als ze weer met 'mams testament' zou rommelen. Ze zei dat ze Francine de afgelopen vierentwintig uur niet had gezien noch gesproken, en ook geen afspraak met haar had. Niets. Hierdoor kalmeerde hij een beetje, hoewel hij elk moment weer kon ontploffen.

Ze vroeg: 'Kan het zijn dat jullie moeder een spelletje met jullie speelt?'

'Dat zou mam nooit doen,' zei hij.

Ze vroeg hem beleefd de honden terug te roepen door zijn broers en zussen te vragen op te houden het Bureau te bellen. Hij weigerde en uiteindelijk maakten ze een afspraak: als Francine naar het Bureau kwam om juridisch advies in te winnen, zou Samantha haar vragen Jonah te bellen en hem te vertellen wat ze aan het doen was.

Snel hing ze op en twee seconden later wilde Barb een gesprek doorverbinden. 'Het is de FBI,' zei ze.

De beller zei dat hij agent Banahan was, van het FBI-kantoor in Roanoke. Hij zei dat hij op zoek was naar ene Jeff Gray. Samantha gaf toe dat ze Jeff Gray kende en vroeg de agent hoe ze kon controleren of hij was wie hij zei dat hij was. Banahan zei dat hij met alle plezier over een halfuur bij haar op kantoor wilde komen; hij was in de buurt. Ze zei dat ze niets via de telefoon wilde bespreken en ging akkoord met een afspraak. Twintig minuten later stond hij bij de receptie en werd ondervraagd door Barb, die hem heel aantrekkelijk vond en zichzelf als een hele flirt beschouwde. Banahan was niet onder de indruk en nam plaats in de kleine vergaderkamer waar Samantha en Mattie al klaarzaten met een bandrecorder op de tafel.

Nadat ze zich kort aan elkaar hadden voorgesteld en na een nauwkeurige controle van zijn identiteitspapieren door de beide advocaten zei Mattie: 'Jeff Gray is mijn neef.'

'Dat weten we,' zei Banahan met een arrogante grijns, waarop de twee vrouwen meteen een hekel aan hem hadden. 'Weten jullie waar hij is?'

Mattie keek naar Samantha en zei: 'Ik niet. Jij?'

'Nee.' Ze loog niet, want op dat moment had ze geen idee waar Jeff was.

'Wanneer hebben jullie hem voor het laatst gesproken?' vroeg hij, terwijl hij Samantha aankeek.

Mattie viel hem in de rede en zei: 'Luister, zijn broer is vorige week maandag gestorven en we hebben hem woensdag begraven, vijf dagen voordat jullie zijn kantoor binnenvielen. Volgens de voorwaarden in zijn testament is Jeff de executeur-testamentair en ben ik de advocaat van de executeur. Dus ja, ik praat heel vaak met mijn neef. Wat wilt u?'

'We hebben een heleboel vragen.'

'Hebt u een arrestatiebevel voor hem?'

'Nee.'

'Goed, dus hij probeert niet aan een arrestatie te ontkomen.'

'Dat klopt. We willen alleen maar praten.'

'Elk gesprek met Jeff Gray zal hier plaatsvinden, aan deze tafel. Begrepen? Ik zal hem aanraden niets te zeggen zonder de aanwezigheid van mevrouw Kofer en mij, oké?'

'Dat is prima, mevrouw Wyatt, dus wanneer kunnen wij met hem praten?'

Mattie ontspande zich en zei: 'Nou, ik weet niet waar hij vandaag is. Ik heb hem net op zijn mobieltje geprobeerd te bereiken en werd meteen doorgeschakeld naar zijn voicemail.' Samantha schudde haar hoofd alsof ze Jeff al weken niet had gesproken. Mattie zei: 'We zouden morgen naar de rechtbank gaan om het testament te openen en aan de verificatie te beginnen, maar de rechter heeft dat verplaatst naar volgende week. Dus nee, ik weet niet waar hij op dit moment is.'

Samantha vroeg: 'Heeft dit iets te maken met de inbeslagname gisteren van de dossiers uit Donovan Grays kantoor door de FBI?'

Banahan hief zijn handen en vroeg: 'Dat lijkt me toch wel duidelijk?'

'Kennelijk wel. Naar wie doet u onderzoek, nu Donovan Gray dood is?'

'Dat mag ik niet zeggen.'

Mattie vroeg: 'Is Jeff onderwerp van uw onderzoek?'

'Nee, op dit moment niet.'

'Hij heeft niets verkeerds gedaan,' zei Mattie.

28

De schade was toegebracht aan de Millard Break Mine in de buurt van Wittsburg, Kentucky, tijdens eenzelfde soort aanval als de andere. De scherpschutters zaten ten oosten van Trace Mountain, een dichtbeboste bergkam honderdvijftig meter boven de stripmijn, en schoten van een afstand van zevenhonderd meter zevenenveertig banden kapot, die elk vierhonderd kilo wogen en 18.000 dollar per stuk kostten. De twee nachtwakers, allebei zwaarbewapend, vertelden de autoriteiten dat de aanval ongeveer tien minuten duurde en dat het af en toe net oorlog leek toen de scherpschuttersgeweren knalden en de banden vlak bij hen explodeerden. Het eerste schot werd om vijf over drie 's nachts afgevuurd. Alle mijnmachines stonden stil en alle bestuurders zaten veilig thuis. Een bewaker sprong in een pick-uptruck om de achtervolging in te zetten – hoewel hij geen idee had waar hij naartoe moest – maar werd al snel van dat idee afgebracht toen de pick-uptruck in brand vloog en twee banden kapot werden geschoten. De andere bewaker dook in een kantoorcaravan om de politie te bellen, maar moest dekking zoeken toen een geweersalvo alle ramen kapotschoot. Dit waren belangrijke feiten, omdat er mensenlevens in gevaar waren gebracht. Tijdens de andere aanvallen hadden de scherpschutters ervoor gezorgd dat niemand gewond kon raken. Ze hadden het op machines gemunt, niet op mensen. Maar nu overtraden ze serieuze wetten. De bewakers dachten dat er minstens drie geweren waren geweest, hoewel ze moesten toegeven dat dit in de chaos moeilijk vast te stellen was.

De eigenaar, Krull Mining, gaf de gebruikelijke kwade en dreigende verklaringen aan de pers en loofde een indrukwekkende beloning uit. De sheriff zei dat er een grondig onderzoek zou worden ingesteld en dat er snel arrestaties zouden volgen; een nogal opschepperig en kortzichtige opmerking gezien het feit dat 'deze eco-terroristen' het zuiden van Appalachia al bijna twee jaar straffeloos onveilig maakten.

Het nieuwsartikel ging verder met een samenvatting van de recente aanvallen en speculeerde dat de scherpschutters dezelfde wapens hadden gebruikt als de voorgaande keren: de 51mm-kogels die normaal gesproken worden gebruikt in het M24E-langeafstandsgeweer, hetzelfde geweer dat de scherpschutters van het leger gebruikten in Irak en dat van een afstand van duizend meter een dodelijk schot kon afvuren. Een expert werd geciteerd die zei dat het gebruik van een dergelijk geweer op die afstand, en midden in de nacht met een gemakkelijk verkrijgbare nachtkijker, het vrijwel onmogelijk maakte de scherpschutters te vangen. Krull Mining zei dat er een tekort was aan deze banden en dat het bedrijf de mijn daarom misschien een paar dagen zou sluiten.

Het was vrijdagochtend en Samantha las het verhaal op haar laptop, terwijl ze er een kop koffie bij dronk. Ze had het nare gevoel dat Jeff lid, zo niet de aanvoerder van deze bende was, en bijna twee weken na de dood van zijn broer de behoefte had een punt te maken, zelf wraak wilde nemen met een aanval op Krull Mining. Als haar voorgevoel klopte, was dit nog een reden om haar tassen te pakken. Ze mailde het verhaal naar Mattie, liep vervolgens naar haar kantoor en zei: 'Eerlijk gezegd denk ik dat Jeff hierbij betrokken is.'

Mattie reageerde met een niet-gemeende lach op deze onzin. Ze zei: 'Samantha, dit is de eerste vrijdag van december, de dag waarop we het kantoor versieren, net als ieder ander in Brady. Dit is de eerste dag waarop ik me goed voel en zelfs glimlach sinds Donovan is gestorven. Ik wil deze dag niet bederven door me zorgen te maken over waar Jeff allemaal mee bezig is. Heb je hem gesproken?'

'Nee, waarom zou ik? We hebben niets met elkaar, zoals jij graag zegt. Hij meldt zich niet bij me.'

'Goed, laten we Jeff even vergeten en proberen een vrolijke kerststemming op te wekken.'

Barb deed de radio aan en algauw waren er kerstliedjes in de kantoren te horen. Zij had de leiding over de kerstboom, een zielig plastic boompje dat de rest van het jaar in een bezemkast stond, maar tegen de tijd dat ze de lampjes en andere versieringen in de boom hadden gehangen, begon hij tekenen van leven te vertonen. Annette versierde de voorveranda met klimop en maretak, en niette een kerstkrans op de deur. Ze kochten eten en lunchten vervolgens ontspannen in de vergaderkamer, onder andere met een runderstoofschotel die Chester in een aardewerken schaal had meegenomen. Hun werk was vergeten, alle cliënten werden genegeerd. De telefoon rinkelde zelden, alsof de rest van de county ook bezig was in kerststemming te komen. Toen Samantha na de lunch naar het rechtbankgebouw liep, zag ze dat elke winkel en elk kantoor werd versierd. Een gemeenteploeg hing zilveren klokken aan lantaarnpalen boven de straten. Een andere ploeg plaatste een grote, pas omgehakte kerstboom in het park naast het rechtbankgebouw. Opeens hing Kerstmis in de lucht en werd het hele stadje aangestoken door de kerstsfeer.

Zodra het donker was, trok iedereen uit Brady naar Main Street; ze dwaalden van de ene winkel naar de andere en kochten warme appelwijn en gemberkoekjes. De weg was afgezet voor al het verkeer en kinderen wachtten opgewonden op de optocht. Die begon om een uur of zeven, toen er in de verte sirenes klonken. De menigte ging dichter op elkaar staan langs Main Street. Samantha keek samen met Kim, Adam en Annette. De sheriff voerde de optocht aan, zijn bruin met witte patrouillewagen glom van de verse was, en zijn hele vloot volgde. Samantha vroeg zich af of de goeie ouwe Romey er misschien ook tussen zou glippen, maar hij was nergens te bekennen. Het muziekkorps van de middelbare school marcheerde voorbij met een nogal zwakke uitvoering van *O Come, All Ye Faithful*. Het was een klein korps van een kleine school.

'Ze zijn niet erg goed, hè?' fluisterde Adam tegen Samantha.

'Ik vind hen geweldig,' zei Samantha.

De padvinders liepen langs, eerst de meisjes, daarna de jongens. Op een praalwagen kwamen een paar invalide oorlogsveteranen in een rolstoel voorbij, allemaal blij dat ze nog leefden en getuige mochten zijn van alweer een nieuwe kerst. De ster was meneer Arnold Potter, eenennegentig jaar oud, een overlevende van D-Day, vierenzestig jaar geleden. Hij was de grootste nog in leven zijnde held van de county. De Shriners scheurden voorbij op hun minimotoren en stalen zoals altijd de show. De praalwagen van de Rotary Club was een kerststal met echte schapen en geiten, die zich allemaal goed gedroegen. Op een enorme praalwagen, getrokken door een nieuw model Ford-pick-uptruck, stond het kinderkoor van de Eerste Baptistenkerk. De kinderen droegen een wit gewaad en zongen met hun engelachtige stemmetjes bijna op de juiste toonhoogte *O Little Town of Bethlehem*. De burgemeester reed in een Thunderbird-cabriolet uit 1958 en zwaaide en glimlachte, maar niemand lette echt op hem. Er waren nog een paar politiewagens, een brandweerauto van de vrijwillige brandweer en een kar met een bluegrassband die een vrije versie van *Jingle Bells* speelde. Ruiters van een jockeyclub reden voorbij op renpaarden, zowel de paarden als de ruiters waren prachtig uitgedost. Roy Rogers en Trigger zouden trots zijn geweest. De plaatselijke gasleverancier had een glanzende nieuwe tankwagen met een tankinhoud van vijfenveertigduizend liter, en kennelijk vond iemand dat wel een leuke aanvulling op de optocht. De chauffeur, een zwarte man, had met de raampjes naar beneden voor de lol rap opgezet die niets met kerst te maken had.

Eindelijk kwam de reden voor het feest in zicht. De Kerstman zwaaide naar de jongens en meisjes en gooide snoepgoed naar hen toe. Via een luidspreker riep hij: 'Ho, Ho, Ho,' maar verder niets.

Toen de optocht voorbij was, liepen de meeste toeschouwers naar het park achter de rechtbank. De burgemeester heette iedereen welkom en bleef te lang doorpraten. Een ander kinderkoor zong *O Holy Night*. Terwijl Miss Noland County, een knappe roodharige, *Sweet Little Jesus Boy* zong, raakte iemand Samantha's elleboog aan. Het was Jeff, met een pet op en een bril die ze nooit eerder had gezien. Ze liepen bij Kim en Adam vandaan naar een donker plekje in de buurt van het oorlogsmonument. Daar hadden ze afgelopen maandagavond ook vanaf een afstandje naar Bozo en Jimmy staan kijken.

'Ben je morgen vrij?' vroeg hij, bijna fluisterend.

'Dan is het zaterdag. Natuurlijk heb ik dan niets te doen.'

'Laten we gaan hiken.'

Ze aarzelde en keek naar de burgemeester die een schakelaar omzette, waardoor de lampjes in de officiële kerstboom gingen branden. 'Waar?'

Hij drukte een opgevouwen papiertje in haar hand en zei: 'Aanwijzingen. Ik zie je morgenvroeg.' Hij gaf een tikje op haar wang en verdween.

Ze reed naar het stadje Knox in Curry County en zette haar auto op een parkeerplaats een straat van Main Street vandaan. Als iemand haar had gevolgd, was ze zich daar niet van bewust. Ze liep ontspannen naar Main Street, drie blokken in westelijke richting en naar Knox Market, een café en coffeeshop. Ze vroeg waar het toilet was en werd naar achteren gestuurd. Daar zag ze een deur die uitkwam op een steeg die naar Fifth Street leidde. Volgens de instructies liep ze twee blokken bij het centrum vandaan en zag dan de rivier. Vlak bij Larry's Forel Vistochten kwam Jeff de winkel uit en wees naar een zeven meter lange jol.

Zwijgend stapten ze in de boot; Samantha voorin, dik ingepakt tegen de kou, en Jeff achterin. Hij startte de buitenboordmotor en stuurde de boot bij de steiger vandaan en duwde de gashendel naar beneden. Ze voeren in het midden van de Curry River en het stadje verdween snel uit zicht. Nadat ze onder een brug door waren gevaren, leek er een einde te komen aan de beschaving. Kilometers lang, of hoe je de afstand op een meanderende rivier ook maar moest uitdrukken – Samantha had geen idee – gleden ze over het donkere, rustige water. De Curry was een smalle, diepe rivier zonder rotsen en stroomversnellingen. Hij kronkelde tussen de bergen door, onbereikbaar voor de zon door de steile rotswanden die elkaar boven het water bijna raakten. Ze kwamen één boot tegen, een eenzame visser die peinzend naar zijn lijn staarde en hen niet eens zag. Vlak bij een ondiepte passeerden ze een gehuchtje, een verzameling drijvende hutten en boten. 'Rivierratten,' noemde Jeff hen later. Ze voeren steeds dieper het ravijn in en na elke bocht werd de Curry smaller en donkerder.

Door het luide gedreun van de buitenboordmotor was elk gesprek onmogelijk, maar ze hadden geen van beiden veel te zeggen. Het was wel duidelijk dat hij haar meenam naar een plek waar ze nooit eerder was geweest, maar ze was niet bang, absoluut niet. Ze vertrouwde hem, ondanks alle ingewikkelde kwesties waar hij bij betrokken was, zijn woede, zijn huidige emotionele instabiliteit en zijn roekeloosheid. Of in elk geval vertrouwde ze hem voldoende om met hem te gaan hiken of wat hij voor die dag ook maar van plan was.

Jeff liet de gashendel los en de boot dreef naar rechts. Bij een oud bord – CURRY CUT-OFF – zagen ze een betonnen helling. Jeff liet de boot draaien en op een zandbank lopen. 'Spring er hier maar uit,' zei hij. Dat deed ze. Hij maakte de boot vast aan een metalen ring vlak bij de helling en bleef even staan om zijn benen te strekken. Ze hadden bijna een uur in de boot gezeten.

'Goedemorgen, meneer,' zei ze.

Hij glimlachte en zei: 'Ook goedemorgen. Bedankt dat je bent gekomen.'

'Alsof ik een keus had. Waar zijn we eigenlijk?'

'Verdwaald in Curry County. Kom mee.'

'Natuurlijk.'

Ze verlieten de zandbank, liepen een dicht bos in en volgden een ongemerkt pad dat alleen iemand als Jeff kon vinden. Of Donovan. Toen het steiler werd, leek hij sneller te gaan lopen. Net toen haar bovenbenen en kuiten begonnen te protesteren, bleef hij op een kleine open plek staan. Hij trok een paar cedertakken opzij en toen zag ze, natuurlijk, een Honda-squad.

'Jongens en hun speelgoed,' zei ze.

'Heb je ooit op zo'n ding gezeten?' vroeg hij.

'Ik woon in Manhattan.'

'Klim er maar op.'

Dat deed ze. Op de Honda zat achter het gewone zadel nog een minuscuul extra zadeltje. Ze ging erop zitten en sloeg haar armen om zijn middel. Hij trapte de motor aan en liet hem brullen. 'Hou je vast!' zei hij. Ze reden weg, over hetzelfde pad dat eerst amper breed genoeg had geleken voor een mens. Het pad kwam uit op een grindweg, waar Jeff als een stuntrijder overheen stoof. 'Hou je goed vast!' riep hij weer toen hij een wheelie maakte en ze bijna door de lucht vlogen. Samantha wilde vragen of hij zachter kon rijden, maar hij reed nóg sneller en toen deed ze haar ogen maar dicht. Het was een opwindende en angstaanjagende rit, maar ze wist dat hij haar niet in gevaar zou brengen. Ze verlieten de grindweg en reden een ander zandpad op, een pad dat steil omhoogliep. De bomen waren te dik om te stunten, zodat Jeff wat voorzichtiger reed. Toch was het een griezelige en gevaarlijke rit. Na een halfuur op de squad wenste Samantha dat ze nog op de boot zat.

'Mag ik vragen waar we naartoe gaan?' vroeg ze, met haar mond vlak bij zijn oor.

'We zouden toch hiken?'

Het pad liep omhoog en ze scheurden langs een afgrond. Hij sloeg een ander pad in, waarna ze aan een afdaling begonnen, een verraderlijke rit, waarbij ze van de ene kant naar de andere kant gleden, en bomen en rotsblokken ontweken. Op een open plek reden ze even iets langzamer en hadden opeens uitzicht aan de rechterkant. 'Gray Mountain,' zei hij en hij knikte naar de afgegraven en kale heuvel in de verte. 'Nog even, dan zijn we op ons land.'

Ze hield hem nog steeds stevig vast en toen ze de Yellow Creek overstaken, zag ze de hut. Hij stond tegen een heuvel, een rustieke rechthoek gemaakt van oude balken met een voorveranda en een schoorsteen. Jeff parkeerde de Honda ernaast en zei: 'Welkom in onze kleine schuilplaats.'

'Ik weet zeker dat er een gemakkelijkere manier is om hier te komen.'

'Ja, natuurlijk. Niet ver hiervandaan loopt een weg, die laat ik je nog weleens zien. Mooie hut, hè?'

'Ik denk het wel. Ik ben niet zo gek op hutten. Donovan heeft me hem een keer aangewezen, maar toen vlogen we op driehonderd meter hoogte. Als ik het me goed herinner, zei hij dat er geen water, verwarming of elektriciteit is.'

'Klopt. Als we hier vannacht blijven, slapen we bij het vuur.'

Over blijven slapen was niets gezegd, maar het verbaasde Samantha niet. Ze liep achter hem aan de trap op, over de veranda en naar binnen. In de open haard lag een smeulend blok hout. 'Hoe lang ben je hier al?' vroeg ze.

'Ik ben hier gisteravond laat gekomen en heb bij het vuur geslapen. Het is hier echt lekker en gezellig. Wil je een biertje?'

Ze keek op haar horloge. Kwart voor twaalf. 'Het is nog een beetje vroeg.' Er stond een koelkast naast een kleine eettafel. 'Heb je water?'

Hij gaf haar een flesje water en maakte een fles bier open. Ze zaten in twee houten stoelen voor de open haard. Hij nam een slok en zei: 'Ze zijn hier deze week geweest. Iemand, ik weet niet wie, maar ik denk niet dat het de FBI was, want die zouden eerst een huiszoekingsbevel moeten aanvragen. Het waren waarschijnlijk lui die voor Krull Mining of een andere onderneming werken.'

'Hoe weet je dat ze hier waren?'

'Ik heb videobeelden van ze. Twee maanden geleden hebben Donovan en ik twee bewakingscamera's opgehangen. Eentje hangt in een boom vlak bij de rivier en de andere in een boom ongeveer vijftien meter van de voorveranda vandaan. Ze worden hier geactiveerd, bij de voordeur. Als iemand de deur opent, gaan de camera's aan en maken een halfuur lang opnamen. De indringers merken er niets van. Afgelopen woensdag, om eenentwintig minuten over drie om precies te zijn, hebben vier kerels de hut doorzocht. Ik weet wel zeker dat ze op zoek waren naar de documenten, harde schijven, laptops of iets anders wat nuttig kan zijn. Wat ik interessant vind, is dat ze geen sporen hebben nagelaten. Niets, zelfs het stof was onaangeroerd. Ik moet het hen nageven, die mannen zijn heel goed. Ze denken ook dat ik gek ben, maar nu weet ik hoe ze eruitzien. Dus als ik ze zie, ben ik erop voorbereid.'

'Houden ze de hut nu in de gaten?'

'Dat betwijfel ik. Mijn pick-uptruck staat verborgen op een plek die ze nooit zullen vinden. Dit is ons land, Samantha, en dat kennen wij beter dan wie dan ook. Wil je even rondkijken?'

'Ja, dat lijkt me leuk.'

Hij pakte een rugzak en ze liep achter hem aan de hut uit. Ze liepen ongeveer achthonderd meter langs de Yellow Creek en bleven even op een open plek staan om van de zon te genieten. Jeff zei: 'Ik weet niet hoeveel Donovan je heeft verteld, maar dit is het enige deel van ons land wat niet is vernield door die stripmijn. We hebben hier ongeveer acht hectare land dat ongerept is gebleven. Achter die bergkam ligt Gray Mountain en de rest van ons land, en daar is niets meer van over.'

Ze liepen door en klommen de bergrug op tot de bossen ophielden. Daar bleven ze staan om de vernietiging in ogenschouw te nemen. Het was al een verschrikkelijke aanblik vanaf driehonderd meter hoogte, maar op grondniveau was het pas echt deprimerend. De berg zelf was gereduceerd tot een lelijke, pokdalige klomp rotsen en onkruid. Moeizaam klommen ze naar de top en keken naar de volgestorte dalen beneden. Ze zaten in de schaduw van een vervallen stacaravan die ooit als hoofdkantoor van de mijn was gebruikt om te lunchen. Terwijl ze hun broodjes opaten, vertelde Jeff hoe hij als kind van negen had gezien dat de berg werd vernietigd.

Samantha vroeg zich af waarom hij Gray Mountain had uitgekozen als hun eindbestemming. Net als Donovan praatte hij niet graag over wat hier was gebeurd. Het hiken was niet bepaald prettig. Het landschap en de uitzichten waren grotendeels geruïneerd. Ze bevonden zich in het midden van de Appalachen en konden kiezen uit duizenden kilometers ongerepte paden. De situatie met Krull Mining was extreem gevaarlijk en de kans was groot dat ze werden gevolgd.

Dus waarom Gray Mountain? Maar ze vroeg niets. Later misschien, maar niet nu.

Tijdens de afdaling kwamen ze langs een met wijnranken overwoekerde stortplaats van roestende machines die Vayden Coal had achtergelaten. Op zijn kant en bijna helemaal bedekt met onkruid lag een gigantische band. Samantha liep ernaartoe en vroeg: 'Waar werd deze voor gebruikt?'

'Voor de haul trucks. Dit is een kleine band, met een diameter van slechts drie meter. Tegenwoordig zijn ze bijna twee keer zo groot.'

'Gisteren heb ik het nieuws gelezen. Heb jij dat verhaal gezien over die schietpartij laatst op de Millard Break? Die eco-terroristen...'

'Natuurlijk, die kent iedereen.'

Ze draaide zich om en keek hem strak aan.

Hij stapte achteruit en vroeg: 'Wat?'

Ze bleef hem aankijken en zei: 'O, niets. Ik dacht alleen dat het eco-terrorisme misschien een bepaalde aantrekkingskracht zou hebben op jou en Donovan, en misschien ook op Vic Canzarro.'

'Ik ben gek op die lui, wie het ook zijn. Maar ik heb echt geen behoefte om de bak in te gaan.' Hij liep bij haar vandaan toen hij dit zei. Aan de voet van Gray Mountain liepen ze langs de rand van een rivier. Er stond geen water in, dat was al heel lang niet meer het geval. Jeff zei dat hij en Donovan daar vroeger met hun vader visten, lang voordat de valley fill de rivier had vernietigd. Hij nam haar mee naar de plaats waar hun huis had gestaan, vertelde hoe het eruit had gezien en dat het door zijn opa was gebouwd. Ze bleven staan bij het kruis waar Donovan hun moeder Rose had gevonden; hij bleef er een hele tijd geknield naast zitten.

De zon verdween achter de bergen, de middag was bijna voorbij. De wind werd killer, er kwam een koudefront aan waardoor het de volgende ochtend misschien zou gaan regenen. Toen ze terug waren bij Yellow Creek vroeg hij: 'Wil je vannacht hier blijven of wil je terug naar Brady?'

'Laten we hier maar blijven,' zei ze.

Ze grilden twee biefstukken boven houtskool en aten ze op bij het vuur. Ze dronken rode wijn uit papieren bekers. Toen de eerste fles leeg was, opende Jeff een tweede. Ze gingen voor het vuur liggen op een stapel dekens. Ze kusten elkaar, eerst behoedzaam. Ze hadden geen haast, want ze hadden de hele, lange nacht nog voor zich. Hun lippen en tong waren rood van de goedkope merlot; ze lachten erom. Ze praatten over haar verleden, en over dat van hem. Hij praatte niet over Donovan en zij vermeed dat onderwerp ook bewust. Het verleden werd gemakkelijk vergeleken met de toekomst. Jeff had geen werk en geen idee wat hij zou gaan doen. Het had hem vijf jaar gekost om twee studiejaren af te ronden, hij was dus geen goede student. Hij had vier maanden in de countygevangenis gezeten wegens handel in drugs, een misdrijf dat nog steeds op zijn strafblad stond en hem nog lang zou achtervolgen. Tegenwoordig raakte hij geen drugs meer aan; te veel vrienden waren kapotgegaan aan de speed. Een enkele keer rookte hij pot, maar hij was geen echte roker en dronk ook niet veel. Langzaam maar zeker kwam hun liefdesleven aan de orde. Samantha vertelde over Henry alsof de relatie meer had behelsd dan in werkelijkheid het geval was geweest. Maar eigenlijk was ze te druk en te moe geweest om een serieuze relatie te beginnen en in stand te houden. Jeff had ooit een relatie gehad met een vriendinnetje van school, maar zijn gevangenisstraf had hun plannen in het honderd geschopt. Toen hij in de gevangenis zat, was zij ervandoor gegaan met een andere jongen en dat had hij verschrikkelijk gevonden. Heel lang had hij niets op met vrouwen en behandelde hij hen alsof ze maar voor één ding goed waren. Inmiddels ging hij meer ontspannen om met vrouwen en het afgelopen jaar had hij een relatie gehad met een jonge gescheiden vrouw in Wise. Ze werkte op de universiteit, had een leuke baan en twee kinderen. Het probleem was dat hij haar kinderen niet kon uitstaan. Hun vader was schizofreen en zij vertoonden daar ook tekenen van. De relatie was behoorlijk afgekoeld.

'Je hand zit onder mijn trui,' zei ze.

'Ja, het voelt wel lekker daar.'

'Dat ben ik met je eens. Het is alweer even geleden.'

Ten slotte kusten ze elkaar echt, een lange, onderzoekende kus, terwijl hun handen wild rondtasten en knopen openvlogen. Ze hielden er even mee op om hun riemen los te maken en hun schoenen uit te schoppen. De volgende kus was tederder, maar alle vier hun handen waren nog steeds aan het werk, trokken kleren uit. Toen ze helemaal naakt waren, bedreven ze de liefde in de gloed van het vuur. Eerst een beetje onhandig, want hij was een beetje ruw en zij was het ontwend, maar algauw voelden ze zich thuis bij elkaar. De eerste ronde was snel, omdat ze allebei behoefte hadden aan de ontlading. De tweede ronde was veel bevredigender, doordat ze elkaar verkenden en verschillende houdingen uitprobeerden. Toen het voorbij was, lagen ze op de dekens en streelden ze elkaar zachtjes, uitgeput.

Het was bijna negen uur 's avonds.

Het dunne laagje sneeuw was halverwege de ochtend al verdwenen. De zon scheen, de lucht was fris. Ze liepen een uur om Gray Mountain heen, sprongen over drooggevallen beken die ooit vol zaten met regenboog- en beekforel, liepen gebukt door ondiepe grotten die de jongens vroeger als fort hadden gebruikt, kropen over rotsblokken die twintig jaar geleden met explosieven waren weggeblazen en zigzagden over paden die niemand anders waarschijnlijk kon vinden.

Samantha had geen last van de seksmarathon van de vorige avond, maar bepaalde spieren leken een beetje gevoelig. Jeff leek echter nergens last van te hebben. Of hij nu bergen beklom of de liefde bedreef voor het haardvuur, zijn uithoudingsvermogen leek nooit op te raken.

Ze liep achter hem aan door de kloof onder een berg en daarna over een ander pad dat in een dicht bos verdween. Ze klommen over rotsen, onderdeel van een natuurlijke rotsformatie, en liepen een grot binnen, een grot die zelfs vanaf een afstand van zeven meter niet te vinden was. Jeff deed een zaklamp aan en keek achterom. 'Alles oké?'

'Ik loop vlak achter je,' zei ze, terwijl ze hem bijna aanraakte. 'Waar gaan we naartoe?'

'Ik wil je iets laten zien.'

Ze liepen gebukt naar een rotswand en klommen dieper de grot in waar het buiten de lichtkring van de zaklamp pikdonker was. Ze kwamen langzaam vooruit, alsof ze iets beslopen. Als hij 'Slang!' had geroepen, zou ze zijn flauwgevallen of een hartaanval hebben gekregen.

Ze kwamen in een 'kamer', een halfronde grot waar op de een of andere manier een straal zonlicht door de rotsen naar binnen drong. Het was een opslagruimte die enige tijd in gebruik was geweest. Twee rijen voorraadkasten van het leger stonden tegen één muur, en een stapel kartonnen dozen stond tegen een andere. Een plaat multiplex met een aantal identieke plastic dozen erop lag als een tafelblad op een paar bouwstenen. De dozen waren stevig dichtgeplakt. Jeff zei: 'Als kind speelden we hier. Deze plek zit ongeveer zestig meter in de basis van Gray Mountain, te diep en te laag om door de kolenmaatschappij vernietigd te worden. Dit vertrek was een van onze favorieten, omdat het hier licht en droog is, absoluut niet vochtig en de temperatuur is het hele jaar gelijk.'

Samantha wees naar de tafel en zei: 'En dat zijn dus de documenten die jullie van Krull Mining hebben gestolen?'

Hij knikte en zei glimlachend: 'Klopt.'

'Nu ben ik medeplichtig aan een misdrijf. Waarom heb je me hiernaartoe gebracht, Jeff?'

'Je bent geen medeplichtige, want je hebt niets te maken gehad met dat misdrijf en je hebt deze dozen nog nooit gezien. Je bent hier immers nog nooit geweest?'

'Ik weet het niet, hoor. Het voelt niet goed. Waarom heb je me hier mee naartoe genomen?'

'Daar is een eenvoudige reden voor, Samantha, en een niet zo eenvoudige reden. Deze documenten moeten naar de andere advocaten worden gebracht, naar Donovans collega's. En ik zal binnenkort een manier moeten bedenken om dat te doen, maar dat zal niet gemakkelijk zijn. De FBI en Krull Mining houden me in de gaten en iedereen zou me graag met deze documenten betrappen. Verdomme, ik heb geholpen ze te stelen en nu verberg ik ze op het land van mijn familie, dus ik zou niet veel ter verdediging kunnen aanvoeren.'

'Je bent de klos.'

'Klopt, en als mij iets overkomt voordat ik ze kan afleveren, moet iemand weten waar ze zijn.'

'En die iemand ben ik, neem ik aan?'

'Jij bent slim genoeg om een manier te verzinnen.'

'Dat betwijfel ik. En wie weten hier nog meer vanaf?'

'Vic Canzarro, verder niemand.'

Ze haalde diep adem en liep naar de tafel. Ze zei: 'Hier is niets eenvoudigs aan, Jeff. Aan de ene kant zijn dit gestolen documenten die Krull Mining een vermogen kunnen kosten en de onderneming kunnen dwingen de puinhopen die ze hebben veroorzaakt op te ruimen. Aan de andere kant kunnen ze ervoor zorgen dat jij of iemand anders die ze in bezit heeft wordt beschuldigd van criminele activiteiten. Heb je al met die andere advocaten gesproken?'

'Na zijn dood niet, ik zou willen dat jij dat deed, Samantha. Ik ben geen advocaat, maar jij wel en het moet meteen gebeuren. Een geheime ontmoeting waar niemand meeluistert of meekijkt.'

Ze schudde haar hoofd en had het gevoel dat ze steeds dieper in de fuik terechtkwam. Had ze nu het punt bereikt waarop ze niet meer terug kon? 'Ik moet erover nadenken. Waarom kunnen jij en Vic niet met die advocaten praten?'

'Vic wil het niet; hij is doodsbang. Bovendien heeft hij een bijzonder verleden hier in steenkoolland, maar dat is een lang verhaal.'

'Zijn hier eigenlijk wel korte verhalen?' Ze liep naar de kasten en vroeg: 'Wat zit hierin?'

'Onze wapenvoorraad.'

Ze overwoog een van de deuren open te maken, zodat ze even naar binnen kon kijken, maar ze had geen verstand van vuurwapens en wilde er ook niets van weten. Zonder hem aan te kijken, vroeg ze: 'Hoe groot is de kans dat iemand hier een militair scherpschuttersgeweer met een nachtvizier vindt, plus een voorraad 51mm-kogels?' Ze draaide zich om en keek hem aan, maar hij ontweek haar blik en zei: 'Als ik jou was, zou ik die kasten niet openmaken.'

Ze liep vlak langs hem heen naar de uitgang en zei: 'Laten we gaan.'

Ze verlieten de grot en liepen algauw weer over de kronkelende paden. Samantha realiseerde zich dat zij, als Jeff iets overkwam, nooit de weg terug naar de grot zou kunnen vinden. En dat zij, als Jeff iets overkwam, al terug zou zijn in Manhattan voordat Mattie nog een begrafenis zou kunnen regelen.

Ze liepen een hele tijd in stilzwijgen verder. Op de veranda van de hut aten ze samen een blik vieze chili, spoelden het weg met het laatste restje wijn en deden een dutje bij het vuur. Toen ze wakker werden, begonnen ze elkaar weer te kussen en aan te raken. Dezelfde kleren werden ten slotte weer uitgetrokken en opzij gegooid, waarna ze een verrukkelijke zondagmiddag met elkaar doorbrachten.

29

Phoebe Fannings borg werd van 100.000 dollar verlaagd tot een schamele 1.000 dollar, die ze maandagochtend om negen uur via een cautiesteller betaalde. De deal werd afgesloten nadat Samantha de rechter had overgehaald de moeder vrij te laten, terwijl de vader in de gevangenis bleef. Het ging om het welzijn van drie onschuldige kinderen, en nadat ze de rechter twee dagen lang had lastiggevallen, was hij om. Phoebes pro-Deoadvocaat beweerde dat hij het te druk had en dus weinig tijd had voor de voorbereidende werkzaamheden, zodat Samantha zich ermee had bemoeid om Phoebe vrij te krijgen. Samen met Phoebe verliet ze het rechtbankgebouw en ze bracht haar met de auto naar huis. Daar wachtten ze een uur tot een verre nicht de kinderen kwam brengen. Zij hadden hun moeder al ruim een week niet gezien en waren kennelijk op de hoogte gebracht dat hun moeder misschien naar de gevangenis moest. De ontmoeting ging gepaard met veel tranen en omhelzingen, waardoor Samantha het algauw voor gezien hield. Samantha had duidelijk uitgelegd dat Phoebe minimaal vijf jaar gevangenisstraf zou krijgen, en Randy nog veel meer als hij de schuld op zich nam, en dat ze haar kinderen moest voorbereiden op een onvermijdelijke ramp.

Toen ze de Fannings verliet, zoemde haar mobieltje. Het was Mattie; ze was op kantoor en had net het nieuws gehoord dat Francine Crump een ernstige hersenbloeding had gehad en in het ziekenhuis lag. Het verhaal van het 'gratis testament' was nog niet afgelopen.

In het ziekenhuis, een angstaanjagende en ouderwetse instelling die iedere inwoner van Noland County tot een gezonde levensstijl zou moeten aanmoedigen, vond Samantha op de intensive care een verpleegkundige die haar iets kon vertellen. De patiënt was even na middernacht binnengebracht, bewusteloos en bijna zonder hartslag. Uit een CT-scan bleek dat ze een ernstige hersenbloeding had gehad. Ze was aan het infuus gelegd en lag in coma. 'Het ziet er niet goed uit,' zei de verpleegkundige fronsend. 'Zo te zien heeft het uren geduurd voordat ze is gevonden. Bovendien is ze tachtig.' Omdat Samantha geen familie was, mocht ze niet naar de intensive care om te kijken wie er eventueel naast Francines bed zat.

Terug op kantoor waren er twee berichtjes van Jonah en DeLoss Crump. Ze hadden haar gebeld omdat hun moeder stervende was en ze heel graag met haar over haar nalatenschap wilden praten. Als Francine een nieuw testament had, was dat niet opgesteld door de advocaten van het Mountain Bureau voor Rechtshulp. Als er geen nieuw testament was, en als Francine in coma bleef tot ze stierf, was het volkomen duidelijk dat Samantha maandenlang door deze onplezierige mensen lastiggevallen zou worden, omdat zij het testament fel zouden aanvechten.

Ze besloot deze telefoontjes voorlopig te negeren. Alle vijf de kinderen kwamen waarschijnlijk zo vlug mogelijk naar Brady, en dus zou ze snel genoeg iets van hen horen.

Die maandag tijdens de lunch werd onheilspellend nieuws bekendgemaakt. Zoals Mattie al had voorspeld, trokken de advocaten van Strayhorn Coal hun akkoord voor de schikking van de zaak-Tate in. Ze hadden haar een brief gestuurd, omdat ze dachten dat zij de executeur was van Donovans nalatenschap, waarin ze schreven dat ze niet zouden schikken, maar fel tegen het vonnis in beroep zouden gaan. Ze had meteen een mailtje teruggestuurd met de suggestie dat ze moesten proberen hun agressie in toom te houden. Mattie dacht dat ze in beroep wilden gaan in de hoop dat het vonnis werd herzien en omdat ze erop gokten dat het vonnis anders zou uitpakken nu Donovan van het toneel verdwenen was. Een beroepszaak zou op z'n vroegst pas over drie jaar plaatsvinden, en terwijl ze wachtten en betaald werden om de zaak te traineren, zou het geld van hun cliënt elders aan het werk zijn. Annette was woedend en probeerde Mattie over te halen de zaak onder de aandacht van de rechter te brengen. Strayhorn Coal en Donovan hadden een afspraak om voor 1,7 miljoen dollar te schikken. Het was niet eerlijk, schandalig zelfs, dat de aangeklaagde daarop terugkwam alleen maar omdat de advocaat van de eiser overleden was. Mattie was het met haar eens, maar tot nu toe had niemand in Donovans kantoor iets op papier kunnen vinden. Het zag ernaar uit dat ze telefonisch een schikkingsafspraak hadden gemaakt, maar voor zijn dood was er geen conceptschikkingsovereenkomst opgesteld. Zonder schriftelijke bewijzen betwijfelde ze of de rechtbank zou besluiten dat de schikking doorgang moest vinden. Ze had navraag gedaan bij een bevriende advocaat en een gepensioneerde rechter die allebei dachten dat ze aan het kortste eind zouden trekken. Ze had zich voorgenomen met de rechter te gaan praten, onofficieel, om te vragen hoe hij erover dacht. Maar het zag ernaar uit dat de erfgenamen gedwongen zouden zijn een advocaat in de arm te nemen om de beroepszaak te behandelen.

Barb vertelde, maar dat ging over een ander onderwerp, dat het kantoor die ochtend elf telefoontjes had ontvangen van de Crumps, die allemaal mevrouw Kofer wilden spreken. Samantha zei dat ze later die middag wel met hen wilde praten. Het was niet verrassend dat Mattie en Annette een drukke agenda hadden en dus geen tijd hadden voor de Crumps. Samantha rolde met haar ogen en zei prima, maar deze lui gaan echt niet weg.

Francine stierf die middag om halfvijf. Ze was niet meer bij bewustzijn geweest, en had ook het testament dat Samantha had opgesteld niet gewijzigd.

Die dinsdagmiddag glipte Jeff al vroeg via de achterdeur naar binnen en stond voordat Samantha er erg in had voor haar bureau. Ze glimlachten en begroetten elkaar, maar maakten geen aanstalten elkaar aan te raken. Haar deur stond open en zoals altijd was het Bureau vol ongelofelijk nieuwsgierige vrouwen. Hij ging zitten en vroeg: 'En, wanneer wil je weer gaan hiken?'

Ze legde een vinger op haar lippen en zei zacht: 'Zodra ik het in mijn agenda kan inpassen.' Ze had de afgelopen vierentwintig uur vaker aan seks gedacht dan in de afgelopen twee jaar, sinds ze het had uitgemaakt met Henry. 'Ik zal het met mijn secretaresse moeten opnemen,' zei ze. Ze kon nog steeds amper geloven dat iemand de gesprekken in haar kantoor afluisterde, maar ze wilde geen risico's nemen. En omdat Jeff zo paranoïde was, zei hij bijna niets, alleen: 'Oké.'

'Wil je misschien een kop koffie?'

'Nee.'

'Dan kunnen we maar beter gaan.'

Ze liepen door de gang naar de voorste vergaderkamer waar Mattie al zat te wachten. Precies om twee uur arriveerden FBI-agenten Banahan, Frohmeyer en Zimmer. Ze leken zo gehaast en vastbesloten alsof ze bereid waren eerst te schieten en daarna pas vragen te stellen.

Frohmeyer had tijdens de huiszoeking van Donovans kantoor de leiding gehad. Zimmer was een van zijn mensen geweest. Banahan was al eerder langs geweest. Nadat ze zich kort hadden voorgesteld, gingen ze los. Jeff zat tussen Mattie en Samantha in aan één kant van de tafel met de FBI-mannen tegenover hen. Annette zat aan het hoofd van de tafel en zette een bandrecorder aan.

Mattie vroeg weer of Jeff werd nagetrokken door de FBI, de U.S. Attorney of een andere federale dienst, of door iemand die in dienst was van het ministerie van Justitie. Frohmeyer verzekerde haar dat dit niet het geval was.

Frohmeyer nam de leiding en besteedde een paar minuten aan het graven in Jeffs verleden. Samantha maakte aantekeningen. Na hun nogal intieme weekend, waarin hij haar zoveel had verteld, kreeg ze niets nieuws te horen. Frohmeyer ging in op Jeffs relatie met zijn overleden broer. Hoe lang had hij voor hem gewerkt? Wat voor werk deed hij? Hoeveel verdiende hij? Jeff gaf, gecoacht door Mattie en Annette, beknopte antwoorden en weidde nergens over uit.

Liegen tegen een FBI-agent is een misdaad op zich, ongeacht waar of hoe het verhoor ook plaatsvindt. *Wat je ook doet*, had Mattie herhaaldelijk gezegd, *lieg niet*.

Net als zijn broer was Jeff kennelijk volkomen bereid om te liegen als dat nuttig was. Hij ging ervan uit dat de slechteriken – de kolenmaatschappijen en nu de regering – bereid waren de regels te omzeilen en alles te doen om maar te winnen. Als zij een smerig spelletje speelden, waarom zou hij dat dan niet doen? *Omdat*, had Mattie herhaald, *jij naar de gevangenis gestuurd kunt worden, niet de kolenmaatschappijen en hun advocaten*.

Frohmeyer keek naar zijn aantekeningen en kwam ten slotte bij de echt belangrijke kwesties. Hij vertelde dat er was gerommeld met de computers die de FBI een week geleden op 1 december in beslag had genomen. De harde schijven waren vervangen. Wist Jeff daar iets van?

Mattie snauwde: 'Geef geen antwoord.' Ze vertelde tegen Frohmeyer dat zij met de U.S. Attorney had gesproken en dat duidelijk was dat Donovan was gestorven zonder dat hij op de hoogte was van het feit dat er een nieuw onderzoek naar hem werd ingesteld. Dat was hem niet verteld, er stond niets zwart op wit. Daarom was alles wat zijn werknemers na zijn dood met de dossiers en bestanden op zijn kantoor hadden gedaan, niet gedaan om een onderzoek te belemmeren.

Jeff had hen echter in vertrouwen verteld dat hij de harde schijven van de computers op kantoor en bij Donovan thuis had verwijderd en verbrand. Maar Samantha vermoedde dat ze nog altijd intact waren. Niet dat het iets uitmaakte. Jeff had haar verzekerd dat op Donovans computers niets belangrijks had gestaan dat betrekking had op Krull Mining. *En ik weet waar die bestanden zijn,* dacht Samantha vol ongeloof.

Het feit dat Mattie naar de U.S. Attorney was gegaan, irriteerde Frohmeyer. Dat kon haar niets schelen. Ze kibbelden een tijdje over het verhoor en toen werd wel duidelijk wie de baas was, in elk geval tijdens dit gesprek. Als Mattie tegen Jeff zei dat hij geen antwoord moest geven, kwam Frohmeyer niets te weten. Hij vertelde dat er een heleboel documenten waren verdwenen uit het hoofdkantoor van Krull Mining vlak bij Harlan, Kentucky, en vroeg Jeff of hij daar iets van wist. Hij haalde zijn schouders op en schudde zijn hoofd voordat Mattie kon zeggen: 'Geef geen antwoord.'

'Beroept u zich op het Vijfde Amendement?' vroeg Frohmeyer gefrustreerd.

'Hij staat niet onder ede,' snauwde Mattie, alsof Frohmeyer dom was.

Samantha moest toegeven, in elk geval aan zichzelf, dat ze erg genoot van dit conflict. Aan de ene kant de FBI met al zijn macht en aan de andere kant Jeff, hun cliënt, die zeker ergens schuldig aan was, maar goed werd beschermd door juridisch talent. En won, in elk geval op dit moment.

'Ik heb het gevoel dat we onze tijd aan het verspillen zijn,' zei Frohmeyer en hij hief zijn handen in de lucht. 'Bedankt voor de gastvrijheid. Ik weet zeker dat we terugkomen.'

'Graag gedaan,' zei Mattie. 'En geen contact met mijn cliënt, tenzij ik op de hoogte ben gebracht, begrepen?'

'We zien wel,' zei Frohmeyer nijdig. Hij schoof zijn stoel achteruit en stond op. Banahan en Zimmer verlieten het vertrek zonder op hem te wachten.

Een uur later zaten Samantha, Mattie en Jeff op de achterste rij in de grote rechtszaal. Ze wachtten op de rechter die toezicht zou houden op de verificatie van Donovans nalatenschap. Het hof was nog niet in zitting en er liep een handvol advocaten rond die grapjes maakten met de griffiers.

Jeff zei zacht: 'Ik heb vanochtend met onze experts gepraat. Tot nu toe hebben ze geen bewijzen gevonden dat iemand met Donovans Cessna heeft geknoeid. De crash is veroorzaakt door een plotselinge motorstoring, en de motor hield ermee op doordat de brandstoftoevoer was afgesneden. De tank was vol; we tankten altijd in Charleston omdat het daar goedkoper is. Het gekke is dat het vliegtuig niet in brand is gevlogen en een gat in de grond heeft gebrand.'

'Hoe kwam het dat de brandstoftoevoer werd afgesneden?' vroeg Mattie.

'Dat is de hamvraag. Als je denkt dat het sabotage was, dan is daar één sterke reden voor. Er loopt een brandstofleiding van de brandstofpomp naar de carburateur, en die zit daaraan vast met een zogenaamde B-moer. Als de B-moer met opzet wordt losgedraaid, zal de motor prima starten en soepel draaien tot de B-moer zichzelf door de trillingen langzaam helemaal losdraait. De brandstofleiding schiet los, waarna de brandstoftoevoer meteen wordt onderbroken. De motor sputtert en houdt er algauw meteen mee op. Dit gebeurt allemaal heel snel, zonder waarschuwing, zonder alarm, en de motor kan niet meer worden gestart. Als een piloot naar zijn brandstofmeter kijkt, iets wat we regelmatig doen, dan ziet hij op het moment dat de motor ermee ophoudt een snelle daling van de brandstofdruk. Ze leggen er de nadruk op dat Donovan geen noodsignaal heeft uitgezonden. Dat is totale onzin. Want stel je voor: je vliegt 's nachts en opeens houdt je motor ermee op. Je hebt een paar seconden om te reageren, maar je bent totaal in paniek. Je probeert de motor weer te starten, maar dat lukt niet. Je denkt aan tien dingen tegelijk, maar het laatste waar je aan denkt is een noodsignaal uitzenden en om hulp vragen. Hoe zou iemand je verdomme kunnen helpen?'

'Hoe gemakkelijk is het om met die B-moer te knoeien?' vroeg Samantha.

'Niet moeilijk, als je weet wat je doet. Waar het om gaat is dat je het doet zonder betrapt te worden. Je zou moeten wachten tot het donker is, stiekem naar het vliegtuig op het afgesloten platform sluipen, de motorkap opendoen en met een zaklamp en een moersleutel aan de slag gaan. Een expert zei dat je het in twintig minuten kunt doen. Op de betreffende avond stonden er zeventien andere kleine vliegtuigen op datzelfde platform, maar er was vrijwel geen vliegverkeer. Het platform was bijna verlaten. We hebben de beelden van de bewakingscamera's die aan het terminalgebouw hangen bekeken en niets gezien. We hebben met de jongens gepraat die die nacht dienst hadden en ook zij hebben niets gezien. We hebben het onderhoudsschema bekeken van de monteur in Roanoke en alles functioneerde natuurlijk prima toen hij de laatste controle uitvoerde.'

'Was de motor erg beschadigd?' vroeg Mattie.

'Daar is niets van over. De Cessna is kennelijk over een paar bomen gescheerd. We denken dat Donovan heeft geprobeerd op een hoofd- weg te landen – misschien zag hij de koplampen van een auto, wie weet – en toen hij de bomen raakte, dook het toestel naar voren en landde hij op zijn neus. De motor is vernield en nu kan de positie van de B-moer onmogelijk worden bepaald. We mogen er wel van uitgaan dat de brandstoftoevoer was afgesneden, maar behalve dat zijn er niet veel aanwijzingen.'

De rechter kwam de rechtszaal binnen en ging op zijn stoel zitten. Hij scande het publiek en zei iets tegen een griffier.

'Wat gaat er nu gebeuren?' vroeg Samantha fluisterend.

'We blijven graven,' zei Jeff, maar zonder veel vertrouwen.

De rechter keek de rechtszaal in en zei: 'Mevrouw Wyatt.'

Mattie stelde Jeff voor aan de rechter, die hem beleefd condoleerde en een paar aardige woorden over Donovan zei. Jeff bedankte hem, waarna Mattie gerechtelijke bevelen tevoorschijn haalde die de rech- ter moest tekenen. De rechter nam alle tijd om het testament door te nemen en plaatste opmerkingen over verschillende bepalingen. Hij en Mattie bespraken de strategie van de afwikkeling van de nalatenschap, onder andere om een advocaat in te huren om de zaak-Tate in beroep af te handelen. Jeff werd ondervraagd over Donovans financiële posi- tie, zijn bezittingen en zijn schulden.

Na een uur werden alle documenten ondertekend en was de nala- tenschap officieel geopend. Mattie bleef nog om een andere zaak af te handelen, maar Jeff mocht gaan. Toen hij samen met Samantha terug naar het kantoor liep, zei hij: 'Ik ga een paar weken weg, dus gebruik de prepaidtelefoon.'

'Ga je naar een specifieke plek?'

'Nee.'

'Dat verbaast me niet. Ik ben zelf met de feestdagen ook weg, naar Washington en daarna naar New York, dus ik neem aan dat ik je een tijdje niet zal zien.'

'Dus dit is prettig kerstfeest en een gelukkig nieuwjaar tegelijk?'
'Ik denk het wel. Prettig kerstfeest en een gelukkig nieuwjaar.'
Hij bleef staan en streek even met zijn hand langs haar wang. 'Jij ook.'
Hij stapte een zijstraat in en liep snel weg, alsof hij door iemand werd
gevolgd.

De begrafenis van Francine Crump begon woensdag om elf uur, in een
kerk ergens diep in het binnenland. Samantha overwoog geen moment
om ernaartoe te gaan. Annette raadde het haar ten stelligste af, omdat
de kans groot was dat ze hierdoor een paar slangen uit hun schuilplaats
zou jagen die haar vervolgens achterna zouden komen. Samantha nam
dit advies serieus. Annette gaf later toe dat ze had overdreven; er waren
voor zover bekend geen geloofsgemeenschappen in Virginia die nog
met slangen werkten, vertelde ze. 'Alle leden zijn dood.'
Maar een nest ratelslangen had niet erger kunnen zijn dan de bende
Crumps die later die dag langskwam om mevrouw Kofer te spreken. Ze
kwamen het Bureau voor Rechtshulp binnen met meer machtsvertoon
dan Mattie ooit had meegemaakt. De vijf kinderen, een paar van hun
huidige partners, enkelen van hun volwassen kinderen en een paar andere familieleden.
Hun geliefde moeder was dood en het was tijd het geld te verdelen.
Mattie nam de leiding en zei tegen de meesten dat ze moesten vertrekken. Alleen de vijf kinderen mochten aanwezig zijn bij het gesprek,
de rest mocht in hun pick-uptrucks blijven wachten. Zij en Annette
namen hen mee naar een vergaderkamer, en zodra ze zaten kwam Samantha binnen. Ze voelden zich allemaal verschrikkelijk: ze hadden
zojuist hun moeder begraven, ze waren bang dat ze het land van de
familie en het geld dat dat vertegenwoordigde zouden kwijtraken en ze
waren boos op de advocaten omdat zij dit mogelijk hadden gemaakt.
Ze werden ook lastiggevallen door familieleden die geruchten over
steenkoolgeld hadden opgevangen. Ze waren nu niet thuis en niet op
hun werk. En, zoals Samantha al vermoedde, ze hadden ook onderling
ruziegemaakt.
Ze begon met uit te leggen dat geen enkele advocaat van hun Bureau
een ander testament voor hun moeder had opgesteld. Sterker nog, niemand had nog iets van Francine gehoord na de laatste familiebijeen-
komst aan deze zelfde tafel negen dagen eerder. Als Francine hun iets
anders had verteld, dan was dat domweg niet waar. Ook wist Samantha

niet of een andere advocaat in de stad een nieuw testament had opgesteld. Mattie legde uit dat het gebruikelijk, maar niet verplicht was, dat de 'nieuwe' advocaat de 'oude' advocaat opbelt als er een nieuw testament wordt opgesteld. Hoe dan ook, voor zover zij wisten was het testament dat Francine twee maanden geleden had ondertekend haar laatste testament.

Ze luisterden briesend, amper in staat hun afkeer voor de advocaten onder controle te houden. Toen Samantha uitgesproken was, verwachtte ze een stortvloed aan scheldwoorden, waarschijnlijk van alle vijf. Maar het bleef lang stil. Jonah, de oudste van eenenzestig zei ten slotte: 'Mam heeft dat testament vernietigd.'

Samantha wist niet wat ze moest zeggen. Annette fronste en probeerde zich te herinneren wat er in de oude wetten van Virginia stond over kwijtgeraakte en vernietigde testamenten. Mattie was onder de indruk van hun slimme strategie en kon een grijns maar net onderdrukken.

Jonah zei: 'Ik weet zeker dat ik een kopie van dat testament heb, maar zoals ik het begreep wordt dat nutteloos als het origineel is vernietigd. Klopt dat?'

Mattie knikte als een soort erkenning van het feit dat Jonah had betaald voor snel juridisch advies. En waarom zou hij een advocaat betalen voor advies en niet voor een nieuw testament? Omdat Francine geen nieuw testament had willen opstellen. 'Hoe weet u dat zij het heeft vernietigd?' vroeg ze.

Euna Faye zei: 'Dat heeft ze me vorige week verteld.'

Irma zei: 'Mij ook. Ze zei dat ze hem in de open haard had verbrand.'

DeLoss voegde eraan toe: 'En we hebben overal gezocht en kunnen hem nergens vinden.'

Het was allemaal heel goed gerepeteerd en zolang de vijf voet bij stuk hielden, zou het verhaal standhouden. Daarop vroeg Lonnie: 'En als er dus geen testament is, krijgen wij het land, verdeeld in vijf gelijke delen, klopt dat?'

'Dat denk ik wel,' zei Mattie. 'Maar ik weet niet zeker welk standpunt de Mountain Trust zal innemen.'

Jonah gromde: 'U zegt maar tegen de Mountain Trust dat ze de pot op kunnen, oké? Verdomme, ze wisten niet van dat land tot jullie het hun vertelden. Dit is ons land, altijd al geweest.'

Zijn vier zussen en broers waren het roerend met hem eens.

Van het ene moment op het andere besloot Samantha hen te steunen. Als Francine het testament inderdaad had vernietigd, of als deze vijf hier stonden te liegen en zij het tegendeel niet konden bewijzen, dan moesten ze die verdomde dertig hectare maar houden en konden ze verdwijnen. Ze had helemaal geen behoefte aan een proces over het testament tussen de Crumps en de Mountain Trust, met haar als kroongetuige die door beide partijen werd vervloekt. Ze wilde deze mensen nooit meer terugzien.

Datzelfde gold ook voor Annette en Mattie. Mattie zei: 'Luister mensen, wij als advocaten zullen niet proberen het testament aan te vechten. Dat is ons werk niet. Ik betwijfel of de Mountain Trust zin heeft om betrokken te worden bij een proces om een testament aan te vechten. De juridische kosten daarvan zullen meer bedragen dan het land waard is. Als er geen testament is, dan is er geen testament. Jullie zullen wel een advocaat vinden die de nalatenschap zal openen en een executeur zal aanwijzen.'

'Doen jullie dat dan niet?' vroeg Jonah.

De drie advocaten keken vol afschuw bij het idee dat ze deze mensen zouden vertegenwoordigen. Annette was de eerste die iets zei: 'O nee, dat kan niet, omdat wij het testament hebben opgesteld.'

'Maar het is allemaal heel standaard,' zei Mattie snel. 'Vrijwel iedere advocaat aan Main Street kan het doen.'

Euna Faye glimlachte zelfs en zei: 'Nou, bedankt.'

Lonnie vroeg: 'En we verdelen het in vijf gelijke delen?'

Mattie zei: 'Zo luidt de wet, maar jullie zullen het moeten navragen bij je advocaat.'

Lonnie keek met een gluiperige blik om zich heen. Ze zouden al ruziemaken voordat ze Brady verlieten. En buiten waren familieleden aan het wachten, bereid om boven op al dat steenkoolgeld te duiken.

Nadat ze vredig waren vertrokken en de voordeur achter de laatste Crump dichtging, hadden de drie advocaten zin in een feestje. Ze deden de deur op slot, schopten hun schoenen uit en verzamelden zich in de vergaderkamer voor een glaasje wijn en veel moppen. Annette probeerde te beschrijven wat er was gebeurd toen alle Crumps wanhopig op zoek waren naar dat verdomde testament. Daarna de tweede zoektocht en toen de derde. Hun moeder lag opgebaard bij de uitvaartonderneming en zij maakten ruzie om meubels en trokken lades leeg tijdens een wanhopige zoekactie. Als ze het testament wél vonden, zouden ze hem zeker begraven.

Geen van de drie advocaten geloofde dat Francine haar testament echt had vernietigd.

En ze hadden gelijk. Het origineel kwam de volgende dag met de post, met een briefje erbij van Francine waarin ze Samantha vroeg dit testament alsjeblieft te beschermen.

De Crumps zouden dus toch terugkomen.

30

Voor het derde jaar op rij bracht Karen Kofer samen met haar dochter Kerstmis door in New York City. Ze had een goede studievriendin wier echtgenoot een industrieel was die dementeerde en in een chic verzorgingshuis in Great Neck was ondergebracht. Hun grote appartement aan Fifth Avenue keek uit op Central Park en was bijna verlaten. Karen kreeg een week haar eigen suite en werd als een koningin behandeld. Samantha kreeg ook een appartement aangeboden, maar besloot samen met Blythe in hun appartement in SoHo te blijven. De huur liep af op 31 december, dus moest ze haar spullen inpakken en regelen dat de meubels werden opgeslagen. Blythe, die nog steeds bij het op drie na grootste advocatenkantoor werkte, zou bij twee vriendinnen in Chelsea gaan wonen.

Na een verblijf van drie maanden in Brady voelde Samantha zich bevrijd toen ze weer in de City was. Ze ging met haar moeder winkelen in het centrum en moest zich een weg banen door de dichte menigte, maar genoot van alle energie. Aan het einde van de middag ging ze vaak iets drinken met vriendinnen in alle juiste, trendy bars en hoewel ze genoot van haar omgeving, merkte ze dat de gesprekken haar verveelden. Carrières, onroerend goed en de Grote Recessie. Karen trakteerde op twee kaartjes voor een Broadway-musical, maar dat bleek iets wat vooral bestemd was om toeristen geld afhandig te maken. Ze vertrokken in de pauze en bemachtigden een tafeltje bij Orso. Samantha brunchte met een vroegere vriendin van Georgetown in Balthazar, waar de vriendin bijna gilde toen ze een beroemde tv-acteur ontdekte van wie Samantha nog nooit had gehoord. Ze maakte lange, eenzame wandelingen door Lower Manhattan. Het kerstdiner was een feestmaal in het appartement aan Fifth Avenue met een stel onbekenden, hoewel de gesprekken na heel veel wijn wat losser werden en een beproeving een uitbundig feest werd dat uren doorging. Samantha sliep in een logeerkamer die groter was dan haar appartement, en werd wakker met een lichte kater. Een geüniformeerd dienstmeisje bracht haar sinaasappelsap, koffie en ibuprofen. Ze lunchte met Henry die had aangedrongen op een afspraak, en kwam tot de ontdekking dat ze niets met elkaar gemeen hadden. Hij nam aan dat ze uiteindelijk weer terug zou komen naar de stad en wilde hun contact nieuw leven inblazen. Ze probeerde uit te leggen dat ze niet zeker wist wanneer ze terugkwam. Ze had hier geen baan en nu ook geen appartement meer. Haar toekomst was onzeker, net als die van hem. Hij was gestopt met acteren en overwoog de opwindende wereld van het hedgefondsmanagement in te stappen. Een vreemde keus in deze tijd, dacht ze. Die lui verliezen toch miljoenen en proberen niet in staat van beschuldiging te worden gesteld? Hij had Arabische talen gestudeerd aan Cornell en had geen toekomst, en zij wilde geen minuut meer met hem verspillen.

Twee dagen na kerst zat ze in een coffeebar in SoHo toen een telefoon zoemde. Eerst herkende ze het geluid in haar tas niet, maar realiseerde zich toen dat het de prepaidtelefoon was die Jeff haar had gegeven. Ze vond hem net op tijd en nam op.

'Gelukkig nieuwjaar,' zei hij. 'Waar zit je?'

'Jij ook. Ik ben in de stad. En jij?'

'In de stad. Ik wil je graag zien. Heb je tijd voor een kop koffie?'

Even dacht ze dat hij haar voor de gek hield. Ze kon zich Jeff Gray niet voorstellen in de straten van Manhattan, maar ach, waarom ook niet? De stad trok allerlei soorten mensen overal vandaan aan. 'Natuurlijk, ik zit nu zelfs koffie te drinken. Alleen.'

'Waar?'

Terwijl ze wachtte, lachte ze om haar eigen gedachten. Haar eerste reactie was verbazing geweest, meteen gevolgd door pure wellust. Hoe kon ze hem in haar appartement krijgen zonder Blythe tegen te komen? Niet dat het Blythe echt iets kon schelen, maar Samantha had gewoon geen zin in een heleboel vragen. Waar logeerde hij? Een leuk hotel; dat zou wel kunnen. Was hij alleen? Of had hij een kamer samen met een vriend? *Rustig aan, meisje,* dacht ze.

Twintig minuten later kwam hij binnengewandeld en ze kusten elkaar op de mond. Terwijl ze wachtten op hun dubbele espresso's vroeg ze hem: 'Wat doe je hier?'

'Ik ben hier wel vaker geweest,' zei hij. 'Ik trek wat rond tegenwoordig en ik wilde je zien.'

'Een telefoontje was wel leuk geweest.'

Hij droeg een verbleekte spijkerbroek, zwart T-shirt, wollen sportjasje, enkellaarzen, een driedagenbaardje, en zijn haar zat een beetje verward. Hij was duidelijk niet een van die Wall Street-klonen, maar in SoHo zou niemand vermoeden dat hij uit het achterlijke Appalachia kwam. En wie zou dat ook maar iets kunnen schelen? In werkelijkheid leek hij meer op een werkloze acteur dan Henry.

'Ik wilde je verrassen.'

'Oké, dat is je gelukt. Hoe ben je hier gekomen?'

'Met een privévliegtuig. Dat is een lang verhaal.'

'Ik heb het helemaal gehad met jouw lange verhalen. Waar logeer je?'

'In het Hilton, in het centrum. Alleen. En jij?'

'In mijn appartement, nog maar een paar dagen. Dan is de huur afgelopen.'

De barista zei dat hun koffie klaar was en Jeff pakte hun kopjes. Hij deed er een zakje suiker in en roerde langzaam, Samantha nam geen suiker. Ze gingen dichter tegen elkaar aan zitten toen het drukker werd. Ze zei: 'Ik wil het even hebben over dat privévliegtuig. Kun je me dat uitleggen?'

'Er zijn twee redenen voor dat ik hier ben. Ten eerste wilde ik je zien en eventueel wat tijd met je doorbrengen. Misschien kunnen we wat door de stad hiken en ergens een open haard vinden. Zo niet, dan is een lekker warm bed ook voldoende. Daar zou ik wel zin in hebben, maar ik kan me voorstellen dat je het te druk hebt. Het was niet mijn bedoeling jouw eigen tijd op te slokken, oké?'

'Die open haard kun je wel vergeten.'

'Begrepen. Ik ben vanaf dit moment beschikbaar.'

'Ik weet zeker dat we tijd met elkaar kunnen doorbrengen. En die andere reden?'

'Weet je, die jet is eigendom van een advocaat, ene Jarrett London, uit Louisville. Misschien heb je weleens van hem gehoord.'

'Hoe zou ik een advocaat uit Louisville moeten kennen?'

'Maakt ook niet uit. Hij en Donovan konden het heel goed met elkaar vinden. Jarrett was ook op de begrafenis. Lange vent, jaar of zestig, met lang grijs haar en een peper-en-zoutbaardje. Donovan beschouwde hem als zijn mentor, bijna als zijn held. Zijn advocatenkantoor is een van de andere drie die Krull Mining in de zaak-Hammer Valley voor de rechter hebben gedaagd. De FBI heeft bij hen op dezelfde dag als bij ons huiszoeking gedaan. Ik hoef je natuurlijk niet te vertellen dat een man als London niets opheeft met dergelijke Gestapo-tactieken en hij is woedend. Groot ego, heel kenmerkend voor dat soort lui.'

Ze knikte. 'Mijn vader.'

'Ja, natuurlijk. Weet je, London zegt dat hij je vader jaren geleden tijdens een advocatenfeestje heeft ontmoet. Hoe dan ook, London heeft een nieuwe vriendin, een echte stoot, en zij wilde de stad zien. Ik heb een lift geregeld.'

'Handig!'

'Hij wil je ook ontmoeten, dag zeggen en met je over die documenten praten.'

'Welke documenten? Kom op, Jeff, ik zit er al veel te diep in. Waar draait dit op uit?'

'Je moet me helpen, Samantha. Mijn broer is dood en ik moet met iemand praten die de wet kent en me goede raad kan geven.'

Ze verstijfde en trok zich van hem terug. Ze keek naar hem en wilde verdwijnen. In plaats daarvan keek ze om zich heen, slikte moeizaam en zei: 'Je betrekt me doelbewust bij een samenzwering die me serieuze problemen kan opleveren. De FBI zit hier bovenop en toch betrek je me hierbij. Jij bent al even roekeloos als je broer en het kan je niets schelen wat er met mij gebeurt. Luister, wie zegt dat ik zelfs maar terugga naar Brady? Ik voel me hier ongelofelijk veilig. Dit is mijn thuis, hier hoor ik thuis.'

Zijn lange lichaam leek een paar centimeter korter te worden en hij liet zijn kin op zijn borst zakken. Hij zag er verloren en hulpeloos uit. 'Ik vind je wel belangrijk, Samantha, en ik maak me wel zorgen over wat jou overkomt. Ik heb op dit moment alleen hulp nodig.'

'Jeff, een paar weken geleden hebben we een heerlijke tijd gehad bij Gray Mountain. Ik heb er vaak aan teruggedacht, maar wat ik nog steeds niet begrijp is waarom je me meenam naar die grot, of hoe dat ook maar heet, en me die documenten hebt laten zien. Op dat...'

'Niemand zal het ooit weten.'

'Op dat moment werd ik een soort medeplichtige. Ik realiseer me dat die documenten waardevol en bezwarend zijn en zo, maar dat verandert niets aan het feit dat ze gestolen zijn.'

'Iemand moet weten waar ze zijn, Samantha, voor het geval mij iets overkomt.'

'Laat Vic dat afhandelen.'

'Dat heb ik je toch al verteld: Vic doet niet meer mee. Zijn vriendin is zwanger en hij is volkomen veranderd. Hij wil geen risico's nemen en neemt ook de telefoon niet meer op.'

'Slim van hem.'

De espresso werd koud. Jeff keek naar zijn kopje en nam een slok. Samantha negeerde hem en keek naar de mensen om hen heen. Ten slotte vroeg Jeff: 'Kunnen we hier weg?'

Ze vonden een bankje in Washington Square Park. Alle bankjes waren verlaten, omdat de wind ijzig en de temperatuur net onder nul was. 'Hoeveel weet die London over mij?' vroeg ze.

'Hij weet dat jij de zaak-Ryzer hebt, in elk geval het stoflongziektegedeelte. Hij weet dat je de fraude en cover-up door de advocaten van Lonerock Coal hebt ontdekt. Daar is hij erg van onder de indruk. Hij weet dat ik je vertrouw en dat Donovan je vertrouwde, en dat Donovan je over die documenten heeft verteld.'

'Weet hij dat ik ze heb gezien?'

'Nee. Dat zei ik toch, Samantha, dat zal niemand ooit weten. Het was fout van me om je daar naartoe te brengen.'

'Dank je.'

'Zeg alsjeblieft dat je bereid bent hem te ontmoeten, wacht af wat hij zegt. Dat kan toch geen kwaad, wel?'

'Ik weet het niet.'

'Ja, dat weet je wel. Het kan helemaal geen kwaad om Jarrett London te leren kennen. Het zal uiterst vertrouwelijk zijn, en bovendien is het een interessante vent.'

'Wanneer wil hij me ontmoeten?'

'Ik zal hem bellen. Ik heb het koud. Woon je hier in de buurt?'

'Niet ver hiervandaan, maar het is een puinhoop in het appartement. We zijn alles aan het inpakken.'

'Kan me niets schelen.'

Twee uur later liep Samantha de lobby binnen van het Peninsula Hotel aan Fifty-Fifth Street in het centrum. Ze nam de trap links van haar en zag zoals verwacht Jeff aan de bar zitten. Zwijgend gaf hij haar een stukje papier met de tekst *Kamer 1926*.

Hij keek naar haar terwijl ze zich omdraaide en wegliep, en ging bij de trap staan om te kijken of iemand het had gezien.

Ze nam de lift naar de negentiende verdieping en drukte op de zoemer van de kamer. Een paar seconden later al werd de deur geopend door een grote man met veel te veel grijs haar die zei: 'Dag mevrouw Kofer, prettig kennis met u te maken. Ik ben Jarrett London.'

Nummer 1926 was een enorme suite met een complete woonkamer. De vriendin was nergens te zien. Een paar minuten na Samantha drukte Jeff op de zoemer. In de woonkamer praatten ze over koetjes en kalfjes. London bood hun iets te drinken aan, maar dat aanbod sloegen ze af. Hij begon over haar werk voor de zaak-Ryzer en zei vol bewondering dat hij het briljant vond. Hij en Donovan hadden de zaak uitgebreid besproken. London en zijn partners waren nog steeds aan het nadenken of hun kantoor de zaak samen met Donovan zou oppakken toen hij die verdomde zaak aanhangig maakte. 'Veel te vroeg,' zei London. 'Maar ja, zo was Donovan nu eenmaal.'

London vertelde dat hij nog steeds nadacht over dat proces. Het gebeurt niet elke dag dat je een belangrijk advocatenkantoor als Casper Slate op heterdaad op fraude betrapt, weet je? Die zaak had een gigantische jury-appeal, enzovoort. Hij weidde uit over hoe geweldig die zaak was, alsof Samantha zich dat niet had gerealiseerd. Dat had ze al eerder gehoord, van Donovan en van haar vader. Nu even over Krull Mining. Door de dood van Donovan was London de hoofdadvocaat voor de eisers. De zaak was op 29 oktober aanhangig gemaakt. Krull had extra tijd gekregen om te reageren. London en zijn team verwachtten dat Krull Mining begin januari een serieuze motie zou indienen waarin ze de aanklacht ontkennen, waarna de oorlog op volle kracht zou losbarsten. Gauw, al heel gauw zouden ze de documenten nodig hebben.

'Hoeveel weet je over hen?' vroeg Samantha.

London ademde luidruchtig uit, alsof die vraag zo beladen was dat hij niet wist waar hij moest beginnen. Daarna stond hij op en liep naar de minibar. 'Iemand een biertje?' Jeff en Samantha zeiden weer nee. Hij maakte een flesje Heineken open en liep naar een raam. Hij nam een grote slok en zei: 'Ongeveer een jaar geleden hadden we onze eerste bijeenkomst, in Charleston, op het kantoor van Gordie Mace, een van de leden van onze groep. Donovan had ons daar allemaal uitgenodigd om de zaak-Hammer Valley te bespreken. Hij zei dat hij in het bezit was van bepaalde documenten, maar daar niet via de gebruikelijke kanalen aan was gekomen. We vroegen niets, hij zei niets. Hij zei dat het meer dan twintigduizend pagina's uiterst bezwarende documenten waren. Hieruit bleek dat Krull Mining op de hoogte was van de verontreiniging, wist dat het gif in het grondwater in het dal sijpelde, wist dat de mensen het water nog steeds dronken, wist dat mensen ziek werden en stierven, wist dat het de mijn zou moeten opruimen, maar ook wist dat het minder duur was om de mensen te naaien en het geld in eigen zak te houden. Hij had de documenten niet bij zich, maar hij had uitgebreide aantekeningen, aantekeningen die hij na ons gesprek vernietigde. Hij beschreef ongeveer twintig van de documenten, de meeste ervan fataal, en eerlijk gezegd waren we onder de indruk. Verbijsterd. Woedend. We besloten meteen mee te doen en troffen voorbereidingen voor het proces. Donovan zorgde ervoor dat nergens stond dat de documenten gestolen waren en hij hield ze bij ons vandaan. Als hij ons deze documenten ergens in het afgelopen jaar had gegeven, was de kans groot dat de FBI ons eerder deze maand allemaal had gearresteerd.'

'Dus hoe wil je die documenten nu in handen krijgen zonder gearresteerd te worden?' vroeg ze.

'Dat is de hamvraag. We hebben indirecte gesprekken met een van de juridisch assistenten van de rechter die de zaak toegewezen heeft gekregen, echt in het geheim, iets wat heel gevaarlijk en hoogst ongebruikelijk is. Wij denken dat het mogelijk is dat we de documenten in ontvangst nemen en meteen aan het hof overdragen, waarna de rechter ze meteen opbergt. We zullen hem vragen te vertrouwen op de U.S. Attorney om geen strafrechtelijk onderzoek in te stellen tot de documenten zijn bekeken. Zeg nou eerlijk, degene die de documenten heeft gestolen is dood. Wij hebben overlegd met onze strafrechtadvocaten en ook zij denken dat we een gering risico lopen. We zijn bereid dat risico te nemen. De hamvraag is echter wat er met de documenten gebeurt vóórdat ze bij het hof komen. Krull Mining zal tot alles bereid zijn om ze te vernietigen en op dit moment staat de FBI aan hun kant. Het is een uiterst gevaarlijke zaak.'

Samantha keek met een vuile blik naar Jeff.

London zat vlak bij Samantha en keek haar aandachtig aan. 'In Washington zouden we wel wat hulp kunnen gebruiken.'

'Eh, wat bedoel je?'

'De minister van Justitie heeft drie vertrouwelingen. Een van hen is Leonna Kent, die ken je vast wel.'

Het duizelde Samantha, en ze zei: 'Eh... ik heb haar jaren geleden ontmoet.'

'Zij en je moeder zijn tegelijk op het ministerie van Justitie begonnen, dertig jaar geleden. Je moeder wordt bijzonder gerespecteerd en heeft anciënniteit. Ze heeft ook enige invloed.'

'Maar niet op dit soort terreinen.'

'Zeker wel, Samantha. Een paar woorden van Karen Kofer tegen Leonna Kent, en van Leonna Kent tegen de minister van Justitie, en van de minister tegen de U.S. Attorney in Kentucky, en dan is de kans groot dat de FBI de zaak laat rusten. Dan hoeven we ons alleen nog maar zorgen te maken over die boeven van Krull Mining.'

'Gaat dit gesprek daarover? Over mijn moeder?'

'In professioneel opzicht, Samantha, niet persoonlijk, dat begrijp je. Heb je dit met je moeder besproken?'

'Nee, natuurlijk niet. Sterker nog, dat heb ik geen moment zelfs ook maar overwogen. Dit gaat haar niveau ver te boven, oké?'

'Volgens mij niet. Wij hebben belangrijke contacten in D.C. en zij denken dat Karen Kofer ons kan helpen.'

Samantha was in de war en wist niet wat ze ervan moest denken. Ze keek naar Jeff en vroeg: 'Is dit de reden dat je naar New York bent gekomen? Om mijn moeder erbij te betrekken?'

Snel antwoordde hij: 'Nee, dit hoor ik voor het eerst. Ik wist niet eens waar je moeder werkte.' Hij was even oprecht als een klein jongetje dat onterecht ergens van werd beschuldigd, en ze geloofde hem.

'Ik heb dit niet met hem besproken, Samantha,' zei London. 'Dit is afkomstig van onze insiders in D.C.'

'Jullie lobbyisten.'

'Ja, natuurlijk. We hebben toch allemaal lobbyisten? Je kunt ervan vinden wat je wilt, maar zij kennen het terrein. Ik ben bang dat je dit te persoonlijk opvat. We gaan je moeder niet vragen om persoonlijk bij een federaal onderzoek betrokken te raken, maar tegelijkertijd weten we wel hoe het werkt. Mensen zijn mensen, vrienden zijn vrienden, en na een woordje hier of daar kan er van alles gebeuren. Denk erover na, wil je?'

Samantha ademde diep in en zei: 'Ik zal erover nadenken of ik erover na wil denken.'

'Dankjewel.' London stond op en strekte zijn benen weer.

Ze keek naar Jeff, die naar zijn laarzen keek.

Nogal ongemakkelijk vroeg London: 'Oké Jeff, kunnen we nu de overdracht van de documenten bespreken?'

Samantha sprong op en zei: 'Ik zie jullie later wel.'

Jeff pakte haar zacht bij de arm en zei: 'Ga alsjeblieft niet weg, Samantha. Ik heb je hierbij nodig.'

Ze trok haar arm los en zei: 'Ik heb niets met jullie samenzwering te maken. Jullie bespreken maar wat je wilt, daar hebben jullie mij niet bij nodig. Leuk je ontmoet te hebben.' Ze deed de deur open en verdween.

Jeff trof haar later in de lobby en samen verlieten ze het hotel. Hij bood zijn verontschuldigingen aan en zij zei dat ze niet boos was. Ze kende Jarrett London niet, ze vertrouwde hem al helemaal niet en ze was zeker niet bereid om in zijn bijzijn gevoelige onderwerpen te bespreken. Ze liepen over Fifth Avenue, in de drukke menigte, en slaagden erin over andere onderwerpen dan steenkool te praten. Samantha wees naar het gebouw waar haar moeder op dit moment in weelde baadde. Ze werd aan het begin van de avond bij alweer een etentje verwacht, maar dat had ze al afgezegd. Ze had deze nacht aan Jeff beloofd.

Omdat Samantha ervan uitging dat hij geen zin had in een drie uur durend dinertje in een viersterrenrestaurant regelde ze een tafeltje bij Mas in de West Village. Dit was de perfecte keus op deze kille avond: het was er warm en gezellig, en had de sfeer van een echte Franse boerderij. Het menu veranderde dagelijks en was niet uitgebreid. Jeff las het een keer door en bekende dat hij geen enkel gerecht herkende. Een ober stelde een viergangenmenu van 68 dollar voor, en Samantha ging daarmee akkoord. Jeff schrok danig van de prijs, maar was algauw onder de indruk van het eten. Garnalen met een krokant laagje spaghettipuree, worst van varkensvlees en appel, wilde gestreepte zeebaars met preifondue en chocoladetaart. Ze dronken een fles Shiraz uit het Rhônedal. Toen het kaaskarretje langskwam, rende Jeff er bijna achteraan. Samantha riep de ober en vertelde hem dat ze graag nog kaas na wilden, en meer wijn.

Terwijl ze op het kaaskarretje wachtten, boog Jeff zich naar haar toe en vroeg: 'Zou je ergens over na willen denken?'

'Ik beloof je niets. Ik weet niet zeker of ik je wel vertrouw.'

'Bedankt. Luister, dit klinkt misschien stom en ik heb me echt afgevraagd of ik het er wel met je over moet hebben. Ik vraag me dat nog steeds af, maar goed.'

Eén gruwelijke seconde dacht Samantha dat hij haar ten huwelijk zou vragen. Ze waren niet eens een stel! Bovendien was ze niet van plan een serieuze relatie met hem te beginnen. Tot nu toe hadden ze seks belangrijker gevonden dan liefde. Dus natuurlijk was deze enigszins rustieke jongen uit de bergen niet verliefd genoeg om een huwelijksaanzoek te doen.

Dat was ook niet zo, maar zijn idee was al bijna even verontrustend. Hij zei: 'Ik ben eigenaar van het kantoorpand, of dat zal ik over enige tijd zijn. Ik ben ook de executeur van Donovans nalatenschap en dus ben ik de baas van zijn kantoor. Ik, Mattie en de rechters, neem ik aan. Je hebt de lijst van zijn rechtszaken gezien; hij heeft heel veel zaken achtergelaten. Mattie zal er een paar overnemen, maar niet veel. Zij heeft het al druk genoeg en het is niet haar soort werk. Wij hebben iemand nodig die het kantoor overneemt. De nalatenschap omvat voldoende geld om een advocaat in te huren die Donovans zaken afhandelt. Eerlijk gezegd is er niemand anders in de county die we zelfs maar in overweging zouden nemen.'

Ze hield haar adem in, vreesde een onhandig huwelijksaanzoek, hoorde een bizar voorstel en toen hij zweeg, haalde ze ten slotte weer adem en zei: 'Lieve help.'

'Je zou nauw samenwerken met Mattie en Annette, en ik zou ook altijd in de buurt zijn.'

Het kwam niet helemaal onverwacht. Mattie had er al minstens twee keer op gezinspeeld dat ze een advocaat wilden inhuren om Donovans zaken af te handelen. Beide keren had het min of meer in de lucht gehangen, maar Samantha had het gevoel gehad dat ze haar bedoelde. Ze zei: 'Ik kan zeker tien redenen bedenken waarom dat niet zal werken.'

'Ik kan zeker elf redenen bedenken waarom het wel zal werken,' zei hij grijnzend. Toen het kaaskarretje bij hun tafeltje bleef staan, roken ze de sterke aroma's. Samantha koos er drie. Jeff gaf de voorkeur aan een scherpe cheddar boven de zachte kazen, maar zei snel dat hij dezelfde kazen wilde als Samantha. Toen het karretje weg was, zei hij: 'Jij eerst. Vertel me je beste reden, en dan ga ik ertegenin.'

'Ik ben niet bevoegd.'

'Je bent verdomde slim en je leert snel. Met Matties hulp kun je alles aan. Volgende.'

'Over een paar maanden ben ik misschien vertrokken.'

'Maar je kunt elk moment weg. Je hebt geen contract waardoor je verplicht bent binnen twaalf maanden terug te gaan naar New York. Je hebt zelf gezegd dat de juridische markt verzadigd en deprimerend is, en dat er geen banen zijn. Volgende.'

'Ik weet niets van strafrecht en Donovans kantoor behandelde alleen maar strafrechtzaken.'

'Jij bent negenentwintig en je kunt alles leren. Mattie vertelde me dat je heel snel dingen oppikt en nu al beter bent dan de meeste boerenkinkels in de rechtszaal.'

'Heeft ze dat echt gezegd?'

'Zou ik tegen je liegen?'

'Zeker wel.'

'Ik lieg niet. Volgende reden.'

'Ik heb nog nooit een beroepszaak behandeld, laat staan zo'n belangrijke.'

'Dat is je slechtste excuus tot nu toe. Elke beroepszaak bestaat uit research en papierwerk. Dat stelt niets voor. Volgende.'

'Ik ben een stadsmeisje, Jeff. Kijk om je heen. Dit is mijn leven. Ik overleef het niet in Brady.'

'Oké, goed punt. Maar wie zegt dat je daar altijd moet blijven? Geef het twee of drie jaar, help ons tot zijn zaken zijn afgehandeld en de honoraria binnen zijn. Er staat heel veel geld op het spel dat ik niet wil kwijtraken. Volgende.'

'Sommige van zijn zaken kunnen zich nog wel jaren voortslepen. Voor zo'n lange tijd kan ik me niet vastleggen.'

'Leg je dan vast voor het beroep van de zaak-Tate. Dat duurt hoogstens anderhalf jaar. Die tijd vliegt voorbij en dan zien we wel hoe we het daarna doen. Ondertussen kun je andere zaken uitkiezen die er veelbelovend uitzien. Ik help je wel. Ik ben een vrij goede ambulancejager. Volgende.'

'Ik wil niets te maken hebben met Donovans weduwe.'

'Dat hoeft ook niet, dat beloof ik. Mattie en ik nemen Judy wel voor onze rekening. Volgende.'

Ze smeerde wat camembert op een toastje en nam een hapje. Ze zei: 'Ik wil niet gevolgd worden door allerlei mensen. Ik hou niet van vuurwapens.'

'Je kunt best advocaat zijn zonder pistool. Kijk maar naar Mattie. Ze zijn bang voor haar. En, zoals ik al zei, ik ben in de buurt, ik zal je beschermen. Volgende.'

Ze slikte en nam een slokje port. 'Oké, hier kun je niets tegen inbrengen en ik kan het niet zeggen zonder bot te zijn. Jij en Donovan speelden het spel volgens andere regels. Jullie hebben documenten gestolen in de zaak-Krull Mining, en ik weet bijna zeker dat jullie ook in andere zaken allerlei regels hebben overtreden. Ik heb het gevoel dat bepaalde dossiers in Donovans kantoor, hoe zal ik het zeggen, besmet zijn. Daar wil ik niets mee te maken hebben. De FBI heeft daar al eens huiszoeking gedaan. Ik wil daar niet zijn tijdens een volgende huiszoeking.'

'Dat gaat niet gebeuren, dat zweer ik. Behalve Krull Mining is er niets waarover jij je zorgen hoeft te maken. En ik zal jou of het kantoor niet in gevaar brengen, dat beloof ik.'

'Ik vertrouw je niet helemaal.'

'Bedankt. Ik zal je vertrouwen verdienen.'

Nog een hapje kaas, nog een slokje port.

Hij at ook iets, en wachtte. Hij telde het op zijn vingers af en zei: 'Dat waren maar negen redenen en die heb ik allemaal op briljante wijze onderuitgehaald.'

Ze zei: 'Oké, nummer tien: ik weet niet zeker of ik veel aan werken toekom als jij in de buurt bent.'

'Goed punt. Je wilt dat ik mijn handen thuishou.'

'Dat zei ik niet. Luister, Jeff, ik ben niet op zoek naar een relatie, oké? We kunnen rotzooien en doen wat we willen, maar alleen voor de lol. Zodra het serieus wordt, hebben we een probleem.'

Hij glimlachte, grinnikte en zei: 'Oké, jij wilt dus een seksuele relatie zonder je hoe dan ook vast te leggen. Jeetje, dát is lastig, hoor! Maar oké, we hebben een deal. Jij wint. Luister, Samantha, ik ben een tweeendertigjarige vrijgezel en ik geniet ervan om single te zijn. Maar weet je, Donovan en ik zijn beschadigd toen we nog heel jong waren. Onze ouders waren ongelukkig en konden elkaar niet uitstaan. Het was een oorlog en wij waren de slachtoffers. Wij vonden "huwelijk" een vies woord. Dat is een van de redenen dat Donovan en Judy uit elkaar gingen.'

'Annette zei dat hij een vrouwenjager was.'

'Zij kan het weten.'

'Dat dacht ik al. Heeft het lang geduurd?'

'Wie weet? En hij vertelde me niet alles. Donovan was heel gesloten, zoals je weet. Heeft hij geprobeerd je te versieren?'

'Nee.'

'En als hij dat wel had gedaan?'

'Dan had ik het moeilijk gevonden om nee te zeggen, dat geef ik toe.'

'Heel weinig vrouwen zeiden nee tegen Donovan, inclusief Annette.'

'Weet Mattie dat?'

Hij nam een slok port en keek om zich heen. 'Dat betwijfel ik. Haar ontgaat niet veel in Brady, maar ik neem aan dat Donovan en Annette heel discreet waren. Als Mattie het had ontdekt, zou dat complicaties hebben veroorzaakt. Ze aanbidt Judy en beschouwt Haley als haar kleinkind.'

De ober kwam naar hen toe en zij vroeg om de rekening. Jeff bood aan te betalen, maar zij wilde trakteren. 'In Brady mag jij me op een etentje trakteren,' zei ze. 'Maar in New York betaal ik.'

'Geen slechte deal.'

De kaas was op en de port bijna. Lange tijd zaten ze naar de gesprekken om hen heen te luisteren, sommige in andere talen. Jeff glimlachte en zei: 'Brady is heel ver weg, hè?'

'Dat klopt. Het is een andere wereld, en niet de mijne. Ik heb je tien redenen genoemd, Jeff, en ik weet wel zeker dat ik er nog tien kan bedenken. Ik zal er niet lang blijven, dus ik hoop dat je dat zult begrijpen.'

'Dat begrijp ik, Samantha, en ik neem het je niet kwalijk.'

Jeff luidde het nieuwe jaar met een knal in door zich te laten arresteren op het vliegveld van Charleston, West Virginia. Om een uur of tien 's avonds op de eerste zondag van het jaar zag een bewaker een man die wegdook in de schaduw van een Beech Bonanza, in de buurt van verschillende andere kleine vliegtuigen. De bewaker trok zijn pistool en gaf de man, Jeff, opdracht bij het vliegtuig vandaan te gaan. De politie werd gebeld. Ze boeiden hem en brachten hem naar de gevangenis. Om zes uur de volgende ochtend belde Jeff Samantha, maar alleen om haar op de hoogte te brengen. Hij verwachtte niet dat zij hem zou komen redden, omdat hij bevriende advocaten in Charleston had.

Ze vroeg natuurlijk: 'Waarom sloop je op een zondagavond op een vliegveld rond?'

'Ik deed onderzoek,' zei hij. Op de achtergrond schreeuwde iemand iets.

Gefrustreerd schudde ze haar hoofd vanwege zijn roekeloosheid. 'Oké, kan ik iets voor je doen?'

'Nee. Ik bevond me alleen op verboden terrein. Over een paar uur ben ik weer vrij. Ik bel je nog.'

Samantha ging snel naar kantoor en had voor zeven uur al koffiegezet. Ze had niet veel tijd om zich zorgen te maken om Jeff en zijn nieuwste avontuur. Ze nam haar aantekeningen nog eens door, schonk een beker koffie in voor onderweg en vertrok om halfacht naar Colton. Het was een uur rijden en onderweg oefende ze haar argumenten voor de rechter en de advocaat van Top Market Solutions.

Ze liep de rechtbank van Hopper County binnen, alleen. De tijd dat Mattie of Annette haar hielp was voorbij. Ze moest het nu alleen doen, in elk geval de zaak-Booker. Pamela kwam haar in de hal tegemoet en bedankte haar weer. Ze liepen de rechtszaal binnen en namen plaats aan dezelfde tafel als waar Donovan Gray en Lisa Tate nog geen drie maanden geleden hadden gezeten, op dezelfde plaats waar ze hand in hand zaten toen de jury een rechtvaardig vonnis uitsprak. Samantha realiseerde zich heel goed dat de kans groot was dat zij bij de beroepszaak betrokken zou zijn. Maar vandaag niet. Vandaag waren ze niet aan het vechten over een bedrag dat in de buurt lag van 3 miljoen dollar. Het betrof misschien 5.000 dollar, maar toch was Samantha zo nerveus alsof het wel om miljoenen ging.

De rechter opende de zitting en vroeg Samantha te beginnen. Ze haalde diep adem, keek om zich heen, zag dat er geen toeschouwers waren, herinnerde zichzelf eraan dat dit een eenvoudige zaak was over een onbelangrijke kwestie en begon. Ze maakte een paar korte inleidende opmerkingen en riep toen Pamela naar de getuigenbank. Pamela beschreef de oude creditcardschuld, bevestigde het echtscheidingsconvenant, vertelde hoe het was toen er loonbeslag op haar salaris werd gelegd en ze werd ontslagen, en ze beschreef beeldend hoe het was om samen met haar twee kinderen in haar auto te wonen. Samantha produceerde gewaarmerkte kopieën van de creditcardschuld, het echtscheidingsconvenant, het loonbeslag en salarisafrekeningen van de lampenfabriek. Nadat Pamela een uur in de getuigenbank had gezeten, liep ze terug naar de tafel van haar advocaat.

Top Market Solutions had een zwakke verdediging en een zelfs nog zwakkere advocaat. Hij heette Kipling en was een ondermaatse advocaat van een uit twee man bestaand kantoor in Abingdon, en het was wel duidelijk dat Kipling weinig belangstelling had voor de feiten en voor zijn cliënt. Hij weidde er eindeloos over uit dat Top Market Solutions door de creditcardmaatschappij was bedrogen en dat het bedrijf in goed vertrouwen had gehandeld. Zijn cliënt had geen idee dat het gerechtelijk bevel allang was verjaard.

De rechter had geen geduld met Kipling en zijn breedvoerige verhaal. Hij zei: 'Uw motie voor niet-ontvankelijkheid is afgewezen, meneer Kipling. Goed, nu even onofficieel.' De griffier ontspande zich en pakte een kop koffie. De rechter zei: 'Ik wil dat deze zaak wordt geschikt, en wel nu. Meneer Kipling, het is wel duidelijk dat uw cliënt een fout heeft gemaakt en mevrouw Booker veel problemen heeft bezorgd. Over een maand of zo kunnen we een volledig proces voeren, hier, voor mij en zonder jury, maar dat zou tijdverspilling zijn omdat ik al een vonnis heb bepaald. Ik verzeker u dat het uw cliënt minder geld zal kosten als ze akkoord gaan met een schikking.'

'Eh... natuurlijk, edelachtbare,' stotterde Kipling verbijsterd. Het was hoogst ongebruikelijk dat een rechter zo openlijk over een toekomstig vonnis praatte.

'Volgens mij is het volgende een eerlijke deal,' zei de rechter; met andere woorden: zo zal mijn vonnis luiden. 'Uw cliënt heeft op niet-legale gronden loonbeslag gelegd op het salaris van mevrouw Booker, elf keer, voor in totaal 1.300 dollar. Hierdoor is ze uit haar stacaravan gezet. Uw cliënt was rechtstreeks verantwoordelijk voor haar ontslag, hoewel ik heb begrepen dat ze erin is geslaagd haar baan terug te krijgen. Desalniettemin heeft ze een verschrikkelijke tijd gehad, ze werd dakloos en moest samen met haar twee kinderen in haar auto wonen. Allemaal door uw cliënt. Mevrouw Booker heeft daarom recht op een schadevergoeding. Ze heeft 5.000 dollar geëist, maar dat lijkt me een beetje weinig. Als ik vandaag een vonnis zou uitspreken, zou ik haar 1.300 dollar toekennen voor gederfd loon plus 10.000 dollar voor de geleden schade. Als ik volgende maand vonnis moet uitspreken, kan ik u verzekeren dat dit een koopje lijkt. Wat zegt u ervan, meneer Kipling?'

Kipling overlegde met zijn cliënt, een vertegenwoordiger van Top Market Solutions, een klein, mollig mannetje met een rood gezicht in een goedkoop, strak zittend pak. Hij was woedend en hij zweette, maar hij begreep ook heel goed wat er gebeurde. Het was heel duidelijk dat de advocaat en de cliënt elkaar niet vertrouwden. Ten slotte zei Kipling: 'Mogen we een paar minuten overleggen, edelachtbare?'

'Natuurlijk, maar niet meer dan vijf.'

Daarop stommelden ze de rechtszaal uit.

Pamela boog zich naar Samantha toe en fluisterde zenuwachtig: 'Ik kan dit niet geloven!'

Samantha knikte arrogant, alsof dit haar absoluut niet verbaasde. Ze deed net alsof ze verdiept was in een document; ze fronste en onderstreepte een paar belangrijke woorden, terwijl ze eigenlijk wilde schreeuwen: 'Ik kan dit ook niet geloven. Dit is mijn eerste proces!' Het was natuurlijk geen echt proces, meer een soort hoorzitting. Maar het was Samantha's eerste rechtszaak en ze vond het bijzonder opwindend dat ze die zo dik zou winnen.

De deur ging weer open en de mannen stommelden terug naar hun tafel. Kipling keek de rechter aan en zei: 'Edelachtbare, nou eh... het ziet ernaar uit dat mijn cliënt een paar fouten heeft gemaakt en hij vindt het verschrikkelijk dat dit zoveel ellende heeft veroorzaakt. Wat u voorstelde lijkt ons een eerlijke schikking. Die accepteren we.'

Samantha zweefde gewoon terug naar Brady. Ze dacht aan Donovan en Jeff na het Tate-vonnis, toen ze met een vonnis van 3 miljoen dollar terug naar de stad zweefden. Ze hadden niet opgewondener en meer overweldigd kunnen zijn dan Samantha op dat moment. Zij en haar collega's hadden ervoor gezorgd dat de Bookers niet langer dakloos waren en zelfs de hongerdood niet waren gestorven, en ze hadden hun een normaal leven teruggegeven. Ze hadden vastbesloten voor hun recht gestreden, en die gevonden. De slechteriken waren stevig op hun vingers getikt.

Als advocaat had ze zich nog nooit eerder zo nuttig gevoeld. Als persoon had ze zich nog nooit eerder zo nodig gevoeld.

Tijdens de lunch die maandag vierden ze dat Samantha haar eerste rechtszaak zo overtuigend had gewonnen. Annette zei dat ze er maar goed van moest genieten, omdat een zege in hun werk maar zo zelden voorkwam. Mattie waarschuwde haar dat ze niet te vroeg moest juichen, omdat de cheque nog niet was ontvangen. Nadat ze de zaak-Booker hadden besproken, ging het gesprek over andere kwesties. Mattie vertelde dat Jeff was vrijgelaten uit de gevangenis van Charleston. Had hij borg betaald of was hij ontsnapt? vroeg Samantha. Een vooraanstaande advocaat daar, een vriend van Donovan, had hem vrij gekregen. Nee, hij had niets verteld over zijn vermoedelijke misdaad.

Annette had die ochtend een niet-officieel telefoontje ontvangen van een juridisch medewerker bij de rechtbank, die haar vertelde dat het mogelijk was dat een onbekende advocaat van plan was om namens de familie Crump een verzoek in te dienen om het vorige testament van Francine Crump geldig te verklaren; dit testament had ze vijf jaar geleden ondertekend en was waarschijnlijk hetzelfde testament dat ze Samantha had laten zien. De familie beweerde dat het voorgaande testament geldig was, omdat Francine het latere testament had vernietigd, het 'gratis' testament dat door het Mountain Bureau voor Rechtshulp was opgesteld. Het was een sluimerende puinhoop waar niemand aan tafel haar vingers aan wilde branden. De Crumps mocht hun land hebben en verkopen aan een kolenmaatschappij; hen maakte het niet uit. Maar, zei Mattie, als advocaten waren zij dienaren van het recht en daardoor verplicht om indien mogelijk fraude te voorkomen. Zij hadden het oorspronkelijke gratis testament in handen dat een anonieme persoon hun per post had doen toekomen nadat Francine door een hersenbloeding was geveld. Zij had het testament dus niet vernietigd.

Sterker nog, ze had het voor haar kinderen verborgen gehouden en wilde dat het Bureau het zou verdedigen en uitvoeren. Moesten ze het testament nu overleggen en een oorlog beginnen die nog jaren zou duren? Of moesten ze afwachten wat de Crumps zouden doen? De kans was groot dat de familie de leugen dat Francine het testament had vernietigd volhield. Als ze deze leugens onder ede vertelden en als dan bekend werd dat ze logen, zou dat ernstige gevolgen voor de familie kunnen hebben. De kans was groot dat ze in de val zouden lopen, een situatie die voorkomen kon worden als het Bureau het nieuwe testament nu overlegde.

Het was een juridisch moeras, een klassieke vraag voor het rechtbankexamen, bedoeld om het de studenten heel lastig te maken. Ze besloten nog een week te wachten, hoewel alle drie de advocaten plus Claudelle en Barb wisten dat ze het testament moesten overleggen en de familie moesten inlichten.

Volgens de weersverwachting zou het laat in de middag behoorlijk gaan sneeuwen en ze bespraken welke gevolgen dat kon hebben voor het kantoor. Mattie, Annette en Samantha liepen meestal naar hun werk, zodat het Bureau gewoon open was. Claudelle was acht maanden zwanger, zodat niet van haar werd verwacht dat ze naar haar werk kwam. Barb woonde ver weg op het platteland aan een weg die zelden werd geveegd.

Om drie uur die middag sneeuwde het al. Samantha zat aan haar bureau en keek ernaar. Ze zat te dagdromen in plaats van te werken toen de prepaidtelefoon in haar tas zoemde. Jeff zei dat hij nog steeds in de buurt van Charleston was. 'Hoe was het in de gevangenis?' vroeg ze.

'Pas op je woorden,' zei hij.

'O ja, sorry.' Ze stond op en liep naar de voorveranda.

Hij zei dat hij via een niet-afgesloten hek in een omheining van prikkeldraad op het algemene luchtvaartgedeelte van het vliegveld was gekomen. De kleine terminal was open, maar daar was slechts één medewerker aanwezig, een jonge vrouw die aan een bureau in een paar tijdschriften zat te bladeren. Vanuit de schaduwen had hij het gebied een halfuur lang in de gaten gehouden, maar had niets of niemand gezien. In de verte, bij de hoofdterminal, vonden een paar vluchten plaats, maar niet met kleine vliegtuigen. Er stonden dertien vliegtuigen geparkeerd, waaronder vier Skyhawks. Twee zaten niet op slot en hij klom in een ervan en bleef tien minuten in het donker zitten.

Met andere woorden, er was vrijwel geen bewaking. Hij had met alle vliegtuigen op het platform kunnen knoeien. Toen zag hij een bewaker en besloot hij zich te laten arresteren. Het was niet meer dan verboden terrein betreden, een klein misdrijf. Hij herinnerde haar eraan dat hij wel van ernstiger zaken was beschuldigd. De bewaker was vriendelijk en Jeff zette een charmeoffensief in. Hij zei dat hij piloot was en er altijd van had gedroomd om zelf een Beech Bonanza te bezitten, dat hij er alleen maar eentje van dichtbij wilde zien en niets kwaads in de zin had. De bewaker geloofde hem en voelde met hem mee, maar moest wel zijn werk doen. En de gevangenis stelde niet veel voor. De advocaat zou alles regelen.

Terwijl Jeff met de bewaker kletste, vroeg hij of er ook andere bewakers hadden gewerkt, andere mannen die op het platform waren geweest maar daar nu misschien niet waren. Hij kreeg een naam, de naam van een man die voor kerst ontslag had genomen, en die was hij nu aan het opsporen.

Ze sloot haar ogen en zei dat hij voorzichtig moest zijn. Ze wist ook dat hij de rest van zijn leven zou blijven proberen de mannen te vinden die zijn broer hadden vermoord.

De opwinding over het voeren van rechtszaken werd twee dagen later enigszins getemperd toen Samantha met Mattie meeging naar een stoflongziektehoorzitting voor een ALJ (Administrative Law Judge, administratieve rechter) in het federale rechtbankgebouw in Charleston. De mijnwerker, Wally Landry, was achtenvijftig en had al zeven jaar niet gewerkt. Hij kreeg zuurstof toegediend en zat in een rolstoel. Veertien jaar eerder had hij een aanvraag ingediend voor een stoflongziekte-uitkering, op basis van een doktersverklaring waarin stond dat hij leed aan gecompliceerde CWP. De districtsdirecteur van het ministerie van Arbeid kende hem een uitkering toe. Zijn werkgever, Braley Resources, ging in beroep bij de ALJ, die Landry voorstelde een advocaat in de arm te nemen. Mattie verklaarde zich ten slotte bereid hem te vertegenwoordigen. Zij wonnen de zaak bij de ALJ, waarna Braley Resources in beroep ging bij de BRB (Benefits Review Board) in Washington. De zaak werd vijf jaar lang heen en weer gestuurd tussen de ALJ en de BRB, voordat de BRB een laatste besluit nam ten gunste van Landry.

Het bedrijf ging in beroep tegen dit besluit bij het federale hof van beroep waar de zaak zich twee jaar voortsleepte en toen werd teruggestuurd naar de ALJ. De ALJ vroeg om aanvullend medisch bewijs en de deskundigen begonnen een oorlog, alweer. Landry was op zijn vijftiende begonnen met roken en was daar twintig jaar later mee gestopt, en als roker werd hij bestookt met het gebruikelijke medische oordeel dat zijn longproblemen waren veroorzaakt door teer en nicotine, en niet door kolenstof.

'Door alles behalve kolenstof,' zei Mattie steeds weer. 'Dat is altijd hun strategie.'

Mattie was al dertien jaar met deze zaak bezig, had er vijfhonderdvijftig uur in geïnvesteerd en als ze uiteindelijk zou winnen, zou ze keihard moeten vechten om 200 dollar per uur te krijgen. Dat honorarium zou worden betaald door Braley Resources en hun verzekeringsmaatschappij, en hun advocaten brachten veel meer dan 200 dollar per uur in rekening. De zeldzame keren dat het Bureau een honorarium in een stoflongziektezaak ontving, werd het geld op een speciale rekening gestort die bestemd was voor het dekken van de kosten van toekomstige stoflongziektezaken. Op dat moment stond daar ongeveer 20.000 dollar op.

De hoorzitting vond plaats in een kleine rechtszaal. Mattie zei dat het zeker de derde keer was dat ze hier bij elkaar kwamen om over de tegenstrijdige doktersverklaringen te discussiëren. Zij en Samantha zaten aan een tafel. Niet ver bij hen vandaan was een chique groep perfect geklede advocaten van Casper Slate druk bezig hun dikke aktetassen uit te pakken en zich voor te bereiden. Achter Samantha zaten Wally Landry, vermagerd en ademend via een buisje in zijn neus, en zijn vrouw. Toen Wally veertien jaar geleden zijn aanvraag indiende, had hij recht gehad op 641 dollar per maand. De juridische kosten die Braley Resources in die tijd betaalde, bedroegen minstens 600 dollar per uur, volgens Matties ruwe schatting. *Maar je moet niet proberen daar de logica van in te zien,* had ze gezegd. De juridische kosten betaald door kolenmaatschappijen en hun verzekeraars waren veel hoger dan de uitkering die ze niet wilden betalen, maar daar ging het niet om. De obstakels en vertragingen zouden andere mijnwerkers ervan weerhouden een aanvraag in te dienen, en ze schrikten zeker de advocaten af. Op de lange termijn wonnen de ondernemingen, zoals altijd.

Een advocaat in een zwart pak slenterde naar hun tafel en zei: 'Hallo, Mattie. Leuk je weer te zien.' Mattie stond met tegenzin op, gaf hem een slap handje en zei: 'Goedemorgen, Trent. Het is me zoals altijd weer een genoegen.'

Trent was een jaar of vijftig, had grijzend haar en zag er zelfverzekerd uit. Toen hij met een onnozele en niet-gemeende glimlach zei: 'Wat erg van je neef. Donovan was een prima advocaat,' trok Mattie snel haar hand terug en snauwde: 'Ik wil niet over hem praten.'

'Sorry, natuurlijk niet. En wie is dit?' vroeg hij met een blik op Samantha. Ze stond op en zei: 'Samantha Kofer, advocaat-stagiaire bij het Mountain Bureau voor Rechtshulp.'

'O ja, de briljante onderzoeker die in de Ryzer-dossiers is gedoken. Ik ben Trent Fuller.' Hij stak een hand uit, maar Samantha negeerde dat gebaar.

'Ik ben advocaat, geen onderzoeker,' zei ze. 'En ik vertegenwoordig meneer Ryzer in verband met zijn aanvraag voor een stoflongziekte-uitkering.'

'Ja, dat heb ik gehoord.' De glimlach verdween en zijn ogen werden klein en fonkelden van haat. Hij wees zelfs met zijn wijsvinger naar haar toen hij zei: 'Wij zijn bijzonder ontstemd over de beschuldigingen tegen ons advocatenkantoor door uw cliënt in zijn slecht onderbouwde aanklacht. Maak die fout niet weer, ik waarschuw u.' Zijn stem werd luider toen hij haar de les las. De andere drie mannen in pak van Castraat verstijfden en keken naar haar.

Samantha was verbijsterd, maar ze kon zich nergens verstoppen. 'Maar u weet dat die beschuldigingen waar zijn,' zei ze.

Hij zette een stap in haar richting, prikte bijna met zijn vinger in haar gezicht en zei: 'We gaan u en uw cliënt aanklagen wegens smaad, begrijpt u?'

Mattie stak haar hand uit en duwde zacht zijn hand opzij. 'Zo is het wel genoeg, Trent, ga terug naar je plaats.'

Hij ontspande en liet dezelfde onnozele glimlach zien. Maar hij bleef staren en zei op zachtere toon tegen Samantha: 'Uw cliënt heeft ons te schande gemaakt, mevrouw Kofer. Ook al is die rechtszaak niet-ontvankelijk verklaard, blijft dat toch hangen. Zijn stoflongzieteclaim zal in ons kantoor alle aandacht krijgen.'

'Geldt dat niet voor alle zaken?' snauwde Mattie. 'Verdomme, deze zaak loopt al veertien jaar en jullie vechten nog steeds tot het uiterste.'

'Zo werken we nu eenmaal, Mattie. Zo werken we nu eenmaal,' zei hij trots, en hij stapte achteruit en liep terug naar zijn fanclub.

'Haal even diep adem,' zei Mattie toen ze gingen zitten.

'Ik geloof dit gewoon niet!' zei Samantha verbijsterd. 'Ik ben bedreigd, open en bloot, in de rechtszaal.'

'O, maar dat is nog niets. Ze bedreigen je in de rechtszaal, buiten de rechtszaal, in de gangen, aan de telefoon, per mail of per fax. Het maakt niet uit. Het zijn bullebakken en bruten, net als hun cliënten, en meestal komen ze ermee weg.'

'Wie is hij?'

'Een van hun meer getalenteerde huurmoordenaars. Een senior partner, een van de zes op hun afdeling Stoflongziekte. Ongeveer honderd associates, tientallen juridisch assistenten en zoveel ondersteunend personeel als ze nodig hebben. Kun jij je voorstellen dat Wally Landry hier zonder advocaat zou zitten?'

'Nee.' Dat beeld leek zo vergezocht dat het wel illegaal moest zijn.

'Nou, dat gebeurt heel vaak.'

Heel even verlangde Samantha naar de kracht en de veiligheid van Scully & Pershing, een kantoor dat vier keer zo groot was als Casper Slate en veel rijker. Niemand bedreigde de advocaten van haar oude kantoor. Sterker nog, zíj werden vaak als de bullebakken beschouwd. Tijdens een felle strijd konden zij altijd een nieuwe ploeg standvastige advocaten sturen om hun cliënten te beschermen.

Trent Fuller zou nooit zelfs maar op het idee komen om advocaten van een ander groot kantoor op die manier te bejegenen. Hij kwam hiernaartoe omdat hij twee vrouwen aan de tafel zag zitten, twee slecht betaalde rechtsbijstandsadvocaten die, pro Deo, een stervende man vertegenwoordigden en hij had er geen enkele moeite mee zijn gewicht in de strijd te gooien. Het was verbijsterend onbeschoft: zijn kantoor was schuldig aan fraude en samenzwering, en was op heterdaad betrapt door Samantha en dat was publiekelijk bekend geworden toen Donovan de zaak-Ryzer aanhangig maakte. Nu dat proces verleden tijd was, maakten Fuller en zijn kantoor zich helemaal niet druk over hun eigen wangedrag. Natuurlijk niet, zij maakten zich alleen druk over hun bezoedelde naam.

Fuller zou ook niet naar hen toe zijn gekomen en problemen hebben gemaakt als Donovan hier was geweest. Nee, geen van de vier mannen aan de andere tafel had het risico durven nemen een vuistslag te krijgen voor een brutale opmerking of een loze bedreiging.

Zij waren vrouwen, volgens de mannen gemakkelijk te intimideren en fysiek kwetsbaar. Zij streden voor een verloren zaak terwijl ze daar niet voor werden betaald, en dus waren ze minderwaardig.

Samantha was woedend, terwijl Mattie een paar papieren verschoof. De rechter ging zitten en opende de zitting. Samantha keek opzij en ja hoor, weer zat Fuller naar haar te kijken. Hij glimlachte alsof hij wilde zeggen: *Dit is mijn territorium, jij hebt hier niets te zoeken.*

32

In het mailtje stond:

Beste Samantha,

Ik heb genoten van ons korte onderhoud in New York en verheug me op een nieuw gesprek met je. Gisteren, 6 januari, heeft Krull Mining een motie ingediend om de zaak-Hammer Valley bij de federale rechtbank in Charleston niet-ontvankelijk te laten verklaren. Dit was te verwachten, ook dat de motie lang en in sterke bewoordingen was opgesteld. Krull Mining is duidelijk doodsbenauwd voor een proces en wil eronderuit komen. In vijfendertig jaar als advocaat heb ik nog nooit een motie gezien die zo scherp was geformuleerd. En het zal moeilijk worden er iets tegenin te brengen, omdat de bewijzen nog geproduceerd moeten worden. Kunnen we elkaar binnenkort opnieuw treffen? Trouwens, geen teken van hulp uit D.C.

Je vriend, Jarrett London

Aan de ene kant hoopte ze dat Jarrett London een vervagende herinnering zou worden, maar aan de andere kant had ze sinds haar treffen met Trent Fuller vaak aan hem gedacht. Een advocaat met zijn reputatie en rechtszaalervaring zou nooit het slachtoffer van een dergelijke vernederende aanval zijn geworden. Behalve haar vader en Donovan was London de enige advocaat die ze ooit had ontmoet en geen van deze drie mannen zou Fullers aanval hebben gepikt. Ja, als zij erbij waren geweest, zou Fuller aan zijn kant van de rechtszaal zijn gebleven en zijn mond hebben gehouden.

Toch had ze niet veel zin hem te ontmoeten. Hij wilde dat ze medeplichtig werd en zij was niet van plan er verder bij betrokken te raken. Het vrij vage 'bewijzen moeten nog geproduceerd worden' betekende dat hij wanhopig was en de documenten wilde.

Ze schreef terug:

Hallo Jarrett,
Leuk om iets van je te horen. Natuurlijk kan ik je ontmoeten, laat maar weten wanneer. Washington is ingelicht. SK

Washington was nog niet ingelicht, niet volledig althans. In de trein naar Washington, na de kerstdagen, had Samantha Karen een deel van het verhaal verteld en daarbij de nadruk gelegd op de 'grove' manier van doen van de FBI door de eisers namens Krull Mining lastig te vallen. Ze had niets verteld over de verborgen documenten en ook niets over de andere drama's in haar kleine deel van het steenkoolland.

Karen leek geïnteresseerd, tot op zekere hoogte, maar zei dat het bekend was dat de FBI zo nu en dan wat overdreef en zichzelf in de nesten werkte. Vanuit haar hoge positie bij het ministerie van Justitie gezien bevonden de agenten beneden op straat zich in een totaal andere wereld. Karen had geen belangstelling voor wat ze deden, of dat nu in Appalachia was of in New York of Chicago. Haar wereld bestond tegenwoordig uit op hoog niveau bepalen welke beleidslijnen geïmplementeerd moesten worden met betrekking tot het roekeloze gedrag van bepaalde grote banken en hypotheekbanken die risicovolle hypotheken verstrekten, enzovoort...

De tweede belangrijke mail van die ochtend was afkomstig van ene dokter Draper, een longarts uit Beckley die door het ministerie van Arbeid was aangewezen om Buddy Ryzer te onderzoeken. Zijn mailtje was to the point:

Advocaat Kofer: In de bijlage vindt u mijn verslag. De heer Ryzer lijdt aan PMF, progressieve massieve fibrose, ook wel bekend als gecompliceerde mijnwerkers-pneumoconiose (gecompliceerde CWP). Zijn ziekte bevindt zich in een vergevorderd stadium. Ik heb begrepen dat hij nog steeds werkt, maar eerlijk gezegd vind ik dat hij dat niet zou moeten doen, hoewel ik dat nergens in mijn verslag heb opgenomen. Ik ben via de mail beschikbaar voor vragen. LKD

Ze zat het verslag net te lezen toen het derde mailtje binnenkwam. Deze was afkomstig van Andy Grubman, maar niet vanaf zijn gebruikelijke e-mailadres bij Scully & Pershing.

Beste Samantha,

Gelukkig nieuwjaar. Ik ga ervan uit dat het goed met je gaat terwijl jij de wereld probeert te redden. Ik mis je glimlachende gezicht en hoop je binnenkort te zien. Ik zal het kort houden en meteen ter zake komen. Ik heb besloten per eind februari Scully & Pershing te verlaten. Ik ben niet ontslagen of met onbetaald verlof gestuurd of iets dergelijks. We gaan als vrienden uit elkaar. Maar weet je, ik vind mijn werk op de afdeling Belastingen verschrikkelijk. Het is ongelofelijk saai en ik mis mijn oude werk. Ik heb een vriend die jarenlang bij een ander kantoor op de afdeling Commercieel Onroerend Goed heeft gewerkt en ze waren bezig hem eruit te werken. Wij hebben besloten ons eigen kantoor op te zetten – Spane & Grubman – met bijkantoren in het financiële district. We hebben twee belangrijke cliënten binnengehaald – een Koreaanse bank en een fonds uit Koeweit – en beide zijn van plan gebouwen aan de East Coast op te kopen. Zoals je weet is er geen tekort aan overgewaardeerde objecten die onder water zijn komen te staan door de recessie. Deze cliënten denken ook dat het de perfecte tijd is om nu al te beginnen met het plannen van nieuwbouw die meteen van start kan gaan zodra de recessie voorbij is. Zij hebben meer dan genoeg geld en willen aan de slag.

Maar goed, Nick Spane en ik willen een kantoor opzetten met ongeveer twintig associates die onder onze leiding werken. De vergoeding zal in de buurt liggen van die van Big Law, en we zijn niet van plan onszelf of onze associates de das om te doen. We willen een leuk klein kantoor opzetten, waar de advocaten hard werken, maar ook nog wat plezier in het leven kunnen hebben. Ik beloof je dat de associates nooit meer dan tachtig uur per week zullen werken. Volgens ons is vijftig uur een leuke doelstelling. In onze wereld is de term 'levenskwaliteit' een lachertje, maar wij menen het echt. Ik ben moe en ik ben nog maar eenenveertig.

Ik bied je een baan aan. Izabelle doet mee. Ben heeft iets anders gevonden; ik ben bang dat hij voor altijd verloren is voor ons. Wat zeg je ervan? Ik wil je niet onder druk zetten, maar ik wil eind deze maand graag weten wat je antwoord is. Ik hoef je natuurlijk niet te vertellen dat er tegenwoordig heel veel advocaten beschikbaar zijn.

Je favoriete baas, Andy

Ze las de tekst nog een keer, deed haar deur dicht en las de mail nog een derde keer door. Andy was eigenlijk een aardige man uit Indiana die te veel tijd in New York had doorgebracht. Hij stuurde een zorgzame mail met een genereus en verleidelijk aanbod, maar herinnerde haar toch even fijntjes aan het feit dat er meer dan genoeg advocaten om werk smeekten. Ze zette haar computer uit, deed het licht uit en glipte via de achterdeur naar buiten zonder dat iemand haar hoorde. Ze stapte in haar Ford en was de stad al uit voordat ze zich afvroeg waar ze naartoe ging. Dat maakte niet uit.

Over vierentwintig dagen was het 31 januari.

Tijdens het rijden dacht ze aan haar cliënten. Buddy Ryzer was de eerste. Ze had zich niet verplicht zijn zaak tot het einde toe te behandelen, maar ze had Mattie wel beloofd dat ze de aanvraag zou indienen en de eerste moeizame stappen zou zetten. En dat was bijna een klein klusje vergeleken met het mammoetproces dat iemand opnieuw moest aanspannen tegen Lonerock Coal en Casper Slate. Dan had je het ophanden zijnde gedoe over het laatste testament van Francine Crump en dat was, eerlijk gezegd, een prachtige reden om Andy meteen te bellen en de baan aan te nemen. Daarnaast waren er nog de Merryweathers, een aardig, eenvoudig stel dat hun spaargeld in een huisje had gestoken dat ze nu dreigden kwijt te raken door een glibberige hypotheekbank die dreigde de hele hoofdsom op te eisen. Samantha probeerde een gerechtelijk bevel te verkrijgen om de executie tegen te houden. Er waren twee echtscheidingen, waar nog geen proces voor liep, maar de kans dat dit zo bleef was klein. Natuurlijk was er verder de zaak-Hammer Valley die haar niet met rust zou laten. Eerlijk gezegd was dat nóg een reden om te vertrekken. Ze hielp Mattie met drie faillissementen en twee zaken over discriminatie op het werk. Ze wachtte nog op de cheque voor Pamela Booker, waardoor dat dossier nog niet gesloten kon worden. Ze hielp Annette met twee echtscheidingen en Phoebe Fannings puinhoop: de beide ouders gingen de gevangenis in en niemand wilde de kinderen.

Kortom, advocaat Kofer, er zijn op dit moment veel te veel mensen die je nodig hebben om ervandoor te kunnen gaan. Het besluit om terug te gaan naar New York zou niet nu genomen moeten worden, slechts drie maanden na het begin van haar twaalf maanden onbetaald verlof. Je zou meer tijd moeten hebben dan dit, tijd om nieuwe zaken aan te nemen, een paar mensen te helpen, je van de straat houden met een blik op de kalender terwijl de maanden verstreken, de recessie voorbij was en de banen in Manhattan weer voor het oprapen lagen. Dat was het plan, ja toch? Misschien niet terug naar het geestdodende werk bij Big Law, maar wel naar een respectabele baan op een... klein kantoor?

Een klein kantoor, een paar tevreden advocaten, vijftig uur per week, een indrukwekkend salaris met de gebruikelijke secundaire arbeidsvoorwaarden? In 2007, haar laatste volledige jaar bij Scully & Pershing, had ze drieduizend uur in rekening gebracht. De rekensom was gemakkelijk: vijftig weken van zestig declarabele uren per week, hoewel ze nooit had kunnen genieten van haar twee weken betaalde vakantie. Om zestig uur per week te kunnen declareren, moest ze ten minste vijfenzeventig uur per week werken, vaak meer. Voor degenen die zo gelukkig waren dat ze van het leven konden genieten zonder op de klok te kijken, betekende vijfenzeventig uur per week meestal, in elk geval voor Samantha, dat ze om acht uur op kantoor kwam en twaalf uur later vertrok, van maandag tot en met zaterdag, met een paar extra uurtjes op zondag. En dat was normaal. Als je daarbij de druk van een belangrijke deadline optelde, een crisis bij een van Andy's cliënten, dan was een werkweek van negentig uur niet ongebruikelijk.

En nu beloofde hij slechts een werkweek van vijftig uur?

Ze was in Kentucky, vlak bij het stadje Whitesburg, een uur rijden van Brady. De wegen waren schoon, maar in de bermen lagen hopen vieze sneeuw. Ze zag een coffeeshop en parkeerde haar auto. De serveerster vertelde haar dat er warme broodjes waren, vers uit de oven. Daar kon ze toch geen nee tegen zeggen? Aan een tafeltje bij het raam smeerde ze er boter op en wachtte tot ze een beetje waren afgekoeld. Ze dronk koffie en keek naar het trage verkeer op Main Street. Ze stuurde een sms naar Mattie en zei dat ze een paar dingen moest doen.

Ze at een broodje met aardbeienjam en maakte een paar aantekeningen op een schrijfblok. Ze zou geen nee zeggen tegen Andy's aanbod, maar ook geen ja. Ze had tijd nodig, minstens een paar dagen, om na te denken, te analyseren, alle beschikbare informatie te verzamelen en te wachten tot een denkbeeldig stemmetje haar vertelde wat ze moest doen. Ze stelde een antwoord op dat ze later die middag wilde versturen. Het eerste concept luidde:

Beste Andy,

Gelukkig nieuwjaar. Ik moet bekennen dat ik verbaasd was over je mailtje en het aanbod van zo'n veelbelovende baan. Eerlijk gezegd is er de afgelopen drie maanden niets gebeurd om me voor te bereiden op zo'n

*snelle terugkeer naar de stad. Ik dacht dat ik ten minste een jaar zou
hebben om na te denken over mijn leven en mijn toekomst; maar nu heb
je alles plotseling op de kop gezet. Ik heb wat tijd nodig om hierover na
te denken.*

*Ik ben er nog niet in geslaagd om de wereld te redden, maar ik boek
vooruitgang. Mijn cliënten zijn arme mensen zonder stem. Ze verwachten niet van me dat ik wonderen verricht en alles wat ik doe wordt erg
gewaardeerd. Ik ga af en toe naar de rechtbank – stel je dat eens voor,
Andy, ik ben echt ín een rechtszaal geweest – en dat is totaal anders dan
je op tv ziet – hoewel ik zoals je weet nooit tijd had om tv te kijken. Vorige week maandag heb ik mijn eerste proces gewonnen. Een bedrag van
10.000 dollar voor mijn cliënt, en het voelde alsof het een miljoen was.
Zodra ik wat meer ervaring heb, ga ik procederen misschien nog weleens
leuk vinden.*

*Nu over je aanbod. Ik heb een paar specifieke vragen. Wie zijn de an-
dere associates en waar komen zij vandaan? Geen hufters, Andy, oké,
ik wil niet werken met een stelletje genadeloze vechters. Hoe is de man-
vrouwverhouding? Geen overwegende jongensclub. Wie is Nick Spane en
wat is zijn achtergrond? Ik geloof meteen dat hij een geweldige advocaat
is, maar is hij ook een aardig mens? Heeft hij een goed huwelijk of is hij
een seriële versierder? Als hij me aanraakt, sleep ik hem voor de rechter
wegens seksuele intimidatie en dat zal ik hem laten weten ook. Stuur me
zijn cv alsjeblieft. Waar zijn die kantoren? Ik ben niet van plan genoegen
te nemen met ellendige werkomstandigheden. Het enige wat ik ooit heb
gewild was een klein kantoor – mijn kantoor! – met een leuk uitzicht, een
beetje zonlicht en mijn eigen muur waar ik van alles kan ophangen. Je
garantie van vijftig uur werken per week; zet je dat zwart op wit? Op dit
moment werk ik dat aantal uren en dat is heerlijk. Wie zijn de cliënten,
behalve die Koreanen en Koeweiti? Ik weet zeker dat het grote ondernemingen en zo zullen zijn, of grote mannen met een groot ego; maakt niet
uit, maar ik weiger me te laten uitkafferen door een cliënt. (Mijn cliënten
hier noemen me Miss Sam en nemen koekjes voor me mee.) Maar hier
kunnen we over praten. Ten slotte, hoe ziet de toekomst eruit? Hier heb
ik geen toekomst, dus blijf ik hier niet. Ik ben een New Yorker, Andy, nog
meer dan drie maanden geleden, maar ik zou willen weten hoe de structuur van het nieuwe kantoor eruitziet en waar jij en Spane jezelf zien
over tien jaar. Begrijp je?*

Bedankt, Andy, dat je aan me dacht. Je bent altijd eerlijk geweest; niet

Het was ongeveer zes graden onder nul en de sneeuw was bevroren en bedekt met een glans die het maanlicht reflecteerde. Na een warme maaltijd met Annette en de kinderen trok Samantha zich terug in haar garage-appartement, waar een klein kacheltje probeerde de kou te verdrijven. Als ze hiervoor in Manhattan een hoge huur had betaald, zou ze fel van leer trekken, maar niet in Brady. Niet nu ze helemaal geen huur betaalde en haar huisbaas weinig geld had. Dus kleedde ze zich dik aan en zat twee uur in haar bed te lezen, terwijl de tijd langzaam verstreek. Ze las een hoofdstuk, legde het boek weg en dacht aan New York, aan Andy en aan zijn splinternieuwe advocatenkantoor. De gedachten tolden door haar hoofd.

Natuurlijk zou ze ja zeggen, en die gedachte wond haar op. Die baan was perfect; ze zou teruggaan naar huis, naar de stad waar ze van hield en naar een baan die prestigieus en veelbelovend was. Ze kon de gruwelen van Big Law vermijden, terwijl ze toch een zinvolle carrière nastreefde. Het probleem was hier weggaan. Ze kon niet gewoon over een maand of zo weglopen en alles aan Mattie overlaten. Nee, er moest een elegantere en eerlijkere manier zijn om te vertrekken. Ze dacht aan een kort uitstel: nu de baan aannemen en over een maand of zes beginnen. Dat zou eerlijk zijn, of zo eerlijk mogelijk. Dat kon ze wel aan Mattie en Andy verkopen, ja toch?

Onder een stapel kleren zoemde een telefoon. Toen ze hem eindelijk had gevonden, nam ze op en zei: 'Ja?' Het was Jeffs spionagetelefoon en hij antwoordde met: 'Heb je het koud?'

Ze glimlachte en vroeg: 'Waar ben je?'

'Ongeveer twaalf meter bij je vandaan, verscholen in het donker, tegen de achterkant van de garage, met mijn voeten in een twintig centimeter dikke laag sneeuw. Hoor je mijn tanden niet klapperen?'

'Volgens mij wel. Wat doe je daar?'

'Dat zou wel duidelijk moeten zijn. Luister, Annette heeft net het licht uitgedaan, dus de kust is veilig. Ik vind dat je koffie moet zetten, cafeïnevrij als je hebt, en die verdomde deur open moet doen. Geloof me, niemand zal me zien. De buren slapen al twee uur. En nogmaals, iedereen in Brady is in diepe rust.'

Ze opende de deur en zonder ook maar enig geluid te maken verscheen Jeff op de donkere trap en kuste haar op haar mond. Hij trok zijn laarzen uit en zette ze naast die van haar. 'Je blijft dus slapen?' vroeg ze terwijl ze water in het koffiezetapparaat schonk.

Hij wreef in zijn handen en zei: 'Volgens mij is het buiten warmer. Heb je al geklaagd bij je huisbaas?'

'Nog niet aan gedacht. Geen huur betekent geen klachten. Fijn te zien dat je uit de gevangenis bent.'

'Je zult niet geloven wat ik heb ontdekt.'

'En daarom ben je hier, om me dat allemaal te vertellen.'

'Onder andere.'

Op de avond waarop Donovan stierf, stond zijn Cessna ongeveer zeven uur op het vliegveld van Charleston geparkeerd, van 3.20 uur tot 10.31 uur, volgens de logboeken van de luchtverkeersleiding en de gegevens van de algemene luchtvaartterminal. Nadat hij was geland, huurde hij een auto of vertrok voor een bespreking met zijn juridische team. Tijdens zijn afwezigheid waren vier kleine vliegtuigen op het platform geland. Twee kochten brandstof, zetten een passagier af en vertrokken; de andere twee zouden die nacht blijven staan. Een daarvan was een Beech Baron, de andere een King Air 210, een populaire tweemotorige turboprop met zes stoelen. De King Air arriveerde om 19.35 uur met twee piloten en één passagier. Alle drie stapten uit het vliegtuig, liepen de terminal binnen, handelden de administratieve zaken af en vertrokken met een man in een busje.

Samantha luisterde zwijgend en schonk de cafeïnevrije koffie in.

Volgens Brad, een werknemer die op de bewuste avond op het platform werkte, had de King Air in werkelijkheid twee passagiers, van wie er een achterbleef. Dat klopt, hij bracht de nacht in het vliegtuig door. Toen de twee piloten hun postflight-administratie afhandelden, ving Brad een glimp op van een passagier op de grond die in gesprek was met een passagier die nog in het vliegtuig zat. Hij keek van een afstandje toe en wachtte, en zag dat de piloten de enige deur van de King Air sloten. Toen hun vliegtuig voor de nacht was gestald, liepen ze samen met de passagier de terminal binnen, alsof alles in orde was.

Vreemd, maar Brad had dat al eens eerder meegemaakt, een paar jaar eerder toen een piloot 's avonds laat landde, geen hotel of huurauto had gereserveerd en besloot om een paar uur in de cockpit te slapen en bij het ochtendgloren weer te vertrekken. Het verschil was dat de piloot dat had verteld en de mensen die dienst hadden op het platform dus wisten wat hij deed. Maar met de King Air wist alleen Brad wat er gebeurde. Hij hield het vliegtuig in de gaten tot tien uur 's avonds toen hij uitklokte en naar huis ging. Twee dagen later werd hij ontslagen omdat hij niet op zijn werk verscheen. Hij had altijd de pest gehad aan zijn werk en haatte zijn baas. Zijn broer regelde een baan voor hem in Florida en hij verliet de stad. Niemand had hem ooit iets gevraagd over wat er die avond was gebeurd. Tot nu natuurlijk.

'Hoe heb je hem gevonden?' vroeg ze.

'De bewaker die me zondagavond arresteerde, gaf me zijn naam. Mack, die bewaker, bleek echt een geweldige kerel. Maandagavond laat dronken we een biertje, ik trakteerde natuurlijk, en Mack vertelde me alle roddels over Brad. Brad is nu terug in Charleston. Ik vond hem gisteravond en we hebben in een andere bar wat gedronken. Ik ben nu aan het ontgiften, dus bied me maar geen alcoholische dranken aan.'

'Ik heb geen druppel drank in huis.'

'Goed.'

'Wat is je theorie?'

'Mijn theorie is dat deze geheimzinnige passagier het juiste moment heeft afgewacht, de deur van de King Air opende, dertig meter door het donker liep, rechtstreeks naar Donovans Cessna ging en in een minuut of twintig de B-moer heeft losgedraaid. Daarna trok hij zich terug, stapte in de King Air en zat waarschijnlijk te kijken toen Donovan rond kwart over tien arriveerde voor zijn vertrek. Daarna schopte hij zijn schoenen uit en sliep tot zonsopgang.'

'Dat lijkt me onmogelijk te bewijzen.'

'Misschien, maar ik werk eraan.'

'Van wie is de King Air?'

'Van een chartermaatschappij in York, Pennsylvania, een bedrijf dat veel voor kolenmaatschappijen werkt. De King Air is het werkpaard in steenkoolland, omdat hij duurzaam is, een prima laadvermogen heeft en korte start- en landingsbanen aankan. Dit bedrijf heeft vier vliegtuigen die je kunt charteren. Er zijn veel bestanden, zodat ze binnenkort alles over die vlucht zullen weten. Brad zegt dat hij een beëdigde verklaring wil afleggen, hoewel ik me een beetje zorgen over hem maak.'

'Dit is ongelofelijk, Jeff.'

'Het is enorm. De onderzoekers zullen de eigenaren van het vliegtuig ondervragen, de piloten, de passagier of passagiers, en iedereen die het vliegtuig voor die trip charterde. We komen dichterbij, Samantha. Dit is een ongelofelijke doorbraak.'

'Goed werk, Sherlock.'

'Soms hoef je je alleen maar te laten arresteren. Heb je nog ergens een extra deken liggen?'

'Die liggen allemaal op het bed. Daar zat ik, te lezen.'

'Probeer je me te verleiden?'

'We hebben elkaar al verleid, Jeff. Het probleem van dit moment is seks, en ik vind het vreselijk dat ik je moet vertellen dat het niet gaat gebeuren. Niet de beste tijd van de maand.'

'O, sorry.'

'Je had kunnen bellen.'

'Had gekund. Maar waarom zouden we niet alleen lekker knuffelen, elkaar warm houden en samen slapen, je weet wel, echt slapen?'

'Ik denk dat dat wel kan.'

33

Ze had geen idee hoe laat hij was vertrokken. Toen ze wakker werd, drongen een paar zonnestralen door de jaloezieën en ramen naar binnen. Het was bijna zes uur en zijn kant van het bed was niet warm, alsof hij al uren weg was. Ach, wat gaf het ook? Hij leefde in de schaduwen en liet weinig sporen achter, en dat vond ze prima. Hij droeg een verleden en lasten met zich mee die ze nooit zou begrijpen, dus waarom zou ze zich daar druk over maken? Ze dacht even aan hem, terwijl ze onder de dekens lag en haar adem zag condenseren. Het was koud en ze moest toegeven dat ze naar zijn warmte verlangde.

Ze verlangde ook naar een warme douche, maar dat kon niet. Ze telde tot tien, sloeg de dekens van zich af en trok een sprintje naar het koffiezetapparaat. Het duurde eeuwen voordat de koffie klaar was, en toen ze eindelijk een kop koffie had kroop ze weer onder de dekens en dacht aan New York. Ze was van plan haar antwoord aan Andy iets bij te schaven en dan meteen te versturen. Was het te brutaal, te veeleisend? Zij was immers werkloos en hij bood haar een prachtige baan aan. Had ze het recht om te zeuren over haar associates en cliënten, over de heer Nick Spane en de afmetingen van haar nieuwe kantoor? Zou haar uitgestelde komst Andy een plezier doen of hem juist irriteren? Dat wist ze niet zeker, maar Andy had een dikke huid. Als zij niet al in het begin voor zichzelf opkwam, zou er later zeker over haar heen worden gelopen.

Ze sloeg de koude douche over en nam een vogelbadje met lauw water in de gootsteen. Omdat ze niet naar de rechtbank hoefde, trok ze snel een spijkerbroek en laarzen, een flanellen overhemd en trui aan. Toen ze zich dik had aangekleed, gooide ze haar schoudertas over de ene schouder en haar handtas over de andere, en vertrok lopend naar haar werk. Buiten was het fris en rustig, de zon kwam al op. Het was een prachtige winterdag, de sneeuw lag ongerept in dikke bulten tegen de huizen. Geen slechte manier om naar je werk te gaan, dacht ze terwijl ze door Brady liep.

315

Het nadeel van New York: daar zou ze nu in een bomvolle ondergrondse zitten en zich daarna een weg moeten banen over bomvolle
trottoirs. Of ze zat achter in een stilstaande, smerige taxi.

Ze praatte even met meneer Gantry die zijn krant van de stoep op-
raapte. Hij liep tegen de negentig, woonde alleen sinds zijn vrouw vorig
jaar was overleden en had als het mooi weer was het mooiste gazon van
de straat. Alle sneeuw op zijn eigendom was zorgvuldig weggeveegd.

Zoals gebruikelijk tegenwoordig kwam zij als eerste op kantoor en
liep, omdat zij de advocaat-stagiaire was, meteen door naar het koffiezetapparaat. Terwijl de koffie doorliep, ruimde zij de keuken op, leegde
alle afvalbakken in de kantoren en legde de tijdschriften in de receptie
recht. Niemand had haar ooit gezegd dat ze deze dingen moest doen.

Het voordeel van New York: Spane & Grubman zouden iemand betalen om deze klusjes te doen.

Het neutrale van New York: Samantha vond het echt niet erg dit te
doen, hier in elk geval niet. Ze zou het niet in haar hoofd halen dit bij
een echt kantoor te doen, maar bij het Mountain Bureau voor Rechtshulp stak iedereen de handen uit de mouwen.

Ze ging in de vergaderkamer zitten en keek naar het vroege verkeer in
Main Street. Nu ze van plan was te vertrekken, verbaasde het haar hoe
prettig ze het hier in drie korte maanden was gaan vinden. Ze besloot
dat ze het gesprek met Mattie nog even zou uitstellen en zou wachten
tot ze meer wist over Andy's aanbod. Het was geen prettig idee dat ze
Mattie moest vertellen dat ze binnenkort zou vertrekken.

Matties ochtenden waren nog altijd trager, maar ze leek weer min
of meer de oude. Donovans afwezigheid was een kloppende wond die
nooit zou genezen, maar ze kon nu eenmaal niet ophouden met leven.
Ze had te veel cliënten die haar nodig hadden, te veel afspraken in haar
agenda. Even na negen uur kwam ze binnen en vroeg of Samantha mee
wilde lopen naar haar kantoor. Zodra de deur gesloten was, vertelde ze
dat ze een slechte nacht had gehad doordat ze zich zorgen maakte over
die getikte Crumps en die arme dode Francine. De enige ethisch juiste
beslissing was navraag doen bij de plaatselijke advocaten of iemand
door de familie was ingehuurd. Zo ja, dan zouden ze daar een kopie
van het testament naartoe sturen en de oorlog beginnen. Mattie gaf
Samantha een lijst en zei: 'Als we onszelf niet meetellen zijn er veertien
advocaten in Brady. Op deze lijst staan ze in alfabetische volgorde, met
hun telefoonnummers. Ik heb al met drie van hen gepraat, onder wie

Jackie Sporz, de advocaat die dat testament van vijf jaar geleden heeft opgesteld. Niemand heeft contact gehad met de familie. Jij neemt er vijf en dan moeten we dit vanochtend maar afhandelen. Ik heb geen zin om me er nog langer druk over te maken.'

Samantha had hen, op twee na, allemaal ontmoet. Ze liep naar haar kantoor, pakte de telefoon en belde Hump. Hij zei nee, hij had nog nooit van de Crumps gehoord. Fijn voor hem. Als tweede belde ze Hayes Sinclair, een advocaat die nooit zijn kantoor uitkwam en volgens de geruchten aan pleinvrees leed. Nee, hij had nog nooit van de Crumps gehoord. De derde die ze belde was Lee Chatham, een advocaat die nooit in zijn kantoor bleef, maar altijd in de buurt van het rechtbankgebouw rondhing en zich gedroeg alsof hij daar belangrijke dingen te doen had en handelde in roddels, die hij grotendeels zelf creëerde. *Bingo!* Chatham zei ja, hij had een paar leden van de familie Crump ontmoet en hij had een contract om de familie te vertegenwoordigen.

Ze hielden dus vast aan hun verhaal dat hun moeder het 'gratis testament' had vernietigd dat de oplichters van het Mountain Bureau van Rechtshulp hadden opgesteld. En dus zou het eerdere testament gelden dat het bezit in vijf gelijke delen verdeelde. Chatham was van plan het testament binnenkort te openen en uit te voeren. Maar de Crumps maakten ruzie over wie zou fungeren als de executeur-testamentair. Jonah, de oudste, was vijf jaar geleden door Francine aangewezen, maar hij had hartproblemen (veroorzaakt door de huidige stressvolle situatie), zodat hij daar waarschijnlijk niet toe in staat was. Toen Chatham voorstelde om Jonah te vervangen door een andere executeur begonnen de vier anderen daarover te kibbelen. Op dat moment probeerde hij de zaak te sussen.

Samantha liet de bom vallen over het geheimzinnige pakje dat ze een dag na de begrafenis hadden ontvangen. Ze liet Chatham duidelijk merken dat zij noch een andere advocaat van het Bureau zat te wachten op een proces vanwege een testament, maar dat het belangrijk was dat hij wist dat zijn cliënten logen. Toen ze ophing, zat hij onsamenhangend in zichzelf te mompelen. Ze faxte een kopie van het laatste testament naar zijn kantoor en ging naar Mattie om haar het nieuws te vertellen.

'Nu worden ze pas echt kwaad,' zei Mattie toen ze het nieuws hoorde. 'Eén dreigement en ik stap naar de sheriff.'

'Moeten we een paar pistolen regelen?' vroeg Samantha.

'Nog niet.' Mattie smeet een paar papieren over haar bureau. 'Kijk eens.' Het was een dik dossier, wat het ook was.

Samantha ging zitten. 'Wat is dit?' vroeg ze.

'Strayhorn Coal, bericht van beroep in de zaak-Tate. Ik heb eind vorige week met de rechter gepraat over de schikking die waarschijnlijk was afgesproken. Ik hoef je niet te vertellen dat hij het niet geloofde en dus zijn we de klos. Nu moeten we die beroepszaak afhandelen en maar hopen dat het vonnis niet wordt teruggedraaid.'

'Waarom heb ik dit in mijn hand?'

'Ik dacht dat het je misschien zou interesseren. Samantha, jij moet die beroepszaak afhandelen.'

'Dit zag ik denk ik al aankomen. Ik heb nooit eerder een beroepszaak behandeld, Mattie.'

'Je hebt de meeste zaken hier nog nooit behandeld. Er is altijd een eerste keer. Luister, ik hou de supervisie en jij zult algauw ontdekken dat het alleen maar een heleboel papierwerk en research is. Strayhorn Coal begint en zij moeten hun dikke conclusie binnen negentig dagen indienen. Zij zullen tijdens het proces beweren dat er allemaal gruwelijke fouten zijn gemaakt. Wij reageren en halen punt voor punt onderuit. Over zes maanden is bijna al het werk gedaan en wacht je op een mondeling betoog.'

Maar over zes maanden ben ik al weg, wilde Samantha zeggen.

'Het zal een geweldige ervaring voor je zijn,' voerde Mattie aan. 'En daarna kun je zeggen dat je een beroepszaak hebt behandeld voor de Hoge Raad van de staat Virginia. Daar kan toch niets tegenop?' Mattie deed zogenaamd heel luchtig, maar het was wel duidelijk dat ze gespannen was.

'Hoeveel uren?' vroeg Samantha. Ze maakte een snel rekensommetje en dacht dat ze vrijwel alle research binnen de komende zes maanden kon doen, voor haar vertrek.

'Donovan bezwoer dat het een eenvoudig proces was, niets belangrijks waarover je in beroep kon discussiëren. Ik schat ongeveer vijfhonderd uur, vanaf nu tot en met het mondelinge betoog over vijftien maanden. Ik weet wel dat je dan al weg bent, zodat een van ons dat moet overnemen. Het grote werk moet nu gedaan worden, maar Annette en ik hebben daar gewoon geen tijd voor.'

Samantha glimlachte en zei: 'Jij bent de baas.'

'En jij bent een schat. Bedankt, Samantha.'

Andy schreef terug:

Beste Miss Sam,

Heel erg bedankt voor je heerlijke epistel. In slechts drie maanden ben je wel heel mild geworden; zal wel door al die koekjes komen. Als ik je goed begrijp, wil je de garantie dat je (1) wordt bewonderd door je bazen, (2) wordt aanbeden door je collega's, (3) wordt gewaardeerd door je cliënten, (4) vrijwel zeker bent van een partnerschap dat zal leiden tot een lang, gelukkig leven, en (5) genoeg kantoorruimte krijgt om je gelukkig te maken, ondanks de belachelijke huurprijzen per vierkante meter die de onroerendgoedeigenaren in Manhattan (onze cliënten) vragen, recessie of niet.

Ik zal kijken wat ik kan doen. In de bijlage vind je het cv van Nick Spane. Vreemd genoeg is hij nog maar één keer gescheiden en is hij nu al een jaar of vijftien met dezelfde vrouw getrouwd. Zoals je zult zien is hij nooit veroordeeld wegens verkrachting, kindermishandeling et cetera, en ook niet beschuldigd van handel in kinderporno. Hij is ook nooit aangeklaagd voor seksuele intimidatie of voor iets anders. (Zijn echtscheiding was op wederzijds verzoek.) Hij is echt een geweldige vent, dat zweer ik. Hij komt uit het zuiden – Tulane, rechtenstudie aan Vanderbilt – en hij heeft onberispelijke manieren. Een uitzondering in deze omgeving.

Tot later, Andy

De spionagetelefoon zoemde om halfdrie toen Samantha Strayhorn Coals aanvraag voor beroep nogmaals doorlas en de regels voor een beroepsprocedure doornam. 'Sta je nu voor mijn kantoor in de sneeuw?' vroeg ze en ze liep naar de keuken waar volgens haar geen afluisterapparatuur was aangebracht.

'Nee, ik ben in Pikeville en heb een afspraak met een paar onderzoekers. Ik heb genoten gisteravond, het was heerlijk warm en ik heb heerlijk geslapen. Jij?'

'Ik heb goed geslapen. Hoe laat ben je vanochtend weggegaan?'

'Even na vieren. Ik slaap weinig tegenwoordig, weet je. Er is altijd iemand in de buurt, er is altijd iemand die kijkt. Lastig om dan te slapen.'

'Oké. Wat wil je?'

'Zaterdag hiken in de buurt van Gray Mountain, in de sneeuw. We grillen een biefstuk op de veranda van de hut, drinken rode wijn, lezen bij het vuur. Dat soort dingen. Lijkt je dat wat?'

'Daar moet ik over nadenken.'

'Hoezo moet je daarover nadenken? Ik wed dat je nu in je agenda kijkt en ziet dat er niets in staat voor deze zaterdag. Kom op.'

'Ik heb het nu druk. Ik bel je later terug.'

Hoewel niemand van het Bureau het had gezegd, kwam Samantha tot de ontdekking dat het koude weer en de korte dagen in januari het werk aanmerkelijk verminderden. De telefoon ging minder vaak en Barb zat vaker niet aan haar bureau en was altijd 'boodschappen aan het doen'. Claudelle was acht maanden zwanger en moest rusten. De rechtbanken, die toch al nooit haast hadden, werkten in een zelfs nog trager tempo. Mattie en Annette hadden het nog even druk met lopende zaken, maar er kwamen geen nieuwe bij. Het leek wel alsof alle ellende en conflicten een pauze namen. Dat gold in elk geval voor bepaalde gevallen.

Die vrijdag, toen het buiten al donker was, hoorde Samantha de voordeur opengaan. Mattie zat nog in haar kantoor met de deur dicht, alle anderen waren al aan hun weekend begonnen en vertrokken. Samantha liep naar de receptie en begroette Buddy en Mavis Ryzer. Ze hadden geen afspraak en hadden niet gebeld. Ze hadden die vrijdagmiddag anderhalf uur gereden van West Virginia naar Brady om zich door hun advocaat te laten troosten. Ze omhelsde hen en wist meteen dat er iets vreselijks was gebeurd. Ze nam hen mee naar de vergaderkamer en bood hun iets te drinken aan, maar dat wilden ze niet. Samantha deed de deur dicht en vroeg wat er aan de hand was, waarna ze begonnen te huilen.

Buddy was die ochtend ontslagen door Lonerock Coal. De opzichter zei dat hij fysiek niet in staat was om te werken, vandaar het ontslag op staande voet. Geen vertrekbonus, geen goedkoop horloge voor een goed arbeidsverleden en al helemaal geen gouden vangnet; alleen een keiharde schop onder zijn kont met de belofte dat zijn laatste salarischeque op de post was gedaan. Hij was er maar net in geslaagd thuis te komen waar hij op de bank in elkaar zakte en probeerde zich te beheersen.

'Ik heb niets,' zei hij tussen twee ademteugen, terwijl Mavis huilend aan het vertellen was. 'Ik heb niets.'

'Van het ene moment op het andere is hij werkloos,' zei Mavis. 'Geen salaris, geen stoflongziekte-uitkering en geen zicht op een andere baan.

Hij heeft altijd alleen maar in de steenkoolmijnen gewerkt. Wat moet hij nu doen? Je moet ons helpen, Samantha. Je moet iets doen. Dit klopt van geen kanten.'

'Ze weet wel dat het niet klopt,' zei Buddy. Elk woord kostte hem moeite, zijn borstkas ging op en neer met elke luidruchtige ademhaling. 'Maar je kunt niets doen. Ze hebben onze vakbond twintig jaar geleden opgeblazen en dus hebben we geen enkele bescherming tegen het bedrijf. Niets.'

Samantha luisterde vol medelijden. Het was vreemd om te zien dat een stoere vent als Buddy met de rug van zijn hand de tranen van zijn wangen veegde. Zijn ogen waren rood en gezwollen. Normaal zou hij zich generen voor deze emoties, maar nu hoefde hij niets te verbergen. Ten slotte zei ze: 'We hebben onze claim ingediend en we hebben een overtuigend verslag van de arts. Meer kunnen we op dit moment niet doen. Helaas kan een werknemer in deze staten worden ontslagen om elke reden, of om geen enkele reden.'

Ze wilde niet hardop zeggen wat ze dacht: dat Buddy niet in staat was om te werken. Hoe erg ze ook de pest had aan Lonerock Coal, toch begreep ze wel waarom het bedrijf niet wilde dat een werknemer in zijn conditie met zware machines werkte.

Het bleef lang stil en de stilte werd pas verbroken toen Mattie om de deur keek en binnenkwam. Ze begroette de Ryzers, merkte dat het een onaangenaam gesprek was en ging snel weer weg. 'Zie ik je bij het avondeten, Sam?'

'Zeker. Uur of zeven?'

De deur ging dicht en ze zwegen weer.

Ten slotte zei Mavis: 'Het heeft mijn neef elf jaar gekost om zijn stoflongziekte-uitkering te krijgen. Hij zit nu aan de zuurstof. Mijn oom negen jaar. Ik heb gehoord dat het gemiddelde vijf tot zeven jaar is. Klopt dat ongeveer?'

'Als een aanvraag wordt aangevochten wel.'

'Over vijf jaar ben ik dood,' zei Buddy, en daar dachten ze over na. Niemand ging met hem in discussie.

'Maar jij zei dat alle aanvragen worden aangevochten, toch?' vroeg Mavis.

'Ik ben bang van wel.'

Buddy schudde zijn hoofd, lichtjes, en hield er niet mee op. Mavis zweeg en keek naar het tafelblad. Hij hoestte een paar keer en leek bijna te stikken, maar hij slaagde erin moeizaam te slikken en het te voorkomen. Zijn diepe, wanhopige ademteugen klonken als gedempt gebrul in zijn lichaam. Weer schraapte hij zijn keel en zei: 'Weet je, ik had tien jaar geleden al een uitkering moeten hebben en als ik die had gekregen, had ik de mijnen kunnen verlaten en ergens anders kunnen gaan werken. Ik was toen nog maar dertig, de kinderen waren klein en dan had ik iets anders kunnen doen, weg van het kolenstof, weet je. Iets waardoor de ziekte niet erger zou zijn geworden. Maar het bedrijf vocht mijn uitkering aan en won, en dus moest ik wel in de mijnen blijven werken en het kolenstof blijven inademen. Ik wist toen al dat het erger werd. Dat weet je gewoon. Het besluipt je, maar je weet dat de vier treden van de verandatrap nu al meer moeite kosten dan een jaar eerder en naar het einde van de oprit lopen duurt iets langer. Niet veel, maar alles gaat langzamer.' Een pauze voor diepe ademteugen. Mavis gaf een klopje op zijn hand. 'Ik zie die mannen nog, in de rechtbank, voor de administratieve rechter. Drie of vier mannen, allemaal in een donker pak en met glimmende zwarte schoenen, die allemaal heel gewichtig deden. Ze keken naar ons alsof we arme blanken uit het zuiden waren, alsof ik niet meer was dan een onbelangrijke mijnwerker met een onbelangrijke echtgenote, alweer zo'n klaploper die probeerde het systeem te verslaan voor een maandelijkse uitkering. Ik zie ze nog voor me, de arrogante kleine klootzakken, zo slim en arrogant en eigenwijs, omdat zij wisten hoe ze moesten winnen en wij niet. Ik weet dat het niet erg christelijk is om te haten, maar ik heb echt de pest aan die kerels. Het is nu zelfs nog erger, nu we de waarheid kennen, en de waarheid is dat die gluiperds wisten dat ik stoflongziekte had. Dat wisten ze en dat hielden ze geheim. Ze logen tegen de rechter. Ze haalden er een paar andere leugenachtige artsen bij die zeiden, onder ede, dat ik geen stoflongziekte had. Iedereen loog. En ze wonnen. Ze schopten me de rechtbank uit en stuurden me de mijnen weer in, en dat is nu tien jaar geleden.' Hij zweeg en wreef in zijn ogen.

'Zij bedrogen, zij wonnen en zij winnen weer omdat zij de regels bepalen. Ik neem aan dat niemand hen kan tegenhouden. Zij hebben het geld, de macht, de artsen en misschien zelfs de rechters. Wat een systeem!'

'Kan niemand hen tegenhouden, Samantha?' vroeg Mavis smekend.

'Door middel van een proces, denk ik. Door de rechtszaak die Donovan aanhangig heeft gemaakt, en er is nog steeds een kans dat een ander kantoor het opnieuw indient. Wij hebben het nog niet opgegeven.'

'Maar jij neemt de zaak niet over, hè?'

'Mavis, ik heb dit al eerder uitgelegd. Ik kom uit New York, oké? Ik ben advocaat-stagiaire; ik ben hier maar een paar maanden en dan ga ik weer terug. Ik kan geen proces beginnen dat vijf jaar gaat duren. Dit hebben we toch immers al besproken?'

Ze zeiden niets.

Er verstreken enkele minuten terwijl het steeds stiller werd in het kantoor; het enige geluid was Buddy's moeizame ademhaling. Hij schraapte zijn keel weer en zei: 'Luister Samantha, jij bent de enige advocaat die we ooit hebben gehad, de enige die ooit bereid is geweest om ons te helpen. Als we tien jaar geleden een advocaat hadden gehad, stonden we er nu anders voor. Maar goed, we kunnen de tijd nu eenmaal niet terugdraaien. We zijn hier vandaag naartoe gereden om één ding te zeggen, en dat is dankjewel, omdat je mijn zaak op je hebt genomen.'

'En omdat je zo aardig voor ons bent,' zei Mavis. 'We danken God elke dag voor jou en je bereidheid ons te helpen.'

'Dat betekent meer voor ons dan je ooit zult weten.'

'Het betekent heel veel voor ons dat we een echte advocaat hebben die voor ons vecht.'

Weer zaten ze allebei te huilen.

34

De eerste keer dat ze Gray Mountain had gezien, was vanuit de lucht. De tweede keer vanaf een boot en een squad – een veel intiemer bezoek tweeënhalve week voor afgelopen kerst. De derde keer vanuit een pick-uptruck, een traditioneler vervoermiddel in dit deel van het land. Jeff haalde haar op in Knox, waar ze haar auto op de parkeerplaats van dezelfde bibliotheek achterliet. Na een blik op de pick-uptruck vroeg ze: 'Heb je een nieuwe?' Het was een gigantisch voertuig, een Dodge of zo, en zeker niet dezelfde die ze de vorige keer had gezien.

'Nee. Deze is van een vriend,' zei hij, even vaag als altijd. Achterin lagen twee rode kajaks, een koeltas en een paar rugzakken. 'Laten we gaan.' Ze verlieten de stad gehaast. Hij leek gespannen en zijn blik schoot van de ene spiegel naar de andere.

'Zijn dat kano's die achterin liggen?' vroeg ze.

'Nee, dat zijn kajaks.'

'Oké. Wat doe je met een kajak?'

'Heb je weleens in een kajak gezeten?'

'Nogmaals, ik kom uit de stad.'

'Oké, met een kajak ga je kajakken.'

'Of je zit bij het vuur met een boek en een glas wijn. Ik wil niet nat worden, oké?'

'Rustig maar, Sam.'

'Ik geef nog steeds de voorkeur aan Samantha, vooral als het wordt gezegd door de man met wie ik op dat moment naar bed ga. Sam is oké als mijn vader het zegt, nooit mijn moeder, en tegenwoordig kan Mattie het zich ook permitteren. Sammie betekent dat je een klap krijgt. Het is verwarrend, maar het lijkt me een goed plan als jij voorlopig Samantha zegt, oké?'

'Het is je naam. Ik krijg seks zonder voorwaarden en dus kan ik je noemen zoals ik wil.'

'Je zegt precies waar het op staat, hè?'

Hij lachte en zette de stereo aan – Faith Hill. Ze verlieten de snelweg en hobbelden over een smalle landweg. Toen ze aan een steile stijging begonnen, veranderde de weg ineens in een grindpad. Het pad liep langs een bergkam met dreigende ravijnen beneden. Samantha probeerde niet te kijken, maar dacht terug aan haar eerste avontuur met Donovan toen ze naar de top van Dublin Mountain klommen en neerkeken op de Enid Mine. Vic had hen aan het schrikken gemaakt en daarna hadden de bewakers hen gezien. Dat leek al heel lang geleden en nu was Donovan dood.

Jeff nam steeds nieuwe afslagen. 'Ik weet zeker dat jij weet waar je naartoe gaat,' zei ze, maar alleen om haar bezorgdheid te laten blijken.

'Ik ben hier opgegroeid,' zei hij zonder haar aan te kijken. Een zandpad dat half bedekt was met sneeuw hield opeens op. Door de bomen kon ze de hut zien.

Terwijl ze de pick-uptruck uitlaadden, vroeg ze: 'Wat doen we met die kajaks? Ik ga die dingen niet dragen.'

'We zullen de rivier moeten checken, maar ik ben bang dat het water te laag staat.' Ze haalden de kleine koeltas en de rugzakken uit de pickuptruck en brachten ze naar de hut die vijftig meter verderop stond. De sneeuw was tien centimeter dik en zat vol dierensporen. Er waren geen laarsafdrukken of andere tekenen van menselijke bezoekers. Samantha was blij dat haar dergelijke dingen opvielen. Ze was nu een echte vrouw van de bergen.

Hij deed de hut van het slot, stapte langzaam naar binnen alsof hij iets kon verstoren en keek om zich heen. Ze zetten de koeltas in het keukentje en legden de rugzakken op de bank.

'Hangen die camera's nog steeds buiten?' vroeg ze.

'Ja, we hebben ze net geactiveerd.'

'Zijn er onlangs nog indringers geweest?'

'Niet dat ik weet.'

'Wanneer was je hier voor het laatst?'

'Dat is al even geleden. Te veel verkeer wekt argwaan. Laten we de rivier checken.'

Ze liepen over een paar rotsblokken naar de oever. Jeff zei dat het water te laag stond om te kajakken. Daarom liepen ze langs de rivier diep de heuvels in, ver weg van de hut en het land van zijn familie. Hoewel ze het niet zeker wist, dacht ze dat ze naar het westen liepen, bij Gray Mountain vandaan. Nu de grond bedekt was met sneeuw was het onmogelijk paden te vinden, maar die hadden ze ook niet nodig. Jeff liep net als zijn broer over dit land alsof hij hier elke dag liep. Ze begonnen aan een klim die steeds steiler werd en op een bepaald moment bleven ze staan om water te drinken en een mueslireep te eten. Jeff vertelde dat ze op de Chock Ridge liepen, een lange, steile heuvel waar een dikke laag steenkool in zat en die eigendom was van mensen die de grond nooit zouden verkopen. De familie Cosgrove, uit Knox. Donovan en Jeff waren opgegroeid met de kinderen van de Cosgroves. Goede mensen en zo. Na een klim van nog eens honderdvijftig meter hadden ze de top bereikt. Jeff wees naar Gray Mountain in de verte. Zelfs onder een dikke witte deken zag de berg er kaal, verlaten en mishandeld uit.

Het was ook ver weg, en na een uur ploegen door de sneeuw kreeg ze koude voeten. Ze besloot nog een paar minuten te wachten voordat ze zou gaan klagen. Toen ze aan een afdaling begonnen, hoorden ze schoten, luide donderende schoten die door de heuvels weerkaatsten. Ze had de neiging zich op de grond te laten vallen, maar Jeff trok zich er niets van aan. 'Ze jagen op herten,' zei hij, zonder zijn pas in te houden. Hij had een rugzak bij zich, maar geen geweer. Maar ze wist zeker dat in de rugzak, ergens tussen de mueslirepen, een wapen te vinden was.

Ten slotte, toen ze zeker wist dat ze hopeloos verdwaald waren, vroeg ze: 'Gaan we terug naar de hut?'

Hij keek op zijn horloge en zei: 'Natuurlijk, het wordt al laat. Heb je het koud?'

'Mijn voeten zijn bevroren.'

'Heeft iemand je weleens verteld dat je prachtige tenen hebt?'

'Dat hoor ik elke dag.'

'Nee, ik meen het.'

'Bloos ik nu? Nee, Jeff, ik kan je eerlijk vertellen dat ik me niet kan herinneren dat iemand dat ooit heeft gezegd.'

'Het is waar.'

'Dank je, denk ik.'

'Kom, dan gaan we ze ontdooien.'

De terugweg duurde bijna twee keer zo lang als de heenweg, en het dal was donker toen ze weer bij de hut waren. Jeff maakte snel een vuur, waarna de kou werd vervangen door een rokerige warmte die Samantha algauw tot in haar botten voelde. Hij stak drie gaslantaarns aan, en terwijl hij genoeg brandhout naar binnen bracht voor de avond, haalde zij de koeltas leeg en bekeek het avondeten. Twee biefstukken, twee aardappels en twee maiskolven. Er waren drie flessen merlot, die Jeff bewust had uitgekozen omdat ze een schroefdop hadden. De eerste beker wijn dronken ze op terwijl ze zich bij het vuur warmden en over politiek praatten. Obama zou over een paar dagen de eed afleggen, en Jeff overwoog naar D.C. te rijden om de festiviteiten mee te maken. Haar vader was, lang voor zijn val, actief geweest in de democratische politiek van de Orde van Advocaten en leek nu weer zin te hebben in de strijd. Hij had haar uitgenodigd om dit mee te maken. Ze vond het wel een leuk idee om getuige te zijn van de geschiedenis, maar wist niet of ze tijd had.

Ze had niemand iets verteld over het aanbod van Andy, en ze wilde er nu ook niet over beginnen. Dat zou alles alleen maar nog gecompliceerder maken. Halverwege de tweede beker wijn vroeg hij: 'Hoe gaat het met je tenen?'

'Ze tintelen,' zei ze. Ze zaten nog steeds weggestopt in dikke wollen sokken, sokken die ze wat er ook gebeurde wilde aanhouden. Hij stak de houtskool op de veranda aan en even later begonnen ze aan de voorbereidingen voor hun avondeten. Ze zaten bij kaarslicht aan een primitieve tafel voor twee. Na het eten probeerden ze bij het licht van het vuur een boek te lezen, maar gaven dat idee al snel op voor dringendere en belangrijkere zaken.

Ze werd wakker te midden van de dekens en lakens, op haar sokken na naakt. Het duurde even voordat ze zich realiseerde dat Jeff niet ergens in die stapel lag. Kooltjes smeulden in de open haard en de laatste houtblokken brandden op. Ze vond een zaklamp en riep zijn naam, maar hij was niet in de hut. Ze keek op haar horloge: twintig voor vijf. Buiten was het pikdonker. Ze liep naar de veranda, scheen er even op met haar zaklamp, riep zacht zijn naam en liep toen snel terug naar haar warme plekje bij het vuur. Ze weigerde in paniek te raken. Hij zou haar echt niet alleen laten als ze in gevaar verkeerde. Of wel? Ze trok een spijkerbroek en trui aan en probeerde te slapen, maar ze was te opgewonden. Ze was ook bang, en terwijl de minuten verstreken probeerde ze niet kwaad te worden. Alleen in een donkere hut diep in de bossen, dat was niet de bedoeling. Elk geluid van buiten kon een naderende dreiging zijn. Het was bijna vijf uur. Ze viel bijna in slaap, maar verzette zich. Ze had een rugzakje bij zich met een tandenborstel en een paar schone kleren. Hij had drie grote rugzakken meegenomen. Die had ze in Knox meteen al achter in de pick-uptruck zien liggen en ze had er af en toe naar gekeken. Een ervan had hij tijdens het hiken gebruikt, en de andere twee leken vol te zitten. Ze waren eerst op de bank gegooid, maar later bij de deur gezet en nu waren ze weg.

Ze trok haar spijkerbroek en trui uit en gooide ze op de bank, alsof er niets was gebeurd. Toen ze weer rustig en warm was, haalde ze diep adem en dacht na over de situatie waarin ze zich bevond. De situatie werd steeds duidelijker. Voor degenen die Jeffs bewegingen in de gaten hielden, was Jeffs bezoekje aan Gray Mountain niet meer dan een romantisch uitstapje. De kajaks waren een leuk detail, rood en licht, en achter in de pick-uptruck gelegd zodat iedereen ze kon zien, ook al was het niet eens de bedoeling dat ze echt nat werden. Kajakken, hiken, barbecueën op de veranda, vrijen bij het vuur – gewoon een leuke date met de nieuwe vrouw in de stad. In de vroege ochtenduren, toen het dal op zijn stilst was, was hij wakker geworden en als een ervaren inbreker weggeglipt. Op dat moment bevond hij zich diep in de ingewanden van Gray Mountain en stopte hij de rugzakken vol met waardevolle papieren die van Krull Mining waren gestolen.

Hij gebruikte haar als dekmantel.

Toen de deur openging, sloeg haar hart een slag over. Ze kon de deur niet zien in het donker en bovendien stond de bank in de weg. Ze lag op een dik kleed bedekt met dekens en lakens, probeerde normaal adem te halen en hoopte maar dat het Jeff was. Hij bleef voor haar gevoel wel een uur roerloos staan, en bewoog zich toen even. Toen hij zijn spijkerbroek op de bank legde, rinkelde de gesp van zijn riem zachtjes. Nadat hij zich had uitgekleed, glipte hij soepel weer onder de dekens, waarbij hij er zorgvuldig op lette haar niet aan te raken of te wekken.

Ze hoopte echt dat de naakte man vlak naast haar Jeff Gray was. Ze deed net alsof ze sliep, rolde opzij en sloeg een arm over zijn borst. Hij deed net alsof hij schrok en mompelde iets. Ze mompelde iets terug, heel blij dat zij de man kende. Met een hand die iets te koud was, streek hij over haar billen. Ze mompelde: 'Nee,' en ze draaide zich om. Hij schoof dichter naar haar toe en deed toen net alsof hij in slaap viel. Voordat ze zelf in slaap viel, besloot ze het spelletje voorlopig mee te spelen. *Neem de tijd en denk erover na, en hou die rugzakken in de gaten.*

De inbreker kwam weer in beweging, stond langzaam op en liep naar de stapel hout. Hij smeet twee houtblokken op het vuur, stookte het vuur op en fluisterde: 'Ben je wakker?'

'Ik denk het wel,' zei ze.

'Het is hier ijskoud.' Hij zat op zijn knieën, tilde een paar dekens op en begroef zichzelf weer naast haar. 'Laten we nog wat slapen,' zei hij en hij kroop tegen haar aan. Ze gromde iets als antwoord, alsof ze diep in slaap was. Het vuur knapte en kraakte, opeens was de kou verdwenen en toen viel Samantha eindelijk echt in slaap.

35

De voorspelling voor maandag was twaalf graden en veel zon. De laatste sneeuw smolt al weg toen Samantha naar haar werk liep. Het was 12 januari en toch voelde het alsof het lente was. Ze deed de deur van het kantoor van het slot en begon aan haar gebruikelijke ochtendkarweitjes. De eerste mail was van Izabelle:

Hallo Sam,

Andy zegt dat hij contact met je heeft opgenomen en dat je al bijna binnen bent. Hij heeft me laten beloven dat ik niet met je over de baan en de arbeidsvoorwaarden zou praten; bang dat we gaan vergelijken en hem een betere deal proberen te ontfutselen. Kan niet zeggen dat ik hem erg heb gemist, jij wel? Het kantoor en de stad heb ik zeker niet gemist en ik twijfel of ik terugga. Ik zei tegen Andy dat ik de baan aanneem, maar ik weet het nog niet, hoor. Ik kan echt niet alles uit mijn handen laten vallen en al over een maand beginnen. Jij wel? Ik heb al helemaal de spanning niet gemist van het tien uur per dag lezen en redigeren van contracten. Ik heb het geld wel nodig en zo, maar ik red me prima en ik geniet echt van het werk. Zoals ik je vertelde vertegenwoordigen we kinderen die als volwassenen zijn berecht en in gevangenissen voor volwassenen zitten. Ik zal er maar niet over uitweiden. Het werk is fascinerend en deprimerend, maar ik heb elke dag het gevoel dat ik een klein verschil maak. Vorige week hebben we een kind uit de gevangenis gekregen. Zijn ouders stonden bij het hek te wachten en iedereen was in tranen, ik ook. Weet je, een van de andere nieuwe associates van Spane & Grubman is die sul van een Sylvio van Belastingen. Weet je nog? De ergste slechte adem van het hele kantoor; bezorgde je zelfs een flauwte als hij tegenover je zat aan een vergadertafel. En hij praat het liefst als hij heel dicht bij je staat. Hij spuugt ook. Walgelijk! En weet je, volgens anonieme bronnen is een van de beste cliënten van Spane & Grubman Chuck Randover, die fantastische aanklachtontwijker die denkt dat hij, alleen maar omdat hij 900 dollar per uur betaalt, het

330

Samantha grinnikte toen ze het mailtje las, en stuurde er meteen eentje terug:

Iz, ik weet niet wat Andy heeft verteld, maar ik heb nog geen ja gezegd. En als hij zo slordig met deze feiten omgaat, dan begin ik te twijfelen aan al die andere dingen die hij zegt. Nee, ik kan hier niet zomaar binnen een maand vertrekken, in elk geval niet met een zuiver geweten. Ik overweeg te vragen of ik over een paar maanden kan beginnen, bijvoorbeeld op 1 september.

Randover was de enige cliënt die me ooit aan het huilen heeft gemaakt. Hij heeft me een keer tijdens een bespreking belachelijk gemaakt. Ik kon me beheersen tot ik in het toilet was. En die klojo van een Andy zat erbij en liet het gewoon gebeuren; hij kwam niet eens op het idee om een van zijn mensen te beschermen! Echt niet. Hij was niet van plan een cliënt boos te maken. Ik zat fout, maar het was een heel eenvoudige en onschuldige vergissing.

Enig idee hoe de secundaire arbeidsvoorwaarden eruitzien?

Izabelle antwoordde:

Ik heb gezworen dat ik het niet zou vertellen, maar ze zijn indrukwekkend. Tot later.

De eerste verrassing van de dag arriveerde per post. Top Market Solutions stuurde een cheque voor 11.300 dollar, betaalbaar aan Pamela Booker, met de vereiste vrijwaring eraan gehecht. Samantha maakte een kopie van de cheque en nam zich voor die in te lijsten. Haar eerste proces en haar eerste zege. Ze liet hem trots aan Mattie zien die voorstelde dat ze naar de lampenfabriek zou rijden om haar cliënt te verrassen. Een uur later reed ze de stad Brushy binnen en vond het bijna verlaten industrieterrein aan de rand van de stad. Ze begroette meneer Simmons en bedankte hem nogmaals omdat hij Pamela weer had aangenomen.

Tijdens een pauze ondertekende Pamela de vrijwaring en huilde toen ze de cheque zag. Zoveel geld had ze nog nooit gezien en ze leek helemaal overweldigd. Ze zaten in Samantha's auto, op de parkeerplaats, te midden van een trieste verzameling oude pick-uptrucks en vieze kleine importauto's. 'Ik weet niet goed wat ik hiermee moet doen,' zei ze.

Als multigetalenteerde rechtsbijstandsadvocaat kon Samantha wel wat financieel advies geven. 'Ten eerste moet je het aan niemand vertellen. Zodra je je mond opendoet, heb je opeens allemaal nieuwe vrienden. Hoeveel bedraagt je schuld op je creditcardrekening?'

'Een paar duizend.'

'Betaal die dan af en knip vervolgens al je kaarten doormidden. Je maakt minstens een jaar geen schulden. Gebruik contant geld en schrijf cheques uit, maar gebruik geen creditcards.'

'Meen je dat nou?'

'Je hebt een auto nodig, dus stel ik voor dat je 2.000 dollar aanbetaalt en de rest in twee jaar afbetaalt. Betaal al je andere rekeningen en zet 5.000 dollar op een spaarrekening die je vervolgens vergeet.'

'Hoeveel krijg jij hiervan?'

'Niets. Wij nemen geen geld aan, alleen in zeldzame gevallen. Het is allemaal van jou, Pamela, en je verdient elke cent ervan. Ga nu maar snel naar de bank voordat die schurken je cheque blokkeren.'

Met trillende lippen en met tranen op haar wangen omhelsde Pamela haar advocaat. 'Dankjewel, Samantha. Dankjewel.'

Toen Samantha wegreed, keek ze in haar achteruitkijkspiegel. Pamela stond daar nog, te kijken, te zwaaien. Samantha huilde niet, maar had wel een brok in haar keel.

De tweede verrassing van die maandag kwam tijdens de lunch. Net toen Barb een verhaal vertelde over een man die gisteren in de kerk was flauwgevallen, trilde Matties mobieltje dat naast haar salade op de tafel lag. Onbekende beller. Ze nam op en een vreemd vertrouwde, maar onbekende stem zei: 'De FBI is over dertig minuten bij jullie met een huiszoekingsbevel. Maak meteen een kopie van jullie dossiers.'

Haar mond viel open en ze werd lijkbleek. 'Wie is dit?' vroeg ze. Maar de man had al opgehangen.

Rustig herhaalde ze de boodschap, waarop iedereen diep, maar bang ademhaalde. Als de FBI zich nu net zo zou gedragen als toen ze Donovans kantoor waren binnengevallen, konden ze ervan uitgaan dat ze zo ongeveer alles zouden meenemen. Allereerst zouden ze de belangrijkste gegevens van hun desktopcomputers op een paar USB-sticks moeten overzetten.

'We gaan ervan uit dat dit ook te maken heeft met Krull Mining,' zei Annette met een argwanende blik richting Samantha.

Mattie wreef over haar slapen en probeerde rustig te blijven. 'Iets anders kan het niet zijn. De FBI denkt waarschijnlijk dat we iets hebben, omdat ik de advocaat ben van Donovans nalatenschap. Bizar, absurd, belachelijk, ik kan niet genoeg bijvoeglijke naamwoorden bedenken. Ik, wij, hebben niets wat zij niet al hebben gezien. Er is niets nieuws.'

Samantha vond de huiszoeking echter veel onheilspellender. Zij en Jeff hadden Gray Mountain zondagochtend verlaten en zij ging ervan uit dat de rugzakken vol hadden gezeten met documenten. Amper vierentwintig uur later deed de FBI een inval namens Krull Mining. Het was een gok, maar ook een effectieve manier om te intimideren. Ze zei niets, maar liep snel naar haar kantoor en begon kopieën te maken.

De vrouwen maakten haast en overlegden fluisterend met elkaar. Annette kwam op het slimme idee om Barb weg te sturen met hun laptops. Ze zouden zeggen dat ze ermee naar Wise ging om ze te laten nakijken. Barb verzamelde ze en wilde de stad maar al te graag verlaten. Mattie belde Hump, een van de betere strafrechtadvocaten in de stad, huurde hem ter plekke in en vroeg hem langs te komen zodra de huiszoeking was begonnen. Hump zei dat hij het voor geen goud wilde missen. Toen ze alles op de USB-sticks hadden gekopieerd, stopte Samantha ze in een grote envelop, samen met haar spionagetelefoon, en liep naar het rechtbankgebouw. Op de tweede verdieping had de county een verwaarloosde juridische bibliotheek die al jaren niet meer was schoongemaakt. Ze verstopte de envelop in een stapel stoffige ABA-tijdschriften uit de jaren 1970 en liep snel terug naar het kantoor.

FBI-agenten Frohmeyer en Banahan droegen een donker pak en voerden het onbevreesde team aan toen ze de zwaar versterkte kantoren van het Mountain Bureau voor Rechtshulp binnenvielen. Drie andere agenten – allemaal in marineblauwe jacks met FBI op de rug, in gele zo groot en zo fel mogelijke letters – volgden hun leiders.

Mattie liep hen in de receptie tegemoet en zei: 'O nee, niet jullie weer!'

Frohmeyer zei: 'Ik ben bang van wel. Dit is het huiszoekingsbevel.'

Ze keek ernaar en zei: 'Ik heb geen tijd om dit te lezen. Vertel me maar wat erin staat.'

'Alle bestanden die te maken hebben met de juridische dossiers van het advocatenkantoor van Donovan Gray en alle correspondentie, processen et cetera die te maken hebben met wat de zaak-Hammer Valley wordt genoemd.'

'Dat heb je de vorige keer allemaal al meegenomen, Frohmeyer. Hij is nu zeven weken dood. Je denkt toch niet dat hij nog steeds papierwerk produceert.'

'Ik doe gewoon wat me is opgedragen.'

'Ja, natuurlijk. Luister, Frohmeyer, zijn dossiers zijn daar nog steeds, aan de overkant. Het dossier dat ik hier heb heeft betrekking op zijn nalatenschap. We zijn niet betrokken bij die rechtszaak. Begrepen? Zo moeilijk is het niet.'

'Ik heb mijn bevelen.'

Hump kwam luidruchtig binnen en brulde: 'Ik vertegenwoordig het Mountain Bureau voor Rechtshulp. Waar gaat dit verdomme over?'

Annette en Samantha stonden in hun eigen kantoren te kijken.

Mattie zei: 'Hump, dit is agent Frohmeyer, de aanvoerder van dit kleine leger. Hij denkt dat hij het recht heeft om al onze dossiers en computers mee te nemen.'

Annette brulde opeens: 'Echt niet! Ik heb geen stukje papier in mijn kantoor dat zelfs maar in de verste verte betrekking heeft op Donovan Gray of een van zijn zaken. Wat ik wel heb is een kantoor vol gevoelige en vertrouwelijke dossiers en zaken die betrekking hebben op kwesties als echtscheiding, kindermishandeling, huiselijk geweld, vaderschap, verslaving en afkicken, ontoerekeningsvatbaarheid en een lange, trieste lijst van menselijke ellende. En u, meneer, hebt niet het recht daar iets van in te zien. Als jullie proberen dat zelfs maar aan te raken, zal ik me met al mijn kracht verzetten. Arresteer me maar als jullie willen, maar ik beloof jullie dat ik morgenochtend vroeg een federale rechtszaak aanhangig zal maken met uw naam erop, meneer Frohmeyer, en de namen van de rest van uw mensen, als de aangeklaagden. Daarna zal ik jullie tot in de hel achtervolgen.'

Er was veel voor nodig om een stoere man als Frohmeyer te imponeren, maar hij liet heel even zijn schouders zakken, een klein beetje. De andere vier mannen luisterden met grote ogen, onzeker. Samantha begon bijna hardop te lachen. Mattie stond te grijnzen.

'Dat hebt u uitstekend verwoord, mevrouw Brevard,' zei Hump. 'Dat was een keurige samenvatting van onze positie en ik zal met alle plezier de U.S. Attorney bellen en de zaak uitleggen.'

Mattie zei: 'We hebben hier meer dan tweehonderd actieve dossiers en nog eens duizend in het archief. En die hebben geen van alle te maken met Donovan Gray en zijn zaken. Willen jullie die echt meenemen naar jullie kantoor en ze doorspitten?'

Annette zei minachtend: 'Jullie hebben vast wel iets beters te doen.'

Hump hief beide handen en vroeg om stilte.

Frohmeyer rechtte zijn rug en keek naar Samantha. 'We beginnen met uw kantoor. Als we vinden wat we zoeken, nemen we het mee en vertrekken.'

'En wat zoekt u dan precies?'

'Lees het huiszoekingsbevel maar.'

Hump vroeg: 'Hoeveel dossiers hebt u, mevrouw Kofer?'

'Een stuk of vijftien, denk ik.'

Hump zei: 'Oké, laten we dan maar beginnen. We leggen haar dossiers op de tafel in de vergaderkamer en dan mogen jullie ernaar kijken. Doorzoek haar kantoor en bekijk alles wat jullie willen, maar voordat jullie iets weghalen meld je dat, oké?'

'We nemen haar computers mee, de desktop en de laptop,' zei Frohmeyer.

De plotselinge belangstelling voor Samantha's dossiers bevreemdde Mattie en Annette. Samantha haalde haar schouders op alsof zij het ook niet snapte. 'Mijn laptop is hier niet,' zei ze.

'Waar dan wel?' snauwde Frohmeyer.

'Bij de computertechnicus. Een soort virus of zo.'

'Wanneer hebt u die daar naartoe gebracht?'

Hump hief zijn hand weer. 'Die vraag hoeft ze niet te beantwoorden. Het huiszoekingsbevel geeft u niet het recht potentiële getuigen te verhoren.'

Frohmeyer haalde diep adem, brieste even en keek hen daarna met een onnozele glimlach aan. Hij liep achter Samantha aan naar haar kantoor en hield haar goed in de gaten terwijl zij haar dossiers uit de dossierkast haalde. 'Leuk plekje hebt u hier,' zei hij heel pedant. 'Zal niet veel tijd kosten om dit kantoor te doorzoeken.'

Samantha negeerde hem. Ze bracht haar dossiers naar de vergaderkamer, waar Banahan en een andere agent erin begonnen te bladeren. Ze liep terug naar haar kantoor en keek toe terwijl Frohmeyer langzaam haar twee dossierkasten en de laden van haar wankele bureau controleerde. Hij raakte elk stukje papier aan, maar nam niets weg. Ze haatte hem, omdat hij haar persoonlijke ruimte betrad.

Eén agent liep achter Mattie aan naar haar kantoor en een andere liep met Annette mee. La voor la bekeken ze alle dossiers, maar haalden niets weg. Hump liep heen en weer, kijkend en wachtend op een woordenwisseling.

'Zijn alle laptops weg?' vroeg Frohmeyer aan Hump toen hij klaar was met Samantha's kantoor.

Annette hoorde de vraag en zei: 'Ja, we hebben ze allemaal tegelijk weggebracht.'

'Wat handig. Ik denk dat we terugkomen met een ander huiszoekingsbevel.'

'Wat fijn.'

Ze bekeken honderden oude dossiers. Drie agenten klommen naar de zolder en haalden dossiers tevoorschijn die Mattie al tientallen jaren niet meer had gezien. De opwinding veranderde in monotonie. Hump zat in de hal met Frohmeyer te kletsen, terwijl de dames probeerden telefoontjes te beantwoorden. Na twee uur was de huiszoeking voorbij en vertrokken de agenten met alleen Samantha's desktopcomputer.

Samantha keek hen na en voelde zich als een hulpeloos slachtoffer in een achtergebleven land waar de politie alles kon doen wat ze wilde en niemand rechten had. Dit was gewoon verkeerd. Ze werd overdonderd door de politie vanwege haar relatie met Jeff. Nu werden haar bezittingen in beslag genomen en de vertrouwelijke gegevens van haar cliënten meegenomen. Ze had zich nog nooit zo hulpeloos gevoeld.

Het laatste waar ze behoefte aan had was een verhoor door Mattie en Annette. Zij waren inmiddels bijzonder argwanend jegens haar. *Hoeveel wist ze over de zaak-Krull Mining? Wat had Jeff haar verteld? Had ze die documenten gezien?* Ze glipte weg via de achterdeur en haalde de usb-sticks en de spionagetelefoon uit de juridische bibliotheek. Ze stapte in haar auto en begon aan een nieuwe lange rit. Jeff nam de telefoon niet op en dat stoorde haar. Op dit moment had ze hem nodig.

Het was al donker toen ze terugkwam op kantoor. Mattie wachtte haar op. De laptops waren terug, veilig en onaangeraakt.

'Laten we even op de veranda gaan zitten met een glas wijn,' zei Mattie. 'We moeten praten.'

'Is Chester aan het koken?'

'Tja, we slaan het avondeten nooit over.'

Ze wandelden ontspannen naar Matties huis en besloten onderweg dat het te koud was om op de veranda te zitten. Chester was niet thuis, zodat ze alleen waren. Ze gingen in de woonkamer zitten en na een paar slokjes wijn zei Mattie: 'Goed, het wordt tijd dat je me alles gaat vertellen.'

'Oké.'

36

Ongeveer op datzelfde moment parkeerde Buddy Ryzer zijn pick-uptruck bij een uitzichtpunt en liep tweehonderd meter over een pad naar een picknickplaats. Hij ging op een tafel zitten, stak de loop van een pistool in zijn mond en haalde de trekker over. Die maandagavond laat vonden twee kampeerders zijn lichaam en belden 911. Mavis, die al uren aan de telefoon had gezeten, hoorde dat er op de voordeur werd geklopt. Geschrokken buren kwamen snel langs en algauw was het een chaos in huis.

Samantha lag heerlijk te slapen toen haar mobieltje begon te trillen. Ze hoorde het niet. Niemand zou immers de behoefte hebben om rond middernacht zijn of haar advocaat te bellen, behalve na een arrestatie?

Om halfzes de volgende ochtend checkte ze haar telefoon, kort nadat ze wakker was geworden uit de vage herinneringen aan de FBI-inval. Er waren drie gemiste oproepen van Mavis Ryzer, de laatste om twintig voor één. Een met een trillende stem ingesproken bericht vertelde haar het nieuws. Samantha was de FBI meteen vergeten.

Ze begon zich echt zorgen te maken over al deze sterfgevallen. Donovans dood kwelde haar nog steeds. Francine Crumps dood kwam niet onverwacht, maar de gevolgen ervan veroorzaakten problemen. Twee dagen ervoor, op Gray Mountain, had Samantha weer het witte kruis gezien op de plaats waar Rose zelfmoord had gepleegd. Ze had de Tate-jongens nooit gekend, maar ze voelde zich verbonden met hun tragedie. Ze dacht vaak aan Matties vader en de manier waarop hij aan stoflongziekte was gestorven. Het leven kon wreed zijn in steenkoolland en op dat moment miste ze de harde grote stad.

Nu was haar favoriete cliënt dood en moest ze alweer naar een begrafenis. Ze trok een spijkerbroek en een parka aan, en ging naar buiten om een wandeling te maken. Toen het licht begon te worden, liep ze te rillen in de kou en vroeg ze zich voor de zoveelste keer af wat ze hier eigenlijk deed, in Brady. Waarom huilde ze om een mijnwerker die ze nog maar drie maanden geleden had leren kennen? Waarom ging ze niet gewoon weg?

Zoals altijd waren er geen eenvoudige antwoorden.

In Matties keuken zag ze licht branden en ze klopte even op het raam. Chester, die in zijn kamerjas liep, zette koffie. Hij liet haar binnen en ging Mattie halen die volgens hem al wakker was. Ze trok zich het nieuws erg aan en de twee advocaten zaten heel lang zwijgend aan de keukentafel en probeerden het nut in te zien van een nutteloze tragedie.

Ergens in de stapel documenten van de zaak-Ryzer had Samantha gezien dat er premie was betaald voor een levensverzekering van 50.000 dollar.

'Is er niet een soort uitsluiting bij zelfmoord?' vroeg ze, en ze klemde haar handen om haar beker koffie heen.

'Meestal wel ja, maar alleen in het eerste jaar na afsluiting. Zo niet, dan zou iemand een verzekering kunnen afsluiten en daarna van een brug springen. Als Buddy's verzekering ouder is, is die uitsluiting waarschijnlijk verlopen.'

'Het lijkt er dus op dat hij zelfmoord heeft gepleegd vanwege het geld.'

'Wie weet? Iemand die zelfmoord pleegt denkt meestal niet logisch na, maar ik vermoed dat we wel tot de ontdekking zullen komen dat de levensverzekering een rol heeft gespeeld. Hij had geen baan en geen uitkering, en het beetje spaargeld dat ze hadden was op. Dat, plus drie kinderen thuis en een vrouw zonder baan. Hem stonden nog jaren van een zelfs nog slechtere gezondheid te wachten en het einde zou niet bepaald aangenaam zijn. Iedere mijnwerker kent wel een slachtoffer van deze ziekte.'

'Dat lijkt wel te kloppen.'

'Dat is zo. Wil je ontbijt, een stukje geroosterd brood misschien?'

'Nee, dank je. Ik heb het gevoel dat ik hier net ben vertrokken. Dat is misschien ook zo.' Toen Mattie hun kopjes weer volschonk, zei Samantha: 'Ik heb een hypothetische vraag voor je. Een lastige. Als Buddy tien jaar geleden een advocaat had gehad, wat zou er dan met zijn zaak zijn gebeurd?'

Mattie roerde wat suiker door haar koffie en dacht fronsend na over de vraag. 'Dat kun je niet weten, maar als je ervan uitgaat dat die advocaat fanatiek was en de medische dossiers had ontdekt die jij hebt ontdekt en dat hij of zij het hof op een bepaald moment op de hoogte had gebracht van Casper Slates fraude en het achterhouden van bewijzen, dan moet je haast wel denken dat hij die uitkering zou hebben gekregen. Ik weet het niet hoor, maar ik heb het gevoel dat Casper Slate snel zou hebben gehandeld om te voorkomen dat hun misdaden bij het hof zouden worden gemeld. Dan zouden ze de aanvraag hebben toegekend en zou Buddy zijn uitkering hebben gekregen.'

'En dan zou hij de afgelopen tien jaar geen kolenstof meer hebben ingeademd.'

'Waarschijnlijk niet. De uitkering is niet hoog, maar ze hadden ervan kunnen rondkomen.'

Ze bleven nog een tijdje zwijgend zitten, geen van beiden wilde praten of zich bewegen. Chester verscheen in de deuropening met een leeg kopje, zag dat ze diep in gedachten waren en verdween geluidloos. Ten slotte schoof Mattie haar stoel naar achteren en stond op. Ze pakte het bruinbrood, stopte twee boterhammen in de broodrooster en haalde boter en jam uit de koelkast.

Na een paar hapjes zei Samantha: 'Ik heb echt geen zin om vandaag naar kantoor te gaan. Het voelt alsof mijn kantoor is geschonden, weet je? Mijn computer is gisteren ingepikt, al mijn dossiers zijn ingekeken. Jeff en Donovan dachten dat ons kantoor werd afgeluisterd. Ik wil er even tussenuit.'

'Neem maar een vrije dag, of twee. Je weet dat wij dat prima vinden.'

'Bedankt. Dan ga ik even weg uit de stad. Tot morgen.'

Ze verliet Brady en reed een uur door, voordat ze zichzelf toestond in de achteruitkijkspiegel te kijken. Niemand, niets. Jeff belde twee keer, maar ze nam niet op. Bij Roanoke reed ze naar het oosten, weg van de Shenandoah Valley en het verkeer op de snelweg. Ze had uren de tijd en belde een paar mensen, maakte enkele afspraken en reed dwars door Virginia. In Charlottesville lunchte ze met een vriendin uit haar studietijd in Georgetown. Om tien minuten voor zes nam ze plaats aan een tafeltje in de bar van het Hay-Adams Hotel, één blok van het Witte Huis. Hiervoor was neutraal terrein vereist.

Marshall Kofer arriveerde als eerste, precies om zes uur en zoals altijd zag hij er goed verzorgd uit. Hij had meteen ingestemd met de afspraak, maar Karen had meer reserves gehad. Uiteindelijk gaf ze toe; haar dochter had immers hulp nodig. Waar haar dochter echt behoefte aan had was dat haar ouders naar haar luisterden en haar advies gaven.

Karen was maar vijf minuten te laat. Ze omhelsde Samantha, gaf haar ex een tikje op de wang en ging zitten. Een ober kwam langs en ze bestelden iets te drinken. Hun tafeltje stond een eindje van de bar, zodat ze enige privacy hadden, voorlopig in elk geval. Samantha zou het gesprek leiden – het was helemaal haar show – en ze zou niet toestaan dat er ongemakkelijke stiltes vielen nu haar ouders voor het eerst in minstens elf jaar bij elkaar waren. Ze had hun telefonisch verteld dat dit geen sociale gelegenheid was en dat het zeker geen domme poging was oude kwesties aan te roeren, maar dat het om belangrijkere zaken ging.

Hun drankjes werden gebracht en ze pakten hun glas. Samantha bedankte hen voor hun tijd, verontschuldigde zich dat ze zo snel hadden moeten opdraven en begon toen met haar verhaal. Ze vertelde over het Hammer Valley-proces, Krull Mining en Donovan Gray en zijn rechtszaak. Marshall kende de feiten al een tijdje en Karen had het meeste vlak na kerst gehoord. Maar geen van beiden wist iets van de gestolen documenten. Samantha hield niets achter, ze had ze echt gezien en nam aan dat ze nog steeds ergens diep in Gray Mountain verborgen waren. De meeste tenminste. Krull Mining was ernaar op zoek en nu had de FBI opdracht gekregen hun vuile werk op te knappen. Ze gaf toe dat ze een relatie had met Jeff, maar verzekerde hen dat het niet serieus was. Ze was hun natuurlijk geen verklaring schuldig en haar beide ouders deden dan ook net alsof haar nieuwe relatie hen niet interesseerde.

De ober was terug. Ze bestelden weer een drankje en iets te eten erbij. Samantha beschreef haar ontmoeting in New York met Jarrett London en zijn poging haar en Jeff onder druk te zetten om de documenten zo snel mogelijk te overhandigen. Ze gaf toe dat ze het gevoel had dat ze werd betrokken bij iets wat misschien niet illegaal maar wel discutabel was. Inmiddels was ze het doelwit van een FBI-inval geweest die, hoewel onterecht, toch zeker dramatisch en angstaanjagend was geweest. Voor zover ze wist had de U.S. Attorney in West Virginia de leiding over het onderzoek en de man was er kennelijk van overtuigd dat Krull Mining slachtoffer was van een diefstal en een samenzwering. Het zou andersom moeten zijn, zei ze. Krull Mining was de schuldige partij en die zou voor het gerecht gesleept moeten worden.

Marshall was het roerend met haar eens. Hij stelde een paar vragen, allemaal over de U.S. Attorney en de minister van Justitie. Karen was op haar hoede met haar opmerkingen en vragen. Wat Marshall dacht maar nooit kon zeggen, was dat Karen tien jaar geleden zeer waarschijnlijk haar aanzienlijke invloed had gebruikt en ervoor had gezorgd dat hij in de gevangenis was beland. Als ze zoveel invloed had, waarom zou ze haar dochter nu dan niet kunnen helpen?

De ober bracht een kaasplankje, maar ze raakten het niet aan. Beide ouders waren het erover eens dat zij de documenten niet moest aanraken. Jeff moest dat risico maar lopen als hij dat wilde, maar zij moest ervan afblijven. Jarrett London en zijn groep advocaten hadden de hersens en het geld om het vuile werk op te knappen, en als die documenten even waardevol waren als ze dachten, dan zouden ze wel een manier verzinnen om Krull Mining aan het kruis te nagelen.

Kun jij ervoor zorgen dat de FBI zich terugtrekt? vroeg Samantha aan haar moeder. Karen zei dat ze daar meteen mee aan de slag ging, maar waarschuwde haar ook dat ze niet veel invloed op die jongens had.

Daar geloof ik geen zak van, mompelde Marshall bijna. Hij had drie jaar in de gevangenis gezeten en manieren bedacht om wraak te nemen op zijn ex-vrouw en haar collega's. Maar in de loop der tijd had hij zich neergelegd bij het feit dat zijn problemen door zijn eigen hebzucht waren veroorzaakt.

Heb je overwogen gewoon weg te gaan? vroeg haar moeder. Je spullen pakken en vertrekken? Het beschouwen als een avontuur en teruggaan naar de stad? Je hebt je best gedaan en nu zit de FBI in je nek te hijgen. Wat doe je daar in vredesnaam?

Marshall leek het wel eens te zijn met deze vragen. Hij had in de gevangenis gezeten met een paar witteboordencriminelen die feitelijk geen enkele wet hadden overtreden. Maar als de FBI je te pakken wilde nemen, vonden ze altijd wel een manier om dat te doen. Samenzwering was een van hun favoriete argumenten.

Hoe meer Samantha vertelde, hoe meer ze wilde vertellen. Ze kon zich niet herinneren wanneer ze voor het laatst de onverdeelde aandacht van haar beide ouders had gehad. Sterker nog, ze wist niet zeker of dat ooit weleens was voorgekomen. Misschien toen ze een peuter was, maar dat kon niemand zich immers herinneren? En nu haar beide ouders naar haar zorgen en problemen luisterden, leek het alsof ze hun eigen problemen vergaten en haar echt wilden helpen. Ze lieten het verleden rusten, voorlopig in elk geval.

Waarom voelde ze zich dan gedwongen om 'daar' te blijven? Die vraag beantwoordde ze door het verhaal te vertellen van Buddy Ryzer en zijn aanvraag voor een stoflongziekte-uitkering. Ze kreeg een brok in haar keel toen ze hun vertelde over zijn zelfmoord, ongeveer vierentwintig uur geleden. Ze zou binnenkort naar een begrafenis gaan, in een mooie kerk op het platteland, en van een afstandje toekijken als de arme Mavis en hun drie kinderen instortten. Als zij een advocaat hadden gehad, stond de zaak er nu anders voor. Op dit moment hadden ze er wel een en dus kon ze, nu de druk werd opgevoerd, niet zomaar haar spullen pakken en op de vlucht slaan. En er waren andere cliënten, andere mensen zonder stem voor wie het noodzakelijk was dat ze nog minstens een paar maanden bleef en probeerde het recht te laten zegevieren.

Ze vertelde hun over het baanaanbod van Andy Grubman. Marshall vond dat natuurlijk geen goed idee en noemde het 'alleen maar een opgeleukte versie van hetzelfde oude ondernemingsrecht'. Niet meer dan papieren op een bureau verplaatsen met één oog op de klok. Hij waarschuwde haar dat dat kantoor zou groeien en groeien, en dus na korte tijd zou lijken op en voelen als een kopie van Scully & Pershing. Karen vond het een veel aantrekkelijkere optie dan in Brady blijven. Samantha gaf toe dat ze gemengde gevoelens had over het aanbod, maar dat ze ervan uitging dat ze op een bepaald moment ja zou zeggen.

Ze dineerden in het hotel-restaurant: salade, vis en wijn, zelfs een nagerecht en koffie. Samantha praatte zoveel dat ze uitgeput was, maar ze wilde dat haar ouders wisten hoe bang ze was en voelde zich daarna ongelofelijk opgelucht. Er werden geen duidelijke besluiten genomen en niets werd echt opgelost. Hun adviezen waren grotendeels voorspelbaar, maar het feit dat ze alles kon vertellen had een therapeutische werking.

Ze had een kamer boven. Marshall had een auto met chauffeur en hij bood aan Karen naar huis te brengen. Toen ze in de lobby van het hotel afscheid namen, kreeg Samantha tranen in haar ogen toen ze haar ouders samen zag vertrekken.

37

Volgens de instructies parkeerde ze haar auto in Church Street in het centrum van Lynchburg, Virginia, en liep twee blokken naar Main Street. Midden op de dag was er veel verkeer in het oude deel van de stad. In de verte zag ze de James River. Ze was er zeker van dat iemand naar haar keek en hoopte dat het Jeff was. Het tafeltje in de RA Bistro was op haar naam gereserveerd, alweer volgens de instructies. Ze vroeg de gastvrouw om een zitje achterin en daar zat ze dus op woensdag 14 januari, precies om twaalf uur. Ze bestelde een glas frisdrank en begon met haar mobieltje te spelen. Ze hield ook de deur in de gaten, terwijl de lunchgasten binnendruppelden. Tien minuten later verscheen Jeff als vanuit het niets en ging tegenover haar zitten. Ze begroetten elkaar en Samantha vroeg: 'Werd ik gevolgd?'

'Daar gaan we altijd van uit, nietwaar? Hoe was het in Washington?'

'Ik heb een heerlijk etentje gehad met mijn ouders, voor het eerst sinds eeuwen. Sterker nog, ik kan me de laatste keer dat we samen hebben gegeten niet eens herinneren. Nogal triest, vind je niet?'

'Jij hébt je beide ouders tenminste nog. Heb je je moeder over die fbi-inval verteld?'

'Ja, en ik heb haar gevraagd een paar telefoontjes te plegen. Dat gaat ze doen, maar ze weet niet zeker wat dat zal opleveren.'

'Hoe gaat het met Marshall?'

'Prima, dank je, en je krijgt de groeten. Ik heb een paar vragen voor je. Heb jij maandag het kantoor gebeld en ons gewaarschuwd voor die fbi-inval?'

Jeff glimlachte en sloeg zijn blik neer, en dat was weer zo'n moment waarop ze tegen hem wilde schreeuwen. Ze wist dat hij de vraag niet zou beantwoorden. 'Oké,' zei ze. 'Heb je het gehoord van Buddy Ryzer?'

Hij fronste en zei: 'Ja. Verschrikkelijk. Alweer een slachtoffer van de steenkooloorlog. Ontzettend jammer dat we geen advocaat kunnen vinden die bereid is het op te nemen tegen Lonerock Coal en die jongens van Casper Slate.'

'Was dat een verwijt aan mij?'

'Nee.'

Een vriendelijke ober kwam naar hen toe, vertelde hun wat het menu van de dag was en verdween weer.

'Derde vraag,' zei Samantha.

'Waarom word ik verhoord? Ik had gehoopt op een gezellige lunch heel ver bij het saaie Brady vandaan. Je lijkt behoorlijk gespannen.'

'Hoeveel van die documenten heb je weggehaald uit Gray Mountain? We waren er afgelopen weekend. Toen ik om twintig minuten voor vijf 's ochtends wakker werd, was je verdwenen. Ik was even doodsbang. Je kwam om een uur of vijf stiekem terug, en deed alsof er niets was gebeurd. Ik heb die rugzakken gezien, alle drie. Je bleef ze verplaatsen en toen we vertrokken waren ze veel zwaarder. Vertel het me, Jeff. Ik weet te veel.'

Hij haalde diep adem, keek om zich heen, kraakte een paar knokkels en zei: 'Ongeveer een derde, en ik moet de rest ook ophalen.'

'Waar breng je ze naartoe?'

'Wil je dat echt weten?'

'Ja.'

'Laten we zeggen dat ze goed verborgen zijn. Jarrett London heeft die documenten nodig, allemaal, zo snel mogelijk. Hij zal ze overdragen aan het hof en pas dan zijn ze veilig. Ik heb je hulp nodig om ze weg te halen bij Gray Mountain.'

'Dat weet ik, Jeff. Ik ben niet dom. Je hebt me nodig als dekmantel, als een grietje dat met je neukt bij het openhaardvuur tijdens lange romantische weekenden op jullie land. Een vrouw, iedere vrouw is goed, zodat de slechteriken zullen denken dat we alleen maar kajakken en barbecueën op de veranda, een liefdespaartje dat tijdens lange winteravonden ligt te vrijen, terwijl jij ondertussen met die dossiers door het bos loopt.'

Hij glimlachte en zei: 'Bijna goed, maar niet iedere vrouw is goed, weet je? Jij bent zorgvuldig geselecteerd.'

'Ik voel me erg vereerd.'

'Als jij me helpt, kunnen we ze er dit weekend weghalen en dan is het klaar.'

'Ik raak die documenten niet aan, Jeff.'

'Dat hoeft ook niet. Als jij die vrouw maar bent. Ze weten wie je bent, en ze houden jou ook in de gaten. Ze hebben je spoor drie maanden geleden opgepikt toen je naar de stad kwam en met Donovan begon op te trekken.'

Hun salades werden gebracht en Jeff bestelde een biertje. Na een paar happen zei hij: 'Alsjeblieft, Samantha, ik heb je hulp nodig.'

'Volgens mij begrijp ik je niet. Waarom kun je niet gewoon naar jullie land sluipen, vannacht of morgennacht, helemaal in je eentje, om de documenten op te halen en die dan naar Jarrett Londons kantoor in Louisville brengen? Waarom zou dat zo moeilijk zijn?'

Weer rolde hij met zijn ogen, weer keek hij of er mensen waren die hen konden afluisteren, weer nam hij een hap salade. 'Omdat het te riskant is. Ze houden me altijd in de gaten, oké?'

'Nu ook, op dit moment?'

Hij wreef over zijn kin en dacht hierover na. 'Ze weten waarschijnlijk dat ik hier ergens ben, in Lynchburg, Virginia. Misschien niet precies waar, maar ze houden het in de gaten. Je mag niet vergeten dat ze meer dan genoeg geld hebben en hun eigen regels bepalen. Zij denken dat ik de link met de documenten ben. Zij kunnen ze nergens anders vinden, dus ook al kost het een vermogen om me te achtervolgen, dat maakt hen niets uit.' Zijn bier werd gebracht en hij nam een slok. 'Als ik de weekenden met jou naar Gray Mountain ga, zullen ze niet argwanend worden. Waarom zouden ze ook? Twee jonge mensen van dertig in een hut diep in de bossen, die een beetje romantiek najagen. Ik weet zeker dat ze in de buurt zijn, maar het is logisch dat we daar zijn. Maar als ik daar alleen naartoe zou gaan, zouden ze alert worden. Dan lokken ze misschien een ontmoeting uit, iets naars zodat ze kunnen zien wat ik aan het doen ben. Je weet maar nooit. Het is een schaakwedstrijd, Samantha, zij proberen te voorspellen wat ik ga doen en ik probeer hen steeds een stap voor te blijven. Ik heb het voordeel dat ik wéét wat mijn volgende stap zal zijn. Zij hebben het voordeel van een onbeperkt aantal sterke jongens. Als een van beide partijen een fout maakt, raakt iemand gewond.' Hij nam nog een slok en keek naar een stel dat een meter of drie bij hen vandaan de menukaart bekeek. 'En ik kan je dit vertellen: ik ben moe. Ik ben echt moe, uitgeput, ik kan niet meer, weet je? Ik moet die documenten kwijt zien te raken, voordat ik van pure vermoeidheid iets doms doe.'

'In wat voor auto rij je nu?'

'Een Volkswagen Beetle, gehuurd bij Casey's Rent-A-Wreck in Roanoke. Hij kost 40 dollar contant per dag, plus benzine en kilometers. Heel fijn.'

Ongelovig schudde ze haar hoofd. 'Weten zij dat ik hier ben?'

'Ik weet niet wat zij weten, maar ik neem aan dat ze je volgen. En ze zullen ons allebei in de gaten blijven houden tot die documenten zijn ingeleverd. Ik weet het niet zeker, maar daar durf ik al mijn geld onder te verwedden.'

'Ik kan dit bijna niet geloven.'

'Wees niet zo naïef, Samantha. Er staat veel te veel op het spel.'

Toen ze die middag om twintig over vijf haar kantoor binnenkwam, stond haar computer op haar bureau, precies waar hij had gestaan voordat de FBI hem die maandag had meegenomen. Het toetsenbord en de printer stonden op hun plek en alle snoeren zaten daar waar ze hoorden te zitten. Terwijl ze ernaar keek, kwam Mattie binnen en zei: 'Wat een verrassing, hè?'

'Wanneer is hij teruggebracht?'

'Ongeveer een uur geleden. Een van die agenten heeft hem gebracht. Ik neem aan dat ze zich realiseerden dat er niets op stond.'

Dat, of Karen Kofer had veel meer vrienden dan ze wilde toegeven. Samantha wilde haar moeder bellen, maar in haar huidige paranoïde stemming besloot ze daarmee te wachten.

'Ryzer wordt vrijdagmiddag begraven,' zei Mattie. 'Rij je met mij mee?'

'Graag. Bedankt, Mattie.'

38

16 januari 2009

Hallo Sam,

Ik ben een beetje in de war, ik weet niet goed waarom jij denkt dat je het recht hebt je veto uit te spreken over het al dan niet aannemen van je toekomstige collega's bij Spane & Grubman. Ik verbaas me er ook over dat je je zorgen maakt over cliënten die het kantoor misschien aantrekt. Daarom lijkt het me het verstandigst als we je nu meteen aannemen als senior partner en je niet langer voor de voeten lopen. Jij wilt een hoekkantoor? Een auto met chauffeur?

Nee, we kunnen niet tot 1 september op je wachten. We gaan over zes weken open en alles is nu al een beetje chaotisch. De opening is bekend en het loopt ons nu al over de schoenen. Acht associates hebben inmiddels een contract getekend en we zijn nog met een stuk of tien andere associates in onderhandeling, onder wie jij.

We worden plat gebeld door jonge advocaten die wanhopig graag aan het werk willen – hoewel er natuurlijk maar weinig even getalenteerd zijn als jij.

Het aanbod: 150.000 dollar per jaar plus alle gebruikelijke extra's. Drie weken betaalde vakantie en ik sta erop dat je die opneemt. De organisatiestructuur van het kantoor is nog in opbouw, maar ik kan je verzekeren dat het veelbelovender voor jou zal zijn dan bij Big Law.

We kunnen tot 1 mei wachten op je grootse entree, maar ik wil je antwoord nog steeds voor het einde van deze maand.

Liefs,

Andy

Mattie had voorspeld dat de kerk vol zou zitten, en ze had gelijk. Tijdens de rit naar Madison probeerde ze uit te leggen waarom begrafenissen op het platteland, vooral van toegewijde kerkgangers, zoveel mensen aantrokken. Haar argumenten waren, in willekeurige volgorde: (1) Begrafenissen zijn belangrijke kerkdiensten, waarbij de levenden afscheid nemen van de overledenen die dan al in de hemel hun beloningen opstrijken; (2) Het is een oude en onwankelbare traditie dat keurige en goed opgevoede mensen de familie hun respect betonen; (3) Mensen op het platteland vervelen zich meestal en zijn er als de kippen bij zodra er iets te doen is; (4) Iedereen wil een drukbezochte begrafenis, dus moet je daar zelf ook naartoe zolang het nog kan; (5) Er is altijd meer dan genoeg te eten. Enzovoort. Mattie vertelde dat een afschuwelijke dood zoals die van Buddy gegarandeerd veel mensen aantrok. Iedereen wilde bij deze tragedie betrokken zijn én ze wilden de roddels horen. Mattie probeerde ook uit te leggen wat de botsende theorieën waren bij zelfmoord. Veel christelijke religies beschouwden het als een onvergeeflijke zonde. Andere vonden dat geen enkele zonde onvergeeflijk was. Het zou interessant zijn om te zien hoe de predikant de kwestie aanpakte. Bij de begrafenis van haar zus Rose, Jeffs moeder, werd er met geen woord over haar zelfmoord gerept. En waarom zouden ze ook? Zonder dat was er al genoeg verdriet. Iedereen wist dat ze zelfmoord had gepleegd.

Ze waren een halfuur te vroeg bij de Cedar Grove Missionaire Baptistenkerk en konden al bijna niet meer naar binnen. Een plaatsaanwijzer maakte plaats voor hen op de derde rij van achteren. Een paar minuten later waren alle plaatsen bezet en stonden de mensen al langs de muren. Door een raam zag Samantha dat de laatkomers naar de broederschapshal werden gestuurd, dezelfde zaal waar ze Buddy en Mavis had leren kennen na Donovans dood. Toen het orgel begon te spelen, zweeg de menigte vol verwachting. Om tien over vier kwam het koor binnen via een deur achter de kansel, en liep de predikant naar zijn preekstoel. Toen er bij de deur commotie ontstond, hief hij zijn handen en zei: 'Opstaan alstublieft.'

De baardragers rolden de kist door het middenpad, heel langzaam, zodat iedereen hem kon zien. Gelukkig was de kist gesloten. Mattie zei dat dat logisch was, vanwege alle wonden en zo. Achter de kist kwam Mavis binnen, ondersteund door haar oudste zoon, intens verdrietig. Ze werden gevolgd door de twee dochters, Hope van veertien en Keely van dertien. Om onverklaarbare redenen was Hope, die slechts tien maanden ouder was dan Keely, toch zeker dertig centimeter langer. Beiden liepen te snikken tijdens dit pijnlijke ritueel.

Mattie had geprobeerd uit te leggen dat veel van wat ze zouden zien bedoeld was om zo veel mogelijk drama en verdriet te creëren. Dit was Buddy's laatste tocht, en ze zouden zo veel mogelijk emoties willen oproepen.

De rest van de familie kwam in losse groepjes binnen: broers, zussen, neven en nichten, ooms en tantes. De eerste twee rijen aan beide kanten van het middenpad waren gereserveerd voor de familie. Tegen de tijd dat zij hun plaatsen innamen speelde het orgel op vol volume, stond het koor luid te neuriën en zaten veel mensen in de kerk te huilen.

De dienst was een marathon van een uur en toen die voorbij was, waren alle tranen vergoten, waren alle emoties opgeroepen en hadden de rouwenden alles gegeven. Samantha huilde niet, maar had toch vochtige ogen. Ze kon zich niet herinneren wanneer ze ooit zo graag een gebouw uit was gerend. Toch liep ze samen met de andere aanwezigen naar de begraafplaats achter de kerk, waar Buddy werd begraven begeleid door langdurige gebeden en een sentimentele uitvoering van *How Great Thou Art*. De bariton zong solo, a capella, en bijzonder ontroerend. Samantha was er hevig van onder de indruk, zodat de tranen haar in de ogen sprongen.

Volgens de traditie bleef de familie in hun stoelen naast het graf zitten, terwijl iedereen hen condoleerde. De rij liep door tot voorbij de graftent en schoot niet echt op. Mattie zei dat ze maar beter niet konden wegglippen. Dus schuifelden ze naar voren, in een enkele rij samen met honderden volkomen onbekenden, en wachtten tot ze Mavis en de kinderen een hand konden geven, die nu al uren huilden.

'Wat moet ik eigenlijk zeggen?' vroeg Samantha fluisterend aan Mattie toen ze vlak bij het graf waren.

'Alleen "God zegene je" of zoiets, en dan loop je door.' Dat zei Samantha inderdaad tegen de kinderen, maar toen Mavis opkeek en haar zag, begon ze opnieuw te snikken en sloeg ze haar armen stevig om Samantha heen.

'Dit is onze advocaat, kinderen, Miss Sam, de vrouw over wie ik jullie heb verteld,' zei Mavis veel te luid. Maar de kinderen waren te verdoofd om op te letten. Zij wilden nog liever weg dan Samantha. Mavis zei: 'Blijf alsjeblieft en eet iets mee. We zien elkaar straks.'

'Natuurlijk,' zei Samantha omdat ze niets anders kon zeggen. Toen Mavis haar losliet, liep ze snel bij de tent vandaan.

Het eten was een baptistische 'wat de pot schaft', zoals Mattie het noemde, in de broederschapshal. Op lange tafels stonden stoofschotels en nagerechten, en het leek wel alsof er zelfs nog meer mensen waren toen er twee rijen naar het buffet liepen. Samantha had geen trek en kon niet geloven dat ze hier nog steeds was. Ze keek naar de horde mensen die op het eten aanviel en zag dat de meesten best een of twee maaltijden konden overslaan. Mattie bracht haar ijsthee in een plastic bekertje, waarna ze plannen smeedden om er netjes vandoor te gaan. Maar Mavis had hen al gezien, en zij hadden beloofd te blijven.

De familie bleef bij het graf tot men de kist had laten zakken. Het was donker en het eten was al bijna op toen Mavis en haar kinderen de broederschapshal binnenkwamen. Zij kregen een gereserveerde tafel in een hoek en er werden borden vol eten naar hen toegebracht. Toen Mavis Samantha en Mattie zag, wenkte ze hen en stond erop dat ze bij de familie kwamen zitten.

Het geluid van een piano klonk zachtjes op de achtergrond en de maaltijd sleepte zich voort. Toen de eerste mensen vertrokken, kwamen ze even langs om iets te zeggen tegen Mavis die geen hap had gegeten. Ze huilde nog steeds af en toe, maar nu glimlachte ze soms ook; ze lachte zelfs een keer als iemand een grappig verhaal over Buddy vertelde.

Samantha speelde met een stuk rode cake en probeerde er net genoeg van te eten om niet onbeleefd te zijn, toen Keely, de dochter van dertien, naast haar kwam zitten. Keely had kort roodbruin haar en heel veel sproeten, en haar kleine ogen waren rood en gezwollen van verdriet. Ze slaagde erin te glimlachen, zodat Samantha zag dat ze nog aan het wisselen was, iets wat meer bij iemand van tien paste. 'Mijn papa vond u erg aardig,' zei ze.

Samantha aarzelde heel even en zei toen: 'Hij was een bijzonder aardige man.'

'Wilt u mijn hand vasthouden?' vroeg ze. Samantha pakte haar hand en glimlachte naar haar. Alle anderen aan tafel zaten te praten of te eten. Keely zei: 'Mijn papa zei dat u de enige advocaat was die moedig genoeg was om het op te nemen tegen de kolenmaatschappijen.'

Moeizaam antwoordde Samantha: 'Nou, dat was heel aardig van hem, maar er zijn ook andere goede advocaten.'

'Ja mevrouw, maar mijn papa vond u het aardigst. Hij zei dat hij hoopte dat u niet terugging naar New York. Hij zei dat als hij u tien jaar geleden had ontdekt, hij er niet zo slecht aan toe zou zijn geweest.'

'Nogmaals, dat was heel aardig van hem.'

'U blijft toch en u gaat ons toch helpen, Miss Sam?' Ze kneep nu zelfs harder in haar hand, alsof ze Samantha dicht bij haar kon houden om haar te beschermen.

'Ik blijf zo lang als ik kan.'

'U moet ons helpen, Miss Sam! U bent de enige advocaat die ons wil helpen, dat zei mijn papa tenminste.'

39

In het midden van de week regende het hevig in Curry County, zodat het water in Yellow Creek hoog genoeg was om te kajakken. Het was warm voor half januari en Samantha en Jeff zaten het grootste deel van de zaterdagmiddag op de rivier. Ze deden een wedstrijdje, ontweken rotsblokken, lieten zich op de rustige stukken voortdrijven en probeerden incidenten te voorkomen. Ze bouwden een vuurtje op een zandbank en maakten voor een late lunch hotdogs klaar. Om een uur of vier zei Jeff dat ze maar beter terug konden gaan naar de hut, ongeveer achthonderd meter stroomopwaarts. Tegen de tijd dat ze daar aankwamen, waren ze uitgeput. Zonder tijd te verspillen pakte Jeff drie rugzakken en een geweer. Hij zei: 'Geef me een halfuur,' en hij vertrok richting Gray Mountain.

Samantha legde een houtblok op het vuur en besloot op de veranda op Jeff te wachten. Ze nam een deken mee naar buiten, nestelde zich eronder en probeerde een boek te lezen. Ze zag twee herten die in het ondiepe water van de rivier stapten om te drinken, daarna vertrokken en in het bos verdwenen.

Als alles volgens plan verliep, zouden zij en Jeff na zonsondergang vertrekken. Dan zouden alle Krull Mining-documenten in Donovans Jeep Cherokee liggen. Jeff schatte dat ze bij elkaar ongeveer veertig kilo wogen. Ze zouden ze wegbrengen naar een locatie die hij haar nog niet had verteld. Hoe minder hij haar vertelde, hoe minder medeplichtig ze zou zijn, toch? Dat wist ze nog niet zo zeker. Hij had beloofd dat zij de documenten niet hoefde aan te raken en ze hopelijk ook niet zou zien. Als ze toch werden betrapt, nu of later, zou hij alle schuld op zich nemen. Ze hielp hem liever niet, maar ze kon ook niet wachten om dit gecompliceerde hoofdstuk af te ronden, zodat ze kon doorgaan met haar leven.

Opeens schrok ze, ze hoorde twee geweerschoten. Daarna weer twee! Ze kwamen van iets voorbij de bergkam, van Gray Mountain. Ze stond op de veranda en keek die kant op. Nog een schot, dus vijf in totaal, en daarna was er alleen nog stilte. Ze kon haar hart horen kloppen, maar behalve dat was het volkomen stil. Er verstreken vijf minuten, toen tien. Ze had haar mobieltje in de hand, maar ze had geen bereik.

Minuten later kwam Jeff uit het bos, niet via het pad, maar uit het dichte bos. Hij liep zo snel mogelijk met de drie zware rugzakken.

Ze rende naar hem toe en nam er een van hem over. 'Ben je in orde?'

'Ja hoor, prima,' zei hij. Hij zweeg toen ze de rugzakken op de veranda lieten vallen. Hij ging op de trap zitten, zwaar ademend, hijgend bijna.

Ze gaf hem een fles water en vroeg: 'Wat is er gebeurd?'

Hij dronk gulzig en goot wat water over zijn gezicht. 'Toen ik uit de grot kwam, zag ik twee kerels, allebei met een geweer. Ze waren me gevolgd, maar waren me denk ik kwijtgeraakt. Toen ik een geluid maakte, draaiden ze zich om en schoten, maar ze misten me. Ik schoot een van hen in zijn been, waarna de andere op de vlucht sloeg.'

'Je hebt op iemand geschoten!'

'Dat heb ik zeker! Als zij een geweer hebben, kun je maar beter zelf schieten voordat ze jou raken. Ik denk dat het wel goed met hem komt, ook al kan me dat niets schelen. Hij gilde en zijn vriendje sleepte hem weg.' Hij dronk nog meer water toen zijn ademhaling tot rust was gekomen. 'Ze komen terug. Ik durf te wedden dat ze hulp hebben ingeroepen, zodat hier nu nog meer schurken naartoe komen.'

'Wat gaan we doen?'

'We gaan hier weg. Ze waren te dicht bij de grot en ze hebben me misschien naar binnen zien gaan. De rest kan ik misschien in één keer weghalen.'

'Het wordt al donker, Jeff. Je kunt er niet nog een keer naartoe.'

Hij hoorde haar niet en mompelde: 'We moeten snel zijn.' Hij sprong overeind, pakte twee van de rugzakken en wees naar de derde. 'Jij neemt die.' In de hut haalde hij er voorzichtig de stapels papieren uit en legde alles op de keukentafel. Twee lege koeltassen stonden al sinds Samantha's eerste bezoek in een hoek. Hij pakte ze en maakte ze open. Uit zijn jaszak haalde hij een zwart pistool dat hij op tafel legde. Hij pakte haar bij de schouders en zei: 'Luister, Samantha, zodra ik weg ben stop je de documenten in deze koeltassen. Er ligt een rol tape in, daar moet je ze mee afsluiten. Over een uur ben ik terug.'

'Er ligt een pistool op tafel,' zei ze, met grote ogen.

Hij pakte hem en vroeg: 'Heb je er weleens mee geschoten?'

'Natuurlijk niet. En dat ga ik nu ook niet doen.'

'Dat doe je wel, als het moet. Luister, het is een 9mm Glock, automatisch. De veiligheidspal is eraf, zodat hij schietklaar is. Doe de deur achter me op slot en ga hier op de bank zitten. Als iemand binnen probeert te komen, moet je deze trekker overhalen. Je kunt het wel.'

'Ik wil naar huis.'

'Verman je, Samantha, oké? Je kunt dit wel. We zijn bijna klaar en dan gaan we hier weg.'

Hij gaf haar zelfvertrouwen. Of het nu domheid, overmoedigheid, liefde voor avontuur of een golf adrenaline was, hij was assertief en zelfverzekerd en overtuigde haar ervan dat zij de hut wel kon bewaken. Als hij de moed had om in het donker terug te gaan naar Gray Mountain, dan kon zij toch zeker wel met dat pistool bij het vuur gaan zitten?

Kon zij dat wel? Waarom was ze hier eigenlijk?

Hij streek even langs haar wang en zei: 'Ik ga. Heeft je telefoon bereik?'

'Nee. Helemaal niet.'

Hij pakte de lege rugzakken en zijn geweer, en verliet de hut.

Zij stond op de veranda, zag hem in het bos verdwijnen en schudde haar hoofd vanwege zijn moed. Donovan wist dat hij jong zou sterven. Hoe zat het met Jeff? Is het gemakkelijker om in het donker te verdwijnen als je de dood accepteert? Dat zou ze nooit weten.

In de hut pakte ze de Glock behoedzaam op en legde hem op het aanrecht. Ze keek naar de documenten en had heel even de neiging om er een paar te bekijken. Waarom ook niet, na al dat gedoe? Maar haar nieuwsgierigheid was snel voorbij en ze stopte de documenten in de koeltassen. Ze pasten er bijna niet allemaal in en terwijl ze ze dichtplakte met de tape hoorde ze in de verte twee schoten.

Ze vergat de Glock en rende de veranda op. Een paar seconden later hoorde ze een derde schot en daarna een ondefinieerbare kreet. Gezien de omstandigheden wist ze vrijwel zeker dat dit de kreet was van een man die geraakt was door een kogel, ook al had ze daar geen ervaring mee. Ze wist bijna zeker dat Jeff degene was die geraakt was, in de val gelopen van de hulptroepen.

Ze begon langs de rivier te lopen, in de richting van het pad waarop ze hem had zien verdwijnen. Ze bleef even staan en dacht aan het pistool, maar liep door. De documenten waren niet belangrijk genoeg om voor te sterven, niet als haar leven op het spel stond. Als die slechteriken haar te pakken kregen, zouden ze haar niet doden, dacht ze. Niet als ze ongewapend was. Als ze schietend het bos in zou rennen, hield ze het nog geen drie seconden vol. En hoe sterk stond ze tijdens een vuurgevecht? *Nee, Samantha, je hebt niets met wapens. Laat die Glock maar in de hut liggen. Laat hem daar maar liggen bij al die verdomde documenten en laat die schurken het allemaal maar meenemen. Als je in leven blijft, ga je snel terug naar New York, waar je thuishoort.*

Ze stond bij de bosrand, maar zag niets in het donker. Ze verstijfde en luisterde, maar ze hoorde niets. Zacht riep ze: 'Jeff! Jeff! Is alles in orde?' Jeff gaf geen antwoord. Voetje voor voetje liep ze het bos in. Een meter of twintig verderop riep ze hem weer. Dertig meter verder het bos in keek ze achterom en zag ze niet eens meer een opening.

Het was belachelijk om op dat moment te proberen Jeff in die bossen te vinden, Jeff of iemand anders of iets. Ze had niet naar hem geluisterd. Ze had in de afgesloten hut moeten blijven en de boel te moeten bewaken. Ze draaide zich om en liep snel het bos uit. Achter haar hoorde ze luid gekraak. Ze schrok en keek achterom. Ze zag niets, maar ging zelfs nog sneller lopen. Zodra ze het bos uit was, werd de hemel iets lichter en zag ze het silhouet van de hut, ongeveer honderd meter voor zich. Ze holde langs de rivier tot ze in volle vaart tegen de veranda botste. Ze ging op de trap zitten om op adem te komen, keek naar het pad, hoopte op een wonder.

Ze liep naar binnen, deed de deur op slot, stak een lantaarn aan en ging bijna van haar stokje.

De koeltassen waren weg, net als de Glock.

Ze hoorde iets op de veranda, zware voetstappen, zakken die op de vloer ploften, een man die hoestte. Hij probeerde de deur open te doen, rammelde aan de kruk en riep: 'Samantha, ik ben het! Doe open!'

Ze zat in een deken gewikkeld verscholen in een hoekje, slechts gewapend met de pook van de open haard, bereid die zo nodig te gebruiken en tot het uiterste te vechten. Hij vond een sleutel en rende naar binnen. 'Wel verdomme!' riep hij. Ze legde haar wapen neer en begon te huilen. Hij liep snel naar haar toe en vroeg: 'Wat is er gebeurd?'

Dat vertelde ze hem. Hij bleef rustig en zei alleen: 'We moeten maken dat we wegkomen. Nu!' Hij goot water op het vuur, draaide de lantaarns uit en deed de deur op slot. 'Jij neemt die,' zei hij en hij wees naar een rugzak. Hij hing er eentje op zijn rug en de andere over zijn schouder en hij hield zijn geweer schietklaar vast. Hij zweette, was opgewonden en brulde: 'Volg me!'

Alsof ze een keuze had.

Ze liepen naar de Jeep die, net als al het andere, onzichtbaar was in het donker. De laatste keer dat Samantha op haar horloge had gekeken was het vijf over zeven geweest. Het pad liep recht en een paar minuten later waren ze bij de open plek en de Jeep. Jeff draaide het contactsleuteltje om waarna de lampen van de Jeep aangingen. Hij maakte de klep open en ze smeten de rugzakken naar binnen. Toen zag Samantha de twee koeltassen. Verbijsterd zei ze: 'Wat?'

'Stap in. Ik leg het je onderweg wel uit.' Terwijl ze wegreden deed hij het licht van de Jeep uit en reed langzaam over het grindpad. Hij zei: 'Dat is een basale tactische manoeuvre. De goede lui zijn op een missie. Zij weten dat de slechte lui hen in de gaten houden, hen achtervolgen. Wat de slechte lui niet weten, is dat de goede lui een back-upteam hebben die de slechte lui in de gaten houden en volgen, als een soort veiligheidsring.'

Ze mompelde: 'Nog meer dingen die ze ons tijdens onze rechtenstudie niet hebben geleerd.'

Voor hen zag ze twee keer een gele lichtflits en Jeff stopte. 'Dit is ons back-upteam.' Vic Canzarro trok een achterportier open en sprong naar binnen. Geen begroetingen, niets, alleen: 'Leuke actie, Sam, waarom verliet je de hut eigenlijk?'

'Kop dicht,' snauwde Jeff. 'Heb je iets gezien?'

'Nee. Laten we gaan!'

Jeff deed het licht aan en ze reden door, veel sneller nu zodat ze algauw bij een verharde weg kwamen. De angst werd minder en maakte plaats voor een gevoel van opluchting. Elke kilometer bracht hen verder bij de plek des onheils vandaan, dachten ze. Ze reden vijf minuten door zonder ook maar iets te zeggen. Vic zat te sms'en, nog steeds met zijn geweer op schoot.

Na een tijdje vroeg Jeff haar rustig: 'Waarom verliet je de hut eigenlijk?'

'Omdat ik geweerschoten hoorde en ik dacht dat ik iemand hoorde schreeuwen. Ik dacht dat je gewond was en toen raakte ik in paniek en ging naar het pad.'

'Wat waren dat verdomme voor schoten?' brulde Vic vanaf de achterbank.

Jeff begon te lachen; hij vond het allemaal erg grappig. Hij zei: 'Ik rende door het bos, in het pikdonker zoals je weet, en ik kwam een zwarte beer tegen, een grote. In deze tijd van het jaar doen ze hun winterslaap, dus hij was min of meer hersendood en liep niet al te snel, maar hij was wel geïrriteerd. Hij vond zeker dat het zijn bos was en baalde dus dat er iemand rondliep. We hadden een meningsverschil, hij wilde niet opzij, dus moest ik hem wel doodschieten.'

'Heb jij op die beer geschoten?'

'Ja, Samantha, ik heb ook op een mens geschoten, maar ik neem aan dat hij in orde is.'

'Ben je niet bang voor de politie?'

Vic lachte luid, draaide een raampje naar beneden en stak een sigaret op.

'Niet roken in de auto,' zei Jeff.

'Tuurlijk, oké.'

Jeff keek naar Samantha en zei: 'Nee, liefje, ik ben niet bang voor de politie of de sheriff of wie dan ook, en ik ben ook niet bang om op een gewapende schurk te schieten die me op mijn eigen land stalkt. Dit is Appalachia. Geen enkele agent zal onderzoek doen en geen enkele openbaar aanklager zal me aanklagen, omdat geen enkele jury me ooit zal veroordelen.'

'Wat gebeurt er met die man?'

'Ik neem aan dat zijn been pijn doet. Hij heeft geluk gehad; de kogel had ook tussen zijn ogen terecht kunnen komen.'

'Je praat als een echte scherpschutter.'

Vic zei: 'Hij zal wel met een geweldig verhaal naar de Spoedeisende Hulp gaan. Heb je alles?'

'Elk stukje papier. Elk stukje papier dat mijn geliefde broer zo slim in handen heeft weten te krijgen.'

'Donovan zou trots op ons zijn,' zei Vic.

In het stadje Big Stone Gap reden ze naar een Taco Bell en wachtten in de drive-through. Jeff bestelde een zak eten en drinken en terwijl hij betaalde, duwde Vic het portier open en stapte uit. Hij zei: 'We gaan naar Bristol.' Jeff knikte alsof dat logisch was en keek naar Vic die het portier van zijn pick-uptruck opende, een truck die Samantha herkende van haar uitstapje naar Hammer Valley met Donovan.

Ze vroeg: 'Oké, wat gaan we nu doen?'

'Hij rijdt achter ons aan naar Bristol. Hij heeft ook de documenten die we vorige week zaterdag hebben opgehaald, de eerste lading.'

'Ik dacht dat je zei dat Vic een zwangere vriendin heeft en hier niets mee te maken wil hebben.'

'Dat klopt, ze is zwanger, maar ze zijn een week geleden getrouwd. Wil je een taco?'

'Ik wil een martini.'

'Ik betwijfel of je hier een goede martini kunt krijgen.'

'Wat is er in Bristol, als ik vragen mag?'

'Een vliegveld. Maar als ik je nog meer vertel, zal ik je moeten vermoorden.'

'Je bent gek, ga je gang.'

Toen ze het eten roken, hadden ze opeens vreselijke honger.

Er stonden maar vijf vliegtuigen op het algemene luchtvaartplatform van Tri-Cities Regional Airport vlak bij Bristol, Tennessee. De vier kleine vliegtuigen – twee Cessna's en twee Pipers – leken piepklein vergeleken met het vijfde, een slank, glanzend privévliegtuig met alle lampen aan en de trap naar beneden. Samantha, Jeff en Vic keken van een afstand vol bewondering naar het vliegtuig en wachtten op aanwijzingen. Na een paar minuten liepen drie grote, in het zwart geklede jongemannen hen buiten de terminal tegemoet. De documenten – in twee koeltassen, drie rugzakken en twee kartonnen dozen – werden meteen aan hen overgedragen en naar het vliegtuig gebracht.

Een van de drie mannen zei tegen Jeff: 'Meneer London wil u graag spreken.'

Vic haalde zijn schouders op en zei: 'Ach, waarom ook niet? Laten we zijn speeltje maar eens bekijken.'

'Ik heb er al eens in gevlogen,' zei Jeff. 'Dat is wel even iets anders dan de Skyhawk.'

'Nou zeg, wat fijn voor je,' zei Vic minachtend.

Ze werden door de verlaten terminal naar het platform geleid, en daarna naar het vliegtuig. Jarrett London stond boven aan de trap te wachten, met een brede glimlach op zijn gezicht en een glas in zijn hand. Hij wenkte hen en verwelkomde hen in zijn 'tweede huis'.

Samantha had op Georgetown een vriendin gehad wier familie een eigen jet bezat, zodat dit niet de eerste keer was dat ze er eentje vanbinnen zag. De grote stoelen waren bekleed met prachtig leer en alles was verguld. Ze zaten aan een tafeltje, terwijl ze bij een steward een drankje bestelden. *Breng me maar gewoon naar Parijs,* wilde Samantha zeggen. *En haal me over een maand maar op.*

Het was duidelijk dat Vic en London elkaar goed kenden. Terwijl Jeff vertelde over hun ontsnapping uit Gray Mountain werden hun drankjes gebracht. 'Willen jullie misschien iets eten?' vroeg London terwijl hij naar Samantha keek.

'Nee hoor, Jeff heeft me getrakteerd op Taco Bell. Ik zit vol.'

Haar martini was perfect, en Jeff en Vic dronken Dickel met ijs. London vertelde dat de documenten direct per vliegtuig naar Cincinnati gingen en daar zondag zouden worden gekopieerd. Op maandag zouden de originelen per vliegtuig worden teruggebracht naar Charleston en aan een U.S. Marshall worden overhandigd. De rechter had toegezegd dat hij ze achter slot en grendel zou bewaren tot hij ze kon bekijken. Krull Mining was niet op de hoogte gebracht van deze afspraak en had geen idee wat er ging gebeuren. De FBI had zich volledig teruggetrokken, voorlopig in elk geval.

'Hebben we vrienden in Washington aan wie we dit te danken hebben, Samantha?' vroeg London.

Ze glimlachte en zei: 'Misschien, dat weet ik niet zeker.'

Hij nam een slokje, rammelde met zijn ijsblokjes en vroeg: 'Wat ben je nu van plan?'

'Waarom vraagt u dat?'

'Tja, het zou prettig zijn om een andere advocaat te hebben op de zaak-Krull Mining. Jij bent er goed van op de hoogte. Donovan vertrouwde je en zijn kantoor is nog steeds op jacht naar heel veel geld. Er is een kans van vijftig procent dat Krull Mining de handdoek in de ring gooit als ze horen dat wij de documenten hebben. Een schikking is niet onwaarschijnlijk, ook al zal die wel geheim blijven. Als ze het hard gaan spelen, moeten we aansturen op een proces. Eerlijk gezegd is dat wat we willen: een spektakel, een grootse onthulling, een twee maanden durende productie waarin alle smerige trucjes bekend worden tijdens een openbaar proces. En daarna een spectaculair vonnis.'

Hij leek Donovan wel. Hij leek Marshall Kofer wel.

Hij was op dreef: 'Er is genoeg werk voor ons allemaal, ook voor jou, Samantha. Je zou bij mijn kantoor in Louisville kunnen gaan werken. Je zou je naambordje in Brady kunnen ophangen. Je zou Donovans kantoor kunnen overnemen. Je hebt veel keuzes. Wat ik wil zeggen is: we hebben je nodig.'

'Dank u wel, meneer London,' zei ze keurig en ze nam een grote slok. Alle aandacht was op haar gericht en dat beviel haar helemaal niet.

Vic merkte dit en stelde London een paar vragen over het vliegtuig. Een Gulfstream 5, het nieuwste wonder. Letterlijk een onbeperkt bereik en zo, vliegt op veertigduizend voet, ver boven de vliegtuigen van de luchtvaartmaatschappijen. Heel rustig daarboven. Toen het gesprek stilviel, keek London op zijn horloge en vroeg: 'Kan ik jullie ergens afzetten?'

Aha, de voordelen van een privévliegtuig. Mensen hier afzetten, mensen daar oppikken. Alles kan.

Ze wezen zijn aanbod af en zeiden dat ze ergens naartoe moesten. Hij bedankte hen uitvoerig voor het afleveren van de documenten en liep met hen mee terug naar de terminal.

40

Mattie kwam die maandag vroeger dan normaal op het Bureau, en ze gingen met de deur dicht in haar kantoor zitten. Samantha vertelde dat de documenten waren afgeleverd op een enigszins veilige plaats en, als alles volgens plan verliep, later die dag naar een kantoor van het hof zouden worden gebracht. Ze zweeg over de meer kleurrijke aspecten van het avontuur – de schietpartij waardoor iemand een kogel in zijn been had gekregen, de dode beer, de verbazingwekkende aanwezigheid van Vic Canzarro en de snelle cocktail in het prachtige vliegtuig van Jarrett London. Bepaalde dingen konden maar beter onbesproken blijven. Dat zou Jeff niet goedkeuren.

Hoe dan ook, de documenten waren nu in veilige handen en op een plaats waar andere advocaten erom konden vechten. Iemand anders zou er wel iets nuttigs mee doen. Samantha vermoedde dat de FBI nu op een zijspoor stond. Het leek er zelfs op dat het onderzoek precies de andere kant op zou gaan en de handelingen van Krull Mining onder de loep zou nemen. Maar niets was zeker, alleen een paar berichten uit Washington.

Na de dood van Buddy Ryzer en het drama van de documenten zou het leven op het Mountain Bureau voor Rechtshulp misschien weer zijn normale beloop nemen. Dat hoopten de twee advocaten in elk geval.

Samantha moest om tien uur op de rechtbank zijn voor een zaak die niets te maken had met steenkool, verdwenen documenten of federale overheden en ze keek uit naar een dag zonder bijzondere gebeurtenissen.

Jeff hing echter rond bij de rechtbank alsof hij haar agenda kende. 'Kunnen we even praten?' vroeg hij terwijl ze de trap naar de rechtszaal opliepen.

'Ik had gehoopt dat ik je een tijdje niet zou zien,' zei ze.

'Sorry, dan moet ik je teleurstellen. Hoe lang ben je bezig op de rechtbank?'

'Een uur.'

'Dan zie ik je zo op Donovans kantoor. Het is belangrijk.'

Dawn, de secretaresse en receptioniste was niet langer werkzaam op het kantoor. Het bedrijf bestond niet meer. De luiken voor de ramen waren gesloten en de kantoorruimtes begonnen stoffig te worden. Jeff haalde de voordeur van het slot, liet Samantha binnen en draaide de deur vervolgens weer op slot. Ze liepen de trap naar de tweede verdieping op naar het commandocentrum waar de muren nog steeds vol hingen met uitvergrote foto's en bewijsmateriaal van de Tate-zaak. Er lagen overal boeken en documenten verspreid op de grond, hetgeen herinnerde aan de inval van de FBI. Ze vond het vreemd dat niemand de moeite had genomen om de troep op te ruimen. De helft van de lampen deed het niet meer. Er lag een dikke laag stof op de lange tafel. Donovan was nu bijna twee maanden dood en toen Samantha zo rondkeek in de kamer naar zijn werk, de overblijfselen van zijn grote zaken, werd ze overvallen door een gevoel van verdriet, van nostalgie. Ze had hem maar zo kort gekend, en heel even verlangde ze weer naar zijn zelfverzekerde glimlach.

Ze zaten op klapstoeltjes en dronken koffie uit papieren bekertjes.

Jeff wees de kamer rond. 'Wat moet ik met dit gebouw doen? Mijn broer heeft het in zijn testament aan mij nagelaten en niemand wil het hebben. We kunnen geen advocaat vinden die zijn praktijk over wil nemen en tot nu toe wil niemand het gebouw kopen.'

'Het is nog te vroeg,' zei Samantha. 'Het is een prachtig gebouw en het zal zeker verkocht worden.'

'Tuurlijk. De helft van alle prachtige gebouwen aan Main Street staat leeg. Dit stadje sterft langzaam uit.'

'Is dit het belangrijke onderwerp waarover je met me wilde praten?'

'Nee. Ik ga een paar maanden weg, Samantha. Ik heb een vriend die een jachthut heeft in Montana en daar ga ik voor langere tijd heen. Ik moet hier even weg. Ik ben het spuugzat om continu achtervolgd te worden, om me zorgen te maken over wie zich hier ophoudt en om aan mijn broer te denken. Ik moet er echt even tussenuit.'

'Dat lijkt me een prima plan. En hoe zit het dan met je sluipschutteractiviteiten? De beloning is nu een miljoen dollar, in contanten. Het begint nu echt spannend te worden, hè?'

Hij nam een flinke slok van zijn koffie en negeerde haar laatste opmerking. 'Ik kom af en toe langs om voor Donovans onroerend goed te zorgen, of wanneer Mattie me nodig heeft. Maar op de lange termijn denk ik dat ik richting het westen vertrek. Er zijn hier gewoon te veel dingen gebeurd, ik heb hier te veel nare herinneringen.'

Ze knikte. Ze begreep het, maar reageerde niet. Probeerde hij hier een beetje zielig te doen en een laatste liefdevol onderonsje te forceren? Als dat zo was kon ze niets voor hem betekenen. Ze vond hem erg leuk, maar ze was blij te horen dat hij voor lange tijd richting Montana zou vertrekken. Er verstreek een hele minuut zonder dat er ook maar iets gezegd werd. En toen nog een.

Uiteindelijk zei hij: 'Ik denk dat ik weet wie Donovan heeft vermoord.' Er viel een stilte waarin van haar werd verwacht dat ze zou vragen: 'Wie dan?' Maar ze beet op haar tong en zei niets. Hij ging verder. 'Het zal een tijdje duren, misschien vijf of tien jaar, maar ik zal in de bosjes liggen wachten, ik zal mijn val zetten. Als ze zo gek zijn op vliegtuigongelukken dan kunnen ze er nog eentje krijgen.'

'Ik wil hier niets over horen, Jeff. Wil je echt de rest van je leven in de gevangenis doorbrengen?'

'Dat gaat niet gebeuren.'

'Beroemde laatste woorden. Sorry, maar ik moet terug naar kantoor.'

'Ik weet het. Het spijt me.'

Er wachtte haar niets op kantoor behalve een lunch, en een roddeluurtje dat ze niet graag wilde missen. Er heerste een soort afspraak onder de vijf vrouwen die deelnamen aan de lunch; als je er niet was, zou je hoogstwaarschijnlijk uitvoerig besproken worden.

Hij zei: 'Oké, ik weet dat je het druk hebt. Ik ben over een paar maanden terug. Ben je hier dan nog?'

'Dat weet ik niet, Jeff, maar vergeet me alsjeblieft.'

'Ik zal toch aan je denken, daar kan ik niets aan doen.'

'Luister, Jeff... Ik ga me niet druk maken over het feit of je wel of niet terugkomt, en maak jij je dan ook niet druk of ik nog hier ben of dat ik weer terug naar New York ben gegaan. Afgesproken?'

'Oké, ik begrijp de boodschap. Kan ik nog een laatste afscheidskus krijgen?'

'Ja, maar hou je handen thuis.'

Samantha liep terug naar haar kantoor en zag een nieuw mailtje uit New York. Andy schreef:

Beste Samantha,

De ouwe Spane & Grubman groeit met grote sprongen. Het heeft nu zeventien van de beste en slimste associates aan boord voor wat een opwindende onderneming belooft te worden. We hebben er nog twee of drie nodig. We hebben jou nodig! Ik heb met een paar van deze briljante mensen gewerkt – Nick Spane heeft met een paar anderen gewerkt – dus moet ik bekennen dat ik hen niet allemaal ken. Maar ik ken jou wel, en ik weet dat ik je kan vertrouwen. Ik wil jou in mijn team en ik wil dat jij me dekt. Hier zwemmen veel haaien rond, zoals je weet.

Dit is mijn totale aanbod: (1) aanvangssalaris 160.000 dollar (iets meer en het hoogste aanbod tot nu toe, dus hou dit alsjeblieft onder de pet; zou liever niet meteen al problemen veroorzaken); (2) een jaarlijkse bonus afhankelijk van je werk en de totale inkomsten van het kantoor (nee, de twee partners zijn niet van plan de hele winst zelf te houden); (3) een volledige ziektekostenverzekering – geneeskundige, tandarts- en oogartskosten (alles behalve botox en buikwandplastiek); (4) een spaar- en pensioenplan, met gepaste premies en een bijzonder ruim pensioenplan; (5) betaalde overuren als er meer dan vijftig uur per week wordt gewerkt (ja, liefje, dat lees je goed: S&G is waarschijnlijk het eerste advocatenkantoor in de geschiedenis dat overuren uitbetaalt; we menen het echt van die vijftig uur per week); (6) drie weken betaalde vakantie; (7) je eigen privékantoor met je eigen privésecretaresse (en waarschijnlijk ook je eigen juridisch assistent, maar dat kan ik op dit moment nog niet beloven); (8) promoties; we willen niet dat onze associates alles doen om maar partner te worden, dus zijn we een plan aan het opstellen waarbij iemand na zeven tot tien jaar een equity-positie kan krijgen.

Beter kan toch niet? En je kunt op 1 juli beginnen, niet op 1 mei.

Ik wacht, liefje. Ik hoop binnen een week iets van je te horen. Alsjeblieft.
Andy

Ze las zijn mail twee keer door, printte hem en moest toegeven dat ze een beetje moe werd van Andy en zijn e-mails. Ze vond haar bruine lunchzak en vertrok richting de lunch.

Het was al zes uur toen Matties laatste cliënt vertrok. Samantha had aan haar bureau zitten niksen; ze zat tijd te rekken, wachtte op het juiste moment. Ze keek even om het hoekje van Matties kantoor en vroeg: 'Heb je tijd om iets te drinken?'

Mattie glimlachte en zei: 'Natuurlijk.'

Op maandag dronken ze altijd frisdrank. Ze schonken zichzelf iets in en liepen naar de vergaderkamer. Samantha schoof Andy's laatste mailtje naar Mattie toe. Mattie las de mail langzaam door, glimlachte, legde hem neer en zei: 'Wauw. Dat is nogal een aanbod. Fijn dat je zo gewild bent. Ik neem dus aan dat je eerder vertrekt dan we verwachtten.' De glimlach op haar gezicht was verdwenen.

'Ik ben er nog niet klaar voor om terug te gaan, Mattie. Dit is natuurlijk een fantastisch aanbod, maar het werk is inspannend, alleen maar urenlang documenten lezen en controleren en klaarmaken. Hoe ze hun best ook doen, toch kunnen ze het niet leuker maken, zelfs niet een béétje opwindend. Daar ben ik gewoon nog niet klaar voor en dat komt misschien ook wel nooit meer. Ik wil hier graag nog een tijdje blijven.'

Mattie glimlachte weer, een voldane glimlach waaruit bleek dat ze heel blij was. 'Volgens mij heb je iets in gedachten.'

'Ja, weet je, een tijdje geleden was ik nog een onbetaalde stagiaire. En nu wijs ik allerlei fantastische aanbiedingen af, banen die ik allemaal niet aantrekkelijk vind. Ik ga niet terug naar New York, niet nu in elk geval. Ik ga niet voor Jarrett London werken. Hij lijkt veel te veel op mijn vader. Ik heb niks met advocaten die in hun eigen vliegtuig het land rondreizen. Ik wil Donovans kantoor niet overnemen, veel te veel problemen. Jeff is eigenaar van het pand en dan sta ik op de loonlijst, en ik ken hem nu goed genoeg om te weten dat dit heel veel problemen zal opleveren. Hij zou zichzelf als de baas beschouwen en dat zou vanaf dag één spanningen opleveren. Hij is gevaarlijk en roekeloos, en ik probeer afstand van hem te nemen, hem niet dichterbij te laten komen. We gaan af en toe met elkaar naar bed, maar niets serieus. En bovendien zegt hij dat hij de stad gaat verlaten.'

'Dus je blijft hier?'

'Als dat kan.'

'Hoe lang?'

'Ik wil graag drie dingen doen. De belangrijkste cliënt is de familie Ryzer. Ik heb het gevoel dat ze me nodig hebben en dat ik hen niet gewoon over een paar maanden zomaar in de steek kan laten. Ze zijn nu heel kwetsbaar en om de een of andere reden denken ze dat ik hen kan helpen. Ik zal alles doen wat in mijn macht ligt. Ik heb er wel zin in om het beroep van de zaak-Tate van begin tot eind te behandelen. Lisa Tate heeft ons nodig. Die arme vrouw leeft van voedselbonnen en heeft nog steeds verdriet. Ik wil die beroepszaak winnen, zodat ze al het geld krijgt waar ze recht op heeft. En trouwens, ik vind dat veertig procent veel te veel is voor Donovans nalatenschap. Hij heeft dat geld misschien wel verdiend, maar hij is nu dood. Lisa is haar zoontjes kwijtgeraakt, Donovan niet. Met alle gegeven feiten zouden heel veel advocaten die zaak hebben gewonnen. Maar ik neem aan dat we dat later wel kunnen bespreken.'

'Ik dacht hetzelfde.'

'Tijdens mijn tweede studiejaar moesten we een nepberoepszaak doen: de conclusie schrijven en beargumenteren voor een uit drie man bestaande jury, in werkelijkheid drie hoogleraren recht, maar zij stonden erom bekend dat ze de studenten het vuur na aan de schenen legden. Mondeling argumenteren was belangrijk: pak en stropdas, jurk en pumps, weet je?'

Mattie knikte en glimlachte. 'Dat hebben wij ook gedaan.'

'Ik neem aan dat alle rechtenstudenten dat meemaken. Ik was zo zenuwachtig dat ik de nacht daarvoor niet kon slapen. Mijn collega-advocaat gaf me twee uur van tevoren een Xanax, maar daar merkte ik niets van. Ik stond zo stijf van de zenuwen dat ik amper het eerste woord kon uitspreken, maar toen gebeurde er iets vreemds. Een van de rechters viel me aan met een goedkope sneer en ik werd woedend. Ik ging met hem in discussie. Ik verwees naar allerlei andere zaken om ons standpunt te steunen en kletste die vent onder tafel. Ik vergat gewoon om bang te zijn; het enige waar ik aan dacht was dat ik die vent wilde laten zien dat ik gelijk had. Mijn tien minuten waren in een mum voorbij en toen ik ging zitten, zat iedereen naar me te kijken. Mijn collega-advocaat boog zich naar me toe en fluisterde één woord: "Briljant." Maar goed, dat was mijn beste moment tijdens mijn rechtenstudie, iets wat ik nooit zal vergeten. Daarmee bedoel ik te zeggen dat ik bereid ben om de zaak-Tate op me te nemen, helemaal tot aan de Hoge Raad van Virginia, het mondelinge betoog zal houden, die advocaten van Strayhorn Coal voor gek zal zetten en de zaak voor Lisa Tate ga winnen.'

'Doe je best, meid. De zaak is van jou.'

'Dus dat is anderhalf jaar, toch?'

'Zoiets, ja. Je zei dat er drie dingen waren die je wilde doen.'

'Het derde is de zaken afronden die ik al heb, een paar nieuwe aannemen en proberen onze cliënten te helpen. En ondertussen zou ik meer tijd in de rechtszaal willen doorbrengen.'

'Daar heb je wel de flair voor, Samantha. Dat is wel duidelijk.'

'Dank je, Mattie. Dat is heel aardig van je. Ik hou er niet van om met me te laten sollen door lui als Trent Fuller. Ik wil respect, en dat zal ik moeten verdienen. Als ik een rechtszaal binnenloop, wil ik dat alle mannen rechtop gaan zitten en naar me kijken, en niet alleen naar mijn kont.'

'Lieve help, dat is nogal een ommekeer.'

'Ja, dat is zo. Nu over mijn stage. Als ik hier de komende twee jaar blijf, moet ik een salaris krijgen. Niet veel, maar iets waar ik van kan leven.'

'Daar heb ik over nagedacht. We kunnen niet tippen aan dat aanbod in New York, maar we kunnen je een salaris bieden dat acceptabel is op het platteland van Virginia. Annette en ik verdienen allebei 40.000 dollar per jaar, dus dat is het maximum. Het Bureau kan je 20.000 dollar betalen en als jij de beroepszaak van Tate behandelt, kan ik het hof vragen je nog eens 20.000 dollar te geven uit de nalatenschap van Donovan. Wat vind je daarvan?'

'Een bedrag van 40.000 dollar veroorzaakt misschien een beetje irritatie bij je weet wel wie.'

'Bij Annette?'

'Ja. Laten we 39.000 dollar afspreken.'

'Wat mij betreft is 39.000 dollar prima. Afgesproken.' Mattie stak haar hand uit en Samantha nam hem aan. Ze pakte Andy's mailtje en zei: 'Nu moet ik deze mafkees nog even afwimpelen.'

Noot van de auteur

Er zijn godzijdank tientallen non-profitorganisaties die zich vol overgave richten op de mijnstreken om het milieu te beschermen, beleid te veranderen en die vechten voor de rechten van de mijnwerkers en hun familie. Een daarvan is de Appalachian Citizens' Law Center in Whitesburg, Kentucky. Mary Cromer en Wes Addington zijn fantastische advocaten daar. Zij hebben me begeleid op mijn eerste tocht door de regio. Appalachian Voices is een pittige milieubeweging uit Boone, North Carolina. Matt Wasson is daar directeur Programs en hij was een inspirerende bron tijdens mijn zoektocht naar feiten. Mijn dank gaat tevens uit naar Rick Middleton, Hayward Evans, Wes Blank en Mike Nicholson.